Ѳедоръ Достоевскій

Ф. Достоевский

群魔

БЕСЫ

〔俄〕陀思妥耶夫斯基 著

臧仲伦 译

图书在版编目（CIP）数据

群魔 ／（俄罗斯）陀思妥耶夫斯基著 ； 臧仲伦译．——北京 ： 人民文学出版社，2025（2025.6重印）．-- ISBN 978-7-02-019053-9

Ⅰ．I512.44

中国国家版本馆CIP数据核字第20244C9D56号

责任编辑　李丹丹
装帧设计　刘　远
责任印制　张　娜

出版发行　人民文学出版社
社　　址　北京市朝内大街166号
邮政编码　100705

印　　刷　北京中科印刷有限公司
经　　销　全国新华书店等

字　　数　663千字
开　　本　710毫米×1000毫米　1/16
印　　张　53　插页14
印　　数　4001—7000
版　　次　2025年3月北京第1版
印　　次　2025年6月第3次印刷

书　　号　978-7-02-019053-9
定　　价　158.00元

如有印装质量问题，请与本社图书销售中心调换。电话：010-65233595

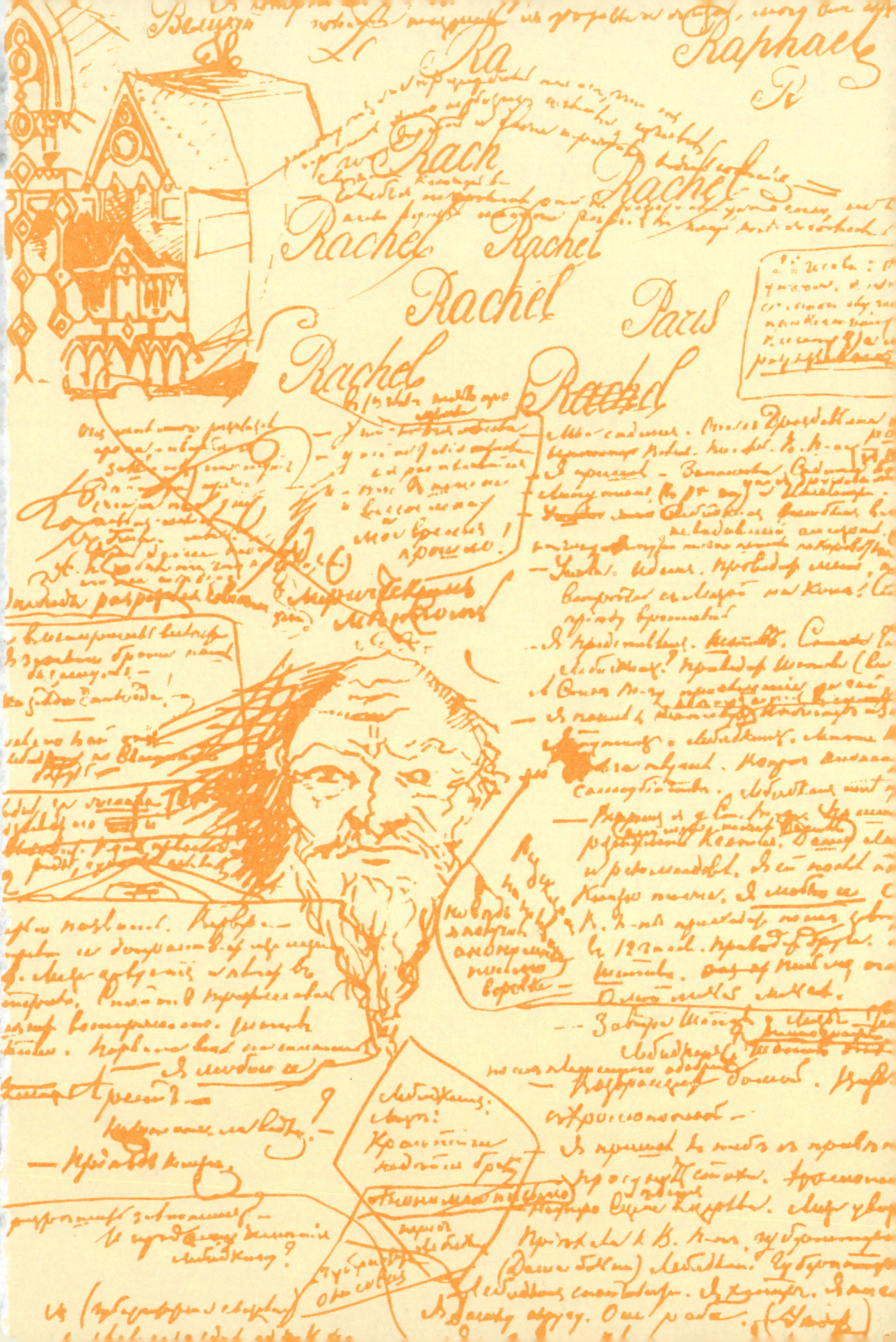
Raphael
Rachel
Rachel
Rachel
Rachel
Paris
Rachel

群　魔
БЕСЫ

目录

译本序
001

第一部
001

第一章　代引言：德高望重的斯捷潘·特罗菲莫维奇·

韦尔霍文斯基生平中的若干轶事 003

第二章　哈尔王子。提亲 046

第三章　别人的罪孽 092

第四章　瘸腿女人 145

第五章　绝顶聪明的毒蛇 184

第二部
241

第一章　夜 243

第二章　夜（续）302

第三章　决斗 331

第四章　大家都翘首以待 346

第五章　游艺会之前 373

第六章　彼得·斯捷潘诺维奇到处奔忙 403

第七章　在我们的人那里 457

第八章　伊万王子 486

第九章　斯捷潘·特罗菲莫维奇被抄家 499

第十章　海盗。不祥的上午 510

第三部
539

第一章　游艺会。第一部分 541

第二章　游艺会的结局 576

第三章　头号绯闻 610

第四章　最后的决定 636

第五章　女旅客 664

第六章　费尽心机的一夜 701

第七章　斯捷潘·特罗菲莫维奇的最后漂泊 739

第八章　结　尾 780

附　录
795

第九章　在吉洪的修道室 797

译本序

　　《群魔》一度被认为是"陀思妥耶夫斯基的一部最反动的作品",一部"含血喷人之作"。一九三五年一月二十日苏联《真理报》评论员文章称:"小说《群魔》是对革命最肮脏的诽谤。"因此,《群魔》之所以受到苏联当局的攻讦和查禁,主要是因为它取材于发生在一八六九年莫斯科的"涅恰耶夫案"。

　　涅恰耶夫原是彼得堡大学的旁听生,曾积极参加当时的学潮,后逃亡国外,与无政府主义首领巴枯宁结识。一八六九年九月,涅恰耶夫手持巴枯宁签署的全权委托书,以"世界革命同盟俄国分部"代表的名义回到莫斯科,计划在俄国建立反政府的秘密团体"人民惩治会"。涅恰耶夫在莫斯科建立了几个秘密的"五人小组",由他单线领导,小组成员则主要由莫斯科彼得农学院的学生组成。涅恰耶夫的专制独裁,引起了这一团体内部的摩擦和不满,并导致其成员伊万诺夫(即小说中的沙托夫)要求退出这一秘密团体。在涅恰耶夫的蛊惑与煽动下,五人小组成员暗杀了伊万诺夫,借口是他可能向当局告密。这一暗杀行动引起了警方的注意,从而暴露了"人民惩治会"的地下活动。其成员几乎全部被捕,涅恰耶夫逃往国外。

　　《群魔》是一部抨击"涅恰耶夫主义"或涅恰耶夫左倾冒险主义的政治小

说，虽然小说的主题和内容更为深广：小说主人公其实并不是彼得·韦尔霍文斯基（即涅恰耶夫，他只是布景和道具），而是那个"绝顶聪明的毒蛇"尼古拉·斯塔夫罗金和四十年代的自由主义遗老斯捷潘·韦尔霍文斯基。再说，上述三人，仅是艺术形象，虽然可以在现实生活中找到他们的原型，但并不能在二者之间画等号，这是一般人应有的常识。陀思妥耶夫斯基早就申明："我不会单纯复制"，"我的想象可以与现实情况不同，我的彼得·韦尔霍文斯基可能与涅恰耶夫毫无共同之处，但我觉得，我的受到极大震动的头脑通过想象创造了一个与这一暴行相适应的人物、典型……我以为，这类卑微的畸形怪物不值得文学描写……这个人物在我的小说中近乎一半是一个丑角式人物。"

就算彼得·韦尔霍文斯基是涅恰耶夫吧，为什么写了涅恰耶夫就是"对革命的最肮脏的诽谤"呢？难道涅恰耶夫这个无政府主义的忠实信徒，这个为了达到目的不择手段的"革命"狂人，能代表俄国十九世纪四十年代的革命运动吗？[①]"涅恰耶夫主义"应不应当受到谴责，应不应当受到批判呢？请看马克思、恩格斯对涅恰耶夫、涅恰耶夫事件和涅恰耶夫主义的评论和批判。

恩格斯在《流亡者文献》一文中指出，涅恰耶夫在俄国进行的冒险活动，乃是"俄国运动中肮脏的，毫无疑问非常肮脏的一面"[②]，他又指出巴枯宁"组织了一个秘密团体，其唯一目的是要使欧洲工人运动服从少数冒险家的暗中的独裁；为这个目的干出了种种卑鄙勾当，特别是涅恰耶夫在俄国干出的卑鄙勾当。"[③] 马克思恩格斯在《社会主义民主同盟和国际工人协会》这一小册子中还具体谈到了"涅恰耶夫案"："八十多个男女被告，除了少数几个人以外，

---

① 巴枯宁是第一国际中的反对派，他一贯反对无产阶级革命和无产阶级专政，后被第一国际开除。
② 《马克思恩格斯全集》第18卷，第592页。
③ 同上。

全部都是青年学生……他们的罪行在于他们参加了一个假冒国际工人协会（即第一国际——笔者）名义的秘密团体，拉他们加入的是一个持有据说是盖有国际印章的委托书的国际革命委员会密使。这个密使指使他们进行了多次诈骗活动，强迫他们当中的几个人帮助他进行暗杀；这次暗杀使警察局找到了秘密团体的线索，但是，正像常见的那样，密使本人已经隐藏起来了。"[1] 他俩还具体谈到被"人民惩治会"暗杀的伊万诺夫，"是莫斯科农学院最受爱戴、最有影响的学生之一"[2]。

马克思、恩格斯严厉批判了涅恰耶夫和涅恰耶夫分子"所有这一切幼稚的、宗教裁判所式的手法"[3]。他们写道："多么可怕的一群革命者！他们想要消灭一切，'一切的一切'，把一切都变成无定形的东西；他们拟定公敌名单。用匕首、毒药、绞索、枪弹对付他们要加害的对象，他们甚至打算把某些人的'舌头拔掉'，但是他们匍匐在沙皇的威严之下。……同盟（指巴枯宁的'社会主义民主同盟'或所谓'世界革命同盟'——笔者）并不是同现存的国家，而是同革命者进行战争，因为革命者不想卑躬屈节地在它演出的悲喜剧中担任无足轻重的配角。给宫廷和平，对茅屋宣战！"[4] 涅恰耶夫写过一篇《谁不赞成我们，谁就是反对我们》的文章，马克思、恩格斯认为，这无异"是一篇对政治暗杀活动的辩护词"[5]。

涅恰耶夫在他写的《革命问答》中说："我们的事业就是可怕的、完全的、无所不在的、无情的破坏。"他又在他写的《未来社会制度的主要基础》中描写了他为之奋斗的未来社会。马克思、恩格斯讽刺道："多么美妙的兵营式共

---

[1] 《马克思恩格斯全集》第18卷，第439页。
[2] 同上，第461页。
[3] 同上，第463页。
[4] 同上，第451—452页。
[5] 同上，第469页。

产主义的典范呀！在这里一切齐全：公共食堂和公共寝室，评判员和为教育、生产、消费，总之为全部活动规定了各种办法的办事处。而作为最高领导者来统率一切的是无名的，谁也不知道的'我们的委员会'。"[1]

以上我们引用的话是无产阶级革命导师马克思与恩格斯的原话，写于一八七三年，即宣布把巴枯宁开除出国际的那一年。而陀思妥耶夫斯基的《群魔》则作于一八七一至一八七二年。陀思妥耶夫斯基在先，马克思与恩格斯在后。由此可见，陀思妥耶夫斯基具有多么敏锐的政治洞察力。为什么马克思、恩格斯的话就是对的，陀思妥耶夫斯基就是"含血喷人"，就是"对革命的最肮脏的诽谤"呢？难道有人认为，巴枯宁、涅恰耶夫这些反革命无政府主义者，是他们的"革命"先驱吗？

臧仲伦

二〇〇一年六月于北大承泽园

---

[1]《马克思恩格斯全集》第18卷，第470页。

哪怕打死我，路也看不清，
我们迷路了，我们怎么办？
显然，魔鬼把我们领进旷野，
使我们原地打转。……
魔鬼有多少，把他们往哪儿赶，
他们干吗这样凄苦地歌唱？
为老妖送葬，
还是妖女出嫁，难舍难分？

——亚·普希金

那里有一大群猪，在山上吃食。鬼央求耶稣，准他们进入猪里去。耶稣准了他们。鬼就从那人出来，进入猪里去。于是那群猪闯下山崖，投在湖里淹死了。放猪的看见这事就逃跑了，去告诉城里和乡下的人。众人出来要看是什么事，到了耶稣那里，看见鬼所离开的那人，坐在耶稣脚前，穿着衣服，心里明白过来，他们就害怕。看见这事的，便将被鬼附着的人怎么得救，告诉他们。

——《路加福音》第八章第三十二至三十六节

群 魔

БЕСЫ

第一部

ЧАСТЬ ПЕРВАЯ

第一章　代引言：德高望重的斯捷潘·特罗菲莫维奇·韦尔霍文斯基生平中的若干轶事

一

鄙人志大才疏，所以在下笔描写不久前发生在敝城这个至今平淡无奇的城市里的咄咄怪事时，不得不从稍前的往事说起，即从才华横溢而又德高望重的斯捷潘·特罗菲莫维奇·韦尔霍文斯基的若干轶事说起。这些轶事仅是本纪事的一个引子，我打算描写的故事本身，还在后头。

一言以蔽之：斯捷潘·特罗菲莫维奇经常在我们中间扮演一种有点特殊的，可以说是忧国忧民的志士仁人的角色，而且他也酷爱这一角色，我甚至觉得，不扮演这一角色他就活不下去。我丝毫无意把他比作戏台上的演员：上帝保佑，何况我本人对他一向尊敬。这一切很可能是习惯使然，或者不如说他从小就养成了一种孜孜以求的高尚志趣，一向以志士仁人自诩，把这视同一种愉快的幻想。比如说，他非常喜爱他那"被迫害者"以及可以说是"被贬谪者"的地位。在这两个称谓中别有一种令他始终感到心醉神迷的典雅的光辉，这光辉后来在如许年的漫长岁月中逐渐提高了他在自己心目中的地位，终于使他达到某种令他本人志得意满的极高声望。在上世纪的一部英国讽刺小说中，有个人名叫格利佛，他从小人国回来，小人国的人总共才有这么两俄寸[①]高，他身居他们中

[①]　1俄寸约合4.45厘米。

间，已经养成了以巨人自居的习惯，以致他踱蹼伦敦街头，不由得向过往行人和来往马车大叫，让他们在他面前闪开，当心别让他无意中把他们踩死了，他总以为自己还是巨人，而他们不过是些小不点儿。因此人家就笑话他，骂他，一些粗野的马车夫甚至用鞭子抽这巨人；但他们这样做对吗？习惯成自然，什么事情做不出来呢？习惯使斯捷潘·特罗菲莫维奇也几乎干出同样的事，不过更天真、更无恶意罢了，如果可以这样说的话，因为他的确是一位非常好的人。

我甚至这么认为，到后来，大家都把他忘了，到处都没人提起他，但是绝不能因此说，过去也根本不知道他。无可争议，他一度跻身于我国上一辈灿若群星的某些名流之列，有一个时期（诚然，转瞬即逝，为时极短），他的大名在当时许多心急的人的口碑中，几乎与恰达耶夫、别林斯基、格拉诺夫斯基①以及在国外刚刚崭露头角的赫尔岑的大名并列。但是，斯捷潘·特罗菲莫维奇的活动，可以说吧，由于"情势复杂，变幻莫测"②，几乎在锋芒初露的同时便夭折了。这是怎么回事呢？后来查明，既没有所谓"变幻莫测"，甚至也根本没有什么"情势复杂"，起码在这件事上是如此。仅在前不久我才得知，斯捷潘·特罗菲莫维奇蛰居敝省，生活在我们中间，不仅不是贬谪（正如我们一贯认为的那样），甚至也从来没有受到过监视，这事使我感到非常惊奇，然而这消息却是绝对可靠的。由此可见，一个人的想象力竟会丰富到这种程度！他终其身都真心诚意地相信，在某些领域总有人对他放心不下，他的一举一动都不断有人向上

---

① 格拉诺夫斯基（1813—1855），俄国历史学家、社会活动家，莫斯科西欧派首领，莫斯科大学教授，俄国研究西欧中世纪史的奠基人，具有演说才能，对历史问题有深刻研究，反对俄国的专制制度与农奴制。据称，他是本书主人公斯捷潘·韦尔霍文斯基的原型，但也不尽然，他是艺术典型，而不是某个历史人物的写照。
② 此话可能源于果戈理《致友人书信选》中所说"时局混乱，变幻莫测"，结果"几乎使每个人"都失去了"为自己的故土做好事和做真正有益的事而充分施展才能的可能"。

第一部

举报，并被记录在案，近二十年来，敝省已更换了三任省长，每位省长在前途履新，荣任省座之际，总会对他抱有某种特别的、感到麻烦的想法，这也是上峰委以省座时首先提醒这位省长注意的。倘若当时有人以颠扑不破的证据让刚正不阿的斯捷潘·特罗菲莫维奇相信他对此根本就无须担心，他一定会生气的。同时，他是一位非常聪明和才华出众的人，甚至可以说是学界翘楚，虽然话又说回来，在学术上……嗯，总而言之，他在学术上成就不大，而且，似乎，一事无成①。但是，要知道，在我们俄国，翘楚、耆宿云云，一向都虚有其名。

他从国外归来，昙花一现地在某大学执掌教席，那已是四十年代末了。他一共才讲了几堂课，好像讲的是有关阿拉伯人的历史；②他还答辩并通过了一篇出色的学位论文，这篇论文研究的是在一四一三至一四二八年，德国的一座小城汉瑙本来可能起到一种非军事的、汉萨同盟的作用，与此同时，还论述了这一作用根本未能实现的那些特殊的、至今弄不清的原因。这篇学位论文巧妙地刺痛了当时的斯拉夫派，在他们中间一下子招来了许多狂怒的敌人。③尔后（不过已在他丢掉教席之后）他在一家译介狄更斯和宣扬乔治·桑

---

① 关于格拉诺夫斯基的这类评论，源出莫斯科大学教授、东方学家格里戈里耶夫（1816—1881）。他在论文《到莫斯科担任教授以前的格拉诺夫斯基》中竭力贬低格拉诺夫斯基作为学者和社会活动家的声誉，说他只是"照本宣科，消极地传授知识"，又说"博览群书并不等于有资格得到学者的头衔"。后来赞同格里戈里耶夫这一评价的还有皮沙列夫，他把格拉诺夫斯基归入"有迷人的歌喉的海妖"之列。但许多人（包括车尔尼雪夫斯基）不同意上述观点，认为格拉诺夫斯基是一个"伟大的学者"，是"祖国真正的儿子"。

② 1804年，格拉诺夫斯基曾在课堂上讲过中世纪史，其中大部分是讲高卢人和大洋洲的居民。但是格拉诺夫斯基讲的课程中并没有阿拉伯人问题。陀思妥耶夫斯基提到阿拉伯人，可能是为了讽刺斯捷潘·特罗菲莫维奇·韦尔霍文斯基的讲课内容，也可能是暗示果戈理曾应邀到圣彼得堡大学讲授古代史和中世纪史一事，果戈理曾花很大精力讲阿拉伯人问题，但是反响不好。

③ 1845年，格拉诺夫斯基的硕士论文《沃林、约姆斯堡和维涅塔》在莫斯科大学答辩，该文研究的是西欧中世纪的城市史，曾受到斯拉夫派舍维廖夫和博江斯基的攻击。汉瑙是德意志的一座古城，位于莱茵河畔，是一座港口城市。汉萨同盟产生于中世纪，是德意志北部诸城市的商业和政治同盟。

的进步月刊上①发表了一篇极其深刻的论文的开头部分（可以说吧，是为了报复，以示他们失去了怎样一个人）——似乎是谈某一时代的某些骑士何以有非常高尚的道德情操②，或者这一类问题。起码其中提出了某种崇高的和非常高尚的思想。后来有人说，这篇论文的后续部分立即被禁，甚至这家进步刊物也因为发表了这篇文章的前半部分而受到了警告。这是很可能发生的，当时什么稀奇古怪的事没有呢？但是就这件事来说，很可能是什么也没有发生，不过是作者自己偷懒，没有把这篇论文完稿罢了。至于他中止讲授有关阿拉伯人的课，乃是因为某某人（显然是他的诸多反动的仇敌之一）不知用什么办法截获了一封他致某某人的信，信中谈了一些"情况"，因此便有人要求他对此作出某种交代。③我不知道是否真有其事，但是也有人断言，就在那时候，彼得堡破获了一个庞大而又反常的反国家集团④，人数大约十三名，几乎动摇了我们的国家大厦。据说，他们似乎还准备翻译傅立叶本人的著作。无独有

---

① 指《祖国纪事》，该杂志曾于19世纪40年代大量刊载过狄更斯的小说和乔治·桑的小说。陀思妥耶夫斯基曾于1845年10月8日写信给哥哥说："你去读一读《特芙丽诺》（作者乔治·桑，载《祖国纪事》十月号）。在我们这个世纪还没有出现过类似的作品。"他还曾在一篇文章中说道："我们如饥似渴地只读乔治·桑的作品——上帝啊，当时我们读得简直入了迷。"

② 讽刺性地暗示格拉诺夫斯基发表于《教育丛书》中论述法国中世纪骑士的文章，该文名为《骑士巴亚尔德》。后来，俄国文学评论家、文学史家、彼得堡科学院院士尼基坚科（1804—1877）反过来称格拉诺夫斯基本人是"思想上的巴亚尔德，无畏与无可指责的骑士"。

③ 格拉诺夫斯基在1846年2月4日的一封信中写道："去年，有人三次告密，说我是一个对国家、对宗教有害的人。"在审理彼得拉舍夫斯基小组一案中查明，格拉诺夫斯基对大学生以及彼得拉舍夫斯基小组成员有很大影响，于是莫斯科总督遂对这位"不可靠"的教授进行秘密监视。据说，有人指控格拉诺夫斯基在讲授历史时似乎从来不提左右历史事件和各民族命运的上帝的意志和作为。因此，莫斯科都主教菲拉列特要求格拉诺夫斯基就这一指控作出交代。

④ 指彼得拉舍夫斯基小组（1846—1849），陀思妥耶夫斯基本人年轻时也是该小组的成员。它的政治纲领是消灭俄国的专制制度和农奴制。法国空想社会主义者傅立叶的学说对彼得拉舍夫斯基小组颇有影响。因此1848年有人建议把傅立叶的著作译成俄语，以便让不懂法语的人也能阅读和"研究它的体系"。

偶，与此同时，在莫斯科查获了斯捷潘·特罗菲莫维奇的一部长诗，这还是他六年前十分年轻的时候在柏林写的，曾以手抄本行世，在两名文学爱好者中间流传，并为一名大学生所珍藏。这部长诗现在就放在我的书桌里；我得到这部长诗不会早于去年，由斯捷潘·特罗菲莫维奇亲自赠予，是一部最近的手抄本，由作者亲手誊写和亲笔题签，封皮是红色山羊皮，装帧十分精美。这部长诗并不缺乏诗意，甚至也不乏一定的才气；但是写得很怪，不过在当时（确切点说，在三十年代）这类写法是十分平常的。可是要说出它的情节，我很为难，因为说实话，情节云云，我什么也没有看懂。这是一部以富有抒情性的戏剧形式写成的讽喻作品，颇像《浮士德》的第二部。全剧以女声合唱开始，其次是男声合唱，然后是某些精灵的合唱，最后则是一些虽然还不曾活过但却非常想活的灵魂的合唱。所有这些合唱，唱的都是一种十分含混不清的东西，大部分是唱某人的诅咒，带有一种高雅的幽默色彩。但是情景突然变换，某个"人生的节日"来临了，喜庆中，甚至昆虫也放声歌唱，出来了一只乌龟，满嘴是神圣的拉丁语，记得，甚至还有一块矿石，即一种根本没有生命的东西，也唱了一支什么歌。总之，万物都在不停地歌唱，即便说话，也是含混不清地互相谩骂，但依旧带有高雅的色彩。最后，场景又变换了，出现了一片蛮荒之地，在悬崖峭壁间，有个文明的年轻人在来回彳亍，他一面揪着野草，吮吸着，一位仙女问他：干吗要嗫这些草汁？他回答说，他感到活腻了，想忘却一切，结果在这些野草的汁液中找到了忘却之道；但是他的主要心愿还是尽快失去理智（这心愿说不定是多余的）。接着，突然有一位非常英俊的美少年骑着一匹黑马登场了，他身后跟随着多得不可胜数的世界各族人民。这少年代表死神[①]，而各族人民都渴望见到死神。最后，已是最后

---

① 参见《启示录》第六章。不过《启示录》中代表死神的骑手骑的是灰马，而不是黑马。

一场，突然出现了巴别塔①，建造该塔的大力士们终于唱着新的希望之歌把这塔建成了，当他们已经建到塔顶的时候，有个神，比如说，俄林波斯圣山的统治者②吧，却可笑地逃跑了，于是恍然大悟的人类便占领了他的位置，立刻以洞察万物的新见解来开始自己的新生活。嗬，就是这样一部长诗，当时却被认为是危险品。去年，我曾向斯捷潘·特罗菲莫维奇建议把它发表出来，因为在我们当代这是完全无罪的，但是他却带着明显的不满拒绝了我的建议。他不喜欢把他的诗剧看成是完全无罪的，我甚至认为，他在长达两个月的时间内对我十分冷淡，其因也盖出于此。这到底是怎么回事呢？ 突然，几乎就在我建议他在这里发表这部长诗的同时——它却在那里③，在国外被收在一本革命文集里发表了④，而且事先斯捷潘·特罗菲莫维奇对此一无所知。起先他吓了一跳，立刻跑去找省长，并给彼得堡写了一封十分光明磊落的辩护信，他把这信给我念了两遍，但是没有发出，因为不知道应该寄给谁。总之，他焦躁不安地过了整整一个月；但是我深信，他的内心深处一定感到万分得意。他弄到了一本文集，差点没同这本书同起同睡，白天则把它藏在床垫底下，甚至不让女用人替他铺床。他每天都在等什么地方给他发来贺电，可是表面上又装得满不在乎。

---

① 源出《圣经·创世记》第十一章第一百一十九节。巴别塔即通天塔。耶和华变乱天下人的语言，使他们彼此无法交流和协作，因而未能建成。
② 俄林波斯圣山是希腊神话中的众神居住地，该山的统治者即主神宙斯。
③ 加着重号部分文字在原著中是斜体，以下不再一一标注。
④ 在讽刺性地描述斯捷潘·特罗菲莫维奇的长诗时，陀思妥耶夫斯基曾利用俄国语言学家和文学家佩切林（1807—1885）年轻时写的三部曲《大杂烩，或你想要什么就会请求什么》的形式与情节。这三部曲有一部名为《死神的胜利》。这部长诗刊载在《北极星》1861年第六期上，后来又转载于奥加廖夫主编的《十九世纪俄国秘密文献》（伦敦，1861）。在《死神的胜利》中有许多合唱。包括风、火炬和繁星组成的合唱。其中有一场出现了一个以《启示录》中骑白马的骑手形象出现的死神。护送死神的有苍天、大地以及向死神唱赞歌的各族人民。当时的读者通过佩切林的长诗看到的是，在镇压十二月党人后，俄国爱好自由的青年心情沉重和感到压抑的反映。也有人（艾德尔曼）说，我们所不知道的三部曲的第三部就是"陀思妥耶夫斯基转述其内容的未来世界的图画——人生的节日"。

结果是什么电报也没有来。于是他便与我立刻言归于好，由此可以证明他那颗温文尔雅而又不念旧恶的心是非常善良的。

二

我倒不是断言他根本没有感到任何痛苦；现在我深信，他只要做些必要的解释，就可以继续讲他的阿拉伯人，而且爱讲多少都成。但当时他太自以为是了，同时也太匆忙了，急于使自己深信不疑，似乎他这辈子的前程已被"变幻莫测的事态"打得粉碎。其实说穿了，改变他前程的真正原因，乃是中将夫人即当地巨富瓦尔瓦拉·彼得罗芙娜·斯塔夫罗金娜早先就已向他提出过的、现在又重提的一个极其微妙的建议，请他充当她的独生子的高级教师和朋友，负责对他进行教育和整个智育培养，且不说报酬从丰，束脩优渥了。头一回向他提出这一建议还是在柏林的时候，正值他初次丧偶鳏居之际。他的发妻是敝省一个举止轻浮的姑娘，当他还十分年轻的时候就冒冒失失地跟她结了婚，由于囊中羞涩，养不起她，再加上其他一些多少微妙的原因，看来，他跟这个女人（话又说回来，长得十分妩媚动人）在一起吃了不少苦头。她死于巴黎，最后三年已跟他处于分居状态，给他留下了一个五岁的儿子，正如不胜惆怅的斯捷潘·特罗菲莫维奇有一回当着我的面脱口所说，这是他"欢乐的、尚未黯然失色的初恋的果实"。这只小鸟从一开始就被送回俄国，一直在某个偏僻的地方，交由几位远房的姑妈抚养。斯捷潘·特罗菲莫维奇拒绝了瓦尔瓦拉·彼得罗芙娜那时提出的建议，不满一年又很快续弦了，娶了一个不爱说话的柏林姑娘为妻，主要是这次结婚毫无必要，没有特别的道理。但是，除了这个原因以外，还有一些其他原因，使他谢绝了西席之职：当时有一位名噪一时、令人难忘的教授，他的名声吸引了他，于是他便插翅飞上了他早就跃跃欲试的讲坛，想试一试他那雄鹰的翅膀。可是现在他已铩羽而归，因此他也就自然而然地想起了还在过去就曾动摇过他的决心的那一建议。第二位夫人跟他过了不到一年便溘然长逝，这就把一切彻底安排妥了。说穿了：一切迎刃而解，盖由于瓦尔瓦拉·彼得罗芙娜的热情关怀，以及瓦尔瓦拉·彼得罗芙娜对他那弥足珍贵的，可以说吧，尽善尽美的友谊，如果对于友谊也可以这样形容的话。他投身于这友谊的怀抱，于是这事便从此敲定而且一定就是二十余年。我使用了"投身于怀抱"这一说法，但愿上帝保佑，不要让有些人想过了头，作些无聊的猜测；这里的所谓怀抱，应当理解为高风亮节。最精巧和最最微妙的关系，从此把这两位如此杰出的人物永远联系在一起了。

西席一职之所以被接受，还因为斯捷潘·特罗菲莫维奇的发妻遗留下来的庄园很小，而且与斯塔夫罗金家在敝省宏伟的城郊庄园斯克沃列什尼基左右毗邻。再说，在幽静的书斋里，从此可以不再为大学里庞杂的课程所分心，而可以潜心于学术事业，用极其深刻的学术著作来丰富祖国的语文科学。学术著作并未面世；但是却可能以一种站在祖国面前的所谓"谴责的化身"的姿态昂首挺立，凡二十余载，了此余生，诚如一位人民诗人所说：

　　作为谴责的化身

　　…………

　　你站在祖国面前，

　　自由主义的理想家。[1]

但是，如果这位人民诗人所形容的那个人愿意这样做的话，也许，他就有

---

[1] 源出涅克拉索夫的长诗《熊猎》（1866）。

第一部

权一辈子摆出这样一副姿态,虽然这样做未免乏味。说真格的,咱们这位斯捷潘·特罗菲莫维奇与这一类人相比,不过是个模仿者,再说老这么昂首站着也未免疲劳,因此常常侧身躺下,小憩片刻。虽然侧身而卧,应当说句公道话,他在这卧姿中也依然保持着谴责的化身这一姿态①,何况对于敝省上下这样也就足够了。在敝城俱乐部里,当他坐下来打牌的时候,您不妨瞧瞧他那副尊容。他的整个模样都似乎在说:"打牌!我坐下来跟你们打叶拉拉什②!难道这可以并存吗?谁应该对此负责?谁粉碎了我的学术生涯,把它变成了叶拉拉什?唉,就让俄国亡国灭种吧!"他说罢便威严地甩出一张红心王牌。

不过说真格的,他非常喜欢斗牌,就因为斗牌,尤其在最近,他经常与瓦尔瓦拉·彼得罗芙娜发生不愉快的冲突,何况他又经常输钱。③不过这是后话。现在我只想指出,他甚至是一个经常受到良心谴责的人(就是说,有时候),因此常常愁眉不展。在他同瓦尔瓦拉·彼得罗芙娜长达二十年的友谊中,他每年有三四次常常陷入我们称为"忧国忧民"的状态中,就是说,不过是闷闷不乐罢了,但是深受人们尊敬的瓦尔瓦拉·彼得罗芙娜却喜欢使用"忧国忧民"这词④。后来,除了忧国忧民以外,他又开始陷入香槟酒之中;但是对他关怀备至的瓦尔瓦拉·彼得罗芙娜一辈子都保护着他,没让他染上任何

---

① 试比较果戈理《致友人书信选》中的文字:"请注意,别让人家这么说你:'瞧,这个糟老头!一辈子侧身而卧,什么事情也不做,可现在却站出来指责别人:他们为什么不这么做?'"

② 古时的一种牌戏。

③ 据格拉诺夫斯基的同时代人回忆,在"反动势力猖獗"的年代,他"因自由主义受到上峰怀疑而每分钟都在等待惩罚",因此"爱上了打牌,想在打牌中寻找忘却;可是打牌非但使他倾家荡产,而且使他陷入还不清的债务之中,非但没有使他忘却,反而使他的心情更忧郁了,此外还加上精神上感到屈辱的痛苦之感"。

④ "忧国忧民"一词在19世纪60年代特别流行。例如,谢尔比纳就曾在《帕纳耶夫的墓志铭》(1862)中使用过这词,后来他解释道:"'忧国忧民'这种病当时在彼得堡很流行,因此有些中学生和军官学堂的学生死了,也说是因为这病。"

庸俗的嗜好。他也确实需要一位保姆，因为有时候他会变得十分古怪：当他处在最崇高的忧伤之中，会忽然像个最普通的黎民百姓一样开怀大笑。还有些时候，他甚至对自己也会幽默地讽刺几句。但是瓦尔瓦拉·彼得罗芙娜最害怕的就是这种幽默的讽刺。她是一位正统的妇女，是一位赞助文学事业的女性，她的所作所为仅出于高尚的考虑。这位高尚的妇女对她的穷朋友的长达二十年的影响至为巨大。关于她应当另作交代，现在我就来谈她的情况。

三

有这么一种奇怪的友谊：两个朋友都恨不得把对方给吃了，一辈子就这么活着，可是彼此又分不开。要分手甚至根本办不到：如果当真发生了这种事，那个由着性子胡闹、跟对方中断关系的朋友，一定会首先病倒，甚至一命归天也说不定。我千真万确地知道，斯捷潘·特罗菲莫维奇有好几次，有时还是在和瓦尔瓦拉·彼得罗芙娜面对面地倾心交谈、互诉衷肠之后，等她一走，他又从沙发上突然跳起来，开始用拳头捶打墙壁。

他这样做并没有丝毫难解之处，有一次他甚至还从墙上敲落了一块白灰。也许有人会问：这样微妙的事我怎么会知道呢？倘若我是目击者，目睹了这情景，又怎么样呢？倘若这是斯捷潘·特罗菲莫维奇不止一次趴在我的肩膀上痛哭流涕，绘声绘色地向我描述他自己的全部底细，你们又会咋说呢？（他在这种情况下有什么话不说呢？）但是几乎在每次痛哭流涕之后都会发生这样的事：第二天他就因自己忘恩负义而甘愿把自己钉死在十字架上；他急匆匆地叫我去，要不就亲自跑到我房间里来，而他此来的唯一目的就是告诉我瓦尔瓦拉·彼得罗芙娜是"人格高尚和温文尔雅的天使，而他自己则相反"。他不仅跑来找我，甚至还不止一次地用他的生花妙笔写信给她，向她本人描述这一切，并在工工整整地签上自己的尊姓大名后向她坦白交代，前一天他曾

Ф. Достоевский

БЕСЫ

第一部

向一个不相干的人叙述，她之所以要他充当她府上的西席，是出于虚荣和嫉妒他的学识和才能；她恨他但又不敢明说，怕他拂袖而去，从而有损于她在文坛的声望；因此，他蔑视自己，拿定主意要自寻短见，现在就等她说最后一句话，从而决定一切，诸如此类，等等，等等。了解了这一切之后，就不难想象，这个年逾半百的、最天真的黄口小儿，一旦精神病发作，有时候会达到怎样的歇斯底里！有一回，我就亲自看到过这样一封信，这是在他们的某次争吵之后，就为不足挂齿的一点小事，但一吵起来就怒从心头起，恶向胆边生。我看后大惊失色，求他千万别把信寄出去。

"那不行……这样做更光明磊落……我责无旁贷……我倘若不向她承认一切，一切，我会死的！"他差点像发热病人似的回答道，还是把信发出去了。

瓦尔瓦拉·彼得罗芙娜就从来不会寄给他这样的信，他俩的差别就在这里。诚然，他酷爱写信，甚至跟她住在同一座楼里也常常给她写信，在歇斯底里发作的时候甚至一天写两封。①我清楚地知道，她阅读这些信时一向十分用心，甚至一天两封她也照读不误，看完后就标上日期，分门别类地放进一个特别的小匣子里；此外，她还把这些信珍藏在自己的心坎上。然后，便让她的朋友空等一整天，不予答复，遇到他时就像没事人似的，仿佛前一天什么特别的事也没有发生。她就这样慢慢、慢慢地把他调教过来了，连他自己都不敢提起前一天的事，只是注视着她的眼睛，窥视若干时候。但是她什么也没有忘记，倒是他有时候忘得太快了，看到她泰然自若就受到了鼓舞，倘有朋友前来，他甚至当天就嘻嘻哈哈，争着开香槟酒，像孩子般顽皮。想必，当时她恶狠狠地看着他，可是他竟毫无察觉！除非过了一周，过了一月，甚至于过了半年之后，在某时某刻，事有凑巧，他无意中想起在这样的信中有

---

① 试比较斯坦克维奇著《格拉诺夫斯基传》（莫斯科，1869）中所载："1841年6月1日，格拉诺夫斯基同未婚妻分别了六星期……在这几周内，他每天给她写一封信，有时一天写两封。"或者："有时候出门才几小时，他也要给她写信……"

某一句话，接着又想起了全信，连同全部情况，他才忽然羞愧无地，而且常常痛苦得上吐下泻，仿佛害了霍乱病似的。这种特殊的、类似于亚霍乱①的阵阵发作，在某种情况下往往是他的神经受到剧烈震荡后的通常出路，也是他的体格的某种颇为有趣的怪事。

的确，瓦尔瓦拉·彼得罗芙娜肯定恨死了他，而且十分经常地恨他；但是他在她身上只有一点直到最后都没有察觉，他终于成了她的儿子，她的创造物，甚至可以说，成了她的发明；成了与她血肉相连的某种东西，她之所以聘用他、供养他，绝不仅仅是出于"对他的才能的嫉妒"。如果这样揣测她，那就未免极大地侮辱了她！她身上除了对他抱有不断的憎恨、嫉妒和蔑视以外，还蕴藏着一种对他的让人受不了的爱。她保护他，使他纤尘不染，她百般照料他，照料了他二十二年，倘若事关他那诗人、学者和忧国忧民的志士仁人的声誉，她就会忧心忡忡地接连好几夜睡不着觉。她发明了他，她头一个对自己的发明物深信不疑。他仿佛是她的某种幻想……但是她对他的要求也很高，有时候甚至要求他像奴隶一样对她百依百顺。她极爱记仇，爱记仇到了令人难以置信的程度。既然谈到话头上，我就来谈两件趣事。

四

有一天，当时关于农奴解放的传说还只是略有耳闻②，整个俄国都突然欢

---

① 指上吐下泻，症状似霍乱，但又不是霍乱。
② 早在19世纪40年代俄国就谣诼纷纭，传说沙皇政府打算解放农奴。例如，尼基坚科在1841年4月9日的日记中写道："然而社交界却流传着一些奇怪的谣言。说什么在皇储大婚日业已准备好了农奴解放宣言。"赫尔岑也写道："从1842年起，俄国思想界的主要工作就是考虑农奴解放的方法问题。"1847，第三厅厅长奥尔洛夫伯爵曾向沙皇尼古拉一世报告，说什么"社会各界议论的主要对象是他们莫名其妙地相信陛下肯定乐于给农奴以彻底自由"。

喜雀跃准备全国复兴的时候，有一位从彼得堡来的男爵路过敝地，顺道拜访了瓦尔瓦拉·彼得罗芙娜。这位男爵与最高当局关系密切，而且非常接近决策层。① 瓦尔瓦拉·彼得罗芙娜非常重视这类拜访，因为自从她的夫君谢世以后，她与上流社会的关系便日益削弱，最后就完全中止了。男爵在她府邸坐了一小时，喝了点茶。当时没有任何宾客作陪，但是瓦尔瓦拉·彼得罗芙娜却把斯捷潘·特罗菲莫维奇请了来，摆了摆场面。男爵过去对他也久闻大名，或者装作久闻大名的样子，可是在用茶的时候却很少同他说话。不用说，斯捷潘·特罗菲莫维奇是不会让自己丢人现眼的，再加他的风度极为高雅。虽然他的出身似乎并不十分高贵，但是恰逢际遇，从很小的时候起就在莫斯科的一个显贵人家长大②，因此具有良好的教养；他的法语说得就跟巴黎人一样。因此，男爵从第一眼起就应该明白，瓦尔瓦拉·彼得罗芙娜虽然蛰居外省，但是围绕在她周围的都是何等样人。然而结果却不尽如人意。当男爵颔首肯定，当时刚刚传开的有关这次大改革的传闻确有其事之后，斯捷潘·特罗菲莫维奇突然情不自禁地喊了一声乌拉！甚至还用手做了一个表示欢天喜地的姿势。他喊的声音倒不大，甚至还十分优雅；甚至，说不定，他的欢天喜地也是事先安排好了的，手势也是在喝茶前半小时对着镜子特意排练好的；但是，当时他想必有什么东西未能尽如人意，因此男爵只是略显不悦地微微

---

① 据俄国学者研究，男爵的这次拜访很可能发生在"1856年秋"，在沙皇亚历山大一世3月接见各地首席贵族之后。沙皇在接见他们时曾说过下面这样一些话："你们中间散布了一个流言，说我想废除农奴制……你们自己也明白，现有的管理农奴的制度不可能始终不变。请你们把这话告诉你们那里的贵族，让他们想想这事应该怎么做。"

② 格拉诺夫斯基还是一个13岁的男孩的时候就被送到莫斯科，在一所私人寄宿学校里读了两年。这所寄宿学校是法学博士基斯特尔（1772—1849）开办的，他是莫斯科大学一位教德语和文学的老师。1826年，当格拉诺夫斯基在寄宿学校就读的时候，基斯特尔便租下了洛巴诺夫-罗斯托夫斯基公爵的府邸，使学生们过得"很阔"。在这所寄宿学校教书的，除了基斯特尔本人以外，还有莫斯科大学其他一些教授和学者。

一笑，虽然他立刻又特别客气地加了一句，谈到由于这件大事，所有俄国人的心一定理所当然地深受感动，云云。接着很快就走了，临走时也没有忘记向斯捷潘·特罗菲莫维奇伸出两个手指，以示握别。回到客厅后，瓦尔瓦拉·彼得罗芙娜先是沉默了大约三分钟，好像在桌上寻找什么东西似的；但是突然向斯捷潘·特罗菲莫维奇转过身来，脸色苍白，两眼发光，慢吞吞地悄声道：

"我永远也忘不了您干的这好事！"

第二天，她遇见自己的朋友又装出一副若无其事的样子；从来不提那天发生的事。但是过了十三年，在一个充满悲剧气氛的时刻，她又旧事重提，并且指责了他，像十三年前她头一次指责他时那样，脸色苍白。她在整个一生中只有两次向他说过："我永远也忘不了您干的这好事！"男爵那事已经是第二次了；但是第一次也颇为典型，而且似乎对斯捷潘·特罗菲莫维奇的命运影响至大，因此我也想谈谈那次的情况。

那是在一八五五年春，时当五月，即在斯克沃列什尼基得到斯塔夫罗金中将仙逝的消息之后。斯塔夫罗金中将是一位干事冒失的老人，他是在奔赴克里米亚现役部队履新的途中因胃部失调去世的。瓦尔瓦拉·彼得罗芙娜成了寡妇，穿上了重孝。诚然，她不可能感到很伤心，因为最近四年来夫妻俩因为性格上合不来完全分居了，她只给他提供生活费（中将本人总共只有一百五十名农奴和一份俸禄，此外就只有显赫的身份和关系网了；而全部财富和斯克沃列什尼基是属于瓦尔瓦拉·彼得罗芙娜的，她是一个非常富有的包税商的独生女）。虽然如此，这个出人意料的消息还是使她十分震惊，于是她就离开社交界，过起了完全孤独的生活。不用说，斯捷潘·特罗菲莫维奇一直待在她身边，寸步不离。

五月，万物复苏，生机盎然；傍晚时分更是景色宜人。稠李已繁花满树。

第一部

两个朋友每到傍晚都在花园里见面,在凉亭里一直坐到半夜,敞开心扉,互诉衷肠。这时光真是太富诗意了。瓦尔瓦拉·彼得罗芙娜由于命运骤变说的话就比平时多了些。她仿佛偎依在自己朋友的身旁,贴近他的心窝,就这样继续了几个晚上。斯捷潘·特罗菲莫维奇突然萌生了一个奇怪的念头:"这个痛不欲生的未亡人是否对他存有什么指望呢,她是否在等待一年服丧完毕之后由他向她提出求婚呢?"这念头是无耻的;但是,要知道,一个人身心高雅有时反倒会促使他对无耻的念头产生癖好,因为人的发展往往是多方面的。他开始仔细琢磨,终于发现这事庶几近之。他寻思:"不错,家私巨富,但是……"的确,瓦尔瓦拉·彼得罗芙娜不大像个大美人:高高的个儿、黄黄的皮肤,瘦骨嶙峋,一张显得太长的马脸。斯捷潘·特罗菲莫维奇越来越动摇不定,因怀疑而万分痛苦,甚至由于拿不定主意而哭了两次(他常常哭)。每到傍晚,就是说在凉亭里,他的脸不知怎么总是不由得流露出一种任性而又嘲弄,打情骂俏同时又傲慢的表情。他这样做是无意的,身不由己的,甚至一个人越高尚,这种表情就越看得出来。只有上帝知道这事的是非曲直,但是较有把握的是,足以完全证明斯捷潘·特罗菲莫维奇的疑心有道理的那种东西,在瓦尔瓦拉·彼得罗芙娜的芳心里尚未萌生。再说,她也不会易姓改嫁,将自己的斯塔夫罗金的姓氏换成他的姓氏,虽然他的姓氏也十分高贵。也许,从她那方面来说,这不过是女人的逢场作戏,是一种不自觉的女性需要的流露,在某些女人味十足的女人身上,这也是十分自然的。不过话又说回来,我也不敢担保;研究女人的芳心到底有多深,甚至至今尚未涉足!不过我还是接着说吧。

应当认为,她很快就在心中猜透了她那朋友脸上那种古怪的表情;她很敏感,看事很细心,倒是他有时候显得太天真了。但是傍晚之约依然跟过去一样进行,他们彼此的谈话也同过去一样极富诗意而又兴味盎然。直到有一天,随着夜幕的降临,在极其活跃而又极富诗意的谈话结束之后,两人友好地分了手，在斯捷潘·特罗菲莫维奇居住的那座厢房的台阶旁彼此热烈地握了握手。每年夏天，他都要从斯克沃列什尼基供老爷们居住的庞大府邸里搬出来，搬到这座几乎坐落在花园里的小厢房居住。他刚回到自己的房间，思绪万千地拿起一根雪茄，还没来得及把烟点上，就疲倦地、一动不动站在敞开的窗户前，注意地看着在一轮明月旁滑过的轻如绒毛的朵朵白云，这时突然传来一阵轻轻的簌簌声，使他打了个寒噤，回过头来。四分钟前他刚离开的瓦尔瓦拉·彼得罗芙娜又站到了他面前。她那张黄脸几乎变得铁青，嘴唇紧闭，嘴角在微微颤动。她一言不发地注视着他的眼睛足有十秒钟，眼神坚定而又铁面无情，她突然急促地悄声说道：

"我永远也忘不了您干的这好事！"

十年之后，当斯捷潘·特罗菲莫维奇悄悄地把这一让人伤心的故事讲给我听的时候，他先把房门锁上，向我起誓，当时他在原地都愣住了，既没有听见，也没有看见瓦尔瓦拉·彼得罗芙娜是怎么走开的。因为以后她从来没有，一次也没有向他暗示过那天发生的事，一切就像什么事也没有发生过似的照常进行，所以他毕生都倾向于认为，这一切不过是他病前的幻觉，再说当天夜里他还当真病了，而且一病就是整整两星期，因此，赶巧，也就中止了他俩在凉亭里的约会。

尽管他幻想那不过是他的幻觉罢了，但是他毕生中的每一天都似乎在等待着这件事的下文，或者可以说等待着这件事的结局。他不相信，这件事就这样不了了之了！如果是这样的话，他有时端详自己朋友的脸色就不免感到奇怪了。

五

她甚至亲自为他设计服装，而他也就穿着她设计的服装度过自己的一生。衣服很雅致，也很有特色：长襟的黑色上衣，纽扣几乎一直扣到颈部，穿着却十分潇洒、气派；一顶宽边软帽（夏天是草帽）；一条细麻纱的白色领带，打了个大领结，两端垂于胸前；一根装有银镶头的手杖，外加长发垂肩。他的头发是深褐色的，直到最近才略显斑白。他的唇髭和胡须都剃光了。据说，他年轻时非常英俊潇洒。但是依我看，即使老了也依旧器宇轩昂。再说，五十三岁又何老之有？但是，由于他总想摆出一副志士仁人的姿态，他不仅不想显得年轻，反而似乎倚老卖老，显示自己已经有了一大把年纪。他穿着自己那身服装，高高的个子，瘦削的身材，长发垂肩，颇像大牧首，或者说得正确些，颇像三十年代出版的某本文集里诗人库科利尼克的石印像①，尤其是夏天当他坐在花园里丁香盛开的花丛下的一张长椅上，双手扶着手杖，身旁摊开一本书，眺望着日落时分的满天晚霞，陷入充满诗意的沉思的时候。关于读书，我倒要说几句，到后来不知为什么他竟废卷不读。不过话又说回来，这已是最后了。瓦尔瓦拉·彼得罗芙娜订了许多报刊，这，他是经常看的。他也经常关心俄国文学取得的成就，虽然他丝毫没有丧失自己的尊严。过去，他曾一度热衷于研究我国内政与外交等当代高级政治，但是很快他就挥挥手把这事撂下了。也常常发生这样的事：他随手拿起一本托克维尔②的书走进花园，可是兜里却藏着一本保罗·德·科克③。然而，这都是不值一提的小事。

---

① 库科利尼克（1809—1868），俄国作家，曾写过不少充满宗教和保皇思想的戏剧、小说和诗歌。库科利尼克的画像为布留洛夫画的铜版画（1836），见《俄国文学家百人集·第一卷》（圣彼得堡，1839）。

② 托克维尔（1805—1859），法国资产阶级自由派历史学家和政治活动家，代表作有《美国的民主》《旧制度与革命》。这两本书对于1861年改革后的俄国影响颇大（比如其中提到代议制问题与中央集权问题）。对于《旧制度与革命》，当时有人写道："托克维尔的书印了十四版，整个欧洲的知识界都在读它，长久以来一直在各国的政治家中享有至高无上的权威。"

③ 保罗·德·科克（1793—1871），法国风俗派小说家，他的书于19世纪40年代在俄国颇为流行。他的书也泛指小市民的轻松读物，其中不乏自然主义的色情描写。

我还想再附带说一点库科利尼克画像的事：瓦尔瓦拉·彼得罗芙娜头一次看到这幅画像的时候还是个小姑娘，正在莫斯科贵族女子寄宿学校上学。她立刻就爱上了这幅画像。寄宿学校的所有小姑娘照例是碰到什么就爱什么，甚至也爱上自己的老师，主要是书法老师和绘画老师。但是，有意思的不是小姑娘们的天性，而是瓦尔瓦拉·彼得罗芙娜甚至在半百之年还把这幅画像作为自己秘藏的珍品收藏着，因此，也许正因为此，她才给斯捷潘·特罗菲莫维奇设计了有点像这幅画像上所画的那种服装。但是，当然，这也不过是小事一桩。

在最初几年，说得更确切些，在特罗菲莫维奇寄寓瓦尔瓦拉·彼得罗芙娜家的前一半时间里，他还想著书立说，每天都认认真真地准备执笔写作。但是到了后一半时间，想必连早先看过的东西也忘了。他越来越经常地对我们说："似乎，我已做好了写作的准备，材料也收集好了，然而就是写不出来！毫无办法！"说罢，他沮丧地垂下了头。毫无疑问，他在我们心目中成了科学的殉难者，这只会使他显得更伟大；但是他本人想要的却是另一种东西。"把我给忘啦，谁也不需要我啦！"他不止一次地脱口而出。这种强烈的忧郁，尤其在五十年代末，已完全左右着他的身心。瓦尔瓦拉·彼得罗芙娜终于明白，这事十分严重。再说她也不能忍受她的朋友被人遗忘了和不需要了。为了使他快活起来，为了使他重振昔日雄风，她当即带他去了莫斯科，因为那里她认识几位风流倜傥的文人雅士；但不料连莫斯科也不行。

当时是个特殊时期；出现了某种新潮，与过去的一潭死水大异其趣，这潮流十分古怪，但又随处都能感觉到，甚至连斯克沃列什尼基也不例外。谣诼纷纭，纷至沓来。所谈的种种事实，一般说，大家多少还是知道的，但是显而易见，除了这些事实以外，还出现了随之而来的许多思想，主要是这些思想多得不可胜数。正是这点使人困惑：怎么也适应不了，也弄不清这些思

第一部

想到底是什么意思？瓦尔瓦拉·彼得罗芙娜由于女人的天性，一定想弄清楚个中奥妙。她本来想亲自阅读报纸杂志，阅读国外的各种被禁的出版物①，甚至当时已经开始出现了许多传单②(这一切她都能弄到)；但是她看了以后只感到头晕。她动手写信：给她回信的人很少，而且越到后来越让人莫名其妙。最后，斯捷潘·特罗菲莫维奇被她郑重地请了去，请他把"所有这些思想"给她彻底解释清楚；但是对他的解释她仍旧极不满意。斯捷潘·特罗菲莫维奇对总的运动的看法十分高傲；他把一切都归结为他自己被人遗忘了，谁也不需要他了。最后终于提到了他，先是在国外的出版物，说他是个被放逐的受难者③。然后紧接着在彼得堡又说他是一个著名星座中的昔日明星；甚至不知道为什么把他与拉吉舍夫相比较。接着又有人著文说他业已去世，并答应要写文章纪念他④。斯捷潘·特罗菲莫维奇刹那间就复活了，并摆出一副雄赳赳气昂昂的样子。他对当代衮衮诸公的全部高傲一下子作鸟兽散，他心中又燃起了希望：投身运动，大显身手。瓦尔瓦拉·彼得罗芙娜立刻又对一切坚信不疑，又开始忙得不可开交。她决定毫不拖延地立刻到彼得堡去，对一切进行实地考察，亲自弄清一切，如有可

---

① 指赫尔岑于1853年在伦敦创办的自由俄罗斯印刷所印制的各种书籍、传单和小册子。
② 从19世纪60年代初开始，俄国革命民主主义者与俄国专制制度斗争的一个重要手段就是传单，例如《致年轻一代》、《大俄罗斯人》(1861)、《青年俄罗斯》(1862)等等。
③ 对于书中几次提到"受难者""殉难者"等有几种说法：一是联想到格拉诺夫斯基早年在《妇女杂志》(1828)上发表过一篇同名的诗；二是赫尔岑在《往事与随想》中谈到格拉诺夫斯基时称他是一个"深受苦难的人"；最后一种说法是陀思妥耶夫斯基本人在《俄国文学论文集》的序言中说："我国有一些心灵高度纯洁的人，他们说出了自己的热烈的、深信不疑的话……他们像孩子一样纯洁无邪而又忠厚朴实……他们像一些朴素的殉难者一样死去。"他在这里说的就是格拉诺夫斯基。
④ 可能在暗示在俄国屡见不鲜的事：有人明明活着，却宣布他死了。比如，1849年，加拉霍夫被迫在报刊上发表声明："加拉霍夫仍健在，现住莫斯科，正在积极编选自己的文集。"这样的事在1860年的《现代人》杂志上重又出现。在1865年的《呼声报》上还有人专门撰文讽刺这样的事。

能，则全身心地投入新的活动。顺便说说，她宣布，她准备创办一份自己的刊物，并且从此把自己的整个生命都贡献给这份刊物。斯捷潘·特罗菲莫维奇看到事情甚至发展到这等地步，就变得更高傲了，一路上他几乎以一种保护者的姿态来对待瓦尔瓦拉·彼得罗芙娜，对此，她立刻记在了自己心上。话又说回来，她此行另有一个非常重要的原因，说穿了，就是想借此恢复与上流社会的联系。必须尽可能让上流社会想到她，起码也要试一试。此行公开宣布的借口是去看望她的独生子，当时他正在彼得堡贵族学校上学，行将毕业。

六

他们来到彼得堡，在彼得堡几乎住了整整一个冬季。但是快到大斋期①的时候，一切就像七彩的肥皂泡一样破灭了。种种幻想都已灰飞烟灭，而纷乱的局势不仅没有明朗化，反而变得更恶劣了。首先，与上流社会恢复联系几乎没有办成，只在微乎其微的范围内，而且显得那么低三下四，那么牵强。备受屈辱的瓦尔瓦拉·彼得罗芙娜急于完全投身于"新思想"，于是便在自己家中开晚会。她请来了一些文人雅士，他们便立刻呼朋引类，一窝蜂来了许多人。后来便不请自来；你带我来，我带你去。她还从来没有见过这样的文人雅士。他们虚荣到难以想象的程度，而且完全公开，好像以此履行自己的义务似的。有些人（虽然远不是所有的人）来的时候都已经喝醉了，但是他们那副神态仿佛意识到其中有某种昨天才刚刚发现的特殊的美。他们这些人全都以什么什么而自豪，骄傲得出奇。在所有人的脸上活画出好像他们刚刚

---

① 基督徒在复活节（每年春分月圆后的第一个星期日）前必须持斋四十日或七周，称为大斋期。

发现了一个绝顶重要的秘密似的。他们互相谩骂,不以为耻,反以为荣。要弄清楚他们到底有何著述,那是相当困难的;但是这里有批评家、小说家、剧作家、讽刺作家,还有写暴露文学的人。斯捷潘·特罗菲莫维奇甚至深入到他们的最高层,深入到运动的指挥机构。这些指挥者高高在上,高不可攀,但是他们欢迎他,对他很亲切,虽说,当然,他们当中没有一个人知道和听说过关于他的任何情况,除了说他"代表着一种思想"①以外。他在他们周围随机应变,尽管他们都似乎高高在上,他还是一而再,再而三地邀请他们,请他们到瓦尔瓦拉·彼得罗芙娜的沙龙里来。这些人都很严肃,也很有礼貌;举止风度都很好;其余的人想必怕他们:但是显然,他们没工夫,无暇及此。也出现了两三名过去的文坛名流,他们当时正好在彼得堡,而且瓦尔瓦拉·彼得罗芙娜早就跟他们保持着极其高雅的关系。但是,使她感到惊异的是,这些货真价实、不容置疑的名流,居然比水还静,比草还低,而他们中的有些人居然对这帮新贵竭力奉迎,可耻地巴结他们。②起先,斯捷潘·特罗菲莫维奇很走运;有人抓住他,开始让他在公开的文学集会上亮相。③有一回,在一次文学大众讲座上,当他以讲演者的身份头一次登台讲演时,蓦地响起了发狂般的掌声,经久不息,约五分钟之久。九年后,他含着眼泪想起此事——不过并非出于感激,而是由于他的艺术天性。"我敢向您起誓,并且打赌,"他曾亲口对我说(不过只是对我说,而且是作为秘密告诉我的),"所有这些听众中没有一个人认识我,可以说对我一无所知!"能承认这点真是太妙了:如果他当时站在讲台上,尽管大喜过望,还能这么清楚地懂得自己的处境,可见他的脑子是敏锐的;可是,甚至过了九年,他回想起那件事时,

---

① 格拉诺夫斯基曾是莫斯科西欧派的首领。这里说他"代表着某种思想"指西欧派思想。
② 从这句话起陀思妥耶夫斯基开始在小说中对屠格涅夫进行一连串的影射和攻击,此其一耳。
③ 1859年底因创办"赈济贫苦文学家与学者协会"(文学基金会)曾多次举办文学讲座。从1860年起,陀思妥耶夫斯基成了这些文学讲座的最积极参加者之一。

竟毫无气恼之感，又足见此公的脑子太迟钝了。人家让他在两三份集体抗议书（抗议什么，他也不知道）上签名①；他签了。也有人让瓦尔瓦拉·彼得罗芙娜在抗议书《不成体统的行为》②上签名，她也签了。不过话又说回来，这些新潮人物的大多数虽然也去拜访过瓦尔瓦拉·彼得罗芙娜，但是不知为什么却认为自己理应带着蔑视，带着不加掩饰的嘲笑来看她。后来，在苦涩的时刻，斯捷潘·特罗菲莫维奇曾向我暗示，她从那时候起便嫉妒起他来了。当然，她也明白，她是没法跟这些人交往的，但是她还是如饥似渴地、以女人歇斯底里般的迫不及待接待了他们，主要是，她似乎总在期待着什么。她在晚会上很少说话，虽然她也是能够说几句的；但是她多半洗耳恭听，大家谈论的是取消书报检查制度③和字母中的硬音符号，用拉丁字母替代俄文字母④，以及某某人昨天被流放了，商厦⑤出现了骚乱⑥，俄国实行民族分治并保

---

① 文学家集体抗议某种"不成体统"的事或者抗议报刊上的某种言论——这是19世纪60年代俄国社会运动高涨的一个典型特征。例如，斯特拉霍夫曾在回忆录中写道："抗议——这意味着全体声明，以整个文坛的名义发表声明，某某行为被认为是低级的、不高尚的、激起人们愤怒的……"比如，为了抗议《火花》杂志侮辱皮谢姆斯基的名字，参加签名的有"《俄国议论》《祖国纪事》《读者文库》《俄罗斯世界》的全体编辑（及全体撰稿人），还有许多文学家"。
② 指1861年魏因贝格在《世纪》周刊上发表的小品文《俄国怪事》引起的争吵和论战。陀思妥耶夫斯基本人也参加了这次论战。
③ 取消书报检查是陀思妥耶夫斯基的一贯主张。当时，《现代人》杂志曾写到过这一问题："报章杂志上众口一词地认为，书报检查制度并没有达到自己的目的，因此大家开始设想能否有其他更好的办法来达到书报检查机关想要达到的目的……甚至有人谈到出版自由，即解除对出版物的检查……有人建议解除对出版物的检查，让它们接受法院的监督……"
④ 1862年，彼得堡曾举行一系列会议，讨论俄文正字法如何进行改革的问题。
⑤ 1869年，彼得堡的施泰因伯克商厦成了首都青年通常举行集会的场所，常有人在商厦大厅做讲演、做报告、展开辩论等。1859年为赞助刚成立的文学基金会，由著名作家参加的文学讲座就在那里举行。
⑥ 1859年12月13日，在施泰因伯克商厦大厅举行公开辩论的时候，由于秩序太乱，辩论未能进行到底，当时有人说："我们还没有成熟到能举行公开辩论。"因而群情哗然，纷纷抗议。

持自由联邦制的好处,取消陆军和海军,归还波兰第聂伯河以西领土,关于农奴改革和传单,消灭继承权、家庭、子女和神父,关于妇女的权利,关于克拉耶夫斯基的房产①(对于这房子任何人永远也不会原谅克拉耶夫斯基先生),等等。很清楚,在这帮新潮人物中有许多骗子,但是无疑其中也有许多正人君子,甚至还有许多极富魅力的人,尽管这些人总有这么一点异常之处。正人君子总是比那些小人和粗鲁的人难理解得多;但是弄不清楚的还有到底谁左右着谁。当瓦尔瓦拉·彼得罗芙娜宣布她有意出版一份刊物的时候,人们便蜂拥而至,来找她的人更多了,但是立刻又群起而攻之,指责她是资本家,剥削他人劳动。这种指责的无礼程度只能与这种指责的出人意料两相媲美。有一位年事已高的老将军伊万·伊万诺维奇·德罗兹多夫,他是已故的斯塔夫罗金将军的故交和同僚,是一个非常好的人(就某一点而言),我们这儿的人都认识他,为人极其固执而又极易动怒,饭量极大而又非常害怕无神论。有一天,在瓦尔瓦拉·彼得罗芙娜举办的晚会上,他跟一个很有点名气的年轻人争论起来。那青年回答他的头一句话就是:"既然您这么说话,可见您是个将军。"他的言外之意就是他再也找不出比"将军"这词更厉害的骂人话了。伊万·伊万诺维奇闻言大发雷霆:"是的,先生,我是将军,而且是中将,我效忠于我的皇上,而你,先生,不过是个后生小辈和不信神的人!"发生了一场不堪入耳的互相谩骂。第二天这事就见报了,并开始征集集体签名,以反对瓦尔瓦拉·彼得罗芙娜的"不成体统的行为",因为她不愿意立刻把将军赶出去。在一家画报上刊出了一幅漫画,把瓦尔瓦拉·彼得罗芙娜、

---

① 《祖国纪事》杂志出版人克拉耶夫斯基(1810—1889)拥有铸铁街三十六号楼房的产权,《祖国纪事》和《呼声报》编辑部均在该楼办公。陀思妥耶夫斯基在1872年至1875年的工作笔记中曾有这样的记载:"现在有这样一些俄国作家,尽管他们很有才华,可是却靠文学给自己建房买房。"陀思妥耶夫斯基年轻时受过克拉耶夫斯基的剥削,因此对他一直很反感。

将军和斯捷潘·特罗菲莫维奇作为三名顽固落后的朋友恶毒地描绘在同一幅画上;这画还配了一首诗,由一位人民诗人专门为这事而写。① 我想说句心里话,许多有将军头衔的人的确有一种习惯,总爱可笑地说:"我效忠于我的皇上……"倒像他们的皇上跟我们这些普通臣民的皇上不一样,不是同一个皇上,而是一个特殊的皇上,他们的皇上似的。

不用说,在彼得堡再待下去是不可能的了,况且斯捷潘·特罗菲莫维奇又遭到了彻底的失败②。他忍不住讲起了艺术应有的权利,结果却招致了更厉害的嘲笑。在最后一次讲座上,他想用他那忧国忧民的雄辩口才来打动人心,期望能唤起人们对他的"被贬黜"的敬意。他无可争议地赞同"祖国"这词既无用又可笑;赞同那种认为宗教有害的看法,③ 但是他又响亮而坚定地宣称皮靴低于普希金④,甚至低得多。听众毫不容情地对他发出嘘声,因此他当场,还没走下讲台,就在大庭广众之中哭开了。瓦尔瓦拉·彼得罗芙娜把半死不活的他带回了家。"他们对待我就像对待一顶旧睡帽似的!"⑤ 他毫无意义地嘟嘟囔囔地说。她服侍了他一夜,给他服桂樱水,并且一再对他说:"您还是有用的;您还会出人头地的;人们将对您刮目相看……在另一个地方。"就这

---

① 画报指《火花》杂志。人民诗人指涅克拉索夫。这句话暗指涅克拉索夫曾参与《火花》撰稿。
② 楷体文字在原著中为俄文外的其他语种,此处是意大利文。
③ 这表示斯捷潘·特罗菲莫维奇响应巴枯宁关于国家、民族、宗教等无政府主义观点。
④ 陀思妥耶夫斯基不止一次著文反对《俄国言论》杂志在艺术评价上的功利主义,尤其反对扎伊采夫和皮萨列夫否定普希金的有争议的论点。陀思妥耶夫斯基曾对此讽刺地写道:"你们从此以后要引以为鉴,在任何情况下,皮靴都比普希金重要,因为没有普希金还可以凑合,可是没有了皮靴,那是无论如何不行的,因此,普希金是奢侈品和无稽之谈。"试比较扎伊采夫的话:"应该懂得,任何一个手艺人都比任何一个诗人有用,一如任何一个正数,无论大小,都大于零。"后来谢德林也使用过类似的说法:"任何一个靴匠都比普希金有用一百倍。"
⑤ 在原著中是法文,楷体文字在原著中是法文处以下不再一一标注,其他语种另注。

样一直说到天亮。

第二天清早，有五位文学家联袂前来看望瓦尔瓦拉·彼得罗芙娜，其中三位她根本不认识，甚至从来没有见过。他们俨乎其然地向她宣布，他们研究了她要办刊物的问题，并就此事做出了决定。瓦尔瓦拉·彼得罗芙娜从来就不曾委托过任何人来研究和解决任何有关她要创办刊物的事。该决定的内容是这样的：她把刊物创办起来后，应根据自由联合的原则，把该刊连同资金一起移交给他们；她本人则离开这里回斯克沃列什尼基去，别忘了把"业已老朽"的斯捷潘·特罗菲莫维奇带走。出于礼貌，他们同意承认产权仍归她所有，每年将纯利的六分之一寄给她。最令人感动的是这五人中大概有四个人没有任何贪财的目的，他们的操劳奔走仅仅是为了"共同事业"。

"我们迷迷糊糊地离开了彼得堡，"斯捷潘·特罗菲莫维奇常常说，"我百思不得其解，只记得在火车车轮声的伴奏下，我一直在念念有词地说：

韦克和韦克和列夫·卡姆别克，

列夫·卡姆别克和韦克和韦克①……

以及鬼知道还说了些什么，就这样一直到莫斯科。直到莫斯科我才清醒过来——倒像在这里果真能找到点儿别的什么似的？噢，我的朋友们啊！"有时他精神振奋地向我们感叹道，"你们无法想象，当一种被你们早就视为神圣并对之肃然起敬的伟大思想被一些笨伯随手捡起，并被他们拿到街上奉送给

---

① 这是陀思妥耶夫斯基嘲弄19世纪60年代初俄国讽刺性期刊的流行内容而进行的讽刺性模拟。韦克是《世纪》杂志的音译。《世纪》是1861至1862年在彼得堡出版的一份周刊，由魏因贝格主编，曾因发表卡缅·维诺戈罗夫（即魏因贝格）的讽刺小品《俄国怪事》引起轩然大波和长时期的论战。列夫·卡姆别克是19世纪60年代的一名二流记者，《家庭》（1859—1860）和《圣彼得堡通报》（1861—1862）的出版者。

跟他们一样的蠢货①,而你们又突然在旧货市场上遇见它,可是它已面目全非,满身污泥,面目可憎,口鼻歪斜,不成比例,也不和谐,就像一些愚蠢的孩子手里的玩物似的,那时你们整个的心该是充斥着怎样的悲哀和愤怒啊!不!我们那个时代可不是这样,我们追求的也不是这个。不,不,完全不是这个。我们见到的已面目全非……我们的时代一定会重新回来,它一定会重新把那些摇摇欲坠的东西统统纳入坚定的轨道。要不然的话,还会怎样呢……"

七

从彼得堡回来以后,瓦尔瓦拉·彼得罗芙娜便立刻让自己的朋友出国去"休养";再说他俩也应该暂时分手了,她感觉到了这点,斯捷潘·特罗菲莫维奇兴高采烈地去了。"到那里我一定会再生!"他感慨系之地说,"在那里,我终于又可以搞学问了!"但是他从柏林的头几封信开始又唱起了一贯的老调。"我的心碎啦,"他写信给瓦尔瓦拉·彼得罗芙娜说,"我什么也忘不了!在这里,在柏林,一切都使我追忆旧事,追忆往昔,我最初的欢乐和最初的苦痛。她在哪里?现在她俩在哪里?你们,我永远也配不上的两位天使在哪里?我的儿子,我的爱子又在哪里?最后,我在哪里?我自己,过去的我,坚强如钢、像悬崖一样不可撼动的我?可是现在却有某个叫安德列耶夫的人,一个长着大胡子的东正教小丑,可能毁了我的一生。"等等,等等。至于斯捷潘·特罗菲莫维奇的儿子,他毕生只见过两次,第一次是在他刚出生的时候,第二次则是不久前在彼得堡,当时这个年轻人正准备上大学。我们已经说过,这孩子有生以来就一直在离斯克沃列什尼基七百俄里的 O 省由几位姑妈抚养(用的是瓦尔瓦拉·彼得罗芙娜的钱)。至于安德列耶夫,用俄文说,

---

① 指伟大思想的庸俗化。

第一部

也就是安德列耶夫，不过是本地一个做小买卖的商人，是个大怪物，是个自学成才的考古学家，是个俄国古董的热心收藏家，有时与斯捷潘·特罗菲莫维奇在知识上，主要是在学术观点上，唇枪舌剑，彼此挖苦。这位可敬的商人，蓄着雪白的大胡子，戴着银边的大眼镜，他曾在斯捷潘·特罗菲莫维奇的小片庄园（与斯克沃列什尼基毗邻）上买过几俄亩森林用于砍伐，有四百卢布尚未付清。虽然瓦尔瓦拉·彼得罗芙娜在打点自己的朋友去柏林的时候，十分阔气地给了他很大一笔钱，但是斯捷潘·特罗菲莫维奇在行前却对这四百卢布另有打算，大概另有什么秘密用途，所以当安德列耶夫请求宽限一个月的时候，他差点没哭出来。话又说回来，安德列耶夫是有权要求宽限的，因为几乎就在半年前，由于斯捷潘·特罗菲莫维奇当时另有急用，他已预付了第一笔款子。瓦尔瓦拉·彼得罗芙娜急切地看了这第一封信，用铅笔在这句感叹"你俩在哪里？"下画了条着重线，标上日期，锁进了小匣子。他当然是想起了自己的两位已故的妻子。在收到的第二封柏林来信中，这调子又变了："我一昼夜工作十二小时（"哪怕十一小时呢。"瓦尔瓦拉·彼得罗芙娜嘀咕道），在各个图书馆里翻阅图书，查找资料，做摘记，东奔西跑；拜访教授。我恢复了同敦达索夫这一好人家的友好往来。娜杰日达·尼古拉耶芙娜甚至到今天还是那么千娇百媚！她向您问好。她的年轻的丈夫和所有三个侄儿都在柏林。每天晚上我们就同年轻人聊天，一直聊到天亮，我们几乎在进行雅典式的夜谈①，但仅就其内容精致、风格典雅而言；一切都很高雅：乐声悠扬，不绝于耳，西班牙的旋律，全人类复兴的幻想，永恒的美的理念，西斯廷圣母②，光明中掺杂着黑暗，但是太阳也有黑子嘛！噢，我的朋友，我的高尚而

---

① 指柏拉图与他的弟子在雅典近郊某花园所进行的高雅的夜谈。
② 意大利文艺复兴时期画家拉斐尔的代表作，是陀思妥耶夫斯基和列夫·托尔斯泰最喜爱的世界名画。

又忠实的朋友！我的心同您在一起，我是您的，永远同您一个人在一起，在任何地方，甚至哪怕马卡尔和他的牛犊的国度①，您记得吧；我们临行前，在彼得堡，常常战战兢兢地谈到它②。现在我带着微笑回忆这一切。越过边境后，我就感到自己安全了，这是一种奇怪的感觉，新的感觉，这是头一回，经过如此漫长的岁月之后……"如此等等。

"嗯，全是胡说八道！"瓦尔瓦拉·彼得罗芙娜认定，把这封信也归在一起，"如果雅典式的夜谈一直继续到天明，那就不可能每天看书十二小时了。难道这是喝醉了酒写的？这个敦达索娃太太怎敢向我致意问好？不过，就让他散散心吧……"

"马卡尔和他的牛犊的国度"。斯捷潘·特罗菲莫维奇有时故意用极其笨拙的方式把俄国的谚语和土生土长的俗语翻译成法语，他无疑是懂得这话的意思的，也能翻译得更好；他这样做无非出于一种特殊的卖弄，并认为这样做很俏皮。

他出国散心的时间不长，连四个月都没坚持下来，就匆匆赶回了斯克沃列什尼基。他的最后几封信满纸都是倾诉他对他那不在身边的朋友的一往情深的爱，而且张张信纸都浸透了离情别意之泪。有这么一些异常恋家的人，就像室内饲养的小狗一样。两个朋友的见面简直是欢天喜地。但是过了两天，一切又同从前一样了，甚至比从前还要乏味。"我的朋友，"斯捷潘·特罗菲莫维奇过了两星期后以绝密的方式悄悄告诉我，"我的朋友，我发现了一个对我十分可怕的……新情况：我不过是一名普通食客，此外就什么也不是了！是的，此外就什——什——什么也不是了！"

---

① 意为十分遥远的地方，这里指西伯利亚的流放地。
② 指流放西伯利亚。

八

接着，我们这里便风平浪静，而且持续了几乎整整九年。歇斯底里发作和伏在我肩上的号啕大哭，也丝毫没有妨碍我们的幸福。我感到惊奇的是，在这段时间里，斯捷潘·特罗菲莫维奇怎么没有发胖。只有他的鼻子稍许发红，人也变得更加心平气和了。慢慢、慢慢地在他周围形成了一个朋友圈，不过这圈子一直并不大。瓦尔瓦拉·彼得罗芙娜虽然与这圈子很少接触，但是我们大家都承认她是我们的保护人。在接受了彼得堡的教训之后，她终于在敝城定居；冬天住在城里她自己的府邸里，夏天则住在城郊她自己的庄园里。最近七年来，也就是说直到敝省的现任省长奉命到任为止，她在敝省的上层社会从来不曾有过这么高的地位和影响。敝省的前任省长，即令人难忘而又随和的伊万·奥西波维奇，是她的近亲，从前她还曾有恩于他。省长夫人一想到可能会引起瓦尔瓦拉·彼得罗芙娜的不悦，就不免心惊胆战。敝省上流社会对她的崇拜，竟发展到令人感到有点罪过的地步。这样一来，斯捷潘·特罗菲莫维奇也就神气了。他是俱乐部会员，常常神气活现地大把大把地输钱，使人肃然起敬，其实许多人也只是把他看成一名"学者"而已。后来，瓦尔瓦拉·彼得罗芙娜允许他搬到另一所房子去住，我们的日子就过得更自由了。我们每周两次在他那里聚会；常常过得很开心，尤其当他十分大方，不吝啬香槟酒的时候。葡萄酒也是在那个安德列耶夫的铺子里买的。瓦尔瓦拉·彼得罗芙娜每半年付一次账，而且每次付账的日子几乎都碰上他亚霍乱复发。

这个朋友圈资格最老的成员名叫利普京，他是省府的一名小官吏，人已经不年轻了，是一个大自由主义者，在省城里是出了名的无神论者。他续弦的妻子既年轻又好看，他得了一笔嫁妆，此外，还有三个成年的女儿。他让全家都对他战战兢兢,服服帖帖,而且不许她们出门。他非常吝啬,靠自己的俸禄积攒了一点钱,购置了一座小木屋。他是个不安分的人,然而位卑职小;省城里的人并不把他放在眼里,上层人士也不肯接待他。再说他臭名远扬,专爱搬弄是非,不止一次受到别人惩罚,而且被惩罚得很惨,一次是挨一位军官的打,另一次是挨一位可敬的家长——一位地主的揍。但是我们却喜欢他才思敏捷、富有求知欲,以及他那与众不同的幸灾乐祸的开心劲儿。瓦尔瓦拉·彼得罗芙娜不喜欢他,但是他却有本事巴结她,而且不知怎么每次都巴结上了。

她也不喜欢沙托夫,直到最近这一年他才成了这圈子的成员。沙托夫从前是大学生,在一次学生闹事后被学校开除;他小时候曾受业于斯捷潘·特罗菲莫维奇。他一生下来就是瓦尔瓦拉·彼得罗芙娜的农奴,因为他的生父是她已故的跟班帕维尔·费奥多罗夫,曾受过她不少恩惠。因为他高傲而又忘恩负义,所以她不喜欢他。他被学校开除后也没有立刻回到她身边,她当时特意给他写了一封信,他也不予理睬,宁可受雇于一个开明商人,替他做牛做马,给他的孩子们教课,因此她怎么也不能原谅他。他跟这个商人全家一起出国,与其说是当家庭教师,不如说是个照顾孩子的男仆;不过他当时倒的确很想出国。孩子们身边还有一位家庭女教师,是一位活泼麻利的俄国小姐,她也是在临行前才进这家人家的,他们雇她多半因为她便宜。可才过了两个月,商人就把她赶走了,说她有"自由思想"。在她之后接着离去的还有沙托夫,事隔不久,他就跟她在日内瓦结了婚。他俩同居了大约三周,后来就分手了,就像两个自由的、不受任何约束的人一样;当然,也是因为穷。后来他就一个人在欧洲长久漂泊,靠什么生活只有上帝知道;据说,他曾在街头给人擦过皮靴,还在一个港口当过搬运工。最后,大概一年前,他才回到老家,回到我们这儿,跟他年老的姑妈住在一起,过了一个月就给她送了终。他有一个妹妹，名叫达莎，也是瓦尔瓦拉·彼得罗芙娜养大的，是她的养女，也是她的宠儿，在她家过着十分体面的贵族小姐般的生活。可是沙托夫却跟这妹妹若即若离，十分疏远。在我们中间，他常常板着脸，很少说话；但是间或倘若有人触犯了他的信念，他会痛苦地勃然大怒，出言不逊。"必须先把沙托夫捆起来，然后才能跟他辩论。"有时候，斯捷潘·特罗菲莫维奇开玩笑地说，但是他很喜欢他。在国外的时候，沙托夫彻底改变了他过去的某些社会主义信念，跳到另一个极端。他是属于那种抱有理想主义的俄国人，某种强大的思想会突然战胜他们，一下子把他们压倒，使他们永世不得翻身。他们从来驾驭不了这种思想，可是却热烈地信仰它，他们就像被压在一块大石头底下，身体被压成了两半，于是后来他们就毕生都在临死前的痛苦挣扎中度过。沙托夫的外貌与他的信念完全相符：他行动笨拙，蓬乱的、浅色的头发，矮个儿，肩膀宽阔，厚嘴唇，浓重的、下垂的浅黄色眉毛，皱眉蹙额，目光总是阴阳怪气，顽固地低垂着，仿佛对什么感到羞愧似的。他的头发中总剩下这么一绺头发，怎么也抚不平，总是翘着。他年二十七八。"他老婆甩了他，我一点儿也不感到奇怪。"有一回，瓦尔瓦拉·彼得罗芙娜定神端详了他一番以后，说了这样的看法。他尽管非常穷，还是尽量穿得整洁。回来后，他仍旧不去向瓦尔瓦拉·彼得罗芙娜求助，而是马马虎虎地凑合着过日子；他也曾帮商人们干过活。有一回还站过柜台，后来又准备好要走了，去做伙计的帮手，到船上去押货，可是临行前突然病倒了。很难想象他能忍受怎样的贫穷，他甚至压根儿不去想它。他病倒后，瓦尔瓦拉·彼得罗芙娜曾秘密地、匿名地让人捎给他一百卢布。然而，他还是打听到了这一秘密，想了想，把钱收下了，然后去向瓦尔瓦拉·彼得罗芙娜道谢。瓦尔瓦拉·彼得罗芙娜热情地接待了他，可是这一回他又丢人地辜负了她的期望：他一共才坐了五分钟，一言不发，两眼死死地盯着地面，傻乎乎地微笑着，谈话正进行到最有意思的地方，他没把她的话听完，就站起身来，不知怎么侧着身子笨手笨脚地鞠了一躬，感到羞愧难当，恰好碰着了她那张名贵的组合式针线台，轰隆一声倒在地板上，散了架，他羞愧得半死不活地走了出去。后来，利普京狠狠地责备他，说他不应该收他过去专横霸道的女地主送给他的这一百卢布，当时就应当轻蔑地予以拒绝，可是他非但收了，而且还屁颠屁颠地跑去道谢。他孤零零地住在城市边上，即使我们中间的什么人去看他，他也不欢迎。他经常到斯捷潘·特罗菲莫维奇那儿去参加晚会，向他借报纸和书看。

经常来参加晚会的还有一个名叫维尔金斯基的年轻人，他是本地的一名小官吏，与沙托夫有某些相似之处，尽管两人看来在所有方面都截然不同；但他也是个"拉家带口的人"。这个既可怜又非常文静的年轻人（不过他已经三十岁了）很有学问，但多一半是靠自学得来的。他很穷，已婚，在衙门供职，养活着妻子的姑妈和一个小姨子。他的夫人，以及家中的所有女士，都信奉眼下最时髦的信念，但是这一切在她们那儿都显得有点粗俗，正如斯捷潘·特罗菲莫维奇在谈到另一件事时形容的那样，这乃是一种"沦落街头的思想"。她们信奉的一切都来自书本，可是稍有风吹草动，只要从我们首善之区的什么进步组织稍稍传来一点儿风声，她们就准备把任何东西都扔到窗外去，只要有人劝她们扔，她们无不照办。维尔金斯卡娅夫人在敝城做接生这个行当；她在婚前一直住在彼得堡。维尔金斯基本人是个少有的心地纯洁的人，我很少遇到比他更正直、更火一般热情的人了。"我永远，永远不会掉队，落后于这些光辉的希望。"他常常两眼放光地对我说。每当谈到这些"光辉的希望"时，他总是声音低低的、甜甜的，仿佛秘密地说什么悄悄话似的。他个子相当高，但身材细长，肩膀奇窄，头发呈红褐色，而且长得非常稀。斯捷潘·特罗菲莫维奇常常高傲地嘲笑他的某些见解，他只淡淡地付之一笑，有时候也会很严肃地反驳他，并且常常使他在许多问题上张口结舌，无言以对。斯捷潘·特罗菲莫维奇对他的态度始终很亲切，而且对我们大家也一直像父辈一样。

"你们都是些'半瓶子醋'，"他常向维尔金斯基开玩笑地说，"所有同您一样的人，就说您吧，维尔金斯基，我还没有发现您目——光——短——浅，可是在彼得堡那些神学校学生身上，这种鼠目寸光却屡见不鲜，不过你们终究是'半瓶子醋'。沙托夫倒很想成为整瓶子醋，可连他也是半瓶子醋。"

"那我呢？"利普京问。

"您不过是中庸之辈，随遇而安……得过且过。"

利普京听了很不高兴。

大家在谈到维尔金斯基的时候，遗憾的是还说得有鼻子有眼，非常可靠，说他的夫人跟他正式结婚后还没过上一年，就突然向他宣布不跟他过了，她看上了列比亚德金。这个列比亚德金是个外来户，后来发现是个非常可疑的分子，而且根本不像他自诩的那样是个退役大尉。他就会拧着小胡子、喝酒、聊天、信口雌黄、满嘴胡呲。这人居然毫不客气地立刻搬到维尔金斯基家住，十分得意地吃着别人的面包，吃饭睡觉都在他们那儿，最后还傲慢地不把主人放在眼里。有人说，当维尔金斯基的妻子向他宣布分开过的时候，维尔金斯基向她说："我的朋友，在这以前我只是爱你，现在我尊敬你。"[1]但当时他未必说过这句古罗马格言[2]；相反，有人说，他号啕大哭，泣不成声。有一天，在他俩分开后大约过了两周，他们全"家"出动，到城外的树林里去郊游，跟朋友们一起喝茶。[3]维尔金斯基当时不知怎么开心得不得了，还参加了跳舞；但是突然，事前也没发生任何争吵，猛地伸出两手一把抓住正在独自跳康康

---

[1] 此处系讽刺性模拟车尔尼雪夫斯基《怎么办？》中关于爱情、婚姻和嫉妒的观点。
[2] 这话源出《怎么办？》，并非古罗马格言。
[3] 这也是对《怎么办？》中一段描写的讽刺性模拟。在《怎么办？》的第三章中，拉赫美托夫对妻子薇拉·帕夫洛芙娜说，她、洛普霍夫和吉尔沙诺夫"可以三人一起一如既往地喝茶"。

舞的身材高大的列比亚德金的头发，把他摁倒在地，又是尖叫又是喊又是哭地把他拖了就走。这个大高个儿几乎吓破了胆，甚至都没有自卫，被拖走的时候他几乎没有打破沉默，但是他事后却大生其气，表现了一个体面人应有的义愤。维尔金斯基一整夜都跪在妻子面前求饶；但是这饶他没有求到，因为他始终不肯向列比亚德金赔罪；此外，他还被指责为信仰不坚和愚蠢；后者主要表现在向女人讨饶时居然下跪。很快，大尉就不见了，直到最近才带着他妹妹另有所图地出现在敝城；关于他的情况，我们以后再谈。因此，这个可怜的"拉家带口的人"常常到我们这里来消愁解闷、需要我们跟他在一起，这也就不足为奇了。不过，他在我们这儿从来不谈自己的家务事。仅仅有一次，他跟我一起从斯捷潘·特罗菲莫维奇家回来，他本想远兜远转地谈谈自己的境况，可是却立刻一把抓住我的胳臂，热烈地感叹道：

"这没什么；这不过是私事；这丝毫，丝毫不会妨碍'共同事业'！"

常来参加我们这个小圈子活动的还有一些偶然的来客：常来的有一个犹太佬叫利亚姆申，还有一位名叫卡尔图佐夫的大尉。有一个时期一位勤学好问的老人也常来，但是他死了。利普京还带来过一位流放此地的波兰天主教教士，叫斯隆采夫斯基，有一个时期我们按原则接待了他，但是后来也就不再接待他了。

九

有一个时期，敝城上下在谈到我们的时候，常常说我们这个小圈子乃是自由思想、荒淫无耻和不信神的策源地；而且这一谣传居然还有人相信。其实我们进行的无非是最无害、最可爱、完全俄国式的既开心而又自由主义的闲谈。"高级的自由主义"和"高级的自由主义者"（即没有任何目的的自由主义者），只有在我们俄国才可能有。斯捷潘·特罗菲莫维奇就像任何一个思维敏锐的人一样，必须有听众，此外还必须意识到他正在履行宣传某种思想的崇高职责。最后，还得有人跟他一起喝香槟酒，并在茶余酒后进行某种愉快的交谈，谈谈俄罗斯和"俄罗斯精神"，谈谈一般的上帝，尤其是"俄罗斯的上帝"①；第一百次地重复尽人皆知而且说得老掉牙了的俄国丑闻。我们也不反对谈谈城里的流言蜚语，而且有时还要对此给予义正词严的、符合高尚道德的判决。我们也常常谈全人类的问题，议论欧洲和人类的未来命运；我们还不容反驳地预言，法国在推翻了君主专制政体后②，肯定会一下子降到二流国家的水平，并且深信这很快且很容易就会发生。我们早就预言，在统一的意大利，罗马教皇只能充当普通的都主教的角色③，并且深信，在我们这个人道、工业和铁路的时代，要解决这整个千年难题不过是小事一桩而已。要知道，"俄国的高级自由主义"从来都不会以其他方式处理问题。④斯捷潘·特罗菲莫维奇有时候也谈论艺术，谈得非常好，不过有点抽象。有时候他也回想起自己青年时代的朋友，他谈的都是在我国发展史上名垂青史的人物，他每次回忆起这些人的时候都十分感动，充满景仰之情，但也似乎不无嫉妒。有时候实在闲得无聊，就让犹太佬利亚姆申（省邮政总局的小职员）坐下来弹琴，他弹得一手好钢琴，在弹琴的间歇则表演猪叫声、雷雨声、女人分娩时的喊叫声和婴儿呱呱坠地时的啼哭声，等等，等等；请他来就是为了让他干这个。如果多喝了两杯（这也是常有的，虽然并不经常发生），大家就变得兴高采烈，甚至有一次，在利亚姆申的伴奏下还合唱了《马赛曲》，只是不知道唱得好不

---

① 这是19世纪60年代俄国自由主义团体里经常谈论的热门话题。
② 指推翻拿破仑三世和宣布成立第三共和国（1870）。
③ 指消灭罗马教皇的世俗权力。1870年意大利国王维克多·曼努尔二世率领军队占领罗马，把当时的所谓"教区"并入意大利的国家版图，从而结束了罗马教廷许多世纪以来觊觎政权的野心。
④ 讽刺"俄国的高级自由主义"纸上谈兵，光说不练。

第一部

好。我们曾兴高采烈地欢庆二月十九日这一伟大日子,还在这以前很久就为欢庆这一日子的到来而频频干杯。① 这还是很久很久以前的事,那时既没有沙托夫,也没有维尔金斯基,斯捷潘·特罗菲莫维奇还同瓦尔瓦拉·彼得罗芙娜住在一起,住在同一座宅子里。还在这个伟大日子到来前的若干时候,斯捷潘·特罗菲莫维奇就养成了一种习惯,常常念念有词地背诵一首著名的诗,虽然这诗显得有点不伦不类,想必是某个过去的自由派地主作的:

> 庄稼汉手执利斧在前进,
> 即将发生可怕的事情。②

似乎都是这类反诗,原诗我记不清了。瓦尔瓦拉·彼得罗芙娜有一次无意中听到他在背诵,便向他喝道:"胡说,胡说!"说完便气呼呼地出去了,当时利普京恰好在场,便刻薄地对斯捷潘·特罗菲莫维奇说:

"要是地主老爷过去的农奴当真在庆贺解放时给他们带来某种不愉快的事,那就太遗憾了。"

他说时伸出食指在自己的脖子周围画了个圈。

---

① 2月19日指俄国沙皇亚历山大二世颁布的旨在废除农奴制的《一八六一年二月十九日法令》。此处庆祝云云,暗示1857年12月28日莫斯科文学界举行午宴欢庆沙皇亚历山大二世11月20日给纳济莫夫总督旨在为1861年农奴改革做准备的上谕。
② 源出刊载在1861年《北极星》丛刊上的一首匿名诗《幻想》。与此相应的诗行有:
　　总觉得,似乎庄稼汉们要起来造反,
　　手执利斧,磨刀霍霍,招兵买马,
　　大兵压境,不要地主,不要大臣,
　　向莫斯科,向彼得堡挺进……
　　人头纷纷落地——
　　即将发生可怕的事情……

第一部

"亲爱的朋友,"斯捷潘·特罗菲莫维奇宽厚地对他说道,"请相信,这(他重复了一遍绕脖一圈的手势)既不会给我们的地主带来好处,也不会给我们大家带来好处。我们即使没有脑袋也搞不出任何名堂,何况最碍事的正是我们的脑袋,妨碍我们去理解应该理解的事情。"

我要指出,我国有许多人认为,在发表宣言那天将会发生某种非同寻常的事,即利普京预言过的那类事,要知道这些人乃是所谓的农民通、国家通。看来,连斯捷潘·特罗菲莫维奇也赞同这些想法,因此在这个伟大日子即将到来的前夜,突然向瓦尔瓦拉·彼得罗芙娜请求出国①;总之,他也开始不安了。但是,这个伟大日子过去了,尔后又过去了一段时间,在斯捷潘·特罗菲莫维奇的嘴上又出现了高傲的微笑。他向我们就俄罗斯人的性格,尤其是俄罗斯农民的性格,发表了若干精辟的见解。②

"我们这些人也太心急了,对我国的农民也太急于求成了,"他发表了一系列精辟的见解后说道,"我们把他们变成了时髦的话题,我国文学界中的某些人连续好几年喋喋不休地把他们当成新发现的奇珍异宝大加称道。③我们把桂冠戴在他们长满虱子的脑袋上。俄国农村在整整一千年中给予我们的仅仅是卡马林舞④。一位颇会说俏皮话的优秀的俄国诗人,头一次在舞台上看到

---

① 据俄国学者研究,这是陀思妥耶夫斯基对屠格涅夫的攻讦。有文为证:陀思妥耶夫斯基在1875年至1876年的笔记中有一段话是直接针对屠格涅夫的:"您把领地卖光了,抽身出了国,您立刻想象到一定会出现什么可怕的事情。"
② 据俄国学者考证,屠格涅夫写过一篇文章《简评俄国经济和俄国农民》(1842),虽未发表,但不排除陀思妥耶夫斯基通过他在彼得堡的朋友知道的可能性。屠格涅夫还有一篇未发表的文章,在《俄国通报》(1859年1月)上预告的题目是《关于俄国贵族在当代的地位和使命之我见》,也与斯捷潘·特罗菲莫维奇的见解类似。
③ 影射俄国革命民主主义作家和评论家。别林斯基在《一八四七年俄国文学一瞥》中号召作家描写为生活所迫的灾难深重的农民。
④ 卡马林舞是俄罗斯的民间舞蹈。此处会使同时代人联想到屠格涅夫在《贵族之家》(1859)中通过潘申之口所说的话:"……霍米亚科夫自己也承认,我们连捕鼠器都没有发明出来。"

伟大的拉舍尔的演出时曾欢呼：'我决不用拉舍尔来换一个乡巴佬！'我要进一步说：我要用所有的俄国庄稼汉来换一个拉舍尔。① 该是清醒一些看问题的时候了，不要把我国粗鄙的土产柏油与皇后牌香水②混为一谈。"

利普京立刻表示同意，但是他又指出，昧着良心去夸奖农民在当时还是必要的，是一种时尚。甚至上流社会的太太小姐们在读《苦命人安东》③时也热泪盈眶，她们中的某些人甚至还从巴黎写信到俄国给她们的管家，让他们从今以后对待农民要尽可能人道些。

无独有偶，有关安东·彼得罗夫的流言刚刚传开，在敝省，在距离斯克沃列什尼基总共才十五俄里的地方，发生了一场误会，当局一时怒起，派去了一队士兵。④这一回，斯捷潘·特罗菲莫维奇竟出乎意料地激动起来，甚至把我们吓了一跳。他在俱乐部里大叫大嚷，应当多派军队去，应当打电报到别的县去调军队来；他还跑去找省长，向他保证自己与此事无关；他还提出请求，不要用老眼光看人，不要把他牵连到这件事情里去，他还建议立即将

---

① 拉舍尔的全名为艾丽莎·拉舍尔，法国著名悲剧演员，1853—1854年曾在俄国巡回演出，名噪一时。此处系讽刺俄国反动批评家罗斯季斯拉夫所说反对"粗鄙的现实"侵入艺术。同时也为了影射涅克拉索夫的长诗《芭蕾舞》（1855）的第二部分，诗人在皇家剧院舞台上看到芭蕾舞演员的演出时感叹道：

　　你真可爱，你身轻如燕，

　　你跳吧，跳《多瑙河的姑娘》，

　　休管庄稼汉，他登不了大雅之堂。

② 法国香水，曾获1867年世界博览会金奖。在俄国，由"俄国、法国、意大利宫廷化妆品经销商"莱格朗公司经销。

③ 《苦命人安东》（1847）是俄国作家格里戈罗维奇（1822—1899）的中篇小说。他是陀思妥耶夫斯基在彼得堡军事工程学校的同学和好友。他们几乎同时跨入俄国文坛。

④ 由于实施《一八六一年二月十九日法令》，在俄国的许多省份引起了农民骚动，后被军队残酷镇压。喀山省救主县别兹德纳村的农民安东·彼得罗夫，主动向农民宣读和讲解法令。彼得罗夫说，根据法令，所有的土地都应属农民所有，因此他们无须服劳役，也无须缴纳役租等。据官方称，当时聚集来听他讲解的农民来自各村庄，多达五千余众。后来，当局派兵到别兹德纳村，许多起义农民被打死，安东·彼得罗夫也被军事法庭判处枪决。

他的这一声明上报彼得堡的有关方面。幸亏这一切很快就过去了,结果是不了了之;不过我当时对斯捷潘·特罗菲莫维奇的态度感到很吃惊。

大家知道,过了约莫三年,有人谈起了民族性,并且产生了一种"舆论"。斯捷潘·特罗菲莫维奇不禁哑然失笑。

"诸位朋友,"他教导我们说,"我们的民族性,如果当真像他们现在在报纸上硬要我们相信的那样,'业已诞生'的话——那它还坐在学校里,坐在某个德国的彼得中学①里,在念德国书,在背背不完的德国课,而且,倘若需要,德国老师还会让它罚跪,对这位德国老师我要夸奖几句;但是最可能的是什么事情也没有发生,任何这样的事情也没有产生,一切都同过去一样,也就是说,在上帝的庇护下一切都依然故我。我看,对于俄国,对于我们神圣的俄国,这也就足够了。再说,所有这些全斯拉夫精神和民族性——这一切都太陈旧了,并不新鲜。所谓民族性,如果您愿意的话,永远也不会在我国出现,除非它以俱乐部老爷的娱乐这一形式出现,而且还是莫斯科的娱乐,自然,我说的不是伊戈尔②时代。最后,一切都由于闲得无聊。我国的一切,善行与义举,也无非是由于闲得无聊。一切都是因为我国老爷可爱的、有教养的、刁钻古怪的游手好闲!这话我已经翻来覆去说过三万年了。我们不会依靠自己的劳动生活。他们现在在那里大轰大鸣地侈谈什么在我国'业已诞生'的社会舆论——这么突如其来,该不是无缘无故地从天上掉下来的吧?难道他们就不明白,要取得一种见解,首要的条件是劳动,自己的劳动,凡事都应有自己的首创精神,自己的实践!不费吹灰之力是永远得不到任何东西的。只要我们劳动,就会有自己的见解。可是因为我们从来都不劳动,所

---

① 该校创建于18世纪的彼得堡,是一所德国中学。
② 伊戈尔·留里科维奇(877—945),912年起为基辅大公,曾统一各斯拉夫民族,使之臣服于基辅中央政权。

第一部

以迄今为止代替我们工作的人就会代替我们拥有他们自己的见解,我说的仍旧是那个欧洲,仍旧是那些德国人,他们当了我们两百年的老师。再说我们俄国乃是个大谜团,这谜团单靠我们自己,没有德国人帮忙,自己又不劳动,是解决不了的。因此已经二十年了,我不断地敲响警钟,不断地呼吁劳动!我为呼吁这事已经贡献了一生,并且像个疯子似的对此坚信不疑!现在我已经不相信了,但是我仍在使警钟长鸣,这警钟我要敲到底,一直敲到死;我要不停地拉钟绳,直到人们为我敲起丧钟!"

呜呼!我们只能唯唯诺诺地随声附和。我们向我们的导师鼓掌,而且还鼓得十分热烈!那又怎么样呢,诸位,难道现在,有时候,不是经常还可以听到这种同样"可爱"、同样"聪明"、同样"自由主义"的俄国的陈词滥调吗?

我们的导师是信神的。"我不明白这里的人为什么都把我形容成一个不信神的人?"他有时候常说,"我信仰神,但是应当区别,我信仰神就像相信一个仅仅在我身上意识到自己存在的生灵。但是我无法像我的纳斯塔西娅(女仆)或者某个信仰神'以防不测'的老爷那样去信仰,或者像我们亲爱的沙托夫那样,不过,不,沙托夫不能算数,沙托夫的信仰是违心的,同莫斯科的斯拉夫派一样。至于基督教,尽管我真心诚意地尊重基督教,但我不是基督徒。毋宁说我是古代的多神教徒,就跟伟大的歌德和古希腊人一样。仅就基督教不了解女人就足够说明问题了——乔治·桑在她的一部天才小说中曾对此作了出色的描写。[①] 至于顶礼膜拜、斋戒以及其他等等,我不明白,谁管得了我?这关他们什么事?不管我们这里的告密者怎么费尽心机,我也不愿做

---

① 指法国女作家乔治·桑(1804—1876)的小说《莱莉娅》(1833)。有个名叫扎科勃的人曾在1843年版的《乔治·桑的妇女画廊》一书的序言里称,《莱莉娅》的女主人公是"爱情的普罗米修斯"。乔治·桑曾不止一次地描写过爱情、婚姻和妇女解放问题。在她更早的一部小说《华伦蒂娜》(1832)中,主人公大声疾呼:"婚姻,社会和社会制度,我恨你们,我恨死了你们,而你,主上帝,你是创造的力量,你把我们扔到人间又立刻离我们而去,你让一个弱者落进专制和卑鄙的魔爪中——我诅咒你!"

一个狡诈的耶稣会士。一八四七年,别林斯基还在国外,他给果戈理写了一封著名的信,信中强烈谴责他居然相信'什么神'①。在你我之间说说,我无法想象有什么比果戈理(当时的果戈理)看到这个提法以及……读到全信的时候更滑稽可笑的了!但是,我先撇开可笑的地方不谈,因为我对问题的实质还是同意的,因此我要说,并且指出,这才是真正的人!他们善于爱自己的人民,善于为人民受苦、为人民牺牲一切,与此同时,如果必要,他们也善于对人民不随便苟同,在某些看法上对人民不纵容姑息。别林斯基绝不会当真在植物油或者萝卜烧豌豆中寻找救国救民之道……"

但这时沙托夫介入了。

"您刚才说的这些人就从来不曾爱过人民,既没有为人民受过苦,也没有为人民牺牲过任何东西,不管您对此怎样富于想象,不管您怎样聊以自娱!"他阴阳怪气地悻然说道,低下了头,在椅子上焦躁地别转了身子。

"您说他们不爱人民!"斯捷潘·特罗菲莫维奇吼道,"噢,他们多么爱俄国啊!"

"既不爱俄国,也不爱人民!"沙托夫也两眼放光地吼道,"不知道的东西就不可能去爱,而他们对俄国人民一无所知!他们大家,也包括您在内,看俄国人民是睁一只眼闭一只眼,别林斯基尤甚;仅就他给果戈理的那封信便可一目了然。别林斯基就像克雷洛夫寓言中那个好奇者②一样,在珍禽异

---

① 指别林斯基从德国小城萨尔茨布隆写给果戈理的那封著名的信(1847年7月15日)。别林斯基在信中抨击果戈理在《致友人书信选》中政治上转向反动,并愤怒谴责了俄国沙皇专制制度和教会。关于相信"什么神"云云,别林斯基是在另一个地方说的:"随着文明的胜利,迷信也会逐渐消失;但是宗教信仰却往往可以与现代文明和睦相处:法国就是一个生动的例子,那里直到现在,在有学问、有教养的人们中间还有许多真诚的、狂热的天主教徒,在那里,有许多人虽然脱离了基督教,却仍旧顽固地赞成什么神。"(《别林斯基全集》第十卷,莫斯科,1956,第215页)

② 指克雷洛夫寓言《好奇者》(1814)中的人物"好奇者"。

兽展览馆中偏偏看不见大象,而将自己的全部注意力都集中在法国那几只社会主义的小甲虫[1]身上;他看到这些小甲虫后就万事大吉了。要知道,说不定他还比我们大家都聪明!你们不仅对人民视而不见——你们还对人民不屑一顾,单凭这点就可窥见一斑,即在你们的想象中,所谓人民,那就只有法国人,而且还仅仅是巴黎人,你们引以为耻的是俄国人民居然与法国人不一样。这就是毫不夸张的事实真相!谁心目中没有人民,谁心目中也就没有上帝!你们要清楚,所有那些不再了解本国人民并与他们失去联系的人,也就会在同等程度上立刻失去我们父辈的信仰,或者逐渐变成无神论者,或者逐渐变成冷漠的人。我说的是大实话!这是一个正在得到证实的事实。正因为此,所以现在,你们大家和我们大家——或者是可憎的无神论者,或者是无动于衷、道德败坏的坏蛋,除此以外,什么也不是!您也一样,斯捷潘·特罗菲莫维奇,我根本不把您看作例外,甚至可以说,我说的就是您,您要明白这道理!"

通常,说完这类独白之后(这在他是常有的事),沙托夫就抓起自己便帽,匆匆向房门走去,他深信,现在已经一了百了了,他已经彻底地、永远地断绝了自己同斯捷潘·特罗菲莫维奇的友好关系了。但是斯捷潘·特罗菲莫维奇却总能及时地拦住他,不让他走。

"沙托夫,咱俩作了这么一大堆亲切的交谈之后,咱俩是不是该和好了呢?"他常常这样说,宽厚地从安乐椅上向对方伸出了手。

沙托夫行动笨拙,生性腼腆,不喜欢温情脉脉。从外表看他这人很粗鲁,可骨子里他的心却似乎软极了。虽然常常失去分寸,可是到头来首先感到痛苦的还是他自己。听到斯捷潘·特罗菲莫维奇这一番和好的表示后,他用鼻

---

[1] 指法国空想社会主义者傅立叶、卡贝、莱卢以及其他代表人物的门徒。

音支支吾吾地不知说了一句什么话，像只熊似的在原地踏了一会儿步，突然出人意料地微微一笑，把自己的便帽放到一边，又坐到原先的椅子上，两眼死死地盯着地面。不用说，拿来了酒，于是斯捷潘·特罗菲莫维奇找了一个适当的理由宣布干杯，比如说，举杯纪念某个过去的名人。

第二章 哈尔王子[①]。提亲

一

世界上还有一个人，瓦尔瓦拉·彼得罗芙娜对他的爱恋绝不亚于对斯捷潘·特罗菲莫维奇的恋恋不舍——这就是她的独生子尼古拉·弗谢沃洛多维奇·斯塔夫罗金。就是为了他，才延请斯捷潘·特罗菲莫维奇来充任西席的。这男孩当时才七八岁，而做事莽撞的斯塔夫罗金将军，也就是他的父亲，当时已同他妈妈分居，所以这孩子是在她一个人的呵护下长大的。应当替斯捷潘·特罗菲莫维奇说句公道话，他很有本事，善于让自己的学生对他恋恋不舍。他的全部奥秘就在于他自己也是个孩子。当时我还不在那儿，可是他却经常需要有个挚友。因此这孩子稍长，他就不假思索地把这么一个小不点儿当成了自己的朋友。他们之间居然毫无距离，其实这也是十分自然的。他曾不止一次地在半夜把这个十岁或者十一岁的朋友叫醒，唯一的目的就是向他含泪倾吐自己的满腹心酸，或者向他公开某个家庭秘密，根本没有注意到这已经是完全不许可的了。他俩互相投入彼此的怀抱、哭泣。这孩子知道他的母亲很爱他，但是，他自己未必很爱他的母亲。她很少和他说话，也很少在什么事情上十分限制他，但是他总是有点痛苦地感觉到她那密切注视着他的目光。在他的教育和道德修养等方面，母亲全权托付给了斯捷潘·特罗菲莫维奇。当时她还完全信赖他。应当认为，老师稍许损害了一点儿他的学生的

---

① 莎士比亚历史剧《亨利四世》（1598）中的王子，即后来的亨利五世。年轻时胡作非为，即位后改邪归正，成为英明有为的君主。

神经。当他跨入十六岁被送进贵族学校的时候,他身体羸弱,面色苍白,文静得出奇,总是若有所思(后来他却以膂力过人著称)。也应当看到,两个朋友半夜里投入彼此的怀抱同声一哭的时候,也不全是因为什么家庭龃龉。斯捷潘·特罗菲莫维奇善于拨动他的朋友的心弦直到它的最深处,并在他心中唤起对于那永恒的、神圣的忧伤产生一种初步的、还模糊不清的感觉,某些优秀人物一旦尝到和体会到这样的忧伤,后来就再也不肯拿它去交换廉价的满足了。(也有这么一些爱好忧伤的人,他们特别珍爱这种忧伤,把这看得比最彻底的满足更可贵,如果可能存在这样的满足的话。)后来,这小鸟和老师终于分道扬镳,各奔东西了,这虽然晚了点儿,但无论如何是件好事。

这年轻人负笈贵族学校的头两年,常常回来度假。瓦尔瓦拉·彼得罗芙娜和斯捷潘·特罗菲莫维奇去彼得堡时,他有时也参加在他妈妈那里举行的文学晚会,在一旁倾听和观察。他很少说话,仍旧一如既往,文静而又腼腆。对斯捷潘·特罗菲莫维奇,他仍旧同过去一样亲昵和关注,但是已经含蓄了些:他显然避免跟他谈论高级的话题和回忆往事。贵族学校毕业后,他根据妈妈的意愿去服军役,很快他就被编入一个最著名的近卫骑兵团。穿上军服后他没有来看过妈妈,而且从彼得堡也很少写信回来。瓦尔瓦拉·彼得罗芙娜毫不吝啬地寄钱给他,尽管改革[①]后她从领地上得到的收入一落千丈,起先她连过去收入的一半都拿不到。不过,由于她多年来自奉节俭,倒也积蓄了一些绝不可小觑的家财。儿子在彼得堡上流社会取得的成功,使她很感兴趣。她没有办到的事,这位年轻、富有、前程似锦的军官都办到了。他恢复了她过去连想也不敢想的关系,到处都受到人们的热情接待。但是很快就有一些相当奇怪的传闻传到瓦尔瓦拉·彼得罗芙娜的耳朵里来:这年轻人不知

[①] 指1861年农奴制改革。

怎么突然疯狂地吃喝玩乐起来。倒不是说他赌钱了或者酗酒了；人们只是说他野蛮地放荡不羁，屡次骑马踩死人，对一位上流社会的太太采取禽兽不如的行为，他先是跟这女人私通，后来又当众侮辱她。在这件事情中，甚至还有某种过分露骨的肮脏的东西。此外，人们还补充说他无事生非，专爱寻衅闹事，侮辱他人，不以为耻，反以为乐。瓦尔瓦拉·彼得罗芙娜十分担心，也十分烦恼。斯捷潘·特罗菲莫维奇向她保证，这不过是年轻人年少气盛，血气方刚，容易冲动罢了，就像大海一样，总会平静下来的，这一切就像莎士比亚描写的青年时代的哈尔王子，常常跟福斯塔夫、波因斯和桂嫂一起吃喝玩乐。① 这一回瓦尔瓦拉·彼得罗芙娜并没有大喝一声："胡说，胡说！"就像她近来已养成一种习惯，动辄向斯捷潘·特罗菲莫维奇嚷嚷那样，而是相反，听得很用心，让他再说详细点儿，还亲自拿来了莎士比亚的书，非常用心地拜读了这部不朽的历史剧。但是这部历史剧并没有使她心安，再说，她也没有发现他们有多大相似之处。她写了好几封信到彼得堡去，现在她正在焦急地等待回信。回信很快就来了；她很快就得到一个要命的消息，说哈尔王子几乎一下子就决斗了两次，而在这两次决斗中都罪责难逃：一个对手被他一枪毙命，另一个则被他命中致残，由于做了这样的好事，他已被移交军事法庭。此案最后以被黜当兵，剥夺公权，发配到一个步兵团服役结案，而且这一判决还是格外开恩。

到了一八六三年，他不知怎么却立功受奖了；给了他一枚十字勋章②，并被提升为军士，后来不知怎么又很快被提升为军官。在整个这段时间内，瓦尔瓦拉·彼得罗芙娜也许向京城发了多达一百封的求告信和恳求信。遇到这种非同寻常的事，她也顾不了许多了，只能略微降尊纡贵，低三下四一些。

---

① 见莎士比亚的历史剧《亨利四世》。哈尔年轻时曾与流氓为伍，胡作非为。
② 暗指斯塔夫罗金因参加1863年镇压波兰起义有功而受到嘉奖。

在得到提升后，这年轻人却忽然退伍了，这次他还是没有到斯克沃列什尼基来，而且完全停止了给母亲写信。终于有人曲折地打听到他又回到了彼得堡，但是在从前的那伙人中已经完全见不到他了；他仿佛躲到什么地方去了。后来才弄清，他生活在一群奇怪的人中间，他跟彼得堡居民中的一些败类，跟一些没有皮靴的小官吏，跟一些神气活现到处乞讨的退伍军人，跟一些醉鬼在一起鬼混，经常去看望他们肮脏的家庭，没日没夜地在那些黑黢黢的贫民窟里以及只有上帝才知道的穷街陋巷里鬼混，邋邋遢遢，衣衫褴褛，可见他就喜欢这样。他也不向母亲要钱；他有一块自己的小小领地——这是斯塔夫罗金将军原先拥有的一座小村庄，这块领地不管怎样，多少总有点收入，又听说，他把这块领地租了出去，租给一个萨克森的德国人。最后，他母亲写信去求他回到她身边来，于是哈尔便出现在我们这座城市。直到这时我才头一次看清他的长相，在这以前我还从来没有见过他。

这是一位长得十分秀气的年轻人，年约二十五岁，不瞒诸位，他还真的使我吃了一惊。我还以为我将会遇到一个邋里邋遢的衣衫褴褛的年轻人，一个因荒淫无度而骨瘦如柴、满身酒气的人。与此相反，这是我有生以来看到过的最风度翩翩的绅士，他穿得非常考究，举止文雅，就像一位已经习惯于最风流倜傥，最端庄文雅的先生所能表现出来的那样。不仅我一个人感到惊奇，全城人也无不感到诧异，当然，全城上下都已经风闻斯塔夫罗金先生在那边的所有行动，甚至连个中内情他们也知道，真叫人难以想象，这些消息他们是从哪儿听来的，最令人诧异的是，这些消息竟有半数是准确的。敝城的所有女士都被这位新来的客人弄得神魂颠倒。她们截然分成两派——一派崇拜他，另一派则恨死了他，恨不得将他千刀万剐；但是两派人都被他弄得神魂颠倒。一些人特别着迷的是他心中说不定有什么非常不幸的秘密；另一些人则十分欣赏他是个杀人凶手。后来还发现，他受过十分良好的教育；甚至颇有学识。当然,要使我们叹服,也不需要有许多学识;但是他对当前迫切的、非常有意思的话题也能发表自己的见解,而最可贵的是他能明辨是非。我要提一件怪事:我们这儿所有的人,几乎从头一天起就认为他是个明辨是非的人。他不大爱说话,温文尔雅而又无矫揉造作之态,出奇地谦虚,又勇敢又自信,这是我们这里的任何人都比不上的。敝城的花花公子们都以嫉妒的目光看着他,但是在他面前又只能甘拜下风。他的面孔也使我吃惊:他的头发似乎太黑了点儿,他那浅色的眼睛似乎太平静、太明亮了点儿,他面孔的颜色似乎太柔和、太白皙了点儿,他脸上的红晕似乎太鲜艳、太纯净了点儿,他的牙齿像珍珠,他的嘴唇像珊瑚——简直像画上的美男子似的,同时又似乎令人感到厌恶。有人说他的脸像副面具;大家还顺便说了许多有关他膂力过人的话。他的身材很高。瓦尔瓦拉·彼得罗芙娜对他的看法是既感到自豪,但又经常感到不安。他在我们这里住了大约半年——萎靡不振,不声不响,相当忧郁;在社交界总是一丝不苟地履行着敝省的全部礼节。省长是他父亲那方面的亲戚,因此他在省长的官邸受到近亲般的接待。但是才过去几个月,这头野兽就突然露出了自己的狰狞面目。

我要捎带说说,敝省的前省长,也就是我们那位好脾气的可亲可爱的伊万·奥西波维奇,有点娘娘腔,但是他出身名门,跟许多有钱有势的人有来往——这就是为什么他能在敝省尸位素餐地待了这么多年,尽管他经常当甩手掌柜,什么事也不做。倘若在过去的大好岁月,就凭他热情好客这一点,他就应该当首席贵族了,而不是在我们这个麻烦的时代当个省长。敝城常有人说,领导这个省的其实不是他,而是瓦尔瓦拉·彼得罗芙娜。当然,这样说有点刻薄,不过话又说回来——这绝对不是真的。再说,我们在这方面说的俏皮话难道还少吗。恰恰相反,近年来,瓦尔瓦拉·彼得罗芙娜特意地、有意识地回避任何高级的任命,尽管整个上流社会对她非常尊敬,她自愿把自己封闭在她自己给自己规定的严格范围内。她摒弃了任何高级任命，突然开始管理起自己的田庄来了，并在两三年内使自己庄园的收入几乎达到了过去的水平。她放弃了她过去的富有诗意的冲动（彼得堡之行、打算出版刊物等），开始积蓄钱财和省吃俭用。甚至对斯捷潘·特罗菲莫维奇也疏远了，让他到其他公寓去租房子住（他早就向她提出种种借口，软磨硬泡地说他要出去单过）。斯捷潘·特罗菲莫维奇也慢慢、慢慢地开始管她叫平庸的女人，或者戏称之为"我那平庸乏味的朋友"。不用说，只有在同时对她保持非常尊敬的状态下，他才允许自己开这类玩笑，而且要选择恰当的时机，决不轻易为之。

我们这些跟他比较接近的人都明白（而斯捷潘·特罗菲莫维奇则尤为敏感），现在儿子对于她仿佛是一线新的希望，甚至仿佛是某种新的幻想。她对儿子的一片痴情开始于他在彼得堡的社交界处处受到欢迎的时候，自从她获悉他被降为士兵那时起则变得尤为强烈。与此同时她又分明很怕他，在他面前，她就好像是他的奴隶。看得出来，她害怕的是某种模糊不清的、神秘的、连她自己也说不出所以然来的事，而且有许多次她悄悄地端详着她的尼古拉，在思索着什么，猜测着什么……就在这时候——这头野兽突然伸出了它的爪子。

二

我们这位王子突然无缘无故地对不同的人干下了两三件岂有此理的无礼行为，也就是说，主要在于这些无礼行为完全是闻所未闻的，简直太不像话了，违反常规，恶劣透顶，简直是恶作剧，只有鬼知道这是为什么，简直没一点道理。我们俱乐部的一位德高望重的主任，名叫帕维尔·帕夫洛维奇·加甘诺夫，这人已经上了年纪，甚至可以说劳苦功高，他有一个无伤大雅的习惯，每说一句话总要激动地加上一句："不，您哪，这可骗不了我，他们休想牵着我的鼻子走！"他爱说，就让他说去吧。但是有一天，在俱乐部，不知因为什么事热烈地争论起来，他向聚集在他周围的一小部分俱乐部的常客（这些人都不是等闲之辈）说了这句口头禅。这时，尼古拉·弗谢沃洛多维奇正一个人站在一边，谁也没有跟他说话，他突然走到彼得·帕夫洛维奇身边，出人意料地伸出两只手指使劲捏住了他的鼻子，而且拽着他在大厅里走了两三步。[1] 他不可能对加甘诺夫先生有任何个人恩怨。可以认为，这纯粹是恶作剧，不用说，这种恶作剧是绝对不能饶恕的；不过后来有人说，他在这么干的一瞬间几乎若有所思，"仿佛发了疯似的"；但是这已经是过了很久以后大家才想起来和明白过来的。当时，大家在气头上起先都只记得第二个瞬间，当时他大概一切都明白，明白自己究竟在做什么了，但是他不仅不感到惭愧，恰恰相反，他还歹毒和快活地微笑着，"毫无悔过之意"。全体大哗；把他围了起来。尼古拉·弗谢沃洛多维奇左顾右盼，望着四周，对谁的斥责也不予回答，反而好奇地端详着一张张大呼小叫的脸。最后，他突然又似乎沉思起来（起码后来大家都这么说），皱起眉头，步履坚定地走到受了侮辱的彼得·帕夫洛维奇面前，匆匆地，带着明显的懊恼的神态，喃喃道：

"当然，您一定会原谅我的……说真的，我也不知道我怎么突然心血来潮……干了这蠢事……"

这种敷衍塞责的道歉无异于新的侮辱。群情哗然，嚷嚷得更凶了。尼古拉·弗谢沃洛多维奇耸了耸肩膀，走了出去。

这一切都混账至极，且不说也太不成体统了——这种不成体统一眼就看

---

[1] 这一插曲与列夫·托尔斯泰《少年》中某一主人公的想法颇类似：一个思想空虚、近乎百无聊赖的人，很可能会"看着某个全社会都对他巴结、奉承和敬重的非常重要的人物想道：我要是走过去，捏住他的鼻子，对他说：'喂，亲爱的，咱们走吧。'那会怎样呢？"

得出来，是存心的和有预谋的，由此可见，也是对我们整个上流社会蓄意的、极端放肆的侮辱。大家也都这么认定。大家先是一致同意立刻把斯塔夫罗金先生开除出俱乐部，取消他的会员资格；然后决定以整个俱乐部的名义向省长请愿，请求他立即（不要等到法院正式开庭）"运用授予他的行政权力"来遏制这个有害的、爱惹是生非的家伙，这个京城来的"捣乱分子，借以保障我市整个上流社会的安宁，以免遭受侵害"。行文至此，他们又义愤填膺地补充道："也许，总也能找到某项法律，足以惩治斯塔夫罗金先生。"大家准备了这句话，就是专门说给省长听的，他们想以瓦尔瓦拉·彼得罗芙娜为由刺痛他一下。他们行文至此，自以为是得意之笔。好像存心回避似的，省长当时恰好不在城里；他到不远的地方去给一位妩媚动人的新寡的太太的孩子行洗礼去了，她生了个遗腹子。大家知道省长很快就会回来的。在等候省长期间，大家为可敬的、受辱的彼得·帕夫洛维奇组织了一次热烈的仪式：大家拥抱他，亲吻他；全城的人都去拜访他。大家甚至还打算凑份子，为他举行一次慰问午宴。只是应他的一再请求才放弃了这一想法——也许大家终于明白：这人毕竟被别人牵着鼻子走过，因此，隆重慰问云云也大可不必。

怎么会发生这样的事呢？这怎么可能发生呢？值得注意这样一个情况的是：我们中间没一个人，全城上下也没一个人，认为他做出这种野蛮的举动是因为疯狂。就是说，即使尼古拉·弗谢沃洛多维奇神志很正常，他也会干出同样的行为。就我而言，甚至至今我都不知道这事该怎么解释，尽管紧接着又发生了一件事，似乎把一切都解释清楚了，看来，大家的气因此也就消了。我还要补充一点，四年以后，我曾经小心翼翼地问过尼古拉·弗谢沃洛多维奇，问他过去在俱乐部里发生的那事到底怎么啦，他皱起眉头回答道："是的，当时，我感到不十分舒服。"但这是后话，不说也罢。

我感到兴趣的是，当时大家义愤填膺，激起了公愤，对这个"爱惹是生非的京城来的捣乱分子"群起而攻之。大家认定,这乃是想要一举侮辱整个上流社会的无耻预谋和蓄意挑衅。这人确实没有使任何人感到满意,相反,却得罪了所有人——可是话又说回来,他又怎么得罪了大家呢? 直到最后他都没有跟任何人发生过任何争吵,也没有侮辱过任何人,而是彬彬有礼,就像时装画报上的翩翩少年一样,如果这美少年也能开口说话的话。我认为,大家恨他是因为他太骄傲了。甚至敝城的女士们起先崇拜他,现在则大叫大嚷,对他群起而攻之,比男子尤甚。

瓦尔瓦拉·彼得罗芙娜惊骇莫名。后来,她向斯捷潘·特罗菲莫维奇承认,这一切她早就预料到了。整个这半年,每天,她都担心会出"诸如此类"的事——这样的承认出自一个亲生母亲之口,就值得注意了。"开始了!"她不寒而栗地想。在俱乐部那个要命的晚上的第二天上午,她小心谨慎而又坚定不移地开始要求儿子把这件事说清楚,但是,尽管她的决心很大,她还是面色苍白,浑身哆嗦。她一宿未睡,甚至一大早就爬起来去找斯捷潘·特罗菲莫维奇商量,而且在他面前哭了,这情形她当着别人的面还从来不曾发生过。她希望尼古拉起码能向她多少说点儿什么,哪怕赏脸给她解释一下呢。尼古拉一向对母亲很有礼貌,也很孝顺,他皱着眉头听她说了一会儿,神态十分严肃;他突然站起身来,一句话也没有回答,吻了吻她的手,便走了出去。而同一天晚上无独有偶地紧接着又出了另一件丑闻,虽然比起头一件来要小得多,然而由于群情激愤,却极大地加剧了满城风雨。

正好在这时候我们的朋友利普京冒了出来。就在尼古拉·弗谢沃洛多维奇跟她妈谈心之后,利普京紧接着去找他,请他赏光就在当天去参加他妻子的生日晚会。瓦尔瓦拉·彼得罗芙娜早就提心吊胆地看着尼古拉·弗谢沃洛多维奇择友中的这种低级倾向,但是向他指出这点她又不敢。除了这个利普京外,他已经在敝城第三等级中结识了好几个朋友,甚至层次还要低,但是无奈他偏有这样的怪癖，他还从来没有到利普京家去过，虽然跟他本人常常见面。他猜，利普京现在来叫他，是因为昨天俱乐部里出的那件乱子，而利普京是当地的自由派，听到出了这样的乱子肯定非常高兴，他肯定认为，对付这些俱乐部主任就应该这么干，这样做太好了。尼古拉·弗谢沃洛多维奇哈哈大笑，答应一定去。

客人来了很多；这些人虽然相貌平常，却十分活跃。爱面子而又嫉妒心重的利普京，每年就请两次客，但是对这两次请客他却毫不吝啬。他请的最受敬重的嘉宾当推斯捷潘·特罗菲莫维奇，但是他因病未能前来。先是上茶，有丰盛的各色冷盘和伏特加；开了三桌牌局，年轻人在等候晚餐时开始在钢琴的伴奏下翩翩起舞。尼古拉·弗谢沃洛多维奇请利普京娜太太（这是一位非常漂亮的年轻太太，在他面前怯生生的，非常胆小）做舞伴，跟她跳了两圈，然后坐在她身旁，随便闲聊，逗她发笑。他最后发现，她笑的时候特别美，于是他突然，当着所有客人的面，搂住她的腰，吻了吻她的嘴唇，接连三次，亲了个够。这位可怜的女人吓坏了，晕了过去。尼古拉·弗谢沃洛多维奇拿起礼帽，走到在一片慌乱中惊慌失措的丈夫面前，满面羞惭地看着他，嘟嘟囔囔地匆匆说道："请别见怪。"说罢便走了出去。利普京跟在他后面跑到外屋，亲手给他递上了皮大衣，连连弯腰鞠躬，把他送下了楼梯。其实，相比较而言，这事也不足为奇，可是到第二天却平添了一件相当逗趣的插曲，这插曲从那时候起竟给利普京带来了某种荣誉，而他也善于利用这荣誉为自己赢得了最大的好处。

上午十时左右，在斯塔夫罗金娜太太的府邸，跑来了利普京家的女佣阿加菲娅，这是一个无拘无束、活泼麻利、脸蛋红润的小娘儿们，三十上下，利普京有事派她来见尼古拉·弗谢沃洛多维奇，而且一定要亲自"见到少爷本人"，他当时头很疼，但还是出来了。瓦尔瓦拉·彼得罗芙娜在阿加菲娅转告那段口信时也恰好在场。

"谢尔盖·瓦西里伊奇（即利普京），"阿加菲娅麻利地叽叽喳喳地说道，"首先吩咐我向您致以深切的敬意，并问候您健康，发生了昨天那件事以后，您睡得可好，现在您自我感觉如何，也就是在发生了昨天那件事以后，您哪？"

尼古拉·弗谢沃洛多维奇莞尔一笑。

"请你向你的主人问好，并替我表示谢意，请你告诉他，阿加菲娅，就说是我说的，我以为他是全城最聪明的人。"

"对于这话，我家老爷让我回答您，"阿加菲娅更加麻利地接口道，"您不说这话他也知道，同时他也向您致以同样的祝愿。"

"这就怪了！他怎么知道我要对你说什么呢？"

"老爷怎么知道的，我就说不清了，反正我出了门，穿过一条小巷，我听见他在追我，也没戴帽子，他对我说：'阿加菲尤什卡[①]，如果少爷灰心丧气地对你说：'回去告诉你家老爷，就说他是全城最聪明的人，'那你就马上回答少爷，别忘了：'这事，我家老爷知道得一清二楚，他也向您致以同样的祝愿，您哪……'"

三

最后同省长也进行了谈心。我们可亲可爱而又好脾气的伊万·奥西波维奇刚刚回来，并且刚刚听取了俱乐部的热烈申诉。无疑，应当采取某种措施，可是他却感到为难。我们这位好客的老人家也似乎有点怕他这个年轻的亲戚。不过，他还是决定说服尼古拉·弗谢沃洛多维奇向俱乐部和向被侮辱的人道歉，但是道歉的方式必须说得过去，如果需要的话，也可书面道歉；紧接着又温和地劝他离开我们这里，比如说，可以到意大利或者到国外随便什么地

[①] 阿加菲娅的昵称。

方去增加点儿阅历。这一回，他是在客厅里接见尼古拉·弗谢沃洛多维奇的（换了别的时候，他可以凭他是亲戚这一身份，不受限制地在整个官邸随便溜达），这时，有教养的阿廖沙·捷利亚特尼科夫（一名官吏，而且他在省长家被视同一家人）正在角落的一张桌子旁拆阅公文；而在隔壁的一个房间里，在紧挨着客厅房门的一扇窗户旁，端坐着一位外地来的胖大敦实的上校，他是伊万·奥西波维奇的朋友和过去的同僚，他正在读《呼声报》，不用说，他根本就没有理会客厅里发生的事；再说，他坐在那里，还背对着客厅。伊万·奥西波维奇先是绕了个大弯，声音也低得近乎耳语，但是说得仍旧有点乱。尼古拉的样子很不友好，根本不像是亲戚间谈心，他面容苍白，低头坐在那里，双眉深锁地听着，仿佛在克制着剧烈的疼痛。

"尼古拉，您的心地是善良的，高尚的，"老人似乎不经意地切入话题，"您是一个非常有教养的人，一向出入上流社会，而且在这里，直到现在，您的举止行为一直堪称表率，因而使受到我们大家尊敬的令堂颇感放心……可是现在一切又蒙上了一层迷离惝恍、大家颇感危险的色彩！我是作为尊府的通家之好，作为真心爱您的上了年纪的亲人，作为您不能对之见怪的亲人，说这番话的……告诉我，究竟是什么促使您干出这种放肆的行为，干出这种无法无天、毫无分寸的行为来的呢？这种仿佛在梦魇中干出的越轨行为究竟意味着什么呢？"

尼古拉烦躁地听着。突然，在他的目光中闪过一丝仿佛狡黠而又嘲弄的表情。

"好吧，我来告诉您究竟是什么促使我这么干的吧。"他阴阳怪气地说，环顾了一下四周，向伊万·奥西波维奇的耳朵俯下了身子。富有教养的阿廖沙·捷利亚特尼科夫又向窗口移动了三两步，而上校则在《呼声报》后面干咳了一声。可怜的伊万·奥西波维奇信赖地急忙把自己的耳朵凑了过去；他极端好奇。也就在这时候发生了一件令人完全不能容忍的事，可是从另一方面说，这在某方面又是非常清楚的事。老人突然感到，尼古拉非但没有向他说什么悄悄话或说什么令人感兴趣的秘密，竟突然张开嘴，用牙齿噙住他的耳朵上部，相当使劲地咬了咬。他浑身发抖，吓得背过气去。

"尼古拉，您开什么玩笑！"他无意识地哼哼道，声音都变了。

阿廖沙和上校还没来得及弄清楚是怎么回事，再说他俩也看不清，因此一直认为他俩在说悄悄话；然而老人绝望的脸却使他俩颇感惊慌。他俩瞪大两眼面面相觑，不知道他们是否应该像事先说好的那样冲过去帮忙呢，还是再等一会儿。尼古拉也许觉察到了这点，因此就更疼地咬了一下他的耳朵。

"尼古拉，尼古拉！"这个受害者又哼哼道，"好啦……开开玩笑也就够啦……"

再过一刹那，不用说，这个可怜的老人非吓死不可；但是这恶棍发了慈悲，松开了耳朵。这整个吓死人的恐惧继续了足有一分钟，在这以后，这老人似乎发作了什么病。半小时后，尼古拉就被逮捕了，暂时关进了拘留所，锁在一个单独的小号里，门外有特派的哨兵把守。这决定很不讲情面，但是我们这位好脾气的省长太愤怒了，因而决意一切由他负责，甚至得罪瓦尔瓦拉·彼得罗芙娜他也在所不惜。使大家感到惊愕的是，这位太太怒气冲冲地急忙去谒见省长，要求他立刻做出必要的解释时，竟在门外的台阶旁遭到了拒绝，不予接见；她没有下车就无可奈何地打道回府了，不相信自己竟会受到这样的怠慢。

最后，一切都得到了解释！半夜两点。这囚徒本来一直出奇地安静，甚至都睡着了，这时突然喧哗起来，开始用拳头发狂地打门，用过人的臂力把门上小窗户的铁条都拧了下来，打碎了玻璃，而且划破了自己的手。当卫士长带领一小队士兵和钥匙赶来，命令打开牢门，准备向这个发狂的囚徒扑过去把他捆起来时才发现，这犯人害了非常严重的酒狂症；只好把他送回家去交给他妈管教。一切顿时得到了解释。我们的所有三位大夫都发表了高见，他们认为，这以前的三天，病人可能已经处在一种谵妄状态，虽然看来他的脑子还清楚，而且诡计多端，但是他的理性与意志已经不健康了，这已为许多事情所证实。由此可见，利普京早就看出了这点。伊万·奥西波维奇是个很随和、很重感情的人，他感到很过意不去；然而有意思的是，连他也认为，尼古拉·弗谢沃洛多维奇即使精神完全正常，也足以干出任何疯狂的行为。俱乐部的衮衮诸公也感到十分惭愧，同时也感到十分困惑：他们大家怎么就没看到这只大象①呢？居然把对这一切怪事的唯一可能的解释都放过去了呢？自然，也出现了怀疑派，但是未能坚持多久。

尼古拉卧病在床两个多月。从莫斯科请来了一位名医参加会诊；全城人都来拜访瓦尔瓦拉·彼得罗芙娜。她都原谅了。到早春时分，尼古拉已经完全康复，他没有提出任何异议就同意了他妈提出的到意大利去的建议，这时他妈又恳求他向敝城的所有人辞行，在辞行的时候，如有必要，要尽可能地向大家赔礼道歉。尼古拉非常乐意地同意了。俱乐部的人都知道，他曾跟彼得·帕夫洛维奇·加甘诺夫在他府上举行过一次非常客气的消除误会的谈心，后者对此感到十分满意。尼古拉在逐家拜访，分别辞行的时候神情很严肃，甚至有点忧郁。看来大家都对他十分同情，但是不知为什么大家都有点不好意思，对于他到意大利去感到高兴。伊万·奥西波维奇甚至眼泪汪汪，但不知为什么甚至在最后告别的时候都下不了决心上前去拥抱他。不过话又说回来，我们这里仍旧有些人深信，这个混账东西简直在嘲笑大家，至于有病云云——不过是那么回事罢了。他也去拜访了利普京。

"请问，"他问道，"您怎么会预先猜到我要对您聪明与否说什么话，并把您的回答告诉阿加菲娅的呢？"

---

① 意为管窥蠡测，以偏概全。

"是这样的,"利普京笑道,"因为我也认为您是个聪明人,因此对您的回答我也就未卜先知了。"

"毕竟是绝妙的巧合。不过,我倒要请问:当您打发阿加菲娅来的时候,可见,您认为我是个聪明人,而不是个疯子啰?"

"我认为您是个非常聪明、非常有理性的人,我不过装成这副模样,似乎我相信您精神失常罢了……而且当时您也立刻猜到了我的想法,并且通过阿加菲娅给我发了一份脑筋灵活的证明。"

"唔,这事您也稍微弄错了一点儿;我的确……身体欠佳……"尼古拉·弗谢沃洛多维奇双眉深锁地喃喃道,"啊!"他叫了起来,"难道您当真认为我在神经完全正常的情况下也会寻衅闹事,惹是生非吗?我这又何苦呢?"

利普京打了个激灵,一时语塞。尼古拉的脸色也略显苍白,或者只是利普京这么感觉罢了。

"不管怎么说,您的想法还是挺逗的,"尼古拉继续道,"不用说,我也明白您为什么要派阿加菲娅来,您是让她来骂我的。"

"该不是找您决斗吧,您哪?"

"啊,是的,想起来了!我似乎有所耳闻,您不喜欢决斗……"

"干吗要学法国人的样呢?"利普京又打了个激灵。

"您拥护国粹?"

利普京又比前更甚地打了个激灵。

"啊,啊!我看见什么啦!"尼古拉叫了起来,他突然看见桌上最显眼的地方放着一卷康西德兰①的书,"您莫非是傅立叶分子?怕是八九不离十吧!难道这不也是从法国搬来的吗?"他用手指敲打着这书,笑道。

---

① 维克多·康西德兰(1808—1893),法国空想社会主义者,傅立叶的弟子。他在自己的著作中证明,采用社会主义原则逐渐地、和平地改造社会,非但是必需的,而且是可能的。

"不，这不是从法国搬来的！"利普京甚至带着一股无名火跳了起来，"这是全人类的共同财产，而不仅仅是从法文翻译的！来自全人类社会主义共和国的语言，来自大同世界的语言，就这样，您哪！而不仅仅是从法文……"

"唉，见鬼，根本就没有这样的语言！"尼古拉继续笑道。

有时候，甚至一件小事也能给人留下深刻印象，而且经久不忘。关于斯塔夫罗金先生，主要的话还在后头。但是现在为了开心我要指出的是，他在敝城度过的所有时间中虽然经历的事情很多，刻印在他的记忆中，留下最深刻印象的却是这个外省小官吏的丑陋的、近乎下流的容貌，这是一个醋性很重的人，是家中野蛮的暴君、守财奴和高利贷者，他把吃饭剩下来的东西以及点剩的蜡烛头都锁起来，与此同时，他又是天知道什么未来的"社会大同"派的狂热信徒，每到夜晚就欢天喜地地陶醉在未来的法伦斯泰尔①的幻想图景中，他就像相信自己的存在一样坚信法伦斯泰尔必将在最近的将来在俄国和敝省实现。而且，就在他攒下钱买的"小屋"那儿，也就是他续弦后靠着妻子拿到一小笔钱财的地方，也就是在方圆一百俄里之内也许没有一个（他头一个就不像）哪怕表面上像是"全人类社会主义共和国和世界大同"未来成员的地方，定将实现法伦斯泰尔。

"只有上帝知道这些人是怎么造出来的！"尼古拉想道，他有时候想到这个不期而遇的傅立叶分子，就不由得莫名其妙。

四

我们的王子在国外游历了三年有余，因此敝城的人差不多把他给忘了。

---

① 在傅立叶主义者的空想社会主义学说中一种社会主义社会的基层组织。

通过斯捷潘·特罗菲莫维奇我们才知道，他走遍了整个欧洲，甚至还到过埃及，去过耶路撒冷；后来他又在某地混进了一个去冰岛的科学考察团，而且还当真去了冰岛。还有人说，他在德国的某大学听了一冬天的课。他很少给母亲写信——半年一次，甚至更少；但是瓦尔瓦拉·彼得罗芙娜既不生气，也不抱怨。她毫无怨言、逆来顺受地接受了她跟儿子业已确定的关系，这三年中她每天都在担心，不断地思念和幻想着自己的尼古拉。无论是自己的幻想，也无论是自己心头的哀怨，她都不告诉任何人。看来，甚至跟斯捷潘·特罗菲莫维奇也有点疏远了。她暗自制订了某种计划，变得似乎比从前更吝啬了，而且开始更多地积蓄钱财，对斯捷潘·特罗菲莫维奇在牌桌上经常输钱也更生气了。

终于在今年四月，她收到了一封从巴黎寄来的信，这信是她童年时代的女友——将军夫人普拉斯科维娅·伊万诺芙娜·德罗兹多娃寄来的。瓦尔瓦托·彼得罗芙娜跟她已经有七八年不曾见面，也不曾通过信了。普拉斯科维娅·伊万诺芙娜告诉她，尼古拉·弗谢沃洛多维奇与她们家过从甚密，而且还跟丽莎（她的独生女）交上了朋友，他还打算今夏陪她们到瑞士的韦尔奈－蒙特勒[①]去，尽管他在眼下旅居巴黎的K伯爵（一位在彼得堡极有影响的人物）家像亲儿子一般受到接待，几乎就住在伯爵家。这信写得很简短，但是清楚地暴露了自己的目的，虽然除了上面列举的事实以外什么结论也没有下。瓦尔瓦拉·彼得罗芙娜毫不犹豫地立刻拿定主意，收拾好行装，携同自己的养女达莎（沙托夫的妹妹），于四月中旬坐车前往巴黎，然后又到瑞士。七月她回来了，但是只有一个人，把达莎留在了德罗兹多娃家。至于德罗兹多娃母女，根据她带来的消息，答应于八月底到我们这儿来。

[①] 瑞士的疗养胜地，坐落在日内瓦湖东北畔。

德罗兹多夫夫妇也是敝省的地主,但是由于伊万·伊万诺维奇将军(瓦尔瓦拉·彼得罗芙娜过去的朋友,她丈夫的同僚)职务在身,经常妨碍他们抽时间去看看他们那十分出色的庄园。后来将军死了,这事发生在去年,悲恸欲绝的普拉斯科维娅·伊万诺芙娜就携同女儿出了国,打算顺便试试那儿的葡萄疗法,这疗法她准备在夏天的后半段时间到韦尔奈-蒙特勒去进行。她打算回国后在敝省永远定居下来。她在敝城有一座很大的府邸,多年来一直空着,钉上了窗户。这家很富有。普拉斯科维娅·伊万诺芙娜(她第一次结婚时叫图申娜太太),就像她在贵族女子中学的女友瓦尔瓦拉·彼得罗芙娜一样,也是过去时代一个包税商的女儿,她也是带着一大笔嫁资出嫁的。退伍骑兵上尉图申自己也是个有钱的主儿,而且颇有才干。他临死的时候把一大笔遗产留给了他七岁的独生女儿丽莎。现在丽扎韦塔·尼古拉耶芙娜[①]已经二十二岁左右了,光是属于她自己的钱恐怕就接近二十万卢布,这还不说她母亲死后她理应会得到的一大笔遗产,因为她母亲再嫁后没有子女。瓦尔瓦拉·彼得罗芙娜看来对自己这趟出国非常满意。按照她的看法,她已经跟普拉斯科维娅·伊万诺芙娜满意地说好了,因此她一回来就马上把一切告诉了斯捷潘·特罗菲莫维奇;甚至感情外露,对他非常热情,而她已经好久没有出现这种情况了。

"乌拉!"斯捷潘·特罗菲莫维奇叫道,弹了一下手指。

他简直太高兴了,尤其在与自己的朋友分别的整个时期,他可一直非常沮丧。她出国前甚至都没有跟他好好道别,也没有把她计划中的任何内容向"这婆婆妈妈的人"透露过,也许是担心他把什么事情泄露出去。当时她突然发现他打牌输了一大笔钱,因此对他很生气。但是,还在瑞士的时候,她心

[①] 丽莎的本名和父称。

里就感到，回国后对这位被冷落的朋友应当适当给予补偿，况且她早先对他的态度也太严厉了。迅速而又神秘的分别，使斯捷潘·特罗菲莫维奇那颗胆怯的心感到很震惊，并感到很痛苦，另外一些莫名其妙的事好像故意似的接踵而来。折磨他的是很久之前的一大笔债，没有瓦尔瓦拉·彼得罗芙娜的帮助，他怎么也还不清。此外，今年五月，我们温柔可爱的伊万·奥西波维奇终于卸任，他被接替，还有点不愉快。然后，瓦尔瓦拉·彼得罗芙娜出国期间，敝省新任长官安德烈·安东诺维奇·冯·列姆布克走马上任了；紧接着，敝省的几乎整个上流社会对瓦尔瓦拉·彼得罗芙娜的态度便发生了明显的变化，对斯捷潘·特罗菲莫维奇的态度也变了。起码他已收集到一些不愉快的，虽然是颇为珍贵的观察，看来，没有瓦尔瓦拉·彼得罗芙娜，他一个人还真有点胆怯。他忐忑不安地疑心，已有人向新省长告密，说他是个危险分子。他十分有把握地获悉，敝省有些女士打算中止对瓦尔瓦拉·彼得罗芙娜的拜访。至于未来的省长夫人（大家预料她在入秋以前将会驾临敝城），大家一再说，虽然听说她这人很骄傲，但却是个真正的贵族，而不是像"我们那个倒霉鬼瓦尔瓦拉·彼得罗芙娜"。大家也不知道打哪儿听来的，而且这消息还十分可靠、十分详细，说什么从前这位新省长夫人和瓦尔瓦拉·彼得罗芙娜在社交场合数度谋面，但分手的时候却彼此敌对，所以，只要一提到冯·列姆布克夫人，似乎就会使瓦尔瓦拉·彼得罗芙娜产生一种痛苦的印象。瓦尔瓦拉·彼得罗芙娜那种亢奋和扬扬得意的神态，以及她在听到敝省女士们的意见和上流社会引起的骚动之后所表现出来的那种鄙夷不屑和漠然处之的态度，使胆怯的斯捷潘·特罗菲莫维奇一下子由垂头丧气变得容光焕发，霎时间又变得十分快活了。于是他就以一种特别的、既快乐而又讨好的幽默开始向她描述新省长走马上任的情景。

"挚友，毫无疑问，您是知道的，"他说道，搔首弄姿而又故作风雅地拉

第一部

长了声音,"一般说,俄国的行政长官意味着什么,一个新来的俄国行政长官究竟意味着什么,我是说新出炉的、新委任的……这些说不完的俄国形容词!……但您未必会真正懂得官瘾①究竟是什么?它究竟是什么玩意儿?"

"官瘾?我不懂这是什么瘾。"

"就是说……您知道,在我们这儿……总而言之,假如您让一个最微不足道的人去卖某种乌七八糟的火车票,而您偏偏又要去买票,于是这个下三烂就会立刻认为自己有权像朱庇特②那样目空一切,向您显示一下自己的权力。他就会想:'让我显示一下我统治您的权力……'这在他们身上就会发展成一种官瘾……总而言之,比如说吧,我刚才读到,在一座国外的俄国教堂里有一名诵经士——不过,这还真有意思——就在大斋期祈祷仪式即将开始的时候③——您是知道这些赞美诗以及约伯书的,他居然把一个十分体面的英国家庭,把几位美貌迷人的女士赶了出去,就是说,不折不扣地把她们从教堂里赶了出去……他唯一的借口是:'外国人在俄国教堂里闲逛,太没规矩了,要来也得在规定的时间来……'他居然把她们气晕了过去……这诵经士正处在官瘾发作的时候,于是他就显示了一下自己的权力……"

"长话短说,如果您办得到的话,斯捷潘·特罗菲莫维奇。"

"冯·列姆布克先生现在已去省里视察。总而言之,这位安德烈·安东诺维奇虽然是一位信奉东正教的俄籍德国人,甚至——我自叹不如——是一位,刚届不惑之年的十分潇洒的美男子……"

"您凭什么说他是美男子?他长着一双羊眼睛。"

"英俊潇洒,风度翩翩。不过,好吧,我可以向我们女士们的看法让

---

① 源出谢德林在《一个城市的历史》中对市长的描写。
② 罗马神话中的主神。
③ 在大斋期的最后一周即复活节的前一周,在俄国教堂里必须诵读《旧约圣经·约伯书》中第一、二、三十八、四十二诸章的有关经文。

步……"

"咱们谈点别的吧,斯捷潘·特罗菲莫维奇,求您了!顺便问问,您系红领带很久了吗?"

"我这是……就今天……"

"您还出去散步养生吗?您还遵从医嘱每天出去遛弯六俄里吗?"

"不……不经常。"

"我早料到是这样!还在瑞士的时候,我就有这预感!"她愤怒地叫道,"现在您得每天给我走十俄里,而不是六俄里!您也太自暴自弃,太自暴自弃,太——自暴自弃了嘛!您不仅老了,而且变得老态龙钟了……我方才看见您,尽管您系着红领带,简直使我吃了一惊……真是异想天开!如果您关于冯·列姆布克当真有话要说,那就接着说吧,快说快完。求您了;我累了。"

"总而言之,我只是想说,这是一个到四十岁才开始春风得意的行政长官,这些人在四十岁以前苟活于人世,位卑职小,后来才借助突然得到一位贤内助或者其他什么丝毫不亚于前者的无所顾忌的手段才忽然出人头地……就是说,他现在外出视察了,我的意思是说,有人立刻散布了大量关于我的流言蜚语,把他的两只耳朵都灌满了,说什么我诲淫诲盗,腐蚀青年,在省里到处散布无神论……于是他就马上开始查问到底是怎么回事。"

"当真?"

"我甚至采取了措施。关于您也有人打了'小——报——告',说您'操纵我省',您知道——他竟放肆地说:'这类情况再也不会有了。'"

"他这么说的?"

"他说'这类情况再也不会有了',而且神态是那么高傲……我们将于八月底在此看到他的夫人尤丽娅·米哈伊洛芙娜直接从彼得堡来。"

"从国外。我们已经在国外见过面了。"

"是吗？"

"在巴黎和瑞士。她是德罗兹多娃家的亲戚。"

"亲戚？ 真是绝妙的巧合！ 据说，此人虚荣心很强，而且……似乎她还认识许多有势力的人物？"

"胡说八道，都是些等而下之的人！ 她在四十五岁前还身无分文，待字闺中，而现在她噌的一下嫁给了冯·列姆布克，当然，现在她的全部目的就是让他步步高升。他俩都是阴谋家。"

"而且，据说，比他还大两岁？"

"大五岁。她母亲在莫斯科的时候老往我家跑，把裙子下摆都在我家门槛上蹭烂了，弗谢沃洛德·尼古拉耶维奇[①] 在世的时候，就像乞求布施似的苦苦哀求要到我家来参加舞会。至于那女的，常常整夜一个人坐在角落里，没人请她跳舞，脑门上顶着一块苍蝇大小的绿松石，因此，只是出于怜悯，我才在半夜两点多打发第一位舞伴去找她。她那时已经二十五岁了，还像小姑娘似的穿着短裙来参加舞会。让她们到我们家来实在有损我们家的体面。"

"这苍蝇般大小的绿松石仿佛就出现在我眼前似的。"

"跟您实说了吧，我到那儿去，正巧碰上了一桩阴谋。您刚才不是看到德罗兹多娃的信了吗，还有什么比这更清楚的呢？ 您猜我碰到什么了？ 这个傻瓜德罗兹多娃（她永远是个大傻瓜），突然满腹狐疑地看着我，似乎在问：您来干吗？ 您想象得出，当时我多么吃惊！ 我看到，这个列姆布克太太正在耍鬼点子，跟她在一起的就是那表哥，老家伙德罗兹多夫的侄儿——一切都清楚了！ 不消说，我霎时把一切全改变了，于是普拉斯科维娅又站到了我一边，但这是阴谋，阴谋！"

---

① 即她的亡夫斯塔夫罗金将军。

"可是您战胜了这阴谋。噢,您是俾斯麦①!"

"我虽然比不上俾斯麦,但是只要给我碰上了,我就能识别虚伪和愚蠢。列姆布克太太——这是虚伪,而普拉斯科维娅则是愚蠢。我很少遇到比她更窝囊的女人了,加上两腿又肿了,此外心肠还挺好。再没有比愚蠢的好心肠人更蠢的了?"

"凶恶的傻瓜,我的好朋友,凶恶的傻瓜更愚蠢。"斯捷潘·特罗菲莫维奇正气凛然地反驳道。

"您的话也许是对的,您总该记得丽莎吧?"

"可爱的孩子!"

"但是现在已经不是孩子了,而是个女人。高尚、热情,我就喜欢她对她母亲那个轻信的傻瓜不依不饶。当时因为这表哥差点没闹出事来。"

"啊呀,要知道,细算起来,他根本就不是丽扎韦塔·尼古拉耶芙娜的亲戚呀……难道他对她有意?"

"您知道吗,这是一个年轻军官,非常不喜欢说话,甚至很谦虚。我这人一向爱有一说一。我觉得,他本人也反对这整个阴谋,并不存在非分之想,而耍鬼点子的只有这个列姆布克太太。他很尊敬尼古拉。您明白吗,这事完全取决于丽莎,我离开她的时候,她跟尼古拉的关系非常好,他自己也答应十一月一定来看我们。可见,要阴谋的只有列姆布克太太,至于普拉斯科维娅,这女人只是瞎了眼。她突然对我说,我的所有怀疑都是幻想;我就直截了当地回敬她,说她是傻瓜。末日审判的时候,我都敢这么说。要不是尼古拉一再请求,要我先别管她,不彻底揭露这个两面三刀的女人,我才不离开那里呢。她通过尼古拉拼命巴结K伯爵,她想疏远我们母子俩。但是丽莎站

---

① 俾斯麦(1815—1898),普鲁斯和日耳曼帝国的宰相,素以铁腕闻名。这里暗示瓦尔瓦拉·彼得罗芙娜的性格在某些地方与俾斯麦近似。

在我们一边，而且我跟普拉斯科维娅也说定了。您知道，卡尔马津诺夫是她亲戚吗？"

"什么？他是冯·列姆布克太太的亲戚？"

"唔，是的，是她亲戚。远亲。"

"卡尔马津诺夫，写短篇小说的？"

"唔，是的，是位作家，您有什么大惊小怪的？当然，他自以为是大作家。一个自命不凡的人！她将同他一起来，现在她正在那里围着他转。她打算在这里举办一些什么活动，比如什么文学集会呀等等。他要来一个月，想把他这里的最后一块庄园卖掉。我差点在瑞士碰到他，但是我很不愿意见到这人。不过我倒很希望他能看到我现在的地位。过去，他常给我写信，也常到我们家来。我希望您能穿得像样点儿，斯捷潘·特罗菲莫维奇；您一天比一天不修边幅了……噢，您让我操碎了心！现在您在读什么书呢？"

"我……我……"

"明白了。跟过去一样结交一些朋友，跟过去一样喝酒买醉，上俱乐部和打牌，还有无神论者这一名声。我不喜欢这样的名声，斯捷潘·特罗菲莫维奇。我不愿意人家叫您无神论者，尤其现在不愿意。过去也不愿意，因为这一切不过是无聊的空谈。这话我早就想一吐为快了。"

"但是，我的亲爱的……"

"我说斯捷潘·特罗菲莫维奇，在搞学问上，当然，我在您面前是门外汉，但是我回这里来的时候，关于您，我考虑了很多。我得出了一个看法。"

"什么看法？"

"我的看法是，咱俩并不是世界上最聪明的人，还有人比咱俩更聪明。"

"这话又俏皮又一针见血。既然有比咱们聪明的人，那就是说，也有人比咱们正确，由此可见，咱们也可能出错，不是吗？但是，我的好朋友，假如说我错了，我总归还拥有我那全人类的、永远的、最高的信仰自由的权利，对不？只要我愿意，我毕竟还拥有不做伪君子和狂信徒的权利，因此，很自然，我就很可能被各种大人先生们所忌恨，一直到生命终了。还有，因为你遇到的伪善和狂信永远比健全的理智要多，也因为我完全同意这话……"

"什么，您说什么？"

"我说：你遇到的伪善和狂信永远比健全的理智要多，也因为我对这话……"

"这大概不是您的看法；您大概是引用别人的话吧？"

"这是帕斯卡说的。"[1]

"我早料到……不是您说的！为什么您说话从来不会这么言简意赅和一针见血，而总是这么啰啰唆唆和不得要领呢？这比您方才说的官瘾要强多了……"

"倒也是，亲爱的……首先，大概是因为我毕竟不是帕斯卡，其次……第二，我们俄国人用自己的语言什么也说不出来……起码到现在为止什么也没有说出来……"

"哼！这恐怕不见得吧。起码您也该把这样的话记下来，并且牢牢记住，要知道，说话的时候……哎呀，斯捷潘·特罗菲莫维奇，我来找您跟您说话是严肃的，非常严肃的！"

"亲爱的，亲爱的朋友！"

"现在，当所有这些列姆布克，所有这些卡尔马津诺夫……噢，上帝，您也太不修边幅了嘛！噢，您让我操碎了心！……我本来希望这些人能对您肃然起敬，因为他们都抵不上您的一个指头，都抵不上您的一个小指头，可

---

[1] 帕斯卡(1623—1662)，法国数学家、物理学家、哲学家。上面的话引自他的《致一个外省人的信》(1656—1657)。引文与原文略有出入。

第一部

是您的举止行为又怎样呢？他们将会看到什么呢？我又能让他们看什么呢？您非但没有大义凛然，以身作则，做崇高的表率，反而终日与一帮狐朋狗友为伍，养成一种使人无法忍受的坏习惯，您变得老态龙钟，不喝酒不打牌您就没法活，您除了保尔·德·科克以外，什么书也不看，什么东西也不写，可是他们大家却在那里不停地写呀写呀；您的全部时间都拿去聊闲天了。请问：怎么可以，怎么能够允许与您的利普京那样的狐朋狗友形影不离呢？"

"为什么他是我的，而且是形影不离的呢？"斯捷潘·特罗菲莫维奇胆怯地抗议道。

"他现在在哪儿？"瓦尔瓦拉·彼得罗芙娜严厉而又不客气地问道。

"他……他无限尊敬您，他去了斯——克，母亲死了，去接收遗产。"

"他似乎就知道弄钱。沙托夫怎么样？还同从前一样？"

"爱发脾气，但心地善良。"

"我最不待见您那个沙托夫了；非但脾气坏，而且自命不凡！"

"达里娅·帕夫洛芙娜的身体好吗？"

"您问达莎？您怎么会想到问她呢？"瓦尔瓦拉·彼得罗芙娜好奇地望了望他，"她很好，我把她留在德罗兹多娃家了……我在瑞士听到了有关令郎的一些消息，是坏消息，不是好消息。"

"噢，这是一件相当愚蠢的事！我一直在等您回来，我的好朋友，想要告诉您……"

"行了行了，斯捷潘·特罗菲莫维奇，让我安静一下吧；我累极了。咱们会有时间谈个痛快的，尤其是谈坏事。您一笑就唾沫四溅，这是衰老的一种表现！瞧您现在笑得多怪……上帝，您积累了多少坏习惯啊！卡尔马津诺夫是不会来看您的！这里的人本来就巴不得这样……您现在原形毕露了。唔，行了行了，我累了！总得对人有点恻隐之心吧！"

斯捷潘·特罗菲莫维奇总算"对人有了点恻隐之心",但走开时显得很尴尬。

五

我们这位朋友的确养成了不少坏习惯,尤其在最近一段时期。他明显而又迅速地自暴自弃了,开始变得邋邋遢遢,这话不假。酒喝得更多了,动不动就掉眼泪,神经变得更脆弱了;对优美的东西也变得过于敏感。他的脸有一种变得非常快的奇怪本领,比如说,他的面部表情本来十分庄重,却会快速变得十分可笑,甚至十分愚蠢。他受不了孤独,不断希望有人来给他讲点儿什么流言蜚语、城里的趣闻笑谈,而且每天都要听新的。如果长久没有一个人来,他就会苦恼地在各个房间里来回彳亍,不断走到窗前,若有所思地嚅动嘴唇,长吁短叹,最后差点要嘤嘤啜泣。他老是预感到什么,老是害怕什么意料不到的、不可避免的事;变得畏首畏尾、战战兢兢;开始十分注意自己做了什么梦。

整个这一天直到晚上,他都在异常忧郁的心情中度过,他派人来找我,神情非常激动,说了许多话,讲了许多事,但是说来说去又是东一榔头西一棒槌,语无伦次。瓦尔瓦拉·彼得罗芙娜早就知道他什么事也不瞒我。我终于感觉到他心里有事,一件特别的心事,究竟是什么,恐怕他自己也不知道。过去,每当我俩单独晤面,他开始向我吐露心头郁闷的时候,通常几乎总是过一些时候就会拿来一瓶酒,他就会感到快慰得多。可是这一次却没有酒,他想必不止一次地克制住了让人去拿酒的愿望。

"她干吗总是生气呢!"他时不时像个孩子似的诉说道,"俄国所有卓有才华的进步人士,过去是,现在是,将来也永远是牌迷和喜欢豪饮的酒徒……

我还根本不是这样的牌迷和这样的酒徒……她还指责我，为什么我什么东西也不写？真是奇谈怪论……我干吗老躺着？她说，您应当'以身作则，做崇高的表率'。但是，这话不足为外人道，一个注定要'做崇高的表率'的人，除了躺着又有什么其他办法呢——她知不知道这道理呢？"

最后，我终于弄清楚了这回使他念念不忘、倍感痛苦的那个主要而又特别的心事究竟是什么。这天晚上，他多次走到镜子前，而且一站就是很长时间。最后，他终于在镜子面前向我转过身来，带着一种异样的绝望说道：

"亲爱的，我是一个邋遢鬼！"

是的，没错，直到现在为止，直到这一天以前，尽管瓦尔瓦拉·彼得罗芙娜有许多"新观点"，"思想也发生了许多新变化"，可是有一点他始终很有把握，即对于她这颗女人的心，他还是富有魅力的，不仅作为一个被贬黜的人，作为一个大学者，而且也作为一个美男子。二十年来，这个令他欣喜，令他快慰的想法在他心中已经根深蒂固，也许，在他所有的信念中使他最难以割舍的就是这个了。在那天夜晚，他是否预感到，在最近的将来他将面临多么巨大的考验？

六

现在我来着手描写那件多少有点滑稽可笑的事，说真的，这才是我这部纪事的真正开篇。

直到八月底，德罗兹多娃一家才终于回到她们的故土。她们的光临略早于全城人期待已久的她们的亲戚，敝省新省长的夫人光临，总的说来，这给敝省的上流社会留下了极佳的印象。所有这些饶有兴趣的事，我以后再给诸位慢慢道来；现在我仅限于告诉诸位，普拉斯科维娅·伊万诺芙娜给一直在

第一部

焦急地等候她的瓦尔瓦拉·彼得罗芙娜带来一个最让人心烦意乱的谜：尼古拉还在七月就跟她们分手了，他在莱茵河畔遇到了K伯爵，于是就跟他和他全家一起动身到彼得堡去了（注意①：伯爵有三位千金，全待字闺中）。

"由于丽扎韦塔的骄傲和固执任性，我什么事也没从她那儿打听到，"普拉斯科维娅·伊万诺芙娜最后说，"但是我亲眼看见她跟尼古拉·弗谢沃洛多维奇之间发生了什么事。什么原因我不知道，但是，看来，这事只好交给您办了，我的朋友瓦尔瓦拉·彼得罗芙娜，由您去问您那位达里娅·帕夫洛芙娜：到底是什么原因。我看呀，丽莎受了欺负。我非常高兴，因为我终于把您跟前的大红人给您带回来亲手交给您了：一块石头落了地。"

这些带刺的话是带着明显的愤怒说出来的。看得出来，这些话是这个"窝窝囊囊的女人"早就准备好了的，而且正在预先欣赏这话产生的效果。但是，这些感伤的效果和含沙射影的闷葫芦并没有难倒瓦尔瓦拉·彼得罗芙娜。她严厉地要求对方做出最可靠、最令人满意的解释。普拉斯科维娅·伊万诺芙娜便立刻降低了调门，甚至到后来竟放声大哭起来，开始极其友好地跟她促膝谈心。这位动辄发怒而又容易感伤的太太，也跟斯捷潘·特罗菲莫维奇一样，不断需要真诚的友谊，她对她的女儿丽扎韦塔·尼古拉耶芙娜的最主要的抱怨，正在于"女儿不把她当朋友"。

在她的解释和她吐露的心曲中，只有一点是确实可靠的，那就是在丽莎和尼古拉之间的确发生了某种口角，但是这口角是哪一类的口角呢——对此，普拉斯科维娅·伊万诺芙娜显然还无法形成一个明确的认识。至于她提出的对达里娅·帕夫洛芙娜的种种责难，最后她不仅完全放弃了，甚至还请求瓦尔瓦拉·彼得罗芙娜不要赋予她方才说的话以任何意义，因为她是"在

---

① 在原著中是拉丁文。

气头上"才说这话的。总之,一切很不清楚,甚至还很可疑。按照她的说法,这不和起因于丽莎的"固执和爱冷嘲热讽"的性格;"骄傲的尼古拉·弗谢沃洛多维奇虽然热恋着她,但受不了她的冷嘲热讽,因此反唇相讥"。

"接着,我们很快就认识了一位年轻人,好像是您那位'教授'的侄儿,姓也相同……"

"是儿子,不是侄儿。"瓦尔瓦拉·彼得罗芙娜纠正道。过去,普拉斯科维娅·伊万诺芙娜总也记不清斯捷潘·特罗菲莫维奇的姓名,因此一直叫他"教授"。

"好吧,儿子就儿子吧,这更好,反正我都无所谓。一个普普通通的年轻人,性格很活泼,无拘无束,但是他身上也没什么值得注目的地方。唉,这就是丽莎的不是啦,她故意让那个年轻人接近她,目的是激起尼古拉·弗谢沃洛多维奇的醋意。这事倒也无可厚非:姑娘家的事,很普通,甚至也挺可爱。可是尼古拉·弗谢沃洛多维奇非但没有吃醋,反倒自己跟这个年轻人交上了朋友,好像他什么也没有看见,或者对他完全无所谓似的。丽莎这下子火了。那年轻人很快就走了(他匆匆忙忙地要到什么地方去),于是丽莎就抓住各种机会故意跟尼古拉·弗谢沃洛多维奇找碴。她发现,他有时候跟达莎说话,就开始大发脾气,吵得我这做妈的都没法安生了。大夫不让我生气,我讨厌透了他们那个捧上了天的湖,这湖只会害得我牙疼,还得了厉害的风湿病。报纸上也登过,日内瓦湖能使人牙疼;就有这毛病。① 就在这时候,尼古拉·弗谢沃洛多维奇收到了伯爵夫人的信,他就立刻离开我们走了,一天之中就收拾好了行李。他俩友好地分手了,而且丽莎送他的时候变得既快活又浮躁,还大笑不止。不过这都是装出来的。他走了以后,她就变得心事重重,从此压根儿不提他,自己

---

① 陀思妥耶夫斯基夫人写道:"1867年至1868年冬,费奥多尔·米哈伊洛维奇常常牙疼……他说牙疼是因为靠近日内瓦湖,他在什么地方读到过,日内瓦湖就有这毛病。"

不提，也不许我提。因此我也劝您，亲爱的瓦尔瓦拉·彼得罗芙娜，关于这事您现在千万别向丽莎提，提了只会坏事。如果您只字不提，她倒会第一个跟您说起这事；那时候您就会知道更多的情况了。我看呀，只要尼古拉·弗谢沃洛多维奇像他答应的那样立刻到这里来，他俩肯定会重新和好的。"

"我立刻就给他写信。既然事情不过如此，那这不和不过是小事一桩；全是胡说八道！再说，达里娅这孩子我知道；胡说八道。"

"至于达申卡①，那是我的错——我作的孽。无非是一些普普通通的谈话罢了，而且是大声说的。可是这一切在当时都使我这做妈的心烦意乱。再说，我看见，丽莎自己也跟她言归于好了，又跟过去一样亲亲热热了……"

当天，瓦尔瓦拉·彼得罗芙娜就写信给尼古拉，恳求他比预定日期哪怕提早一个月回来。但是这毕竟还给她留下某些不清楚和不甚了然的地方。她想了一个晚上和一个通宵。"普拉斯科维娅的"意见在她看来也太天真、太感伤了。"普拉斯科维娅一辈子，从贵族女子中学起，尼古拉就太多愁善感了，"她想，"听到一个女孩子冷嘲热讽就逃跑，尼古拉绝不是这样的人。当真发生了不和，肯定另有原因。不过这军官就在这里，他们把他带了来，而且像亲戚一样住在他们家。再说，关于达里娅，普拉斯科维娅的道歉似乎也太快了点儿：大概有什么事她不愿意说，藏在心里……"

黎明前，瓦尔瓦拉·彼得罗芙娜想好了一个计划，一下子一了百了，起码先解决一个弄不清的难题——就其出人意料而言，这计划简直妙极了。她在制订这一计划的时候，心里到底在想什么？这就难说了，何况我也不想预先说明这个计划所包含的种种矛盾。我是这部纪事的编纂者，只限于有闻必录，原来是什么样就把它写成什么样，只能做到照录不误，至于这些事听来令人难以置信，那，这不是我的错。不过话又说回来，我应再一次证实，黎

---

① 达里娅的昵称、小名。

明前，她对达莎已经没有一丝一毫怀疑了，说实在的，她也从来不曾怀疑过达莎；她对达莎一百个放心。再说，她也无法想象，她的尼古拉会看上她的……"达里娅"。早晨，当达里娅·帕夫洛芙娜在茶桌旁给大家斟茶的时候，瓦尔瓦拉·彼得罗芙娜长时间地端详着她，也许，从昨天起，她已经第二十次蛮有把握地暗自嘀咕：

"全是胡说八道！"

她只注意到达莎的模样很疲倦，比过去显得更文静，也更无精打采了。喝完茶后，按照老规矩，两人坐下来做针线。瓦尔瓦拉·彼得罗芙娜让她详细谈谈这次出国的印象，主要是谈谈自然风光呀，居民呀，城市呀，风俗习惯呀，他们的艺术呀，工业呀等等——总之，看到什么就谈什么。她一句也没问到德罗兹多娃家以及她和德罗兹多娃一家相处的情况。达莎坐在她身边做针线活的小桌旁，帮她刺绣，用她那平稳、单调，但是略显无力的声音讲她的出国之行，已经讲了差不多半小时。

"达里娅，"瓦尔瓦拉·彼得罗芙娜忽然打断她的话道，"你没有什么特别想要告诉我的事吗？"

"没有，什么也没有。"达莎略微想了想，用她那明亮的眼睛看了看瓦尔瓦拉·彼得罗芙娜。

"在灵魂里，在心坎上，在良心上？"

"什么也没有。"达莎低声地，但却以一种忧郁的、坚定的语气重复道。

"我早知道是这样！我说达里娅，我是从来不会怀疑你的。现在你坐着听我说。过来，坐在这把椅子上，坐在我对面，我要看到你整个人。就这样。你听我说——你想出嫁吗？"

达莎用久久的、疑惑的，然而又不显得过分诧异的目光回答她。

"且慢，先别回答我。首先，年龄上的差别，相差很大；但是要知道，你比谁都清楚，这无关紧要。你是懂道理的，而且在你生活中不应当出差错。话又说回来，他还是个美男子……总之，斯捷潘·特罗菲莫维奇，你一向尊敬他。不是吗？"

达莎以一种更加疑惑的目光看了看她，这一回已经不仅是诧异，她的脸还明显地红了。

"且慢，你先别说话；先别急！虽说你也有钱，根据我的遗嘱，但是我死了，即使你有钱，你又会怎样呢？人家会欺骗你，把钱骗走，那你就完蛋了。如果你嫁给他，你就是名人之妻了。现在再从另一方面看：假如我现在就死了——虽说我将保证他衣食无虞——他怎么办呢？因此我寄希望于你。慢，我还没说完呢，他处事浮躁，优柔寡断，心狠，自私，还有一些低级的习惯，但是你应当珍惜他，首先，因为有人还不如他，比他坏得多。要知道，我可不是要把你推出去嫁给什么坏蛋，你是不是想到什么邪的歪的上面去了？最要紧的是，我在求你，因此你要珍惜，"她突然愤愤然打断自己的话，"听见了吗？你干吗死死地盯着我？"

达莎始终一言不发，听着。

"慢，你先等一等。他像个女人——这对你会更好。话又说回来，他还像个可怜的女人；根本不值得女人爱。但是因为他无依无靠，又值得一爱，那你就因为他无依无靠而去爱他吧。你听懂我的话了吗？听懂了？"

达莎肯定地点了点头。

"我早料到是这样，我早料到你不会听不懂的。他会爱你的，因为他应当，应当爱你；他应当非常爱你！"瓦尔瓦拉·彼得罗芙娜尖叫道，不知怎么显得特别激动，"话又说回来，他即使没有爱你的义务也会爱上你的，他这人我了解。再说这事有我呢。你放心，我会永远在你身边的。他可能会告你的状，可能会诽谤你，可能会随便遇见什么人就窃窃私语地议论你，他会长吁短叹，没完没了地发牢骚；他会给你写信，从这个房间寄到那个房间，一天写两封，可是没有你他就活不下去，这才是最主要的。你要迫使他听你的话，没有这点儿本领——你就是大笨蛋。他会说他要上吊，威胁你——别信他的；他只是胡闹！别信他的，不过还是要保持警觉，因为他真会上吊也说不定；这样的人还是有的；他们上吊不是因为坚强，而是因为软弱；因此永远不要把他们逼到走投无路的地步——这是夫妇生活的第一准则。你也要记住，他是诗人。听我说，达里娅：再没有比牺牲自己更大的幸福了。况且你这样做将会使我非常高兴，而这是主要的。你别以为我方才犯浑才胡说一气；我明白我在说什么。我是个唯我主义者，也希望你是个唯我主义者。要知道，我不是在逼你；一切由你自己拿主意，你怎么说，就怎么办。怎么样，你干吗净坐着，倒是说话呀！"

"如果一定要出嫁的话，瓦尔瓦拉·彼得罗芙娜，我无所谓。"达莎坚定地说。

"一定？你这话是什么意思？"瓦尔瓦拉·彼得罗芙娜严厉地定睛看了看她。

达莎不作声，用针在绣架上挑花。

"你虽然很聪明，但你这是胡说。我现在一定要把你嫁出去，这话虽然不假，但并不是非这样不可，而是仅仅因为我产生了这个想法，而且要嫁也只能嫁给斯捷潘·特罗菲莫维奇一个人。要是没有斯捷潘·特罗菲莫维奇，我也不会想到现在就把你嫁出去，虽说你已经二十岁了……是不是？"

"我听您的，瓦尔瓦拉·彼得罗芙娜。"

"这么说，你同意啦！慢，你先别言语，你忙什么，我还没有说完呢：根据遗嘱，我将会给你一万五千卢布。现在，这笔钱，只要你一结婚，我就可以给你。其中，你拿出八千卢布交给他，就是说，不是给他，而是给我。他欠了八千卢布债；由我来替他还债，但是必须让他知道这钱是你的。你手里还剩下七千卢布,任何时候都绝对不要给他一个卢布。永远也不要替他还债。你替他还过一次——以后就想躲也躲不了啦。不过,还有我呢,我会永远在这里。你们每年可以从我这里拿到一千二百卢布的生活费,还有一千五百卢布应付急用和额外开支,此外,住房和一日三餐也由我负担,跟他现在享受的待遇一样。不过女用人得你们自己花钱。年金我会一下子如数付给你的,而且直接交到你手中。但是劳驾了:有时候也可以多少给他点儿钱,允许朋友们来看看他,每周一次,要是常来,就下逐客令。不过,这儿有我呢。假如我死了,你们的生活费并不停止,直到他死,听着,仅仅是他死,因为这是他的生活费,不是你的。至于你,除了留给你的七千卢布一个不少外,只要你自己不犯浑,我还将在遗嘱里留给你八千。不过你要明白,除此以外,你从我这里就什么也得不到。嗯,你同意吗?你最后还有什么话要说吗?"

"我已经说过了,瓦尔瓦拉·彼得罗芙娜。"

"记住,大主意都由你拿,你愿意怎样就怎样。"

"不过对不起,瓦尔瓦拉·彼得罗芙娜,难道斯捷潘·特罗菲莫维奇对您说过什么了吗?"

"不,他什么也没有说,也不知道,但是……他马上会说的!"

她霎时一跃而起,往自己身上披上她那黑披肩。达莎又稍许涨红了脸,用疑惑的目光注视着她。瓦尔瓦拉·彼得罗芙娜突然向她转过身来,怒容满面,脸涨得通红。

"你这傻丫头!"她像老鹰扑食似的向她咆哮道,"你这忘恩负义的傻丫头!你脑子里在想什么?难道你以为我会随随便便地损害你的名誉吗,哪怕就损害这么一点点!他会亲自跪下来在地上爬着求你的,他肯定会高兴死的,肯定会这样!你自己也知道,我绝不会亏待你!难道你以为为了这八千卢布他就会娶你,我现在就跑去把你卖给他吗?傻丫头,傻丫头,你们都是些忘恩负义的傻瓜！把雨伞给我！"

她说罢便迈动双腿，沿着湿漉漉的砖铺人行道和一座座小木桥，飞也似的跑去找斯捷潘·特罗菲莫维奇了。

七

她是绝不会亏待"达里娅"的，这话不假；相反，现在她认为自己对她恩同再造。当她披上披肩时，她在自己身上捕捉到养女的惶恐不安而又不信任的目光，她心中就腾地燃烧起一股最高尚、无可厚非的无名火。她从她小时候起就真心爱养女。普拉斯科维娅·伊万诺芙娜称达里娅·帕夫洛芙娜是她的大红人，这话是有道理的。瓦尔瓦拉·彼得罗芙娜早就彻底认定，"达里娅的性格跟她哥哥不一样"（不像她哥哥伊万·沙托夫的性格），她文静而又温柔，能够做很大的自我牺牲，她的优点是忠心耿耿，非常谦虚，明辨是非，主要是感恩图报。直到现在，表面上，达莎从来没有辜负过她的期望。"她这辈子是不会出差错的。"当这小女孩还只有十二岁的时候，瓦尔瓦拉·彼得罗芙娜就曾这样说过，因为她有这样的特点：如果她迷上了什么幻想，就会既执拗而又热情地抓住不放，如果她有什么新计划或者有什么她自以为是光辉灿烂的想法，总是锲而不舍，因此她立刻决定把丽莎当作自己的亲生女儿来抚养。她立刻给她拨出一部分钱，并且请来了家庭教师克里格斯小姐。这位克里格斯小姐一直住在他们家，直到这养女长到十六岁，但是不知道为什么她突然被辞退了。也从中学请过几位老师来教她，其中有一位是真正的法国人，由他教达莎法语。这一位也被突然辞退了，就跟被赶走似的。还有一位从外地来的穷太太，寡妇，出身贵族，由她教达莎钢琴。但是主要的老师还是斯捷潘·特罗菲莫维奇。说真的，是他头一个发现了达莎：他开始教这个文静的女孩的时候，瓦尔瓦拉·彼得罗芙娜还压根儿没有想到她。我再重复一遍：说来也怪，孩子们都喜欢他，舍不得离开他。丽扎韦塔·尼古拉耶芙娜·图申娜从八岁到十一岁一直跟着他读书（斯捷潘·特罗菲莫维奇教她读书自然是没有报酬的，即使德罗兹多娃家给他钱，他也无论如何不会拿的）。但是他自己却爱上了这个漂亮的小女孩，他给她讲了许多有关开天辟地和人类历史的富有诗意的故事。他在课堂上讲的有关原始民族和原始人的课简直比阿拉伯童话还好听。听这些故事都听呆了的丽莎，常常在自己家里非常可笑地模仿斯捷潘·特罗菲莫维奇的言语动作。他知道这事后，有一次便出其不意地去偷看她表演。满脸羞惭的丽莎便扑到他的怀里，哭了起来。斯捷潘·特罗菲莫维奇也高兴得哭了。但是丽莎很快就走了，只剩下一个达莎。当中学老师开始来教达莎后，斯捷潘·特罗菲莫维奇也就不再教她了，慢慢、慢慢地也就完全不再理会她了。这样继续了很长时间。有一回，当她已经十七岁的时候，他才突然吃惊于她的美貌。这事发生在瓦尔瓦拉·彼得罗芙娜的餐桌旁。他跟这个年轻姑娘聊了起来，对她的回答感到很满意，最后他建议给她开一门严肃而又内容广博的俄国文学史课。瓦尔瓦拉·彼得罗芙娜为这个绝妙的主意夸奖了他，并且对他表示了感谢，而达莎则高兴极了。斯捷潘·特罗菲莫维奇特别用心地备了课，最后就开讲了。先从远古讲起；第一堂课上得很吸引人；瓦尔瓦拉·彼得罗芙娜也来旁听了。斯捷潘·特罗菲莫维奇上完课，临走时向他的学生宣布，下一堂课分析《伊戈尔远征记》[①]，这时瓦尔瓦拉·彼得罗芙娜突然站起来宣布，这课以后不上了。斯捷潘·特罗菲莫维奇皱了一下眉头，但是没有吭声，达莎的脸腾的一下红了；然而，这事也就这样结束了。这发生在瓦尔瓦拉·彼得罗芙娜产生现在这个出人意料的幻想整整三年前。

---

① 俄国古代英雄史诗。

第一部

可怜的斯捷潘·特罗菲莫维奇独自坐着，什么事情也没有预感到。他早就在忧郁的沉思中不时向窗外张望，看有没有什么朋友来看他。但是谁也无意前来。外面在淅淅沥沥地下着雨，天气变冷了；应当生炉子了；他叹了口气。突然一个可怕的幻象出现在他眼前：瓦尔瓦拉·彼得罗芙娜居然在这样的天气，又赶在这样一个非规定的时间来看他！而且是步行！他吃了一惊，竟忘了更衣，照老样子穿着他一向穿的那件玫瑰色的棉上衣接见了她。

"我的好朋友！……"他向她迎上前去，有气无力地叫了一声。

"就您一个人，我很高兴：我最不待见您的那些朋友了！您怎么总是抽得满屋子烟；主啊，主啊，空气太坏了！您连茶也没喝完，可现在都快十二点了！您的幸福就是搞得乱七八糟！您的享受就是搞得满屋子垃圾！地板上扔了一大堆碎纸，怎么回事？纳斯塔西娅，纳斯塔西娅！您的纳斯塔西娅干什么吃的？把窗户开开，亲爱的，气窗、房门，统统打开，全敞开。咱们上客厅去；我找您有事。亲爱的，你哪怕一辈子就打扫一次呢！"

"老爷就爱乱扔东西，您哪！"纳斯塔西娅用恼怒和抱怨的尖嗓子说道。

"那你打扫呀，一天打扫十五次！您这客厅也糟透了（那时他们已走进客厅）。把房门关紧点儿，她会偷听的。一定得换换壁纸啦。我不是派一名糊墙工给您送过纸样来吗，您干吗不挑一种呢？您坐下。听我说。劳您驾，倒是请坐呀。您上哪儿？您上哪儿？您倒是上哪儿呀！"

"我……马上回来，"斯捷潘·特罗菲莫维奇在另一个房间里叫道，"瞧，我不是又回来啦！"

"啊，您去换衣服了！"她嘲笑地打量了他一眼（他在毛衣上加了一件外套），"这样对咱们要进行的谈话倒的确比较合适。劳您驾，您倒是坐呀。"

她开门见山地说明了来意，语气生硬而又语词恳切。她暗示了一下他急需的那八千卢布。又详细地谈了陪嫁。斯捷潘·特罗菲莫维奇瞪大了两眼,浑身发抖。他什么都听见了,但就是莫名其妙。他想说话,可是声音断断续续,语不成声。他只知道一切只能像她说的那样去办,反对和不同意都无济于事,他已经无可挽回地成了一个准备结婚的人了。

"但是,我的好朋友,我已经是第三次结婚了,而且我这把年纪……而且是跟这么一个孩子!"他终于说道,"但是,这是一个孩子呀!"

"谢天谢地,这孩子已经二十岁了!请您别把眼珠子转来转去,劳驾了,您不是在演戏。您很聪明,也很有学问,但是在生活上您一窍不通,经常需要有个保姆来伺候您。我死了,您怎么办?而她可以做您的好保姆;这姑娘很谦虚,很有主意,而且懂道理;再说这里有我呢,我还不会马上死。她是个能在家里坐得住的姑娘,是个百依百顺的天使。这个好主意我还在瑞士的时候就想到了,您懂不懂,这可是我亲口告诉您的:她是个百依百顺的天使!"她突然厉声叫道,"您这里到处是垃圾,她会收拾得干干净净,有条不紊,一切都会像镜子一样……唉,您莫非在幻想:有这么一位如花似玉的姑娘,我还得苦苦哀求您,给您列举所有的好处,给您做媒不成!倒是您应当跪下来求我……噢,您这没主见,没主见而又意志薄弱的人啊!"

"但是……我已经是老头啦!"

"您才五十三岁,这算得了什么!五十岁不是生命的终了,而是生命的一半。您是个美男子,这您自己知道。您也知道她有多么尊敬您。我死了,她怎么办?跟了您,她就放心了,我也放心了。您有地位,有名气,又有一颗爱心;您可以得到一笔生活费,我认为这是我应尽的义务。您说不定能救她,救她!不管怎么说吧,您只会给她增光添彩。您会培养她,使她踏上人生之路,您会充实她的心灵,指导她的思想。眼下有多少人由于思路不正而毁了啊！那时候您的著作就会完稿，您就会重振旗鼓，名噪一时。"

"我倒真想，"他嘟囔道，已经被瓦尔瓦拉·彼得罗芙娜的巧妙的奉承说得心花怒放，"现在我倒真想坐下来好好写我的《西班牙史话》①……"

"嘿，您瞧，不是正好凑到一块儿了吗？"

"但是……她？您跟她说了吗？"

"她的事您尽管放心，再说您也无须知道这么多。当然，您应当亲自去向她求婚，求她赏您这个面子，懂吗？但是您尽管放心，这里有我呢。况且您也爱她……"

斯捷潘·特罗菲莫维奇开始觉得头晕；四面的墙在旋转。这时他有一个可怕的想法，怎么也克服不了。

"我的挚友！"他的声音突然发起抖来，"我……我怎么也想不到，您会下定决心把我嫁给……另一个……女人！"

"您又不是姑娘，斯捷潘·特罗菲莫维奇；只有姑娘才出嫁，而您是娶妻。"瓦尔瓦拉·彼得罗芙娜凶巴巴地发狠道。

"是的，我说错了。但是……这没什么两样。"

"我也看到了，这没什么两样。"她慢腾腾地、轻蔑地说道，"主啊，他晕过去了！纳斯塔西娅，纳斯塔西娅！水！"

但是还没有到需要喷水的地步。他醒了过来。瓦尔瓦拉·彼得罗芙娜拿起自己的雨伞。

"我看，现在跟您是没什么好说的了……"

---

① 格拉诺夫斯基写过许多记述西班牙历史的著作，如《彼得·拉穆斯》《西班牙的宗教法庭》等。他在《祖国纪事》上发表的长篇书评《研究熙德的新著》(1854)，评论一位荷兰语文学家的书，其中很大一部分是西班牙史漫游，写得十分生动优美，其中还转述了不少那一时代的诗歌和散文著作，包括讴歌熙德的浪漫诗。

"是的,是的,我无能为力。"

"您先休息休息,明天再说,先好好想想。在家里坐着,如果发生什么事,立刻通知我,哪怕半夜。别写信,我不会看的。明天这个时候我再来,独自一人,听您的最后答复,我希望这是令人满意的答复。尽量做到不要有旁人在场,不要有垃圾,这像什么样子?纳斯塔西娅,纳斯塔西娅!"

不用说,第二天他同意了;再说他也不能不同意。这里有个特殊情况。

八

斯捷潘·特罗菲莫维奇在敝省的所谓田庄(按照过去的算法[1]大概有五十名农奴,与斯克沃列什尼基毗邻),根本就不是他的,而是属于他的结发妻子的,因此现在也就属于他们的儿子彼得·斯捷潘诺维奇·韦尔霍文斯基的了。斯捷潘·特罗菲莫维奇只负监护之责,因此,当这小鸟羽翼丰满之后,他就根据儿子的正式委托来管理这田庄。这交易对于这年轻人是有利的:他每年从父亲那里得到一千卢布算作田庄的收入,可实行新制度后[2]连五百卢布(也许比这还少)也拿不到。只有上帝知道这种关系是怎么确定的。话又说回来,这整整一千卢布完全由瓦尔瓦拉·彼得罗芙娜如数寄出,而斯捷潘·特罗菲莫维奇在这一千卢布中连一卢布也没有投入。相反,他把从这块土地上所得的收入统统装进了自己的腰包,此外,他还使它彻底破产了,把它租给了一位企业家,还瞒着瓦尔瓦拉·彼得罗芙娜把一小片树林(即这块土地上最值钱的部分)悄悄卖给人家伐树。其实,这片小树林他早就在零星出售。整座树林起码值七八千卢布,可他只卖了五千。有时他在俱乐部里输掉的钱

---

[1] 指户口普查时在册的农奴数(包括已死亡的农奴)。
[2] 指实行取消农奴制后。

太多了，他又怕向瓦尔瓦拉·彼得罗芙娜要。她终于知道了一切之后，恨得咬牙切齿。可现在他儿子突然来信告知，他将亲自前来出售自己的领地，无论如何要把它卖掉，并拜托父亲立即关心一下出售的事。不言而喻，由于斯捷潘·特罗菲莫维奇的高尚和无私，他在这个亲爱的儿子（他最后一次看到儿子是在整整九年以前，在彼得堡，儿子还是大学生的时候）面前感到于心有愧。起先，整个田庄可以卖一万三或一万四卢布，现在恐怕连五千卢布也不见得有人要了。毫无疑问，根据正式委托的应有之义，斯捷潘·特罗菲莫维奇拥有全权出售树林，再考虑到如许年来毫厘不爽地寄出的其实不可能有的一千卢布的年收入，在算账的时候，他也有充分理由维护自己。但是斯捷潘·特罗菲莫维奇为人高尚，又具有崇高的志向。他脑子里闪过一个惊人美丽的想法：等彼得鲁沙①来了，突然高尚地把最高的顶级②价，即一万五千卢布摆到桌上，而且对迄今为止寄出的钱丝毫不予暗示，然后紧紧地、紧紧地，泪流满面地把亲爱的儿子搂到胸前，从而使所有的账一了百了。他开始在瓦尔瓦拉·彼得罗芙娜面前远兜远转而又小心翼翼地展开这幅美丽的图画。他暗示，这甚至会赋予他俩的关系……他俩的"思想"以某种特殊的、高尚的色彩。这肯定会使过去的父辈乃至前辈父老与新的思想浮躁的、社会主义的青年相比，显得既大公无私而又舍己为人。他还说了许许多多话，但是瓦尔瓦拉·彼得罗芙娜总是避而不答。直到最后才向他冷淡地宣布，她同意买下他们的土地并出顶级价，即六七千卢布（其实出四千也能买到）。至于其余的随小树林不翼而飞的八千卢布，她却只字不提。

这事发生在提亲的前一个月。斯捷潘·特罗菲莫维奇吃了一惊，开始陷入深思。过去还可能有一线希望，他的儿子也许根本不会回来——从旁观者

---

① 彼得的昵称、小名。
② 在原著中是拉丁文。下文此词同。

的角度看，按照某个不相干的人的意见，这希望似乎也是存在的。但是斯捷潘·特罗菲莫维奇作为父亲却愤怒地断了有关这类希望的任何念想。不管怎么说吧，反正迄今为止传来的有关彼得鲁沙的消息总是十分奇怪。六年前，大学毕业后，他先是在彼得堡到处游荡，无所事事。后来我们突然得到一个消息，说他因参加草拟一份暗中散发的传单被牵连进了一件案子。后来又听说，他突然出现在国外，在瑞士，在日内瓦——畏罪潜逃也说不定。

"这使我太惊奇了，"非常不好意思的斯捷潘·特罗菲莫维奇当时向我们宣传说，"彼得鲁沙是这么一个老实巴交的人！他善良、高尚、非常多愁善感，当时我在彼得堡把他跟那些当代青年相比，还感到很高兴，但是，这毕竟是个可怜的人……您要知道，这都是因为他思想还不够成熟，心也太软！使他们入迷的不是现实主义，而是社会主义的多愁善感的、理想的一面，可以说吧，是它的宗教色彩，它的诗意……不消说，是拾人牙慧。然而跟我，跟我有什么关系呢！我在这里有许多敌人，在那里就更多了，他们硬说他受了父亲的影响……上帝啊！彼得鲁沙居然成了发动机[①]！我们生活的这时代是什么世道啊！"

彼得鲁沙很快就从瑞士寄来了他的确切地址，以便像往常一样给他寄钱：可见，他还不完全是流亡者。可是现在，在国外待了大约四年后，又突然出现在他自己的祖国，并且通知父亲他很快就回来：可见，他并没有受到任何指控。此外，甚至好像还有人在同情他，庇护他。现在他的信是从俄国南方寄来的，他在那里受人之托，正在办理一件重要的私事，为一件什么事奔走。这一切都好极了，但是到哪里去弄这其余的七八千卢布呢？怎么才能凑满出售田庄的这体面的顶级价呢？要是闹起来，代替壮丽图画的竟是对簿公堂，

[①] 当时对进步人士和革命者的谑称。

那怎么办呢？有什么东西似乎在告诉斯捷潘·特罗菲莫维奇，感觉敏锐的彼得鲁沙决不会轻易放弃自己的利益。"这是为什么呢，我发现，"当时，有一回，斯捷潘·特罗菲莫维奇对我悄声道，"为什么所有这些爱走极端的社会主义者和共产主义者，同时又是视钱如命的守财奴，妄想发财致富、企图霸占一切的人呢？甚至是这样，这人越是社会主义者，走得越远，他企图霸占一切的欲望也就越强烈……这是为什么呢？莫非也是因为多愁善感？"我不知道斯捷潘·特罗菲莫维奇这个看法是否有道理；我只知道彼得鲁沙掌握了一些，知道一些有关出售小树林和其他方面的事，而斯捷潘·特罗菲莫维奇也知道他掌握了这方面的情况。我也读到过彼得鲁沙写给他父亲的信；他极少写信，一年一次，甚至更少。仅仅在最近，因为要告知他即将回来的事，才连写了两封信，几乎一封接一封。他的信写得都很简短，冷冷冰冰，通篇都是让他父亲做这做那，因为这父子两人还在彼得堡的时候就赶时髦地以你相称，因此彼得鲁沙的信看去就跟过去的地主从京城给他们指定负责管理田庄的家奴下达的书面命令一样。而现在足以应急的这八千卢布竟突然从瓦尔瓦拉·彼得罗芙娜的建议中飞了出来，而且她还让他清楚地感觉到，除此以外，这八千卢布再也不可能从任何地方飞出来了。不用说，斯捷潘·特罗菲莫维奇同意了。

她一走，他就派人来找我，还躲开所有的人，把自己锁在屋里，待了一整天。当然，他哭了，说了许多话，说得很动听，但又常常前言不搭后语，语无伦次，偶然说一句俏皮的双关语便沾沾自喜，十分得意，然后就发作了轻度的亚霍乱——总之，平安无事，一切都很正常。此后，他又拿出他那二十年前去世的德国妻子的照片，开始如泣如诉地呼唤道："你能原谅我吗？"总之，他有点被弄糊涂了。为了借酒浇愁，我们稍许喝了点儿酒。他很快就睡着了，睡得很香。第二天一早，他灵巧地给自己系好了领带，仔仔细细地穿好了衣服，而且还几次三番地走过去照镜子。他把手帕喷了点香水，只喷了不多一点儿，可是他抬头朝窗外一看，看见了瓦尔瓦拉·彼得罗芙娜，就急忙拿起另一块手帕，而把洒了香水的那块藏到了枕头底下。

"那太好了！"瓦尔瓦拉·彼得罗芙娜听到他同意后夸奖道，"首先，当机立断，其次，您听从了理智的呼声，可是您在您的个人私事上却很少能够做到这点。不过，也不必操之过急，"她端详着他的白领带的领带结，又加了一句，"您先别张扬，我也不会声张。很快就是您的生日了；我会跟她一起到您这里来的。您准备好晚茶，劳您驾，不要准备酒，也不要准备下酒菜；不过，我会亲自安排好一切的。把您的朋友们请来——不过，由咱俩一起来挑选一下。如果需要的话，您在前一天可以先跟她谈一次；而在您举行的晚会上，我们既不宣布，也不举行任何订婚仪式，仅仅暗示一下，或者让大家心里明白，不举行任何仪式。然后，在大约两星期后就举行婚礼，尽可能不要大轰大嗡……甚至你俩在婚礼后也可以暂时离开一会儿，比如说，到莫斯科去也行。说不定，我也跟你们一起去……主要的是在这以前不要张扬。"

斯捷潘·特罗菲莫维奇很惊讶。他结结巴巴地说他不能这样，他必须和未婚妻先谈谈，但是瓦尔瓦拉·彼得罗芙娜却激动地冲他吼道：

"这干吗？首先，这事根本成不了也说不定……"

"怎么成不了！"不胜震惊的未婚夫嘟囔道。

"没什么。我还要看看……不过，一切都会像我说的那样办的，您放心，我会亲自跟她说，让她思想有个准备。您根本不必费那个神。一切该说的话和该做的事我都会说到和做到，您就不必瞎操这份心了。何必呢？这算唱的哪一出呢？您自己别去，也别写信。不要透露一点儿风声，求您了。我也不会声张。"

她压根儿不想说明这到底因为什么，说完就走了，分明很不高兴。似乎，

第一部

斯捷潘·特罗菲莫维奇的千情愿万乐意倒使她吃了一惊。呜呼,他简直一点儿也不明白自己的处境,他也没有从其他角度来考虑问题。相反,却出现了某种新神态,出现了某种扬扬自得的浮躁表现。他神气起来了。

"我喜欢这样!"他叫道,站在我面前,摊开两手,"您听说过吗?她想弄得我也终于不想干了。要知道,我也会失去耐心的,而且……我也会不干的!'您坐着,您就不必瞎操这份心了。'但是我为什么非结婚不可呢?难道就因为她想入非非,出现了这个可笑的想法吗?但是我这人是严肃的,我也可能不想屈从这个脾气古怪的女人的无聊的想入非非呢!我有对我儿子应尽的义务……也有对我自己应负的责任!我在做出牺牲——她明白这道理吗?我之所以同意,也许因为我觉得生活太无聊了,对一切都无所谓。但是她也可能激怒我,到那时我就不是一切都无所谓了;我会在一怒之下坚决不干。这太滑稽可笑了……俱乐部里会说什么呢?利普京……会怎么说呢?'这事根本就成不了也说不定'——这是什么话!但是这也就到头了!这已经……这到底是怎么回事呢——我是苦役犯,是巴登格①,一个被逼到墙根的人……"

与此同时,在所有这些如泣如诉的感叹中,却流露出某种任性的扬扬自得,某种浮躁的逢场作戏。晚上我们又喝了不少酒。

---

① 巴登格是一名泥瓦匠。1846年5月25日,路易·拿破仑·波拿巴王子(即未来的拿破仑三世)穿上他的衣服,冒名逃出加姆要塞。后来拿破仑三世的政敌把巴登格这一名字用作侮辱他的谑称。此处意为"替身"。

第三章　别人的罪孽

一

过去了大约一周，事情开始有了一点儿进展。

我要顺便指出，在这倒霉的一周里，我都烦死了，作为他最近的心腹，我一直几乎形影不离地待在我这个可怜的已许了婚的朋友左右。使他苦恼的主要是羞惭，虽然在这一周里我们没有见过任何人，一直是我们两个人单独厮守；但是他甚至对我也满面羞惭，以致他越是对我吐露心曲，就越是因此而抱怨我。由于他生性多疑，他竟怀疑这一切已经人人皆知，全城人都知道了，他不仅不敢去俱乐部，甚至都害怕在我们这个小圈子里露面。甚至为了锻炼身体必不可少的外出散步，也要等到暮色四合、天已经完全黑了的时候才出去。

已经过了一周，可是他仍旧不知道他算不算未婚夫，而且不管他怎么打听，都打听不出这事的确切消息。他还没有跟未婚妻见过面，甚至都不知道她算不算他的未婚妻；他甚至不知道这一切当中是否有严肃的、并非儿戏的成分！不知道为什么瓦尔瓦拉·彼得罗芙娜坚决不让他去看她。他起先写给她许多信，对其中的一封她的答复是请他暂时不要跟她有任何来往，因为她很忙，因为她也有许多重要的事要告诉他，所以她正在特地等候一个比现在较为空闲的时间，至于什么时候可以去找她，到时候她会亲自通知他的。至于他写给她的许多信，她都没有打开看过，她答应一定原物奉还，因为这"不过是吃饱了撑的"。这封短信我曾亲眼看过；是他让我看的。

然而，所有这些粗鲁无礼和含混不清的话，与他主要关心的事相比，都算不了什么。这个他最关心的事紧紧缠住他,使他异常痛苦;他因此瘦了,成天垂头丧气。这是他感到最羞耻的事,关于这事他甚至跟我也绝对不愿提起;相反,在非说不可的时候,他就像小孩似的在我面前撒谎,支吾其词;然而他每天又要亲自派人来找我,离开我他连两小时都待不下去,他需要我就像需要空气和水一样。

他这样的做法也多少伤害了我的自尊心。不言而喻,我早就猜透了他的这一主要秘密,早就看穿了一切。根据我当时最深层的看法,说穿斯捷潘·特罗菲莫维奇的这一秘密,说穿他这件最关心的事,并不会给他增添任何光彩,因为我还是个年轻人,所以对他的粗俗感情,对他的某些不登大雅之堂的怀疑,不无愤懑之感。我在气头上(不瞒诸位,也因为我当心腹都当烦了)指责了他,也许说了些过头的话。因为我的心太硬,竟逼着他,硬要他向我承认一切,虽然我也知道,有些事硬要他承认,或许还真难于启齿。他也明白我心里在想什么,也就是说,他清楚地看到我看穿了他的心事,甚至对他很生气,因此他自己也因为我对他很生气和看穿了他的心事而反过来对我很生气。也许,我的恼怒是琐屑的、愚蠢的;但是独处有时对真正的友谊非常有害。从某种观点看,他对自己处境的某些方面了解得还是正确的,甚至在某些他认为无须隐瞒的问题上,他对自己处境的判断还十分透彻。

"噢,她从前难道是这样的吗!"有时候他向我谈到瓦尔瓦拉·彼得罗芙娜时常常口没遮拦地说道,"过去我跟她说话的时候,她难道是这样的吗……她当时还很会说话,您知道吗?您信不信,当时她还有思想,自己的思想。现在一切全变了!她说这一切不过是老掉牙的清谈!她蔑视过去……她现在成了名管家、管事和心如铁石的人,总是气呼呼的……"

"您答应了她的要求,现在她还有什么可生气的呢?"我反驳他道。

他微妙地看了看我。

"亲爱的朋友,我如果不同意,她肯定会非常生气,大——发——雷——霆!但是毕竟比现在我同意了要缓和些。"

他对自己说的这句话感到很得意,于是那天晚上我们痛饮了一瓶酒。但这不过是一刹那的事;第二天,他又变得比以往任何时候更可怕、更忧郁了。

但是我对他感到最恼火的是,他竟下不了决心去对已经光临敝地的德罗兹多娃家进行必要的拜访,以便重修旧好,据说,她们自己也希望这样,因为她们已经几次打听过他,而且他也每天念念不忘地想去。他每次谈到丽扎韦塔·尼古拉耶芙娜时都无比兴奋,我也捉摸不透这究竟是怎么回事。毫无疑问,他想起了她孩提时的模样,过去他就喜欢她;但是除此以外,也不知道为什么,他想象,有她在身边,他现在的所有痛苦立刻就会减轻,甚至他最重要的怀疑也迎刃而解。他以为他觉得丽扎韦塔·尼古拉耶芙娜是非同一般的人。他虽然每天都准备去看她,可是终究没有去。主要是我当时也非常希望能有人把我引荐和介绍给她,而在这方面我能指望的就只有斯捷潘·特罗菲莫维奇一个人了。当时我常常遇见她,给我留下了非常深刻的印象。不用说,我是在街上遇见她的——她骑马出去兜风,身穿骑装,骑着一匹很漂亮的马,由一位她的所谓亲戚,一位英俊漂亮的军官,已故德罗兹多夫将军的侄儿陪同。我对她感到目眩神迷也就持续了一刹那,我后来很快就意识到我的想入非非是完全不可能的,虽说只有一刹那,但这一刹那却是真实存在的,因此也就不难想象,当时我对我这位可怜的朋友顽固地闭门不出有时是多么愤慨。

所有我们这个圈子里的人,最初就被正式告知,斯捷潘·特罗菲莫维奇在一段时间内将不接待朋友,请我们让他绝对安静地待一段时间。他坚持要发一个正式通知书,虽然我劝阻过他。我根据他的请求走访了所有的人,告诉大家,瓦尔瓦拉·彼得罗芙娜拜托我们的"老头子"(我们相互间都这么叫斯捷潘·特罗菲莫维奇)办理一件十万火急的事,托他整理一下若干年来的某种来往函件;因此他闭门谢客,由我做他的助手,等等,等等。只有一个利普京我没来得及通知,一再拖延,说得确切点儿,其实是我怕去找他,因为我心里有数,他对我说的话一句都不会相信,肯定以为这里有鬼,就想瞒住他一个人,我一离开他,他就会立刻满城去打听,到处散布流言蜚语。当我正在想着这一切的时候,竟无意中在大街上碰见了他。原来他已经从我刚刚通知过的我们那伙人那里得知了一切。但是,说也奇怪,他不仅没有好奇地问东问西,也没有盘问斯捷潘·特罗菲莫维奇的近况,而是相反,当我要向他表示歉意,说我没有早点通知他,他却主动打断了我的话,立刻转而谈其他问题。不错,他装了满肚子的话想要告诉我;他的心情异常亢奋,他很高兴终于逮住了我这样一个能听他说话的人。他谈到城里的新闻,谈到省长夫人的光临以及她"带来的一批新话题",谈到俱乐部里已经形成一个反对派,谈到大家都在吵吵嚷嚷地谈论新思想,以及这一切怎样使大家兴味盎然,想甩也甩不开,等等,等等。他谈了差不多有一刻钟,谈得十分逗乐,我都听入了迷。虽然我很讨厌他,但是也必须承认,他有一种能促使别人听他说话的本领,尤其是当他对什么事情很生气的时候。依我看,这人呀,是个真正的天生的包打听。他任何时候都知道敝城的最新消息以及敝城的全部底细,主要是那些卑鄙下流的事,令人感到惊奇的是,有些事有时候根本与他无关,可是他却往心里去,而且十分认真。我一直觉得此人的主要特点是红眼病。当那天晚上我把早晨遇到利普京的事以及我们的谈话内容告诉斯捷潘·特罗菲莫维奇之后,使我惊讶的是,他居然非常激动,并向我提了一个十分古怪的问题:"利普京是不是知道了?"我于是向他证明,这么快就知道那是不可能的,而且也没人告诉他;但是斯捷潘·特罗菲莫维奇仍固执己见。

"您爱信不信,"最后他出人意外地说道,"可是我深信不疑,关于我们的情况，他非但已经一五一十全知道了，而且除此以外，甚至你我现在不知道，也许永远也不会知道，或者知道了也为时已晚、无可挽回的事，他也知道得一清二楚……"

我没有作声，他这些话暗示了许多问题。这以后，我们有整整五天一个字也没有提到利普京；我很清楚，斯捷潘·特罗菲莫维奇对于他居然在我面前暴露了这样的怀疑并且脱口说了出来，感到非常懊恼。

二

有一天上午，即斯捷潘·特罗菲莫维奇同意了这门亲事以后的第七天或者第八天，十一时左右，我照例匆匆地赶去拜望我那位满腹愁绪的朋友，半路上我出了一件意想不到的事。

我遇到了那位被利普京吹捧为"伟大作家"的卡尔马津诺夫。卡尔马津诺夫的作品我从小就读过。他的中篇小说，无论是上一代人还是我们这一代人都很熟悉；我曾经醉心于这些小说；它们曾是我青少年时代的最大乐趣。后来我对他文笔的兴趣就渐渐冷了下来；最近他一直在写的带有倾向性的中篇小说，我就不像喜欢他早先的作品那样喜欢了，他的早期作品包含那么多质朴的诗意；而他的近作我甚至根本不喜欢。

一般说，如果在如此微妙的问题上我也敢斗胆发表自己的看法的话，我敢说，我国所有这些才华平庸的大人先生在生前几乎都被看作天才，可是他们在死后不仅从人们的记忆中几乎突然消失得无影无踪，而且还常常发生这样的事，甚至还在他们生前，只要新一代刚一成长，渐渐取代曾名噪一时的老一代，他们就会快得不可思议地被忘却、被蔑视。不知怎么搞的，这在我国发生得很突然，就像戏台上转换布景一样。噢，这与普希金、果戈理、莫

第一部

里哀、伏尔泰这类作家，与所有这些来到世上并有所创新的活动家完全不同！诚如这些才华平庸的大人先生，通常到了垂暮之年也就十分悲惨地江郎才尽了，可是他们却居然对此毫无察觉。屡见不鲜的还有，一个作家，长久以来一直认为他的思想非常深刻，人们一直期待他对社会发展会产生非凡的、重大的影响，可是到头来他却暴露出他的基本思想是如此浅薄、如此微不足道，以致对于他居然这么快就文思枯竭竟没有一个人感到惋惜。但是一些白发苍苍的老人却对此视而不见，还很生气。在他们的文学生涯行将终了的时候，他们的虚荣心有时竟会发展到令人吃惊的程度。只有上帝知道他们这时把自己当成了什么——起码把自己当成神了吧。至于卡尔马津诺夫，有人说他很重视结交权贵和与高层人士来往，甚至把这看得几乎比自己的灵魂还重要。还有人说：如果预先有人向他介绍了您的情况，而他又有求于您，他就会欢迎您，亲切地对待您，用自己的为人忠厚来迷惑您，使您对他着迷。但是，一旦来了一位公爵，来了一位伯爵夫人，来了一位他所惧怕的人，您还没有来得及向他告辞，他就会立刻以一种最带侮辱性的蔑视把您忘诸脑后，好像您是一块小木片，好像您是一只苍蝇，而他居然认为这样做是他最神圣的义务；他还一本正经地认为这是他最高雅、最优美的风度。尽管他很有自制力，尽管他通晓优雅的风度和举止，据说他的虚荣心竟达到了歇斯底里的程度，甚至在对文学不甚感兴趣的那些上流社会的圈子里，他也无论如何掩饰不住他那容易激动的名作家脾气。如果有人偶然以自己的淡漠来对待他的作品因而使他感到尴尬的话，他就会病态地觉得受了委屈，非报仇雪恨不可。

约莫一年前，我曾在一本杂志上读到他写的一篇文章，他自命不凡地自以为具有最淳朴的诗意，同时进行了深刻的心理分析。他描写一艘轮船在英国海岸的附近海域遇难的情景，他是这事的目击者，曾目睹救死扶伤和打捞溺水者的情景。这篇文章的全文相当长，废话连篇，写它的唯一目的就是炫耀自己。字里行间处处流露出这样的话:"你们应当欣赏我,你们应当看看我此时此刻的心态。你们何必去欣赏这大海、暴风雨、悬崖峭壁,以及这艘被击沉的轮船的碎片呢? 我不是用我的如椽巨笔对这一切作了充分的描写吗。你们何必去看那个用僵硬的手臂抱着死孩子的溺死的女人呢? 你们不如看看我,看我怎样不忍目睹这一情景,掉过头去不敢看它。① 我站在那里,背对着他们;我恐怖得不敢回头;我眯缝上眼睛——这多么有意思,不是吗?"我把我对卡尔马津诺夫这篇文章的看法告诉了斯捷潘·特罗菲莫维奇,他与我有同感。

敝城不久前风传卡尔马津诺夫要来,不用说,我非常想见到他,如果可能的话,能跟他认识认识则更好。我知道,要做到这点只有通过斯捷潘·特罗菲莫维奇,因为他们从前是朋友。可是现在却不期而遇,突然在一个十字路口遇见了他。我立刻就认出了他;大约三天前,他与省长夫人坐在马车里路过的时候,有人曾把他指给我看。

这是一个样子古板的老头,小矮个儿,年龄不会超过五十五岁,脸蛋相当红润,头发浓密,白发苍苍,一绺绺鬈发从圆筒礼帽里露出来,拳曲在他那干干净净的、呈粉红色的小耳朵旁。他那干干净净的脸蛋并不十分漂亮,他的嘴唇很薄、很长,似乎能说会道,鼻子肉乎乎的,一双小眼睛,目光锐利,很聪明。他的穿戴很古旧,披着一件斗篷,在这样的季节,披着这样的斗篷,也许只有在瑞士或者意大利北部的什么地方才会有人这样穿戴。但是起码他衣服上的所有小物件:领扣、领子、扣子、系在一根又黑又细的带子上的玳瑁边单目眼镜、宝石戒指,等等,肯定与毫无瑕疵的风度翩翩的绅士一模一样。我敢肯定,夏天,他一定是穿带色的鞋面布做的布鞋,一侧还缀

---

① 据俄国学者考证,此处系影射屠格涅夫的特写《处决特罗普曼》(1870)。无疑,这段描写与1838年5月"尼古拉一世"号轮船遇难的情况有联系。屠格涅夫在他临死前的小说《海上大火》(1883)中曾描写过这艘轮船遇难的情况。19世纪40年代俄国文学界曾广泛流传着屠格涅夫年轻时在此次海上大火中的表现,陀思妥耶夫斯基应该有所耳闻。

有用珠母做的鞋扣。当我们碰面后,他在街的拐角处停了下来,注意地向四周张望。他发现我正在好奇地看着他,于是就用他甜蜜的虽然尖得有点刺耳的声音问我道:

"请问,我怎么才能抄近路到贝科夫街去呢?"

"到贝科夫街? 就在这里,说话就到。"我异常激动地叫了起来,"从这条街一直往前走,然后在第二个拐角处向左拐。"

"多谢您了。"

这一刻真该诅咒:我似乎怕兮兮的,态度有点低三下四! 这一切他刹那间都注意到了,当然立刻明白了一切,就是说,他明白了我知道他是何许人,我读过他的书,而且从小就崇拜他,现在我怕兮兮的,态度有点低三下四。他微微一笑,再一次向我点了点头,然后就照我指点的方向一直向前走去。我不知道我干吗要跟着他往回走;不知道我干吗要在他身边紧跑慢赶地跑了十步。他突然又停了下来。

"您能不能告诉我,这里最近的出租马车停哪儿?"他又向我喊道。

可憎的喊叫;可憎的声音!

"马车? 离这里最近的出租马车……就停在大教堂旁边,那里一向有马车。"于是我差点没有转弯跑去替他叫出租马车。我疑心,他希望我做的正是这事。不用说,我立刻醒悟了,停住了脚步,但是他十分清楚地看到了我的动作,注视着我,脸上始终挂着那同样的、可憎的微笑。就在这时发生了一件我永远忘不了的事。

他用左手拿着的一个很小的口袋,这时突然掉到地上。然而,这并不是口袋,好像是一个什么匣子,或者说得更确切些,是一个小型的公文包,或者说得更确切些,是一个小小的手提包,就像那种老式的坤包似的,然而我不知道这究竟是什么,我只知道我似乎冲过去想把它拾起来。

我深信我并没有把它拾起来,但是我做了要去拾的第一个动作是无可争议的;我已经无法掩饰我做的这一动作了,我像个傻瓜似的涨红了脸。这滑头立刻把这一切都看在眼里,能看到的东西他都看到了。

"不用费心,我自己来。"他十分动听地说道,就是说,他已经完全注意到我是绝不会给他拾手提包的了,于是他好像抢在我前面似的把包拾了起来,再一次向我点了点头,便继续走自己的路,把我像个傻瓜似的留在了原地。这与我亲自拾起来并没有什么两样。大约有五分钟,我认为自己受了一辈子也洗不清的奇耻大辱;但是走到斯捷潘·特罗菲莫维奇家的门口时,我忽然哈哈大笑起来。我觉得这次不期而遇是那么逗乐,因此我立刻决定把这事告诉斯捷潘·特罗菲莫维奇,让他开怀一笑,我决定甚至惟妙惟肖地把整个故事表演给他看。

三

但是这一次使我感到很惊奇,我去找他的时候发现他发生了非常大的变化。诚然,我一进去,他就迫不及待地向我冲了过来,并开始听我给他说的故事,但是他的神态却怅然若失,起初他分明没有听懂我在说什么。但当我刚一提到卡尔马津诺夫的名字,他就陡地怒容满面。

"别说啦,别跟我提他啦!"他几乎发狂似的叫道,"您瞧,您瞧呀,您读读这便条! 读读这便条!"

他拉开抽屉,把用铅笔匆匆写成的三张不大的纸摔到桌上,都是瓦尔瓦拉·彼得罗芙娜的手笔。第一张字条是前天写的,第二张是昨天写的,而最后一张则是今天送过来的,就在一小时前;内容很空洞,全是说卡尔马津诺夫,但暴露了瓦尔瓦拉·彼得罗芙娜由于担心卡尔马津诺夫会忘记前来拜会她而

第一部

流露出来的那种琐屑而又充满虚荣的激动。请看前天（也可能是大前天，也许是大大前天）写的第一张字条：

> 假如他终于今天枉驾来访，请您一句话也不要提到我。也不要做任何暗示。不要说起我，也不要提到我。
>
> 瓦·斯

再看昨天的字条：

> 假如他终于决定今天上午来拜访您，我认为最好的办法是根本不见他。这是我的看法，不知您意下如何。
>
> 瓦·斯

今天的最后一张字条：

> 我坚信，您那儿肯定垃圾成堆，屋里肯定烟雾缭绕，乌烟瘴气。我将让玛丽娅和福穆什卡到您那儿去，他们会在半小时内就收拾好的。他们收拾屋子的时候，您不要在旁边碍手碍脚，您可以到厨房去坐一会儿。我派人送去一张布哈拉地毯和两只中国花瓶，我早就想送给您了，此外，我还送去一帧我的特尼尔[①]油画（供您暂时使用），花瓶可以放在窗台上，

[①] 特尼尔（1610—1690），佛兰德斯写生画家，以画风俗画著称。19世纪上半叶，与特尼尔的名字联系在一起的通常指描写平民"低级"生活（酒宴、乡村节日、婚礼等）的画。在斯捷潘·特罗菲莫维奇的客厅里把特尼尔的画与歌德的肖像放在一起，系影射屠格涅夫，因为屠格涅夫在评论歌德的《浮士德》时，曾将其中的两个场景与特尼尔和奥斯塔德的画做过对比。

至于特尼尔的画，您可以挂在歌德肖像的右上方，那里比较醒目，每天上午光线也充足。假如他终于大驾光临，您接待他时要格外客气，但是要尽量说些无关紧要的事，谈谈学问什么的，要尽可能做出一副似乎你们昨天刚刚分手的样子。关于我则只字不提。说不定晚上我会到您那里看看。

瓦·斯

又及：如果他今天不来，那就根本不会来了。

我看完后感到很奇怪，他为这种鸡毛蒜皮的事竟这么激动。我疑惑地看了他一眼，突然发现，在我看信的工夫，他已经换了领带，把他一向喜欢的白领带换成了红领带。他的礼帽和手杖也放在桌子上。他本人则脸色苍白，甚至他的两只手也在发抖。

"她是否激动，我管不着！"他发狂般叫道，以此来回答我的疑惑的目光。"我才不管这个呢！她有精神为卡尔马津诺夫激动，可是却不肯答复我的信！瞧，这就是她昨天退还给我的那封信，都没有拆，现在就放在这桌上，压在《笑面人》①那本书底下。她为尼——古——连卡②伤心欲绝，这关我什么事！我才不管这个呢，我要申明我是自由的。让这个卡尔马津诺夫见鬼去吧！让这个列姆布克太太也见鬼去吧！我把花瓶藏到外屋去了，把特尼尔的画藏进了五斗柜，我要求她马上见我。听见了吗：我要求！我也裁了一小片纸，用铅笔写了几个字，没有加封，就让纳斯塔西娅给她送去了，现在我正在等她的回信。我要达里娅·帕夫洛芙娜面向苍天亲口向我宣布，或者起码

---

① 雨果（1802—1885）的长篇小说（1869）。

② 尼古拉的昵称。

必须当着您的面宣布。您是我的朋友和见证人，您当然不会拒绝协助我。我不想脸红，我不愿意撒谎，我不要有秘密，我不允许在这件事上有秘密！让她向我承认一切，开诚布公，老老实实，光明正大，到那时候……到那时候，我也许会以我的坚贞不屈使整整一代人感叹不已！……请问阁下，我是不是个卑鄙小人？"最后他突然问道，威严地看着我，倒像我认为他是卑鄙小人似的。

我请他先喝点儿水；我还没见过他像今天这样。他说话的时候，一直从这个角落跑到那个角落，不停地在屋里跑来跑去，但是突然以一种非同寻常的姿势在我面前停了下来。

"难道您以为，"他又用一种病态的高傲神态开口道，一面从头到脚打量着我，"难道您能够设想，我斯捷潘·特罗菲莫维奇在自己身上就找不到足够的精神力量拿起我的盒子——我的讨饭盒！把它扛在我瘦弱的双肩上，走出大门，一去不回，如果我的人格和独立不羁的伟大原则要求我这样做的话？斯捷潘·韦尔霍文斯基已经不是第一次用自己的坚贞不屈来对抗这霸道，即使这是一个疯女人的霸道也罢，不过这是世界上可能存在的最气人也最残暴的霸道，尽管您现在似乎竟敢对我说的话微微冷笑，阁下！噢，您不信我能够在自己身上找到足够的坚贞不屈，既能以一个商人的家庭教师的身份了此残生，也可以在他人的围墙下冻馁而死吗！请您回答，请您立刻回答：您信还是不信？"

我故意默不作声。我甚至做出一副样子，既不想用否定的回答来惹他生气，但是又没法肯定地回答他。在这整个怒气冲冲的问话中似乎有什么东西伤害了我，倒不是伤害了我个人，噢，不是的！但是……我以后再解释吧。

他的脸甚至变得煞白。

"也许，您跟我在一起觉得无聊，Г——夫（这是我的姓氏），因此您希望最好能……跟我根本断绝来往,是不是?"他问道,还是用那种苍白的平静的声调,这通常是突然爆发、大动肝火的前奏。我吓得跳了起来;就在这当口,纳斯塔西娅进来了,她默默地递给斯捷潘·特罗菲莫维奇一张纸条,上面用铅笔写了几个字。他瞅了一眼就扔给了我。纸条上是瓦尔瓦拉·彼得罗芙娜的笔迹,一共才四个字:"在家静候。"

斯捷潘·特罗菲莫维奇默默地拿起礼帽和手杖,匆匆走出了房间;我机械地跟在他后面。突然走廊上响起了说话声和什么人的急促的脚步声。他像挨了雷击似的停下了脚步。

"这是利普京,我完蛋了!"他抓住我的胳臂,悄声道。

就在这时候,利普京走进了房间。

四

为什么利普京来了他就完蛋了呢,我不知道,再说他说这话时我也没有介意;我把一切都归咎于他的神经。但是他的恐惧毕竟非同一般,因此我决定留心观察。

利普京一进来,他那神态就似乎在说,尽管有种种禁令,但是这一回他却有进屋的特权。他带来一位不认识的先生,想必是从外地来的。斯捷潘·特罗菲莫维奇神情发呆,目光茫然,利普京为了回应他的这一目光和神态,立刻大声说道:

"我带来一位客人,一位特殊的客人!我冒昧前来破坏了您幽静的生活。这位是基里洛夫先生,一位十分杰出的建筑工程师。主要是因为他认识令郎,认识十分可敬的彼得·斯捷潘诺维奇;他俩很要好,令郎还托他办一件事。他刚刚光临本地。"

"托办什么事云云，这是您加上去的，"客人不客气地指出，"根本没有托办任何事，至于韦尔霍文斯基，我倒当真认识。我是在 X 省离开他的，在十天前。"

斯捷潘·特罗菲莫维奇机械地伸出了手，又指了指请他坐下；他望了望我，望了望利普京，突然，仿佛回过味来似的，自己也急忙坐了下来，但手里仍拿着礼帽和手杖，没有察觉。

"啊，您也要出门呀！可是人家告诉我，您因工作繁忙身染微恙，杜门不出。"

"是的，我有病，方才我想出去走走，我……"斯捷潘·特罗菲莫维奇说到这里打住了，他迅速把礼帽和手杖撂到沙发上，脸都红了。

我趁此机会匆匆打量了一下这位客人。这人还很年轻，二十七岁上下，穿得相当好，身材挺拔，略显清瘦，一头黑发，脸色苍白，而且脸庞的底色似乎脏兮兮的，一双黑眼睛，大而无神。他似乎心不在焉，若有所思，说起话来断断续续，有点不太符合语法，遣词造句有点古怪，如果必须说长一点儿的句子，常常说得前言不搭后语。利普京完全注意到了斯捷潘·特罗菲莫维奇大惊失色的模样，显然很得意。他坐在一把藤椅上，把藤椅几乎拖到了屋子中央，以便使他在主客之间保持着同等距离。主客双方在位置相对的两张沙发上面对面地坐着。利普京那双锐利的眼睛好奇地搜索着所有的角落。

"我……已经很久没有见到彼得鲁沙了……你们在国外遇见了？"斯捷潘·特罗菲莫维奇对客人勉为其难地嘟囔道。

"在这里、在国外都遇见过。"

"阿列克谢·尼雷奇出国四年后也刚刚回国，"利普京接口道，"他是到国外去深造的，现在到我们这儿来是想在建造铁路桥梁方面谋求一个职位，现在正在等候答复。他通过彼得·斯捷潘诺维奇跟德罗兹多夫先生、德罗兹多娃太太以及丽扎韦塔·尼古拉耶芙娜都认识。"

工程师无精打采地坐在那儿，既别扭又不耐烦地听着他俩说话。我觉得他似乎正在对什么事情生气。

"他跟尼古拉·弗谢沃洛多维奇也认识，您哪。"

"您也认识尼古拉·弗谢沃洛多维奇？"斯捷潘·特罗菲莫维奇问。

"我也认识他。"

"我……我已经非常久没有看见彼得鲁沙了，而且……我越来越认为自己不配做他的父亲……正是这样；我……您怎么离开他了呢？"

"就这么离开了……他自己会来的。"基里洛夫先生又急忙支吾其词。他似乎有一肚子气。

"会来的！我终于……您知道吗，我已经非常久没有见到彼得鲁沙了！"斯捷潘·特罗菲莫维奇说到这里时声音有点哽咽，"现在我正在等候我那可怜的孩子，对他……噢，我非常对不起他！也就是说，说实在的，我想说，我当时把他留在彼得堡，我……总之，我没有把他当回事，反正就这一类的情况吧。您知道吗，这孩子很神经质，很敏感，而且……胆子也小，睡觉的时候他总要磕头，对枕头画十字，就怕半夜死掉……终于想起来了。他没有任何优美的感情，也就是说，他心中没有一点儿未来思想的某种高尚的基本萌芽……他像一个小白痴。然而，我自己好像说乱了，对不起，我……您正好碰上我……"

"他对枕头画十字，此话当真？"工程师以一种特别的好奇突然问道。

"是的，画十字……"

"不，我不过随便问问；您接着说吧。"

斯捷潘·特罗菲莫维奇疑惑地望了望利普京。

"承蒙来访，不胜感激之至，但是，不瞒您说，我现在……不能……不过,请问,您在何处下榻?"

"在上帝显灵街,菲利波夫公寓。"

"啊,这不是沙托夫住的那家公寓吗。"我无意中说道。

"没错,就是那家公寓,"利普京叫道,"不过沙托夫住在上面的顶楼,他住在楼下列比亚德金大尉家。他也认识沙托夫和沙托夫的夫人。在国外,他跟她常常见面,很熟。"

"怎么!难道您也知道这个可怜的朋友的这件倒霉婚事吗?也认识这女人?"斯捷潘·特罗菲莫维奇突然冲动起来,叫道,"您是我遇到的认识她的第一个人,只要……"

"真是胡说八道!"工程师满脸通红,不客气地反驳道,"利普京,您怎么总是添油加醋呢!我根本没有见过沙托夫的妻子;只有一次,远远地瞅了一眼,根本谈不上很熟……沙托夫我认识。您干吗要添油加醋地把不同的两件事混在一起呢?"

他坐在沙发上猛地转过了身子,拿起自己的礼帽,然后又放到一边,又像原来那样坐了下来,用他那充满血丝的黑眼睛挑衅般紧盯着斯捷潘·特罗菲莫维奇。我怎么也弄不明白这股无名火是从哪儿来的。

"敬请原谅,"斯捷潘·特罗菲莫维奇郑重其事地说道,"我明白,这事也许很微妙……"

"这事毫无微妙之处,这简直可耻,我不是冲您嚷嚷,说您'胡说八道',这话我是冲利普京说的,他总是添油加醋,干什么呀!如果您误以为我是冲您来的,那就请您原谅。我认识沙托夫,但是他的妻子我根本不认识……根本不认识!"

"我懂,我懂,假如我坚持原来的看法,那也只是因为我很爱我们这个可怜的朋友,我们这个容易发怒的朋友,而且对他一直很关心……依我看,这人思想转变得太快了，他过去的思想也许太稚嫩了点儿，但毕竟还是正确的。现在他正在声嘶力竭地大谈我们神圣的俄国的各种事情，因而使我早就把他这种机体上的变化（舍此我不愿有别的称呼）归因于某种剧烈的家庭纠葛，说穿了，即他那失败的婚姻。我把我可怜的俄国研究透了，可以说了如指掌，我把我的整个一生都献给了俄国人民，因此我敢向您保证，他不了解俄国人民[①]，此外……"

"我也完全不了解俄国人民，而且……根本没有时间研究！"工程师又断然道，他在沙发上又使劲扭了一下身子。斯捷潘·特罗菲莫维奇的话说了一半突然中断了。

"他正在研究，正在研究。"利普京接口道，"他已经开始研究了，而且正在写一篇饶有兴趣的文章，论述俄国的自杀现象日益增多的原因[②]，以及导致社会上自杀现象日益蔓延或日益减少的一般原因。他已经取得了惊人的成果。"

工程师显得十分激动。

"您根本没有权利这样说，"他愤怒地嘟囔道，"我根本没有写文章。我决不会做这种蠢事。我只是推心置腹地随便问问您而已，完全是无意的。这跟写文章根本不搭界；我从不发表文章，您没有权利……"

利普京分明很得意。

"对不起，您哪，也许我弄错了，把您的文学作品叫作文章。他只是收集素材，还根本没有触及问题的本质，或者可以说，还根本没有触及问题的道德方面，他甚至根本否认道德本身，他主张为了达到良好的最终目的不惜破坏一切这一最新原则。为了在欧洲树立健全的理性，他甚至要求砍掉一亿颗

[①] 此处讽刺地影射果戈理在《致友人书信选》中说的话："您希望我对俄国了如指掌；其实我对俄国一无所知。"

[②] 陀思妥耶夫斯基在19世纪70年代十分关注这个问题。在笔记和《作家日记》中，陀思妥耶夫斯基分析了在俄国发生的各种自杀现象，他认为这是因为农奴制改革后俄国社会的混乱无序，以及俄国社会正在经历的过渡性质。

以上的脑袋①,这比最近召开的世界大会②要求砍掉的脑袋还多得多。就这点来说,阿列克谢·尼雷奇走在了所有人的前面。"

工程师听着,脸上挂着不屑一顾的苍白的微笑。大家沉默了约有半分钟。

"这一切都是愚蠢的,利普京。"基里洛夫先生终于带着某种自尊感说道,"如果说我无意中跟您说了几点,而您接受了我的看法,那只能随您便。但是您没有权利随便宣扬,因为我还从来没有跟任何人说过。我不屑于说……如果我有自己的信念,我自己明白就行了……而您这样做是愚蠢的。有些问题已经无话可说,我就不去讨论了。我最讨厌讨论来讨论去的。我从来不愿空谈。"

"也许,您这样做非常好。"斯捷潘·特罗菲莫维奇忍不住说道。

"我向您表示歉意,但是在这里我并没有生任何人的气,"客人用热烈的、急促的语调继续道,"有四年了,我很少见人……四年来,我也很少说话,四年来,我竭力不跟那些与我的目的无关的人见面。利普京发现了这点,他取笑我。他的意思我懂,但是我不在乎。我不是一个爱生气的人,我只是对他随便乱说感到恼火。即使我没有把自己的想法告诉您,"他出乎意料地结束道,并用他那坚定的目光环视着我们大家,"那也根本不是因为怕您向政府告密;不是的;请勿多虑……"

对他的这番话,谁也没有做任何回答,只是面面相觑,甚至利普京也忘

---

① 此话源出赫尔岑的《往事与随想》第五部第三十七章。德国小资产阶级政论家、共和党人海因岑(1809—1880)说的话。他后来写道:"在地球上杀掉两百万人——革命事业就会无往而不胜。"

② 指1867年9月在日内瓦召开的"和平与自由同盟"世界大会。参加这次会议的有加里波第、雨果、赫尔岑、巴枯宁等。陀思妥耶夫斯基旁听了一次会议,恰好听到了巴枯宁的无政府主义演说。他在1867年10月11日给伊万诺娃的信中谈到他对这次大会的观感:"这些社会主义者和革命家,在讲台上面对五千听众胡说一气,简直难以形容……他们开始就说,为了达到世界和平,需要消灭对基督的信仰。要消灭大国,分为小国;打倒一切资本,以便一切按命令成为公有的财产……而最主要的是火与剑——一切都消灭干净以后,那么,根据他们的看法,才会出现和平……"

了嘿嘿嘿地笑。

"诸位，我感到十分遗憾，"斯捷潘·特罗菲莫维奇从沙发上坚决地站了起来，"但是，我感到身体不大舒服，心情也不好。对不起。"

"啊，这是让我们走，"基里洛夫先生猛地明白过来，拿起帽子，"您说了倒好，要不我这人忘性大。"

他站了起来，露出一副憨厚的样子，伸出手来，走过去同斯捷潘·特罗菲莫维奇握别。

"很遗憾，我来正赶上贵体欠安。"

"祝您在敝城万事如意。"斯捷潘·特罗菲莫维奇答道，关切而又不慌不忙地握了握他的手，"我懂，据阁下说，您在国外住了很长时间，为了自己的奋斗目标，避免与人们来往，因而忘记了俄国，那，当然，您看到我们这些土生土长的俄国人就不由得感到惊奇，同样，我们看您亦然。但是这会过去的。只有一点我感到费解：您想给我们修桥，同时又宣布您奉行破坏一切的原则。他们是不会让您给我们修桥的。"

"什么？您说什么……啊呀，见鬼！"吃了一惊的基里洛夫惊呼道，突然又开心又豪爽地哈哈大笑起来。霎时间他的面部表情变得非常孩子气，我觉得这倒与他很般配。利普京由于斯捷潘·特罗菲莫维奇说了这句一语破的的话而高兴得直搓手。可我仍旧暗自感到纳闷：斯捷潘·特罗菲莫维奇干吗要这么害怕利普京呢，为什么一听见他来了要惊呼"我完蛋了"呢？

五

我们全站在房门口。这时候，主客彼此匆匆地、亲切地最后话别，接着便圆满地分手了。

"这都是因为他今天闷闷不乐，"利普京忽然插进来说道，这时他已完全走出房间，可以说是飞出了房间，"方才他因为列比亚德金大尉妹妹的事跟大尉吵了一架。列比亚德金大尉每天都要用马鞭抽他那漂亮的疯妹妹，早晚各一次，用真正的哥萨克马鞭。阿列克谢·尼雷奇只好在同一座公寓里另租一套厢房，以免介入。好了，您哪，再见。"

"打妹妹？打有病的妹妹？用马鞭？"斯捷潘·特罗菲莫维奇简直叫了起来，倒像他自己突然挨了一记马鞭似的，"打什么妹妹？哪个列比亚德金？"

方才的恐惧霎时间又回来了。

"列比亚德金？啊，就是那个退伍大尉呀；过去他只自称上尉……"

"唉，他是什么军衔跟我有什么关系！打什么妹妹？我的上帝……您是说列比亚德金？咱们城里不是有个人叫列比亚德金吗……"

"就是他，就是咱们那个列比亚德金，瞧，记得吗，在维尔金斯基家？"

"这人不是因为制造假钞给抓起来了吗？"

"他又回来了，回来差不多三星期了，而且处在一种非常特别的情况下。"

"这可是个坏蛋呀！"

"倒像咱们这儿不可能有坏蛋似的？"利普京忽然龇牙咧嘴地笑道，仿佛用他那贼眉鼠眼在窥探斯捷潘·特罗菲莫维奇。

"啊，我的上帝，我根本不是说这个……不过话又说回来，关于坏蛋云云，我完全同意足下高见。但是接下去，接下去您想说明什么呢？您想用这话说明什么呢……您肯定想用这话来说明什么！"

"这都是小事，您哪……就是说，这大尉当时离开咱们，八成不是因为假钞票，他离开咱们的唯一目的就是去寻找他妹妹，而他妹妹似乎躲着他，不知躲哪儿了；可现在把她找回来了，这就是全部故事。您干吗好像挺害怕似的，斯捷潘·特罗菲莫维奇？不过这话我都是从他醉后的唠叨中听来的，酒醒的时候对这些事他可绝口不提。他这人脾气大，可以说吧，仿佛具有一种军人的审美感，不过趣味恶劣。这妹妹不仅是疯子，而且是瘸子。她好像被什么人勾引了，玷污了，因此多年来列比亚德金每年都好像要从这个玷污者身上收取若干损失费，以补偿他的令名受到的损害，起码他喝醉酒以后就是这么说的——我看，这不过是他喝醉酒以后的胡言乱语罢了，您哪；简直是吹牛。再说吹牛不花钱，这样做便宜得多。至于说他手里有一大笔钱，这倒完全不假；一个半星期前他还光着脚丫子走路，可现在，我亲眼看见了，手里有好几百。他妹妹每天都要犯病，不住地尖叫，于是他就用马鞭'收拾'她。他说，必须让女人尊敬你。我不明白的只是沙托夫住在他们楼上怎么会相安无事。阿列克谢·尼雷奇跟他们一共才住了三天，而且还在彼得堡就跟他们认识，可现在因为被他们吵得不得安生只好另外租了一套厢房。"

"这都是真的？"斯捷潘·特罗菲莫维奇问工程师。

"您也太多嘴了，利普京。"那位愤怒地嘟囔道。

"秘密，隐私！咱们这里忽然出现了这么多秘密和隐私是打哪来的呀？"斯捷潘·特罗菲莫维奇克制不住自己，叫道。

工程师皱起了眉头，涨红了脸，耸了耸肩膀，迈腿走出了房间。

"阿列克谢·尼雷奇甚至把马鞭夺了过来，一折两段，扔出了窗外，两人大吵了一场，您哪。"利普京补充道。

"您干吗要多嘴多舌呢，利普京，这是愚蠢的，干吗呢？"阿列克谢·尼雷奇立刻转过身去。

"何必要隐瞒呢，出于谦虚？何必要隐瞒自己最高尚的内心活动呢？我是说您的内心活动，您哪，不是说我的。"

"这多么愚蠢啊……而且毫无必要……列比亚德金非常愚蠢，而且胸无点墨——对于行动非但无益,而且……完全有害。您干吗要多嘴多舌,东拉西扯呢?我走了。"

"哎呀,真遗憾!"利普京笑逐颜开地叫道,"斯捷潘·特罗菲莫维奇,要不然我还可以给您讲个故事,供您一笑,您哪。我到您这里来,其实也就为了告诉您这件事,不过话又说回来,这事您大概已经听说了。好了,那就下次再说吧,阿列克谢·尼雷奇很着急,急着要走……再见,您哪。瓦尔瓦拉·彼得罗芙娜出了一件趣事,前儿个可让我笑坏了,她特意派人来把我请去,简直笑死人了。再见,您哪。"

可这时斯捷潘·特罗菲莫维奇却一把抓住他:抓住他的双肩,使他陡地回转身来,把他拽进房间,并让他坐在椅子上。利普京甚至都害怕了。

"怎么啦,您哪?"他坐在椅子上,小心翼翼地望着斯捷潘·特罗菲莫维奇,主动开口道,"突然叫我去,'推心置腹地'问我我有什么意见:尼古拉·弗谢沃洛多维奇是疯了呢,还是神经正常?这怎能不叫我吃惊呢?"

"您疯了!"斯捷潘·特罗菲莫维奇嘀咕道,仿佛突然失去了自制力,"利普京,您心里很清楚,您到这里来就为了告诉我这类卑鄙下流的事,以及……比这更恶劣的事!"

我陡地想起他的猜测:利普京对于我们的事知道得比我们多,而且他还知道我们永远不可能知道的事。

"行行好吧,斯捷潘·特罗菲莫维奇!"利普京仿佛吓坏了似的嘟囔道,"行行好吧……"

"少说废话,从头说起!基里洛夫先生,我恳请您回来听听,求您了!请坐。利普京,您从头说起,直截了当,简单明了……不要丝毫支吾其词!"

"我不知道这事会使您这么震惊,早知道的话,我根本不会提这个头,您哪……我还以为瓦尔瓦拉·彼得罗芙娜把什么都告诉您了,您什么都知道了呢!"

"您根本不是这么想的！开始吧，跟您说，倒是开始呀！"

"不过劳您大驾，您自己也坐下，要不我坐着，您十分激动地在我面前……跑来跑去，这算什么呢。怪别扭的，您哪……"

斯捷潘·特罗菲莫维奇克制住自己，一本正经地坐到安乐椅上。工程师脸色阴沉地盯着地面。利普京得意非凡地望着他俩。

"从头说什么呢……您倒让我不好开口了……"

六

"前儿个，她突然派自己的用人来找我：说太太请您明天十二点去。您能想象得到吗？我撂下手头的事，于昨天中午准点拉响了门铃。下人把我径直带进了客厅；等了约莫一分钟——她老人家出来了；她让我坐下，自己坐在我对面。我坐着，简直不敢相信；您自己也知道，她从来就不把我放在眼里！她老人家按照她的一贯作风，并不转弯抹角，开门见山地说道：'您记得，四年前，尼古拉·弗谢沃洛多维奇因为有病做了几件让人感到奇怪的事，使全城人都莫名其妙，直到后来才真相大白。其中有一件牵涉到您本人。尼古拉·弗谢沃洛多维奇痊愈后根据我的请求去拜访过您。我也知道，他过去也曾经跟您交谈过几次。请您坦诚地告诉我，您……（说到这里，她踌躇了一下）——您当时认为尼古拉·弗谢沃洛多维奇怎么样……您对他总体是怎么看的……您对他有过什么看法……现在又是怎么看的……'"

"她说到这里又踌躇不决地打住了，等了甚至足足一分钟，她突然涨红了脸。我吓坏了。接着她又用一种倒不能说是感人至深的（这样说对她不合适），而是使人印象非常深刻的腔调开口道："

"'我希望'，她说，'您能明白无误地理解我的意思。我现在请您来，是

第一部

因为我认为您是一个目光敏锐、脑子灵活的人，您看问题深刻（对我恭维备至！），'她接着说，'当然，您一定懂得，现在是一个做母亲的人在跟您说话……尼古拉·弗谢沃洛多维奇在生活中经历了一些不幸和许许多多坎坷。'她说，'凡此种种都可能影响他的心绪。当然，'她说，'我不是说神经错乱，这是永远不可能的！（这话说得很坚定、很自豪。）但是也可能发生某种奇怪的特殊现象，发生思想的某种转变，对某种特殊观点的爱好。（这都是她的原话，斯捷潘·特罗菲莫维奇，我简直感到惊奇，瓦尔瓦拉·彼得罗芙娜竟会这么正确地说明问题。真是位绝顶聪明的太太！）起码，我自己就发现他身上经常流露出某种不安和对某些特殊爱好的追求。我是母亲，您是旁观者，也就是说，您能够以您的聪明才智形成某种比较独立的看法。因此我恳求您（她就是这么说的：恳求）告诉我全部真相，不要扭扭捏捏，矫揉造作，如果您能答应以后永远不会忘记我说这番话乃是向您推心置腹，不足为外人道，那我一定不胜感激之至，以后一有机会我定将对您感恩图报。'就这些，您哪，有意思吧！"

"您……您的话使我十分震惊……"斯捷潘·特罗菲莫维奇喃喃道，"震惊得我都不敢相信了……"

"不，请注意，请注意，"利普京接口道，仿佛没听见斯捷潘·特罗菲莫维奇的话似的，"一个像她这样的人，以她这么高的地位，向一个像我这样的人提出这样的问题，还不惜降贵纤尊，亲自求我保密，由此可见，她心中的激动和不安有何等强烈了。这到底是怎么回事呢，您哪？她是不是听到什么关于尼古拉·弗谢沃洛多维奇的出人意料的消息了呢？"

"我不知道……任何消息……我有好几天没见到她了，但是……但是我要警告您……"斯捷潘·特罗菲莫维奇嘟嘟囔囔地说道，大概刚刚理顺自己的思路，"但是我要警告您，利普京，既然跟您说不足为外人道，可您现在却当着大家的面……"

"绝对保守机密！让我五雷轰顶，如果我……不过在这儿……又有什么关系呢，您哪？难道咱们是外人，甚至把阿列克谢·尼雷奇也算在内？"

"我不同意这样的观点；毫无疑问，这里我们三个人肯定会保守秘密，但是我怕的是您这第四个人，什么事我都信不过您！"

"怎么能说这样的话呢，您哪？我关心此事胜过所有的人，因为与我有切身的利害关系，要知道，她答应要对我永远感恩不尽！正是由于这个，我想要告诉你们一件非常奇怪的事，可以说吧，较之一般的怪事，更多的是一种心理。昨天晚上，我还处于在瓦尔瓦拉·彼得罗芙娜家谈话的影响下（你们自己想象得出，对我产生了多大影响），我拐弯抹角地向阿列克谢·尼雷奇提了一个问题，'过去，您还在国外和在彼得堡的时候就认识了尼古拉·弗谢沃洛多维奇；'我说，'您认为他的智力和才能怎样？'他按照他的一贯作风，回答得很简练，说他是个思想敏锐、见解正常的人。我又问他，'如许年来，您就没有发现他思想上出现某种偏差，或者想法上出现什么特别的转变，或者，仿佛是，可以说吧，某种神经错乱？'总而言之，我重复了瓦尔瓦拉·彼得罗芙娜本人提出的问题。试想：阿列克谢·尼雷奇突然陷入了沉思，而且还像现在一样双眉深锁，他说：'是的，有时候我也觉得他有点古怪。'在此，请您注意，既然阿列克谢·尼雷奇也觉得他有点古怪，那实际上又会怎样呢，啊？"

"这是真的？"斯捷潘·特罗菲莫维奇问阿列克谢·尼雷奇。

"我不想说这事，"阿列克谢·尼雷奇突然抬起头来，两眼闪闪发光，"我想对您的权利提出异议，利普京。在这件事情上，您没有任何权利谈到我。我根本没有说我的全部看法。我虽然在彼得堡认识他，但这是很久以前的事了，现在虽说又见过，但对尼古拉·弗谢沃洛多维奇毕竟知之甚少。请您不要把我扯进去，而且……这一切仿佛造谣似的。"

利普京摊开双手，好像被人玷污了清白。

"我造谣！该不是密探吧？您倒好，阿列克谢·尼雷奇，把自己摆脱个一干二净，倒来批评别人。我说斯捷潘·特罗菲莫维奇，您是不会相信的，可不是吗，好像，列比亚德金大尉，可不是吗，看上去很蠢……我都不好意思说他有多蠢了，有这么一个俄国比喻可以表明蠢到什么程度；他也认为他受了尼古拉·弗谢沃洛多维奇的欺侮，虽然他十分崇拜他的机智和聪明，他说：'这个人让我吃惊：一条绝顶聪明的毒蛇。（这是他的原话）'于是我就问他（我依旧在昨天谈话的影响下，而且是在跟阿列克谢·尼雷奇谈话之后），我说：'怎么样，大尉，就您个人而言，您是怎么看的：您说的那条绝顶聪明的毒蛇，是不是神经错乱了？'您信不信，倒像我未经他允许从背后猛地抽了他一鞭似的；他简直从座位上跳了起来：'是的……是的，不过这不会影响……'影响什么，他没有明说；接着他就可怜巴巴地沉思起来，想啊想啊，想得连那点儿醉意也想没了。当时我俩正在菲利波夫饭馆里喝酒，您哪。直到过了半小时，他才用拳头猛击了一下桌子，说道：'是的，说不定神经错乱了，不过这不会影响……'影响什么，他还是没有明说。当然，我现在只是捡要紧的话告诉您，但是他的想法是清楚的；不管您问谁，谁的想法都一样，虽说过去谁也没有想过这问题，大家都说：'是的，神经错乱；人很聪明，但是神经错乱了也说不定。'"

斯捷潘·特罗菲莫维奇坐着，在沉思，在苦苦思索。

"那，为什么列比亚德金知道呢？"

"关于这个，您还是问问阿列克谢·尼雷奇，就是刚才在这里骂我是密探的那主儿吧。我是密探，竟连我也不知道，而阿列克谢·尼雷奇却知道全部底细，可是一声不吭，您哪。"

"我什么也不知道，或者知之甚少，"工程师依旧恼怒地答道，"您为了刺探消息，把列比亚德金灌醉了。您带我到这里来，也是为了刺探消息，让我说出来。可见您是密探！"

"我才没请他喝酒呢，再说他的所有秘密也不值喝酒的钱，他的那些秘密对于我一文不值，不知道对于你们怎么样。相反，他倒舍得花钱，十二天前他向我借了十五戈比，这是他请我喝香槟，而不是我请他。但是您倒是给我提了个醒，如果有必要，我一定把他灌醉，以便打听秘密，说不定还真能打听出……你们所有那些小秘密，您哪。"利普京恶狠狠地反唇相讥。

斯捷潘·特罗菲莫维奇莫名其妙地看着这两人争吵。两人都不打自招，主要是不客气地互相揭底。我不由得想道，利普京把阿列克谢·尼雷奇带来见我们，其目的就是通过第三者把他卷进所需要的谈话中来，这是他爱用的一贯手法。

"阿列克谢·尼雷奇跟尼古拉·弗谢沃洛多维奇很熟，"他愤愤然继续道，"但是他却替他掩饰，您哪。至于您刚才问到列比亚德金大尉，那他早在彼得堡的时候就认识尼古拉·弗谢沃洛多维奇了，比我们大家都早，大概还在五六年前，还在尼古拉·弗谢沃洛多维奇那段鲜为人知（如果可以这样说的话）的生活时期，当时他还根本没有想到要枉驾光临敝城，使我们感到蓬荜生辉。应当肯定，我们这位王子当时在彼得堡择友不慎，让自己周围围上了这么一批怪人。大概也就是在那时候，他认识了阿列克谢·尼雷奇。"

"当心，利普京，我要警告您，尼古拉·弗谢沃洛多维奇很快就要亲自光临，他会站出来替自己说话的。"

"警告我干什么？我头一个大声疾呼，说他是个脑子十分灵活、举止十分高雅的人，而且昨天在这一点上我也让瓦尔瓦拉·彼得罗芙娜完全放心了。我对她说：'不过在他的性格上，我不敢担保。'昨天，列比亚德金也与我持同

第一部

样看法，他说：'他吃亏就吃亏在性格上。'唉，斯捷潘·特罗菲莫维奇，您倒好，一个劲地嚷嚷说我造谣和搞密探，可是请注意，正是您自己从我嘴里把一切都刺探去了，而且还带着极大的好奇心。倒是瓦尔瓦拉·彼得罗芙娜昨天直截了当地说到了点子上，她说：'这事也跟您本人有关，所以我才来问您。'可不是嘛！我曾在大庭广众之中亲自受到少爷的侮辱而只敢忍气吞声，我还能抱有什么目的！看来，我关心此事也是有缘由的，并不仅仅为了造谣生事。今天他可以跟您握手言欢，可是明天就会无缘无故地翻脸不认人，您对他殷勤款待，可是他只要高兴，就可以当着所有仁人君子的面给您一记响亮的耳光。饱暖思淫欲，您哪！这些小蝴蝶和勇敢的小公鸡，最感兴趣的是女人！这些地主插上了翅膀，就像古代的阿摩耳神①一样，就像那些人见人爱、搅得女人心烦意乱的毕巧林②。斯捷潘·特罗菲莫维奇，您是个地地道道的单身汉，您倒会说风凉话，为了少爷就说我造谣生事。假如您娶了亲，因为您现在还很英俊潇洒，娶了位又漂亮又年轻的姑娘，说不定您就会重门深锁，深沟高垒，以防我们这位王子前来偷香窃玉了！可不是吗，比如这位列比亚德金娜小姐，也就是经常挨鞭子的那位小姐，只要她不是疯子，也不是瘸子，我想，真的，她就会成为我们这位将军之子纵情声色的牺牲品，列比亚德金大尉就会因他而受到伤害，有污'他家族的令名'（正如他自己所说）。除非这有违他那高雅的审美感，不过这对他也没什么大不了。花开堪折直须折③，只要他有此雅兴。您刚才说我造谣，全城都在敲锣打鼓，难道这是我嚷嚷出去的，我不过听在耳朵里，随声附和罢了：随声附和也不许吗，您哪？"

"全城都在嚷嚷？全城都在嚷嚷什么啦？"

---

① 罗马神话中的爱神，亦称丘比特，相当于希腊神话中的厄洛斯。他的形象是长有双翼的顽童，手挽弓箭，谁中了他的箭，谁就被爱情所燃烧。
② 莱蒙托夫《当代英雄》中的主人公。
③ 原文意为"任何果子都是给人吃的"。

"我是说到列比亚德金大尉喝醉了酒，嚷嚷得全城都听见了，唔，这不等于全市场的人都在嚷嚷吗？我有什么错？我只是在朋友们中间表示了一下兴趣，因为在这里我毕竟认为自己是在朋友们中间，您哪，"他以一种清白无辜的神态用眼睛扫视了我们一下，"这时出了一件事，你们想想：是这么回事，这位大少爷似乎请一位最最高尚的姑娘（可以说吧，这是一位端庄贤淑的孤女，我有幸认识她）从瑞士给列比亚德金大尉捎来三百卢布。可是列比亚德金过不多久就得到一个非常确切的消息，他从谁那儿听来的我就不说了，反正也是一位最最高尚的人，由此可见，这人非常可靠，他说，托她捎来的不是三百卢布，而是一千卢布！……这样一来，列比亚德金就嚷嚷开了：'这姑娘吃没了我七百卢布。'他差点想通过警方把这钱要回来，起码他是这样威胁的，而且敲锣打鼓地向全城嚷嚷开了……"

"这卑鄙，您说这话太卑鄙了！"工程师突然从椅子上跳了起来。

"要知道，您自己就是那个最最高尚的人，就是您以尼古拉·弗谢沃洛多维奇的名义向列比亚德金证实，给他捎来的不是三百卢布，而是一千卢布。这可是那大尉喝醉了酒亲口告诉我的。"

"这……这是一个不幸的误会。大概什么人弄错了，闹出了这样的误会……这是瞎掰，而您是卑鄙！……"

"我也愿意相信这是瞎掰，我听到后十分痛惜，因为，随便你们怎么说，这位最最高尚的姑娘疯了，因为，首先，被卷进了这七百卢布的不白之冤，其次，她被牵连进了跟尼古拉·弗谢沃洛多维奇的暧昧关系。要知道，这位大少爷要玷污一位最高尚的姑娘的名声或者要使别人的妻子身败名裂，又何足挂齿呢，您哪？就像当年我家出的那件绯闻一样。只要他们能碰到充满舍己为人思想的人，他们就会迫使这人用自己的清白名声来掩盖别人的罪孽。就如我当年不得不忍气吞声一样；我是说我自己，您哪……"

"说话要小心,利普京!"斯捷潘·特罗菲莫维奇从安乐椅上欠起身来,脸变得煞白。

"别信,别信他的!大概什么人弄错了,列比亚德金又喝醉了酒……"工程师叫道,激动得难以形容,"一切都会弄清楚的,我再也受不了了……我认为这是下流……够了,够了!"

他跑出了房间。

"您倒是怎么啦?我也跟您一起走!"利普京显得很惊慌,跳起来,紧随阿列克谢·尼雷奇之后跑了出去。

七

斯捷潘·特罗菲莫维奇在沉思中站了片刻,仿佛视而不见地看了看我,拿起自己的礼帽和手杖,悄悄地走出了房间。我仍旧像方才那样跟着他。走出大门时,他发现我陪着他,就说:

"啊,对了,您可以做……这件事的见证。您要陪我去,不是吗?"

"斯捷潘·特罗菲莫维奇,难道您还要去那儿?您想想,会闹出什么事来呀?"

他停下来片刻,带着一种既可怜又憪然的微笑——带着一种既感到羞耻又感到完全绝望,同时好像又很兴奋,兴奋得让人感到奇怪的微笑,对我悄声道:

"我总不能同'别人的罪孽'结婚吧!"

我就等着他说这句话。经过了整整一周的闪烁其词和装模作样以后,他终于说出了这句藏在心底的、一直瞒着我的话。我按捺不住,简直生气极了。

"这样肮脏,这样……下流的想法,居然会出现在您斯捷潘·特罗菲莫维奇光辉的头脑里，出现在您善良的心田里，而且……还在利普京说这番话之前！"

他看了看我，没有作答，仍沿原路向前走去。我不想撇下他让他一个人去。我要向瓦尔瓦拉·彼得罗芙娜做证。如果他只是因为女人般的没有主见，听信了利普京的话，我还能原谅他，可是现在已经很清楚，早在利普京说这番话之前，而且超前很多，他就已经无中生有地想到了一切，而利普京仅仅是证实了他的怀疑，火上加油罢了。他从头一天起，甚至还没有任何根据，连利普京提供的根据也没有，就不假思索地怀疑起了这姑娘。对瓦尔瓦拉·彼得罗芙娜专横的做法，他对自己的解释是，她只是想不顾一切地尽快用跟一位德高望重的人的结婚来遮盖她那无价之宝尼古拉的纨绔公子的罪孽！我一定要让他为此受到惩罚。

"噢，伟大而仁慈的上帝啊！噢，谁能使我的心平静下来呢！"他叫道。

他又走了百十来步，突然停了下来。

"咱们马上回家，我会把一切都给您说清楚的！"我一面叫，一面使劲让他转过身来回家去。

"是他！斯捷潘·特罗菲莫维奇，是您呀？是您呀？"传来了一声清脆、欢快、年轻的声音，像在我们身旁响起了一串银铃声。

我们本来什么也没有看见，可是在我们身旁突然出现了一位骑马的姑娘，是丽扎韦塔·尼古拉耶芙娜，还带着一位一向陪着她的男士。她勒住了马。

"过来，您快点过来呀！"她大声而又愉快地叫道，"我十二年没有见到他了，可是一眼就认出来了，可他……难道您认不出我吗？"

斯捷潘·特罗菲莫维奇抓住她向他伸过来的那只手，恭恭敬敬地吻了吻。他好像祈求似的望着她，一句话也说不出来。

"他认出我来了，而且很高兴！马夫里基·尼古拉耶维奇，他看见我高兴极了！整整两星期了，您怎么不来看我们呢？阿姨硬说您病了，不让我们来打搅您；但是我知道阿姨在骗我。我一直在跺着脚骂您，但是我一定，一定要您自己先来看我，所以没有派人来请您。上帝，他居然一点儿也没变！"她从马鞍上弯下腰，仔仔细细地打量着他，"真好笑，他一点儿也没变！啊，不，有皱纹，眼睛旁和腮帮子上有许多皱纹，白头发也有了，但是眼睛还是老样子！可我变了吗？变了吗？您怎么老不说话呢？"

这时候我猛地想起有人告诉过我，她十一岁被人带到彼得堡去的时候在生病；她在病中似乎还哭着问斯捷潘·特罗菲莫维奇在哪儿。

"您……我……"现在他高兴得上气不接下气地喃喃道，"我刚才曾高呼：'谁能使我的心平静下来！'就传来了您的声音……我认为这是个奇迹，于是我马上开始信仰。"

"信仰上帝？信仰至高无上的上帝，信仰那么伟大和那么仁慈的上帝？瞧，您讲的课我全都会背。马夫里基·尼古拉耶维奇，想当年，他教我要信仰上帝；那么伟大和那么仁慈的上帝！记得吗，您曾经给我们讲过哥伦布怎样发现了美洲，大家怎样高呼'陆地，陆地！'，保姆阿廖娜·弗罗洛芙娜[①]说，从此以后，我夜里就说梦话，在梦里高呼'陆地，陆地！'，记得吗，您还给我讲过哈姆雷特王子的故事？您还记得您怎样给我描述把那些可怜的移民从欧洲被送到美洲去的情形吗？而且说得都不对，后来我才知道了一切，是怎么把他们送去的，但是，他当时编得多好听呀，马夫里基·尼古拉耶维奇，几乎比真的还好听！您干吗这样看着马夫里基·尼古拉耶维奇？他是整个地球上最好的、最忠实的人，您一定要像喜欢我一样喜欢他！我让他做什么他就做什么。但是，亲爱的斯捷潘·特罗菲莫维奇，既然您站在当街高呼

---

① 这是陀思妥耶夫斯基老家一位保姆的真实姓名。她原是莫斯科的小市民，长期在他们家帮佣，带大了所有的孩子。

谁能使您的心平静下来，可见您又遭到了不幸，是不是？是不是很不幸，是这样吗？是不是这样？"

"现在我很幸福……"

"阿姨欺负您了？"她不听他说什么就继续道，"还像从前那样凶巴巴的，不讲道理，可是她对于我们又是永远无比珍贵的阿姨！您记得吗，您曾经在花园里扑到我的怀里，我则哭着安慰您——不过您别怕马夫里基·尼古拉耶维奇；有关您的一切他都知道，统统知道，早知道了，您可以趴在他的肩膀上哭，爱哭多久就多久，他就这么站着，让他站多久就多久！……把礼帽抬高一点儿，干脆摘下来吧，就一小会儿，把头伸过来，踮起脚尖，我现在要亲吻一下您的前额，就像从前我们分别时我最后一次亲吻您那样。您瞧，有一位小姐正站在窗口欣赏我们呢……走近点儿呀，走近点儿呀。上帝，他的头发白了多少啊！"

于是她坐在马鞍上，微微弯下腰，亲吻了一下他的前额。

"好了，现在上您家去！我知道您住哪儿。我马上，立刻就上您家去。我要先去拜访您这个犟叔叔，然后把您拽到我家去待一整天。快走呀，快回去准备欢迎我呀。"

于是她带着自己的男友疾驰而去。我们回到家里。斯捷潘·特罗菲莫维奇坐到沙发上，哭了起来。

"上帝！上帝！"他欢呼道，"幸福的时刻终于来临了！"

还没过去十分钟，她就在她的马夫里基·尼古拉耶维奇的陪同下，如约光临。

"您与幸福同时光临！"他站起身来迎接她。

"送您一束鲜花；我刚到舍瓦莉埃太太那里去过，她整个冬天都为过命名日的太太小姐们供应鲜花。请你们彼此认识一下，这位是马夫里基·尼古拉耶维奇。我本来想买块大蛋糕，不买鲜花的，但是马夫里基·尼古拉耶维奇劝我说，这不符合俄国习惯。"

这位马夫里基·尼古拉耶维奇是位炮兵大尉，年三十三四，是位身材很高大的先生，仪容俊秀，相貌端庄，一眼看去甚至有点严厉，尽管他非常善良，脾气也十分随和，这是任何人几乎从认识他的第一分钟起就会感觉到的。然而他沉默寡言，看去很冷静，并不死乞白赖地要跟人家做朋友。后来敝城有许多人说他智商不高；这样说就有欠公道了。

我就不来描写丽扎韦塔·尼古拉耶芙娜的美貌了。全城人都在惊呼她长得太美了，虽然有些太太小姐气不打一处来，坚决不同意那些大惊小怪的人的看法，她们当中还有些人恨透了丽扎韦塔·尼古拉耶芙娜，首先是因为她太傲气：德罗兹多娃一家几乎还没有开始出门拜客，这就使大家很不高兴，虽说拖延的原因确实是普拉斯科维娅·伊万诺芙娜有病；其次，她们恨她还因为她是省长夫人的亲戚；最后，则是因为她每天都要骑马出去兜风。敝城直到现在还从来没有见过女人骑马的；因此，常常骑马出游的丽扎韦塔·尼古拉耶芙娜，再加她还没有登门拜客，自然就得罪了敝城的上流社会。话又说回来，其实大家也知道她骑马乃是遵从医嘱，因此这些人一谈到这话题也就免不了刻薄地谈到她的病情。她的确有病。乍一看，她给人突出的印象就是她那病态的、神经质的、不断的躁动和不安。唉！这个可怜的姑娘吃了不少苦，直到后来才真相大白。现在，当我回首往事时，我已经不敢说，她像我初见她时那样是个大美人了。甚至于，她根本不美也说不定。高高的个儿，苗条的身材，但是十分灵巧和有力，只是她的五官长得不端正，甚至使人感到吃惊：她的眼睛长得有点斜，跟卡尔梅克人一样；她面色苍白，颧骨很高，皮肤黝黑，脸蛋瘦瘦的；但是在这张脸上还是有某种使人倾倒和吸引人的东西！她那深色的眼睛似乎在燃烧，目光中流露出一种震慑人的威力；她是"作为一个战胜者"出现的，而且她的出现就"为了战胜别人"。她的样子看上去很骄傲，有时候甚至桀骜不驯；我不知道她想显得亲切些有没有成功；但是我知道，她非常想迫使自己显得亲切些，并为此感到很痛苦。在这天性里有许多美好的初衷和十分合理的追求；可是她身上的一切又似乎永远在寻找相应的分寸感，但是又找不到它，因而一切都处在混乱、波动和不安之中。也许，她对自己的要求过严过高了，因而她在自己身上永远也找不到力量来满足这些要求。

她坐到沙发上，打量着房间。

"为什么在这样的时刻我总觉得有点忧伤呢，您是一个有学问的人，您猜是为什么？我一辈子都在想，当我看到您，回想起一切的时候，天知道我会多高兴，可是现在我似乎根本高兴不起来，尽管我很爱您……啊，上帝，他这儿还挂着我的画像呢！快拿过来给我看看，我想起来了，我想起这张画来了！"

这幅小型的、画得非常好的丽莎十二岁时的水彩画像，是德罗兹多夫夫妇还在九年前由彼得堡寄给斯捷潘·特罗菲莫维奇的。从那时起，这幅画像就一直挂在他的墙上。

"难道我过去是这么漂亮的孩子？难道这是我的脸？"

她站起身来，两手捧着画像照了照镜子。

"快拿走！"她一边把画像还给斯捷潘·特罗菲莫维奇，一边叫道，"现在就别挂这里啦，以后也别挂这里，我不想看它。"她又在沙发上坐下，"一个生命过去了，开始了第二个生命，后来第二个生命又过去了——开始了第三个生命，永远没有结束的时候。所有的结束都好像被剪刀剪去了似的。您瞧，我讲的都是些老掉牙的道理，可是其中有多少真理啊！"

她微微一笑，瞧了瞧我；她已经看过我好几次，可是斯捷潘·特罗菲莫维奇在激动中竟忘了他曾经答应把我介绍给她。

"干吗把我的画像挂在您的短剑下面呢？您这里干吗挂这么多短剑和马刀呢？"

他这里果真十字交叉地挂着两把土耳其弯刀，弯刀上方挂着一把真的切尔克斯马刀，我也不知道这为了什么。她一边问，一边直勾勾地看了看我，我想回答她，但又打住了。斯捷潘·特罗菲莫维奇这才终于明白过来，介绍了我。

"我知道，我知道，"她说，"能够认识您非常高兴。妈妈也听说过您的许多事。您也跟马夫里基·尼古拉耶维奇认识一下，他是一个非常好的人。关于您，我已经形成了一个可笑的想法：您不是斯捷潘·特罗菲莫维奇的心腹吗？"

我脸红了。

"啊，请原谅，我用词不当；一点儿不可笑，我随便说说而已……"她涨红了脸，觉得不好意思，"话又说回来，您是一个非常好的人，这有什么可害臊的呢？好了，马夫里基·尼古拉耶维奇，咱们该走啦！斯捷潘·特罗菲莫维奇，半小时后您就必须到我们家去。上帝，我们有多少话要说呀！现在我已经成了您的心腹，我们要谈论一切，无话不谈，您明白吗？"

斯捷潘·特罗菲莫维奇一听就害怕了。

"噢，马夫里基·尼古拉耶维奇什么都知道，在他面前不用不好意思！"

"他知道什么？"

"您倒是怎么啦！"她惊奇地叫起来，"啊，原来是真的，他们瞒着我们！我简直不敢相信。把达莎也藏了起来。方才，阿姨不让我们去看达莎，说她头疼。"

"但是……但是您是怎么知道的呢？"

"啊呀，上帝，跟大家一样呗。这又不是什么了不起的事！"

"难道大家都知道了……"

"那又怎么样呢？不错，起先妈妈是听我的保姆阿廖娜·弗罗洛芙娜说的；而保姆是您的纳斯塔西娅跑来告诉她的。您不是告诉过纳斯塔西娅吗？她说是您亲口告诉她的。"

"我……有一次我是说过……"斯捷潘·特罗菲莫维奇满脸通红，喃喃道，"但是……我不过暗示了一下……我是那么激动，又有病，于是……"

她哈哈大笑。

"因为心腹不在身边。纳斯塔西娅又恰好来了——这就够了！她认识全城的长舌妇！哎呀，何苦呢，有什么了不起呢；就让大家知道好了，甚至更好。您要快点到我们家来，我们吃饭早……对了，我倒忘了，"她又坐下来，"我说，沙托夫是怎样一个人？"

"沙托夫？他是达里娅·帕夫洛芙娜的哥哥……"

"我知道是她哥哥，您呀，真是的！"她不耐烦地打断道，"我想知道他是何许人，这人怎样？"

"是本地的一名幻想家。是世界上最优秀，也是最爱发脾气的人……"

"我也听说他这人有点怪。不过，我要说的不是这个。我听说他懂三国语言，也懂英语，也能做一些文字工作。如果是这样的话，我倒有许多工作要让他做；我需要一名助手，而且越快越好。他肯不肯接受这样的工作呢？有人向我推荐过他……"

"噢，他一定肯的，而且您做了一件大好事……"

"我根本不是为了做好事，因为我的确需要一名助手。"

"我和沙托夫很熟，"我说，"如果您委托我转告他的话，我可以立刻去找他。"

"请您转告他，让他明天中午十二点来。太好了！谢谢您！马夫里基·尼古拉耶维奇，准备好了吗？"

他们走了。不用说，我立刻跑去找沙托夫。

"我的朋友！"斯捷潘·特罗菲莫维奇在门外的台阶上追上了我，"等我回来后，您务必于十点或十一点到我这里来。噢，我非常，非常对不起您，也对不起……大家，大家。"

八

我去的时候，沙托夫不在家；我过了两小时又去——还不在家。最后，已经七点多了，我又去找他，希望能够碰到他，或者给他留张条；又没有碰到。他的住处锁上了门，而他是独身，也没雇用人。我想不如下楼去找一下列比亚德金大尉，问问沙托夫上哪了；但是楼下也锁了门，屋里既没有声音，也没有亮光，像间空屋子似的。因为不久前听到的那些故事，我在好奇心的驱使下走过列比亚德金家的门口。最后，我决定明天早点来。再说，对留条，说实在的，我也不敢抱很大希望；沙托夫这人很固执，也很腼腆，他可能不会把这事放在心上。我一面诅咒自己运气不佳，一面走出大门，突然碰到了基里洛夫先生；他正走进公寓，先认出了我。因为他主动向我问长问短，所以我就扼要地把一切都告诉了他，并且说我想给沙托夫留张条。

"走，"他说，"我会把一切办妥的。"

我想起了听利普京说过，他今天上午租下了院子里的木头厢房。这厢房他一个人住显得过分宽敞了点儿，这里还住着一位聋老太太，帮他做点儿家务事。这房子的房东在另一条街的另一栋新房子里开了一家小饭馆，而这位老太太好像是他的亲戚，就留下来替他照看整个旧宅。厢房里的这几个房间相当干净，但是壁纸很脏。在我们进去的那间屋子里，家具是拼凑起来的，大小各异，简直都是废品：两张铺绿呢面的牌桌，一张赤杨木的五斗柜，一张不知从哪个木屋或者厨房里搬来的用薄木板钉成的餐桌，几把椅子，一张有木栅形靠背和几只硬邦邦的皮靠垫的长沙发。墙角供着一尊古老的圣像，还在我们到来之前那老太婆就在圣像前点亮了油灯，墙上挂着两帧色彩灰暗的大型油画肖像：一帧是已故的沙皇尼古拉·帕夫洛维奇，看样子还是在本世纪二十年代画的；另一帧画的是一位主教。

基里洛夫先生进屋后就点亮了蜡烛，从放在屋角的一只还没有归置好的皮箱里拿出了一只信封、火漆和一枚水晶图章。

"把您的留条先装在信封里封好，再在信封上写上姓名。"

我原想提出反对，表示不必，可是他执意不从。我写好信封后，拿起了帽子。

"我想，您喝点儿茶吧，"他说，"我买了茶叶。想喝点儿吗？"

我没有拒绝。那老婆子很快就拿来了茶，也就是很快拿来了一只很大的热水壶、一只泡满茶的小茶壶、两只很大的石头茶杯，茶杯上画满了粗劣的图画，一只面包圈和满满一盘敲碎了的糖块。

"我爱喝茶，"他说，"在半夜；喝很多，走来走去地喝茶；一直到天亮。在国外，半夜喝茶不方便。"

"您要到天亮才睡？"

"一向如此；老习惯了。我吃饭不多；老喝茶。利普京很狡猾，但是缺乏耐心。"

我感到很奇怪，他居然愿意交谈；我决定利用这机会。

"方才闹出了一些不愉快的误会。"我说。

他皱紧双眉。

"这是犯傻；根本不值一提。这都是小事一桩，因为当时列比亚德金醉了。

我并没有告诉利普京，只是把这个不值一提的小事解释了一下；因为列比亚德金听错了。利普京有许多幻想，把鸡毛蒜皮的小事说成了大山。昨天我相信了利普京。"

"今天又相信了我？"我笑道。

"方才您不是统统知道了吗。利普京或是软弱，或是缺乏耐心，或是居心叵测，或是……嫉妒。"

最后那句话使我吃了一惊。

"不过，刚才您用了这么多形容词，如果他适用于某一个，也不足为怪。"

"也许全适用。"

"是的，此言有理。利普京是个大杂烩！方才他胡说什么您想写一部什么著作，是真的吗？"

"为什么是胡说呢？"他又望着地面，皱起了眉头。

我向他表示了歉意，并且向他保证我并不是在刺探什么事。他脸红了。

"他说的是实话；我是在写。不过这反正一样。"

我俩沉默了片刻；他忽然像方才那样露出了孩子般的笑容。

"关于脑袋云云①，是他读了一本书后自己想出来的，他先告诉我，但是又没有看懂，而我只是在寻找人们不敢自杀的原因；就这样。这反正一样。"

"怎么不敢？难道自杀的事还少吗？"

"很少。"

"难道您这么以为？"

他没有回答，而是站起身来，若有所思地在屋里踱来踱去。

"按照足下高见，是什么原因促使人们不敢自杀呢？"我问。

---

① 指砍掉一亿颗脑袋。

他心不在焉地看了看我,似乎在回想刚才我们讲了什么。

"我……我也不大清楚……有两个成见,两样东西,阻止人们自杀;只有两样;一样很小,一样很大。不过很小的也很大。"

"小的是什么呢?"

"疼。"

"疼?难道在这种情况下……这很重要吗?"

"最重要了。有两类人:一类人自杀是因为悲伤过度,或者是因为恼怒,或者是因为疯狂,或者是死了拉倒,反正一样……这类人起意自杀很突然。这类人很少想到疼,而是突然自杀。可是还有一类人是深思熟虑的结果——他们就想得多了。"

"难道还有深思熟虑后才自杀的?"

"很多。如果不是成见作祟,还可能更多;非常多;我要说的就这些。"

"难道就这些?"

他没有作声。

"难道就没有办法死而不疼吗?"

"试想,"他走到我面前停了下来,"试想有一块巨石,跟一座大厦那么大;它高悬在您的头顶,而您站在它下面;假如它掉下来落到您身上,落到您头上——您感到疼吗?"

"一块巨石像座大厦那么大?当然,很可怕。"

"我不是说可怕不可怕;我问的是疼不疼?"

"像座山那么大的巨石,有一百万普特①重?不用说,它是绝不会伤人的。"

"它高悬在您的头顶,而您又确确实实站在它下面,您一定会很害怕,怕它掉下来伤着您。任何第一流的学者,第一流的医生,所有的人,所有的人

---

① 1普特约合16.38千克。

都会非常害怕。任何人都知道它不会伤人，可是任何人又非常害怕，怕它掉下来伤人。"

"那么第二个大的原因呢？"

"地狱。"

"您是说惩罚？"

"反正一样。地狱；仅仅是地狱。"

"难道就没有根本不相信地狱的无神论者吗？"

他又避而不答。

"您也许是以己之心度人之腹吧？"

"任何人都没法以己之心度人之腹，"他又涨红了脸说道，"只有当一个人把生与死都置之度外的时候，才能得到完全的自由。这才是一切的目的。"

"目的？那时候，恐怕谁也不想活了？"

"谁也不想活了。"他坚决地说。

"人怕死是因为他们爱生活，这是我的理解，"我说，"也是人的天性。"

"这样想是卑鄙的，也完全是个骗局！"他的眼睛闪出了光，"生活是痛苦，生活是恐惧，人是不幸的。现在一切都是痛苦和恐惧。现在人之所以爱生活，就因为他们喜欢痛苦和恐惧。而且他们也这么做了。现在人们是为痛苦和恐惧才活着的，这完全是骗局。现在的人还不是将来的人。将会出现新的人，幸福而又自豪的人。谁能把生与死置之度外，谁就将成为新人。谁能战胜痛苦与恐惧，谁就将成为神。而那个上帝①还成不了神。"

"那么，依您之见，那个上帝还是有的啰？"

"没有上帝，但神是有的。石头中并不存在疼痛，但在因石头而产生的恐惧中却存在疼痛。上帝就是因怕死而引起的疼痛。谁能战胜疼痛与恐惧，

---

① 指基督教的上帝。

谁就将成为神。那时候就会出现新生活，那时候就会出现新人，一切都是新的……那时候，历史就可以分为两部分：从大猩猩到消灭上帝，以及从消灭上帝到……"

"到大猩猩？"

"……到尘世和人发生脱胎换骨的变化。人将成为神，并发生脱胎换骨的变化。世界要变，事情要变，人的思想和种种感情也要变。足下高见：那时候人会发生脱胎换骨的变化吗？"

"如果大家把生死置之度处，那所有的人就会自杀，您说的变化也许就表现在这里吧。"

"这反正一样。骗局将被粉碎。任何一个想要得到最大自由的人，他就应该敢于自杀。谁敢自杀，谁就能识破这骗局的奥秘。此外就再不会有自由了；这就是一切，此外一无所有。谁敢自杀，谁就是神。现在任何人都能做到既没有上帝也没有一切。可是没有一个人这样做过，一次也没有。"

"自杀的人何止千千万。"

"但是都不是因为这个，都是带着恐惧，也不是为了这个。不是为了消灭恐惧。谁能够做到自杀是为了消灭恐惧，谁就能立刻成为神。"

"也许还没来得及吧。"我说。

"这反正一样，"他以一种平静的自豪感，几乎带着一种轻蔑低声回答道，"我感到很遗憾，您似乎在笑。"过了半分钟，他又加了一句。

"可是我觉得奇怪，不久前您是那么爱激动，现在又是那么平静，虽然您的话说得很热烈。"

"不久前？不久前是可笑的，"他微笑着回答道，"我不喜欢骂人，也从来不笑。"他又闷闷不乐地加了一句。

"是的，您爱半夜喝茶，但每天夜里您过得并不愉快。"我站起来，拿起了帽子。

"您这么认为？"他有点惊奇地微微一笑，"为什么？不，我……我也不知道，"他突然慌乱起来，"我不知道别人怎么样，但是我觉得像别人那样我做不到。别人能够想一件事，接着又马上想另一件事。想另一件事我做不到。我毕生都在想一件事。上帝折磨了我一辈子。"最后他以一种令人吃惊的冲动说道。

"如果您不介意的话，请问，为什么您的俄国话讲得并不很地道？难道在国外住了五年，不会说俄国话了？"

"难道我说得不地道？我不知道。不，并不是因为在国外。我一辈子这么说话……我无所谓。"

"还有一个比较微妙的问题：我完全相信，您不喜欢遇到人，也很少跟人说话。那您现在为什么跟我无话不谈呢？"

"跟您？不久前您是那么文静地坐着，而且您……不过，这也无所谓……您长得很像我哥哥，很像，非常像，"他又涨红了脸，说道，"他死了七年了；他是我哥哥，大许多，大很多很多。"

"想必他对您有很大影响吧。"

"不，他不爱说话；他什么话也不说。我会把您的字条交给他的。"

他提着灯笼把我送到大门口，以便我走后锁门。"不用说，是个疯子。"我在心里认定。我在大门口又遇见了一个人。

九

我刚要抬腿跨过大门上的高门槛时，突然，不知道谁的有力的手一把揪住了我的胸部。

"谁？"一个人的声音吼道，"朋友还是敌人？从实招来！"

"他是我们的人，我们的人，"利普京的尖嗓子在一旁叫道，"他是Г——夫先生，是个受过正规教育、与最上流人士都有交往的年轻人。"

"我就喜欢跟上流人士有交往、受过——正规……那么说很——很有——学问啰……鄙人是退伍大尉伊格纳特·列比亚德金，愿为社会各界和朋友们效劳……只要讲义气，哪怕是混账东西！"

列比亚德金大尉身高约两俄尺十俄寸[①]，胖胖大大，满脸横肉，头发拳曲，面孔通红，已经喝得酩酊大醉，东倒西歪地站在我面前，连说话都很吃力。话又说回来，从前我从远处也曾见过他。

"啊，还有一个！"他发现提着灯笼还没走开的基里洛夫后又大吼一声；他举起拳头，但是又立刻放了下来。

"因为您有学问，饶了您！伊格纳特·列比亚德金是最——有——学问的……

　　燃烧的爱情像颗手榴弹，

　　爆炸在伊格纳特的心坎。

　　独臂人又伤心痛哭，

　　想起塞瓦斯托波尔[②]。

虽然我没有到过塞瓦斯托波尔，甚至于也不是独臂，但是多美的韵律！"他把他醉意盎然的脸向我伸过来。

"他没有工夫，没有工夫，他要回家，"利普京劝他，"他明天会转告丽扎

---

① 约合187厘米。
② 指1854—1855年的塞瓦斯托波尔保卫战。

Ф. Достоевский

БЕСЫ

第一部

韦塔·尼古拉耶芙娜的。"

"转告丽扎韦塔！……"他又吼道，"慢，不许动！再听一段：

一个大美人骑着马儿兜风，

其他女骑手把她围成一圈；

从马上向我莞尔而笑，

一位贵——族出身的千金。

这首诗题为《献给骑在马上的大美人》。须知，这是一首颂歌！如果你不是一头蠢驴的话，就该懂得这是一首颂歌！只有二流子不懂！站住！"他一把抓住我的大衣，尽管我使劲挣脱，想冲出便门，"请你告诉她，我是荣誉骑士，至于达什卡①……我两个指头就能把她……一个女农奴，她敢……"

这时他摔倒了，因为我从他的手里使劲挣脱了出来，沿着街道飞奔而去。利普京死皮赖脸地紧跟着我。

"阿列克谢·尼雷奇会把他扶起来的。您知道我刚才从他那里打听到什么了吗？"他气喘吁吁、唠唠叨叨地说道，"那首歪诗您听见了？瞧，他把他刚才那首诗《献给骑在马上的大美人》装进了信封，明天要寄给丽扎韦塔·尼古拉耶芙娜，还在底下签上了自己的尊姓大名。这人有意思吧！"

"我敢打赌，是您怂恿他干的。"

"您输了！"利普京哈哈大笑，"他爱上了她，爱得像只猫，要知道，这是由恨开始的。起先，他对丽扎韦塔·尼古拉耶芙娜恨之入骨，就因为她爱骑马，差点没在大街上大声骂她；还真骂了！前天她骑马从他身边走过的时

---

① 达莎的蔑称。

候，就骂了她，幸亏她没听见。可是突然，今天却写了一首诗！您可知道，他还想冒险去求婚呢？他是认真的，非常认真！"

"我对您真感到惊奇，利普京，您简直无孔不入，只要哪儿闹这种乌七八糟的事，您准在哪儿呼风唤雨地捣乱！"我恶狠狠地说道。

"这话您可就说过头了，Γ——夫先生，该不是您害怕这个情敌，您那小心眼猛地怦怦跳了吧——啊？"

"什——么——么？"我停下了脚步，叫了起来。

"为了惩罚您，下面的事我就什么也不告诉您了。您不是非常想听吗？就说一点吧，这个混账东西现在已经不是一名普普通通的大尉了，他成了我省的地主，还是相当大的地主，因为日内尼古拉·弗谢沃洛多维奇把自己的整个庄园和过去的两百名农奴都卖给他了。上帝做证，我没骗您！我刚打听到，不过是从非常可靠的来源打听到的。好了，您现在就自己去摸索，自己去打听吧；反正我什么也不会告诉您了；再见，您哪！"

十

斯捷潘·特罗菲莫维奇在歇斯底里地、迫不及待地等我回来。他回来已经差不多一小时了。我碰到他的时候他好像喝醉了酒似的。起码头五分钟我以为他喝醉了酒。唉，拜访德罗兹多娃家把他的思路给彻底弄乱了。

"我的朋友，我的思路彻底乱了……丽莎……我一如既往地喜欢这个天使，尊敬这个天使；的确是一如既往；但是我觉得她俩等我去的唯一目的就是刺探消息，也就是说从我嘴里简简单单地挖走什么东西以后，就请我滚蛋……就这样。"

"您说这话怎么不害臊！"我忍不住叫道。

第一部

"我的朋友，我现在完全是单枪匹马。说到底，这很可笑。您想，那里的一切也塞满了秘密。于是她们就迫不及待地跑过来向我问长问短，关于这些鼻子呀，耳朵呀，还有什么彼得堡的秘密呀，等等。要知道，她俩在这里才头一次听到关于尼古拉四年前在这里干的那些事：'当时您在这里，您都看见了，他当真是个疯子吗？'我真不明白，这想法是打哪来的。为什么普拉斯科维娅巴不得尼古拉是疯子呢？这女人巴不得，巴不得是这样！这个毛里求斯，或者，他叫什么来着，马夫里基·尼古拉耶维奇，他毕竟是个好小伙子，难道为了对他有利，而且这还是她主动从巴黎给这个可怜的女友写信之后……最后，这个普拉斯科维娅，正如这个亲爱的朋友叫她那样，这是个典型，是果戈理笔下的不朽典型科罗博奇卡，不过她是个凶恶的科罗博奇卡，爱惹是生非的科罗博奇卡，而且是无限放大了的科罗博奇卡。"

"这不成大木箱了①；她真是放大了的科罗博奇卡吗？"

"啊，缩小了的也行啊，反正一样，只是请您别打断我的话，因为这一切都在我脑子里打转。在那里，她俩彻底闹翻了；除了丽莎；她还在那里'阿姨，阿姨'地叫，不过丽莎很狡猾，这里恐怕还有什么猫腻。这是秘密。但是她跟老太婆吵翻了，没错，这个可怜的阿姨对所有的人都很霸道……可现在省长夫人来了，上流社会又不把她放在眼里，卡尔马津诺夫也对她'有失恭敬'；可这时她却突然想到了神经错乱，想到了利普京，以及我弄不懂的这一切，据说，她还把醋敷在脑门上②，可这时咱俩却又是发牢骚又是写信，净给她添乱……噢，我把她折磨得多苦啊，而且赶在这时候！我真是一个忘恩负义的人！试想，我回来后发现她给我送来了一封信；您看看这信，您看看！噢，

---

① 科罗博奇卡是果戈理《死魂灵》中的一个既愚昧又贪财的女地主。科罗博奇卡在俄文里有"小匣子"的意思，小匣子放大无数倍，就成了"大木箱"。

② 这是一种治疗头痛的土办法。

我多么忘恩负义啊。"

他把刚刚收到的瓦尔瓦拉·彼得罗芙娜的信递给我看。她大概对她早晨写的"在家静候"那句话有点后悔了。信写得很客气，仍旧是一种坚决果断的口吻，而且寥寥数语。她请斯捷潘·特罗菲莫维奇于后天即星期天中午十二点整到她那里去，并建议他带一位自己的朋友来，随便什么人都可以（她在括号里提到了我的名字）。在她那方面，她也答应把沙托夫——达里娅·帕夫洛芙娜的哥哥叫来。"您可以从她那里得到最后的答复，这您总该满意了吧？您孜孜以求的不就是这形式吗？"

"请注意在信的末尾关于走形式云云的这句气话。这个可怜的，可怜的女人，我这个终身的知交！不瞒您说，这个对于我命运的突如其来的决定使我感到仿佛一种压抑……不瞒您说，我还一直抱着希望，可现在一切都决定了，我知道一切都完了；这太可怕了。噢，要是根本没有这个星期天，一切都是老样子：您来看我，我在家等您，该多好啊……"

"利普京在不久前说的所有那些无耻下流的话，所有那些流言蜚语，把您给弄糊涂了。"

"我的朋友，您刚才又用您那友好的手指碰到了我的另一个痛处。这些友好的手指啊，大多是无情的，有时则是枉费心机的，对不起，但是，您信不信，关于这一切，关于这些无耻下流的话，我差不多全忘了，也就是说，我根本没忘，但是由于我愚蠢，当我在丽莎那儿的时候，我还一直努力认为自己是幸福的，并且硬要自己相信自己是幸福的。可现在……噢，我现在说的是这位宽宏大量的、有仁爱之心的、一直耐心地对待我的卑鄙缺点的女人——也就是，虽然说不上非常有耐心，但是要知道，我自己又怎么样呢，我的性格是这么轻浮和恶劣！要知道，我是一个爱胡闹的孩子，带有孩子的全部唯我独尊——只有自己，没有别人，可是却没有孩子的天真无邪。她像个保姆似

第一部

的照料了我二十年，这个可怜的阿姨啊，就像丽莎给她的雅号那样……可是突然，在二十年后，这孩子想要结婚了，又是提亲又是做媒，接二连三地写信，可她脑门上却敷上了醋，而且……而且我还达到了目的，星期天我就是个已婚的男子了，这可不是闹着玩的……我为什么要一再坚持，我干吗要写那些信呢？对了，我忘了：丽莎非常喜欢达里娅·帕夫洛芙娜，起码她是这么说的；她说她：'是个天使，就是有点内向。'她俩都劝我，连普拉斯科维娅也……不过普拉斯科维娅没劝。噢，这个科罗博奇卡的心中蕴藏着多少歹毒啊！说实在的，丽莎也没劝我，她说：'您干吗要结婚呢；用学问自娱就够了嘛。'还哈哈大笑。我原谅了她的笑，因为她自己也心烦意乱。不过她俩也说，您没有女人是不行的。您已渐渐年老体衰，而她可以呵护您，或者还有什么什么的……真的，我自己跟您坐在这里也一直在想，这是上天可怜我一生坎坷，已垂垂老矣，还派她来照应我，让她呵护我或者还有其他什么的……最后，家务总也需要有个人照应吧。瞧，我那边这么多垃圾，再瞧那边，一切都乱糟糟的，到处乱扔，方才我让用人收拾了一下，可是那本书还撂在地上。那位可怜的女友老是生气，说我屋里到处是垃圾……噢，现在再也不会听到她的声音啦！二十年啦！而且，似乎，他们还收到一些匿名信，您想想，似乎尼古拉把庄园卖给了列比亚德金。这人是个恶棍；还有最后，这个列比亚德金又是怎样的人呢？丽莎听着，听着，她听得多专心啊！我原谅了她的哈哈大笑，我看到她脸色凝重地在听，至于那个毛里求斯……我才不愿意担任他现在的角色呢，但他毕竟是个好小伙，但是有点腼腆；不过，上帝在上，由他去吧……"

他闭上了嘴；他累了，越说越乱，他坐着，低垂着头，用疲惫的眼神一动不动地望着地面。我利用这间隙告诉他我到菲利波夫公寓去的情况，同时不客气地、冷冰冰地说了说我的意见，我认为列比亚德金的妹妹（我没有见到她)从前的确可能是尼古拉的牺牲品,正如利普京所说,这事发生在他生活中那段谜一般的时期,因此很可能,列比亚德金因为什么常常收到尼古拉寄给他的钱,但是也就这些了。至于有关达里娅·帕夫洛芙娜的那些流言蜚语,统统是胡说八道,都是那个混蛋利普京生拉硬拽地编造出来的,起码阿列克谢·尼雷奇是这么热烈地肯定的,而对于他的话我们没有理由不相信。斯捷潘·特罗菲莫维奇心不在焉地、好像与他无关似的听完了我的这段说明。我还顺便提到了我跟基里洛夫的谈话,又补充说基里洛夫可能是个疯子。

"他不是疯子,但这都是些目光短浅的人。"他无精打采地,仿佛不情愿似的懒洋洋地说道,"这些人所想象的自然界和人类社会,与上帝创造的不一样,与它们的实际情况也不一样。有人爱跟他们眉来眼去,但起码不是我斯捷潘·特罗菲莫维奇·韦尔霍文斯基。当时我在彼得堡见到过这种人,还有我这个亲爱的女朋友。(噢,当时我常常气她!)我不仅不怕他们谩骂,甚至也不怕他们夸奖。甚至现在我也不怕,但是咱们谈点儿别的吧……我大概做了不少可怕的事;您想想,昨天我给达里娅·帕夫洛芙娜送去了一封信……为了这事我正在狠狠地诅咒自己!"

"您在信上写什么了?"

"噢,我的朋友,请相信,这一切做得十分光明正大。我告诉她,还在五天前我就写了一封信给尼古拉,信也写得很光明正大。"

"我现在明白了!"我激动地叫道,"但是您有什么权利把他俩相提并论呢?"

"但是,我亲爱的,别把我彻底压垮了,也别冲我嚷嚷;我本来就像……就像只蟑螂似的被踩得粉身碎骨了,最后,我认为,这一切都做得十分光明正大。您可以姑且假定,那儿,在瑞士……的确发生过什么猫腻,或者出现了某种苗头。我必须先问问他俩的心,以便……最后,不要妨碍他们两情相悦,不要成为他俩道路上的绊脚石……我这样做的动机是绝对光明正大的。"

"噢，上帝，您做得多么愚蠢啊！"我不由得脱口道。

"愚蠢，愚蠢！"他甚至急切地接口道，"您从来没有说过任何比这更聪明的话了，这是愚蠢的，但是有什么办法呢，一切都已经决定了。这婚我是结定了，哪怕是跟'别人的罪孽'结婚，但是干吗要写信呢？不是吗？"

"您又旧事重提了！"

"噢，现在，您的喊叫吓唬不了我啦，现在在您面前的已经不是从前的斯捷潘·特罗菲莫维奇啦；那个斯捷潘·特罗菲莫维奇已经被埋葬了；总之，一切都已经决定了。再说您嚷嚷什么呢？唯一的原因是您不结婚，您也无须戴上某种头饰①。又让您讨厌了是不是？我的可怜的朋友，您不了解女人，而我是专门研究女人的。'如果你想战胜全世界，首先要战胜你自己。'这是另一个像您这样的浪漫主义者，即我的大舅子沙托夫所说的唯一的令人茅塞顿开的话。我很乐意借用他的这句金玉良言。嗬，因此我准备战胜我自己，先结婚，然而，我想征服什么来代替征服整个世界呢？噢，我的朋友，婚姻——这是任何一个要强的人，任何一个独立不羁的人，在精神上的死亡。婚姻生活将会使我一蹶不振，将夺去我为事业服务的精力和勇气，接着是生儿育女，说不定生下来的还不是我的孩子，不消说，肯定不是我的；一个英明的人不怕正视真理……昨天利普京建议我用深沟高垒来防范尼古拉；他真傻，我是说利普京。女人足以骗过无所不见的眼睛。仁慈的上帝在创造女人的时候，当然知道他将会陷入怎样的境地，但是我相信她肯定阻挠过他，硬让他把她自己创造成现在这样子，而且……还带有她现在这样的本质属性；要不谁愿意给自己白白招来这么多麻烦呢？我知道，纳斯塔西娅也许会生我的气，说

---

① 指戴绿帽子。

我又犯了自由思想的毛病,但是……总之,一切都决定了。"

如果他没有在他那个时代盛极一时的廉价的、俏皮的自由思想的话,那他也就不成其为他了,起码他现在说了一些语义双关的俏皮话聊以自慰,但时间不长。

"噢,为什么不能根本没有这后天,没有这星期天呢!"他突然叫道,已经处在完全的绝望中,"为什么不能哪怕就一个星期没有星期天呢——不是常常会出现奇迹吗?上帝从日历上取消一个星期天,在他又算得了什么呢!哪怕就为了给无神论者证明一下自己的威力呢,这不就结了吗!噢,我多么爱她呀!二十年了,整整二十年了,可是她却从来不了解我!"

"但是,您说谁呢;我听不懂您的话!"我诧异地问。

"二十年了!她一次也没有了解过我。噢,这太残酷了!难道她以为,我同意结婚是因为害怕,是因为穷吗?噢,真是奇耻大辱!阿姨,阿姨,我是为了你呀!……噢,就让她这个阿姨知道好了,她是我二十年来唯一衷心爱慕的女人!她应当知道这个,除此以外就只能死拉硬拽地强迫我去结这个所谓的婚了!"

我第一次听到他的这一自白,而且还说得这样斩钉截铁。不瞒你们说,当时我真想笑。但真要这样,我就不对了。

"现在我只剩了他一个人,一个人了,他是我唯一的希望!"他突然举起手来一拍,仿佛因这个新想法而猛然吃了一惊,"现在只有他一个人了,只有我那可怜的孩子才能救我了——噢,他为什么还不来呢!噢,我的儿子,噢,我的彼得鲁沙……虽说我不配做父亲,叫我老虎倒更恰当些,但是……您走吧,我的朋友,我想躺一会儿,以便集中思想。我太累啦,太累啦,何况您,我想,也该去睡觉啦,您瞧,十二点啦……"

第四章 瘸腿女人

一

沙托夫并没有闹别扭,而是按照我留条上所说,于中午到了丽扎韦塔·尼古拉耶芙娜家。我俩几乎同时进门;我也是头一回登门拜访。丽莎、她妈和马夫里基·尼古拉耶维奇他们全坐在大厅里,正在争论什么。妈妈让丽莎在钢琴上弹一首华尔兹舞曲,可是当丽莎开始弹那支舞曲时,她又硬说弹得不对,不是她让弹的那首。马夫里基·尼古拉耶维奇由于心地单纯,替丽莎辩护,说她弹的就是要她弹的那首华尔兹;老太婆一怒之下竟大哭起来。她有病,甚至走路都困难。她两腿浮肿,已经好几天了,她动不动就发脾气,对所有的人都没碴找碴,尽管她一向怕丽莎。对我们的登门拜访,他们都很欢迎,丽莎高兴得脸都红了,对我说了声谢谢,她谢我自然是因为我终于把沙托夫请来了。她走到他身边,好奇地端详着他。

沙托夫在房门口笨拙地驻足不前。她先对他的光临表示感谢,然后把他带去见妈妈。

"这就是我跟您说过的沙托夫先生,而这一位是Г——夫先生,是我和斯捷潘·特罗菲莫维奇的好友。马夫里基·尼古拉耶维奇昨天也跟他认识了。"

"哪位是教授呀?"

"教授根本没来,妈妈。"

"不,来了,你自己说教授要来;大概就是这一位吧。"她厌恶地指了指沙托夫。

"我从来没有跟您说过教授要来。Γ——夫先生在机关里当差,而沙托夫先生过去是大学生。"

"大学生和教授都来自大学,还不都一样。你就会顶嘴。而在瑞士见到的那个人则留着小胡子和络腮胡子。"

"妈妈一直管斯捷潘·特罗菲莫维奇的儿子叫教授。"丽莎说,说罢就领沙托夫到大厅的另一头,让他坐在沙发上。

"只要她的两腿浮肿了,她就老这样,您明白吗,她有病。"她悄声对沙托夫说,一面继续非常好奇地端详着沙托夫,尤其是他头上翘起来的那一绺头发。

"您是军人?"老太太问我。丽莎那么无情地撇下我,让我跟她待在一起。

"不,您哪,我在机关供职……"

"Γ——夫先生是斯捷潘·特罗菲莫维奇的好友。"丽莎立刻回答道。

"您给斯捷潘·特罗菲莫维奇当助手? 他不也是教授吗?"

"啊呀,妈妈,您大概半夜做梦也梦见教授。"丽莎嗔怪地叫道。

"即使不做梦我见到的教授也够多的了。你就会跟你妈抬杠。尼古拉·弗谢沃洛多维奇四年前来的时候,您在这里吗?"

我回答说在这里。

"有没有什么英国人跟您在一起?"

"没有。"

丽莎笑了起来。

"啊,你瞧,根本就没有英国人,可见,净胡扯。瓦尔瓦拉·彼得罗芙娜和斯捷潘·特罗菲莫维奇俩净胡扯。所有的人都在胡扯。"

"昨天阿姨和斯捷潘·特罗菲莫维奇认为,似乎尼古拉·弗谢沃洛多维奇很像莎士比亚《亨利四世》中的哈尔王子,所以妈咪才说没有英国人。"丽莎向我们解释道。

"既然没有哈尔,当然也就没有英国人。只有尼古拉·弗谢沃洛多维奇一个人在恶作剧。"

"请您相信,妈妈是故意这样的。"丽莎认为有必要向沙托夫解释一下,"她对莎士比亚很熟。我还给她念过《奥赛罗》的第一幕呢;但是她现在有病,病得很重。妈妈,听见了吗,敲十二点了,您该吃药啦。"

"大夫来了。"一名侍女出现在门口。

老太太微微站起身来,开始叫小狗:"泽米尔卡,泽米尔卡,哪怕就你呢,陪我走一趟吧。"

那只又老又丑的小狗泽米尔卡不听话,它钻进丽莎坐的那张沙发底下去了。

"不肯去? 我还不要你去哩。再见,先生,我不知道您的大名和父称。"她向我说。

"安东·拉夫连季耶维奇……"

"反正一样,我一只耳朵进,另一只耳朵出。别送我,马夫里基·尼古拉耶维奇,我叫的只是泽米尔卡。谢谢上帝,我自己还走得动,明天还要坐马车出去兜风呢。"

她怒气冲冲地走出了大厅。

"安东·拉夫连季耶维奇,您先跟马夫里基·尼古拉耶维奇随便聊聊,我敢保证,你俩进一步认识对双方都有好处。"丽莎说,对马夫里基·尼古拉耶维奇友好地微微一笑,由于她的美目顾盼,巧笑传情,他顿时容光焕发。没有办法,我只好留下来跟马夫里基·尼古拉耶维奇聊天了。

二

我感到奇怪,丽扎韦塔·尼古拉耶芙娜找沙托夫来果然只是让他搞一些文字工作。我也不知道为什么，反正我老以为她找他来另有事情。我们，也就是我和马夫里基·尼古拉耶维奇，看到他俩并没有瞒着我们，而且说话的声音很大，我们就开始侧耳倾听；后来，他们又请我们过去，想听听我们的意见。整个事情在于丽扎韦塔·尼古拉耶芙娜早就想出版一部在她看来大有裨益的书，但是由于她没有经验，需要一名助手。她很认真地向沙托夫解释自己的计划，那股认真劲儿连我都感到奇怪。"想必是个新女性，"我想，"没白去瑞士。"沙托夫注意地听着，两眼盯着地面，对上流社会的这位有闲情逸致的小姐居然想做这样一件并不适合她做的事一点儿也不感到惊奇。

这是这样一种文字工作。俄国各地出版有许多京城和外省的报章杂志，每天都要报道许多事。一年过去了，报纸堆在书柜里，放得到处都是，就跟一堆垃圾似的，不是撕了，就是拿去包东西和糊纸帽子了。报刊上登载的许多事都给公众留下了印象，留在人们的记忆中，但是年代一久也就忘了。许多人后来想查阅一下，但是要在浩如烟海的报章杂志中查找，而且还常常不知道日期、出处，甚至也不知道某件事发生在何年何月——这样查来查去要花费多大力气？然而，如果把全年发生的事按照一定的体例，按照一定的想法，按月按日地分门别类，加上标题和索引，汇编成一部书，这样化零为整地汇编成册，就可以把整个这一年的俄国生活特征勾画出一个大致的轮廓，尽管见诸报章的事与实际上发生的事相比只是非常小的一部分。①

"出几本大书来代替许多报章杂志，不就是这样吗。"沙托夫说。

但是，丽扎韦塔·尼古拉耶芙娜热烈地坚持自己的创意，尽管她难以把自己的想法说出来。这书只须出一本，甚至用不着很厚——她坚持道。但是

---

① 1869年，陀思妥耶夫斯基在国外也曾设想过做这样的"文字工作"。他在给伊万诺娃的信（1869年2月6日）中曾这样写道："另一个想法是近乎编纂性的工作，几乎是机械性的劳动，就是编纂一部大型的、有益的、必要的、人人案头必备的书，约六十印张，用小号铅字排印，它的销售量一定很大，每年一月出版。"

第一部

就算比较厚吧，看去一目了然，因为主要在于编纂体例和提供事实的方法。当然，不是照单全收，全部转载。政府的命令和举措，地方上的指令和法规，这一切虽然也十分重要，但是在我们计划出的这类书中，这些事可以完全不收。许多事都可以不收，仅限于挑选那些多少能反映当前人民的精神生活、俄国人民特点的事例。当然，一切都可以收：奇闻逸事、火灾、捐献、各种各样的好事和坏事，各种各样的言论和谈话，甚至哪怕有关江河泛滥的消息，甚至也不妨收一些政府的法令，但是在这一切当中必须挑选那些能够反映时代特点的东西；选录的一切都必须代表一定的观点，都应当有所指，都应当有用意、有思想，足以说明全部事情。最后，这部书还应当编得很有趣味，甚至可以供人消遣阅读，至于它应当为参考所必备，那就更不用说了！可以这样说吧，这应当是一幅描绘俄国全年精神、道德和内心生活的图画。"必须做到让大家来买，让这部书变成一部案头必备的参考书，"丽莎肯定地说，"我明白关键在于编纂体例，因此我才来向您求助。"她最后说。她说得很热烈，尽管解释得很含糊，道理也说得不充分，但是沙托夫还是听懂了。

"这就是说，要出一种带有倾向性的东西，挑选事实必须有一定倾向。"他喃喃道，仍旧没有抬起头来。

"绝对不是，挑选事实不要有倾向，任何倾向都不要。不偏不倚——这就是倾向。"

"其实倾向也不是什么坏东西，"沙托夫动了动身子，"其实，既然要挑选，既然是选编，就难免有倾向。挑选哪些事实就会有所指，让您怎样来理解这些事。您的想法不坏。"

"那么说，编一部这样的书是可行的啰？"丽莎很高兴。

"还要再看看，好好想想。这事工程很大。一下子是什么也想不出来的。需要经验。即使真要出版这书，我们也未必能学会怎样出版。除非经过多次试验；但是这想法值得考虑。这想法很好。"

他终于抬起了眼睛，甚至高兴得两眼闪出了亮光，他非常感兴趣。

"这主意是您自己想出来的吗？"他亲切地，又似乎有点忸怩地问丽莎。

"想出来倒不难，要命的是怎么编选，怎么出，"丽莎笑道，"我是外行，人也不很聪明，我只追求我自己清楚的事……"

"追求？"

"大概，用词不当？"丽莎迅速问道。

"这样说也未尝不可；我无所谓。"

"还在国外的时候，我就觉得我也可以做点儿什么，成为有用的人。钱我有，而且是自己的，却白白地放在那儿，为什么我不能为共同事业做点儿什么呢？再说，这想法是突如其来地自然而然产生的；我根本就没有挖空心思去想，对这个想法我感到很高兴；但是我马上看到没有助手不行，因为我自己什么也不会。不用说，这个助手也是我出版这部书的合作出版者。咱俩对半：您来制订计划和做具体工作，我来策划和支付出版费用。这书能收回成本吗？"

"如果我们能制订出一个切实可行的计划，这书会有销路的。"

"我要预先声明，我不是为了赚钱，但是我很希望这书畅销，能赚钱更好，我将为此感到自豪。"

"嗯，这跟我有什么关系呢？"

"我不是让您做我的助手吗……工作彼此分担。您来制订计划。"

"您怎么知道我能拟订这个计划呢？"

"我听见有人谈起过您，在这里我也听说了……我知道您很聪明，而且……您正在从事一种事业，而且……想得很多；彼得·斯捷潘诺维奇·韦尔霍文斯基在瑞士的时候也跟我谈起过您。"她急忙又加了一句，"他是一个非常聪明的人，不是吗？"

沙托夫抬起头来匆匆偷觑了她一眼，但又立刻垂下了眼睛。

"尼古拉·弗谢沃洛多维奇也对我说过关于您的事……"

第一部

沙托夫蓦地脸红了。

"不过,还有报纸,"丽莎从椅子上匆匆拿起一包准备好和捆好了的报纸,"我在这里试着挑选了一些事,做了记号,做了筛选,编了号……您会看到的。"

沙托夫拿起了那捆报纸。

"您可以拿回家去看,请问,您住哪儿?"

"住在上帝显灵街,菲利波夫公寓。"

"我知道。听说,那里,在您附近,似乎还住着一位大尉列比亚德金先生,是吗?"丽莎仍旧像方才那样急匆匆地问道。

沙托夫手里拿着那摞报纸,就跟方才接过那捆报纸时那样,举着,这样坐了整整一分钟,一言不发,看着地面。

"这事您最好另请高明,我对您根本不合适。"他终于说道,不知怎么非常奇怪地压低了声音,几乎像耳语。

丽莎顿时面红耳赤。

"您要说什么事?马夫里基·尼古拉耶维奇!"她叫道,"请您把刚才收到的那封信拿来。"

我也跟着马夫里基·尼古拉耶维奇走到桌旁。

"您瞧瞧这个,"她蓦地对我说,非常激动地打开信,"您什么时候见过像这样的玩意儿?请您大声念一念;我要让沙托夫先生也听听。"

我不无惊愕地念了下面的信函:

窈窕淑女图申娜妆次。

亲爱的伊丽莎白[①]·尼古拉耶芙娜小姐!

噢,她多么可爱,

---

① 丽扎韦塔(丽莎)的美称。

第一部

> 伊丽莎白·图申娜。
>
> 她同一位亲戚跨坐在女式马鞍上飞奔，
>
> 一绺鬈发随着风儿飘动，
>
> 或者，她跟慈母一道在教堂叩拜，
>
> 红晕浮上她俩虔敬的面孔！
>
> 那时呀，我真希望与她喜结良缘，
>
> 泪眼婆娑，望着她的背影，与慈母一起。
>
> 一个大老粗作于争论之时

亲爱的小姐！

我深感遗憾，我没有在塞瓦斯托波尔光荣地失去一条胳臂，其实我根本没有到过那里，整个战役中我只是负责供应倒霉的军粮，我认为这是低贱的行当。您是古代的女神，而我虽然微不足道，却懂得你我何啻天壤。请看这些诗歌，但是不过尔尔，因为诗歌毕竟是些废话，为在散文中被认为粗鄙无礼的东西文过饰非。在显微镜里，可以看到一滴水里有许多鞭毛虫，如果有一条鞭毛虫用一滴水写成一首诗献给太阳，太阳会不会生这只鞭毛虫的气呢？彼得堡上流社会组织了一个关爱大牲畜俱乐部①，尽管他们认为理应怜悯狗和马，可是他们却瞧不起小小的鞭毛虫，根本不提它们，因为它们还没有长到令人关爱的程度。我也没长到这个程度。结婚云云看去似乎令人喷饭；但是我很快就会通过您所蔑视的那个仇恨人类的人②拥有过去统计在册的两百名农奴。我还有许多事可以告诉您，为了一些文件的事我甚至不惜流放西伯利亚。不要蔑视我的求婚。此信由一只略懂诗歌的鞭毛虫手书。

您最恭顺的朋友列比亚德金大尉为了您永远有空

---

① 1865年在彼得堡曾成立"俄国保护动物协会"。
② 指尼古拉·斯塔夫罗金。

第一部

"这是一个喝醉酒的人,一个混账王八蛋写的!"我愤怒地叫道,"我认识他!"

"这封信我是昨天收到的,"丽莎涨红了脸,急忙向我们解释,"我立刻就明白,一定是什么混账东西写的,为了不让妈妈更加难过,我直到现在都没有把这封信给妈妈看。但是,如果他继续这样,我就不知道怎么办了。马夫里基·尼古拉耶维奇想去制止他。因为我把您看作是我的助手,"她对沙托夫说,"何况您又住在那里,因此我想问问您,听听您的高见:他还会干出什么混账事来?"

"一个醉鬼,一个混账王八蛋。"沙托夫仿佛不乐意似的喃喃道。

"怎么,他总是这么浑吗?"

"不,他没喝醉的时候一点儿也不浑。"

"我认识一位将军,他也写过跟这一模一样的诗。"我笑着说。

"甚至从这封信也看得出来,这人还是很有城府的。"一向沉默寡言的马夫里基·尼古拉耶维奇突然插嘴道。

"有人说,他跟什么妹妹住一起?"丽莎问。

"是的,跟妹妹。"

"有人说,他虐待她,这话当真?"

沙托夫又瞧了瞧丽莎,双眉深锁,嘀咕道:"这跟我有什么关系!"说罢便向门口走去。

"啊呀,请您等一等,"丽莎惊慌地叫道,"您上哪呀? 咱们还有许多事要谈呢……"

"有什么可谈的? 我明天给您答复……"

"谈最重要的事,谈印刷厂! 请相信我,我不是开玩笑,而是认认真真地想做点儿事。"丽莎越来越惶恐不安地说服他道,"假如我们决定出版,那,上哪儿印呢?要知道,这是最重要的问题,因为我们总不能为了这事去莫斯科吧,可在这里的印刷厂印这种东西是不成的。我早就拿定主意想自己办一家印刷厂,哪怕由您出面,我知道,由您出面,妈妈会同意的……"

"您怎么知道我会办印刷厂呢?"沙托夫板着脸问。

"还在瑞士的时候,彼得·斯捷潘诺维奇就向我提到过您,说您会办印刷厂,而且很懂行。他甚至还想用他的名义写封信由我交给您,可是我忘了。"

据我现在回忆,沙托夫的脸色陡变。他又站了几秒钟,突然走出了房间。

丽莎很生气。

"他总是这样拂袖而去吗?"她转过身来问我。

我耸了耸肩膀,但是沙托夫又突然回来了,一直走到桌旁,把他刚才拿走的那捆报纸放在桌上:

"我不想做您的助手,我没有时间……"

"为什么,为什么呢?您大概生气了吧?"丽莎用伤心而又央求的声音问道。

她说话的声音使他仿佛吃了一惊;片刻间,他凝神注视着她,仿佛想看透她的灵魂似的。

"反正,"他低声嘟囔,"反正我不干……"

说罢,他就一走了之。丽莎大吃一惊,甚至好像有点小题大做似的;我这么认为。

"一个非常怪的怪人!"马夫里基·尼古拉耶维奇大声说。

三

这人当然"很怪",但是这一切当中却有许多令人猜不透的地方。这里似乎影射着某件事。我根本不相信会出版这样一部书；然后是这封混账信，其中非常清楚地说他要去告密，因为有这么一些"文件"，但是他们却绝口不提这事，而是顾左右而言他；最后还有这个印刷厂，以及沙托夫的拂袖而去，而他拂袖而去正是因为谈到了印刷厂。这一切都使我不由得想到，还在我到这里来以前，这里一定发生过某种我所不知道的事，可见我在这里是多余的，这一切都与我无关。再说我也该走了，作为初次拜访，做到这样也就够了。我走过去向丽扎韦塔·尼古拉耶芙娜鞠躬告辞。

她好像忘了我在这屋子里，她一直站在原地，站在桌旁，深深地陷入沉思，低着头，一动不动地看着地毯上她选中的某一个点。

"啊，还有您，再见。"她用惯常的亲切的声音含混不清地说，"请代我向斯捷潘·特罗菲莫维奇问好，让他快点来看我。马夫里基·尼古拉耶维奇，安东·拉夫连季耶维奇要走了。请原谅，妈妈不能出来跟您告别了……"

我走了出来，甚至已经下了楼梯，走上了台阶，这时突然有个用人追上了我：

"女主人[①] 请您千万回去一趟……"

"是太太还是丽扎韦塔·尼古拉耶芙娜？"

"是小姐，您哪。"

我看到丽莎已经不是在我们刚才坐过的那座大厅了，而是在相邻的一间接待室。现在只有马夫里基·尼古拉耶维奇一个人待在那座大厅里，这里通大厅的门被紧紧地关上了。

丽莎对我笑了笑，但是面色苍白。她站在房间中央，显然在犹疑不决，在进行斗争；她突然挽起我的一只胳膊，把我默默地、迅速地带到窗口。

---

① 在原文中，此词一词多义，既有女主人的意思（包括太太和小姐），也有太太的意思。

"我要立刻见到她，"她悄声道，把她那热烈、有力、急切的目光投到我脸上，不允许我有半点儿抗拒，"我必须亲眼见到她，请您助我一臂之力。"

她完全发狂了——似乎处于绝境。

"您要见谁呀，丽扎韦塔·尼古拉耶芙娜？"我恐惧地问道。

"那个列比亚德金娜，那个瘸子……她果真是瘸子吗？"

我吃了一惊。

"我从来没有见过她，不过我听说她是瘸子，昨天还听说了。"我匆匆地而又很乐意地喃喃道，也压低了声音。

"我一定要见到她。您能够安排我们见面吗，就在今天？"

当时，我非常可怜她。

"这是不可能的，再说我根本不知道这事应该怎么办，"我开始说服她，"我可以去找一下沙托夫……"

"如果您明天还不能安排好，那我就亲自去见她，一个人，因为马夫里基·尼古拉耶维奇不肯陪我去。我只能寄希望于您了，除您以外，我就没有任何人了；我刚才跟沙托夫说得很蠢……我坚信您是个光明正大也许还是个对我很热心的人，请您务必安排好。"

我非常愿意在各方面帮助她。

"我想这么办，"我稍许想了想，"我亲自去一趟，今天我一定，一定能够见到她！我可以向您保证，我一定想办法见到她；不过——请允许我让沙托夫从中协助。"

"请您告诉他，我有这样的愿望，我再也等不下去了，但是我方才并没有欺骗他。说不定他拂袖而去是因为他是一个十分正直的人，他不喜欢似乎我在骗他。我真没有骗他；我真的想出版这样一部书，并且开办一家印刷厂……"

"他为人正直，很正直。"我热烈地肯定道。

"话又说回来，如果到明天还不能安排好，那我就自己去，不管闹出什么事来，哪怕闹得人人皆知我也不管。"

"明天三点以前我不能到您这里来。"我说，有点清醒过来。

"三点就三点吧。这么说，昨天我在斯捷潘·特罗菲莫维奇那里想，您是一位热心人，对我不无好感，没有看错吧？"她向我嫣然一笑，急忙伸出手来同我握别，便匆匆去找被她撇在大厅里的马夫里基·尼古拉耶维奇了。

我从那里出来，对自己刚才答应丽莎的事感到很沮丧，而且不明白到底发生了什么事。我看到这女人处在真正的绝望中，她不怕自己的名誉受到影响，居然信任一个她几乎还不认识的人。她在如此困难的时候对我柔媚地微微一笑，并且暗示她昨天就注意到我对她有好感，这仿佛在我的心上捅了一刀；但是我可怜她，可怜她——如此而已！她的秘密对于我突然成了某种神圣的东西，如果有人向我公开这秘密，我说不定会塞起耳朵，坚决不愿意往下听。我只是预感到有什么事……然而，我一点儿不明白，我到底应该怎样来安排这事。此外，直到现在我还弄不清到底要我安排什么：会面，但这是什么样的会面呢？再说，怎样才能把她俩弄到一块呢？全部希望都只能寄托在沙托夫身上了，虽然我事先知道他决不肯帮任何忙，但是我还是急匆匆地去找他。

四

直到晚上，已经七点多了，我才在他家碰见了他。我感到惊奇的是他家有客——一位是阿列克谢·尼雷奇，另一位是我半认识半不认识的先生，一位名叫希加廖夫的人，他是维尔金斯基的小舅子。

这位希加廖夫大概已经在敝城客居两个月了；我不知道他从哪里来；关于他我只听说，他在彼得堡的一家进步杂志上发表过一篇文章。维尔金斯基偶然在大街上见到我，给我做了介绍。我这辈子从来没有在谁的脸上见过这样的阴阳怪气、愁眉深锁和闷闷不乐。他那模样就像在等候世界毁灭似的，而且还不是根据宣告有朝一日要毁灭的预言，但是这预言也可能不应验，而是完全确定的时间，比如说后天上午十点二十五分整这世界非毁灭不可。当时我俩几乎什么话也没有说，只是彼此握了握手，就像两个阴谋家那样。最使我吃惊的是他那两只大得出奇的耳朵，又长又宽又厚，像两只招风耳似的，特里特别地支棱着，分列两边。他的动作笨拙而缓慢。如果说利普京幻想法伦斯泰尔有朝一日会在敝省实现，那么这主儿肯定知道实现这一理想的日期和钟点。他留给我的印象是很阴险；现在，我居然在沙托夫家遇见他，觉得很奇怪，沙托夫基本上并不好客呀。

我还在楼梯上就听到他们在大声说话，三个人一齐开口，仿佛在争论什么问题；可是我一进去他们就闭上了嘴。他们争论的时候都站着，可现在霍地全坐下了，因此我也只好坐下。尴尬的沉默足有三分钟无人打破。希加廖夫虽然认出是我，但是他却装不认识，倒不是对我抱有什么敌意，而是因为他就是这么个人。我跟阿列克谢·尼雷奇微微点了点头，但是没有说话，不知为什么也没有彼此握手。希加廖夫终于开始望我了，但是板着脸，皱着眉，仿佛十分天真地相信我会突然站起来离开他们似的。最后，沙托夫从椅子上欠起了身子，大家也霍地一跃而起。他们没有告辞就走了出去，只有希加廖夫，已经走到房门口了，才对送他的沙托夫说：

"记住，您务必写一份总结。"

"我才不管你们那总结呢，我对任何人都没有义务，关我屁事。"沙托夫把他送走后便关上门，挂上了门钩。

"这帮乌合之众！"他说，瞧了瞧我，似乎露出一丝苦笑。

他面带怒容，我觉得奇怪：他居然先开口说话。过去，通常的情况是，我去找他（不过这很难得），他总是皱起眉头坐到一个犄角上，愠怒地回答我的问话，只在过了很长时间以后才会完全活跃起来，开始谈笑自若。然而每到分别的时候，他又一定双眉深锁，送您出去就像把自己的冤家对头给撵出家门似的。

"昨天，我在这位阿列克谢·尼雷奇家喝茶，"我说，"他好像被无神论弄得神经错乱了。"

"俄国的无神论从来没有超出说俏皮话的范围。"沙托夫悻然说道。他重新点了一支蜡烛，换下原来点剩的蜡烛头。

"不，我觉得这人不像是个说俏皮话的人；他好像连普通说话都不会，更谈不上说俏皮话了。"

"都是些纸糊的人；这一切都是由于思想上的奴颜婢膝。"沙托夫平静地说道。他坐到墙角的一把椅子上，用两只手掌支在膝盖上。

"这里还有仇恨，"他沉默了大约一分钟后说道，"假如俄国不知怎么突然进行了改革，甚至是按照他们的主张进行改革的，而且不知怎么一来俄国突然变得无比富强和幸福，那么首先感到非常不幸的必定是他们。因为那时候他们就没有可以仇恨的人，没有可以唾弃的人，也没有事情可以嘲笑了！这里只有一种对俄国禽兽般的、无休止的恨，侵入骨髓的恨……到处是欢声笑语，再也看不到在笑声掩盖下为世人所看不到的任何眼泪了！[①]在俄国还从来没有说过比这些看不见的眼泪更虚伪的话了！"他几乎狂怒地叫道。

"天知道您倒是怎么啦！"我笑了起来。

"您是个'温和的自由主义者'。"沙托夫笑道，"您知道吗，"他又突然接

[①] 沙托夫的这段议论影射萨尔蒂科夫-谢德林（参见博尔谢夫斯基：《谢德林和陀思妥耶夫斯基》莫斯科，1856年，第162—163页）。关于"世人看不见的眼泪"，陀思妥耶夫斯基早年曾这样写道，果戈理"一辈子都在笑自己、笑我们，我们大家也跟着他笑，一直大笑不止，直到终于哭了出来"。

口道,"我刚才说到'思想上的奴颜婢膝',也许让您笑话了;大概,您会立刻对我说:'你才是奴才生的哩,我可不是奴才。'"①

"我根本无意说这话……您怎么啦!"

"您不用道歉,我不怕您。那时候我还不过是奴才所生,现在自己也成了奴才,跟您一样。我们俄国的自由主义者首先是奴才,他正在张望:可以给谁擦皮靴。"

"擦什么皮靴?您是不是话中有话?"

"什么话中有话!我看,您在笑……斯捷潘·特罗菲莫维奇说得对,我压在一块石头底下,压趴下了,但还没有被压死,还在垂死挣扎;这比喻说得好。"

"斯捷潘·特罗菲莫维奇说,您对德国人都入了迷,"我笑道,"咱们从德国人身上毕竟捞到了好处,装进了自己的腰包。"

"拿了他们二十戈比,却把自己的一百卢布拱手相送。"

我们沉默了大约一分钟。

"他这是在美国躺出来的毛病。"

"谁?躺出了什么毛病?"

"我是说基里洛夫。我跟他在那里的一间小木屋的地板上躺了四个月。"

"难道你们去过美国?"我很诧异,"您从来没说过呀。"

"有什么好说的。前年,我们三个人用最后一点儿钱乘上一艘移民船到美利坚合众国去,'想亲身体验一下美国工人的生活,想用这样的方式以自己的切身经验亲自检验一下一个人处在最艰苦的社会地位到底是什么状况。'②我

---

① 沙托夫是瓦尔瓦拉·彼得罗芙娜的家奴的儿子。
② 这话复述奥戈罗德尼科夫写的美国纪行《从纽约到旧金山再回到俄国》中讲的话(略有改动):"体验一下美国工人的生活,用这样的方式以切身经验亲自检验一下一个人处在最艰苦的社会地位到底是什么状况。"(《曙光》杂志1870年第11期)。这个主题在《罪与罚》中也曾提及。

第一部

们就是抱着这样的目的到美国去的。"

"主啊！"我笑了起来，"您要'以切身经验亲自体验'，还不如在农忙时节到咱们省的什么地方去呢，偏要瞎折腾跑到美国去！"

"我们在那里当工人，受雇于一个剥削者，在他那里的俄国人一共六人——有大学生，甚至还有从自己庄园里跑出来的地主，甚至还有军官，大家到这里来都抱着同样宏伟的目的。于是大家就干活，风里来雨里去，受苦受累，最后我和基里洛夫走了——我们病了，受不了了。那个剥削我们的老板在结账的时候克扣我们的工资，按合同本应给我们每人三十美元，可是他只付给我八美元，付给他十五美元；在那里他们还不止一次打我们。失业后，我和基里洛夫在那个小镇的地板上躺了四个月；他想他的心事，我想我的心事。"

"难道老板还打你们，在美国？这是怎么回事，想必你们骂他了吧！"

"绝对没有。相反，我和基里洛夫立刻认定：'在美国人面前，我们俄国人不过是不点儿大的小孩，必须生长在美国，至少也应当跟美国人相处多年，才能与他们平起平坐。'结果怎样呢：买一件只值一戈比的东西，他们却动辄要我们付一美元，我们不但高高兴兴地照付不误，甚至还自以为买了便宜货。我们对一切都赞不绝口：招魂术、私刑拷打、左轮手枪、流浪汉。有一回我们坐车出去，可是一个人把手伸进了我的口袋，掏出我的梳头刷，竟梳起头来；我只能与基里洛夫面面相觑，认定这很好，这做法我们很喜欢……"[①]

[①] 这些话系影射奥戈罗德尼科夫的《从纽约到旧金山再回到俄国》，其中有一篇详细描写了芝加哥行招魂术的人，以及有个大学生赞扬招魂术、为招魂术辩护的话。私刑拷打指美国当时盛行的不经审讯和侦查对犯罪嫌疑人的血腥拷打。该游记为美国的私刑拷打辩护，说什么尤其在美国西部抢劫和杀人越货盛行，法律无能为力，因此才促使某些人组织起来，惩治盗匪。梳头的情节也出自该游记。在游记中作者认为，这个美国人虽然没有礼貌，但想做什么做什么，不作假。

"奇怪的是，这些事不仅灌输进了我们的脑海，而且还照此办理。"我说。

"我们都是纸糊的人。"沙托夫又说了一遍。

"不过话又说回来，搭乘移民船远涉重洋，到一个陌生的地方去，尽管抱着'以切身经验去了解'这种目的，说真的，这样做总必须抱有某种舍身忘我的坚定精神……可你们是怎么从那里逃出来的呢？"

"我写信到欧洲去给一个人，他给我寄来了一百卢布。"

沙托夫说话的时候，按照他的老习惯，两眼一直死死地盯着地面，甚至发火的时候也这样。这时他突然抬起头来。

"您想知道这人的姓名吗？"

"他是谁？"

"尼古拉·斯塔夫罗金。"

他突然站起身来，转过身去面向他的那张椴木写字台，并开始在桌上翻寻着什么。我们这里流传着一则虽然不甚清楚，但却十分可靠的谣言，说他的妻子在巴黎有一段时间曾与尼古拉·斯塔夫罗金同居，而且就在两年前，也就是沙托夫在美国的时候——诚然，这是很久以前的事了，她早就在日内瓦抛弃了他。"既然这样，那他现在干吗还要鬼迷心窍地主动提到他的名字，还大加渲染呢？"我不由得想。

"直到现在我还没把钱还他。"他又突然向我转过身来，定睛看了看我，又坐到角落里他原先坐的地方，已经完全换了一种腔调急促地问道：

"您当然是有所为而来；您要我干什么？"

我立刻精确地按照先后顺序把一切原原本本地告诉了他，说罢又补充道，在方才的心急火燎之后，现在我已经清醒过来，但思绪反倒更乱了：我明白，这里一定有什么对于丽扎韦塔·尼古拉耶芙娜十分重要的事，我很想帮助她，但糟糕的是我不仅不知道怎样履行我对她的承诺，甚至现在我都不明白我对她究竟承诺了什么。接着我又郑重其事地再一次向他证明，她无意骗他，也不想骗他，这里肯定发生了什么误会，又说她对他方才非同寻常地拂袖而去感到很难过。

他十分注意地听完了我的话。

"也许，我方才按照自己的习惯，确实又干了一件蠢事……嗯，如果她不明白我为什么那样走了，那……对她更好。"

他站起来，走到门口，把门微微打开，开始听楼梯上有没有动静。

"您希望亲自见到这女人吗？"

"我需要的就是这个，怎么才能做到这点呢？"我高兴地跳了起来。

"很简单，趁她一个人在家，咱们去找她就是。他回来了，知道我们来过，肯定会狠狠地揍她。我常常偷偷去看她。不久前，他又开始打她的时候，我把他狠揍了一顿。"

"您真揍了？"

"没错。我揪住他的头发把他从她身边拽开，为此，他本想揍我一顿，可是我把他吓住了，事情就这么了了。我怕他喝醉了酒回来，想起这事会把她狠揍一顿。"

说罢，我们就立刻下了楼。

五

列比亚德金家的房门只是虚掩着，并没有上锁，因此我们随随便便地就进去了。他们的整个住房由两个脏兮兮的小房间组成，墙壁已被煤烟熏黑，肮脏的壁纸斑斑驳驳，简直成了碎纸片，东一块西一块地挂在墙上。从前，这里曾开过几年小酒馆，直到房东菲利波夫把小酒馆搬到新房子去为止。过去开酒馆用的其他房间现在都锁着，只有这两间租给了列比亚德金。室内的家具不过是些很普通的长凳和木板钉的桌子，此外就只有一把缺了扶手的旧圈椅。在第二个房间的一个角落放着一张床，上面放着一床印花布被子，这是属于列比亚德金娜小姐的，至于大尉，夜里睡觉，每次都是横七竖八地躺在地板上，常常连衣服都不脱。满地都是碎屑、垃圾和脏水；一块又大又厚、整个湿漉漉的抹布，就撂在第一个房间的地板中央，就在这一摊水中还扔着一只后跟踩坏了的旧皮鞋。看得出来，这里任何事都没人照料；炉子没有生，饭也没有做；正如沙托夫比较详细地介绍的，他们家甚至连茶炊也没有。大尉和妹妹到这里来的时候完全是叫花子，正如利普京所说，起初他们还当真到有些人家去要过饭；但是当大尉意外地得到一笔钱之后，就立刻喝起酒来，以致完全喝昏了头，因此也顾不上收拾这家了。

我非常想见到的列比亚德金娜小姐，规规矩矩、不声不响地坐在第二个房间的一个角落里，坐在一张厨房用的木板桌旁。当我们推门进去的时候，她没有喝问我们来干什么，甚至坐在那里都没动弹一下。沙托夫说，他们连门也不锁，有一回，通过道屋的门敞开着，一夜都没有关。一只铁制的蜡烛台上插着一支细细的蜡烛。在昏暗的烛光下，我看到一个女人，可能有三十岁上下，面黄肌瘦，病恹恹的，穿着一件深色的旧印花布连衣裙，长长的脖子上没有围任何东西，稀疏的深色头发在脑后绾了个髻，只有两岁孩子的拳头那么大。她相当愉快地看了看我们；她前面的桌子上，除了烛台以外，还放着一面乡下人用的小镜子，一副旧扑克牌，一本看得十分破烂的什么歌本，还有一只已经咬过一两口的德式白面包。看得出来，列比亚德金娜小姐擦了粉，搽了胭脂，嘴上还抹过什么唇膏。眉毛也描过了。在她那又窄又高的前额上，尽管抹了粉，还是相当分明地呈现出三道长长的皱纹。我已经知道她是瘸子，但是这回她在我们的面前并没有站起来，也没有走路。从前，当她还是少女的时候,这张清瘦的脸也许还不难看;她那双文静、和蔼的灰眼睛,即使现在也十分好看,在她那文静的、几乎是欢乐的目光中映射出一种耽于幻想的、真诚的光。在我听到她哥哥常常用哥萨克马鞭抽她以及对她的种种胡作非为后,再看到她的微笑中流露出的那种文静而又安详的欢乐,我不由得很惊讶。奇怪的是,每当我们看到这一类有先天生理缺陷的人,通常总会有一种难受的,甚至是畏惧的厌恶,但是我看到她时却没有这种感觉,相反,从头一分钟起,我看到她就几乎感到很愉快,后来兼有一种怜悯感充塞了我的心坎,但绝不是厌恶。

"孤孤单单,简直整天整天地就这么坐着,也不动弹,用纸牌算卦或者照镜子,"沙托夫一进门就向我指着她说,"他甚至都不给她饭吃。厢房里有个老太太,有时候看在基督分上给她拿点儿吃的;怎么能这样让她一个人伴着蜡烛坐在这里呢!"

我感到奇怪,沙托夫说话的声音很大,倒像这屋子里根本没有她这个人似的。

"你好,沙图什卡[①]!"列比亚德金娜小姐和蔼可亲地说。

"玛丽娅·季莫费耶芙娜[②],我给你带来一位客人。"沙托夫说。

"好,欢迎贵客。你带来的这人我不认识,我好像不记得这人了。"她隔着蜡烛注意地看了看我,接着又立刻跟沙托夫说话(在以后的整个谈话中,她再也没有理会我,就像她身旁根本没有我这个人似的)。

"你一个人在楼上那明亮的小屋里踱来踱去,厌烦了,是吧?"她笑道,同时露出两排非常好看的牙齿。

"是厌烦了,因此想来看看你。"

[①] 沙托夫的爱称。
[②] 列比亚德金娜的名字和父称。

沙托夫端过一张长凳，靠近桌子，自己先坐下来，并让我坐在他身旁。

"能跟你聊聊，我一向很高兴，不过我觉得你还是挺逗的，沙图什卡，你像修士一样。你什么时候梳的头呀？让我来再替你梳梳，"她从兜里掏出一把梳子，"没准，自从我上次给你梳过头以后，你都没有梳过吧？"

"我连梳子都没有。"沙托夫笑道。

"是吗？那我把自己的送给你，不是这把，而是另一把，不过你要提醒我。"

她非常认真地开始给他梳头，甚至还给他在一边留了个分头，梳罢，她把身子微微地向后仰，看看梳得好不好，接着又把梳子放进了口袋。

"我说沙图什卡，"她摇了摇头，"你也许是个是非分明的人，可是却百无聊赖。我瞧着你们大伙儿都觉得奇怪；我真不明白有人怎么会百无聊赖。烦恼并不等于百无聊赖。我就很快活。"

"跟你哥在一起也快活？"

"你说列比亚德金？他是我的奴才。他在不在我身边，我完全无所谓。我向他吆喝：'列比亚德金，给我端杯水来，列比亚德金，给我拿双鞋来。'他就得赶快照办；有时候也真作孽，瞧着他那样儿都觉得可笑。"

"倒的确是这样，"沙托夫又大声和熟不拘礼地对我说，"她对他完全跟对奴才一样；我亲耳听见她向他吆喝：'列比亚德金，端杯水来。'而且边说边哈哈大笑；区别仅仅在于，他不是赶快去拿水，而是为此狠狠地揍她；但是她一点儿也不怕他。她几乎每天都要发作一次神经病，使她丧失记忆，因此每次发病以后把刚刚发生的一切都忘了，甚至还常常把时间弄错。您以为她记得我们进来的情况吗；也许她记得，可是她肯定按照自己的想法把一切都改变了，现在她准把我们当成什么别的人，而不是真实的、现在的我们，虽说她记得我是沙图什卡。我现在大声说话根本就无所谓；只要不跟她说话，她就立刻不听，而且立刻陷进自我幻想之中；正是立刻陷入幻想。她是一个非常爱幻想的幻想家；她能一连八小时，能一整天，坐在原地不动。瞧，这面包放在这里，她也许从早晨起就咬了一口，一直要到明天才吃完。瞧，她现在又开始用纸牌算卦了……"

"我是在算卦，沙图什卡，但是不知道怎么搞得老算不准。"玛丽娅·季莫费耶芙娜听到了最后一句话，突然接口道，接着她看也不看地伸出左手去拿面包（可能也是因为沙托夫提到了面包）。她终于抓住了面包，但是她用左手拿了一会儿，大概又被重新开始的谈话所吸引，又不知不觉地把面包放回桌上，一口也没有咬。"算来算去总是这些东西：旅途呀，坏人呀，什么人在耍阴谋呀，死人睡的床呀，什么地方来的信呀，意外的消息呀——我看全是胡说，沙图什卡，你看呢？既然人们可以撒谎，为什么纸牌就不能撒谎呢？"她突然把牌弄乱了，"有一回，我对普拉斯科维娅大婶也说过同样的话，她是一位德高望重的女人，常常瞒着修女院院长跑到我的修道室来，让我替她用纸牌算卦。而且常来找我算卦的也不止她一个人。她们又是摇头，又是叹气，议论开了，我笑道：'普拉斯科维娅大婶，既然二十年都不来信了，您怎么会收到信呢？'她女儿被她丈夫带到土耳其去了，二十年来毫无音信。第二天晚上我正坐在修女院院长（她出身公爵）那里喝茶，她那儿还坐着一位外地来的太太——一位大幻想家，那儿还坐着一位来挂单的圣山①来的小修士，依我看，沙图什卡，就是这个修士在这天上午从土耳其给普拉斯科维娅大婶带来了她女儿的信——你瞧，红方块杰克——预示有意外的好消息！我们喝着茶，圣山来的那位小修士对修女院院长说：'可敬可佩的院长大婶，最要紧的是主赐福于贵院，因为您把无比珍贵的宝物保存在修女院内。''什么宝

---

① 在希腊东北部，一译亚陀斯山，是东正教的圣地，当地有众多修道院。

物？'院长大姊问道。'圣愚丽扎韦塔大姊呀。'这个圣愚丽扎韦塔被关在我们院的一堵墙里，关在一只一俄丈长、两俄尺高的笼子里，她在铁栅栏里待了快十七年了，无论冬夏都穿一件粗麻布衬衫，老是用一根麦秆或者小树枝什么的往自己的衬衫、往粗麻布里戳，一句话也不说，十七年了，也不梳头，也不洗脸。冬天有人塞给她一件皮袄，每天有人塞给她一点儿面包皮和一茶缸水。来朝圣的人看见她，惊叹不已，布施一些钱。'原来是这么个宝物，'院长大姊回答（她很生气；因为她非常不喜欢丽扎韦塔），'丽扎韦塔的闭关修行是在跟我较劲，仅仅是由于固执，还不是装模作样。'我不喜欢她这么说，因为那时候我自己也想闭关修行，我说：'我看呀，上帝和造化都一样。'她们都异口同声地对我说：'是吗！真没想到！'院长大笑了起来，开始跟一位太太悄声说着什么，然后叫我过去，和蔼可亲地说了几句话。那位太太送给我一个玫瑰红的蝴蝶结，要不要我拿出来给您看看？嗯，那个小修士立即对我说了些开示的话，说得那么和蔼可亲，说得那么谦卑，想必还说得很有道理；我坐在那里，静静地听着。'你懂了吗？'他问。我说：'没有，我什么也没有听懂，请让我彻底安静一下吧。'于是从那时候起他们让我一个人彻底安静了，沙图什卡。当时，我们那儿有位女长老，因为擅自预言被罚强制忏悔，有一回，她走出教堂时，悄悄问我：'你认为圣母是什么？'我答道：'圣母是伟大的母亲，是人类的希望。'她说：'对，圣母就是伟大的大地母亲，一个人最大的欢乐也就在此。因此任何地上的烦恼，任何地上的眼泪——我们都视同欢乐；如果你能用自己的眼泪把你脚下的土地浸透半俄尺深，你就会对一切立刻感到欣喜。而你也就再不会有任何，任何悲伤了，'她说，'这就是预言。'从此我就牢牢地记住这句话。从那时起，每当我磕头祷告，我都要亲吻大地，一边亲吻一边哭。听我告诉你，沙图什卡：这种眼泪里没有任何坏东西；哪怕你并没有任何伤心事，仅仅因为欢喜也会流泪的。是眼泪自动流出来的，这话没错。我常常到湖边去：一边是我们的修道院，另一边是我们那儿的尖尖的山峰，大家都管它叫尖山。我爬上这座山峰，脸朝东，匍匐在地，我哭呀哭呀，也不记得哭了多长时间，反正当时我什么也不记得，什么也不知道。后来我站起身来，往回一看，夕阳西下，它是那么大，那么灿烂，那么美丽——沙图什卡，你爱看太阳吗？心旷神怡，但又很悲伤。我又转过身去面向东方，影子，我们那座山的影子，像利箭一样飞过湖面，窄窄的、长长的。远远地伸出一俄里远一直到湖中的那座小岛，于是那座石岛就像被完全劈成两半似的，一等它劈成了两半，太阳就完全落下去了，一切便突然熄灭。这时我就开始感觉十分苦恼，也就在这时我恢复了记忆，我怕天黑，沙图什卡。我哭得最多的还是我那孩子……"

"难道你有过孩子？"沙托夫一直非常用心地听着，这时用胳膊肘捅了捅我。

"那还用说：小小的、红扑扑的，手指甲和脚指甲都小极了，不过我感到十分难过的是我不记得这是男孩还是女孩了。一会儿觉得是男孩，一会儿又觉得是女孩。我把他一生下来，就把他直接裹到细麻纱和花边里，用粉红色的缎带把他捆起来，在他身上撒上鲜花，给他打点好，给他做了祈祷，这孩子还没有受洗我就把他抱走了，我抱着他穿过森林，我在森林里感到害怕，我觉得可怕，我哭得最多的还是我虽然生下了他，但是我不知道谁是我的丈夫。"

"说不定你真有过？"沙托夫小心翼翼地问。

"我觉得你这样说真可笑，沙图什卡。有过，也许还真有过，如果有也等于没有，有又有什么用呢？这谜并不难猜，你猜吧！"她笑道。

"你把孩子抱哪儿去了？"

"扔到池塘里了。"她叹了口气。

沙托夫又用胳膊肘捅了捅我。

"假如你压根儿不曾有过孩子，这一切不过是痴人说梦，咋办呢？"

"你给我提了一个很难回答的问题,沙图什卡,"她对这样的问题丝毫也不感到奇怪,沉思地回答道,"对这一点我什么也不告诉你,没有也说不定;我看呀,这不过是你的好奇心罢了;反正我不会停止为他哭泣,我该不是在梦中看见他的吧?"她说罢,大滴大滴的泪珠便在她的眼睛里闪耀。"沙图什卡,沙图什卡,听说你妻子撇下你跑了,真有这事吗?"她突然把两手放到他的肩膀上,伤心地看了看他,"你别生气,我也很难过。听我说,沙图什卡,我做了一个梦:梦见他又来找我了,向我招手,喊我:'我的小猫咪,小猫咪,到我身边来!'我最喜欢他叫我'小猫咪'了:我觉得他爱我。"

"他真会来看你也说不定。"沙托夫低声喃喃道。

"不会的,沙图什卡,这不过是梦……他不会当真来看我的。你知道这首歌吗:

我不需要高大的新楼,

我要留在这间修道室里,

我要在这里居住、修行,

为你祷告上帝①。

唉,沙图什卡,沙图什卡,我的亲爱的,你怎么从来也不问我任何问题呢?"

"你反正不会说的,就不问了。"

"我不会说,不会说的,哪怕杀了我,我也不会说,"她急忙接口道,"烧死我,我也不会说。不管让我受多大罪,我什么也不会说,就是不让别人知道!"

"唉,你瞧,每人都有自己的隐私。"沙托夫声音更轻地说道,越来越低

---

① 这首民歌的题材取自彼得一世(1672—1725)强迫他的第一个皇后叶夫多基娅·洛普欣娜(1669—1731)削发当修女,幽禁在苏兹达尔的波克罗夫修道院。

地垂下了脑袋。

"要是你请我说，我也许会说的；我也许会说的！"她兴高采烈地一再说道，"为什么你不请我呢？求我，好好求我，沙图什卡，也许我会说的；请求我呀，沙图什卡，一直求到我同意……沙图什卡，沙图什卡！"

但是沙托夫不作声；两人默然相对持续了约莫一分钟。眼泪静静地在她那擦了粉的面颊上流淌；她坐在那里，都忘了自己的两只手还放在沙托夫的肩膀上，但是她的眼睛已经不看他了。

"唉，我哪有心思管你的事呀，再说，硬要你说也是罪过。"沙托夫蓦地从长凳上站起来。"起来点儿！"他怒气冲冲地从我身下抽出了长凳，端起来，把它放回了老地方。

"他快回来了，别让他看出来；我们也该走了。"

"啊呀，你老是忘不了我那奴才！"玛丽娅·季莫费耶芙娜霍地笑道，"怕他！好吧，再见了，两位贵宾；不过请等片刻，我有话告诉你。不久前，这个尼雷奇①跟房东菲利波夫那个红胡子到这儿来看我，那时候我哥正冲我嚷嚷。房东就一把抓住他，把他在房间里拖着走，我哥就叫：'不能赖我，我是代人受过！'就这样，你信不信，我们大家简直笑弯了腰……"

"哎呀，季莫费耶芙娜，要知道，这是我呀，不是那红胡子，不久前是我拽住他的头发，把他从你身边拽开的；那房东，前儿个来找你们，对你们骂骂咧咧的，你搞混了。"

"让我想想，我还真弄混了，也许真是你。好了，为这些小事争什么呀；谁把他拽开的，在他还不全一样。"她笑道。

"咱们走吧，"沙托夫蓦地拽了我一下，"大门响了；碰到咱俩，又得揍她。"

我们还没来得及跑上楼梯，大门处就传来了醉醺醺的喊叫声以及一连串

---

① 俄俗：对人单叫父称，也是一种尊称，但带有民间的随意性质。

的骂人声。沙托夫让我回到他的房间,锁上了门。

"如果您不想惹出是非来的话,那您就在我这里稍坐片刻。听,像个猪崽子似的狂叫,想必又绊在门槛上了;每次都直挺挺地倒在地上。"

但是,不闹出点儿事情来,他是不会甘休的。

六

沙托夫站在锁着的房门旁,侧耳向楼梯倾听;他蓦地跳到一边。

"上楼了,我早料到会这样!"他悄声道,怒形于色,"说不定现在要吵到半夜,甩都甩不开。"

响起了几声有力的敲门声。

"沙托夫,沙托夫,开门!"大尉吼道,"沙托夫,朋友!……

我来向你问好,

我要告——诉你太阳已经升起,

它那炽——炽——热的光,

已在……林间的树梢……跳——跃。

我要告诉你,我已经醒了,鬼把你抓了去。

我整个醒——了……在那树枝下……

好像挨树条鞭抽似的,哈——哈!

每只小鸟……都口渴。

说什么我要喝,

第一部

喝……不知道要喝啥。①

啊,让这混账的好奇心见鬼去吧!沙托夫,你可明白,活在世上有多好吗!"

"别理他。"沙托夫又对我悄声道。

"开门呀!你明白吗,在人类中……还有比打架更高级的东西了;也有正——人——君——子时来运转的时候……沙托夫,我心好;我原谅你……沙托夫,让那些传单见鬼去吧,啊?"

沉默。

"你明白吗,蠢驴,我爱上了个人,我买了燕尾服,你瞧,凝聚了爱的燕尾服,十五卢布;大尉的爱要求恪守上流社会的礼仪……开门呀!"他突然野蛮地吼道,用拳头疯狂地打门。

"见你的鬼去,滚!"沙托夫猛地吼道。

"奴——奴——隶!农奴,你妹妹也是女奴,是婢女……女——贼!"

"可你出卖了自己的妹妹。"

"胡说!我受了冤枉,其实,我只要一句话就能说明白……你明白她是什么人吗?"

"什么人?"沙托夫突然好奇地贴近门缝。

"你明白吗?"

"我会明白的,你说吧,什么人?"

"我就敢说!我任何时候都敢当众说出一切!……"

"我看你未必有这胆量。"沙托夫激他,同时向我点头示意,让我也注意听。

"你说我不敢?"

---

① 模仿费特的诗《我来向你问好》。

"我觉得你不敢。"

"我不敢？"

"你要是不怕老爷的鞭子，你说呀……你是个胆小鬼，还大尉呢！"

"我……我……她……她是……"大尉用发抖的、激动的声音含混不清地说道。

"说呀？"沙托夫把一只耳朵凑上去。

出现了沉默，至少达半分钟之久。

"混——账！"门外终于发出了声音，接着大尉匆匆朝楼下退缩，一面走还一面像茶炊似的呼哧呼哧喘气，每下一级楼梯都发出沉重的响声。

"不，他很狡猾，连喝醉酒也不会说漏嘴。"沙托夫离开了房门。

"这到底是怎么回事？"我问。

沙托夫摆了摆手，开开门，又开始倾听楼梯上的动静；听了很长时间，甚至还悄悄地下了几级楼梯。最后他回来了。

"什么也听不见，没打人；说明他干脆倒在地上睡着了。您该走了。"

"我说沙托夫，现在根据这一切我能做出什么结论呢？"

"唉，请便，你爱怎么做结论就怎么做结论！"他用疲惫而又厌恶的声音回答道，说罢又坐到自己的写字台旁。

我走了。一个令人难以置信的想法越来越强烈地占据了我的想象。我烦恼地想到了明天的事……

七

这个"明天"，也就是将要无可挽回地决定斯捷潘·特罗菲莫维奇命运的那个星期天，也是在我这部纪事中有重大意义的一天。这是充满意外事件的

第一部

一天,这是旧事收场、新事开场、需要突出说明而又更加混乱的一天。正如读者已经知道的那样,这天中午我先要陪我的朋友去看望瓦尔瓦拉·彼得罗芙娜,这是她自己定的时间,而下午三点我必须到丽扎韦塔·尼古拉耶芙娜那儿去告诉她——我也不知道该告诉她什么,帮助她——我也不知道该帮助她什么。与此同时,一切却迎刃而解了,这是谁也没有料到的。总之,这是许多偶然事件惊人地巧合的一天。

这一天是这样开始的,我陪斯捷潘·特罗菲莫维奇按照瓦尔瓦拉·彼得罗芙娜规定的十二点整先去看她,可是她不在家;她去做日祷了,还没回来。我可怜的朋友一下子情绪大变,或者不如说,一下子垮了,这情况立刻使他跟丢了魂似的:他近乎瘫软地跌坐在客厅里的圈椅上。我问他要不要来杯水;尽管他脸色苍白、两手发抖,他还是俨然谢绝了。顺便说说,今天他穿的衣服非常讲究:一件几乎可以上舞会的、绣了花的细麻纱衬衫,一条白领带,两手拿着新礼帽,一副颜色鲜艳的浅黄色手套,甚至还稍稍洒了点香水。我们刚坐定,沙托夫就由听差领着进来了,显然,他也受到了正式邀请。斯捷潘·特罗菲莫维奇本想欠起身来跟他握手,但是沙托夫注意地看了看我们,接着便走到一个角落,在那里坐了下来,甚至都没有向我们颔首致意。斯捷潘·特罗菲莫维奇又惊惧地看了看我。

我们就这样在完全的沉默中又坐了几分钟。斯捷潘·特罗菲莫维奇突然开始向我悄悄地、急促地说着什么,但是我没有听清;再说,他由于激动也没有把话说完,又停下不说了。这时听差又一次进来在桌上收拾着什么;其实,他是进来看看我们到底在干什么。沙托夫忽地大声问他:

"阿列克谢·叶戈雷奇[①],您是否知道,达里娅·帕夫洛芙娜是不是跟她

[①] 叶戈雷奇是叶戈罗维奇的俗称。

第一部

一起出去了？"

"瓦尔瓦拉·彼得罗芙娜是一个人上大教堂的，您哪，达里娅·帕夫洛芙娜留在楼上她自己的房间里，她不大舒服，您哪。"阿列克谢·叶戈雷奇教训人似的、俨乎其然地禀告道。

我那可怜的朋友又匆匆地、惊恐不安地与我面面相觑，最后我只好干脆扭过头去不理他。突然，大门口响起了马车的隆隆声，房子里远远传来一阵骚动，这声音告诉我们：女主人回来了。我们都立刻从沙发上匆匆起立，但是又出了一件意想不到的事：传来了许多脚步声，可见女主人不是一个人回来的。这个时间是她自己亲自给我们指定的，这可真叫我们觉得有点纳闷了。最后终于听到有人走了进来，步伐出奇地快，像跑似的，而瓦尔瓦拉·彼得罗芙娜是不可能这样进来的。蓦地，她几乎飞也似的跑进了房间，气喘吁吁，神情异常激动。丽扎韦塔·尼古拉耶芙娜跟在她后面进来了，稍稍落在后面一点，步子也慢得多，跟丽扎韦塔·尼古拉耶芙娜手拉手进来的是玛丽娅·季莫费耶芙娜·列比亚德金娜！即使我做梦梦见这个，我也不相信真会有这样的事。

为了说明这个完全出乎我们意料的事，必须倒回去一小时，详细说说瓦尔瓦拉·彼得罗芙娜在大教堂里发生的非同寻常的奇遇。

首先，几乎全城人都去做日祷了，所谓全城人，当然是指敝城上流社会的最高层。大家知道省长夫人将会光临，这是她到我们这里来以后的首次露面。我要指出的是，已经风传，她是一个有自由思想和奉行"新规矩"的人。所有的太太小姐也都晓得，她将穿得十分华贵、非常高雅；因此这次敝城女士们的穿戴，也就特别讲究和华丽。只有瓦尔瓦拉·彼得罗芙娜一个人穿得很朴素，像往常一样穿一身黑衣黑裙；最近四年来她一直都穿这样的衣服，从不变换。她来到大教堂后就站到她习惯站的老位置上，在左侧第一排，穿着镶边仆役制服的跟班在她面前放了一只丝绒垫，供她跪拜用，总之，一切都

第一部

是老样子。但是大家也发现,她在做礼拜的整个过程中不知何故一直在非常热诚地祈祷;后来当大家回忆起这一切的时候,甚至有人说,她眼里甚至噙着泪花。最后日祷结束了,敝城大司祭帕维尔神父出来进行庄严的布道。敝城人都很喜欢听他布道,并且对他的布道给予很高评价;甚至有人劝他把布道稿印出来,但是他始终不肯。这一回他的布道不知何故特别长。

就在已经开始布道的时候,有位女士坐着老式的轻便马车驶近了大教堂——女士们坐这样的马车只能侧着身子,还得抓住马车夫的宽腰带,随着马车的颠簸就像田野上随风摆动的小草一样前后晃动。这种名为"万卡"的破马车至今仍在敝城行驶。这位女士在大教堂的拐角处停了下来(因为大门旁停着许多马车,甚至还有宪兵),跳下马车后递给赶"万卡"的马车夫四个银戈比。

"怎么啦,嫌少,万尼亚[①]!"她看到马车夫不满的神色,叫道,"我只有这些钱。"她可怜巴巴地加了一句。

"好啦,拉倒吧,怪我让你上车的时候没讲好价钱。"万卡挥了一下手,看了看她,似乎在想:"真要跟你过不去,也作孽。"接着他就把皮钱包塞进怀里,策马驱车而去,引起站在附近的马车夫一阵哄笑。嘲笑声,甚至惊叹声也一直伴随着这女士,直到她穿过一辆辆马车和正在等候老爷太太即将出来的跟班们中间,终于走到教堂大门口为止。再说,这么一个女人,不知从何而来,突然出现在街上的人群中,倒也的确是件非同寻常的、出人意料的事。她面黄肌瘦,病恹恹的,走起路来一瘸一拐,脸上擦了很厚的粉,擦了红红的胭脂,脖子长长的,完全裸露在外,既没有包头巾,也没有披斗篷,只穿着一件旧的深色连衣裙,尽管时值九月,天气晴朗,但是天很冷,还有风;她的头完全裸露在外,头发则在脑后绾了个很小的发髻,发髻右侧还斜

[①] 因为这种马车在旧俄名为"万卡",所以赶这种马车的马车夫常被叫作"万尼亚"(万卡和万尼亚都是伊万的昵称、小名)。

插着一朵月季花，不过这花是假花，一般是用来装饰复活节天使①的。昨天，我在玛丽娅·季莫费耶芙娜家墙角的圣像下，就曾看到过戴着这种纸花冠的复活节天使。这位女士走进教堂时虽然谦逊地低垂着眼睛，但与此同时又流露出一种愉快而又调皮的微笑。假如她再晚点来，说不定就不会让她进教堂了……但是她乘机溜了进来，走进教堂后又悄悄地挤到了前面。

虽然布道已进行了一半，站满教堂的密集的人群正在全神贯注、鸦雀无声地聆听布道，但还是有几双眼睛好奇而又疑惑地斜过去看了看进来的这个女人。她双膝跪下，匍匐在教堂的平台上，把她那擦满脂粉的脸低垂在上面，趴了很久，大概在哭泣；但是，当她又抬起头，站起身来之后，很快就恢复了常态，而且变得很快活。她开心地，而且分明非常快乐地开始东张西望，眼睛溜来溜去地逐一打量着大家的脸和教堂的四壁；她特别好奇地注视着某些太太，为了看得清楚些甚至踮起了脚尖，甚至有两三次还笑出声来，怪模怪样地嘿嘿嘿傻笑。布道结束了，神父拿出十字架。省长夫人第一个走向十字架，但是，还没走两步，又驻足不前，分明想给瓦尔瓦拉·彼得罗芙娜让道，因为瓦尔瓦拉·彼得罗芙娜也笔直地向十字架走去，好像根本没有注意她前面还有人似的。省长夫人异乎寻常的谦恭，其中无疑也包含着明显的、就某一点来说做得非常巧妙的挖苦；大家都这么理解；想必瓦尔瓦拉·彼得罗芙娜也作如是想；但是她仍旧旁若无人地，以一种十分坚定的、自命不凡的姿态，凑上去亲吻了一下十字架，吻罢便立刻向出口走去。一名穿着镶边制服的跟班在她面前清道，其实大家早已纷纷闪开。但是出口处，在教堂门前的台阶上却拥挤着一小群人，一时间挡了道。瓦尔瓦拉·彼得罗芙娜停住了脚步，蓦地，一个怪怪的、非同一般的人，一个头上斜插着一朵纸花的女人，挤过

---

① 复活节期间出售的一种玩具。

人群，跪倒在她面前。瓦尔瓦拉·彼得罗芙娜是很难被什么事情弄得不知所措的，尤其在大庭广众之中，她威严而又严厉地看了看她。

行文至此，我要尽可能简短地赶紧指出，瓦尔瓦拉·彼得罗芙娜虽然近年来，正如人们所说，变得太会算计了，甚至变得有点吝啬，但是有时倒也不惜破费资助慈善事业。她是京城里一个慈善协会的会员。在不久前闹饥荒的那年①，她曾给彼得堡的赈灾募捐总会寄去了五百卢布，关于此事，敝城有口皆碑。最后，就在最近，在委任新省长之前，她差一点儿就完全建起本地的女士委员会以资助本城和本省的最贫穷的产妇。敝城有人严厉指责她沽名钓誉；但是瓦尔瓦拉·彼得罗芙娜那著名的一往无前的性格，再加上她那不达目的誓不罢休的脾气，几乎战胜了一切障碍。协会几乎已经建起来了。成立该协会的初衷在它的创始人的兴致勃勃的脑海里越来越扩大：她已经在幻想在莫斯科成立同样的委员会，并把这一委员会逐渐扩大到所有的省。可是偏偏赶上突然调换省长，一切就只能暂时停顿了下来；据说，新省长的夫人已经在社交界说过一些挖苦的反对意见，主要是这意见一针见血，而且说得很有道理，似乎这类委员会的基本思想不切实际，不用说，这些意见经过添油加醋已经传到了瓦尔瓦拉·彼得罗芙娜的耳朵里。只有上帝知道人心的深浅。但是我认为，瓦尔瓦拉·彼得罗芙娜现在停下脚步，站在教堂大门口，甚至有点得意，因为她知道省长夫人也会马上从一旁走过，紧接着所有的人也将鱼贯而出，"让她亲眼看到，不管她在那里想什么，也不管她对于我赞助慈善事业是沽名钓誉云云还会说些什么尖刻的话，我都无所谓。有你们这帮家伙瞧的！"

"您怎么啦，亲爱的，您要什么？"瓦尔瓦拉·彼得罗芙娜注视着在她面前屈膝下跪的求告者。可是那女人却用一种非常胆怯、十分害羞，但又几乎

---

① 指1867年，当年有十五个省歉收，尤为严重的是斯摩棱斯克省和阿尔汉格尔斯克省。1868年俄国的有关当局曾号召赈灾捐献，救助灾民。

十分崇敬的目光看着她，忽然又发出同样奇怪的嘿嘿的笑声，嫣然一笑。

"她是干什么的？她是什么人？"瓦尔瓦拉·彼得罗芙娜用命令式的、疑问的目光扫视了一下周围的人。大家都默不作声。

"您有什么不幸吗？您需要周济吗？"

"我需要……我来……"那个"不幸的女人"用激动得时断时续的声音含混不清地说道，"我只是来亲吻一下您的手……"说罢她又嘿嘿一笑。她带着孩子们想要什么东西时对人表示亲热的极其天真的目光伸过手去，想抓住瓦尔瓦拉·彼得罗芙娜的手，但是又似乎害怕了，突然把自己的手缩了回去。

"您到这里来就为了这个吗？"瓦尔瓦拉·彼得罗芙娜同情地微微一笑，立刻从口袋里迅速掏出自己的用珠母穿的小钱包，从里面抽出一张十卢布的钞票，递给这陌生女人。那女人收下了。瓦尔瓦拉·彼得罗芙娜对她很感兴趣，显然并没有把这陌生女人当作一个来要钱的普通老百姓。

"瞧，给了十卢布。"人群中有人说。

"请把您的手给我亲亲。"那个"不幸的女人"喃喃道，她用左手使劲抓住被风卷起来的刚才拿到的十卢布钞票的边角。瓦尔瓦拉·彼得罗芙娜不知为什么微微皱起了眉头，以一种严肃得近乎严厉的神态伸出了手；那个"不幸的女人"崇敬地亲了亲这只手。她那感激的目光甚至焕发出一种狂喜的光芒。就在这时候，省长夫人走了过来，一大群敝城的太太小姐和高官显贵也蜂拥而出。省长夫人不由得在拥挤的人群中停下了脚步；很多人也站住了。

"您在发抖，您冷吗？"瓦尔瓦拉·彼得罗芙娜突然注意到这个，说罢，她就从身上脱下斗篷（跟班马上伸手接了过去），从肩膀上解下自己的黑色披肩（很不便宜），亲手把它裹在仍旧跪着的那个女求告者的裸露的颈项上。

"您倒是站起来呀，别跪着了，求您了！"

那女人站了起来。

Ф. Достоевский

БЕСЫ

第一部

"您住哪儿？难道就没有一个人知道她住哪儿吗？"瓦尔瓦拉·彼得罗芙娜又不耐烦地环顾四周。但是原来围观的那批人走了；现在看到的都是些熟面孔，都是正在围观的上流人士，一部分人带着严厉而惊奇的表情，另一部分人则抱着一种狡黠的好奇心，与此同时又抱着一种天真的渴望，巴不得能闹出点儿乱子来，而第三部分人甚至开始讪笑。

"好像，她是列比亚德金家的，您哪。"终于出现了一位好心人，回答了瓦尔瓦拉·彼得罗芙娜的问题。他是敝城的一位德高望重的、受到许多人尊敬的商人安德烈耶夫，他戴着眼镜，蓄着一部斑白的络腮胡子，穿着俄国式的长袍，戴一顶圆筒礼帽，现在拿在手里，"他家住在菲利波夫公寓，在上帝显灵街。"

"列比亚德金？菲利波夫公寓？我好像听说过……谢谢您，尼孔·谢苗内奇，但是这列比亚德金又是什么人呢？"

"他自称大尉，应当这么说，是个不知检点的人。而这位大概是他妹妹。而现在她肯定从监视下逃了出来。"尼孔·谢苗内奇放低了声音说，又意味深长地瞧了瞧瓦尔瓦拉·彼得罗芙娜一眼。

"您的意思我懂了；谢谢，尼孔·谢苗内奇。亲爱的，您是列比亚德金娜女士吗？"

"不；我不是列比亚德金娜①。"

"这么说，也许你哥哥叫列比亚德金吧？"

"我哥哥叫列比亚德金。"

"那，这样吧，亲爱的，我现在先把您带回家，再让人从我那里把您送回您自己的家；您愿意跟我走吗？"

"啊，我愿意！"列比亚德金娜女士伸出两手轻轻一拍，表示非常愿意。

"阿姨，是阿姨吗？也带我上您家去吧！"传来了丽扎韦塔·尼古拉耶芙

---

① 俄俗：出嫁后姓氏从夫。故有此说。

娜的声音。我要说明一下，丽扎韦塔·尼古拉耶芙娜是跟省长夫人一起来做日祷的，普拉斯科维娅·伊万诺芙娜则遵从医嘱这时坐车出去兜风了，为了解闷，把马夫里基·尼古拉耶维奇也带走了。丽莎突然撇下省长夫人，连蹦带跳地跑到瓦尔瓦拉·彼得罗芙娜跟前。

"亲爱的，你知道，我是永远欢迎你的，但是你母亲又会说什么呢？"瓦尔瓦拉·彼得罗芙娜威严地开口道，发现丽莎异常激动的神态后，又突然不好意思起来。

"阿姨，阿姨，我现在非跟您去不可。"丽莎亲吻着瓦尔瓦拉·彼得罗芙娜，央求道。

"您倒是怎么啦，丽莎！"省长夫人带着一种别具深意的惊讶说道。

"啊，对不起，亲爱的，亲爱的表姐，我要到阿姨家去。"丽莎急忙向她那不悦地表示惊奇的亲爱的表姐转过身去，吻了她两次。

"也请您告诉妈妈，让她立刻到阿姨家来接我；妈妈一定，一定想来看您，这是方才她自己说的，我忘记告诉您了，"丽莎像炒爆豆似的说道，"对不起，您别生气，尤丽娅……亲爱的表姐……阿姨，我准备好了！"

"阿姨，如果您不带我去，我就跟在您的马车后面跑，喊。"她紧贴在瓦尔瓦拉·彼得罗芙娜的耳朵上，急促而又无所顾忌地悄声道；还好，谁也没听见。瓦尔瓦拉·彼得罗芙娜甚至后退了一步，用她那锐利的目光看了看这个发了疯的姑娘。这目光决定了一切：她决定一定带丽莎回去！

"应当结束这情况了。"她脱口道。"好，我很高兴带你回去，丽莎，"她又立刻大声地加了一句，"当然，如果尤丽娅·米哈伊洛芙娜同意放你走的话。"她带着胸襟坦然而又直爽的尊严感，直截了当地向省长夫人说道。

"噢，无疑，我是不会让她失去这种愉快的，更何况我自己也……"尤丽娅·米哈伊洛芙娜突然非常客气地喃喃道，"我也知道得很清楚，在她那小肩膀上长着一颗多么富于幻想和多么独裁任性的小脑袋（尤丽娅·米哈伊洛芙娜妩媚地微微一笑）……"

"非常感谢。"瓦尔瓦拉·彼得罗芙娜客气而又威严地鞠了一躬以示感谢。

"我感到尤其高兴的是，"尤丽娅·米哈伊洛芙娜已经几乎是兴高采烈地继续叽里咕噜地说道，甚至由于愉快的激动满脸涨得通红，"丽莎除了到您家去感到高兴以外，现在还陶醉在一种非常美好的，也可以说是非常崇高的感情……同情心之中……（她瞅了一眼那个'不幸的女人'）……而且……在教堂门外的台阶上……"

"您能这样看问题令人对您肃然起敬。"瓦尔瓦拉·彼得罗芙娜对她大加赞扬。尤丽娅·米哈伊洛芙娜急忙把自己的手伸了出来，于是瓦尔瓦拉·彼得罗芙娜便十分乐意地伸出自己的几个手指碰了碰它。大家的普遍印象都非常好，某些在场的人甚至高兴得满脸放光，有些人还露出甜甜的、奉承的微笑。

总之，全城人蓦地清楚地发现，不是尤丽娅·米哈伊洛芙娜看不起瓦尔瓦拉·彼得罗芙娜，因此至今不去拜访她，恰恰相反，而是瓦尔瓦拉·彼得罗芙娜自己"与尤丽娅·米哈伊洛芙娜保持着一定距离，如果尤丽娅·米哈伊洛芙娜确有把握瓦尔瓦拉·彼得罗芙娜不会把她赶走，她恨不得迈开双腿赶快跑去拜访她"。瓦尔瓦拉·彼得罗芙娜的威望顿时提高到了非凡的程度。

"请上车，亲爱的，"瓦尔瓦拉·彼得罗芙娜向列比亚德金娜小姐指了指驶近的马车；那个"不幸的女人"快乐地跑到车门前，一名跟班把她扶上了车。

"怎么！您的腿瘸了！"瓦尔瓦拉·彼得罗芙娜十分惊惧地叫道，脸变得煞白。（当时所有的人都注意到了这点，但是不明白个中奥妙……）

马车驶走了。瓦尔瓦拉·彼得罗芙娜的府邸就坐落在离大教堂很近的地方。丽莎后来告诉我，在这三分钟的行程中，列比亚德金娜一直在歇斯底里地笑，瓦尔瓦拉·彼得罗芙娜则端坐一旁，诚如丽莎所说："仿佛处在一种催眠状态中。"

第五章　绝顶聪明的毒蛇

一

瓦尔瓦拉·彼得罗芙娜摇了摇铃，一屁股坐到靠窗的一张单人沙发上。

"您坐这儿，亲爱的。"她向玛丽娅·季莫费耶芙娜指了指房间中央靠着大圆桌的一个座位，"斯捷潘·特罗菲莫维奇，这是怎么回事？您瞧，您瞧，您瞧这女人，这是怎么回事？"

"我……我……"斯捷潘·特罗菲莫维奇嗫嚅道……

进来了一个用人。

"一杯咖啡，马上，单煮，越快越好！马车先别卸套。"

"但是，亲爱的挚友，您么激动不安啊……"斯捷潘·特罗菲莫维奇用有气无力的声音惊呼道。

"啊！讲法语，讲法语！一眼就看出来了，上流社会！"玛丽娅·季莫费耶芙娜拍了一下手，欣喜若狂地准备听他们用法语交谈。瓦尔瓦拉·彼得罗芙娜几乎惊恐地注视着她。

我们大家都相对无语，都在等候着收场。沙托夫始终不肯抬头，斯捷潘·特罗菲莫维奇则惊慌失措，好像一切都是他的错；他的两鬓已经冒出了汗珠。我看了一眼丽莎（她坐在角落里，几乎紧挨着沙托夫）。她的两眼锐利地扫来扫去，一会儿从瓦尔瓦拉·彼得罗芙娜扫到瘸腿女人身上，一会儿又从瘸腿女人身上扫回来；她嘴上挂着一丝微笑，但不怀好意。瓦尔瓦拉·彼得罗芙娜看见了这微笑。玛丽娅·季莫费耶芙娜完全看傻了：她喜形于色，而且一点儿也没有不好意思地打量着瓦尔瓦拉·彼得罗芙娜的华丽的客厅——家具、地毯、墙上的油画，古色古香的绘有彩画的天花板，墙角还挂着一个镂刻有耶稣受难像的大青铜十字架，一盏瓷制的吊灯，几本相册，以及桌上的各种小摆设。

"这么说，你也在这儿，沙图什卡！"她忽地叫道，"其实我早看见你了，可是我想：不会是他！他怎么会到这里来呢！"她又快乐地笑起来。

"您认识这女人？"瓦尔瓦拉·彼得罗芙娜立刻转过身来问他。

"认识，您哪。"沙托夫喃喃道。他想从椅子上站起来，但又依然坐着没动。

"您知道她什么呢？请快点告诉我！"

"说什么呢……"他不必要地发出一声冷笑，欲言又止……"您自己不看到了。"

"我看到什么了？好啦，您随便说点儿什么吧！"

"她跟我住同一公寓……跟哥哥住在一起……是一位军官。"

"是吗？"

沙托夫再次欲言又止。

"不值一提……"他含含糊糊地说道，接着便闭紧嘴唇，一言不发。甚至由于自己贸然下定这样的决心脸都涨红了。

"当然，指望您再说什么是不可能的了！"瓦尔瓦拉·彼得罗芙娜愤怒地打断道。她现在很清楚，所有的人都知道某件事，然而所有的人又都在害怕什么，对她提的问题竭力回避，想瞒着她，不让她知道某件事。

一名用人走了进来，用小小的银色托盘给她端来一杯她特意要的咖啡，但是她做了个手势，那用人立刻向玛丽娅·季莫费耶芙娜走去。

"亲爱的，您方才冻坏了，快喝下去暖和暖和。"

"谢谢。"玛丽娅·季莫费耶芙娜接过杯子，可突然扑哧一声笑了出来，因为她居然对用人说法语谢谢。但是遇到瓦尔瓦拉·彼得罗芙娜威严的目光后，她胆怯了，把杯子放到桌上。

"阿姨，您没有生气吧？"她以一种冒冒失失的随便态度含糊地说。

"什——么？"瓦尔瓦拉·彼得罗芙娜霍地在沙发上伸长了腰，"我是您的哪门子阿姨？您这话暗示什么？"

玛丽娅·季莫费耶芙娜没有料到她会发这么大火，浑身像抽风似的发起抖来，像疾病发作似的，猛地倒在沙发背上。

"我……我以为，应该这样的，"她睁大眼睛，看着瓦尔瓦拉·彼得罗芙娜嗫嚅道，"丽莎不也这么叫您吗。"

"又来什么丽莎啦？"

"就是这位小姐呀。"玛丽娅·季莫费耶芙娜伸出一根手指，指了指。

"那么说，她对您已经成了丽莎①啦？"

"您方才不是也这样叫她吗？"玛丽娅·季莫费耶芙娜稍许鼓起了点儿勇气，"我好像在梦中也曾见过这样的大美人。"她好像无意似的笑了笑。

瓦尔瓦拉·彼得罗芙娜想明白了，也就稍稍安心了；甚至对玛丽娅·季莫费耶芙娜说的最后一句话还微微一笑。那女人抓住了这微笑，从沙发上站起来，一瘸一拐地走到她跟前。

"请您收下，我忘记还您了，您别因为我的无礼而生气。"她突然把不久前瓦尔瓦拉·彼得罗芙娜围在她肩膀上的黑色披肩拿了下来。

"快把它重新围上，以后就永远留下，归您了。您先过去坐下，喝您的咖啡，请不要怕我，亲爱的，安下心来。我开始理解您了。"

"亲爱的朋友……"斯捷潘·特罗菲莫维奇又冒冒失失地开了口。

---

① 丽莎是丽扎韦塔的爱称。一个素昧平生的穷女人直呼小姐的爱称，略显放肆和冒昧。

"啊呀,斯捷潘·特罗菲莫维奇,您就别来添乱了,已经够晕头转向的了,您就行行好吧……请您摇一下身边那铃,让下房里来个侍女。"

接着是沉默。她的目光怀疑而又恼火地从我们所有人的脸上扫过。她心爱的侍女阿加莎来了。

"把我在日内瓦买的那块带格的头巾拿来。达里娅·帕夫洛芙娜在做什么?"

"她不大舒服,您哪。"

"去请她上这儿来一趟。就说我请她,尽管不舒服,也请她枉驾来一趟。"

就在这时候,从相邻的几个房间里又传来了跟方才类似的异乎寻常的脚步声和说话声;突然门口出现了气喘吁吁而又"心烦意乱"的普拉斯科维娅·伊万诺芙娜。马夫里基·尼古拉耶维奇挽着她的胳臂。

"啊呀,老天爷,总算走到了;丽莎,你这疯丫头,你要怎么摆布你母亲呀!"她尖叫道,就像所有身体虚弱,但却脾气暴躁的女人惯常的情况那样,这一叫也就把郁积于心的怒气统统发泄了出来。

"她阿姨,瓦尔瓦拉·彼得罗芙娜,我是到府上来接小女的!"

瓦尔瓦拉·彼得罗芙娜皱起眉头瞧了她一眼,半坐半起地欠了欠身子,差点掩饰不住心头的懊恼,说道:

"你好,普拉斯科维娅·伊万诺芙娜,劳驾,请坐。我早知道你会来的。"

二

对于普拉斯科维娅·伊万诺芙娜来说,受到这样的接待,并没有任何出乎意料的地方。瓦尔瓦拉·彼得罗芙娜从小就十分霸道地蔑视自己读寄宿学校时的同学,虽说表面上很要好,可是骨子里却看不起她。但是当前情况有点特别。最近几天来,这两家的关系有可能完全破裂,对此我已经在前面顺便提到过了。造成初露端倪的这一决裂的原因,对于瓦尔瓦拉·彼得罗芙娜来说暂时还是个谜,这样一来,就更气人了;但是最气人的是普拉斯科维娅·伊万诺芙娜已经在她面前摆出一副异乎寻常的傲慢架势。瓦尔瓦拉·彼得罗芙娜当然对此感到不快,与此同时,她又听到一些奇怪的谣言,主要是这些谣言含混不清,使她非常恼火。瓦尔瓦拉·彼得罗芙娜是个直筒子脾气,性格高傲而又坦率,如果冒昧地说,还有点莽撞。她最受不了的是那种偷偷摸摸、躲躲闪闪地背后说人坏话,她一向宁可刀对刀、枪对枪地公开厮杀,反正不管怎么说吧,这两位太太已经五天不见面了。最后一次是瓦尔瓦拉·彼得罗芙娜的回访,可是当她离开"德罗兹多夫家那女人"时,却惹了一肚子气,心里很不是滋味。我可以正确无误地说,普拉斯科维娅·伊万诺芙娜现在进来,一定天真地以为瓦尔瓦拉·彼得罗芙娜不知为什么见了她就应当胆怯;这从她的面部表情就看得出来。但是,再当瓦尔瓦拉·彼得罗芙娜稍有怀疑不知为什么有人认为她受了屈辱的时候,就会有一个最傲慢、最不可一世的魔鬼附在她身上。至于普拉斯科维娅·伊万诺芙娜,就像许多长期任人欺侮、不加反抗的弱者那样,一旦看到事情变得对自己有利,就会表现得非常激动,并伺机反扑。诚然,她现在健康欠佳,可是她一向在有病的时候脾气变得更坏。最后,我还要补充一点:这两位总角之交一旦爆发争吵,不会因为我们这些人坐在客厅里而有所顾忌;我们被认为是自己人,几乎是她们的下属。我当时就不无恐惧地想到了这个。自从瓦尔瓦拉·彼得罗芙娜一进来,斯捷潘·特罗菲莫维奇就一直站着,这时听到普拉斯科维娅·伊万诺芙娜一声尖叫,便筋疲力尽地跌坐到椅子上,并绝望地开始捕捉我的目光。沙托夫坐在椅子上猛地转过身来,甚至自言自语地不知嘀咕了一句什么。我以为他要站起来走开。丽莎微微欠起身子,但又立刻坐了下来,甚至对自己母亲那声尖叫都没有给予应有的注意,这倒不是因为她那"执拗的性格",而是因为她整个人显然处在另一种强大印象的控制下。现在她几乎心不在焉地望着空中的某个地方,甚至对玛丽娅·季莫费耶芙娜也不像过去那样注意了。

三

"啊呀,就坐这儿吧!"普拉斯科维娅·伊万诺芙娜指了指桌旁的一把圈椅,在马夫里基·尼古拉耶维奇的帮助下重重地坐了上去,"要不是这两条腿,她姨,我也不敢在您这儿坐下!"她用十分痛苦的声音又加了一句。

瓦尔瓦拉·彼得罗芙娜微微抬起头,带着一种痛苦的神态用右手手指按着右边的太阳穴,大概她感到右侧有剧烈的偏头痛(疼痛的抽搐)。

"你倒是怎么啦,普拉斯科维娅·伊万诺芙娜,你干吗不敢在我家就座呢?我一辈子享有你已故丈夫的真诚友谊,咱俩还是小女孩的时候就曾在寄宿学校里一起玩过洋娃娃。"

普拉斯科维娅·伊万诺芙娜摇了摇手。

"我早料到啦,只要您打算责备我,总是从寄宿学校讲起——这是您要的一个花招。依我看,这不过是您能说会道的一种表现。我最讨厌您这个寄宿学校了。"

"你这次来心情好像非常不好;你的腿又怎么啦?瞧,给你送咖啡来了,请赏光,喝点儿咖啡吧,别生气啦。"

"她姨,瓦尔瓦拉·彼得罗芙娜,您对我就像对个小姑娘似的。我不想喝咖啡,不喝!"

她没碴找碴地向给她端咖啡来的用人挥了一下手。(不过,其他人也都不想喝咖啡,除了我和马夫里基·尼古拉耶维奇以外。斯捷潘·特罗菲莫维奇接倒是接过来了，可是又把杯子放到桌上。玛丽娅·季莫费耶芙娜倒很想再喝一杯，她的手都伸出去了，但是她又改了主意，一本正经地说她不要，为此，她大概对自己感到很满意。)

瓦尔瓦拉·彼得罗芙娜苦笑了一下。

"我的朋友普拉斯科维娅·伊万诺芙娜，我说，你大概又想出了什么花花点子，所以才跑来找我的吧。你一辈子都在想入非非。刚才一提到寄宿学校你就发脾气；可是你记得吗，有一回你回到学校，硬要全班同学相信，骠骑兵沙布雷金向你求婚了，可是列菲布尔夫人[1]当场揭穿了你的谎言。其实你并没有撒谎，你不过是用想入非非聊以自娱罢了。好了，你说吧：你此来有何贵干？又想出了什么花花点子，又有什么事情让你不满意了？"

"而你在寄宿学校里爱上了一位教神学的牧师——既然直到现在您还这么爱记仇，那我就给您提个醒——哈哈哈！"

她尖酸刻薄地哈哈大笑，而且咳嗽不止。

"啊——啊，你还没有忘掉那牧师……"瓦尔瓦拉·彼得罗芙娜憎恨地瞅了她一眼。

她的脸色变得铁青。普拉斯科维娅·伊万诺芙娜突然摆出一副神气活现的样子。

"她姨，现在我没有心情说笑话，您干吗把小女当着全城人的面卷进您那桩丑事里去，这就是我到这里来的用意！"

"我的丑事？"瓦尔瓦拉·彼得罗芙娜威严地挺直了身子。

"妈妈，我也求您了，求您别太过分。"丽扎韦塔·尼古拉耶芙娜突然说道。

"你说什么？"她妈已经准备再次发出一声尖叫，但是猛抬头看到女儿怒

---

[1] 女子寄宿学校校长。

目而视，又霍地泄了气。

"妈咪，您怎么能说这是丑事呢？"丽莎顿时面红耳赤，"是我自己要来的，而且得到了尤丽娅·米哈伊洛芙娜的许可，因为我想了解一下这个不幸的女人的历史，以便能做点儿什么来帮助她。"

"'这个不幸的女人的历史'！"普拉斯科维娅·伊万诺芙娜一声狞笑，拉长了声音说道，"你居然乐意卷进这样的'是非'①中去？噢，她姨！您的专横跋扈我们已经受够了！"她发狂似的向瓦尔瓦拉·彼得罗芙娜转过身去，"听说，不知是真是假，全城人都让您折磨得够呛，看来，您称王称霸的日子也该到头啦！"

瓦尔瓦拉·彼得罗芙娜坐着，挺直了腰杆，就像一支即将从弓上射出的箭。约莫有十秒钟，她严厉地、一动不动地望着普拉斯科维娅·伊万诺芙娜。

"好了，普拉斯科维娅·伊万诺芙娜，你得感谢上帝，幸亏这里全是自己人，"她终于以一种预示着不祥的镇静说道，"你说了许多废话。"

"孩子她姨，我并不像有些人那样害怕世俗之见；只有您，看去很骄傲，一听到旁人说三道四就打哆嗦。至于说这里都是自己人，对您而言倒真比让外人听见了要好。"

"莫非这一周来你变聪明了？"

"这一周我倒没有变聪明，而是这一周大概暴露了真相。"

"这一周暴露了什么真相？我说普拉斯科维娅·伊万诺芙娜，你别惹我发火，我客客气气地请你立刻给我说清楚：暴露了什么真相，你这话是什么意思？"

"就是她，全部真相就坐在这里！"普拉斯科维娅·伊万诺芙娜突然伸手指了指玛丽娅·季莫费耶芙娜，带着一种已经不计后果、不顾死活的决心，只要现在能击中敌人的要害就行。玛丽娅·季莫费耶芙娜本来以一种愉快的

---

① 原文为 история，一词多义，既可作"历史""故事""经历"解，也可作"是非""纠纷"讲。

好奇心一直看着普拉斯科维娅·伊万诺芙娜，这时看见这位爱动怒的女客人用手指笔直地指向她，快乐地笑了，并且在沙发上愉快地扭动起来。

"主，耶稣基督啊，他们这些人是不是都发了疯呢！"瓦尔瓦拉·彼得罗芙娜面色变得煞白，往沙发背上一靠，惊呼道。

她的面色煞白，引起一阵慌乱。斯捷潘·特罗菲莫维奇第一个向她冲了过去；我也走到她跟前；甚至丽莎也从座位上站了起来，虽然仍旧站在自己坐的沙发旁没有动弹；最害怕的还是普拉斯科维娅·伊万诺芙娜自己：她发出一声惊呼，尽力欠起身来，几乎带着哭腔号叫道：

"她姨，瓦尔瓦拉·彼得罗芙娜，请您原谅我一时发狠和糊涂！你们哪怕来个人给她端杯水来呀！"

"别抽抽搭搭地哭啦，劳驾了，普拉斯科维娅·伊万诺芙娜，求你了，诸位，劳你们大驾，请你们先闪开，我不要水！"瓦尔瓦拉·彼得罗芙娜的嘴唇都已发白，但仍旧坚定地说道，虽然声音不大。

"她姨！"普拉斯科维娅·伊万诺芙娜稍微安心了一点儿，继续道，"我的朋友，瓦尔瓦拉·彼得罗芙娜，我虽然出言不逊，多有冒犯，但是最叫我恼火的还是那些匿名信，有这么一些卑鄙小人，老用匿名信来向我轮番轰炸；既然写的是关于您的事，那就该写信给您呀，而我，她姨，我有个黄花闺女呀！"

瓦尔瓦拉·彼得罗芙娜睁大了眼睛，默然望着她，惊讶地听着。就在这时候，墙角处的一扇旁门悄无声息地被人推开了，达里娅·帕夫洛芙娜走了进来。她稍稍停下了脚步，环顾了一下四周；我们的慌乱使她吃了一惊。想必她没有立刻看出玛丽娅·季莫费耶芙娜，因为谁也没有预先告诉她。斯捷潘·特罗菲莫维奇第一个发现了她，做了一个快速的动作，脸红了，接着不知道为什么大声宣告："达里娅·帕夫洛芙娜来了！"大家的眼睛就一下子转了过去，望着进来的达里娅·帕夫洛芙娜。

第一部

"怎么，难道这就是您的达里娅·帕夫洛芙娜！"玛丽娅·季莫费耶芙娜叫道，"啊，沙图什卡，你妹妹不像你！我哥哥怎么能把这么一位绝色的美女叫作女奴达什卡呢！"

这时候达里娅·帕夫洛芙娜已经走到了瓦尔瓦拉·彼得罗芙娜跟前；但是，她被玛丽娅·季莫费耶芙娜的惊呼吓了一跳，迅速转过身来，就这样一直站在自己的椅子面前，长久地、全神贯注地注视着这个疯女人。

"坐呀，达莎，"瓦尔瓦拉·彼得罗芙娜用一种令人望而生畏的平静的神态说道，"坐近点儿，就这样；你坐着也看得见这女人的。你认识她吗？"

"我从来没有见过她，"达莎低声答道，沉默少顷，立刻又加了一句："大概，这是那位列比亚德金先生的有病的妹妹吧。"

"我的宝贝，现在，我也是头一回看见您呀，虽然我早就好奇地希望同您认识了，因为我在您的一举一动中看到您很有教养。"玛丽娅·季莫费耶芙娜神往地叫道，"而我那奴才却在骂街，您这么有教养，又这么可爱，怎么会拿他的钱呢？这怎么可能呢？因为您可爱，很可爱，非常可爱，我才跟您说这样的体己话！"她伸出自己的手晃动着，兴高采烈地说道。

"你听明白她说什么了吗？"瓦尔瓦拉·彼得罗芙娜带着一种骄傲的尊严感问。

"我全明白，您哪……"

"听到她说什么钱了吗？"

"这大概指我还在瑞士的时候，应尼古拉·弗谢沃洛多维奇之请转交给她哥哥列比亚德金的那笔钱。"

接着是沉默。

"是尼古拉·弗谢沃洛多维奇亲自请您转交给他的吗？"

"他非常想把这钱（一共三百卢布）捎给列比亚德金先生。可是因为他不知道他的地址，只晓得他将到我们这座城市里来，所以他托我转交，如果列比亚德金先生果真要到这里来的话。"

"什么钱不钱的……弄丢了？这女人刚才说的究竟是怎么回事呀？"

"这我就不知道了，您哪；我也听别人说，列比亚德金先生曾公开谈到我，似乎我没有把所有的钱都交给他；但是我不懂他说这些话到底是什么意思。给了我三百卢布，我就捎给他三百卢布。"

达里娅·帕夫洛芙娜几乎已经完全平静下来了。总而言之，很难有什么事能使这个姑娘长久地感到吃惊，把她弄糊涂——不管她心里是什么感受。现在她从容不迫地对所有的问题一一做了回答，她对每一个问题都立刻做出回答，既正确又文静又不慌不忙，起先出现的突如其来的激动已经了无痕迹，她也没有流露出丝毫窘态足以说明她意识到她做错了什么。瓦尔瓦拉·彼得罗芙娜的目光在她说话的时候一直没有离开她。瓦尔瓦拉·彼得罗芙娜想了约莫一分钟。

"如果，"她终于态度坚决地说道，看来是对所有的旁观者说的，虽然她的眼睛只看着达莎一个人，"如果尼古拉·弗谢沃洛多维奇甚至都没有托我替他办事，而是请你，可见他这样做总有自己的理由。既然他对此保密，我并不认为我有权利刨根问底。但是，既然这事有你参加，我也就完全放心了。这是你首先应该知道的，达里娅。但是，我的朋友，你可知道，由于你不谙世事，即使你于心无愧，也会干出一些有失检点的事；干了这件冒失的事以后，你也就与某个坏蛋发生了扯不断的关系。这个坏蛋散布的谣言就证明你错了。但是我会把这个人的情况打听清楚的，既然我是你的保护人，我就会站出来替你打抱不平。而现在，这一切应该到此结束了。"

"如果他来找您，"玛丽娅·季莫费耶芙娜突然从自己坐的沙发里探出头来，接茬道，"最好让他到下房去。让他在那里坐在板箱上跟下人们玩他的牌去，我们就坐在这里喝咖啡。也可以给他送杯咖啡去，不过我非常瞧不起他。"

第一部

她说罢鄙夷不屑地摇了一下头。

"这事应该到此结束了,"瓦尔瓦拉·彼得罗芙娜仔细听完玛丽娅·季莫费耶芙娜的话后,又说了一遍刚才说的话,"斯捷潘·特罗菲莫维奇,请您摇一下铃。"

斯捷潘·特罗菲莫维奇摇了摇铃后,突然异常激动地探身向前。

"如果……如果我……"他像发烧似的喃喃道,满脸通红,时断时续,结结巴巴,"如果我也听到过这个极端恶劣的故事,或者不如说诽谤,那……我……义愤填膺……总之,这是一个极端堕落的人,有点像那个越狱逃跑的苦役犯……"

他说到这里打住了,没有把话说完;瓦尔瓦拉·彼得罗芙娜微微眯起眼睛,把他从头到脚打量了一遍。这时仪态庄重的阿列克谢·叶戈罗维奇走了进来。

"备车,"瓦尔瓦拉·彼得罗芙娜吩咐道,"阿列克谢·叶戈雷奇,你准备一下,送列比亚德金娜女士回家,她家究竟在哪,她自己会告诉你的。"

"列比亚德金先生已经在楼下等她半天了,您哪,他再三请求替他禀报一下,您哪。"

"真叫人受不了,瓦尔瓦拉·彼得罗芙娜,"一向不动声色、沉默寡言的马夫里基·尼古拉耶维奇这时突然不安地说道,"请恕我直言,这是一个不登大雅之堂的人,这……这……这是一个令人发指的人,瓦尔瓦拉·彼得罗芙娜。"

"以后再说。"瓦尔瓦拉·彼得罗芙娜对阿列克谢·叶戈雷奇道。他立刻退了下去。

"这是一个很不老实的人,我甚至认为他是一个越狱逃跑的苦役犯,或者诸如此类的人。"斯捷潘·特罗菲莫维奇又嘟嘟囔囔地说道,他又涨红了脸,又说到一半打住了。

"丽莎,咱们该走啦。"普拉斯科维娅·伊万诺芙娜在座位上欠起身子,不耐烦地宣布。她方才一害怕，自己骂自己犯浑，她现在似乎有点后悔了。当达里娅·帕夫洛芙娜说话的时候，她虽然在听，但却傲慢地噘起了嘴。但是最使我吃惊的是达里娅·帕夫洛芙娜进来之后丽扎韦塔·尼古拉耶芙娜的神态：她的眼睛已经毫不掩饰地闪耀出仇恨和蔑视的光。

"请稍候片刻，普拉斯科维娅·伊万诺芙娜，求你了，"瓦尔瓦拉·彼得罗芙娜阻止道，仍旧一如既往，态度异常镇静，"劳驾，请你先坐下，我想把一切都说出来，你的脚还疼。对，对，谢谢你。方才我一时按捺不住，对你说了几句不耐烦的话。敬请原谅；我犯了浑，先向你道歉，因为我凡事都爱讲个公道。当然，你也是因为一时按捺不住，提到了什么匿名信。任何匿名的诽谤都应该受到蔑视，至少因为它不敢署名。如果你另有高见，那我就不敢恭维了。不管怎么说，假如我换了是你，我是决不会伸手到兜里去摸那样的脏东西的，因为我不想弄脏自己的手。可是你却弄脏了自己的手。但是因为你自己已经开了头，那我不妨告诉你，我也在约莫五六天前收到了一封令人喷饭的匿名信。有个混蛋在匿名信中硬要我相信，说什么尼古拉·弗谢沃洛多维奇疯了，而我应当害怕某个瘸腿女人，我记得其中有句话是这么说的，似乎这个女人'将在我的命运中起到一种非同寻常的作用'。我终于想明白了，我知道尼古拉·弗谢沃洛多维奇有非常多的敌人，因此我立刻派人去找这里的一个人，他的一个秘密的敌人，一个报复心重和为人所不齿的人，我终于在同他的谈话中立刻弄清楚了这封匿名信的卑鄙来源。我可怜的普拉斯科维娅·伊万诺芙娜，如果你因为我被这些卑鄙的匿名信打扰，并且像你所说的那样'轮番轰炸'，那，当然，我要首先表示遗憾，因为我虽然无辜，却成了这事的罪魁祸首。这就是我要向你说明的全部情况。我遗憾地看到你已经很累了，现在又心烦意乱。再说，我已经决心非让这个可疑的人立刻进来不可，方才马夫里基·尼古拉耶维奇谈到他的时候说了一句并不十分恰当的话，似乎这样的人不能接待。尤其丽莎在这里很不合适。丽莎,我的朋友,到我这里来,让我再亲亲你。"

丽莎穿过房间,默默地站到瓦尔瓦拉·彼得罗芙娜面前。瓦尔瓦拉·彼得罗芙娜亲了亲她,然后抓住她的两只手,让她稍微离开自己一点儿,动情地看了看她,然后给她画了个十字,又一次亲了亲她。

"好了,再见了,丽莎(在瓦尔瓦拉·彼得罗芙娜的声音里几乎可以听出哭声),请相信,不管从现在起命运将会怎样捉弄你,我是决不会不爱你的……上帝保佑你。我永远感谢上帝的神圣指点……"

她本来还想加一句什么,但是克制住了自己,闭上了嘴。丽莎向自己的座位走去,一直默不作声,若有所思,但是她突然在母亲面前停了下来。

"妈咪,我还不想走,我还要在阿姨这里再待一会儿。"她低声说道,但是在这两句低低的话里却流露出铁一般的决心。

"我的上帝,这是怎么回事!"普拉斯科维娅·伊万诺芙娜举起手来无力地一拍,叫道。但是丽莎不予理睬,甚至好像没有听见;她又坐到原先的角落里,又开始望着空中的某个地方。

瓦尔瓦拉·彼得罗芙娜的脸上闪出一丝旗开得胜和自负的表情。

"马夫里基·尼古拉耶维奇,有一事相求,劳您大驾下去看看楼下那人,如果有可能让他上来的话,那就请您把他带到这里来。"

马夫里基·尼古拉耶维奇鞠了个躬就出去了。一分钟后,他领来了列比亚德金先生。

四

我好像多少谈过一点儿这位先生的外貌:高个子,鬈发,结实,年约四十，紫赭色的脸膛，略显浮肿，皮肉松弛，脑袋稍一摆动两个腮帮子也随之颤动，一对充满血丝的小眼睛，有时显得相当狡猾，留着唇髭，蓄着络腮胡子，喉结突出，肉乎乎的，样子相当讨厌。但是最让人吃惊的是，他现在居然穿上了燕尾服和干净的内衣。"有些人穿上干净的内衣反而显得不成体统，您哪。"有一回，斯捷潘·特罗菲莫维奇开玩笑地责备利普京不修边幅，利普京曾这样反唇相讥。大尉还戴着一副黑手套，其中右手的手套还没有戴上，拿在手里，而左手那只被紧紧地绷在他那肥大的左边的爪子上，只套上一半，连扣子都没扣上，这只爪子里还拿着一顶崭新的、光洁的，大概还是头一次使用的圆筒礼帽。由此可见，他昨天向沙托夫嚷嚷说他买了一件"凝聚了爱的燕尾服"，还真有其事。这一切，也就是燕尾服和内衣，后来我才知道，他听了利普京的劝告，为了达到某种神秘的目的才置备的。无疑，他此番前来（坐马车），也一定是受了旁人的怂恿，并得到了某人的帮助；即使在教堂大门前台阶上发生的那事立刻传到他的耳朵里，在区区三刻钟之内，既要想到这样做，又要穿戴好，又要做准备，又要当机立断，他一个人是无论如何来不及的。他没有喝醉，但是他那模样却像个多日来连续狂饮突然醒来的人那样头重脚轻、跌跌撞撞、云遮雾罩。似乎，只要有人抓住他的肩膀摇晃他三两下，他就会立刻重新醉倒。

他急急忙忙飞也似的跑进客厅，可是突然在房门口被地毯绊了一下。玛丽娅·季莫费耶芙娜笑得差点背过气去。他恶狠狠地看了看她，接着便突然快步向前走了几步，向瓦尔瓦拉·彼得罗芙娜走去。

"我来了，太太……"他像吹喇叭似的大声说道。

"劳你大驾，先生，"瓦尔瓦拉·彼得罗芙娜挺直了身子，"请在那边坐下，坐在那把椅子上。您在那儿说话我也听得见，而我在这儿看您可以看得更清楚些。"

第一部

大尉停住了脚步，目光迟钝地看着前面，但是话又说回来，他还是转过身子，坐到了紧靠房门让他坐的那个位置上。他的面部表情流露出一种严重缺乏自信，同时又厚颜无耻，以及爱动辄发怒的性格。他非常胆怯，这是看得出来的，但是他的自尊心又在作怪，因此可以猜得出来，由于他那受到刺激的自尊心，尽管他很心虚，可是遇到机会，他也可能豁出去，什么无耻的勾当都干得出来。他显然在担心他那笨拙的身体的一举一动。大家知道，所有这类先生由于某种奇怪的际遇出现在上流社会，他们最大的痛苦就是他们自己的两只手，每分钟都感到不自在，不知道把它们放哪儿好。大尉两手拿着自己的礼帽和手套，呆坐在椅子上，茫然地、目不转睛地一直盯着瓦尔瓦拉·彼得罗芙娜的脸。他也许很想仔细看看周围，但是暂时又不敢造次。玛丽娅·季莫费耶芙娜大概又发现他那样子非常可笑，因此又哈哈大笑起来，但是他依然端坐不动。瓦尔瓦拉·彼得罗芙娜残忍地让他处在这种手足无措的状态下，长达一分钟之久，同时无情地打量着他。

"首先，您能亲自告诉我您贵姓吗？"她不紧不慢而又富于表情地问道。

"列比亚德金大尉，"大尉像打雷似的大声道，"我来了，太太……"他又想动弹一下。

"对不起！"瓦尔瓦拉·彼得罗芙娜又阻止了他，"这位使我产生浓厚兴趣的可怜的女人果真是令妹吗？"

"是舍妹，太太，她是从监视下溜出来的，因为她有了……"

他突然口吃起来，脸涨得通红。

"请您别想歪了，太太，"他变得语无伦次，"我是她亲哥哥，决不会玷污她的名声……'有了'的意思并不是'有了'[①]……并不是有损她名誉的意

[①] 列比亚德金想强调妹妹有病，神经不正常，而不是怀孕。

思……最近……"

他突然说不下去了。

"尊敬的先生!"瓦尔瓦拉·彼得罗芙娜抬起头。

"我是说她这儿有毛病!"他突然总结道,用手指了指自己的脑门中间。接着沉默了片刻。

"她很早就有这毛病吗?"瓦尔瓦拉·彼得罗芙娜稍许拉长了声音问。

"太太,我是来感谢您在教堂大门前的台阶上所表现出来的慷慨大方,这是俄国式的兄弟情谊……"

"兄弟情谊?"

"我说错了,不是兄弟情谊,我的意思仅仅是说,我是舍妹的兄长,太太,请相信我,太太,"他的脸又涨得通红,开始越说越快,"我并不像我在您客厅里乍一看去那样缺乏教养。太太,与我们在这里看到的豪华气派相比,我和舍妹就太微不足道了。再说还有人在背后说我们坏话。但是有关名誉的事,列比亚德金是硬骨头,太太,而且……而且……我是来表示感谢的……瞧,钱,太太!"

他立刻从口袋里掏出一只皮夹子,从中抽出一沓钞票,用发抖的手指开始急躁地、发狂般数起来。看得出来他急于想说明什么,而且这样做很有必要;但是他大概自己也感觉到这样数钞票只会使他的样子显得更蠢,因而使他失去了最后一点儿自制力:钱怎么也数不清,手指都乱了,除此以外,更丢脸的是,一张绿票子①从皮夹子里滑了出来,飘飘荡荡地飞到了地毯上。

"二十卢布,太太,"他两手拿着那沓钞票跳了起来,由于数不清钱弄得满脸大汗;他看见那张落在地上的钞票,想弯下身去把它拾起来,但是不知

---

① 指三卢布的钞票。

第一部

为什么又不好意思地挥了挥手。

"给您的用人吧,太太,谁捡到归谁;让他记得列比亚德金娜!"

"这我无论如何不许。"瓦尔瓦拉·彼得罗芙娜带着某种恐惧地急忙说。

"既然这样……"

他弯下腰,拾了起来,脸涨得通红,蓦地,他又走到瓦尔瓦拉·彼得罗芙娜跟前,把那一沓数过的钞票递给她。

"这干什么?"她终于完全惊呆了,甚至坐在沙发上往后缩。马夫里基·尼古拉耶维奇、我和斯捷潘·特罗菲莫维奇每人都跨前一步。

"您放心,您放心,我不是疯子,真的不是疯子!"大尉激动地向站在四周的人保证。

"不,先生,您疯了。"

"太太,您想的全不是那么回事!我这人当然很渺小……噢,太太,您府上富丽堂皇,可是舍妹玛丽娅·涅伊兹韦斯特纳娅[①]的蜗居却十分贫寒。舍妹的娘家姓是列比亚德金娜,但是我只能管她叫玛丽娅·涅伊兹韦斯特纳娅,暂时,太太,只能是暂时,因为一直这样叫下去上帝也不允许!太太,您给了她十卢布,她也收下了,但是她收下是因为是您给的,太太!听见了吗,太太!这个无名氏玛丽娅是不会拿世界上任何人的钱的,要不然,她那在高加索慷慨捐躯,死在叶尔莫洛夫[②]眼前的身居校官的祖父,躺在棺材里也会死不瞑目的,但是,如果是您给的,太太,您给的一切,她都会拿的。不过,她一只手拿,另一只手就会给您递上二十卢布,作为捐给京城一家慈善机构(太太,您是该委员会的委员)的捐款……因为,太太,您自己曾经

---

① "涅伊兹韦斯特纳娅"在俄文中意为"无名氏"。俄国姑娘嫁人后应随夫姓,但现在丈夫不知是谁或者不便说是谁,因此只能暂时叫无名氏。

② 叶尔莫洛夫(1777—1861),俄国将军,1812年卫国战争英雄、统帅与外交家,驻高加索俄军总司令(1816—1827),晚年在沙皇身边居高职。

在《莫斯科新闻》上刊登启事，说您有一本此地的、供本城人使用的该慈善机构的捐款簿，而且任何人都可以在这本捐款簿上认捐……"

大尉说到这里突然说不下去了；他好像干了一件艰难的丰功伟绩后呼吸沉重。这一切关于慈善机构的话大概早就准备好了，说不定也是在利普京的校勘下最后定稿的。他出汗出得更厉害了，两边太阳穴上简直大汗淋漓。瓦尔瓦拉·彼得罗芙娜目光锐利地注视着他。

"这本捐款簿，"她严厉地说道，"一向都放在楼下我家的门房那里，您若愿意，可以到那里去认捐。因此我请您现在先把您的钱收起来，不要在空中舞来舞去。这就对啦。我还请您坐到您原来的位置上去。这就对啦。先生，还有一点我感到很遗憾，我把令妹看错了，给了她点儿钱，以为她穷，其实她很有钱。只是有一点我不明白，为什么她只肯拿我一个人的钱，而其他人的钱就无论如何不肯拿呢。因为您坚持这样说，所以我想听到您对此做出完全准确的解释。"

"太太，这是秘密，这秘密只能带到棺材里去，与棺材一起埋葬！"大尉回答。

"为什么呢？"瓦尔瓦拉·彼得罗芙娜这次问话的口气就显得有点不那么硬气了。

"太太，太太……"

他脸色阴沉地闭上了嘴，眼睛看着地面，把右手贴近心口。瓦尔瓦拉·彼得罗芙娜目不转睛地盯着他，在等他回答。

"太太！"他忽地吼起来，"能不能允许我向您提个问题，就一个问题，而且开门见山，直截了当，按咱们俄国人的方式，提一个发自肺腑的问题？"

"请。"

"太太，您在生活中吃过苦吗？"

第一部

"您无非想说您吃过什么人的苦或者现在还在吃苦。"

"太太,太太!"他又忽地跳起来,大概他自己也没有注意这点,而且捶打自己的胸脯,"这里,在这颗心里积聚了如此多,如此多的东西,倘若在末日审判时暴露出来,恐怕连上帝都会感到惊奇!"

"嗯,说得有分量。"

"太太,我说的是气话也说不定……"

"您放心,我自己知道什么时候应该不让您讲下去。"

"我能不能再向您提个问题呢,太太?"

"有问题您就提吧。"

"一个人能不能仅仅因为心灵高尚而死?"

"不知道,我从来没有向自己提过这样的问题。"

"您不知道! 您从来没有向自己提过这样的问题!!"他带着一种悲怆的讽刺叫道,"那,既然如此,既然如此——

  沉默吧,无望的心灵!"①

接着他便发狂般捶了一下自己的胸膛。

他又开始在室内踱来踱去。这些人的特征就是完全控制不住自己心中的愿望;相反,只要一出现这种愿望,就有一种遏制不住的冲动要把它们立刻暴露出来,甚至带着其中的全部肮脏。这类先生刚一踏进陌生的社会圈子,起先总是很胆怯,但是只要对他有一丝一毫让步,他就会立刻趾高气扬地放肆起来。大尉已经头脑发热,踱来踱去,挥舞着双手,人家问他什么,他也

---

① 出自库科利尼科(1809—1868)的诗《怀疑》:"平息吧,起伏的激情! 入睡吧,无望的心灵!……"此处引用不确切。

不理不睬，只管说他自己的，而且越说越快，以致有时候他的舌头在嘴里乱转，一句话没说完，另一句话就蹦了出来。诚然，他现在不见得完全清醒；丽扎韦塔·尼古拉耶芙娜也坐在这里，他一次也没抬起头来看她，但是她的在座似乎使他觉得天旋地转，头都晕了。然而，这不过是我的揣测。瓦尔瓦拉·彼得罗芙娜克制住心头的厌恶，决定听这样的人把话说下去，可见，总是有原因的。普拉斯科维娅·伊万诺芙娜吓得直发抖，诚然，她似乎并不完全明白究竟是怎么回事。斯捷潘·特罗菲莫维奇也在发抖，但是原因相反，他一向有一种倾向，总爱把事情想过头。马夫里基·尼古拉耶维奇则以一种大家的保护人的姿态站在那里。丽莎的面色略显苍白，她睁大了两眼，一直目不转睛地看着这个说话和行事粗野的大尉。沙托夫坐在那里，仍旧保持着原来的姿势；但是最令人奇怪的是玛丽娅·季莫费耶芙娜不仅停止了笑，而且变得非常忧郁。她用右手的胳膊肘支在桌子上，用忧郁的眼神一直注视着她那拿腔拿调似乎在发表演说的哥哥。我觉得只有达里娅·帕夫洛芙娜一个人似乎保持着镇静。

"这都是荒谬绝伦的令人费解的话，"瓦尔瓦拉·彼得罗芙娜终于发火了，"您还没有回答我'为什么'这个问题呢？我坚持要您做出回答。"

"我没有回答'为什么'？您在等我回答'为什么'？"大尉挤眉弄眼地重复道，"太太，从创造世界的头一天起，这个小小的问题'为什么'就充塞全宇宙，整个自然界每分钟都在向自己的创造者呼喊：'为什么？'瞧，已经七千年过去了，始终没有得到回答。难道要我列比亚德金大尉一个人来回答这个问题吗？这样做公道吗，太太？"

"这全是废话，而且答非所问！"瓦尔瓦拉·彼得罗芙娜发怒了，失去了耐心，"这都是些令人费解的话；此外，您说的话也太花里胡哨了，尊敬的先生，我认为这是放肆。"

第一部

"太太,"大尉置若罔闻,"也许我本来是想叫埃内斯特的,可是却不得不取了一个粗俗的名字伊格纳特——您看,为什么要这样呢? 我本来是想叫德·蒙巴尔①公爵的,可是我却不过是列比亚德金,由天鹅②一词变来,为什么会这样呢? 我是诗人,太太,骨子里是个诗人,我本来可以从出版商那里拿到一千卢布,可是却不得不住在一个大木盆似的斗室里,为什么? 这又是为什么呢? 太太!我看呀,俄国不过是造化的作弄,无他!"

"您就不能丁是丁卯是卯地说句人话吗?"

"我可以给您朗诵一出短剧《蟑螂》,太太!"

"什——么——?"

"太太,我还没有神经错乱! 我会神经错乱,肯定会神经错乱,但是现在我还没有神经错乱! 太太,我有一位朋友,一位非常高——尚的人物,他写了一篇克雷洛夫式寓言,名字叫《蟑螂》——我能把它念给您听吗?"

"您想朗诵克雷洛夫的某一篇寓言?"

"不,我不是想朗诵克雷洛夫的寓言,而是想朗诵我的寓言,我自己的寓言,我的作品! 您相信,太太,请予海涵,我还不至于不学无术到这样的程度,居然会不明白我们俄国有一位伟大的寓言作家克雷洛夫,我国的教育大臣曾在夏园为儿童游乐场给他建造了一座纪念像。③ 太太,你刚才问我:'为什么?'答案就在这篇寓言的末尾,它是用热情似火的字句排印出来的!"

"您把您的寓言念出来听听。"

---

① 德·蒙巴尔(1645—1707?)原是著名的海盗,临死前成了一些戏剧和小说的主人公。
② "列比亚德金"这个姓与"天鹅"是同根词。
③ 在彼得堡夏园的克雷洛夫铜像建于1855年,坐落在该园的儿童游乐场。经费是从1845年开始在全国募集的。募捐启事曾登载在当时俄国的各大报刊上,该启事由彼得堡科学院院长乌瓦罗(1786—1855)签署,他曾任俄国教育大臣(1833—1849)。

第一部

> 有只蟑螂活在世界上，
>
> 它从小就是只蟑螂，
>
> 后来掉进了玻璃杯，
>
> 里面全是互相吞噬的苍蝇……

"主啊，这是什么呀？"瓦尔瓦拉·彼得罗芙娜叫道。

"这是说夏天，"大尉急忙说道，拼命挥动着手，倒像一个作者被人妨碍朗读自己的作品气得不耐烦似的，"这是说夏天，玻璃杯里落满了苍蝇，于是就发生了苍蝇吃苍蝇的事，随便哪个傻瓜都明白这道理，别打岔，别打岔，你们会看到的，肯定会看到的……（他一直在挥舞双手。）

> 蟑螂找了个位置，
>
> 苍蝇大发牢骚，
>
> 它们向朱庇特呼叫：
>
> "我们这杯子太挤啦。"
>
> 正当他们大呼小叫，
>
> 一位德高望重的老者，
>
> 尼基福尔驾到……[①]

这首诗我还没写完，不过无所谓，只是文字上没有写完而已！"大尉像炒爆豆子般说道，"尼基福尔拿起了玻璃杯，不管它们怎样大呼小叫，就把这

[①] 列比亚德金的这首荒诞诗，系作者讽刺地模拟当时在俄国报刊上流行的在诗歌中将传统的公民主题庸俗化的倾向。

第一部

整出闹剧，苍蝇和蟑螂，泼到木盆里，其实早就应当这样。但是，请注意，请您注意，太太，蟑螂没有抱怨！这就是对您提出'为什么？'的回答，"他欢呼道，"'蟑——螂没有抱怨！'至于尼基福尔，他代表造化。"他像说绕口令似的又加了一句，然后便自鸣得意地在屋里踱起了方步。

瓦尔瓦拉·彼得罗芙娜听后非常生气。

"请问，有一笔好像是尼古拉·弗谢沃洛多维奇给您的钱，似乎交给您的钱数不够，这到底是什么钱？您怎么敢以此来指责属于我家的一个人呢？"

"诽谤！"列比亚德金像演悲剧似的举起右手，吼道。

"不，不是诽谤。"

"太太，有些情况常常迫使人们忍辱含垢，置家属羞耻于不顾，也绝不肯大声宣布事实真相。太太，列比亚德金是绝不会随便乱说的！"

他好像目眩神迷；他好像得意非凡；他感到自己很了不起；大概他想到了什么。他想要气气大家，想方设法恶心恶心大家，显示一下自己的威力。

"斯捷潘·特罗菲莫维奇，请您摇一下铃。"瓦尔瓦拉·彼得罗芙娜请求道。

"列比亚德金是工于心计的，太太！"他挤眉弄眼，令人恶心地微微一笑，"他工于心计，但也有个致命伤，他也有情不自禁的时候！这情不自禁，首先是杰尼斯·达维多夫[①]讴歌过的老一辈的、战斗的、骠骑兵的酒瓶。也正是在这种情不自禁的时候，太太，常会发生这样的事，他会发出一封绝妙的诗体书信，但是这封绝妙的信他后来又情愿以自己毕生的眼泪把它赎回，因为美感遭到了破坏。但是小鸟已经飞了出去，你已经抓不住它的尾巴把它捉回

---

① 杰尼斯·达维多夫（1784—1839），俄国1812年卫国战争英雄，与拿破仑进行游击战的发起人之一；诗人和军人作家。陀思妥耶夫斯基称他为"诗人和文学家，最正派的俄国人"。他写的抒情诗被称为骠骑兵抒情诗。

来了！也正是在这情不自禁中，太太，列比亚德金那颗义愤填膺的心充满了高尚的愤怒，他也可能谈到一位名媛淑女，因而被他的诽谤者所利用。但是列比亚德金是工于心计的，太太！一头心怀恶意的狼坐在他身旁，无时无刻不在给他的杯里斟酒，等着看他的笑话：看列比亚德金会不会说漏嘴，但这是枉费心机，一瓶酒喝完了，它并没有得到它想要的东西，每次看到的都只是列比亚德金的巧于应付！但是够了，噢，够了！太太，您的美轮美奂的府第到头来也可能会归到一位最高贵的人名下，但是蟑螂绝不抱怨！请注意，您终将看到它绝不会抱怨，您终将认识到它的伟大精神！"

就在这时候，从楼下门房里传来了铃声，阿列克谢·叶戈雷奇几乎对斯捷潘·特罗菲莫维奇的铃声只是稍许耽搁了一下，便立刻应声上楼。仪态庄重的老用人正处在异常激动的状态中。

"尼古拉·弗谢沃洛多维奇少爷将立刻前来，他正向这里走来，您哪。"他这样回应瓦尔瓦拉·彼得罗芙娜疑问的目光。

我现在特别清楚地记得她在那一瞬间的表情：她先是脸色发白，但是忽地她的眼睛又开始发光。她在沙发里挺直了身子，似乎横下心来，下定了决心。大家也吃了一惊。大家本来都以为尼古拉·弗谢沃洛多维奇至少还得过一个月才能回来，现在他却完全出人意料地回来了，大家觉得很奇怪，奇怪的倒还不仅是这件事的出人意料，而是偏偏与当前这一时刻要命地巧合。甚至大尉也张大了嘴，傻不棱登地望着房门，像木头似的呆呆地站在房间中央，停住了脚步。

就在这时候，从毗邻的花厅（一间又长又大的房间）里传来了迅速的、越来越近的脚步声，这脚步声很细碎，但声音却异常急促；什么人仿佛一路快跑，突然飞也似的闯进了客厅——这人根本不是尼古拉·弗谢沃洛多维奇，而是一个谁也不认识的、完全陌生的年轻人。

五

我冒昧地稍停片刻，哪怕匆匆地用寥寥数笔勾画一下这个突然出现的人物。

这是一个二十七岁或者年龄在这上下的年轻人，比中等个儿略高，留着一头相当长的、稀稀落落的浅色头发，蓄着乱蓬蓬的、依稀可辨的唇髭和络腮胡子。穿得很整洁，甚至很时髦，但并不讲究；乍一看，这人似乎有点驼背和笨拙，但是话又说回来，他一点儿也不驼背，甚至还很潇洒。似乎像个怪人，但是后来我们大家发现他的举止和风度非常得体，谈话也总是有板有眼，很对路。

谁也不能说他长得丑，但是任何人看到他的脸又都不喜欢。他的脑袋越往后越长，仿佛从两侧给压扁了似的，因此他显得尖嘴猴腮。他的脑门高而窄，但是面容猥琐；目光锐利，鼻子小而尖，嘴唇长而薄。面带病容，但是这不过看上去好像是这样。他的脸庞和靠近颧骨的地方有一道干枯的皱纹，这就使他显得大病初愈似的。其实他很健康，很强壮，甚至从来就没有生过病。

他走路和其他动作都是急匆匆的，但是他并没有什么急事要办。似乎，任何事情都没法使他心慌意乱；无论在什么情况下，也无论在什么场合，他都能安之若素。他非常自满，但是他丝毫也没有在自己身上发现这毛病。

他说话很快，老是急匆匆的，但与此同时又十分自信，出口成章，从不需要寻词觅句，搜索枯肠。尽管他总是一副急匆匆的模样，但是他的思想却很平稳，很清晰，说一不二，而且这点特别突出。他的口音惊人地清楚；说起话来滔滔不绝，就像又大又圆的米粒滚滚而下，这些话仿佛早就挑选好了，随时准备为您效劳似的。起先您似乎很喜欢他的谈吐，但是后来您就会觉得讨厌，正是因为他说话的口音太清楚了，还有他那永远好像准备好了似的珠子般圆润的辞藻，不知怎的，您会开始觉得，他嘴里的舌头想必形状特殊，一定特别长、特别薄，非常红，而且还有一个能下意识地不停转动的非常尖的舌尖。

就是这么个年轻人现在飞也似的走进了客厅，说真的，我至今仍然觉得，还在毗邻的花厅里他就开始说话了，就这样一边说话一边走了进来，霎时间他就出现在瓦尔瓦拉·彼得罗芙娜面前。

"……您想想，瓦尔瓦拉·彼得罗芙娜，"他的话就像珠子散落下来似的，"我在这里已经待了差不多一刻钟了；进来的时候就在想，我肯定能在这里碰到他，他一个半小时前就已经来了；我们先在基里洛夫家碰了头；半小时前他就动身直接到这里来，让我再过一刻钟也来这儿……"

"您说谁呀？是谁让您到这儿来呀？"瓦尔瓦拉·彼得罗芙娜追问道。

"不就是尼古拉·弗谢沃洛多维奇吗！难道您当真直到此时此刻才知道这事？但是他的行李起码应该早就到了呀，难道他们没告诉您？这么说，还是我头一个通知您的。也可以让人到什么地方去找他一下，不过他本人大概马上就会来的，看来，他还来得正是时候，正好符合他的某种期待，起码照我看来，也正好符合他的某种打算。"这时他用眼睛瞥了一下房间，尤其注意地把目光停在了大尉身上。"啊，丽扎韦塔·尼古拉耶芙娜，我真高兴能一进来就遇见您，非常高兴能握一下您的手，"他飞快地跑到她跟前，以便抓住愉快地嫣然一笑的丽莎向他伸出的手，"而且，依我看，深受尊敬的普拉斯科维娅·伊万诺芙娜似乎也没有忘了您家的那位'教授'，甚至也没有生他的气，而在瑞士的时候您是常常生气的。不过话又说回来，在这里，您的腿病怎样啦，普拉斯科维娅·伊万诺芙娜，在瑞士会诊的时候曾让您选用祖国的气候进行治疗，这话有道理吗？……怎么样，您哪？用洗液？这想必很有效。

第一部

"但是我感到非常遗憾,瓦尔瓦拉·彼得罗芙娜(他又很快转过身去),我没有赶上在国外遇见您,并亲自向您致敬,此外我还有许多话要告诉您……我曾经告知这里的我那老爸,但是他按照他的老习惯,似乎……"

"彼得鲁沙!"斯捷潘·特罗菲莫维奇叫了起来,顿时从呆若木鸡的状态中清醒过来;他举起两手一拍,便向儿子扑了过去。"彼埃尔①,我的孩子,我都认不出你来了!"他把他紧紧地搂在怀里,眼泪夺眶而出。

"好了,别出洋相了,别装模作样了,好了,行了行了,求你了。"彼得鲁沙急促地嘟囔道,竭力想从他的怀里挣脱出来。

"我永远,永远对你有愧!"

"行了行了;这个咱们以后再谈。我就知道你会出洋相的。好啦,你就稍微清醒点儿吧,求你啦。"

"但是,要知道,我十年没见你啦!"

"那就更不必自作多情啦……"

"我的孩子!"

"好啦,我相信,我相信你爱我,撒手呀。要知道,你在妨碍别人……啊,尼古拉·弗谢沃洛多维奇来了,我求你了,别出洋相了,好不好!"

尼古拉·弗谢沃洛多维奇果然已经在房间里了;他脚步很轻地走了进来,在房门口停住了脚步,站了片刻,用不慌不忙的目光瞥了一眼在座的各位。

就像四年前我头一次看见他时一样,现在我乍一看见他就感到很吃惊。我丝毫也没有忘记他;但是就有这样一副相貌,每出现一次,总会带来某种似乎新的、你过去还没有发现的东西,哪怕您过去见过一百次。表面看去,他跟四年前一模一样:同样优雅,同样傲气,他进来时也跟上回一样显得像

---

① 即彼得。

煞有介事，甚至于几乎还同样年轻。他那淡淡的笑容仍像过去一样俨乎其然而又和蔼可亲，仍像过去一样自负而又扬扬自得；他的目光也同样严峻、若有所思和似乎心不在焉。总之，就像我们昨天刚刚分手时一样。但是有一点使我感到十分惊讶：过去大家也认为他是美男子，但是他的脸看去还真像副"面具"，就像敝城社交界某些爱损人的女士曾经说过的那样。可是现在——正是现在，我也不知道为什么，我乍一看就觉得他是个不折不扣、无可争议的美男子，因此无论如何也不能说他的脸像一副面具。莫非因为他的脸与过去相比略显苍白，似乎瘦了点儿？或者，也许因为在他的目光中现在正闪现出某种新思想的光芒？

"尼古拉·弗谢沃洛多维奇！"瓦尔瓦拉·彼得罗芙娜叫了起来，整个人挺得笔直，但又没有离开沙发，她用命令的手势让他停下，"你先站住，别动！"

为了说明紧接着这个手势和这声喊叫之后提出的那个可怕的问题（甚至我都没有料到这样可怕的问题会由瓦尔瓦拉·彼得罗芙娜本人提出来），我就要请读者回顾一下瓦尔瓦拉·彼得罗芙娜在她整个一生中到底是怎样的性格，以及像她这样的性格在某种非常的时刻所具有的非同一般的冲动。再请大家想一想，尽管她内心非常坚强，办事也很有理性和实事求是，甚至可以说很有分寸，但是在她的一生中毕竟也不乏这样的时刻，她不得不全力以赴，如果可以这样说的话，甚至横下一条心，孤注一掷。最后，我还要提请大家注意，当前这一刻对于她来说也许至关重要，她一生的整个关键，即她的整个过去，整个现在，也许还有整个将来的关键就像集中在一个焦点似的，都集中在这一刻了。我还要顺便提醒诸位注意她收到的那封匿名信，关于这封匿名信她方才曾那么愤怒地向普拉斯科维娅·伊万诺芙娜提到过，可是她对于这封信的内容却讳莫如深；其中也许包含有她突然向儿子提出这一可怕问题的谜底。

"尼古拉·弗谢沃洛多维奇，"她又喊了声她儿子的名字，吐字清晰，声音坚定,其中流露出威严的挑战,"请您站在原地别动,并立刻告诉我:此话是否当真,这个不幸的女人,这个瘸腿的女人——就是她,就坐那儿,你看着她!有人说她……是您的合法妻子——此话当真?"

这一瞬间我记得太清楚了;他甚至连眼睛都没有眨一下,定睛注视着母亲;他的脸上没有紧接着发生一丝一毫的变化。他终于慢慢地绽出一丝宽容的微笑,接着他一句话也没有回答,就缓慢地走到妈妈跟前,拿起她的一只手,毕恭毕敬地贴到唇上,吻了吻。他对母亲的影响永远不可抗拒,永远如此强大,以致现在她都不敢把她的手抽回。她只是看着他,浑身上下都充满疑问,她的整个神态都似乎在说,只要再过一刹那,她就再也受不了这种闷在鼓里的局面了。

但是他继续一声不吭。他吻完手后又扫视了一遍整个房间,仍然跟刚才一样不慌不忙地径直向玛丽娅·季莫费耶芙娜走去。很难描写人们在某些瞬间的脸。比如,我记得,玛丽娅·季莫费耶芙娜居然恐惧得整个人都呆住了,她站起身来迎接他,合十当胸,仿佛恳求他似的;与此同时我又回想起她眼神中狂喜的表情,那种发狂般的狂喜几乎使她的脸都变形了——这是一种人们很难经受的狂喜。也许二者兼而有之,既有恐惧又有狂喜;但是我记得,我迅速向她靠近了一点儿(我几乎就站在她身旁),我觉得她马上就要晕倒了。

"您不应该到这里来。"尼古拉·弗谢沃洛多维奇用亲切而又悦耳的声音说道,他的眼睛里闪出非凡的温柔。他毕恭毕敬地站在她面前,他的每一个动作都流露出最真挚的敬意。这个可怜的女人用急促的低语气喘吁吁地、吐字不清地对他说道:

"我可以……现在……向您下跪吗?"

"不,这无论如何不行。"他向她莞尔一笑,她也突然快乐地笑了。接着他又用刚才那种悦耳的声音温柔地劝她,跟哄孩子似的,俨然补充道:

"您想想，您是个姑娘，而我虽然是您最忠实的朋友，但是对您毕竟是外人，既不是丈夫，也不是父亲，也不是未婚夫。来，把您的手给我，咱们走吧；我送您上马车，如果您允许的话，我就亲自送您回家。"

她听罢便若有所思地低下了头。

"咱们走吧。"她说，叹了口气，把手伸给了他。

但这时她发生了一个小小的不幸。想必她不知怎么不留神转动了一下身体，用她那条有病的短腿着力，想站起来——总之，她侧身整个倒在了沙发上，要是没有这沙发，她非摔到地上不可。他立刻托住她的身体，把她扶了起来，然后紧紧地挽住她的胳臂，满怀同情、小心谨慎地把她搀到房门口。她大概为自己的跌倒感到难过，感到很窘，涨红了脸，非常不好意思。她一声不响地望着地面，开始瘸得很厉害地、一瘸一拐地跟着他，几乎挂在他的胳膊上，一步一步走去。他俩就这样走了。我看到，丽莎不知为什么突然从沙发上跳起来，当他俩走出去的时候，两眼始终一动不动地紧盯着他俩，目送他们一直走到门口。然后她又默默地坐了下来，但是她脸上却出现了一阵痉挛，仿佛她的手碰到了什么两栖类动物似的。

当尼古拉·弗谢沃洛多维奇与玛丽娅·季莫费耶芙娜之间演出这一场你怜我爱的故事的时候，大家都惊讶得默不作声；连苍蝇飞过去的声音都听得见；但是当他俩刚一走出房间，大家就蓦地议论开了。

六

不过，大家说的话倒不多，多半是长吁短叹。现在我有点忘记当时这一切前前后后是怎么发生的了，因为出现了一片混乱。斯捷潘·特罗菲莫维奇用法语惊呼了一句什么，举起两手一拍，但是瓦尔瓦拉·彼得罗芙娜顾不上

Ф. Достоевский

БЕСЫ

理他。甚至马夫里基·尼古拉耶维奇也断断续续、急促地嘀咕了一句什么。最激动的还是彼得·斯捷潘诺维奇·韦尔霍文斯基；他有什么事在指手画脚地拼命说服瓦尔瓦拉·彼得罗芙娜，但是我听了很久也没有听懂。他又转身跟普拉斯科维娅·伊万诺芙娜和丽扎韦塔·尼古拉耶芙娜说话，甚至在气头上还捎带向父亲嚷嚷了一句什么，总之，他在屋里忙得团团转。瓦尔瓦拉·彼得罗芙娜满脸通红，从座位上差点跳起来，向普拉斯科维娅·伊万诺芙娜嚷道："你听见啦，听见他刚才对她说什么啦？"但是普拉斯科维娅·伊万诺芙娜什么话也回答不出来，只是嘟嘟囔囔地说了什么，挥了一下手。这个可怜的女人有她自己的心事：她不时转过头去看丽莎，带着不由自主的恐惧望着她，如果女儿不起身，她根本不敢站起来离开这里。就在这时候，我发现大尉大概想溜。自从尼古拉·弗谢沃洛多维奇出现的那一刹那起，他就处在一种强烈的、无可置疑的恐惧中；但是彼得·斯捷潘诺维奇·韦尔霍文斯基却抓住他的胳膊，不让他走。

"这是必须的，这是必须的。"他像开机关枪似的对瓦尔瓦拉·彼得罗芙娜说，仍旧想说服她。他站在她面前，而她又坐到沙发上，我记得她急切地在听他说话；他终于达到了目的，攫住了她的注意力。

"这样做是必须的。瓦尔瓦拉·彼得罗芙娜，您自己也看到这里有误会，表面看很怪，其实这事像蜡烛一样透亮，像手指一样简单。我太明白了，谁也没有授权我来讲这件事的来龙去脉，我硬要讲的话，也许显得很可笑。但是，第一，尼古拉·弗谢沃洛多维奇本人并没有赋予这事以任何意义；最后，毕竟存在这样一种情况，在这种情况下当事人很难下定决心来亲自解释，因此必须由第三者来做这件事，因为只有他才能比较容易地说出某些微妙的东西。请相信，瓦尔瓦拉·彼得罗芙娜，尼古拉·弗谢沃洛多维奇没有立刻用斩钉截铁的解释来回答您方才提的问题，他并没有错，尽管这事不值一提；还在彼得堡的时候我就认识他。再说，这件事的来龙去脉只会给尼古拉·弗谢沃洛多维奇增光添彩，如果一定要使用这个含含糊糊的词'光彩'的话……"

"您是想说，您是产生……这场误会的那件事的见证人吗？"瓦尔瓦拉·彼得罗芙娜问。

"非但是见证人，而且是参加者。"彼得·斯捷潘诺维奇·韦尔霍文斯基急忙肯定道。

"如果您能向我保证，这无损于尼古拉·弗谢沃洛多维奇的细腻感情，他对我十分孝顺，任——何——事——情都不瞒我……而且您有充分把握，这样做甚至会使他高兴……"

"一定是高兴，因为我自己也认为这是一件特别高兴的事。我深信，他自己也会请我这样做的。"

这位突然从天上掉下来的先生硬要讲述别人的风流韵事，听起来相当古怪，也有悖人之常情。但是他触到了瓦尔瓦拉·彼得罗芙娜想起来不由得心碎的痛处，因而使她上了钩。当时我还不完全了解这人的性格，至于对他的用意就更没有底了。

"洗耳恭听。"瓦尔瓦拉·彼得罗芙娜克制而又谨慎地说道，但是她对自己的宽容不免感到痛苦。

"这事说来简单；其实，说真格的，这也说不上是风流韵事，"他滔滔不绝地说道，"不过话又说回来，一个小说家如果闲来无事，倒也可以炮制出一部长篇小说。这事相当有意思，普拉斯科维娅·伊万诺芙娜，而且我相信，丽扎韦塔·尼古拉耶芙娜一定会很有兴趣地听下去，因为这里有许多即使不是稀奇古怪，也是奥妙无穷的东西。大约五年前，在彼得堡，尼古拉·弗谢沃洛多维奇认识了这位先生，也就是这个张大了嘴，似乎准备立刻开溜的列比亚德金先生。请恕我直言，瓦尔瓦拉·彼得罗芙娜。不过，我说，前军粮部退职官员先生（您瞧，我对您的情况记得一清二楚吧），我劝您还是不要逃跑的好。您在这里干的勾当，我和尼古拉·弗谢沃洛多维奇太清楚了，对于您干的这些好事，将来您必须解释清楚。再一次请恕我直言相告，瓦尔瓦拉·彼得罗芙娜。想当年，尼古拉·弗谢沃洛多维奇曾管这位先生叫他的福斯塔夫[①]；这大概是一个（他忽然说明道）过去的典型人物，小丑，大家都笑话他，他本人也心甘情愿地让大家笑话，只要给钱就成。当时，尼古拉·弗谢沃洛多维奇在彼得堡过着一种，可以说是玩世不恭的生活——我找不到别的词来形容，因为他这人既没有看破红尘，又不屑于正正经经干一番事业。瓦尔瓦拉·彼得罗芙娜，我讲的仅仅是当年的情况。这个列比亚德金有个妹妹，也就是刚才坐在这里的那位小姐。这兄妹两人因为没有栖身之所，只好流落街头，到处为家。他常在劝业场[②]的拱门下徘徊，总是穿着过去的军服，向外表穿得稍微体面点儿的过往行人求乞，要到什么就马上喝光。他妹妹像天上的小鸟一样到处觅食。她在那里的贫民窟帮人做工，因为穷只好做用人。那里简直是个可怕至极的索多玛城[③]；我就不来描述这个贫民窟的生活了，当时尼古拉·弗谢沃洛多维奇因为生性古怪也醉心于这种生活。我只是讲当年的情况，瓦尔瓦拉·彼得罗芙娜；至于'生性古怪'云云，乃是他自己的说法。有许多事他都不瞒我。列比亚德金娜小姐有一个时期常常遇见尼古拉·弗谢沃洛多维奇，震惊于他的风度翩翩和风流倜傥。这可以说是在她生活的肮脏背景上出现的一颗钻石吧。我不善于描写人们的感情，所以只好从略；但是有些下三烂的小人却立刻把她当成了笑柄，因此她感到很伤心。平时，那里的人也常常讥笑她，但

[①] 福斯塔夫是莎士比亚的历史剧《亨利四世》和喜剧《温莎的风流娘儿们》中的人物，是个流氓与帮闲，既胆小如鼠又气壮如牛，纵情酒色而又幽默机智，打家劫舍，无恶不作。
[②] 彼得堡的著名商场，在涅瓦大街，至今犹存。
[③] 据《圣经·创世记》载，索多玛与蛾摩拉乃罪恶之地，一片混乱。耶和华遂降琉黄与火毁灭二城。

是过去她压根儿就不放在心上。当时她的脑子已经不太正常了，但毕竟还不像现在这样。我们有理由推定，她小时候由于某位女恩人的恩典，也曾受过一点儿教育。尼古拉·弗谢沃洛多维奇从来都没有注意过她，他多半跟一些小官吏玩牌，纸牌油脂麻花，都玩旧了，玩的是朴烈费兰斯①，每次的赌注是四分之一戈比。有一回，有人欺侮了她，他不问青红皂白就抓住一个小官吏的脖领子，把他从二楼扔出了窗外。这里没有任何因某个女人无端受辱而表现出来的骑士般的义愤；这整个过程都发生在一片哄堂大笑声中，而笑得最厉害的是尼古拉·弗谢沃洛多维奇本人；当一切顺利结束之后，大家又言归于好，喝起了潘趣酒。但是那个无端受辱的姑娘本人却忘不了这事。不用说，结果是她的思维能力遭到了彻底破坏。我再说一遍，我不善于描写人们的感情，这件事里主要是幻想。可是尼古拉·弗谢沃洛多维奇却好像故意似的又更加刺激了这种幻想：本来应当付诸一笑，可是他却突然开始以意想不到的尊敬对待列比亚德金娜小姐。当时在那儿的基里洛夫（这是一个非常怪的怪人，瓦尔瓦拉·彼得罗芙娜，也是一个说话非常冲动的人；将来，您也许会看到他的，现在他就住在本城），于是这个一向不说话的基里洛夫，这时候突然发起火来，我记得，他对尼古拉·弗谢沃洛多维奇说，他之所以把这位女士当侯爵小姐一样看待，是想用这个办法把她彻底打垮。我要补充说明的是，尼古拉·弗谢沃洛多维奇对这个基里洛夫是有几分尊敬的。您想想他是怎么回答他的呢，他说：'基里洛夫先生，您以为我在取笑她；请相信，此言差矣，我真的尊敬她，因为她比我们大家都好。'而且，要知道，他是用十分严肃的口吻说这番话的。其实，在这两三个月中，他除了'你好'和'再见'以外一句话也没有跟她说过。我当时在场，记得很清楚，最后她竟发展到认为他就仿佛是她的未婚夫似的，而他之所以不敢把她'拐跑'，唯一的原因就

---

① 一种纸牌戏。

第一部

是他有许多敌人和种种家庭障碍，或者诸如此类的原因。当时闹了许多笑话！最后的结局是这样的，当时尼古拉·弗谢沃洛多维奇不得不到这里来，临行前，他对她的生活做了安排，似乎给了她一笔数目相当可观的生活费，每年约三百卢布，这是往少里说，可能更多。总之，我们姑且假定，就他那方面来说，这一切不过是一个活累了的人的逢场作戏和异想天开，最后，甚至像基里洛夫所说的那样，这是一个活腻了的人的新习作，目的是想看看到底能把一个发了疯的残疾女人弄到什么地步。他说：'您是故意挑选了一个等而下之的人，一个身有残疾的女人，一个蒙受永远的耻辱、动辄被人殴打的女人，而且您也知道，这个女人由于对您抱着滑稽可笑的爱而死去活来，而您却突然故意哄骗她，您唯一的目的就是想看看这到底会有什么结果！'一个人对于一个疯女人的幻想又能负什么特别的责任呢！请注意，他跟她在所有这段时间里恐怕都没有说满两句话！瓦尔瓦拉·彼得罗芙娜，有一类事情不仅无法理喻，甚至开始谈论这些事都是愚蠢的。最后，就算这是生性古怪吧，但是也仅此而已，此外就什么也没法说了；可是现在却有人小题大做，故意制造事端……瓦尔瓦拉·彼得罗芙娜，这里发生的事我也略有耳闻。"

说话人蓦地打住，向列比亚德金转过头去，但是瓦尔瓦拉·彼得罗芙娜阻止了他；她简直处在狂喜的状态中。

"您说完了？"她问。

"还没有；为了使我说的内容更充实，如果您允许的话，我还有些话要问问这位先生……您立刻就会明白这到底是怎么回事，瓦尔瓦拉·彼得罗芙娜。"

"够了，以后再说吧，您暂停片刻，求您了。噢，我做得多好啊，让您说了这一番话！"

"请注意，瓦尔瓦拉·彼得罗芙娜，"彼得·斯捷潘诺维奇精神为之一振，"方才，尼古拉·弗谢沃洛多维奇怎能亲自向您做出解释，来回答您的问题呢？也许，您的问题也太绝对了吧？"

"啊，是的，太绝对了！"

"我说在某些情况下由第三者出面解释要比当事人亲自解释容易得多，我这话难道说得不对吗！"

"对，对……但是有一点您弄错了，而且我遗憾地看到您还在继续错下去。"

"是吗？错在哪里呢？"

"您瞧……不过，您还是坐下来说吧，彼得·斯捷潘诺维奇。"

"噢，悉听尊便，我还真累了，谢谢您。"

他霎时搬出一把圈椅，把椅子转了个身，恰好放在瓦尔瓦拉·彼得罗芙娜与坐在桌子旁的普拉斯科维娅·伊万诺芙娜中间，面对列比亚德金先生，他两眼一直紧盯着列比亚德金，一分钟也没有离开他。

"您错就错在把这叫作'生性古怪'……"

"噢，如果仅限于此的话……"

"不不不，请稍候。"瓦尔瓦拉·彼得罗芙娜不让他说下去，她显然已准备兴高采烈地做长篇发言。彼得·斯捷潘诺维奇一看这架势，便立刻洗耳恭听。

"不，这是某种高于生性古怪的感情，请您相信，这甚至是一种神圣的感情！他是一个有自尊心的人，因为早年受别人欺侮，所以才发展成您方才一针见血地提到的'玩世不恭'，总之，诚如斯捷潘·特罗菲莫维奇当年所作的绝妙比喻那样，他是哈尔王子，倘若他不是更像哈姆雷特的话，这比喻就完全正确了，起码我认为是这样。"

"您说得完全对。"斯捷潘·特罗菲莫维奇动情而又很有分量地说道。

"谢谢您，斯捷潘·特罗菲莫维奇，我尤其要感谢您的是您永远相信尼古拉，相信他的崇高的心和崇高的使命。每当我气馁的时候，您甚至在我心里加强了这一信心。"

第一部

"亲爱的，亲爱的……"斯捷潘·特罗菲莫维奇已经向前跨出了一步，但是又停了下来，因为他明白打断她的话是危险的。

"如果在尼古拉身边（瓦尔瓦拉·彼得罗芙娜已经有点像唱歌了）自始至终有一个既文静又虚怀若谷的霍拉旭①——这是您的另一个绝妙说法，斯捷潘·特罗菲莫维奇——说不定他早已经得救了，摆脱了那个折磨了他一生的郁郁寡欢和'突如其来的戏弄人生的魔鬼'（关于戏弄人生的魔鬼这一比喻又是您的一个令人惊叹的说法，斯捷潘·特罗菲莫维奇）。但是在尼古拉身边从来不曾有过霍拉旭，也不曾有过奥菲利娅②。守在他身边的只有一个人——他的母亲，但是在这样的情况下他母亲一个人又能有什么作为呢？我说彼得·斯捷潘诺维奇，我对于像尼古拉这样的人居然会出现在您所说的这么肮脏的贫民窟里，甚至变得非常可以理解了。现在我能够十分清楚地想象对于人生的这种'玩世不恭'（您的一针见血的绝妙说法！），这种贪婪地追求反差，他像钻石般出现在那里的阴暗的背景——这又是您说过的一个比喻，彼得·斯捷潘诺维奇。于是他在那里遇到了一个受到大家欺负的人，一个疯疯癫癫的、身有残疾的女人，而且与此同时，说不定，他还抱着非常高尚的感情！"

"啊，是的，就算这样吧。"

"可您在这以后却不明白，为什么他不像大家一样取笑她！噢，你们这些人啊！你们不明白，他在保护她，以免她受人欺侮，他像对待'侯爵小姐'一样对她充满尊敬（这个基里洛夫想必有非常深的知人之明，虽然他也不了解尼古拉！）。请恕我直言，正是由于这种反差才出现了麻烦；如果这女人处在另一种境况下，说不定她就不会这样鬼迷心窍地想入非非了。女人，只有

---

① 莎士比亚的悲剧《哈姆雷特》中哈姆雷特的挚友。
② 哈姆雷特的情人。

女人才懂得这道理，彼得·斯捷潘诺维奇，多遗憾啊，您……我的意思不是说很遗憾，因为您不是女人，而是说起码这一回您可不像女人似的懂得个中奥妙啦！"

"您的意思是说境况越坏越好，我明白，明白，瓦尔瓦拉·彼得罗芙娜。这就跟宗教里一样：一个人的生活越是艰难，或者全体人民越是处在水深火热之中，或者越是贫穷，他们就会越是执着地幻想在天堂里得到补偿，如果这时候还有十万名神父为之操心张罗，为这幻想煽风点火，并借此投机，那……我明白您的意思，瓦尔瓦拉·彼得罗芙娜，您放心。"

"即使不完全如此吧，但是请您告诉我，难道尼古拉为了在这个不幸的生物（瓦尔瓦拉·彼得罗芙娜为什么在这里使用'生物'一词，我不明白）的心中熄灭这一幻想，难道他就非得亲自取笑她，并像别的小官吏那样对待她吗？难道您反对这种崇高的恻隐之心，反对尼古拉全身心充满高尚的律动，严厉地回答基里洛夫'我不取笑她'。此乃崇高的、神圣的回答！"

"太妙了。"斯捷潘·特罗菲莫维奇咕哝道。

"请注意，他根本不像您想象的那样有钱；有钱的是我，而不是他，而那时候他几乎根本不向我要钱。"

"我懂，这一切我都懂，瓦尔瓦拉·彼得罗芙娜。"彼得·斯捷潘诺维奇已经有点不耐烦地动弹了一下。

"噢，同我的性格一样！我在尼古拉身上看到了我自己。我看到这种青春活力，看到这种强烈而又可怕的冲动所能做出的义举……彼得·斯捷潘诺维奇，如果有朝一日我俩能够成为好朋友（这是我衷心希望的，何况我对您已经感激不尽了），那，说不定，到那时候您会懂得这道理的……"

"噢，请相信，我也希望这样。"彼得·斯捷潘诺维奇断断续续地嘟囔道。

"到那时候您就会懂得这样的冲动，由于这冲动，人们在高尚情感的盲目支配下，就会突然抓住一个在各方面都配不上自己的人，对您一点儿也不了解的人，一有可能就会拼命折磨您的人，正是这样一个人，人们却会违背人之常情把他体现为某种理想，把他变为自己的梦想，把自己的一切希望都寄托在这人身上，对他顶礼膜拜，一辈子爱他，根本不知道为什么而爱他——也许正因为他不配得到这种爱而爱他……噢，我这辈子多么痛苦啊，彼得·斯捷潘诺维奇！"

斯捷潘·特罗菲莫维奇带着一种痛苦的表情开始捕捉我的目光；但是我及时躲开了他。

"……还在不久以前，不久以前——噢，我太对不起尼古拉了……您简直没法相信，他们从四面八方拼命地折磨我，所有的人，所有的人，既有敌人，也有一些卑鄙小人，也有朋友；说不定朋友比敌人还多。当有人给我寄来第一封卑鄙的匿名信之后，彼得·斯捷潘诺维奇，您简直没法相信，我竟没有鼓足勇气，用蔑视来回答这整个刻薄的造谣和诬蔑……我永远，我永远也不能原谅我的这种怯懦！"

"关于这里的匿名信我已略有耳闻，"彼得·斯捷潘诺维奇突然活跃起来，"您放心，我一定给您把这些坏蛋找出来。"

"但是您无法想象这里开始酝酿着怎样的阴谋！他们还拼命折磨我们可怜的普拉斯科维娅·伊万诺芙娜，凭什么要折磨她呢？我的亲爱的普拉斯科维娅·伊万诺芙娜，今天我也许太对不起您了。"她在一种宽宏大量和令人感动的冲动下又加了一句，但是又不无某种得意扬扬的讥讽神态。

"得啦，她姨，"普拉斯科维娅·伊万诺芙娜不乐意地咕哝道，"我看呀，这一切该结束啦；说来说去也说得太多啦……"说罢，她又胆怯地望了望丽莎，但是丽莎却望着彼得·斯捷潘诺维奇。

"可是这个可怜的，这个不幸的人，这个失去了一切、仅仅保留了一颗心的疯女人，我现在打算收她做义女，"瓦尔瓦拉·彼得罗芙娜突然感慨系之地宣布道，"这是我打算神圣地履行的义务。从今天起我就担当起保护她的责任！"

"这在某种意义上说甚至是一件好事，您哪。"彼得·斯捷潘诺维奇完全活跃了起来，"对不起，我方才没有把话说完。我要说的正是怎么呵护她的问题。您可以想象得到，尼古拉·弗谢沃洛多维奇走了以后（现在我就从我刚才停下来的地方开始讲，瓦尔瓦拉·彼得罗芙娜），这位先生，就是这位列比亚德金先生，顿时便自以为他有权毫无保留地处理规定给他妹妹的全部生活费；而且他还居然这么做了。我不十分清楚，当时尼古拉·弗谢沃洛多维奇是怎么安排的，但是过了一年，他从国外回来之后，才知道居然发生了这样的事，因而不得不另作处置。个中详情我也不知道，反正他自己会告诉您的，不过我知道，这个很有意思的女人被安置到某地一所偏僻的修道院里，甚至生活得极舒服，而且在友好的照看下——您明白吗？您猜列比亚德金先生思虑再三，准备怎么办？他先是想尽一切办法到处寻找人们把他妹妹这棵摇钱树到底藏哪儿了，直到不久前他才达到目的，把她从修道院里领了出来，宣称对她拥有某种权利，并把她直接带来这里。他在这里非但不养活她，还打她，虐待她，最后又不知道用什么办法从尼古拉·弗谢沃洛多维奇那里弄到了一笔数目可观的钱，便立刻去酗酒狂饮，他非但不知感激，反而放肆地向尼古拉·弗谢沃洛多维奇无端挑衅，提出一些不可思议的要求，并威胁说，如果不把生活费预付给他，并直接交到他手里，他就要上法院告尼古拉·弗谢沃洛多维奇。这样一来，他就把尼古拉·弗谢沃洛多维奇自觉自愿的恩赐当成了他应交的贡赋——您能想象得到吗？列比亚德金先生，我刚才在这里讲的一切是否统统属实？"

大尉本来一直默默地站着，低垂着眼睛，这时迅速向前跨了两步，满脸涨成了紫赭色。

第一部

"彼得·斯捷潘诺维奇，您对我也太残酷了。"他说道，又似乎猝然打住。

"这怎么是残酷呢，为什么，您哪？但是，对不起，关于残酷或者宽厚，咱们以后再谈，现在我请您仅仅回答第一个问题：我刚才讲的一切是否统统属实？如果您发现与事实有出入，可以立刻申明。"

"我……您自己知道，彼得·斯捷潘诺维奇……"大尉咕哝道，说了一半便卡壳了，闭上了嘴。应当指出，彼得·斯捷潘诺维奇坐在圈椅里，跷着二郎腿，而大尉则毕恭毕敬地站在他面前。

彼得·斯捷潘诺维奇看来很不喜欢列比亚德金先生的动摇不定；他的脸气得跟抽风似的都变形了。

"您当真没有任何事情想要申明吗？"他微妙地看了看大尉，"如果是这样，那就劳您大驾，大家都等着哩。"

"彼得·斯捷潘诺维奇，您自己也知道，我是什么话也不能说的。"

"不，这事我不知道，甚至第一次听说；为什么您不能公开申明呢？"

大尉一声不吭，低头看着地面。

"让我走吧，彼得·斯捷潘诺维奇。"他断然道。

"您可以走，但是必须先回答我提的第一个问题：我说的一切是否全部属实？"

"都是真的，您哪。"列比亚德金瓮声瓮气地说道，抬起眼睛看了一眼这个硬逼他承认的人。甚至两边的太阳穴都冒出了汗珠。

"一切统统是真的？"

"统统是真的，您哪。"

"您不觉得有什么话要补充，要说吗？如果您觉得我们做得不公道，您可以指出来；您可以抗议，您可以公开申明您的不满。"

"不，我没有什么话要说。"

"不久前,您是不是威胁过尼古拉·弗谢沃洛多维奇?"

"这……这,这是因为我喝多了,彼得·斯捷潘诺维奇(他突然抬起了头)。彼得·斯捷潘诺维奇!如果家族的清白名声以及心灵无端蒙受的耻辱使人悲号,那,难道这也能怪人家吗?"他吼道,突然又像方才一样忘乎所以起来。

"那您现在酒醒了吗,列比亚德金先生?"彼得·斯捷潘诺维奇目光锐利地看了看他。

"我是……清醒的。"

"您刚才说的家族的清白名声以及心灵无端蒙受的耻辱究竟是什么意思?"

"我不是说谁。我也不想说谁。我是说我自己……"大尉又蔫了。

"您听到我说您和您的行为的许多话,大概很不高兴,是不是?您的脾气很大,列比亚德金先生。但是对不起,要知道,我还根本没有说到您的行为的真实情况哩。我会谈到您的行为的真实情况的。我会说的,这是很可能发生的,但是,要知道,我还没有开始照实说呢。"

列比亚德金打了个哆嗦,两眼恶狠狠地盯着彼得·斯捷潘诺维奇。

"彼得·斯捷潘诺维奇,现在我才开始渐渐清醒过来!"

"唔。是我叫醒您的?"

"是的,是您叫醒我的,彼得·斯捷潘诺维奇,四年来,我一直在云遮雾罩下沉睡不醒。现在我总可以走了吧,彼得·斯捷潘诺维奇?"

"现在您可以走了,只要瓦尔瓦拉·彼得罗芙娜本人不认为有必要……"

但是她摇了摇手。

大尉鞠了个躬,向房门口跨了两步,又突然停下来,把手贴近心口,似乎想说什么,但又没有说,迅速跑了出去。但是恰好在房门口与尼古拉·弗谢沃洛多维奇撞了个满怀；尼古拉·弗谢沃洛多维奇往边上靠了靠；大尉不知怎么倏地浑身缩成一团，在原地呆立不动，就像兔子碰到蟒蛇似的，两眼死死地盯着他。尼古拉·弗谢沃洛多维奇稍等片刻，伸手把他轻轻扒拉到一边，走进了客厅。

七

他很快活，也很平静。也许，他刚才发生了一件我们还不知道的大喜事；但是，他甚至似乎还对什么事感到特别得意。

"你能原谅我吗，尼古拉？"瓦尔瓦拉·彼得罗芙娜忍不住问道。她急忙站起身来，上前迎接他。

但是尼古拉却放声大笑。

"果然不出所料！"他和善地开玩笑叫道，"看得出来，你们已经全知道了。我刚离开这儿，就在车子里寻思：'起码我也得把这件不寻常的事告诉大家一下呀，哪能这样说走就走呢？'但是我想到彼得·斯捷潘诺维奇留在这儿，我也就不操这份心了。"

他一面说一面匆匆地瞥了一眼周围。

"彼得·斯捷潘诺维奇给我们讲了一位怪人生平中的一件古老的彼得堡往事，"瓦尔瓦拉·彼得罗芙娜兴高采烈地接口道，"一个任性的疯子的故事，但是他却始终具有崇高的感情，始终像骑士般高尚的感情……"

"像骑士般？难道你们竟替我吹牛吹到了这个份上？"尼古拉笑道，"这一回我倒十分感激彼得·斯捷潘诺维奇的急性子（这时他与彼得·斯捷潘诺维奇匆匆交换了一下眼色）。我要告诉您，妈妈，彼得·斯捷潘诺维奇到处当和事佬；这是他扮演的角色，这是他的毛病，也是他最爱做的事，就这点来说，我要特别郑重地把他推荐给您。我能猜到，他在这里滔滔不绝地对你们说了什么，他一开口就滔滔不绝，跟开机关枪似的；他脑袋里好像有个办公厅。请注意，他是一个现实主义者，他决不会说谎，对他来说，真理比成功更宝贵……自然，有些特殊情况除外，即成功比真理更宝贵（他在说这话的时候老是环顾左右）。因此您可以清楚地看到，妈妈，不是您应该请求我原谅，如果这里有什么事形同疯狂的话，那当然这首先是我一手造成的，这就是说，说到底，我毕竟是个疯子——总必须保留一点儿我在这里的名声吧……"

他说罢温柔地拥抱了一下母亲。

"不管怎么说吧，这事现在已经完了，该说的也都说了，因此，以后就不必再提它了。"他又加了一句，他声音里流露出一种冷冰冰的、坚定的口吻。瓦尔瓦拉·彼得罗芙娜明白这口吻；但是她的狂喜并没有因此而消弭，甚至相反。

"我万万没有想到你提前回来了，我总以为还得过一个月呢，尼古拉！"

"不用说，我会把一切都向您解释清楚的，妈妈，可是现在……"

他向普拉斯科维娅·伊万诺芙娜走去。

尽管约莫半小时前他刚一出现的时候她都惊呆了，但是现在她却勉强向他稍稍转过头来。现在她有了新的麻烦：自从大尉走出去并在房门口碰到尼古拉·弗谢沃洛多维奇的那一刻起，丽莎就突然笑起来——先是低声地、断断续续地笑，后来笑声越来越大，越来越响亮，越来越清晰。她的脸涨得通红。与她刚才忧郁的神情形成异常鲜明的反差。当尼古拉·弗谢沃洛多维奇跟瓦尔瓦拉·彼得罗芙娜说话的时候，她曾两次招手让马夫里基·尼古拉耶维奇过去，似乎想跟他说什么悄悄话；但是当马夫里基·尼古拉耶维奇向她弯下腰去，她又霎时大笑不止；可以认定，她笑的正是可怜的马夫里基·尼古拉耶维奇。不过她显然在极力克制自己，用手帕捂着嘴。尼古拉·弗谢沃洛多维奇以一种最天真、最老实的神态向她问候。

"请恕冒昧，"她急促地回答道，"您……您当然看见了马夫里基·尼古拉耶维奇……上帝，您的个子也太高了嘛，高得让人不能容忍，马夫里基·尼古拉耶维奇！"

她又咯咯咯地笑了起来。马夫里基·尼古拉耶维奇长得是很高，但根本没有达到让人不能容忍的地步。

"您……早回来了？"她又好像忍俊不禁地咕哝道，甚至有点羞答答的，但是眼睛却在发光。

"约莫两个多小时了。"尼古拉定睛注视着她，回答道。我要指出，他非常拘谨和礼貌，但是，如果抛开这种表面的彬彬有礼，他的神态却十分冷漠，甚至是懒洋洋的。

"那您准备在哪儿下榻呢？"

"这里。"

瓦尔瓦拉·彼得罗芙娜也注视着丽莎，一个想法猛地惊住了她。

"在这以前，在这两个多小时中，尼古拉，你在哪儿？"她走到他跟前，"火车是十点钟到的。"

"我先是送彼得·斯捷潘诺维奇到基里洛夫家。我是在马特维耶沃（离这儿三站）遇见彼得·斯捷潘诺维奇的，我们是坐同一节车来的。"

"我一清早就在马特维耶沃等车，"彼得·斯捷潘诺维奇接口道，"半夜，我们的后几节车厢脱轨了，差点没把腿压断。"

"把腿压断了？"丽莎叫道，"妈妈，妈妈，上星期咱俩曾经想到马特维耶沃去，要是真去了，不也得把腿压断吗！"

"主保佑！"普拉斯科维娅·伊万诺芙娜画了个十字。

"妈咪，妈咪，亲爱的妈，要是我当真把腿压断了，您可别害怕呀；我是很可能发生这种事的，您自己也说过，我每天骑马跟玩命似的。马夫里基·尼古拉耶维奇，我两条腿瘸了，您会搀着我走路吗？"她又哈哈大笑，"要是我出了这种事，除了您以外，我决不让任何人搀我，您可以大胆地指望这一点。嗯，就算我只摔断一条腿吧……那劳驾，请您说，您认为这是三生有幸。"

"只有一条腿还三生有幸？"马夫里基·尼古拉耶维奇严肃地皱起了眉头。

"但是您可以搀我呀，除了您，我谁也不让！"

"即使这样也是您牵着我走，丽扎韦塔·尼古拉耶芙娜。"马夫里基·尼古拉耶维奇更加严肃地咕哝道。

"上帝，他想说俏皮话呢！"丽莎几乎恐怖地惊叫道，"马夫里基·尼古拉耶维奇，永远不许您跟我耍贫嘴！但是您这人多自私呀！我坚信，您现在是自己诋毁自己，不过这也是您的一大优点；相反，真要发生了这事，您那时一定会从早到晚向我保证，说我少了一条腿变得更可爱了！只有一样无法改变——您的个子太高了，而我少了一条腿就会变成小不点儿，您怎么搀着我的胳膊呢，咱俩就不般配啦！"

接着她便病态地大笑。她的俏皮话和含沙射影平淡无奇，但她显然并不指望别人喝彩。

"歇斯底里！"彼得·斯捷潘诺维奇对我悄声道，"快拿杯水来。"

他猜对了：过了一小会儿，大家都忙乱起来，拿来了水。丽莎频频拥抱自己的妈咪，热烈地亲吻她，趴在她的肩膀上嘤嘤啜泣，刚才还在哭，可是一会儿又把身子朝后一仰，端详起妈咪的脸，开始哈哈大笑。最后，妈咪也抽抽噎噎地哭了起来。瓦尔瓦拉·彼得罗芙娜只好赶紧把她俩领进自己的房间，领进刚才达里娅·帕夫洛芙娜出来的那个房门。但是她俩在那里的时间并不长，约莫四分钟，不会更多……

第一部

  现在我正竭力回想这个值得纪念的上午的最后时刻的每一细节。我记得，当时就留下我们几个人，女士们出去了（除了坐在原地没有动的达里娅·帕夫洛芙娜以外）——这时尼古拉·弗谢沃洛多维奇就过来跟我们每个人一一问好，但沙托夫除外，他仍旧坐在自己的角落里，比方才更甚地低着头，望着地面。斯捷潘·特罗菲莫维奇本来开始跟尼古拉·弗谢沃洛多维奇讲一件非常得意的事，可是后者却匆匆向达里娅·帕夫洛芙娜走去。他刚走了几步，就被彼得·斯捷潘诺维奇几乎硬在半道上截住，拽到窗口，开始跟他迅速地悄声说着什么看来非常重要的事，这是根据他的脸部表情和说话手势一眼就看得出来的。尼古拉·弗谢沃洛多维奇虽然在听，却显出一副懒洋洋和心不在焉的样子，脸上仍旧挂着他那煞乎其然的讪笑，最后甚至显得很不耐烦，那样子仿佛急于要走开似的。他离开窗口的时候，正好赶上我们的女士们回来了；瓦尔瓦拉·彼得罗芙娜让丽莎又坐到原来的位置上，极力说服她，让她们一定稍候片刻，哪怕十分钟，先休息休息，因为新鲜空气现在对她们受到损害的神经未必有好处。她对丽莎似乎很巴结，而且紧挨着她，坐在她身边。已经说完话的彼得·斯捷潘诺维奇立刻跑到她俩身边，开始迅速而又愉快地说着什么。终于在这时候，尼古拉·弗谢沃洛多维奇迈着他那不紧不慢的步子走到达里娅·帕夫洛芙娜的身边；达莎看见他走近前来便开始在位置上忸怩不安地坐不住了，迅速站起身来，分明感到很尴尬，而且满脸涨得通红。

  "似乎可以向您道喜了……或者还嫌过早？"他说，脸上现出一种特别的表情。

  达莎回答了他一句什么，但是很难听清她到底说了什么。

  "请恕冒昧，"他提高了声音，"但是，您要知道，是特意通知我的。您知道这个吗？"

  "是的，我知道特意通知了您。"

"但是我希望我刚才的道喜并没有妨碍您什么,"他笑道,"假如斯捷潘·特罗菲莫维奇……"

"道,道什么喜?"彼得·斯捷潘诺维奇蓦地跳了过来,"向您道什么喜,达里娅·帕夫洛芙娜? 啊! 该不是为了那事吧? 您满脸通红,证明我猜对了。说真格的,对于我们艳若桃李和恪守闺范的姑娘们还有什么可道喜的呢? 又有什么喜事能使她们娇羞万状呢? 那好,您哪,如果我猜对了,那请您也接受我的祝贺,同时也请您付给我赌输了的钱:记得吗,咱俩在瑞士打过赌,您说您永远不嫁人……啊,对了,一提到瑞士 —— 我倒是怎么啦? 您想,一半就是为了这事我才回来的,可是差点忘了:请你告诉我,"他迅速向斯捷潘·特罗菲莫维奇转过身去,"你到底什么时候去瑞士呢?"

"我 …… 去瑞士?"斯捷潘·特罗菲莫维奇感到很惊讶,又感到很不好意思。

"怎么? 难道你不去了? 你信上不是说 …… 你也要结婚吗?"

"皮埃尔!"斯捷潘·特罗菲莫维奇叫道。

"什么皮埃尔不皮埃尔的 …… 要知道,如果你听了觉得高兴,那我就飞也似的跑来向你申明,我毫无反对之意,既然你一定要尽快知道我的意见;假如说(他滔滔不绝起来)你果真像在那同一封信里所写的、所央求的那样需要别人'救'你的话,那我将再次为你效劳。瓦尔瓦拉·彼得罗芙娜,他真的要结婚吗?"他迅速向她转过身去问道,"我希望我没有莽撞:他自己写信告诉我,全城人都知道了,大家都在向他道喜,因此他为了躲开大家只好夜里出门。这封信就装在我口袋里。但是您信不信,瓦尔瓦拉·彼得罗芙娜,这封信我一句也看不懂! 请你就告诉我一个问题,斯捷潘·特罗菲莫维奇,到底应当向你道喜呢,还是应当'救'你? 你们简直没法相信,刚写到他感到十二万分的幸福,紧接着又说他万念俱灰,走投无路。首先,他请求我宽恕;好吧,就算这是他的一贯作风吧……不过不能不说的是：您想，这人一辈子才见过我两次，而且还是无意中见到的，可现在他就要第三次结婚了，却突然认为他这样做破坏了对我应尽的为父之道，他恳求身处千里之外的我不要生气，允许他结婚！请你不要见怪，斯捷潘·特罗菲莫维奇，这是时代的特征，我心胸开阔，并不求全责备，就算这样做会使你脸上有光吧，等等，等等，但是主要的问题仍旧在于我不明白主要的问题。信中提到什么'在瑞士的罪孽'。说什么由于罪孽或者由于别人的罪孽'我要结婚了'，或者他那封信上怎么说来着——一言以蔽之，'罪孽'。他说：'那姑娘是珍珠和钻石。'嗯，不用说，'他不配'——这是他的说法；但到底因为什么罪孽或者情况，'不得不去结婚和到瑞士去呢'？因此就得'抛弃一切，赶紧来救我'呢？听了这番话后你们到底明白了什么没有呢？不过……不过话又说回来，我根据诸位的面部表情看得出来（他手里拿着信把身体转来转去，带着一种天真的微笑注视着大家的脸），按照我的老习惯，大概我又有什么事情弄错了……因为我那愚蠢的坦率，或者像尼古拉·弗谢沃洛多维奇所说的那样，因为我那急性子。要知道，我想，咱们在这里都是自己人，也就是说，都是你的自己人，斯捷潘·特罗菲莫维奇，都是你的自己人，其实我倒是个外人，我看得出来……我看得出来，大家都知道什么事，只有我被蒙在鼓里，偏偏不知道这事。"

他一直在左顾右盼。

"斯捷潘·特罗菲莫维奇就这样写信告诉您，说他将与'在瑞士发生的别人的罪孽'结婚，希望您赶快去'救他'，他是这样说的吗？"瓦尔瓦拉·彼得罗芙娜突然走到他跟前，满脸蜡黄，面孔都扭歪了，嘴唇在发抖。

"就是说，您明白吗，您哪，如果这里有什么事我不明白的话，"彼得·斯捷潘诺维奇仿佛被吓了一跳似的，话说得更快了，"自然，责任在他，因为他就是这么写的。这就是他写的那封信。要知道，瓦尔瓦拉·彼得罗芙娜，这信呀简直没完没了，从不间断，而最近两三个月来简直是一封接一封，不瞒诸位，有时候我都没有把信看完。斯捷潘·特罗菲莫维奇，请你原谅我不打自招，原谅我浑，但是你也得同意，劳驾了，你这信虽然是写给我的，其实多半是写给子孙后代看的，因此我看没看完对你都无所谓……好了，好了，你也别生气了；咱俩好歹总是自己人！但是这封信，瓦尔瓦拉·彼得罗芙娜，这封信我倒是看完了。这些'罪孽'，您哪——这些'别人的罪孽'——这大概是咱们自己小小不言的什么罪过，我敢打赌，这一定是什么最无害的罪过，可是，正因为此，我们却忽然想臆想一个具有高尚色彩的可怕故事——而它之所以被掀起，正是为了高尚的色彩。要知道，肯定在账务上我们有什么欠缺——说到底，这是必须承认的。要知道，我们很容易沉湎于打牌之中……不过，这是废话，完全是废话，对不起，我太饶舌了，但是，说真的，瓦尔瓦拉·彼得罗芙娜，他简直把我吓坏了，我还真的准备去或多或少地'救'他呢。最后，我自己也觉得有点不好意思了。难道让我拿着刀子去找他，去要挟他吗？难道我是债主，是铁石心肠吗？他在信里提到陪嫁什么的……可是，你当真要结婚吗，这值得吗，斯捷潘·特罗菲莫维奇？就这么回事，我们老是说呀说呀，说来说去，净耍嘴皮子了……唉，瓦尔瓦拉·彼得罗芙娜，我相信，大概您现在也在责备我，也无非因为我爱耍嘴皮子，您哪……"

"相反，恰恰相反，我看得出来，您已经忍无可忍，而且，当然，这也是事出有因的。"瓦尔瓦拉·彼得罗芙娜愤愤然接口道。

她幸灾乐祸地听完了彼得·斯捷潘诺维奇这一席"真实的"连篇废话，他显然在扮演一个角色（什么角色——当时我不知道，但是在扮演一个角色是显而易见的，甚至扮演得非常拙劣）。

"相反，"她继续道，"您说了这席话，我对您万分感谢；要是您不说，我是无论如何不会知道的。二十年来我头一回睁开了眼睛。尼古拉·弗谢沃洛多维奇，您刚才说也特意通知了您：该不是斯捷潘·特罗菲莫维奇也给您写过这一类信吧？"

"我收到他写来的一封极其天真的，而且……而且……十分高尚的信……"

"您觉得难以启齿，在寻找措辞——行了！斯捷潘·特罗菲莫维奇，我希望您格外开恩，"她突然两眼放光，向他说道，"请您行行好，立刻离开我们，以后永远不要跨过我家的门槛。"

请诸位想想她不久前流露出来的、至今犹未消逝的"狂喜"。诚然，斯捷潘·特罗菲莫维奇有错！但是当时使我惊讶不已的是：他居然带着非凡的尊严顶住了彼得鲁沙的"揭发"（并没有想打断他的话）和瓦尔瓦拉·彼得罗芙娜的"诅咒"。他怎么会这样沉得住气呢？我弄清楚的只有一点：方才他与彼得鲁沙初次见面，具体地说，也就是他方才与彼得鲁沙的拥抱，无疑使他深感伤心。这是一种深深的、真正的痛苦，起码在他的心目中是这样。此外，当时他还有另一桩痛苦，也就是他自己十分痛心地意识到他干了一件卑鄙的事；后来他曾十分坦率地亲自向我承认过这一点。要知道，真正的、无疑的痛苦，有时甚至会使一个异常轻佻的人变得老成持重，哪怕时间不长也罢；此外，由于真正的痛苦，甚至连傻瓜有时也会变得聪明起来，当然，这是暂时的；这是痛苦具有的特点。既然如此，那像斯捷潘·特罗菲莫维奇这样的人又会出现怎样的情况呢？彻底改弦更张——当然，这也是暂时的。

他庄重地向瓦尔瓦拉·彼得罗芙娜鞠了一躬，一句话也不说（诚然，舍此，他也无可奈何）。他本来想这样一走了之，但是又忍不住走到达里娅·帕夫洛芙娜面前。她似乎已经预感到了这一点，因为她立刻十分惊慌地说起话来，似乎急于想抢在他头里似的：

"斯捷潘·特罗菲莫维奇，看在上帝分上，请您什么话也不要说，"她热烈地像说绕口令似的开口说道,脸上带着痛苦的表情,急忙向他伸出一只手,"请您相信,我一如既往地尊敬您……而且也一如既往地珍重您,而且……希望您也不要把我往坏处想,斯捷潘·特罗菲莫维奇,我会非常、非常珍惜这点的……"

斯捷潘·特罗菲莫维奇向她深深地鞠了一躬。

"随你便,达里娅·帕夫洛芙娜,你知道,这整个事情完全随你的便!过去是这样,现在和将来也是这样。"瓦尔瓦拉·彼得罗芙娜有分量地说道。

"啊! 现在我算全明白了!"彼得·斯捷潘诺维奇拍了一下自己的脑门,"但是……但是这样一来,又把我置于何等地位呢? 达里娅·帕夫洛芙娜,请原谅我……这样一来,你又给我惹出了多少麻烦啊?"他又转身对父亲说。

"皮埃尔,你也不妨跟我换一种说法嘛,不是吗,我的朋友?"斯捷潘·特罗菲莫维奇声音甚至压得很低地说道。

"请你别嚷嚷,"皮埃尔挥了一下手,"请相信,这一切都是老朽的、有病的神经在作怪,而且嚷嚷也于事无补。您最好告诉我,既然你可能料到我一进门就会口没遮拦地说出来:你干吗不先跟我打个招呼呢?"

斯捷潘·特罗菲莫维奇目光锐利地看了看他。

"皮埃尔,关于这里发生的事你已经知道了很多,不过话又说回来,难道在此以前你当真一无所知、一无所闻吗?"

"什——么? 居然有这种人! 由此可见,我们不仅是老小孩,我们还是不怀好意的老小孩? 瓦尔瓦拉·彼得罗芙娜,您听见他说什么了吗?"

大家都七嘴八舌地说起话来;但这时却突然爆发了一桩谁也意想不到的事。

八

首先我要提一下,在最后两三分钟内,丽扎韦塔·尼古拉耶芙娜似乎被

第一部

某种新的心思所左右；她跟她妈和俯身倾听她说话的马夫里基·尼古拉耶维奇在窃窃私语，说得很快。她的脸色很惊惶，但与此同时又流露出一种毅然决然的神态。最后她从座位上站起来，显然急于要离开，并且催促她的妈咪快走，于是她妈便由马夫里基·尼古拉耶维奇从沙发上扶起来。但是看得出来，她们不把这场戏看完是注定走不了的。

沙托夫坐在自己的角落里（离丽扎韦塔·尼古拉耶芙娜不远），已经被大家完全忘在脑后，大概他自己也不知道他干吗坐在这里不走。他蓦地从椅子上站起来，不慌不忙但步履坚定地穿过整个房间，向尼古拉·弗谢沃洛多维奇走去，直视着他的脸。尼古拉·弗谢沃洛多维奇远远地就注意到他正走来，他淡淡地微微一笑；但是当沙托夫走到他跟前的时候，他停止了笑。

当沙托夫默默地在他面前站住，目不转睛地注视着他的时候，大家忽然注意到了这一情景，顿时鸦雀无声，而最后一个注意到这一情况并且闭上嘴的是彼得·斯捷潘诺维奇；丽莎和她妈则在房间中央停了下来。就这样过了约莫五秒钟；尼古拉·弗谢沃洛多维奇原来脸上的既放肆而又困惑的表情被愤怒所代替，他双眉深锁，突然……

突然，沙托夫挥起他那又长又重的胳膊，用足力气打了他一个耳光。尼古拉·弗谢沃洛多维奇被打得在原地很厉害地摇晃了一下。

沙托夫连打人也很特别，根本不像一般人打耳光（如果可以这样说的话）那样打法，不是用手掌抽，而是用整个拳头狠狠地打，而他的拳头又大又重，瘦骨嶙峋，长满了红毛和雀斑。如果这一拳正好打中鼻子，那这鼻子非打开花不可。但是这一拳打在了腮帮上，碰到了左边的嘴角和上排门牙，从那里立刻流出了血。

似乎，有人霎时发出一声惊呼，说不定是瓦尔瓦拉·彼得罗芙娜叫了起来——这我就记不清了，因为一切又立刻哑然无声。不过这场戏一共才继续了不超过十秒钟。

然而在这十秒钟里却发生了许许多多事。

我要再次提醒读者,尼古拉·弗谢沃洛多维奇是一个天不怕地不怕的人。决斗时,他可以面不改色地站在对手的枪口下,他能像野兽般镇定自若地瞄准和打死别人。如果有人打了他耳光,我觉得,他甚至不会找这人决斗,而是把这个侮辱他的人当场立刻打死;他属于这样一类人,他杀人的时候头脑完全清醒,根本不是情不自禁,忘乎所以。我甚至觉得,他从来没有那种使人丧失理智、失去思考能力的愤怒的冲动。他有时候也会怒不可遏,但是他在任何时候都能够完全控制住自己的情绪,因此他也懂得,即使不是因为决斗,因为杀人他也一定会被流放去服苦役;尽管如此,他还是会把侮辱他的人杀死,而且毫不动摇。

最近我一直在研究尼古拉·弗谢沃洛多维奇,根据某些特殊情况,现在,我在写这本书的时候,已经知道了有关他的很多事。我也许应当把他与某些以往的大人先生做一番比较,关于这些先生,现在在我们上流社会还保存着若干传奇式的回忆。比如,关于十二月党人 Л—н[①] 就有一些传说,说他毕生都在特意寻找危险,陶醉于危险感,并把追求危险感变成他天性的需要;他年轻时常常无缘无故地跟别人决斗;在西伯利亚拿着一把刀就敢猎熊;喜欢在西伯利亚的森林里遇见越狱逃跑的苦役犯,我要顺便指出,这些逃犯比熊更可怕。无疑,这些传奇式的先生也会有恐惧感,甚至说不定还是强烈的恐惧感——要不然,他们就会镇定自若得多,他们也就不会把这种危险感变成自己天性的需要了。但是战胜自己心中的胆小怕死——不用说,这正是他们

[①] 指十二月党人卢宁(1787—1845),他曾因涉嫌与十二月党人的秘密团体有牵连被判处二十年苦役。下文关于卢宁的种种描写源出十二月党人斯维斯图诺夫写的《驳斥》一文(见《一八七一年俄国档案》第二册,第346—347页)。

第一部

所向往的。不断地为胜利所陶醉，并意识到没有人能战胜他——这正是他们神往的。这个 Л—н 还在放逐以前就与饥饿作斗争，并以艰苦的劳动聊以谋生，唯一的原因就是他说什么也不肯屈从他那富有的父亲的要求，他认为这种要求是没有道理的。因此，他对斗争的理解是多方面的；无论是跟熊斗的时候，还是决斗的时候他珍视的是自己所具有的刚毅不拔和坚强的性格。

但是从那时候起毕竟过去了许多年，当代人那种神经过于紧张的、筋疲力尽的、精神分裂的天性，现在甚至根本不会去追求直接的和纯粹的感觉，但是在美好的古代却有一些不安于平庸的先生在竭力寻求这种感觉。尼古拉·弗谢沃洛多维奇也许会对 Л—н 不屑一顾，甚至会管这种人叫气势汹汹的胆小鬼，像只好斗的公鸡——不错，他是不会公开说出口的。倘若有必要，他也会在决斗时开枪杀死对手，也会去猎熊，也会像 Л—н 那样成功地、无所畏惧在森林里击退强盗，然而他这样做已经没有任何乐趣了，他这样做的唯一原因是非如此做不可，但心中感到不快，因此便无精打采、懒洋洋，甚至感到百无聊赖。不用说，在愤世嫉俗上，比之 Л—н，甚至比起莱蒙托夫来，往往有过之无不及。[①] 尼古拉·弗谢沃洛多维奇心中的愤恨，也许比他们两人心中的愤恨加在一起还多，但是他心中的这种愤恨是冷酷的、平静的，甚至可以说是理智的，如果可以这样说的话，因此也就最可憎、最可怕，简直无出其右。我再说一遍：我当时认为，现在仍然认为（现在一切都已结束），他正是这样一种人：假如他脸上挨了一拳，或者受到类似的同等的侮辱，他一定会立刻和当场杀死自己的对手，而不是先诉诸决斗。

然而，在当前的情况下却发生了某种有悖常理的咄咄怪事。

他挨了一记耳光，丢脸地向一侧摇晃了一下，差点把半个身子都歪倒一

[①] 陀思妥耶夫斯基对莱蒙托夫有许多偏激的看法。请参看《陀思妥耶夫斯基全集》第二十四卷（莫斯科，科学出版社，1982年），第75、82、102页。

边，好不容易才站直了身子，而在沙托夫打在脸上的那一拳之下发出的那声丢脸的、仿佛某种伴有鲜血流出的声音尚未在房间里平息之前，他就伸出两手立刻抓住了沙托夫的肩膀；但是紧接着，几乎就在同时，他又把自己的手缩了回去，两手交叉，背在身后。他一言不发，看着沙托夫，面色煞白，就像他身上穿的那件白衬衫一样。但令人纳闷的是，他的目光仿佛熄灭了。过了十秒钟，他的眼神变得冷冷的，而且（我相信我没有胡说）显得很平静，只是脸色苍白得可怕。我自然不知道这人心里在想什么，我只能看见表面的东西。我觉得，假如有这样一个人，比如说，他抓住一根烧得通红的铁条攥在手里，目的是检验一下自己的坚韧，然后在长达十秒钟的时间内，他战胜着难以忍受的疼痛，而最后以战胜疼痛而告终，那么我觉得，这人才几乎体验了尼古拉·弗谢沃洛多维奇现在在这十秒钟之内所忍受的痛苦。

　　他们两人当中首先低下眼睛的是沙托夫，因为他不得不低下眼睛。然后慢慢地转过身去，走出了房间，但是他的步态却跟方才走上前去的步态根本不同了。他走得很慢，不知怎么显得特别笨拙，耸起两肩，耷拉着脑袋，仿佛在自己与自己讨论着什么事。仿佛他在悄声说着什么。他小心翼翼地走到门口，没有绊着任何东西，也没有碰翻任何东西，他把房门推开一条小缝，几乎是侧着身子从门缝里钻了出去。当他钻出房间时，他那翘在后脑勺上的一绺头发看去特别显眼。

　　接着，在发出一迭连声的喊叫之前，首先发出了一声可怕的喊叫。我看到，丽扎韦塔·尼古拉耶芙娜一手抓住她妈咪的肩膀，一手抓住马夫里基·尼古拉耶维奇的胳膊，把他俩拽了两三下，要他俩跟着她离开这房间，可她突然一声惊叫，全身直挺挺地倒在了地板上，晕了过去。直到现在我还似乎听到她的后脑勺咚的一声碰在地毯上的声音。

群　魔

БЕСЫ

第二部

ЧАСТЬ ВТОРАЯ

第二部

第一章 夜

一

过了八天。现在，当一切已成往事，我在撰写这部纪事的时候，我们已经知道这究竟是怎么回事了；但当时我们什么也不知道，因此很自然，我们觉得这天发生的种种事情太奇怪了。起码，在最初一段时间，我跟斯捷潘·特罗菲莫维奇都闭门不出，从远处害怕地观察着。我倒还间或出出门，到某些地方转悠转悠，像从前那样给他带回各种各样的消息，不这样，这日子他是没法过的。

不消说，有关那一记耳光和丽扎韦塔·尼古拉耶芙娜的晕倒，以及在那个星期天发生的其他事情，全城上下谣诼纷纭。但是我们觉得惊奇的是：到底通过谁这一切会这么快、这么准确地传到外面去的呢？当时在场的人中大概没有一个人会泄密，因为既无必要，也无好处。当时并没有用人在场；只有列比亚德金一个人可能口没遮拦地把什么事情泄露出去，倒不是出于愤恨，因为他当时出去的时候非常害怕（对敌人感到害怕往往会战胜对敌人的愤恨），如果他有什么话泄露了出去，只可能是因为口没遮拦。但是列比亚德金和他妹妹第二天就不见了，而且消失得无影无踪；菲利波夫公寓没有他，他不知搬到哪儿去了，仿佛失踪了似的。我本来想找沙托夫打听一下玛丽娅·季莫费耶芙娜的消息，可是他却把自己反锁在屋里，似乎这八天中他一直坐在自己屋里，杜门不出，甚至连城里的课也不去上了。我去找他，他也不肯见我。星期二我跑到他家，敲了敲门。没人答应，但是我相信，我有确凿无疑的根据，他肯定在家，我又敲了第二遍门。于是，他大概从床上一跃而起，大踏步地走到房门口，扯开嗓门向我喝道："沙托夫不在家。"我只好走了。

最后，我和斯捷潘·特罗菲莫维奇终于得出一个想法，虽然我们不无恐惧地认为这种推测过于大胆，但是我俩仍旧互相鼓励：我俩认定，散布这类流言蜚语的罪魁祸首只可能是彼得·斯捷潘诺维奇，虽然过了若干时间以后，有一次，他在跟父亲的谈话中硬说，他碰到这事的时候已是所有的人都在谈论，主要是在俱乐部里早已议论纷纷，而且省长夫人及其丈夫也已经对此一清二楚，甚至连最小的细节也无不了如指掌。还有一件引人注目的事是，第二天，星期一晚上，我遇见了利普京，他已经知道了一切，原原本本，从头至尾，由此可见，他无疑是最先知道此事的人之一。

有许多女士（而且是最上层的女士）好奇地想知道那个"谜一样的瘸腿女人"的情况——大家都管玛丽娅·季莫费耶芙娜叫"瘸腿女人"。甚至还有一些人一定想要亲自见见她，并同她认识认识，因此那些急于把列比亚德金兄妹藏起来的先生显然做得正是时候。但是人们最感兴趣的还是丽扎韦塔·尼古拉耶芙娜的晕倒，"整个上流社会"对此感兴趣，无非是因为这事直接与尤丽娅·米哈伊洛芙娜有关，因为她非但是丽扎韦塔·尼古拉耶芙娜的亲戚，而且还是她的保护人。什么闲言碎语没有啊！促成这些闲言碎语的还有那种神秘的气氛：两家都大门紧锁；据说，丽扎韦塔·尼古拉耶芙娜得了酒狂症①，一病不起；关于尼古拉·弗谢沃洛多维奇，则说了许多难听的话，令人恶心地说什么似乎他的一颗牙齿被打落了，由于牙龈脓肿他的腮帮子也肿了起来，很具体。甚至还有人躲在角落里窃窃私语，说什么我们这里也许会闹出凶杀案来，又说什么斯塔夫罗金绝不是一盏省油的灯，他是绝不会忍气

---

① 酒狂症一般由酒精中毒引起，症状为说胡话和出现幻觉。

吞声咽下这口气而不杀死沙托夫的，不过是暗杀，就像科西嘉人的血亲复仇[①]一样。这种想法很对大家的胃口；但是敝城上流社会的大多数年轻人都鄙夷不屑地倾听着这一切，而且听的时候摆出一副漠然的、嗤之以鼻的神态，当然，这副模样是装出来的。总之，敝城上流社会对尼古拉·弗谢沃洛多维奇由来已久的敌视分外鲜明地表现了出来。甚至一些老成持重的人也极力指责他，虽然他们自己也不知道到底应该指责他什么。还有人在交头接耳地窃窃私语，似乎他毁了丽扎韦塔·尼古拉耶芙娜的清白，他俩在瑞士曾有过男女私情。当然，有些谨慎的人常常三缄其口，但是却津津有味地听着。还有一些其他说法，但并不是普遍的，而是私人之间偶尔提及，几乎是关起门来说话，但是这些话十分离奇，而我之所以提到存在着这样一些说法，仅仅是为了跟读者打个招呼，以便对我这部小说接下去讲的故事有个交代。说穿了：甚至有人皱着眉头说（天知道他们这么说有什么根据），说什么尼古拉·弗谢沃洛多维奇在敝省负有某种特殊使命，他在彼得堡通过K伯爵进入了某个最上层的圈子，他甚至可能在什么地方供职，几乎受什么人委派，肩负着某种任务。一些非常老成持重的人对这种流言付诸一笑，并且很有道理地指出，一个丑闻不断，而且在我们这里一开头就弄了个牙龈脓肿的人，不像是个有任务在身的官吏。这时就有人悄悄地告诉他们，他倒不是在什么地方正式供职，而是担任一种所谓秘密职务[②]，因此，在这种情况下，工作本身要求做这个工作的人越不像官吏越好。这样一种意见竟产生了效果；因为敝城的人都知道，京城里对敝省的地方自治会特别注意。我再说一遍，这些流言蜚语只是倏忽闪过，待尼古拉·弗谢沃洛多维奇一出现，就暂时消失得无影无踪了；但是我要指出，许多流言蜚语的起因多少是来自不久前刚从彼得堡回来的近

[①] 科西嘉人的血亲复仇，规定必须先向敌人提出警告（"您给我留神了"），但是也允许暗杀。

[②] 指给警察局当密探。

第二部

卫军退伍大尉阿尔捷米·帕夫洛维奇·加甘诺夫在俱乐部含糊其词、断断续续说过的一些话，这些话虽然简短，但却十分恶毒。这个加甘诺夫是敝省敝县一位非常大的大地主，是在京城里出入上流社会的头面人物，是已故的帕维尔·帕夫洛维奇·加甘诺夫之子，其父也就是四年多以前与尼古拉·弗谢沃洛多维奇发生过一次非常粗暴而又非常出乎意外的冲突的那位最最可敬的俱乐部主任。关于这事的始末，我已经在前面，在这部小说的开头部分提到过了。

所有的人立刻都知道了，尤丽娅·米哈伊洛芙娜曾对瓦尔瓦拉·彼得罗芙娜进行过一次非同寻常的拜访，可是在后者府邸的台阶旁却有人向她宣布："太太因健康欠佳，恕不接待。"大家也知道，在这次拜访的两三天后，尤丽娅·米哈伊洛芙娜曾派人专程去问候瓦尔瓦拉·彼得罗芙娜的健康。最后，她就开始到处替瓦尔瓦拉·彼得罗芙娜"说好话"，当然，所谓"说好话"仅指最高意义上的"说好话"，即尽可能说一些最最模棱两可的话。最初有些人仓促地对星期天的事说了一些含沙射影的话，她听后板着脸，冷冰冰的，因而在接下去的几天中，只要有她在场，这类旁敲侧击的话就没人敢再提了。这样一来，这样的想法就到处站稳了脚跟，即尤丽娅·米哈伊洛芙娜不仅对这个神秘事件的来龙去脉统统晓得，而且还知道这事的所有神秘含义，直至它的最小的细节，而且她不是作为局外人，而是作为一个亲历者知道此事的。我还要顺便指出，她已经在敝城开始逐渐取得她无疑曾经孜孜以求渴望取得的那种高级影响，而且她已开始看到自己被别人"前呼后拥"地包围了起来。上层社会已有一部分人承认她拥有处理实际事务的头脑和分寸……关于这点咱们以后再说。正是因为有了她的呵护，才部分地促成了彼得·斯捷潘诺维奇在敝城上流社会的迅速成功——这成功当时使斯捷潘·特罗菲莫维奇感到特别吃惊。

第二部

  我俩对他的成功也许夸大其词了。首先，在彼得·斯捷潘诺维奇刚到敝城的头四天，他几乎在刹那间就跟全城人都认识了。他是星期天光临的，可是星期二我已经遇见他和阿尔捷米·帕夫洛维奇·加甘诺夫同坐在一辆马车上了；加甘诺夫这人看去十分风流儒雅，其实十分高傲，非但脾气大，而且目空一切，就这人的性格而论，是很难相处的。在省长那里，彼得·斯捷潘诺维奇也受到了极好的接待，他立刻取得了似乎他是省长的亲朋好友或者备受省长器重的年轻人的地位；他几乎每天都在尤丽娅·米哈伊洛芙娜那儿吃饭。还在瑞士的时候，他就跟她认识了，但是他在省长大人家取得如此迅速的成功，其中确有某种令人饶有兴味的东西。过去他毕竟以侨居国外的革命者而闻名，真也罢，假也罢，反正他曾参加过国外一些出版物的出版和发行工作，参加过某些国际会议，"甚至有报纸为证"。有一次见面的时候，阿廖沙·捷利亚特尼科夫曾恶狠狠地对我这样说，他过去在老省长家也是一位颇得厚爱的年轻人，可是现在，呜呼，不过是个退职的小官吏罢了。不过话又说回来，事实俱在：过去的革命者现在回到亲爱的祖国，不仅平安无事，而且还差点受到鼓励和赞许；可见，他兴许什么事也没有。有一次利普京对我悄声道，据传，彼得·斯捷潘诺维奇似乎在什么地方做过悔过，得到了宽恕，他还检举了其他几个人，这样一来，也许，已经将功折罪，并保证今后也一定做个有益于祖国的人。我把这个恶意中伤的话转告了斯捷潘·特罗菲莫维奇，尽管他当时几乎已经失去了思考能力，还是陷入了深深的沉思。后来发现，彼得·斯捷潘诺维奇到我们这里来；带来了几封令人肃然起敬的介绍信，起码有一封是带给省长夫人的，而写这封推荐信的是彼得堡的一位非常重要的老太太，而她丈夫则是彼得堡的一位地位十分显赫的老人。这位老太太是尤丽娅·米哈伊洛芙娜的教母，她在那封信中提到，连K伯爵通过尼古拉·弗谢沃洛多维奇的关系也非常熟悉彼得·斯捷潘诺维奇，对他宠爱有加，并认为他是一个"好青年,尽管过去误入歧途"。尤丽娅·米哈伊洛芙娜非常珍惜自己与"上流世界"这点儿微弱而又勉强维持的关系,因此,她看到那位重要的老太太的信后,当然感到很高兴;不过这里总还有某种似乎特别的东西。她甚至让自己的丈夫也跟彼得·斯捷潘诺维奇保持一种几乎亲昵的关系,因此冯·列姆布克先生对此颇有微词……不过关于这事也留待以后再说。我还要立此存照地说明一点:连那位大作家对彼得·斯捷潘诺维奇也极为赏识,立刻请他到自己家里做客。这样一个自命不凡的人,这种匆忙表示友好的态度,极大地刺痛了斯捷潘·特罗菲莫维奇;但是我对此却有不同的解释:卡尔马津诺夫先生一再邀请一名虚无主义者到自己家里做客,当然是考虑到此人与两大京城[①]的进步青年有来往。这位大作家一想到当代的革命青年就心惊胆战,而且由于他对事情的无知,他总以为俄国未来的钥匙掌握在这帮革命青年手中,于是就低三下四地巴结他们,主要是因为这帮年轻人根本就不理睬他。

二

彼得·斯捷潘诺维奇也曾顺道跑来看过他父亲两次,不幸的是两次我都不在。他头一次来看他是在星期三,也就是在头一次不期而遇之后的第四天,而且是有事前来。顺便说说,他俩的田产纠纷不知怎么竟不声不响、不事声张地解决了。瓦尔瓦拉·彼得罗芙娜承担了一切,偿付了一切,不用说,也得到了那一小块土地,她只是通知斯捷潘·特罗菲莫维奇说一切都了结了,于是瓦尔瓦拉·彼得罗芙娜的全权代表,她的听差阿列克谢·叶戈罗维奇便

[①] 指莫斯科与彼得堡。

拿来一份什么东西让他签字，他也就默默地，摆出一种非常庄重的样子照办了。关于他的精气神，我还要说几句，这几天我几乎认不出我们这位先前的老人家了。他一反常态，变得异常沉默寡言，而且从星期天起甚至没有给瓦尔瓦拉·彼得罗芙娜写过一封信，我认为这简直是奇迹，而主要是他已经平静了下来。他似乎拿定了主意，已经彻底想好了，而这个非同寻常的想法给他带来了平静，这是看得出来的。他拿定了这主意，正坐在那里等待着什么。不过，他起先病了，尤其是星期一，上吐下泻，类似霍乱。要不，在整个这段时间里，消息如此闭塞，他的日子是过不下去的；然而，只要我抛开事实不谈，触及问题的实质，发表我的某些揣测时，他就立刻向我连连挥手，不让我说下去。但是，与儿子的两次会面毕竟给他留下了痛苦的印象，虽然并未动摇他的看法。在这两天中，每次见过儿子后，他就躺在沙发上，头上缠块浸过醋的手帕；但是就最高意义上说，他仍旧保持着平静。

不过有时候他也并不向我挥手。有时候我也会觉得，他私下里下定的决心似乎已离他而去，他开始与某些蜂拥而来的新的令人神往的思想进行斗争。这情况转瞬即逝，但是我却注意到了。我怀疑，他非常想东山再起，走出隐居状态，背水一战，以决胜负。

"亲爱的，我真想把他们一举歼灭！"星期四晚上，在跟彼得·斯捷潘诺维奇第二次见面之后，他伸直两腿躺在长沙发上，头上包着毛巾，忽然脱口说道。

在这一分钟前，他一整天还没跟我说过一句话。

"'儿子，亲爱的儿子'等等，我同意，所有这些说法都是废话，都是厨房里老妈子说的话，就算是这样吧，反正现在我看透了。我没有给他吃给他喝，当他还是个吃奶的孩子的时候，我就让人坐驿车把他从柏林送到了某某省，以及其他等等，我都同意……他说：'你没有喂我吃奶，而是让我坐上驿车把我打发走了，还在这儿鲸吞我的财产。'但是，不幸的孩子，我向他叫道，要知道，我一辈子为你都把心操碎了，虽说是我让你坐上驿车把你送走的！他笑了。但是我同意，我同意……就算是坐驿车走的吧。"最后他像说胡话似的说道。

"先不说这个，"过了五分钟，他又开口道，"我不明白屠格涅夫的意思，他笔下的巴扎罗夫是一个根本不存在的虚拟人物；当时他们就首先否定了这一人物，因为这人四不像。①这个巴扎罗夫是诺兹德廖夫②和拜伦的模糊不清的混合物，正是这样。您注意地瞧瞧他们：他们高兴得又是翻筋斗又是尖叫，就跟小狗晒太阳似的，他们很幸福，他们是胜利者！这算什么拜伦呀！……而且又多么单调啊！自尊心又这么强，丝毫冒犯不得，多庸俗啊，而且还多么卑鄙地渴望自己能够名噪一时，居然没有发现，自己的名字……噢，真是极大的讽刺！我向他嚷道，得了吧，难道你现在这样还想给人们冒充基督？他笑，他太爱笑了，笑得太多了。他有一副奇怪的笑容。他母亲的笑容就不是这样。他总在笑。"

又是默然相对。

"他们很狡猾；星期天他们串通好了……"他霍地说道。

"哦，毫无疑问，"我叫道，竖起了耳朵，"这一切都是阴谋，而且欲盖弥彰，又演得那么拙劣。"

"我不是说这个。要知道，这一切是故意做得欲盖弥彰的，以便让那些……该注意到的人注意到。你明白这道理吗？"

"不，我不明白。"

"那更好。不谈这个了。今天我的心情不好。"

---

① 巴扎罗夫是屠格涅夫《父与子》中的人物。据俄国学者研究，斯捷潘·特罗菲莫维奇的话反映了《现代人》杂志对巴扎罗夫的看法。
② 果戈理的小说《死魂灵》中的地主，是个恶棍、流氓。

"那您干吗要跟他争论呢，斯捷潘·特罗菲莫维奇？"我责备地问。

"我想使他回心转意。当然，您笑吧。这位可怜的阿姨，她会听到好消息的！噢，我的朋友，您信不信，方才我感到自己是个爱国者！话又说回来，我永远意识到自己是个俄国人……真正的俄国人就像你我这样，而不可能是别的样子。这里有某种盲目的和可疑的东西。"

"那是一定的。"我答道。

"我的朋友，真正的事实真相看着总不大像真的，您知道吗？为了使事实真相看上去更像真的，那就一定要掺进一点儿谎言。人们一向都这么做。也许这里有我们不明白的东西。足下认为，这里，在这声得意扬扬的尖叫声中，是不是有什么我们不明白的东西呢？我倒希望有。我还真希望有。"

我没有吭声。他也沉默了很久。

"据说，是受了法国人的影响……"他突然仿佛发高烧似的含混不清地说道，"这是胡说，一向都这样。干吗要诋毁法国人呢？这无非是因为俄国人懒罢了，是我们在产生思想上可耻地无能，是我们在世界民族之林中可憎的寄生状态。他们不过是些懒汉罢了，而不是受了法国人的影响。噢，为了人类幸福，必须把俄国人像消灭害虫一样消灭干净！我们追求的根本就不是，根本就不是这个；我简直莫名其妙。我已经失去了理解能力！我向他嚷道，你明白吗，你明白吗？如果你们把断头台放在首位，而且还这样得意，那这仅仅是因为砍头最容易，而有思想最难！① 你们是懒虫！你们的旗帜是一块破布，是无能的化身。这些大车或者像那里所说'给人类运送粮食的大车发出的辚辚声'，比《西斯廷圣母》更有用，② 或者像他们在通信中所说的……

---

① 这话源出赫尔岑的《往事与随想》第八卷。原话是："有胆量去砍脑袋，却没有胆量去砍思想……"（这卷当时发表在《北极星》1868年的第八辑上）
② 《西斯廷圣母》是文艺复兴时期意大利画家拉斐尔的代表作。斯捷潘·特罗菲莫维奇的这些话源出赫尔岑与佩切林的通信（1853）中关于资本主义物质文明和精神堕落的争论。

那一类蠢话。你明白吗,我向他嚷嚷道,你明白吗,人除了幸福以外也同样不折不扣地需要不幸!他笑了。他说,你一面说俏皮话,'一面把自己的四肢(他说得更下流)舒舒服服地放在柔软的沙发上……'请注意,父子之间以你相称,这已经成了我们的习惯;如果父子和睦,倒还罢了,要是吵架,成何体统?"

我俩又沉默了大约一分钟。

"亲爱的,"他很快站起来,忽然说道,"您知道吗,这事总归会有个了局的?"

"那自然。"我说。

"您不明白。先不谈它了。但是……一般说,世界上的事经常不了了之,但这事会有个了局的,一定,一定!"

他站起来,非常激动地在房间里走了一个来回,又回到沙发旁,无力地倒在上面。

星期五早晨,彼得·斯捷潘诺维奇到县里去了,而且在那里一直待到星期一。关于他外出的事,我是听利普京说的,就在这时候,说到话头上,我从他口里获悉,列比亚德金兄妹俩现在在河对岸的瓦罐镇。"是我送他俩去的。"利普京又加了一句,接着便不再谈列比亚德金兄妹的事了,他突然告诉我,丽扎韦塔·尼古拉耶芙娜要嫁给马夫里基·尼古拉耶维奇,虽然这事还没有公开,但是已经订了婚,这事就算了了。第二天,我遇见丽扎韦塔·尼古拉耶芙娜由马夫里基·尼古拉耶维奇陪同,在病后第一次骑马出游。她大老远就眼睛一亮地望了望我,笑了笑,很友好地向我点了点头。我把这一切都告诉了斯捷潘·特罗菲莫维奇;他只对列比亚德金兄妹俩的消息略加注意地听了一下。

我们已经描写了在这八天中我们毫无所知的令人猜不透的情况,现在我就要来描写我这部纪事下面的故事了，但是现在，可以说，事情已经弄清楚了，因此写起来也就能按照现在一切都已水落石出、真相大白的样子来写了。我将从那个星期天以后的第八天，也就是从星期一晚上写起，因为，说实在的，"新故事"是从那天晚上才开始的。

三

这时已是晚上七点，尼古拉·弗谢沃洛多维奇正独自坐在自己的书房里，这房间他过去就十分喜欢，高大宽敞，铺着地毯，陈设着古色古香的沉重家具。他坐在墙角的一张沙发上，穿戴得仿佛要出门似的，但又似乎哪儿也不准备去。他面前的桌上放着一盏带灯罩的台灯。这大房间的两侧和角落笼罩着黑影。他的目光若有所思地集中于一点，显得不十分平静；脸很疲惫，略显清瘦。他确实患有牙龈脓肿；但谣传他被打落一颗门牙则是夸大了。牙齿只是有点松动，但现在又结实如初；上嘴唇的内侧被磕伤了一点，但这也长好了。至于牙龈脓肿过了一星期还没有好，那仅仅是因为他不肯去看医生，不肯让人家及时把肿块切开，而是等候脓肿自行破裂。他不仅不肯去看医生，甚至也不大肯让母亲去看他，即使勉强让母亲进去了，也只是让她进去一小会儿，一天一次，而且必须在黄昏时分，在天已渐渐黑下来可是还没有到掌灯的时分。他也不肯见彼得·斯捷潘诺维奇，然而，彼得·斯捷潘诺维奇滞留在城里的时候，每天都要来看瓦尔瓦拉·彼得罗芙娜两三趟。最后，在星期一清晨，彼得·斯捷潘诺维奇在离开三天以后终于回来了。他先是跑遍了全城，接着在尤丽娅·米哈伊洛芙娜家吃了饭，直到傍晚时分才终于前来拜望正在焦急地等待他的瓦尔瓦拉·彼得罗芙娜。禁令已被解除，尼古拉·弗谢沃洛多维奇开始会客了。瓦尔瓦拉·彼得罗芙娜亲自把客人领到书房门口；她早就希望他俩能见见面，而彼得·斯捷潘诺维奇则向她保证从尼古拉那儿出来以后一定立刻跑去找她，向她转告一切。她胆怯地敲了敲尼古拉·弗谢沃洛多维奇的房门，没有得到回答，就大着胆子把门推开了一道约两俄寸宽的小缝。

"尼古拉，我可以把彼得·斯捷潘诺维奇带来看你吗？"她低声而又克制地问道，竭力想看清站在台灯前面的尼古拉·弗谢沃洛多维奇的脸。

"可以，可以，当然可以！"彼得·斯捷潘诺维奇自己先大声而又快乐地叫道，自己用手推开了门，走了进去。

尼古拉·弗谢沃洛多维奇没有听见敲门声，他只听清了他母亲胆怯的问话，但是还没来得及回答。这时在他面前正放着一封他刚看完的信，他正在出神地沉思。他听到彼得·斯捷潘诺维奇突如其来的呼唤以后，打了个哆嗦，于是便急忙拿起手头的一只吸墨器盖住了信，然而没有全盖住：信纸的一角和几乎整个信封都露在外面。

"我故意使劲喊了一声，让您有时间做准备。"彼得·斯捷潘诺维奇以一种异常天真的神态匆匆地悄声道。他跑到桌子跟前，霎时两眼就盯住了那只吸墨器和信纸的一角。

"当然，您一眼就看到我把一封刚刚收到的信压在了吸墨器下面不让您看见。"尼古拉·弗谢沃洛多维奇镇静地说道，仍旧坐在那里没有动窝。

"信？您呀，您那封信又怎么啦，我管得着吗！"客人叫道，"但是……主要的是……"他又悄声道，说时向关上的房门转过身去，摆了摆头，指了指那个方向。

"她从来不偷听别人说话。"尼古拉·弗谢沃洛多维奇冷冷地说。

"即使偷听也没关系！"彼得·斯捷潘诺维奇即刻接茬道，快活地提高了嗓门，舒舒服服地坐在沙发上，"我丝毫不反对偷听，我直到现在才跑来跟您单独谈谈……唔，我终于见到您了！首先，您身体怎么样？看得出来，身体很好，说不定您明天去，啊？"

"也许吧。"

"让他们彻底消除怀疑，也让我轻松一下！"他带着一副愉快的、开玩笑的神态使劲比画着说道，"您不知道，我都跟他们磨破了嘴皮子。不过不说您也知道。"他笑了。

"我并不全知道。我只听我母亲说，您很有……进展。"

"不过我一句肯定的话也没有说，"彼得·斯捷潘诺维奇猛地跳起来，仿佛抵御什么可怕的进攻似的，"要知道，我只把沙托夫的老婆拿出来虚晃一招，似乎有流言说您俩在巴黎曾经同居过，当然，这也就是会出现星期天那事的原因……您听了不生气吗？"

"我相信您出了很大力气。"

"哎呀，我最怕的就是您说这句话了。话又说回来，'出了很大力气'这话是什么意思？要知道，这是责备。不过，您有话尽管直说，我到这儿来的时候最怕的就是您有话不肯直说。"

"任何事情我也不愿意跟你们直说。"尼古拉·弗谢沃洛多维奇略带愤懑地说道，但是又立刻微微一笑。

"我不是说这个，不是说这个，您别误会了，我不是说这个！"彼得·斯捷潘诺维奇连连挥手，说话像炒爆豆子似的，看到主人一点就着便立刻高兴起来，"我不会用我们的事业来激怒您的，尤其在您现在的处境下。我到这儿来的目的不过是想谈谈星期天的事，而且很有分寸，适可而止，因为不这样不行，不是吗？我此来的目的是想给您最坦率的交代，而需要交代的主要是我，而不是您，这是为了照顾您的面子，不过，与此同时，这也是真实情况。我此来的目的是想从今以后永远与您开诚布公，肝胆相照。"

"那么说，您以前对我不开诚布公，不肝胆相照啰？"

"您自己心里有数。我有许多次故弄玄虚……您笑了,看到您笑,我很高兴,因为我找到了借口,可以接下去解释;要知道,我是故意自吹自擂地用'故弄玄虚'这个词来引您发笑,目的是使您立刻大怒:我怎敢以为我能够做到故弄玄虚呢,这样我就可以立刻解释了。您瞧,您瞧,现在我变得多坦率!好了,您哪,您愿意听下去吗?"

尽管客人显然想用自己厚颜无耻地早就准备好了的和故作粗野的天真的话来激怒主人,可是尼古拉·弗谢沃洛多维奇面部表情却十分平静,平静中透出一丝轻蔑甚至嘲笑,最后,他脸上终于流露出略显不安的好奇。

"请听在下慢慢道来,"彼得·斯捷潘诺维奇,比原先扭得更厉害了,"十天前我到这里来的时候,也就是说泛指这里,到这座城市来,当然,我曾经拿定主意要扮演一个角色。最好是根本不扮演任何角色,保持自己的本来面目,不是这样吗?再没有比保持自己的本来面目更令人摸不着头脑了,因为谁也不会相信。不瞒您说,我本来想装腔作势地做个傻瓜,因为做傻瓜比保持本来面目容易;但是因为做傻瓜毕竟是走极端,而走极端会引起人们好奇,所以我还是拿定主意还我本来面目。嗯,您哪,可是我的本来面目是什么呢?恪守中庸之道:既不愚蠢,也不聪明,相当平庸,就像这里明白道理的人所说,仿佛从月亮上掉下来似的,不是吗?"

"怎么说呢,也许是吧。"尼古拉·弗谢沃洛多维奇微微一笑。

"啊,您同意了——我很高兴;我早知道这也是您自己的想法……您不用担心,不用担心,我并不生气,我这样形容自己根本不是为了引您说些相反的夸奖的话,说什么'不,您不是平庸之辈,您很聪明'……啊,您又笑了……我又自以为是了。您是不会说'您很聪明的',好,就算这样吧;我认为一切都是可能的。先不谈这个,正如家父所说,不过我想顺便说说,我废话连篇,请勿见怪。现在就有一个现成的例子:我总是废话连篇,也就是说,急急忙忙，唠唠叨叨却总说不到点子上。为什么我唠唠叨叨，总说不到点子上呢？因为我不会说话。那些能说会道的人，却言简意赅。由此可见，我这人实在平庸——不是吗？既然我这种平庸之才是与生俱来的；那我为什么不能人为地利用它一下呢？于是我就利用了。不错，当我准备到这儿来的时候，起先我曾经想保持沉默；但是，要知道，保持沉默是一种很大的本事，因此对我不合适。其次，要知道，沉默毕竟很危险；于是我才最后决定还是说话好，但是必须说得平庸无能，也就是唠唠叨叨，说得很多很多，急急忙忙地证明给大家听，以致证明来证明去往往连自己也给证明糊涂了，这样就可以让听的人没听完就摊开双手离您而去，最好还啐口唾沫。结果首先是您让大家相信了您这人很老实，您说的话让人越听越烦，而且听不懂——于是一下子就能得到三大好处！请问，在这以后谁还会怀疑您有什么秘密企图呢？如果有人怀疑我有秘密企图，他们中间的任何人听了都会生气的。再说我有时候还会逗大家发笑，而这就弥足珍贵了。现在他们肯定会饶恕我的一切，仅凭一点，就是在国外印发传单的那个聪明人在国内居然比他们自己还笨，不是吗？从您的微笑看得出来，您赞同我的看法。"

其实尼古拉·弗谢沃洛多维奇根本就没有笑，恰恰相反，他听的时候皱着眉头，有点不耐烦。

"啊？什么？您好像说'无所谓'？"彼得·斯捷潘诺维奇喋喋不休地说道（尼古拉·弗谢沃洛多维奇根本没有说任何话），"当然，当然；我向您保证，我根本不是要拿我们的友谊来败坏您的名声。您知道吗，您今天非常爱吹毛求疵；我今天是推心置腹、心情愉快地来找您的，可是您却不肯放过我的每一句话；我向您保证，我今天决不谈微妙的事，我保证，您提出的所有条件我都同意！"

尼古拉·弗谢沃洛多维奇顽固地保持着沉默。

"啊？什么？您好像说什么话了？我看得出来，看得出来，好像我又说了蠢话；您没有提出条件，而且也不会提出条件，我相信，我相信。您放心；我自己也知道不值得向我提什么条件，不是吗？我可以预先替您做出回答，而且——当然，由于我的平庸；平庸……您笑了？啊？什么？"

"没什么，"尼古拉·弗谢沃洛多维奇终于微微一笑，"我现在想起来了，确实有一次我曾经说过您平庸无能，但当时您并不在场，这说明，是别人告诉您的……好了，您有话就快说吧。"

"我不是已经在说我要说的话了吗，我说的正是关于星期天的事！"彼得·斯捷潘诺维奇喃喃道，"您看，星期天我成什么人，我成什么人了？一个喋喋不休、恪守中庸之道的平庸之辈，而且我用最最平庸的方式强行控制了谈话。但是大家原谅了我的一切，因为，第一，我是从月亮上掉下来的，看来，现在这里所有的人都这么认定；第二是因为我讲了一个有趣的小故事，把你们所有的人都给救了，不是吗，不是这样吗？"

"就是说，您把这故事讲得使他们起了疑心，暴露出我们在搞阴谋和捣鬼，其实我们并没有什么阴谋，我也没有求您做过任何事。"

"可不是吗，可不是吗！"彼得·斯捷潘诺维奇兴高采烈地接口道，"我正是这样做的，我就是要让您看出我的整个动机；我之所以装腔作势主要是为了您，因为我逮住了您，我想败坏您的名声。我主要想看看您害怕到什么程度。"

"有意思，为什么您现在这样开诚布公呢？"

"别生气，别生气，不要瞪眼睛……不过，您并没有瞪眼睛。您觉得很有意思，为什么我这么开诚布公？那是因为现在一切都已改观，已经一了百了，过去的事总算过去了。我突然改变了对您的看法。老办法根本不管用了；现在我无论如何不会用老办法来败坏您的名声了，现在要用新办法。"

"您改变了策略?"

"策略倒是没有。现在一切完全随您的便,就是说,您愿意就说是,不愿意就说不。这就是我的新策略。只要您自己不让我说,我就只字不提我们的事业。您笑了? 您爱笑就笑吧;我自己也在笑。但是现在我是严肃的,严肃的,十分严肃的,虽然说话急促的人无疑是个平庸之辈,不对吗? 就算平庸吧,反正我是严肃的,十分严肃的。"

他说这话的时候还当真很严肃,完全换了一副腔调,似乎特别激动,因此尼古拉·弗谢沃洛多维奇好奇地看了看他。

"您说您改变了对我的看法?"他问。

"我改变对您的看法是在沙托夫打了您,您又把手缩回来之后,行了行了,劳驾,不要再问下去了,现在我再也不会说什么啦。"

他跳起来,挥舞着双手,倒像在驱赶向他提出的什么问题似的;但是因为人家并没有向他提问,也就没有走开的必要了,因此他又坐到沙发上,表现也稍微平静了些。

"顺便说说,给您提个醒,"他又立刻像放连珠炮似的说了起来,"这里有些人瞎叨叨,似乎您会杀了他,甚至还打了赌,因此列姆布克都想动用警察了,但是尤丽娅·米哈伊洛芙娜不许他胡来……行了行了,不提这个了,我不过是给您提个醒。再顺便说说,我当天就把列比亚德金兄妹送走了,这您知道;您收到我那封有他俩地址的信了吗?"

"当天就收到了。"

"这倒不是因为我'平庸',我这样做是真心诚意,心甘情愿为您效劳。就算这显得平庸无能,毕竟是出于一片真心。"

"是的,也没什么,也许就该这样……"尼古拉·弗谢沃洛多维奇若有所思地说,"不过您以后再不要给我写信了,求您了。"

"那是没办法的事,而且总共才写过一封。"

"那,利普京知道吗?"

"那也是没办法的事;但是,您也知道,利普京不敢……顺便说说,应当去看看咱们的人,就是说,去看看他们,而不是去看我们的人,要不您又要鸡蛋里挑骨头了。您放心,我不是说现在,而是以后随便找个时间。现在在下雨。我以后告诉他们,让他们都来,咱们晚上去。他们早就张大了嘴在等我们去,就像小寒鸦在窝里张大了嘴等吃食似的,在等我们给他们带去什么礼物。都是一些热心肠的人。早早地掏出了小册子,准备争论。维尔金斯基是个全人类主义者,利普京是个傅立叶分子,对做密探和包打听有特殊的爱好;跟您实说了吧,这人在某方面很有用,人才难得,可是在所有其他方面却必须对他严格要求;最后,这人的耳朵很长,有一套自己的绝招。要知道,他们有气,因为我对他们漫不经心,还经常给他们泼冷水,嘿嘿!不过还是一定要去看看他们。"

"您在那里说到我的时候把我说成什么领导了吧?"尼古拉·弗谢沃洛多维奇尽可能十分随便地说道。彼得·斯捷潘诺维奇迅速地看了看他。

"顺便说说,"他接口道,好像没听清对方的话似的,赶快岔开了话题,"我每天要去看深受尊敬的瓦尔瓦拉·彼得罗芙娜两三次,因此也无奈地说了许多话。"

"可以想象得出。"

"不,您想象不出,我只是说您不会杀人以及其他一些甜言蜜语。您想:她第二天就知道我把玛丽娅·季莫费耶芙娜送到河对岸去了;这是您告诉她的吧?"

"哪能呀。"

"我早知道不是您说的。可是除了您以外还能有谁呢?有意思。"

"自然是利普京。"

"不——不，不是利普京，"彼得·斯捷潘诺维奇皱着眉头喃喃道，"到底是谁，我会打听出来的。这，好像是沙托夫……不过，扯淡，先不说这个了！不过，这非常重要……顺便说说，我一直等着令堂会突如其来地向我提出那个主要问题……啊，对了，这几天，起先她一直非常忧郁，可是今天我一到——她突然神采飞扬。这到底是怎么回事呢？"

"这是因为我今天向她做了保证，再过五天我一定去向丽扎韦塔·尼古拉耶芙娜求婚。"尼古拉·弗谢沃洛多维奇突然以出乎意料的坦率说道。

"啊，好吧……是的，当然，"彼得·斯捷潘诺维奇仿佛一时没词了似的嘟囔道，"您知道有谣言说她跟人订婚了吗？不过，这是真事。但是您说得也对，您只要向她一声吆喝，她就会从婚礼上向您跑来。我这么说，您不会生气吧？"

"不，我不生气。"

"我发现，今天要激怒您非常困难，我开始有点怕您了。我非常想知道您明天怎么去。您一定准备了许多把戏吧。我这么说，您不会生我的气吧？"

尼古拉·弗谢沃洛多维奇根本就没有回答他的话，这就彻底激怒了彼得·斯捷潘诺维奇。

"顺便问一句，关于丽扎韦塔·尼古拉耶芙娜，您对令堂说的话是认真的吗？"他问。

尼古拉·弗谢沃洛多维奇冷冷地定睛看了看他。

"啊，懂了，仅仅为了使她安心，是吗。"

"假如我是认真的呢？"尼古拉·弗谢沃洛多维奇坚定地问道。

"也行，上帝保佑您，正如在这种情况下人们常说的那样，对事业无害（您瞧，我没有说我们的事业，您不喜欢我们的这个词），可我……可我又能怎么样呢，我愿为足下效劳，您自己也知道。"

"您这么认为吗？"

"我什么，什么也没有认为，"彼得·斯捷潘诺维奇笑着急忙说道，"因为我知道您自己的事您自己早想好了，您做的一切都是经过深思熟虑的。我要说的只有一点，我认认真真地愿意为足下效劳，无论何时何地，也无论在何种情况下，您明白吗？"

尼古拉·弗谢沃洛多维奇打了个哈欠。

"我惹您厌烦了。"彼得·斯捷潘诺维奇突然跳起来，顺手抓起自己的崭新的圆筒礼帽，好像要走了，但与此同时又仍旧停在原地，继续不停地说着，站着说，有时在屋里走来走去，说到兴奋的地方还用礼帽拍打着自己的膝盖。

"我还想讲点儿列姆布克夫妇的事让您开开心。"他快活地叫道。

"不了，以后讲吧。不过，尤丽娅·米哈伊洛芙娜的身体好吗？"

"话又说回来，您全是上流社会那一套虚情假意。您对她的身体好不好完全无所谓，就像一只灰猫的健康与您完全无关一样，可是您还偏要嘘寒问暖。我对此无可厚非。她身体很好，而且敬重您到了迷信的程度，对您寄予的希望也大到了迷信的程度。关于星期天的事她一直保持沉默，她深信，只要您一露面，一切就会不攻自破。真的，您在她的想象中是无所不能的。话又说回来，您现在是个谜一样的浪漫人物，而且比过去任何时候更神秘、更浪漫——这是个异常有利的态势。大家都十分焦急地等待着您。我走的时候——他们正闹得热火朝天，现在想必更热闹了。顺便说说，再一次感谢您那封信。他们全都害怕 K 伯爵。您知道他们把您好像当成了密探吗？我不置可否，随声附和，您不会生气吧？"

"没什么。"

"这倒没什么；不过今后这倒是必要的。他们这里有自己的一套规矩。我当然予以鼓励；尤丽娅·米哈伊洛芙娜是领头的。加甘诺夫也是……您笑了？要知道，我说话是有策略的：我先是胡说一气，然后突然说了句聪明话，而且要掌握好时机，正当他们在寻找这句聪明话的时候。于是他们围上了我，可是我又开始胡说八道。于是所有的人就不理我了，说什么'本事是有的，不过是从月亮上掉下来的'。列姆布克给了我一桩差事，以便我洗心革面，改邪归正。您知道吗，我非常看不起他，到处说他的坏话，他也只好对我干瞪眼。尤丽娅·米哈伊洛芙娜还鼓励我这样做。噢，对了，还有件事我忘了，加甘诺夫对您很生气。昨天在杜霍沃他对我说了您许多坏话。我立刻把全部真相告诉了他，自然，也不是全部真相。我在杜霍沃他家住了一整天。是一座很好的庄园，房子也好。"

"那么说，难道他现在还在杜霍沃？"尼古拉·弗谢沃洛多维奇霍地问道，几乎跳起来，身子猛烈前倾。

"不，他今天上午用车把我送了回来，我们是一起回来的。"彼得·斯捷潘诺维奇说道，仿佛他根本就没注意尼古拉·弗谢沃洛多维奇刹那间的激动，"这是什么，我把一本书碰到地上了。"他弯下腰拾起了被他碰到地上的一本豪华版的带插图的书。"《巴尔扎克的女人们》，还有插图，"他突然打开书，"没有读过。列姆布克也在写小说。"

"是吗？"尼古拉·弗谢沃洛多维奇问，好像很感兴趣似的。

"用俄文，自然是偷偷写的。尤丽娅·米哈伊洛芙娜知道，但听之任之。这人头脑简单；不过举止得体；这是他们从小养成的习惯。一丝不苟，始终如一！如果咱们也能这样就好了。"

"您在夸我们的省座？"

"那还用说！这是在俄国唯一既自然而又办得到的事……我不说了，不说了，"他霍地站起来，"我不是那意思，微妙的问题我只字未提。不过该说再见了,您脸色有点发青。"

"我在打摆子。"

"可以相信,您先躺下吧。顺便说说,在这县里有阉割派教徒①,是些很有意思的人……不过,这以后再说。话又说回来,还有个小故事:在这县里驻扎了一个步兵团。星期五晚上我跟军官们在 Б 喝酒。要知道,那里有我们的三个朋友,您明白吗?他们谈到无神论,不用说,也痛骂了上帝。他们很高兴,尖声喊叫。顺便说说,沙托夫硬说,如果俄国要造反,肯定会从无神论闹起。也许此言有理。有一个满头白发的大老粗某大尉坐在那儿,坐了很长时间,一直不吭声,一句话也不说,可突然站到房间中央,您知道吗,竟大声地,仿佛自言自语地说道:'如果没有上帝,我还算什么大尉呢?'说罢他拿起军帽,摊开两手,出去了。"

"他表达了一个相当完整的思想。"尼古拉·弗谢沃洛多维奇第三次打了个哈欠。

"是吗?我当时没有听懂,想问问您。好,我还要告诉您一件事:什皮古林兄弟开了一家很有意思的工厂;您知道,厂里有五百名工人,是霍乱病的发源地,十五年没有清扫,还克扣工人工钱;他们是商人,是百万富翁。告您说吧,有的工人都懂得什么是国际②了。怎么,您又笑了?您自己会看到的,只要给我一个很短很短的期限就成!我已经向您请求过给我一个期限了。现在还要向您要一个期限,到那时候……不过,对不起,我不说了,不说了,我说的不是那意思,您不要皱眉头。不过再见。我倒是怎么啦?"他在半道

---

① 阉割派是俄国正教教会中的一个教派,产生于18世纪末。主张摆脱"世俗生活",反对性欲,用阉割的办法来"拯救灵魂"。在俄国,阉割派教徒要受法律制裁,并被剥夺一切公权。《罪与罚》《白痴》《少年》等小说中都提到阉割派教徒。

② 这里指马克思创立的第一国际(1864,即国际工人协会),巴枯宁是第一国际中马克思的反对派。

上又突然走回来,"忘得一干二净,最主要的是:刚才有人告诉我,咱们那箱子从彼得堡运来了。"

"什么箱子?"尼古拉·弗谢沃洛多维奇莫名其妙地看了看他。

"就是您那箱子呀,您的东西,燕尾服、裤子和内衣;运来了?不是吗?"

"是的,不久前好像有人跟我说过。"

"啊,那么不能马上就打开啰!"

"您去问阿列克谢。"

"那就明天,明天好不好?要知道,我的上衣、燕尾服和三条裤子也跟您的东西放在一起,按照您的推荐,向沙默① 定做的,记得吗?"

"我听说,您在这里很有点外国绅士派头?"尼古拉·弗谢沃洛多维奇微微一笑,"听说您想跟马术教练学习骑马,是吗?"

彼得·斯捷潘诺维奇撇了撇嘴,苦笑了一下。

"您知道吗,"他突然急促地开口道,声音都好像有点发抖,接不上气似的,"您知道吗,尼古拉·弗谢沃洛多维奇,咱俩永远不要进行人身攻击,好吗?当然,您如果觉得我很可笑,尽可以蔑视我,怎么蔑视我都行,不过在若干时间内最好还是不要进行人身攻击,好吗?"

"好吧,以后不呲儿您了。"尼古拉·弗谢沃洛多维奇说。彼得·斯捷潘诺维奇微微一笑,用礼帽拍打了一下膝盖,倒换了一下脚,又换成原来的姿势。

"这里有些人认为,在追求丽扎韦塔·尼古拉耶芙娜上,我甚至是您的情敌,我怎能不关心自己的外表呢?"他笑起来,"不过,到底是谁向您告的密呢?唔。现在八点整;好,我该走了;我曾答应瓦尔瓦拉·彼得罗芙娜顺便去看看她,但我无能为力,您先躺下,休息休息,明天就显得有精神了。

---

① 当时彼得堡的著名裁缝,陀思妥耶夫斯基常在那里定做衣服。

外面在下雨，天又黑，不过我可以坐马车，因为每到夜里这一带街面上不安全……啊，偏巧现在有个从西伯利亚越狱逃跑的苦役犯费季卡在这城里和附近一带出没，您想，他曾是我家的家奴，家父十五年前送他去当兵，还拿到一笔钱。这是一个十分惹人注目的人物。"

"您……跟他说过话？"尼古拉·弗谢沃洛多维奇抬了抬眼睛。

"说过。他并不躲着我。他这人什么都敢干，干任何事；自然是为了钱，但是他也有信念，当然，就某一点来说。啊，对了，又碰巧了：如果您不久前讲的那计划是认真的，记得吗，关于丽扎韦塔·尼古拉耶芙娜的计划，那么我要向您再一次重申，我也是个什么都敢干的人，不管什么事，随便干什么，而且完全听从您的调遣……您要干吗？您要拿手杖？啊，不，您并不要拿手杖……您想，我还以为您是在找手杖呢？"

尼古拉·弗谢沃洛多维奇什么东西也没有找，什么话也没有说，但是他倒真的不知怎么突然站了起来，脸上有一种奇怪的表情。

"关于加甘诺夫先生，如果您也需要什么帮助的话，"彼得·斯捷潘诺维奇贸然说道，用眼神直视着那吸墨器，"那，当然，我会替您把一切都安排妥当的，而且我坚信，您绝不会舍我而另找他人。"

他没有等他回答就蓦地走了出去，出去后又从门外再一次探进头来。

"我这么说是因为，"他像放连珠炮似的嚷道，"比如说，在那个星期天沙托夫也无权拿生命冒险走到您跟前，不是吗？我希望您能注意这个问题。"

他不等回答，又大踏步地走了。

四

他出去的时候也许以为，尼古拉·弗谢沃洛多维奇独自留下后一定会用拳头捶打墙壁，如果可能偷看，他当然是乐意偷看的。但是他肯定会大失所望：尼古拉·弗谢沃洛多维奇依旧不动声色。他还是保持原来的样子，在桌旁站了一两分钟，大概陷入了深深的沉思；但是很快一丝无精打采的冷笑浮上了他的嘴角。他慢悠悠地坐到沙发角上他原来坐的那位置上，仿佛很累似的闭上了眼睛。那封信的一角仍旧从吸墨器下露出来，但是他并没有动手把它盖上。

很快，他就完全睡着了。瓦尔瓦拉·彼得罗芙娜这几天心事重重，十分痛苦，本来彼得·斯捷潘诺维奇答应走的时候顺便到她那儿去一下，可是他没有履行诺言。他走之后，她再也忍不住了，也顾不上现在不是规定时间，就冒险亲自去看望尼古拉。她总觉得：他会不会终于肯定地对她说点儿什么呢？她像方才那样轻轻地敲了敲门，因为又没有得到回答，便自己推开了门。她看见尼古拉不知怎么一动不动地坐着，她的心怦怦直跳，她小心翼翼地走到沙发跟前。她似乎吃了一惊：他这么快就睡着了，而且竟会这么一动不动地坐着，就这么睡着了；甚至几乎都察觉不到他的呼吸声。他脸色苍白、严峻，似乎完全僵化了，凝滞不动；双眉微蹙，眉头紧锁；他那样简直像个了无生气的蜡像似的。她在他身旁站了两三分钟，屏住呼吸，突然感到一阵恐怖；她踮着脚尖走了出来，在门口停了片刻，匆匆给他画了个十字，又悄悄走开了，走时带着新的沉重感和新的烦恼。

他睡了很长时间，超过一小时，而且一直这样木然不动；他脸上的肌肉一动不动，全身也没有显示出一丝一毫的动感；双眉一直就这样严厉地微蹙着。如果瓦尔瓦拉·彼得罗芙娜留下来再待三分钟，她一定会受不了这种一动不动的昏睡状态所产生的压抑感，一定会叫醒他。但是他突然自己睁开了眼睛，仍旧一动不动地又坐了大约十分钟，仿佛好奇地盯着房间角落里一件使他感到十分吃惊的东西，其实那里并没有任何新奇和特别之处。

最后，挂在墙上的那座大钟发出了低沉而又浓重的声音，敲了一下。他略显不安地扭过头看了看钟盘，几乎就在同时通走廊的后面的房门打开了，进来了听差阿列克谢·叶戈罗维奇。他一只手拿着呢子大衣、围巾和礼帽，另一只手拿着一只银盘，盘里放着一封短笺。

"九点半。"他低声宣布道，把他拿来的衣物整齐地放在屋角的一把椅子上，然后用盘子送上那封短笺——一张小纸片，并未加封，上面有两行铅笔字。尼古拉·弗谢沃洛多维奇匆匆瞥了一眼这几行字，也从桌上拿起一支铅笔，在这封短笺的末尾画掉两个词，又放回了盘子。

"我出门后立刻送去，穿衣服。"他从沙发上站起来，说道。

看到身上穿着一件薄薄的丝绒上衣，他想了想，便吩咐把另一件呢子上衣递给他，这衣服一般都在比较讲究礼节的晚间访客时才穿。最后，他穿好了衣服，戴上了礼帽，便把瓦尔瓦拉·彼得罗芙娜通常进来看他的那扇房门锁上，从吸墨器下抽出那封压在底下的信，默默地在阿列克谢·叶戈罗维奇的陪同下走出了房间，走上了走廊。他俩从走廊里出来，走上了一座石砌的后楼梯，下楼后便走进直通花园的门廊，在门廊的一个犄角放着一盏早就准备好的灯笼和一把大雨伞。

"因为雨太大，这里满街泥泞，肮脏不堪。"阿列克谢·叶戈罗维奇禀报道，试图绕着弯最后一次劝阻少爷黉夜外出。但是少爷打开雨伞，默默地走出家门，走进像地窖般漆黑的、湿漉漉的古老的花园。风在呼啸，摇撼着半已落尽了树叶的大树的树梢，窄窄的沙砾小径很滑，而且满是水洼。阿列克谢·叶戈罗维奇还是原来的穿戴，穿着燕尾服，没有戴帽子，打着灯笼，照亮前面两三步以内的路。

"不会被人看见吗？"尼古拉·弗谢沃洛多维奇突然问。

"从窗口看不见，此外，一切都已预先考虑好了。"仆人不慌不忙地低声回答道。

"我妈睡了吗？"

"这几天太太总在九点整锁门，现在她老人家是什么都不可能知道的。您让我什么时候等门呢？"他又补充道，大着胆子提了个问题。

"一点，一点半，不晚于两点。"

"遵命，您哪。"

他俩循着弯弯曲曲的羊肠小道穿过了他俩都十分熟悉的整个花园，一直走到花园的石头围墙前，这儿，在墙角处，他俩找到了一扇小门。这门在平常几乎总是锁着的，现在这门的钥匙捏在阿列克谢·叶戈罗维奇的手里。

"这门不会发出响声吧？"尼古拉·弗谢沃洛多维奇又问道。

阿列克谢·叶戈罗维奇禀告道，这门昨天刚上过油，"今天又上了一遍"。他全身都已经湿透了。他打开门以后，就把钥匙交给了尼古拉·弗谢沃洛多维奇。

"如果您要走远路，请容我禀告，我是信不过这里的老百姓的，尤其是走偏僻的小胡同，最糟的是河对岸。"他又忍不住说道。这是一位老仆人，在尼古拉·弗谢沃洛多维奇小时候，他还抱过他，照看过他。这是一个严肃而又严厉的人，喜欢听人讲经布道，也喜欢阅读圣书。

"你放心，阿列克谢·叶戈雷奇。"

"愿上帝祝福您，少爷，不过仅仅在您想做好事的时候。"

"什么？"尼古拉·弗谢沃洛多维奇已经跨进胡同，又停了下来。

阿列克谢·叶戈罗维奇坚定地重复了一遍自己的祝愿；过去他从来不敢把自己的祝愿用这样的言辞公开在自己的主人面前表露。

尼古拉·弗谢沃洛多维奇锁上门后把钥匙放进了口袋，走进了胡同，每走一步就陷入大约三俄寸深的烂泥坑里。他终于走上了一条又长又荒凉的大街，走上了铺有石头的路面。他对这城市了如指掌；但是上帝显灵街还离得很远。当他终于在菲利波夫家黑黢黢的老屋的上了锁的大门前停下来的时候,已经十点多了。这家公寓的低层自从列比亚德金搬走后已经完全空了,窗户也被钉上了,但是在沙托夫住的那间阁楼上还亮着灯。因为没有门铃,他只好开始用手打门。一扇小窗户打开了,沙托夫向大街上张望了一下;外面漆黑一片,很难看清什么;沙托夫张望了很久,约有一分钟。

"是您呀?"他突然问道。

"是我。"这位不速之客答道。

沙托夫砰的一声关上了窗户,下了楼,开了大门。尼古拉·弗谢沃洛多维奇跨过高高的门槛,一句话也不说就匆匆走过他身边,径直向基里洛夫住的厢房走去。

五

这里的一切都敞开着,甚至都没把门虚掩上。过道屋和前面两个房间里都是黑黢黢的,但是在基里洛夫居住和喝茶的最后一间屋里却亮着灯,可以听到笑声和某种奇怪的喊叫声。尼古拉·弗谢沃洛多维奇迎着灯光走去,但是还没有进屋就停在了门口。桌上放着茶炊和茶具。房间中央站着一个老太婆。她是房东的亲戚,没戴头巾,那小孩只穿着一条裙子,光脚穿着皮鞋,上身穿着一件兔皮袄。她抱着一个才一周岁半的小孩,只穿着一件小衬衫,光着两条小腿,小脸蛋红扑扑的,长着白色的蓬蓬松松的头发,刚从摇篮里抱出来。他想必刚哭过;眼睛下面还挂着泪珠;但这时却伸出小胳膊,在拍手,哈哈笑,就像一般的小孩一面抽泣一面在哈哈笑那样。基里洛夫站在他面前拍一只大的红皮球;皮球蹦得老高,蹦到了天花板,又落下来,孩子在叫:"球球,球球!"基里洛夫逮住"球球",递给他,这孩子用自己那双不灵巧的小手抱起"球球"又扔了出去，基里洛夫又跑去把它捡回来。最后，"球球"滚到了柜子底下。"球球，球球！"孩子叫道。基里洛夫趴到地板上，伸直两手，努力想从柜子底下把"球球"够回来。尼古拉·弗谢沃洛多维奇走进了房间；那孩子看见他后，趴到老太婆身上大哭起来，而且哇哇哇地一哭就没个完；老太婆把她立刻抱走了。

"斯塔夫罗金？"基里洛夫手里拿着皮球从地上爬起来，对斯塔夫罗金的意外来访丝毫没有感到惊奇，"想喝茶吗？"

他完全站了起来。

"很想，如果是热茶，更是求之不得，"尼古拉·弗谢沃洛多维奇说，"我全身湿透了。"

"热的，甚至是滚烫的，"基里洛夫高兴地肯定道，"请坐：您满身是泥，不过没关系；地板我以后可以用湿抹布擦。"

尼古拉·弗谢沃洛多维奇坐了下来，几乎一口气喝干了给他斟的一杯茶。

"还要吗？"基里洛夫问。

"谢谢。"

直到现在还没有坐下的基里洛夫，立刻坐在他对面，问道：

"您怎么来了？"

"有件事。请您读一下这封信，加甘诺夫的信；记得吗，我曾在彼得堡跟您说过。"

基里洛夫拿起信来读了一遍，读完后又放回桌上，看着他，等他说下去。

"您知道，这个加甘诺夫，"尼古拉·弗谢沃洛多维奇开始解释道，"一个月前，我才生平第一次在彼得堡遇见他。我们在众人面前碰见过两三次。他既不跟我彼此认识认识，也不跟我说话，却找了个机会对我十分放肆地挑衅。这，当时我就对您说过；但是有一件事您不知道：他比我先离开彼得堡，临行前蓦地给我来了一封信,虽然跟这封信写的不一样,可是却出言不逊,很不像话,奇怪的是,信中对于他写这封信的缘由没有片言只字的解释。我也立刻给他回了一封信,我非常坦率地表示,他之所以生我的气,大概因为四年前我在这里的俱乐部曾经冒犯过他父亲那件事,就我来说,我愿意尽可能地向他道歉,理由是我当时的行为是无心的,而且在我生病期间。我请他考虑一下我对他表示的歉意。他没有回信就走了;但是现在我却在这里碰到了他,他彻底疯狂了。有人告诉我,他曾当众谈到他对我的看法,完全是骂街,而且对我提出了令人吃惊的指控。最后,今天就来了这封信,这样的信大概任何人都没有收到过,全是谩骂,还使用了'您这下三烂'这样的字眼。我此来是希望您不会拒绝做我的决斗证人。"

"您说,这样的信任何人也没有收到过,"基里洛夫道,"一个人疯了就会这样;不止一次有人写过,普希金就曾给海克伦写过这样的信。① 好,我去。您说怎么办吧?"

尼古拉·弗谢沃洛多维奇解释道,他希望明天就办,但是开始的时候他一定要重新道歉,甚至可以答应再写一封道歉信,但是有个条件,加甘诺夫也必须答应从此以后再不写这样的信。至于他收到的这封信,可以当作根本就不曾有过。

"叫他做这么大的让步,他肯定不同意。"基里洛夫说。

"我到这儿来的目的首先是想了解一下,您是否同意把这样的条件带到那边去?"

"我可以带去。这是您的事。但是他肯定不同意。"

"我知道他不会同意。"

---

① 海克伦(1792—1884),男爵,荷兰派驻俄国的公使(1826—1837)。1837年1月26日普希金给海克伦写了一封信,故意侮辱男爵,从而导致与男爵的养子丹特士决斗。

第二部

"他要决斗。您说怎么决斗吧?"

"问题在于我想明天一定得把这事全部了了。明天九时左右您去找他。他听完您说的条件后肯定不同意,他会把您领去见他的决斗证人,假定在十一点左右。您跟那人商量好以后,大家务必在一点或者两点到达目的地。请您努力争取做到这点。使用的武器当然是手枪,我要特别请您这样来安排:决斗双方的距离定为十步;然后您把我们双方各自带到离这界线十步远的地方,我们再按规定的信号互相走近。每人都务必走到自己的界线处,但是可以在行进中提前开枪。我想,我要说的就这些。"

"界线之间相距十步,太近了。"基里洛夫说。

"那就十二步,不过不要再多了,您明白,他要决斗是认真的。您会装手枪吗?"

"会。我有手枪;我保证您肯定没有用过这些手枪。他的决斗证人也要对自己的手枪做出同样的保证;两对手枪,然后我们就猜单双数,用他的还是用我们的?"

"好极了。"

"您想看看手枪吗?"

"好吧。"

基里洛夫在屋角自己的皮箱前蹲下,这箱子还没有整理过,但是经常需要从箱子里取一些东西。他从箱底取出一只棕榈木匣子,里面铺着红丝绒,他从里面取出一对非常考究而又异常珍贵的手枪。

"什么都有:火药、弹头和弹筒。我还有一把左轮手枪;请稍候。"

他又把手伸进皮箱,取出另一只匣子,里面装有一支六筒的美国造左轮手枪。

"您的武器真多,而且很贵重。"

"很贵重。非常贵重。"

基里洛夫很穷,几乎一无所有,可是他从来没有觉察到自己的贫穷,现在他显然在夸耀地展示自己的贵重武器,他无疑做了非常大的牺牲才获得这些武器的。

"您还那样想吗?"斯塔夫罗金沉默片刻后略带拘谨地问道。

"依然故我。"基里洛夫简短地答道。他从问话的口气立刻猜到对方问的是什么,接着便开始把桌上的武器收拾起来。

"什么时候动手呢?"尼古拉·弗谢沃洛多维奇沉默片刻后更加谨慎地问道。

这时候基里洛夫已经把两只匣子放进了皮箱,坐到原来的位置。

"您知道,这不是由我决定的;得听吆喝。"他嘀咕道,仿佛对这问题感到有点苦恼似的,但是与此同时又分明很乐意回答所有其他问题。他用自己的无精打采的黑眼睛一直目不转睛地盯着斯塔夫罗金,神态平静,但又充满好意与和蔼可亲之感。

"我当然懂得什么叫开枪自杀,"尼古拉·弗谢沃洛多维奇在经过长达三分钟的沉思默想之后,微微皱起了眉头,又开口道,"我有时候也想到过自杀,但这时总会出现一种新的想法:如果做了什么坏事,或者主要是做了什么见不得人的事,也就是丢人现眼的事,不过这事十分卑鄙,而且……可笑,那就会遗臭万年,千秋万代遭人唾骂,这时我就蓦地想道:'对准太阳穴来它一下,就什么事也没有了。'那时候管它呢,让人们去议论好了,让他们千秋万代地去唾骂好了,不是吗?"

"您把这称为新想法?"基里洛夫想了想说道。

"我……不是称为……有一回我想到这事,当时感到这是一种完全新的想法。"

"'感到这想法'?"基里洛夫重复道,"这很好嘛。许多想法是常有的,也有许多想法会突然变成新的。这没错。现在有许多东西我好像是头一回看见。"

"我们姑且假定您从前生活在月亮上,"斯塔夫罗金打断他的话。他并没有听基里洛夫说话,而是继续说自己的想法,"比如说,您在月亮上干尽了可笑的坏事……您在我们这里大概也知道月亮上的人一定会嘲笑您,并且唾骂您,您的名字将会遗臭万年,并且全月球的人都知道。但是现在您在这里,您从地球上眺望月亮:您在这里压根儿就不用管您在月球上干了些什么,压根儿就不用管那里的人会不会千秋万代地唾骂您,不是吗?"

"不知道,"基里洛夫回答,"我没有去过月球。"他又加了一句,毫无讥讽之意,仅仅就事论事。

"方才那孩子是谁家的?"

"老太太的婆婆来了;不,是她的儿媳妇……反正一样。三天了。卧病在床,还带着孩子;一到夜里就拼命哭叫,肚子饿了。母亲睡着了,老太太就抱了来;我就用皮球逗她玩。这皮球是在汉堡买的,我在汉堡买了一只皮球,用来做抛掷运动:锻炼后背。是个女孩。"

"您喜欢孩子?"

"喜欢。"基里洛夫回答道,不过语气相当冷淡。

"那么说,您也爱生活?"

"是的,也爱生活,怎么啦?"

"可您已经决定开枪自杀。"

"那又怎么啦?为什么相提并论呢?生是一回事,那是另一回事。有生,但根本没有死。"

"您已经开始信仰未来的永生了①?"

---

① 基督教教义之一。指人的物质生命是暂时的,只有灵魂得到基督的拯救,升入天堂,与上帝相结合,才能得到永远不死的真正的永生。

"不，不是信仰未来的永生，而是信仰今世的永生。有这么一些瞬间，您一旦达到这瞬间，时间就会突然停顿，成为永恒。①"

"您希望达到这样的瞬间？"

"是的。"

"在我们这时代这未必做得到。"尼古拉·弗谢沃洛多维奇照样毫无讥讽之意地答道。他说得很慢，似乎若有所思，"在《启示录》里，天使起誓说：'不再有时日了。'②"

"我知道。《启示录》说得很对；既清楚又准确。当整个人达到幸福之后，时间也就不再存在了，因为不需要时间了。这思想十分正确。"

"把时间藏哪儿去了呢？"

"没有把它藏到任何地方去。时间不是物，而是一种观念。它将在人们的头脑中熄灭。"

"哲学上的陈词滥调，开天辟地以来说来说去都是这一套。"斯塔夫罗金厌恶而又惋惜地喃喃道。

"说来说去都是这一套！开天辟地以来说来说去都是这一套，没有任何别的花样！"基里洛夫接茬道，两眼放光，倒像这观念几乎包含着胜利似的。

"您好像很幸福，基里洛夫？"

"是的，我很幸福。"那位回答，倒像这回答太普通了。

"但是不久前您还很难过，还在生利普京的气，不是吗？"

"唔……我现在不骂人了。当时我还不知道我很幸福。您见过树叶，见过从树上落下来的树叶吗？"

---

① 基督教教义中的所谓"永恒"，并非时间概念，而是指超越时空的永恒。
② 参见《圣经·新约·启示录》第十章第六节："指着那创造天和天上之物、地和地上之物、海和海中之物直活到永永远远的，起誓说：'不再有时日了。'"这句话在《白痴》第二部第五章中提到。

第二部

"见过。"

"不久前我见过一片黄叶,只有不多一点绿色,边上已经腐烂。被风吹得满处飞舞。我十岁那年,冬天,我常常故意闭上眼睛,想象着一片树叶——绿油油的,亮晶晶的,上面有叶脉,阳光在闪耀。我睁开眼睛,都不敢相信,因为这太好了,于是又闭上了眼睛。"

"这是什么意思?另有寓意?"

"不——不……何必呢?我的话并无寓意,我不过是说树叶,一片树叶。树叶是好的。一切都好。"

"一切?"

"一切。一个人之所以不幸,乃是因为他身在福中不知福;仅仅因为如此。这就是一切,一切!谁知道了这个,谁就会立刻,马上幸福起来,即刻幸福起来。这个婆婆迟早会死的,而这小女孩却会留下来——一切都很好。我突然发现了这真理。"

"假如有人饿死,假如有人欺负和玷污了这女孩——这也好吗?"

"好。假如有人为了这孩子把脑袋打碎,这很好;假如有人不打碎自己的脑袋,那也很好。一切都好,一切。知道一切都好的人统统感到好。如果他们知道他们很好,他们自然感到好,但是他们不知道他们很好,他们就会感到不好。这就是我的全部想法,全部的想法,此外就什么也没有了!①"

"您什么时候知道您很幸福的呢?"

"上星期二,不,上星期三,因为过了半夜已经是星期三了。"

"究竟因为什么原因呢?"

"不记得了,似乎什么也不因为;我在房间里走来走去……反正一样。

---

① 基里洛夫讲的是基督教的基本思想:生命就是天堂。因此要热爱生命,热爱生活,生命是永恒的,无所谓生与死,而死也是生命存在的一种形式。

我让钟停住了,当时是两点三十七分。"

"为了象征时间应当停止吗?"

基里洛夫没有作声。

"他们不好,"他又突然开口道,"因为他们不知道他们很好。如果知道了,他们也就不会强奸那女孩了。他们应当知道他们很好,那,所有的人就会立刻变得很好,所有的人,无一例外。"

"比如您就知道了,那么说,您是好的啰?"

"我是好的。"

"这,我倒同意。"斯塔夫罗金皱着眉头喃喃道。

"谁能教会人们懂得人人都是好的,谁就会消灭这世界。①"

"那个教导过人们的人,被钉上了十字架。"

"他会再来的②,他的名字叫人神。"

"神人?"

"人神,区别就在这里。③"

"这盏长明灯是不是您点的?"

"是的,我点的。"

"您也信仰上帝?"

"老太太喜欢点上长明灯……可是她今天没空。"基里洛夫喃喃道。

"您自己还没有祷告吧?"

"我向一切祷告。您瞧,蜘蛛在墙上爬,我看着它,并且感激它在爬。"

他的眼睛又发出了光。他一直用坚定不移的目光直视着斯塔夫罗金。斯

---

① 指世界末日。基督教教义之一,指有朝一日现世将最后终止,所有的世人都将接受上帝的最后审判。
② 指基督二次降临人世。
③ 人神指自以为是神的人;神人指以人的形象出现的神,具有血肉之躯的神(如耶稣基督)。

塔夫罗金则皱着眉头厌恶地注视着他，但是目光中并无嘲笑之意。

"我敢打赌，我下次再来的时候，您已经信仰上帝了。"他说道，站起来，拿起了礼帽。

"为什么？"基里洛夫也欠起了身子。

"如果您弄清楚了您是信仰上帝的，那您也就信仰上帝了；但是因为您还不知道您是信仰上帝的，所以您也就不信仰上帝。"尼古拉·弗谢沃洛多维奇微微一笑。

"此言差矣，"基里洛夫想了想，"您把我的意思弄拧了，此乃上流社会风雅的文字游戏。请您回想一下您在我一生中起了什么作用，斯塔夫罗金。"

"再见，基里洛夫。"

"欢迎您夜里来找我；什么时候来呢？"

"您没忘了明天的事吧？"

"啊呀，忘了，请放心，我不会睡过头的；九点。我有这点儿本事，想什么时候醒就什么时候醒。我躺下时对自己说：七点醒，七点肯定醒；十点醒——十点肯定醒。"

"您这本事还不小。"尼古拉·弗谢沃洛多维奇望了望他的苍白的脸。

"我去给您开大门。"

"您放心，沙托夫会给我开的。"

"啊，沙托夫。那好，再见。"

六

沙托夫寄居的那座空房的门廊没有锁上；但是斯塔夫罗金爬上过道屋后，周围却是一片漆黑，于是他就伸出一只手寻找上阁楼的楼梯。突然楼上的门开了，透出了亮光；沙托夫本人没有出来，只把自己的门打开了。尼古拉·弗谢沃洛多维奇刚在他的门口站住，便看到他站在屋角的一张桌子旁正在等他。

"有一事相商，能进来吗？"他站在门口问道。

"进来吧，请坐，"沙托夫回答，"关上门，慢，我自己去。"

他锁上了门，回到桌旁，坐在尼古拉·弗谢沃洛多维奇的对面。这一周来他瘦了，现在似乎在发烧。

"您可把我折磨苦了，"他低着头，声音很低地说道，"您为什么不来？"

"您这么有把握，我一定来？"

"是的，等等，我方才神思恍惚……大概，现在也神思恍惚……等等。"

他欠起身来，从他的三层书架的顶层边上拿下一样东西。这是一把左轮手枪。

"有天夜里，我乱梦颠倒，梦见您来杀我，第二天一大早我就找那个二流子利亚姆申，用最后一点儿钱向他买了一把手枪；我不愿意束手待毙。后来我才恍然大悟……我既没有火药，也没有子弹；从那时起就一直放在书架上。等等……"

他又欠起身子，想打开气窗。

"别扔出去，何必呢？"尼古拉·弗谢沃洛多维奇阻止道，"它还能卖几个钱哩，要不的话，明天就会有人说，沙托夫的窗下扔了支手枪。您把它先放起来，这就对啦，您坐下。请问，您干吗向我跟作检讨似的，就因为您曾经想到我会来杀死您呢？即使现在，我也不是来跟您言归于好的，而是因为有要事跟您商量。首先，请您说明一下，您打我是不是因为我曾经跟您妻子同居？"

"您自己也知道不是因为这个。"沙托夫又低下了头。

"也不是因为有关达里娅·帕夫洛芙娜的混账谣言？"

第二部

"不，不，当然不！这都是混账话！妹妹从一开始就告诉我了……"沙托夫不耐烦而又焦躁地说道，甚至微微跺了跺脚。

"那么说我猜对了，您也猜对了，"斯塔夫罗金用平静的声调继续说道，"您是对的：玛丽娅·季莫费耶芙娜·列比亚德金娜是跟我正式结过婚的我的合法妻子，我们是在四年半前在彼得堡结婚的。您肯定是因为她才打我的，是不是？"

沙托夫大吃一惊，他听着，一声不吭。

"我猜对了，但是我不信。"他终于喃喃地说道，异样地望着斯塔夫罗金。

"于是您就打了我？"

沙托夫的脸腾地红了，他几乎语无伦次地嘟囔起来。

"我打您是因为您堕落……是因为您撒谎。我冲您走过去并不是想要惩罚您；当我冲您走过去的时候，我并不知道我会打您……我是因为您在我的一生中起过举足轻重的作用……我……"

"明白，明白，请您说话要三思。很遗憾，您在发烧；我有一件非常要紧的事。"

"我等了您很长时间，等得太久了，"不知怎么沙托夫差点全身都发起抖来，他从座位上欠起了身子，"您先说您的事，我也有事告诉您……以后再说吧……"

他坐了下来。

"这事并不是刚才说的那一类，"尼古拉·弗谢沃洛多维奇好奇地打量着他，开口道，"根据某些情况，今天我不得不选择这样的时间来警告您：也许有人要杀您。"

沙托夫异样地望着他。

"我知道，危险很可能在威胁我，"他从容不迫地说道，"但是您，您怎么会知道这事的呢？"

"因为我也跟您一样同他们是一伙，也跟您一样是他们那个团体的一员。"

"您……您是那个团体的成员。"

"我从您的眼神看得出来，我干什么您都不会感到意外，只有这件事使您吃了一惊，"尼古拉·弗谢沃洛多维奇微微一笑，"但是，对不起，那么说，您已经知道有人要谋杀您啰？"

"连想都不曾想过。即使听了您的话，我现在也不这么想，虽然……虽然谁担保得了这帮混账东西会做出什么混账事来呢！"他突然用拳头猛击了一下桌子，发狂般叫道，"我不怕他们！我已经跟他们决裂了。那个混蛋已经来找过我四次了，说可能……但是，"他望了望斯塔夫罗金，"不过话又说回来，您到底知道些什么呢？"

"您放心，我不会骗您的。"斯塔夫罗金相当冷淡地继续道，那样子倒像一个人仅仅为了完成任务似的，"您想考我：我究竟知道些什么？我知道，您两年前在国外加入了这个团体，当时这团体还是老的领导班子，正好在您要到美国去之前，似乎，就在咱俩最后一次谈话之后，关于这次谈话，您曾从美国给我来过一封信，您在信上说了许多话。顺便说说，请您原谅，当时我没给您回信，仅限于……"

"仅限于汇来一笔钱；且慢，"沙托夫拦住他道，急忙拉开桌子的一只抽屉，在一沓纸下面抽出一张花票子，"请收下，这是您寄给我的一百卢布；没有您的帮助我在那儿就完蛋了。要不是您妈，我一时半会儿是还不出来的：九个月以前，在我病后，因为我穷，她送给了我这一百卢布。但是，请您说下去吧……"

他气喘吁吁。

"在美国您改变了您的观点，回瑞士后您就想退出这一团体。他们什么也没有回答您，却交给您一个任务，让您在这里，在俄国，从某人手里接受一套印刷设备，并将它保管好，直到他们派人来，您再把这套设备交出去。我不知道全部详情，但是主要的情况好像是这样，对吗？至于您，您抱着这样的希望或者在这样的条件下，满以为这将是他们的最后要求，办完这件事后他们就会完全放了您，因此您也就接受了。这一切无论真假，都不是他们告诉我的，而是我纯属偶然地听到的。但是有一点您似乎至今不明白：这些先生根本无意与您分手。"

"这太荒唐了！"沙托夫吼道，"我向他们正大光明地宣布，我在所有方面都同他们有分歧！这是我的权利，我的信仰权和思想权……我不能容忍！没有力量能够……"

"要知道，您别嚷嚷嘛，"尼古拉·弗谢沃洛多维奇很严肃地制止他，"这个韦尔霍文斯基是个小人，他现在也许在偷听，亲自偷听或者利用别人偷听，说不定他就躲在您的过道屋里。甚至那个醉鬼列比亚德金也差点没有担负起监视您的责任，也许您也有责任监视他，不是吗？您最好告诉我，现在韦尔霍文斯基是否同意您提出的理由？"

"他同意；他说可以，他说我也有退出的权利……"

"哼，他在骗您。我知道，甚至与他们毫无关系的基里洛夫也曾向他们提供过您的情况；他们的奸细很多，甚至那些根本不知道他们是在为这个团体效劳的人也不自觉地成了他们的奸细。他们一直在监视您。顺便说说，彼得·韦尔霍文斯基此番前来，就是为了彻底解决您的问题，而且他还拥有全权，在适当的时候把您干掉，因为您知道得太多了，您可能去告密。我向您再重复一遍，这是千真万确的；请允许我再补充一点，他们不知为什么深信您是一名密探，即使您现在还没有去告密，您将来肯定会去告密。此话当真？"

沙托夫听到他用这么平平常常的口气说出的这样的问题后，撇了撇嘴。

"就算我是密探吧，但是我向谁去告密呢？"他没有直接回答，而是愤慨地说。"不，您甭管我了，让我去见鬼吧！"他叫道，突然抓住起初使他感到十分震惊的想法，从一切迹象看，这想法使他深感震惊的程度，远胜于关于他自己正面临危险的那个消息。"您，您，斯塔夫罗金，您怎么会同流合污，让自己卷进这么无耻、平庸、下贱的荒唐事情中去的呢！您是他们那个团体的一员！难道这就是尼古拉·斯塔夫罗金的丰功伟绩吗！"他近乎绝望地叫道。

他甚至举起手来一拍，仿佛对他来说再没有比这发现更令他痛苦、更令他感到可悲的事了。

"对不起，"尼古拉·弗谢沃洛多维奇还当真感到很惊奇，"不过您好像把我看成什么太阳了，而您与我相比又把自己看成了什么小瓢虫。甚至从您由美国的来信中我都看出了这点。"

"您……您知道……啊，最好压根儿别提我，压根儿别提！"沙托夫突然打断道，"如果关于您自己您有什么话要说，您就说吧……先回答我的问题！"他像发高烧似的重复道。

"我很乐意回答。您问我怎么会钻进这样的匪巢？在我告诉您这消息之后，我甚至理应对您在这件事上稍许坦率一点儿。您瞧，严格说，我根本就不属于这一团体，过去也不属于这一团体，因此比起您来我有大得多的权利离开他们，因为我根本没有加入。相反，从一开始我就申明我不是他们的同志，即使偶然帮他们一点儿忙，也不过是作为闲人随便帮帮忙而已。我也多多少少参加过一些按新计划改组这个团体的工作，但也仅此而已。但是他们现在改了主意，私下认定，放我走也是危险的，好像我也就被判了死刑。"

"噢，他们总是判处别人死刑，总是在命令上，在盖了图章的公文上宣判别人死刑，由三个半人签名。而您居然相信他们能够做到！"

"您这话也对也不对。"斯塔夫罗金像以前一样冷漠地,甚至无精打采地继续道,"毫无疑问,在这种情况下永远有许多空想的成分:一小部分人总是夸大自己的身份和地位。我看呀,很可能,他们当中就彼得·韦尔霍文斯基一个人说了算,而他又太客气了,认为他不过是他那个团体的一名代表[①]而已。不过他的基本思想并不比与他同类的其他人蠢。他们与国际有联系;他们善于在俄国招募自己的代理人,甚至还碰巧想到了一个相当新的办法……但是,自然,仅限于理论上。至于他们在这里究竟想干什么,那么,要知道,我们俄国组织的活动一向都是模糊不清的,而且几乎总是这么出乎人们的意料,在咱们这里,确实什么都可以一试。请注意,韦尔霍文斯基这人认准了的事,是不会轻易撒手的。"

"这只臭虫,无知之徒,对俄国一窍不通的大笨蛋!"沙托夫愤怒地叫道。

"您不大了解这个人。一般说,他们很少了解俄国,这话不假,但也不过是比你我了解得稍许少点儿罢了;再说韦尔霍文斯基,是个热衷于事业的人。"

"韦尔霍文斯基热衷于事业?"

"噢,是的。存在着这么一个点,到达这个点以后他就不再是小丑了,他会摇身一变,变成一个……半疯狂的人。请您回想一下您自己说过的一句话:'您知道,一个人的势力会强大到什么程度吗?'请您别笑,他是很可能扣动扳机的。他们坚信我也是密探。他们这些人,由于无能,不善于领导,非常喜欢指控别人是特务,是密探。"

"不过,您不是不怕吗?"

"不——不……我并不很担心……但是您的事完全不同。我已经警告过您,您还是应该多加注意。我看呀,危险来自一帮大笨蛋,您大可不必为

[①] 彼得·韦尔霍文斯基的原型涅恰耶夫,曾被任命为由巴枯宁亲自领导的世界革命同盟俄国分部的代表。

此难过；问题并不在于他们聪明与否：他们甚至加害过与你我完全不同的人。不过话又说回来，现在已经十一点一刻了，"他看了看怀表，从椅子上站起来，"我想向您提一个完全不相干的问题。"

"看在上帝分上！"沙托夫叫道，从座位上霍地跳了起来。

"您的意思是？"尼古拉·弗谢沃洛多维奇疑惑地望了望他。

"看在上帝分上，有问题您就提吧，"沙托夫异常激动地重复道，"但是有个条件，我也要向您提个问题。我求您了，请您允许……我不能……有问题您就提吧！"

斯塔夫罗金稍等片刻后开始道：

"我听说，您在这里对玛丽娅·季莫费耶芙娜有某种影响，她喜欢看见您、听您说话。是这样吗？"

"是的……她爱听我说话……"沙托夫有点不好意思。

"我打算这几天在本城公开宣布我与她的夫妻关系。"

"难道这可能吗？"沙托夫几乎惊恐地悄声道。

"您这话是什么意思？没有任何为难的；证婚人就在这里。这一切当时在彼得堡是以完全合法和不事张扬的方式进行的，如果说这事至今尚未被发现，那也仅仅是因为两位仅有的证婚人基里洛夫和彼得·韦尔霍文斯基，最后还有列比亚德金本人，（现在我很高兴能把他认作我的亲戚了）当时做了决不声张的保证。"

"我不是这意思……您说得这么平静……但是，您接着说吧！我说，总不会是有人强迫您，让您非结这个婚不可吧，不会是这样吧？"

"不，没有任何人强迫我。"尼古拉·弗谢沃洛多维奇对激动的、慌乱的沙托夫微微一笑。

"那她老是提到自己的孩子又是怎么回事呢？"沙托夫像发烧似的、语无伦次地急巴巴地问道。

"提到自己的孩子？哦！我不知道，我还是第一次听说。她没有孩子，也不可能有孩子：玛丽娅·季莫费耶芙娜是处女。"

"啊！我早料到是这样！您听我说！"

"您怎么啦，沙托夫？"

沙托夫用两手捂住脸，转过身去，但是突然又紧紧抓住斯塔夫罗金的一只肩膀。

"您知道吗，起码您应该知道吧，"他叫道，"您这样干究竟是为了什么呢？现在您决定接受这样的惩罚又到底为了什么呢？"

"您的问题提得很聪明，也很挖苦，但是我也打算让您惊奇一下：是的，我几乎知道我当时到底为什么结婚，知道我现在决定接受这样的'惩罚'（诚如您所说）又到底为了什么。"

"咱不谈这个了……这事以后再谈，您等一等再说；咱们先谈主要的，最主要的：我等了您两年。"

"是吗？"

"我等您的时间太长了，我不断想到您。您是唯一能够……还在美国的时候我就把这点写信告诉您了。"

"我记得很清楚您写的那封长信。"

"要读完它觉得很长？我同意；六张信纸。别提了，别提了！请告诉我：您能再给我十分钟吗，但必须现在，马上……我等您等得太久了！"

"好吧，给您半小时，不过不要超过半小时，如果这点儿时间您能把话说完的话。"

"不过有个条件，"沙托夫愤然接口道，"请您改变一下说话的腔调。您听着，其实我应当恳求您，但是我却要求您这样做……您明白吗：本来应当恳求，我却要求，这意味着什么吗？"

"明白，这样您就高踞于一切平凡之上，为了达到更崇高的目的，"尼古拉·弗谢沃洛多维奇淡淡地微笑了一下，"我也十分难过地看到您在发烧。"

"我请您对我要尊重，我要求！"沙托夫叫道，"不是对我个人（让我个人见鬼去吧），而是对另一个人，因此需要时间，用来说几句话……我们是两个人，在无限的空间……在人间最后一次相遇。放下您刚才说话的腔调，要说人话！请您这辈子哪怕就这么一次用人的声音说话。我不是为我自己，而是为您。您是否明白，您应当原谅我打您的那记耳光，因为我给了您一个机会，让您认识您无限的力量……您又笑了，又是您上流社会那种厌恶的微笑。噢，您什么时候才能了解我呢！不要摆您的少爷架子了！您要明白，我要求您这样，要求，否则我就不想说下去了，无论如何不说！"

他的狂怒已发展到胡言乱语；尼古拉·弗谢沃洛多维奇皱紧眉头，说话似乎谨慎了点儿。

"时间对我来说很宝贵，如果我决定留下来多待半小时，"他威严而又严肃地说道，"那，请您相信，起码我是打算饶有兴趣地倾听您的高论的，而且……而且我坚信，我一定会从您嘴里听到许多新东西。"

他坐到椅子上。

"请坐！"沙托夫叫道。他不知怎么自己也突然坐了下来。

"不过，请允许我提醒您一下，"斯塔夫罗金忽地再次想了起来，"我本来想请您就玛丽娅·季莫费耶芙娜的事帮我个大忙，这忙起码对她来说是非常重要的……"

"什么？"沙托夫忽然皱起眉头，那样子倒像一个人正说到最要紧的地方被人打断，他虽然看着您，但是对您的问题还没明白过来。

"您还没让我把话说完呢。"尼古拉·弗谢沃洛多维奇的嘴上挂着微笑说道。

"唉，行啦，废话，以后再说！"沙托夫厌恶地挥了下手，终于弄明白了对方的要求，接着便直接转入自己的主要话题。

七

"您知道吗，"他几乎严厉地开口道，在椅子上身子略微前倾，两眼放光，在自己面前举起右手的一只手指（显然，他自己并没有觉察这一点），"您知道吗，现在在整个地球上谁是唯一'替天行道'①的民族？要知道，他们将用新上帝的名义来振兴世界、拯救世界，而且唯有他们才掌握人生与新福音的钥匙……您知道谁是这民族，这民族的名称叫什么？"

"从您说话的样子看，我必须得出结论，而且似乎还必须尽快得出结论，这是俄罗斯民族……"

"您居然在笑，噢，这帮人哪！"沙托夫差点肺都气炸了。

"请少安毋躁，求您了；相反，我早料到不外乎这一类说法。"

"您早料到了？您自己不熟悉这类说法吗？"

"很熟悉；我早料到您要说什么了。您刚才说的那一套，甚至'替天行道'的民族这一说法，不过是两年多以前在国外，在您去美国之前不久，咱俩进行的那场谈话的结论……起码，据我现在记忆所及，就是这样。"

"这完全是您的说法，而不是我的。是您自己的说法，而不仅仅是咱俩谈话的结论。'咱俩'根本就没有进行过谈话：只有一位发表宏论的导师和一名死而复生的学生。我就是那个学生，而您就是那位导师。"

"但是如果您记得起来的话，正是在我说了那番话以后您才加入了那个团体，仅仅是在这以后您才去了美国。"

---

① 原文为 богоносец，意为"心中怀有上帝的人"，此处用其转意。

"是的，到了美国以后我就给您写信，谈到了这事；我对您谈到了一切。是的，我无法立刻同我从小与之血肉相连的东西一刀两断，因为这既是我欢天喜地的希望之所在，也是我饮恨泣血、哭干了眼泪的信仰……很难改变我从小信仰的神。当时我并不相信您的话，因为我不愿意相信，于是我最后一次抓住这个藏污纳垢之地……但是种子留了下来，并且发了芽。请您严肃地，严肃地告诉我，您是不是把我从美国写给您的信看完了？也许您根本就没看吧？"

"我只看了其中的三页，头两页和最后一页，此外还匆匆瞥了一眼中间。不过，我一直准备……"

"唉，无所谓，甭看了，让它见鬼去吧！"沙托夫挥了一下手，"如果您现在放弃了您当时说过的关于俄罗斯民族的话，那您在当时怎么会说出这样的话来呢？……这就是我现在百思不得其解的地方。"

"当时我跟您说这番话并不是开玩笑；我在说服您的时候，也许更关注的是我自己，而不是您。"斯塔夫罗金莫测高深地说道。

"不是开玩笑！在美国，我在稻草上躺了三个月，挨着一位……不幸的人，我听他告诉我，当您在我心中灌输上帝与祖国的同时——同时，甚至很可能，也就在这几天，您又用毒药毒害了这个不幸的人，毒害了这个狂热分子基里洛夫的心……您使他对这些谎言和诽谤信以为真，您使他精神错乱，发了狂……您现在可以去看看他，看看您的这个杰作……不过，您见过他了。"

"首先，我要告诉您，基里洛夫刚才还对我说他很幸福，他好极了。您推定这一切是同时发生的，此言有理，几乎是正确的；但是这一切又能得出什么结论来呢？我再说一遍，你们二位，无论是谁，我都没有欺骗过。"

"您是无神论者？现在还是无神论者？"

"是的。"

"那当时呢？"

第二部

"就跟当时一样。"

"咱俩开始作这番谈话的时候,我不是请您尊重我本人;凭您的聪明,您是能够懂得这道理的。"沙托夫愤怒地喃喃道。

"从您开始说话起,我就没有站起来,也没有中止谈话拂袖而去,而是一直坐到现在,规规矩矩地回答您的一个又一个问题与……喊叫,可见,我并没有不尊重您。"

沙托夫挥了一下手,打断了他的话。

"您记得您说过的那句话吗:'一个无神论者不可能是俄国人,只要这个人成了无神论者,他就立刻不再是俄国人了。'您记得这话吗?"

"是吗?"尼古拉·弗谢沃洛多维奇似乎在反问。

"您问我?您忘了?然而您却是一语破的,正确言中了俄罗斯精神的一个最主要的特点。您不可能忘了这话,不是吗?我再提醒您一句——您当时还说过:'不是正教徒就不可能是俄国人。'"

"我认为这是斯拉夫派的观点。"

"不,如今的斯拉夫派一定会否认这个观点。现在的人都变聪明了。但是您比他们走得更远:您坚信,罗马天主教已经不是基督教;您断言,罗马宣布基督已受到魔鬼的第三次诱惑[①],天主教之所以向全世界宣告,基督若不建立地上的王国就不能在地上立足,其目的就是想借此宣告敌基督[②]的合法存在,并以此毁灭整个西方世界。您具体指出,如果法兰西现在很苦恼,无非是由于天主教,因为法兰西推翻了臭不可闻的罗马的神之后,却没有找到新的神。

[①] 参看《圣经·新约·马太福音》第四章,耶稣曾受到魔鬼的三次试探。第三次试探(或诱惑)是魔鬼把耶稣带上一座高山,将世上的万国与万国的荣华指给他看,并对他说:"你俯伏拜我,我就把这一切都赐给您。"此处指罗马天主教会觊觎国家政权,妄想当地上万国之王。

[②] 敌基督即假基督,指有些人假冒基督之名反对基督。

瞧，您当时居然能够说出这样的话！我记得我们的历次谈话。"

"假如我信仰上帝，那，无疑，现在我也会重复这样的话；当我作为一个信奉上帝的人说这番话的时候，我并没有撒谎。"尼古拉·弗谢沃洛多维奇很严肃地说道，"但是我要告诉您，这样来重复我过去的观点使我感到很不愉快。您能不能就此打住呢？"

"假如您信仰上帝？"沙托夫叫道，丝毫不理会尼古拉·弗谢沃洛多维奇的请求，"但是，不是您曾经对我说过这样的话吗，您说，如果能像数学般精确地向您证明，真理存在于基督之外，那您也宁可与基督在一起，而不与真理在一起。① 您是不是说过这话呢？是不是说过呢？"

"请允许我最后也提个问题，"斯塔夫罗金提高了嗓门，"这种迫不及待的……恶狠狠的审问到底要干什么？"

"这审问审完了也就完了，永远不会再有人向您提起它了。"

"您始终坚持我们存在于时空之外吗……"

"别说了！"沙托夫蓦地叫道，"我笨，我傻，就让我的名字贻笑大方遗臭万年吧！您能让我把您当时的主要观点统统再重复一遍吗……噢，只要三言两语，就谈结论。"

"如果只谈结论，那您就说吧……"斯塔夫罗金本想看看怀表，但是忍住了，没有动。

沙托夫坐在椅子上又微微探身向前，甚至片刻间又举起了手指。

"没有一个民族，"他开始道，仿佛照本宣科似的，同时又继续威严地看着斯塔夫罗金，"还没有一个民族能够自立于科学与理性的原则之上；至今还

---

① 沙托夫的话基本上重复了陀思妥耶夫斯基本人说过的话。他在给冯维辛娜的信（1854年2月）中写道："如果有谁向我证明，基督存在于真理之外，真理也确实存在于基督之外，那我仍情愿与基督而不是与真理在一起。"

没有一个先例，除非一时犯傻，出现在一瞬间。社会主义就其本质来说势必是无神论，因为它从出现伊始就宣称它是无神论的思想体系，并打算建立在绝对科学与理性的原则之上。理性与科学在各民族的发展史上，无论现在乃至从开天辟地起，从来都只履行次要的和辅助性的职责；并将这样履行下去，直到世界末日。各民族是由另一种驾驭一切、统治一切的力量确立和推动前进的，但是这力量究竟从何而来却无人知晓，也无人能够解释清楚。这力量乃是一种孜孜不倦，非走到底决不罢休的力量，同时它又否认有朝一日会走到底，这是一种不断地、永不止息地肯定自己存在和否认自己死亡的力量。诚如《圣经》所说，这是生命的源泉，这是'活水之江河'，亦即《启示录》一再警示我们有朝一日将会干涸的江河。① 诚如哲学家们所说，这是美学的原则，诚如他们认同的，这也是道德的原则。我把这简称为'寻神'。任何一个民族在它存在的任何一个时期，整个民族运动的目的，说到底就是寻神，寻找自己的神，而且这神一定要是自己的，非但要找到他，并且要信仰他，信仰他是本民族唯一的真正的神。神是一个民族从开始到终了加在一起而形成的整个民族的综合的个人。还从来不曾有过所有的民族或许多民族共有一个神的事，我们常见的是每个民族都有自己的单独的神。民族消灭之日也就是众神成为共同的神之时。当众神成了共同的神，那众神以及对他们的信仰也就会随同诸民族的死亡而一起死亡。一个民族越是强大，它所信仰的神也就越与众不同。迄今为止还不曾出现过一个没有宗教信仰的民族，宗教信仰也就是善恶观。任何一个民族都有自己的善恶观和自己认为的恶与善。当许多民族的善恶观开始逐渐类同的时候，那世界上的民族之分也将逐渐绝灭，到

---

① 参看《圣经·新约·启示录》第八章第十至十一节："第三位天使吹号，就有烧着的大星好像火把从天上落下来，落在江河的三分之一和众水的泉源上。这星名叫茵陈，众水的三分之一变为茵陈，因水变苦，就死了许多人。"第十六章第四节："第三位天使把碗倒在江河与众水的泉源里，水就变成血了。"

那时候善与恶的区别也将逐渐模糊和消失。理性从来没有能力确定何谓善、何谓恶，甚至都没有能力来区分善与恶，哪怕大致上区分一下也不行；相反，它常常可耻而又可怜地混淆善恶；而科学则认为只有拳头才能解决问题。半瓶子醋的科学尤其以此见长，它是人类最可怕的灾难，比瘟疫、饥饿和战争更可怕，直到本世纪以前还无人知晓这一旷古未有的灾难。半瓶子醋的科学——这是迄今为止从来不曾有过的暴君。这暴君有自己的祭司与奴隶，所有人都怀着满腔的爱以及迄今为止不可思议的迷信对他顶礼膜拜，甚至科学在他面前也战战兢兢，对他可耻地一味纵容。斯塔夫罗金，这一切都是您自己说过的话，除了我刚才说的关于半瓶子醋的科学那些话以外；这话是我说的，因为我自己就是半瓶子醋，对科学一知半解，因此特别恨这种似是而非的科学。这都是您的观点，甚至是您的原话，我丝毫未予改动，一句话也没有改。"

"我不认为您没有改，"斯塔夫罗金小心翼翼地指出，"您当时热情洋溢地接受了我的观点，又热情洋溢地、不知不觉地改变了我的观点。比如您把神降低到民族的普通的本质属性，即可窥见一斑……"

他分外注意与特别留意地注视着沙托夫，倒不是注意听他说话，而是注意他本人。

"我把神降低到民族的普通的本质属性？"沙托夫叫道，"恰恰相反，我把民族提高到了神的地位。再说，过去什么时候不是这样呢？民族——这是神的肉体。任何民族，只要仍旧拥有自己单独的神，并且毫不妥协地排除世界上所有其他的神；只要仍旧相信用自己的神定能战胜和驱逐所有其他的神，那就始终是个独立的民族。从开天辟地起，所有的民族都这样坚信，起码所有的伟大民族，所有令人多少刮目相看的民族，所有站在人类前列的民族，都这样坚信不疑。不能否认这一事实。犹太人坚持活下来，就为了等候真正的神，并把这个神留给了世界。① 古希腊人把大自然神化了，并把自己的宗教遗赠给了世界，这宗教就是他们的哲学和艺术，古罗马把生活在国家中的民族神化了，并把国家遗赠给了世界各民族。法兰西在它那悠久的历史中仅仅是罗马神这一观念的体现和发展，如果说它最后把自己的罗马神扔进了深渊，一头扎进了无神论（法国人把这种无神论暂时称为社会主义），那也无非是因为无神论毕竟比罗马天主教健康些，好些。② 如果一个伟大的民族不相信真理仅仅存在于本民族（仅仅存在于这个民族，而且它是独一无二的民族），如果这个民族不相信只有它能够，并且只有它肩负着这样的使命：用它自己的真理复活并拯救所有的民族，那它就会立刻变成民族学的一个材料，而绝不会变成一个伟大的民族。一个真正伟大的民族永远不会甘心在人类中充当次要角色，甚至也不屑充当头等角色，而一定要独占鳌头。哪个民族丧失这一信心，它就不成其为民族了。但是真理只有一个，可见，只有一个民族能够拥有真正的神，虽然其他民族也都拥有自己单独的伟大的神。这个'替天行道'的唯一民族，就是俄罗斯民族，而且……而且……而且，斯塔夫罗金，难道，难道您会认为我是这样一个傻瓜，"他突然狂叫道，"傻得竟然分不清自己在此时此刻讲的话，到底是在所有莫斯科斯拉夫派磨坊里磨出来的老掉牙了的废话呢，还是石破天惊的全新真理，代表时代潮流的话，唯一能够振兴和复兴民族精神的话，而且……而且，您此刻的哑然失笑跟我又有什么关系呢！即使您完全，完全不理解我，我说的任何一句话，我发出的任何一个声音您都不理解——这跟我又有什么关系呢！……噢，我多么蔑视您在此刻发出的高傲的笑和您此刻的眼神啊！"

他从座位上跳起来，甚至嘴角都冒出了白沫。

---

① 参看《圣经·旧约·出埃及记》。
② 陀思妥耶夫斯基对罗马天主教与无神论的看法与比较，参看《白痴》第四部第七章。

"相反，沙托夫，相反，"斯塔夫罗金非常严肃和非常克制地说道，并没有从座位上站起来，"恰好相反，您用您那热烈的言辞重又在我身上唤起了许多印象异常强烈的回忆。从您说的话中我认出了我自己两年前的心态，而且现在我也不会像方才那样对您说，您夸大了我当时的观点。我甚至觉得，我的那些观点还要独特一些，专断一些，而且我还要第三次向您保证，我非常愿意肯定您刚才所说的一切，直到最后一句话，但是……"

"但是您需要一只兔子？"

"什——么？"

"这是您的卑劣说法，"沙托夫冷笑道，又坐了下来，"'要炖兔子汤，就得有兔肉。要相信上帝，就得有上帝。'据说，您在彼得堡的时候常常这样说，就像那个想抓住兔子后腿的诺兹德廖夫一样。①"

"不，诺兹德廖夫是吹牛，说他逮住了一只兔子。不过，顺便说说，我有个问题，请允许我打搅您一下，何况我觉得我现在完全有权这样做。请告诉我：您逮住那只兔子了吗，或者，它还在到处乱跑？"

"不许您用这样的话问我，请您换一种问法！"沙托夫蓦地全身发起抖来。

"好吧，换一种问法，"尼古拉·弗谢沃洛多维奇板着脸看了看他，"我只想请问：您自己是不是相信上帝？"

"我相信俄国，我相信俄国的东正教……我相信基督的肉体②……我相信基督二次降临③将出现在俄国……我相信……"沙托夫发狂一般地喃喃道。

---

① 诺兹德廖夫，果戈理《死魂灵》中的人物；关于他吹嘘他曾亲手逮住一只灰兔后腿的事，请参看该书第一卷第四章。
② 指上帝通过俄罗斯民族而显现其存在。
③ 基督教教义之一。认为基督将于千禧年之前再次降临世界，建立千年太平盛世。千年期满后，即为世界末日，所有灵魂皆受审，有罪者下地狱，无罪者升天堂。

"那么您相信上帝吗？相信上帝吗？"

"我……我会相信上帝的。"

斯塔夫罗金脸上的肌肉一丝不动。沙托夫像一团火一样挑衅地望着他，好像要用自己的目光把他烧成灰烬似的。

"要知道，我并没有告诉您我根本不相信上帝！"他终于叫道，"我只是想让您知道，我不过是一本不幸而又无聊的书，此外就什么也不是了，暂时，暂时就这样……就让我身败名裂吧！问题在您，而不在我……我是一个没有才能的人，我只能贡献自己的满腔热血，此外就无所作为了，就像任何一个没有才能的人一样。就让我的满腔热血都付之东流吧！我是说您，我在这里等了您两年……我现在赤条条、一丝不挂地跳了半小时舞也是为了您。只有您一个人能够举起这面旗帜！……"

他没有把话说完，接着他仿佛绝望地把胳膊肘支在桌子上，用两手托住头。

"我只是把这作为一件怪事向您顺便指出，"斯塔夫罗金突然打断道，"为什么大家硬要把什么旗帜塞给我，硬要我举起来呢？彼得·韦尔霍文斯基也相信我能够'举起他们的旗帜'，起码有人向我转告了他说的这句话。他认定我能够为他们起到斯坚卡·拉辛①的作用，因为我有'从事犯罪的非凡才能'——这也是他的原话。"

"什么？"沙托夫问，"'从事犯罪的非凡才能'？"

"正是。"

"哼。有没有这事，有人说您，"他愤愤然冷笑道，"有没有这事，您属于彼得堡一个纵情兽欲的秘密团体？甚至德·萨德侯爵②也应该向您学习，这

---

① 即斯捷潘·拉辛（1630—1671），俄国十七世纪农民起义领袖，顿河哥萨克，后被叛徒出卖，处决于莫斯科。
② 德·萨德侯爵（1740—1814），法国著名的色情小说作家。沙托夫在此系暗示德·萨德曾因强奸妇女罪被判处有期徒刑，后又因鸡奸罪和下毒罪被判死刑（后撤销）。

是不是真的？您曾经诱奸过幼女，这是不是真的？您说，不许撒谎，"他怒不可遏地叫道，"尼古拉·斯塔夫罗金不能在打过他耳光的沙托夫面前撒谎！把一切全给我说出来，如果是真的，我立刻杀死您，马上杀死您，立刻，当场！"

"这些话我说过，但是我不曾糟蹋过幼女。"斯塔夫罗金在沉默了很久很久以后才说道。他的脸变得煞白，两眼冒火。

"但是您毕竟说了！"沙托夫威严地继续道，他目光炯炯，目不转睛地盯着他，"您有没有说过这样的话：您似乎认为，不管是什么淫乱行为，禽兽行径，或者是什么丰功伟绩，甚至为人类牺牲生命，二者都很美，您看不出它们有什么区别，您有没有说过这话？您是不是在这两极中发现了同样的美，找到了相同的快感？"

"要这样来回答是不可能的……我不想回答。"斯塔夫罗金喃喃道，他满可以站起来，一走了之，但是他既没有站起来，也没有走开。

"我也不知道为什么恶是丑的，善是美的，但是我知道为什么这种区别感会在斯塔夫罗金这样的先生们身上逐渐泯灭与消失，"激动得浑身发抖的沙托夫仍旧不肯罢休地继续道，"您知道您当时为什么结婚，而且这么无耻、这么卑劣地结婚吗？正是因为这种无耻和荒谬已经达到了天才的程度！噢，您并不是悬崖勒马，回头是岸，而是头朝下勇敢地飞落下去。您同她结婚是因为您酷爱折磨别人，酷爱别人的良心受到谴责，因为您想得到一种道德的快感。这是一种精神反常……向健全的理智挑战太有诱惑力了！斯塔夫罗金和一个令人作呕的、愚钝的、一贫如洗的瘸腿女人！您咬省长耳朵的时候，是不是感到一种快感呢？感觉到没有呢？您这个无所事事、游手好闲的大少爷，您感觉到没有呢？"

"您是个擅长心理分析的人，"斯塔夫罗金的脸变得越来越苍白了，"虽然您在分析我结婚的原因时多多少少弄错了……不过话又说回来，谁会提供给您所有这些情报呢,"他强作镇定地微微一笑,"难道是基里洛夫?但是他没有参加呀……"

"您的脸发白了?"

"话又说回来,您到底想干什么?"尼古拉·弗谢沃洛多维奇终于提高了嗓门,"我在您的鞭挞下坐了半小时,起码您也该客客气气地让我走吧……如果您这样对待我确实没有任何合乎情理的目的的话。"

"没有合乎情理的目的?"

"那自然。您起码有责任告诉我,您这样做到底有什么目的。我一直在等您这么做,但是到头来我看到的只是您怒发冲冠,气愤若狂。我求您了,请给我把大门打开。"

他从椅子上站了起来。沙托夫发狂般冲上前去,紧跟着他。

"亲吻大地,泪洒故土,请求饶恕!① "他抓住他的肩膀,叫道。

"可是,那天上午……我并没有打死您……而是把两只手缩了回去……"斯塔夫罗金垂下两眼,几乎痛苦地说道。

"说下去,把您要说的话说完!您是来警告我,告诉我面临着危险,您允许我说话,您明天想公开宣布您俩的婚姻!……难道我根据您的脸色看不出来您正被一个可怕的新思想支配着吗……斯塔夫罗金,为什么我非得相信您,而且要永生永世地相信您呢?难道我跟别人会这样说话吗?我还保有道德上的纯洁,但是我并不怕赤身露体,因为我是在与斯塔夫罗金说话。我并不害怕因为我谈到伟大的思想而使伟大的思想丑化,因为听我说话的是斯塔夫罗金……您走后,难道我不会趴在地上亲吻您的脚印吗?我没法把您从我的心中挖去,尼古拉·斯塔夫罗金!"

---

① 试比较《罪与罚》第六部第八节:拉斯科利尼科夫到警察局去自首前,曾跪在彼得堡的干草市场上,泪如雨下,连连磕头。

"我感到遗憾的是我没法爱您,沙托夫。"尼古拉·弗谢沃洛多维奇冷冷地说。

"我知道您没法爱我,我也知道您没有说谎。听我说,我倒有办法弥补这一切:我可以给您逮只兔子来!"

斯塔夫罗金不吭声。

"您是无神论者,因为您是少爷,等而下之的少爷。您已经失去了善恶之分,因为您已不再了解自己的人民。出现了新的一代,直接来自人民的心脏,无论是您,无论是韦尔霍文斯基父子,也无论是我,都不了解这新的一代,因为我也是少爷,是你们的家奴帕什卡的儿子……听我说,您应当通过劳动去找到上帝;关键就在这里,否则您就会像肮脏的霉斑那样销声匿迹;还是通过劳动去找到上帝吧。"

"通过劳动找到上帝?什么劳动?"

"农民的劳动。去吧,抛弃您的财富……啊!您在笑,您怕我会戏弄您?"

但是斯塔夫罗金并没有笑。

"您以为通过劳动就可以找到上帝,而且还必须是农民的劳动?"他想了想,反问道,好像果真碰到什么值得好好想想的严肃的新问题似的。"顺便说说,"他突然把话题转到他的新想法上,"您刚才提醒了我:您知道吗,我根本不富有,因此也没有东西可以抛弃,您知道吗?我几乎都没有能力保证甚至玛丽娅·季莫费耶芙娜的将来……我对您还有一个不情之请:如果您能办到的话,能不能请您今后也对玛丽娅·季莫费耶芙娜惠予照顾,因为只有您一个人还能对她可怜的脑子产生某种影响……我说这话是为了以防万一。"

"好,好,您这是说玛丽娅·季莫费耶芙娜,"沙托夫挥了挥手,另一只手拿着蜡烛,"好,以后自然……我说,您去看看吉洪吧。"

"看谁?"

"看吉洪。吉洪是前任主教,因病退休,就住在本城,住在城区,住在本市的叶菲米圣母修道院①。"

"这到底是怎么回事?"

"也没什么。常有人去看他。您去看看他吧;又不费您什么事? 这费您什么事呢?"

"我头一次听说,而且……我还从来没有见过这类人。谢谢您,我会去的。"

"走这儿,"沙托夫给楼梯照着亮,"请走这儿。"他推开了通向大街的便门。

"我再不会来找您了,沙托夫。"斯塔夫罗金在跨过便门时低声道。

门外仍旧一片漆黑,雨在下个不停。

---

① 请参看本书附录《在吉洪的修道室》。

第二章 夜（续）

一

他穿过整条上帝显灵街；终于走上了下坡路，两脚在泥泞中不断打滑，突然前面展开了一片广阔的、大雾弥漫的、仿佛空无一物的空间——大河。房屋变成了茅舍，街道迷失在众多杂乱无章的陋巷中。尼古拉·弗谢沃洛多维奇一直紧傍着河岸，穿行在一道道篱笆之间，走了很长时间，他走街串巷，蛮有把握地走着，甚至都未多加考虑这路走得对不对。他净想着完全别的事，当他从深沉的沉思中清醒过来，仓皇四顾，才发现自己竟站在敝城那座长长的、湿漉漉的浮桥的几乎正中央。四周没有一个人，因此当他猛然听到几乎就在他的胳膊肘底下发出一声既客气又亲昵，但听来又相当悦耳的声音时，他不由得感到很惊奇；这声音带有一种甜兮兮的、抑扬顿挫的腔调，这是敝城那些文明得过了头的小市民或者是劝业场中那些年轻的爱耍花腔的伙计最爱卖弄的腔调。

"好心的先生，能不能让我与您共用一把雨伞呢？"

果然，有个人钻了进来，或者想摆出一副已经钻到他伞底下的模样。一个流浪汉跟他并肩走着，正如士兵们所说，几乎是"并肩前进"。尼古拉·弗谢沃洛多维奇放慢了脚步，稍微低下头，想在黑暗中尽可能看清楚：此人个子不高，像个爱饮酒玩乐的小市民；衣服穿得很单薄而且很难看，头发蓬松而又拳曲，头上戴着一顶湿漉漉的呢制便帽，帽檐已有一半耷拉下来。似乎这是一个健壮的黑发男子，干瘦，皮肤黧黑；两眼大大的，肯定是黑色，像茨冈人那样炯炯有神而又微露黄色；这甚至在黑暗中也能看清。至于年龄，大概有四十岁，看去并没有喝醉。

"你认识我？"尼古拉·弗谢沃洛多维奇问。

"斯塔夫罗金先生，尼古拉·弗谢沃洛多维奇；上上星期天，在火车站，火车刚一停下，就有人把您指给我看了。此外，我久闻大名。"

"听彼得·斯捷潘诺维奇说的？ 你……你是苦役犯费季卡？"

"咱的教名是费奥多尔·费奥多罗维奇；至今咱生母还住在这一带，您哪，这老太太是个神痴，个子越长越矮，每天白天黑夜地为咱祷告上帝，这样躺在炕上，老太太就不会浪费光阴了。"

"你是从苦役营逃跑的？"

"我改变了一下命运。我把《圣经》呀，钟呀，上教堂呀，全给放弃了，因为我被判终身苦役，您哪，所以要等服满刑期就太长了。"

"你在这里干什么？"

"一天加一夜，就算过了一昼夜。咱舅因为制造假币上星期也在这儿的囚堡里嗝儿屁了，因此我在替他办葬后宴时就只能扔二十块石头喂狗①——我眼下就只能干这事。此外，彼得·斯捷潘诺维奇答应给我弄一张全俄通用的护照，因此我也一直在等这位少爷的恩典。他说，因为，想当年，家父在英国俱乐部打牌把你给输了；他说，我认为这种毫无人性的做法是不对的。先生，求您赏我三卢布茶钱让我喝杯茶暖和暖和，行吗？"

"那么说，你是躲在这里专门等我的啰。这我可不喜欢。谁让你这么干的？"

"谁也没让我这么干，您哪，可是我早知道您慈悲为怀，这是全世界都知道的。咱们的收入，您自己也知道，不是干草一束，就是腰眼里来一草叉。上星期五我美美地吃了顿馅儿饼，就跟猁猁吃肥皂似的，从那时起我第一天

---

① 指穷得一无所有，连葬后宴都办不起。

没吃饭，第二天束紧裤腰带，第三天又没东西进嘴。河里的水倒有，爱喝多少随你便，喝得我肚子里养起了鲫鱼……您能不能慷慨解囊，赏我几个卢布呢；在这里不远的地方正好有个相好的在等我，不过不带钱去休想见到她。"

"彼得·斯捷潘诺维奇是不是替我向你许了什么愿？"

"他倒没许什么愿，只是口头上说过，如果您，比如说，一时兴起，说不定我对少爷您会有点什么用处，但到底有什么用，他没明说，也没露底，因为彼得·斯捷潘诺维奇想考验考验我，比如说，看我有没有哥萨克的耐心，他对我一点儿也不信任。"

"为什么呢？"

"彼得·斯捷潘诺维奇是位占星家，所有天上的星宿他都知道，可是连他也受到了批评。先生，我面对您就像面对上帝一样，因为我久闻大名，听说过您许多事。彼得·斯捷潘诺维奇是一回事，而先生您说不定又是另一回事。他如果听说某人是个卑鄙小人，他就认定他是个卑鄙小人，此外就什么也不想知道了。如果他听说某人是个大笨蛋，那么在他心里这人除了大笨蛋这一称呼以外，就什么称呼也没有了。也许，每逢星期二和星期三我不过是个大笨蛋，可是到了星期四，我就比大笨蛋聪明些了。现在他知道我非常想弄张护照，因为在俄国没有证件是无论如何混不下去的，因此他以为他现在已经把我的心俘虏过去了。先生，我可以告诉您，彼得·斯捷潘诺维奇活在世上很容易，因为他想象某人是什么样子，某人就一定是什么样子。此外，他还非常抠门。他认为，我不经他同意决不敢来打扰您，可是，先生，我面对您就像面对上帝一样——我站在桥头恭候您光临已经是第四夜了，我想表明，没有他，我也能悄悄地找到自己的办法。我想，我宁可向皮靴鞠躬，也不向树皮鞋低头。①"

---

① 在费季卡的上述讲话中，有许多语汇直接取自陀思妥耶夫斯基的《西伯利亚笔记》，他在西伯利亚服苦役期间记下了苦役犯的生动语汇。

"那么是谁告诉你我夜里肯定会过这桥的呢？"

"不瞒您说，这话是从一旁听来的，多半是因为列比亚德金大尉太蠢了，因为他这人肚子里盛不下东西……因此先生您就得掏三卢布出来犒劳犒劳我，比如说，为了这三天三夜无聊的等候。至于衣服都淋湿了，咱就只能有气往肚里咽，不说了。"

"我往左，你往右；这桥到头了。听我说，费奥多尔，我喜欢别人能听懂我的话，并且永远记住：我决不会给你一戈比，今后无论在桥头，也无论在任何地方，我都不想遇见你，我不需要你帮忙，现在不需要，将来也不需要，要是你不听话——我就把你捆起来，送警察局。滚！"

"唉，咱俩就伴，起码也得赏几个子儿吧，走路也开心点儿，您哪。"

"滚！"

"那您认得这里的路吗？要知道，这里的小胡同可多了……我可以给您领路，因为这城呀，就像给魔鬼掰得七零八落装在篮子里似的。"

"滚，我非把你捆起来不可！"尼古拉·弗谢沃洛多维奇严地转过身来。

"先生，您也许会改变主意的；欺负一个无依无靠的人，那还不容易。"

"不，我看你这人还挺自信！"

"先生，我只相信您，我才不自信呢。"

"我说过，我根本不需要你！"

"可是我需要您呀，先生，就这么回事，您哪。我只能等您回来，也只有这办法啦。"

"我把丑话说在头里：我再碰到你——非把你捆起来不可。"

"那我先给您准备根腰带，您哪。祝您一路平安，先生，总算让个无依无靠的人在雨伞下暖和了一会儿，我对此十分感谢，终身不忘，直到进棺材。"

他落在后面了。尼古拉·弗谢沃洛多维奇心事重重地走到他要去的地方。

这个从天上掉下来的人蛮有把握地以为对方少不了他,并且十分无耻地急忙宣布了这一点。一般说,大家对他很不客气。但是也可能这流浪汉说的不全是假话,他死乞白赖地要为他效劳,当真是瞒着彼得·斯捷潘诺维奇他自己硬要这么干的也说不定;而这正是最有意思的一点。

二

尼古拉·弗谢沃洛多维奇走近的那幢房子,坐落在一条荒凉的陋巷里,两边全是篱笆,篱笆后面则是成片的菜园,这里紧挨着城边。这是一座孤零零的不大的小木屋,刚建成,外墙还没钉上木板。一扇窗户的百叶窗故意没有关上,窗台上放着一支蜡烛——显然是为今天要来的一位晚到的客人作灯塔用的。还在三十步开外,尼古拉·弗谢沃洛多维奇就看到台阶上站着一个人影,高个儿,大概是这座房子的主人,他走出来不耐烦地向路上张望。传来了他的声音,显得迫不及待,又似乎有点胆怯:

"是您吗,先生?是您吗?"

"是我。"尼古拉·弗谢沃洛多维奇直到走到台阶跟前,收起雨伞之后方才答应道。

"总算来了,您哪!"列比亚德金大尉(正是他)在原地捯着双脚,忙忙叨叨地说道,"把雨伞给我;湿透了,您哪;我来把伞打开,放在这里犄角的地板上,请进,请进。"

过道屋里的房门敞开着,这门通向一间点着两支蜡烛的房间。

"要不是您说过您一定来,我都不相信您会来了。"

"十二点三刻。"尼古拉·弗谢沃洛多维奇进屋的时候看了看怀表。

"外面又下着这么大雨,路又这么远……我没有表,从窗口望出去是一大片菜园，因此……什么也不知道……不过，说实在的，这绝非埋怨，因为我不敢，不敢，不过是因为苦苦地等了一星期，等急了，就盼着能够最后……解决。"

"解决什么？"

"听到自己的命运怎么安排，尼古拉·弗谢沃洛多维奇。请坐。"

他鞠了一躬，指着沙发前小桌旁的一个座位。

尼古拉·弗谢沃洛多维奇向四周打量了一眼；房间小极了，很低矮；家具都是最必需的，几把椅子和一张长沙发都是木头的，也是刚刚新做出来的，没有蒙面，也没有靠垫，两张椴木小桌，一张放在沙发旁，一张放在屋角，铺了桌布，上面放满了东西，东西上面还盖了一块非常干净的餐巾。整个房间表面上也保持得十分清洁。列比亚德金大尉已经有八九天没有喝醉了；他的脸好像有点浮肿和发黄，他的目光游移不定，很好奇，又分明感到很困惑：看得非常清楚的一点是，连他自己都不知道应该用什么腔调开口，采用什么口吻才对他最为有利。

"您瞧，"他指了指四周，"我过着佐西马①式的生活。滴酒不沾、离群索居、一贫如洗——就像古代骑士立下的宏誓。"

"您认为古代骑士立过这样的宏誓？"

"也许我搞错了？唉，我这人文化不高！我毁了一切！尼古拉·弗谢沃洛多维奇，您信不信，我在这里才头一回如梦初醒，戒绝了可怕的嗜好——一杯不喝，滴酒不沾！我现在有了自己的家，六天来感觉到心里很幸福。甚至这里的四堵墙都散发出树脂的芳香，仿佛回归到大自然。可是我过去干什么了？我算什么人呢？

---

① 这里所说的佐西马并非指具体的人，而是作为隐修士的代名词。

> 夜里痛饮，无家可归，
>
> 白天流浪，如丧家之犬——

按照诗人的天才说法！①但是……您浑身都湿透了……要不要喝点儿茶？"

"别费心了。"

"茶炊打七点多钟起就开了，但是……又灭了……就像世界上的万事万物一样。据说，太阳也有熄灭的一天……不过，如果需要的话，我可以生起来，阿加菲娅还没睡。"

"请问，玛丽娅·季莫费耶芙娜……"

"在这儿，在这儿，"列比亚德金立刻小声地接茬道，"您愿意瞅瞅吗？"他指了指通向另一个房间的一扇虚掩着的门。

"她没睡？"

"噢，没睡，没睡，哪能呢？相反，天一黑她就在等，刚才一听说您要来了，就立刻化好了妆。"他撇撇嘴，想做出一副戏谑的微笑，但霎时又打住了。

"总体说她怎么样？"尼古拉·弗谢沃洛多维奇皱着眉头问。

"总体说？不说您也知道（他遗憾地耸了耸肩膀），而现在……现在她正坐在那里，用纸牌算卦哩……"

"好，以后再说；先把您的事给了了。"

尼古拉·弗谢沃洛多维奇在椅子上坐了下来。

大尉不敢大大咧咧地坐到沙发上，而是立刻给自己另外搬了一把椅子，

---

① 列比亚德金在这里引用的是诗人维亚泽姆斯基《纪念画家奥尔洛夫斯基》中的两行诗，但经他一用，意思全变了。原诗的意思是：连夜赶路，不住店，／白天飞奔，马不停。这里是一语双关的文字游戏——中文无法表达。

战战兢兢地微微探身，准备洗耳恭听。

"您那儿角落里用桌布盖着的是什么？"尼古拉·弗谢沃洛多维奇突然注意到。

"这个嘛，您哪？"列比亚德金也转过身去，"这是由于您慷慨解囊，可以说吧，也为了庆贺乔迁之喜，同时也考虑到您还要走路，自然感到疲劳。"他露出一副巴结的样子嘿嘿笑道，然后又从座位上站起来，踮起脚尖，恭恭敬敬而又小心翼翼地取下了盖在屋角小桌上的桌布，桌布下原来是几碟准备好的下酒菜：火腿，小牛肉，沙丁鱼，干酪，一只小小的淡绿色的长颈瓶和一只长长的波尔多酒瓶：一切都摆放得很干净，很在行，也几乎很讲究。

"这都是您张罗的？"

"是我，您哪。从昨天起我就尽力去办一切，以便对您表示敬意……至于玛丽娅·季莫费耶芙娜，您也知道，她对这种事是不放在心上的。而主要是，由于您慷慨解囊，这都是花的您自己的钱，因此您是这里的主人，而不是我，可以说吧，我不过是个管事。因为，尼古拉·弗谢沃洛多维奇，我毕竟，毕竟在精神上是独立的！请您不要剥夺我这最后的财产！"他巴结地把话说完。

"唔！……您还是重新坐下吧。"

"谢——谢，谢谢，我是独立的！"他坐了下来，"啊，尼古拉·弗谢沃洛多维奇，我这颗心思前想后，真不知道怎么才能等到您大驾光临！瞧，您现在就要决定我的命运和……那个不幸的女人的命运了，以后……以后就像过去那样，像早先那样，像四年前那样，我要向您倾诉一切！您当时曾赏光听过我，读过我的诗章……尽管当时有人称我是您的福斯塔夫，莎士比亚剧本中的福斯塔夫[1]，但是您在我的命运中起过多么巨大的作用啊！……现在

---

[1] 见莎士比亚的剧本《亨利四世》。

我胆战心惊，害怕极了，只有您一个人才能给我忠告和光明。彼得·斯捷潘诺维奇对我的做法太可怕了！"

尼古拉·弗谢沃洛多维奇好奇地听着，仔细打量着他。显然，列比亚德金大尉虽然已不再酗酒，但是他仍处在一种远非和谐的状态中，在这类酗酒多年的醉鬼身上到头来会形成一种永远颠三倒四、迷迷糊糊的状态，仿佛他们身上有什么部件损坏了，丧失了理智，虽然，话又说回来，在必要的时候，他们坑蒙拐骗的本领绝不亚于别人。

"我看，这四年多来，您一点儿都没变，大尉。"尼古拉·弗谢沃洛多维奇似乎变得有点和蔼可亲地说道，"看得出来，这话不假，人的后半生通常是由前半生养成的习惯决定的。"

"高见！您解决了人生之谜！"大尉叫道，一半是油嘴滑舌，一半是真心感到高兴，并非作假，因为他非常喜欢精辟的话，"您说过许多话，尼古拉·弗谢沃洛多维奇，最要紧的我只记住一句，那还是您在彼得堡的时候说的：'一个人只有真正成为伟人，才能够指鹿为马，颠倒黑白。'对极了，您哪！"

"哼，做个混账东西也一样。"

"对，您哪，当个混账东西也成啊，但是您却一辈子妙语解颐，语惊四座，可他们呢？就拿利普京说吧，就拿彼得·斯捷潘诺维奇说也成啊，他们倒是说一句这样的话来听听呢！噢，彼得·斯捷潘诺维奇对我有多狠心呀……"

"不过话又说回来，大尉，您自己的表现又怎样呢？"

"成天价喝得醉醺醺的，再加上我树敌无数！但是现在一切，一切已成明日黄花，我就像蛇蜕了一层皮一样。尼古拉·弗谢沃洛多维奇，您可知道我正在写我的遗嘱，而且已经把这遗嘱写好了吗？"

"有意思。您能有什么东西可以留下来，又能留给谁呢？"

"留给祖国、人类和大学生。尼古拉·弗谢沃洛多维奇，我曾在报纸上读到过一个美国人的传记。他把自己的全部巨额财产都留下来办工厂和办有利于国计民生的科学，把自己的骨骼留给当地医学院的学生，把自己的皮留给别人去做鼓，以便用这面鼓日夜演奏美国国歌。呜呼，如果与北美合众国的思想翱翔相比，我们简直是一些侏儒；俄国是大自然的奇异现象，而不是智力的畸形变化。倘若我尝试着把我的皮留给后人做鼓，比如说，遗赠给我有幸在那里开始当兵的阿克莫林步兵团，以便用这面鼓每天向全团演奏俄国国歌，准有人会认为我犯了自由主义，会查禁我的皮……因此我只能限于将我的皮捐赠给学生。我想将我的骨骼捐赠给医学院，但是有个条件，这条件就是必须在这具骨骼的脑门上永远贴上一个标签，上写：'一个悔过自新的自由思想者'。就这样，您哪！"

大尉说得热烈，不用说，他相信这份美国人的遗嘱写得很美，但是他又是个骗子，他很想逗尼古拉·弗谢沃洛多维奇大笑，因为他过去曾长期在他身边充当小丑。但是那位根本不笑，而是有点疑心地问道：

"这么说，您打算在您生前就公布您的遗嘱，并为此获奖啰？"

"即使这样做，尼古拉·弗谢沃洛多维奇，即使这样做也未尝不可嘛，对吗？"列比亚德金小心翼翼地注视着他，"要知道，我的命多苦啊！我甚至都不再写诗了，可是从前您也曾经拿我的诗消遣取乐，尼古拉·弗谢沃洛多维奇，记得吗，在咱俩把酒言欢的时候？但是我已经搁笔了。我只写过一首诗，就像果戈理写《最后的故事》一样，记得吗，他还曾向俄国宣布，说这故事是从他的胸腔里'烤出来'的。[1] 我也一样，唱出来就完了。"

"什么诗？"

---

[1] 果戈理在《致友人书信选》中曾提到他要写一部书，这书叫《告别的故事》："我起誓：这书，我不是杜撰的，也不是瞎编的，它是从我的心中自然而然地烤出来的。"这部作品显然并未写成。

"《假如她摔断了腿》！"

"什——么？"

大尉要的就是这股劲儿。他很重视自己的诗，也自以为很了不起，但是根据他某种狡诈的口是心非，他也喜欢看到尼古拉·弗谢沃洛多维奇一听到他的诗就觉得开心，有时甚至捧腹大笑。这样就可以一箭双雕——既卖弄了诗才，又做到了说笑逗哏；但是现在还有第三个特别的极其微妙的目的：大尉在推出诗的同时，也想在一件事上为自己辩解一下，不知为什么他对这件事十分担心，同时又感到自己罪莫大焉。

"《假如她摔断了腿》，也就是说在骑马的时候摔断了腿。幻想，尼古拉·弗谢沃洛多维奇，胡言乱语，但这是一个诗人的胡言乱语：有一天，我从一旁走过，看见一位女士在骑马，吃了一惊，于是我向自己提了一个实事求是的问题：'出了事咋办？'——就是说万一出了事？这事很清楚：所有登门求亲者都将掉头不顾，所有的上门女婿也将退避三舍，门庭冷落车马稀，门可罗雀无人理，只有一个诗人怀着一颗破碎的心依然对她忠贞不贰。尼古拉·弗谢沃洛多维奇，甚至一只虱子也可能坠入情网，连法律也不能禁止它。不过话又说回来，这位小姐却生气了，对信对诗都很生气。据说您也大光其火，不是吗？您哪；这让人很伤心，我甚至都不敢相信。哎呀，这不过是我的想象罢了，我又招谁惹谁了呢？再说，我可以用人格起誓，这都是因为利普京：'寄去吧，寄去吧，任何人都有通信权。'于是我就寄去了。"

"您好像自作多情地向她求婚了？"

"敌人造谣，敌人造谣，敌人造谣！"

"念念您的诗吧。"尼古拉·弗谢沃洛多维奇板着脸，打断了他的话。

"胡说一气，首先是胡说一气。"

他却昂首挺胸，伸出一只手，开始朗诵：

第二部

> 绝色美女摔断腿,
>
> 花容变得更可爱,
>
> 我早痴情爱着她,
>
> 现在变得更加爱。

"啊呀,够了。"尼古拉·弗谢沃洛多维奇挥了一下手。

"我在幻想彼得堡,"列比亚德金尽快转换话题,好像他从来没有朗诵诗和谈到过诗似的,"我在幻想新生……恩人哪!我能指望您不至于拒绝资助我一点儿路费吧?整整一星期我一直像等待太阳一样等着您。"

"啊不,对不起,我几乎一文不名,再说我干吗要给您钱呢?"

尼古拉·弗谢沃洛多维奇仿佛猛地生起气来。他冷冷地、简短地历数大尉的所有罪状:酗酒、撒谎、挥霍原来规定给玛丽娅·季莫费耶芙娜的钱,把她从修道院里接出来,写一些放肆无礼的信,威胁说要公开这秘密,对达里娅·帕夫洛芙娜的所作所为,等等,等等。大尉摇摆着身子,指手画脚地开始反驳,但是尼古拉·弗谢沃洛多维奇每次都命令他闭嘴。

"对不起,"他终于说道,"您总是写信给我说什么'家门的耻辱',请问,您妹妹合法地嫁给斯塔夫罗金,对您何耻之有?"

"但是这门婚事是藏着掖着的,尼古拉·弗谢沃洛多维奇,藏着掖着的婚事是件非常不幸的秘密。我常常收到您寄来的钱,倘若有人突然问我:干吗给您这些钱呢?我捆住了手脚,我没法回答,既对舍妹有害,也对家门的清白不利。"

大尉提高了嗓门:他喜欢谈这个话题,他对这个话题寄予很大希望。呜呼,他根本没有预感到他会被弄得手足无措。好像事关一件最普通的家务安排似的，尼古拉·弗谢沃洛多维奇镇定自若而又正确无误地告诉他，他准备日内，甚至于也许就在明天或者后天，把自己的婚事晓谕公众，"既报告警察局，也晓示上流社会"，这样一来，不言而喻，家门清白云云也将自行结束，与此同时，补助金的问题也将自行终止。大尉瞪圆了两眼；他甚至都没听懂；还必须向他做一番解释。

"但是，要知道，她……疯疯癫癫的呀？"

"我会做出必要的安排的。"

"但是……令堂会怎么说呢？"

"嗯，那就随她便了。"

"但是，要知道，您会把您的夫人带到府上去吗？"

"也许会吧。不过这事您根本管不着，也跟您毫不相干。"

"怎么毫不相干！"大尉叫道，"我怎么会毫不相干呢？"

"嗯，不用说您是进不了我家的。"

"我可是您的亲戚呀。"

"这样的亲戚躲都躲不及呢。您自己想想，当时我为什么要给您钱？"

"尼古拉·弗谢沃洛多维奇，尼古拉·弗谢沃洛多维奇，这是不可能的，也许，您会重新考虑吧，您总不会加害……人家会怎么想呢？上流社会会怎么说呢？"

"我才不怕您那个上流社会呢。当时市廛买醉，因为赌酒，一时高兴，娶了令妹，而现在我想把这事公开……假如现在这能使我开心的话？"

他说这话的时候不知为什么特别激动，因此列比亚德金恐惧地开始相信了。

"但是，要知道，我，我怎么办呢，这里最要紧的是我呀！……说不定，您在开玩笑吧，您哪，尼古拉·弗谢沃洛多维奇？"

"不，不是开玩笑。"

"随您便，尼古拉·弗谢沃洛多维奇，您的话我不信……到时候我只有去告状了。"

"您呀，奇蠢无比，大尉。"

"就算吧，但是，要知道，我只有这条路了！"大尉完全乱了方寸，"过去，因为她替人家干活，起码那里的贫民窟还能给我们个住处，假如您完全撒手不管我，现在可怎么办呢？"

"您不是想到彼得堡去改换门庭，另谋高就吗？正好，我听说，您打算到那里去告密，告发所有其他人，希望以此将功赎罪，是吗？"

大尉目瞪口呆地没有回答。

"我说大尉。"斯塔夫罗金探身向前，微微趴向桌子，突然非常严肃地说道。在此以前，他说话的口气一直都是模棱两可的，因此使擅长扮演小丑的列比亚德金直到最后都有点将信将疑：他的主人真的在生气呢，或者只是打哈哈，他真有宣布他的婚事的古怪念头呢，或者只是闹着玩？现在，尼古拉·弗谢沃洛多维奇异乎寻常的严峻神色是如此具有说服力，以致在大尉的脊梁上甚至掠过一阵寒战。"我说，您给我说实话，列比亚德金：您是不是已经向有关方面告密了？您是不是当真干了什么缺德事？您有没有混账到寄出去了什么信？"

"没有，您哪，我什么事也没有干，而且……也不曾动过这念头。"大尉一动不动地看着他。

"哼，您没有动过这念头，您撒谎。您想到彼得堡去就为了这个。如果说您没有写信去告密，那您在这里有没有跟什么人闲谈的时候说漏了嘴？您说实话，我已经听到了些闲言碎语。"

"我喝醉了酒对利普京说过。利普京是叛徒。我向他公开过我的心事。"

可怜的大尉悄声道。

"心事归心事,但不能犯傻。如果您有什么想法,应当放在肚子里;现如今聪明人都不开口,不能到处乱说。"

"尼古拉·弗谢沃洛多维奇!"大尉发抖道,"要知道,您什么活动也没有参加,我不是告发您……"

"我是您的摇钱树,料您也不敢告发我。"

"尼古拉·弗谢沃洛多维奇,您想想,您想想嘛!……"大尉悲观绝望而又泪流满面地开始匆匆讲述这整整四年来他经历的事。这是一个混账东西的混账透顶的故事:这混账东西由于酗酒,由于放荡,瞎管闲事,直到最后一分钟几乎都没有搞清这件事的利害关系。他说,还在彼得堡的时候,"起先不过是因为交情,昏了头,就像个讲义气的大学生那样,虽然我并不是大学生,"而且,什么都不知道,"是个完全清白无辜的人",在人家的楼梯上撒各种各样的传单,几十张几十张地放在人家的房门口和门铃旁,把这当报纸塞进人家的门缝,带进剧院,塞进人家的礼帽或者人家的口袋里。后来就开始从他们那里领钱,"因为总得有经费吧,我哪来的经费呢,您哪!"在两个省的几个县里也撒过"各种各样乌七八糟的东西"。"噢,尼古拉·弗谢沃洛多维奇,"他感慨系之地说,"使我最感气愤的是这完全违反民法,主要是违反国法! 在那些传单上突然印上了这样的话,让大家扛着草叉出去,并且让他们记住,一大早出门的时候还是个穷光蛋,没准晚上回家的时候就成了大富翁——您想想,这算什么话,您哪! 我虽然心里发怵,可还是去撒。要不就突然冒出五六行字来向全俄国呼吁,令人莫名其妙:'赶快关闭教堂,消灭上帝,破坏婚姻,消灭继承权,拿起刀子。'说来说去就这些,鬼知道下面还写了什么。就是这份东西,就是这份印了五行字的东西,差点让我完蛋,我被抓进宪兵队,军官们揍了我一顿,可不吗,愿上帝保佑他们健康,后来把我给放了。去年，当我在那里把法国伪造的一张五十卢布的假钞票交给科罗瓦耶夫的时候，差点被逮住了；谢谢上帝，幸亏科罗瓦耶夫喝醉了酒，正巧这时候掉进池塘里淹死了，因此我才没有被揭发。我又在这里的维尔金斯基家宣布过共妻的自由。六月我又到某某县去撒传单。据说，他们还要让我……彼得·斯捷潘诺维奇突然让我明白，我必须听话；他早就在威胁我了。要知道，他在那个星期天对我多凶啊！尼古拉·弗谢沃洛多维奇，我是奴隶，我是蛆，但我不是上帝，我与杰尔查文的区别就在这里①。但是要知道，总得有经费呀，我哪来的经费呢！"

尼古拉·弗谢沃洛多维奇很有兴趣地听完了他所说的一切。

"有许多事我根本不知道，"他说，"不用说，您什么事都干得出来……听我说，"他想了想，说道，"如果您愿意，您可以告诉他们，该告诉谁您自己知道，就说利普京胡说八道，您不过是想用告密吓唬我一下，因为您以为我也已经声名狼藉，目的只是想多弄点儿钱……懂吗？"

"尼古拉·弗谢沃洛多维奇，亲爱的，难道真有这么大的危险在威胁我吗？我一直在等您回来，想问问您。"

尼古拉·弗谢沃洛多维奇微微一笑。

"当然，他们是不会让您上彼得堡去的，哪怕我给您路费……话又说回来，现在该去看玛丽娅·季莫费耶芙娜了。"他说罢便从椅子上站起来。

"尼古拉·弗谢沃洛多维奇，对玛丽娅·季莫费耶芙娜该怎么办呢？"

"照我说的办。"

"难道真要这样？"

"您始终不信？"

---

① 俄国诗人杰尔查文（1743—1816）在颂诗《上帝》（1784）中写道："我是沙皇——我是奴隶，我是蛆——我是上帝……"

"难道您真要把我像只又旧又破的靴子那样给甩了？"

"看情况吧，"尼古拉·弗谢沃洛多维奇笑道，"行了，让我走吧。"

"要不要让我到台阶上去站会儿，您哪……以免我无意中偷听到什么……因为这两个房间太小了。"

"此言有理；您就到台阶上去站会儿吧。带上雨伞。"

"雨伞，您的……我配用吗，您哪？"大尉巴结得过了头。

"雨伞人人配用。"

"您一下子就确定了最起码的[①]人权……"

他已经是在机械地喃喃自语了；他已经被这消息弄得六神无主，完全被弄糊涂了。不过话又说回来，当他走到台阶上撑开雨伞之后，几乎立刻就在他那浅薄而狡诈的脑海里又开始出现那永远使他自我宽慰的想法，是人家跟他耍滑头，是人家跟他说假话，既然这样，那怕什么，倒是人家应该怕他。

"既然是在说谎骗人，既然是在耍滑头，那到底唱的是哪一出呢？"他觉得心烦意乱。在他看来，宣布婚事是荒唐的："没错，这么一个神秘高手什么事都做得出来；他活着就是为了对人们作恶。嗯，如果是他自己害怕，从星期天当众受辱以后就开始害怕，而且非常害怕，从来没有这样害怕过，那又怎么样呢？因此他才跑来告诉我，说什么他自己要来公开这事，因为怕我捅出去。我说列比亚德金，你可别弄错呀！既然他自己希望公开，那他干吗要深更半夜偷偷地跑来找我呢？如果说他害怕了，那就说明他现在害怕，就在眼下，就在这几天……我说列比亚德金，你可别看走了眼，走岔了道呀！……

"他还用彼得·斯捷潘诺维奇来吓唬我。啊呀呀，不得了，啊呀呀，了不得；不，这才不得了呢！我鬼迷心窍，对利普京说漏了嘴。鬼才知道这些魔

[①] 在原著中是拉丁文。

鬼在打什么鬼主意，永远也搞不清他们的鬼名堂。又要像五年前那样开始折腾了。没错，我能向谁告密呢？'您没有犯浑给谁写过什么信吧？'唔。可见，是可以借口犯浑给什么人写信的，不是吗？该不会是他在给我出点子吧？'您要上彼得堡去就是为了干这个。'骗子，我不过做过这梦，可是他连我做过什么梦都猜到了！倒像他怂恿我去干似的。这里大概有两种可能，非此即彼：要么因为他肆意胡闹自己害怕了，要么……要么他自己什么也不怕，只是怂恿我去告发他们大家！啊呀，不得了，列比亚德金，啊呀，可别打错了算盘啊！……"

他深深地陷入了沉思，都忘了偷听。不过，要偷听也难；房门很厚实，而且是单扇的，他们的说话声又很低；只能听到一些模糊不清的声音。大尉甚至啐了口唾沫，又走到台阶上，在沉思中吹起了口哨。

三

玛丽娅·季莫费耶芙娜的房间比大尉住的那间大一倍，里面的家具同样十分粗陋；但是放在长沙发前的那张桌上却铺了一条很漂亮的花桌布；桌上点着一盏灯；整个地板上铺着一块很漂亮的地毯；卧榻被一块长长的、横贯全屋的绿色帷幔隔开了，此外，桌旁还放着一把大软椅，不过玛丽娅·季莫费耶芙娜并没有坐在这把软椅上。在墙角，正如在以前那套住宅里一样，供着一尊圣像，圣像前点着一盏油灯，而在桌上则放着同样一些必不可少的小物件：一副纸牌，一面小镜子，一个歌本，甚至还有一只奶油面包。此外，还多了两本带彩色插图的书，一本是从流行的游记中摘选出来供少年们阅读的书，另一本是轻松的劝谕性的故事集，多半是骑士故事，用作圣诞晚会的礼物或学校的课外读物。还有一本收藏着各种照片的影集。玛丽娅·季莫费耶芙娜正如大尉预先告知的那样，正在等候客人光临；但是当尼古拉·弗谢沃洛多维奇走进她屋里的时候,她却睡着了,半躺在沙发上,斜靠在一个粗绒线织的靠垫上。客人悄无声息地随手关上了门,仍旧站在原地,开始端详这个睡着的女人。

大尉说她作了一番打扮,他这是瞎说。她跟星期天在瓦尔瓦拉·彼得罗芙娜家一样穿着那身深色的连衣裙。也像上回那样,她的头发在后脑勺上绾了个小小的发髻;也像上回那样裸露着又长又瘦的脖子。瓦尔瓦拉·彼得罗芙娜送给她的那条黑色披肩,被用心地叠好,放在沙发上。也像上回那样,粗俗地抹了粉,搽了胭脂。尼古拉·弗谢沃洛多维奇还没站够一分钟,她就突然醒了,好像感觉到他的目光在注视她,睁开了眼睛,坐直了身子。但是,客人心里大概出现了什么奇怪的想法:他继续站在门口原来的地方;一动不动地,用锐利的目光,无言而又固执地端详着她的脸。也许这目光过于严厉了,也许其中流露出一种厌恶。甚至对她的恐惧流露一种幸灾乐祸的快感——假如这并非因为玛丽娅·季莫费耶芙娜浓睡初醒仿佛觉得如此的话;但是在几乎只有片刻的等待之后,这个可怜的女人的脸上突然流露出一种十分恐惧的神态;脸上掠过一阵痉挛,她晃动着两手,举了起来,突然像个吓坏了的孩子似的哭了起来;再过一刹那,她说不定会吓得大叫。但是客人清醒了过来;霎时间他的面部表情变了,他带着最亲切、最和蔼可亲的微笑走近桌子。

"对不起,玛丽娅·季莫费耶芙娜,我意外来到,吓着您了,把您吵醒了。"他向她伸出一只手,说道。

软语温存产生了应有的效果,恐惧消失了,尽管她依然害怕地望着他,显然,竭力想弄明白到底是怎么回事。她怕兮兮地伸出了一只手。终于,一缕微笑怯生生地浮现在她的嘴唇上。

"您好,公爵。"她悄声道,有点异样地端详着他。

"您大概做了个噩梦吧?"他继续越来越和蔼可亲、越来越亲切地微笑着。

Ф. Достоевский

БЕСЫ

"您怎么知道我做了这样的梦呢？……"

她突然又发起抖来，身子往后一缩，向前伸出一只手，仿佛自卫似的，又准备要哭了。

"您别紧张，够了，有什么好怕的呢，难道您没认出是我吗？"尼古拉·弗谢沃洛多维奇劝她道，但是这一回他花了很长时间都没能把她劝过来；她默默地望着他，始终带着一种痛苦的困惑，在她那可怜的头脑里盘旋着一种沉重的思虑，始终在冥思苦想，想要想出个结果来。她一会儿垂下眼睛，一会儿又突然向他匆匆一瞥。最后，她虽然没有平静下来，却似乎拿定了主意。

"请坐，请您坐在我身旁，让我以后能够看清您的脸。"她相当坚决地说道，似乎带着一种明显的新目的，"现在您放心，现在我不会看您了，我往下看。同时，您也不要看我，直到我请您抬起头来为止。请坐呀。"她甚至不耐烦地加了一句。

一种新感觉分明越来越厉害地控制了她。

尼古拉·弗谢沃洛多维奇坐下后一直等着；出现了相当长时间的沉默。

"唔！这一切让我觉得很奇怪，"她突然几乎厌恶地呢喃道，"当然，我乱梦颠倒，做了许多噩梦；不过我在梦中看到您时您为什么是那么一副模样呢？"

"好了，咱们别谈梦了。"他不耐烦地说道，尽管她不让他看她，他还是向她转过了身子，说不定方才那种表情又在他的眼睛里闪烁了一下。他看到，有好几次她非常想抬起头来看他，但是顽强地克制住自己，一直望着下面。

"我说公爵，"她突然提高了嗓门，"我说公爵……"

"您干吗别转了身子，您干吗不抬起头来看我，演这出滑稽戏到底要干什么呢？"他忍不住叫道。

但是她好像根本没听见似的。

"我说公爵，"她第三次声音坚决地重复道，脸上带着不愉快的、不胜其烦的表情,"当时您在马车里对我说要宣布咱俩的婚事,当时我吓了一跳:秘密保不住了。现在应该怎么办我不知道;我一直在想,我看得很清楚,我根本不合适。打扮自己我会,接待客人说不定也行:请人来喝茶也没什么大不了,特别是如果有用人帮忙的话。但是,要知道,别人从一旁会怎么看呢。当时,星期天上午,我在那家人家看清了许多事。那位漂亮小姐一直看着我,特别是您进来以后。要知道,您当时不是进来了吗,啊?她母亲不过是上流社会一位可笑的老太太。我哥列比亚德金也闹了不少笑话;为了不笑出来,我一直望着天花板,天花板上的彩绘很漂亮。他的母亲只配做修女院院长;我怕她,虽然她送给了我一条黑披肩。当时她们大家想必从我没有料到的方面对我作了评价;我并不生气,当时,我只是坐在那里想:我算她们的什么亲戚呢?当然,要求于伯爵夫人的只是她的内心素质,因为干家务她有的是用人,此外还得有一种上流社会女人的娇媚举止,只有这样才能接待外国游客。但是那个星期天她们毕竟对我很失望。只有达莎是天使。我非常害怕她们一不留神说出对我的看法,伤了他的心。"

"您不用怕,也不用担心。"尼古拉·弗谢沃洛多维奇撇了撇嘴。

"如果他因为我而感到些许害臊的话,我倒一点儿不在乎,因为这里永远是怜悯多于惭愧,当然,也因人而异。他应该是知道的,与其说她们可怜我,不如说我可怜她们。"

"玛丽娅·季莫费耶芙娜,您好像对她们很有意见似的?"

"谁?我?不,"她淳朴地微微一笑,"根本不是这样的。我当时看了看你们大家:你们大家都在生气,你们大家都在争吵;你们不会聚到一起,开怀大笑。这么多财富,欢乐却这么少——这一切我都感到丑恶。话又说回来,现在我除了可怜我自己以外,我并不可怜任何人。"

"我听说,我不在的时候,您跟您的哥哥日子过得很艰难?"

"谁告诉您的？胡说八道；现在要艰难得多；现在净做噩梦，而我常常做噩梦就因为您回来了。请问，您干吗要回来呢？"

"您愿意再回到修女院去吗？"

"哼，我早料到啦，他们肯定会让我再进修女院的！你们的修女院对我有多稀罕呀！我干吗要进修女院呢，我现在去干吗？现在我孤苦伶仃！再开始第三次生活就晚了。"

"您因为什么事很生气，总不会是怕我不爱您吧？"

"您爱不爱，我一点儿都没放在心上。倒是我怕我自己不会狠下心来不爱什么人。"

她轻蔑地发出一声冷笑。

"大概有件很大的大事，我对不起他，"她突然自言自语地加了一句，"不过我不晓得我错在哪里，糟糕就在于我百思不得其解。常常呀常常，在这五年里，我日夜担心我有什么事对不起他。我常常祷告呀祷告，老是想着我有什么事情对不起他，铸成了大错。结果发现这都是真的。"

"发现了什么？"

"我只怕他那方面有没有什么。"她继续道，没有回答问题，甚至好像根本没听清似的，"再说他也不该跟这样一些小人鬼混。伯爵夫人恨不得一口吃了我，虽然她让我坐了她的马车。大家都参与了这一阴谋——莫非他也裹进去了？难道他也背叛了我？（她的下巴和嘴唇发起抖来）我说：您看过关于格里什卡·奥特列皮耶夫①的故事吗？也就是在七座大教堂里受到诅咒的那

---

① 格里什卡是格里戈里的昵称。格里戈里·奥特列皮耶夫（？—1606）在波兰自称伊万雷帝之子德米特里，后借波兰军队的势力跨越俄国边界自立为皇（1604—1606）。据说，这个假德米特里原是莫斯科楚多沃修道院的助祭。1605年俄国牧首约伯命令在所有的教堂里宣读公告，责令这个自立为皇的格里什卡还俗，并令其受到所有教堂和全民的诅咒。后文说的"七"是虚指，意为"多"。

个人？"

尼古拉·弗谢沃洛多维奇一言不发。

"不过，我现在要向您转过身来了，我要看着您，"她仿佛突然打定了主意似的，"您也向我转过身来看着我，不过要看得仔细点儿。我想最后一次证实一下。"

"我早在看您了。"

"唔，"玛丽娅·季莫费耶芙娜说，凝神端详着他，"您大大地发福了……"

她本来还想说什么话，但是突然方才那种恐惧感又第三次猛地扭曲了她的脸，她又向前举起手来，身子往后一缩。

"您倒是怎么啦？"尼古拉·弗谢沃洛多维奇几乎发狂般叫道。

但是这恐惧只持续了一刹那；她脸上绽起了一种奇怪的笑容，疑心重重的、不愉快的笑容。

"公爵，我求您了，请您站起来，走进去。"她突然用一种坚决而又执拗的声音说道。

"怎么走进去？让我走到哪儿？"

"整整五年了，我一直在想象他怎么走进来。您先站起来，走到门外去，走到那个房间去。我就这么坐着，仿佛完全出乎意料似的，手里拿着一本书，而您经过五年的走南闯北之后突然走了进来。我想看看这会是什么样子。"

尼古拉·弗谢沃洛多维奇私下里恨得咬牙切齿，他悻悻然说了一句听不清楚的话。

"够了。"他用手掌拍了一下桌子，说道，"玛丽娅·季莫费耶芙娜，请您听我说嘛。劳驾了，如果您办得到的话，请您集中您的全部注意力。要知道，您并不完全是疯子！"他不耐烦地脱口说道，"明天我就要宣布我们的婚事。您永远也住不进我家的大公馆，您就死了这条心吧。您愿意跟我过一辈子吗,不过离这里很远? 在山里,在瑞士,那里有个地方……您放心,我永远不会抛弃您,也不会送您进疯人院。我的钱足够咱俩生活了,不用向别人伸手。您会有一个女用人;您不用干任何活。不管您想要什么,只要办得到,都会给您弄来。您可以祷告,爱上哪儿上哪儿,爱做什么都可以。我决不干涉,我也一辈子都不离开我那个地方。您愿意的话,我可以一辈子不跟您说话,您愿意的话,也可以像过去在彼得堡的贫民窟里那样,每天晚上跟我讲您的故事。如果您想听我读书,我可以读给您听。但是就这样过一辈子,在一个地方,而这地方是很闭塞枯燥的。您愿意吗? 您拿不定主意? 将来您不会后悔,不会用眼泪,用诅咒来折磨我?"

她非常好奇地听完了他的话,长时间保持着沉默,在想。

"这一切我都觉得难以置信,"她终于嘲弄而又厌恶地说道,"也许,就这样,在那山里,我一住就是四十年。"她笑了。

"那又怎么啦,咱们就住他四十年好了。"尼古拉·弗谢沃洛多维奇皱紧了眉头。

"哼。我说什么也不去。"

"甚至跟我一起也不去吗?"

"您算老几,干吗我要跟您一起去? 跟他连续四十年待在山上——听,想得倒美。说真的,如今冒出了一些多么有耐心的人啊! 不,让雄鹰变成猫头鹰,那是办不到的。我那公爵可不是这样的人!"她骄傲而又庄严地抬起了头。

他突然若有所悟。

"您干吗叫我公爵呢……您把我当成什么人了?"他迅速问道。

"怎么? 难道您不是公爵?"

"我从来不曾做过公爵呀。"

"那么这是您自己，您自己，终究当面承认您不是公爵啦！"

"告诉您，我从来不曾做过公爵。"

"主啊！"她举起两手一拍，"我早料到他的敌人什么都干得出来，但是这样放肆——却是我从来没有料到的！他还活着吗？"她发狂般叫道，向尼古拉·弗谢沃洛多维奇频频进逼，"你是不是把他杀了，你说呀！"

"你把我当成什么人啦？"他从座位上跳起来，勃然变色；但是已经很难吓住她了，她得意扬扬地说：

"谁知道你是什么人，谁知道你是从哪儿跳出来的！整整五年了，只有我的心，我的心感觉到了整个阴谋！可我却坐在这里，感到很奇怪：哪来的一只瞎了眼的猫头鹰在拼命讨好我呢？不，宝贝，你是一个蹩脚演员，还不如列比亚德金。请替我向伯爵夫人深深一鞠躬，并且告诉她，让她派个比你强一点儿的人来。你说：是不是她雇你来的？你是不是承蒙她恩赐，在她的厨房里混碗饭吃？你们的整个骗局我都看透了，你们所有的人，直到最后一个，我都了解！"

他使劲抓住她的大臂；她却冲他的脸哈哈大笑。

"你倒长得很像，也许是他的亲戚吧——真狡猾！不过我那位可是个矫健的雄鹰和公爵，而你只是只猫头鹰和做小买卖的！我那位对上帝，愿意的话就顶礼膜拜，不愿意的话就拉倒，而你还被沙图什卡（他这人可亲又可爱，是我的宝贝）扇了耳光，这是我的列比亚德金告诉我的。你进来的时候干吗那么怕兮兮的？谁把你吓住了？当我摔倒，你把我扶起来的时候，我一看到你那卑鄙无耻的嘴脸，就像一条蛆虫钻进了我的心窝：不是他，我想，肯定不是他！我那雄鹰决不会在那位上流社会小姐面前因我而感到害臊！噢，主啊！整整五年了，我一想到我那雄鹰就住在那里，住在山那边，在展翅飞翔，在仰望太阳……想到这个，我就感到无比幸福！你说，你这冒牌货，给了你很多钱吧？是不是因为给了你一大笔钱你才同意来冒名顶替的？我可一个子儿也不给你。哈哈哈！哈哈哈……"

"哼，白痴！"尼古拉·弗谢沃洛多维奇恨得咬牙切齿，仍旧紧紧抓住她的胳臂。

"滚，冒牌货！"她命令地叫道，"我是我的公爵的妻子，我不怕你的刀！"

"刀！"

"是的，刀！你兜里揣着刀。你以为我睡着了，可是我看见了：你方才进来的时候拔出了刀！"

"你说什么呀，不幸的女人，你梦见什么啦！"他吼道，用足力气把她从身边推开，因而使她的肩膀和脑袋很疼地撞在了沙发背上。他拔脚飞跑；但是她立刻跳起来，一瘸一拐、连蹦带跳地跟在他后面，紧追不舍，直到跑到台阶上才被吓得半死的列比亚德金使劲拦住，她从台阶上还冲他的背影向黑暗里又是尖叫又是哈哈大笑地叫道：

"格里什卡·奥特——列皮——耶夫，我诅——咒——你！"

四

"刀，刀！"他怒不可遏地一再重复道，迈开大步，慌不择路地穿行在泥泞和水洼中。诚然，有些时候他真想哈哈大笑，大声地笑，疯狂地笑；但是不知为什么他忍住了，克制住了笑声。一直到桥上，正好在他方才遇到费季卡的地方，他清醒了过来；同样是那个费季卡这时正在那里等他，现在，一看到他，他就摘下帽子，快乐地龇牙咧嘴，立刻开始跟他兴高采烈、兴味盎然、东拉西扯地谈起了什么事。尼古拉·弗谢沃洛多维奇先是不停地走了过去，有一段时间甚至根本不去听这个又死乞白赖地缠着他的流浪汉到底在唠叨什么。他蓦地感到很吃惊，想到他竟把这个费季卡完全忘了，而且正是在他自己每时每刻不停地暗自叨咕"刀，刀"的时候把这人给忘了。他一把抓住这流浪汉的脖领子，怀着一肚子恶气，用足所有的力气把他一拳打倒在桥上。刹那间，费季卡本想站起来搏斗，但是又几乎立刻明白了，他在自己的对手面前，而且这对手又是出其不意地向他进攻——他不过像根稻草罢了，于是便蔫不唧儿地不作声了，甚至毫无反抗之意。这个狡猾的流浪汉跪着，被按倒在地，胳膊肘被拧到背后，他镇定自若地等着，看这事将作何了局，似乎完全不相信他会有什么危险。

他没有想错。尼古拉·弗谢沃洛多维奇已经伸出左手从自己脖子上解下了毛围巾，准备把他的俘虏的两手捆起来；但是突然间不知为什么又撇下他，把他从身边推开。费季卡霎时就站了起来，一转身，刹那间不知从什么地方抽出一把短而宽的鞋匠用的刀，在他手里一闪。

"放下刀，收起来，立刻收起来！"尼古拉·弗谢沃洛多维奇用不耐烦的手势命令道，于是这刀又像倏地出现那样倏地不见了。

尼古拉·弗谢沃洛多维奇又默不作声地、头也不回地继续走自己的路，但是那个死乞白赖的坏蛋还是紧随其后，不错，现在已经不东拉西扯地闲聊了，甚至毕恭毕敬地在后面保持着整整一步的距离。两人就这样过了桥，上了岸，这一回是向左转，也跟上回那样走进一条又长又僻静的胡同，走这里，要比走方才走过的那条上帝显灵街到市中心，路要短一些。

"有人说，你最近曾在这里的某某县洗劫了教堂，这话当真？"尼古拉·弗谢沃洛多维奇忽然问。

"说实在的，起先我到教堂去是为了祈祷，您哪。"那个流浪汉郑重其事而又彬彬有礼地答道，好像什么事也没有发生过；甚至不是郑重其事，而是几乎俨乎其然。方才那种"友好"的亲昵劲已不翼而飞。看得出，这是一个办

Ф. Достоевский

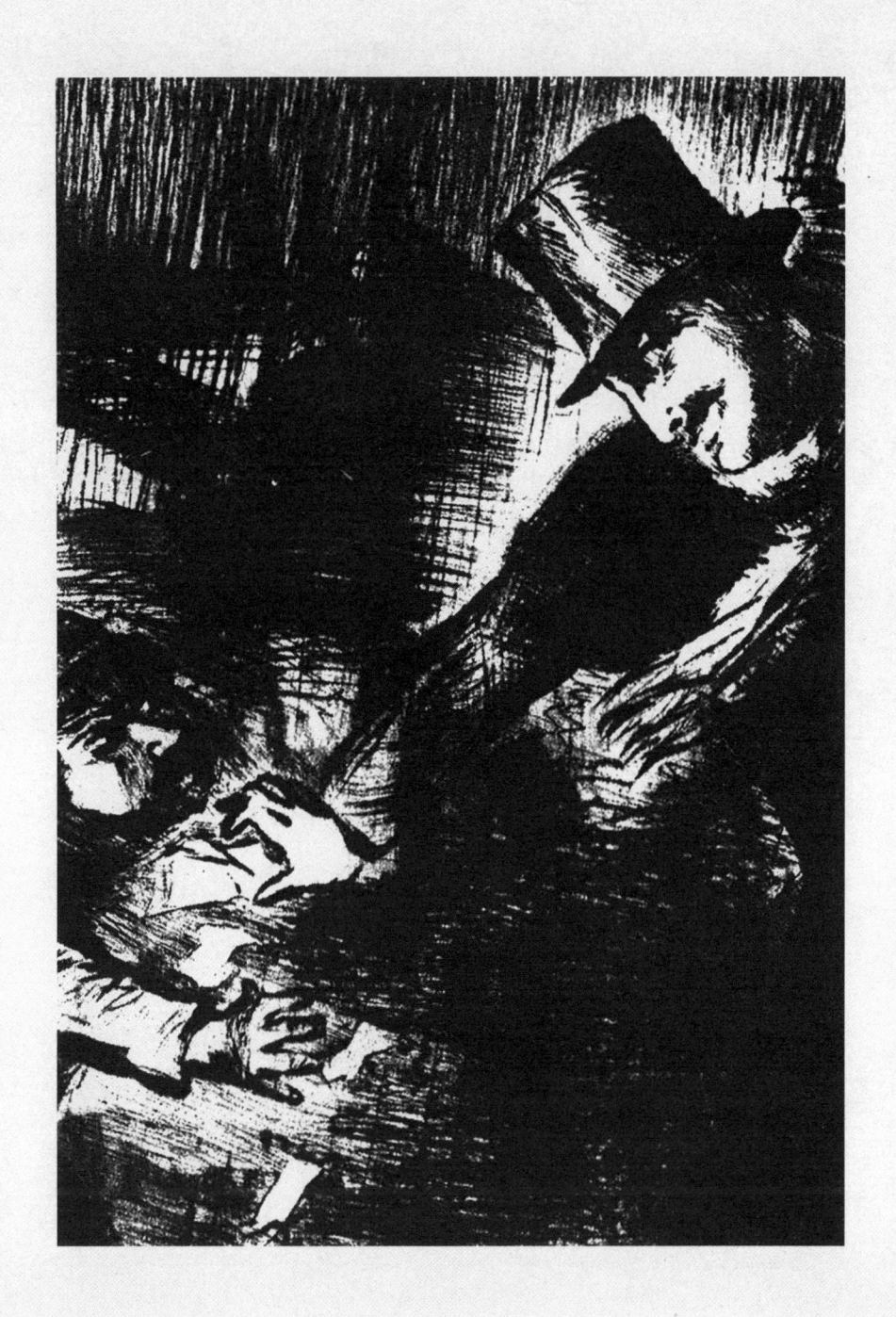

БЕСЫ

事认真而又严肃的人，没错，受了些冤枉气，但他不记仇。

"主指引我到那里去以后，"他继续道，"嘿，我想真是天赐良机！出现这样的事纯粹是因为我孤苦伶仃，因为像咱这样的苦命人没有他人救济是根本不行的。瞧，先生，相信上帝吧，主为了惩罚我犯下的罪孽让我吃了个大亏：我弄到的一只晃来晃去的手提香炉和一本给人添麻烦的《圣经》，还有助祭法衣上的一根金缎带，总共才卖了十二卢布。还有圣尼古拉像上的一只圆形领花，纯银的，算是白给了他们；他们硬说是仿金的铜锌合金。"①

"把看门的杀了？"

"应当说，我是跟那个看门的一起拿的，您哪，后来，天快亮了，我们为了一只口袋归谁在小河边彼此发生了争吵。我作了孽，稍稍减轻了一点儿他的罪孽。"

"你还要再杀，再偷。"

"彼得·斯捷潘诺维奇跟您说的话一模一样，他也这样劝我，您哪，因为这位少爷在救济穷人这种事上非但小气，而且心也太狠，您哪。此外，这位少爷一点儿也不相信把咱们由尘土造出来的那个天上的造物主②，他说一切都是大自然创造的，甚至于似乎直到最后一只野兽，此外，他根本不明白，像咱这样的苦命人，如果没有好心人救济，那是根本活不成的，您哪。如果你跟他说明这道理，他就像羊看水一样莫名其妙，看到这种人真叫人纳闷。还有件事，您信不信，在列比亚德金大尉家，您哪，也就是您刚才去拜访的那家人家，还在您没来之前，他俩住在菲利波夫公寓，有时房门整宿敞开着，也不上锁，您哪，他本人则烂醉如泥，睡得跟死人似的，钱从他的所有口袋

---

① 费季卡所说的偷窃教堂东西的话，几乎逐词重复了陀思妥耶夫斯基在《西伯利亚笔记》第七十六条的内容。

② 参看《圣经·旧约·诗篇》第一百零三篇第十四节："因为他知道我们的本体，思念我们不过是尘土。"

里散落一地。这可是我亲眼所见，因为像咱这样过活，如果没有旁人救济，是无论如何活不成的……"

"你怎么可能亲眼见到呢？难道你半夜进去了？"

"也许进去过吧，不过人不知鬼不觉。"

"你怎么没有杀了他？"

"我盘算了一下，心想还是稳扎稳打点儿的好。因为有一回我千真万确地打听到，我永远可以从他那里扒窃到约莫一百五十卢布，只要少安毋躁，就可以从他那里把所有的一千五百卢布全弄到手，我干吗还要这么干呢？因为列比亚德金大尉（我可是亲耳听到的，您哪）每次喝醉了酒就会对您抱很大希望，这里没有一家小饭馆，甚至最蹩脚的小酒馆，他不曾在那里醉醺醺地宣布过这事，您哪，我听到很多人都这样说，因此我也开始把我的全部希望都寄托在少爷您身上了。先生，我把您当作我父亲或者当作我的亲兄弟，因此彼得·斯捷潘诺维奇永远也不会从我这里知道这事，甚至没有一个人会知道。那么，少爷，您能不能够赏给我区区三卢布呢？您最好能让我放开手脚，让我知道事情的真相，因为像咱这种人没有人救济是无论如何活不下去的，您哪。"

尼古拉·弗谢沃洛多维奇哈哈大笑起来，从衣兜里掏出皮夹，皮夹里有许多小额钞票，多达五十卢布，他从一沓里抽出一张扔给了他，接着又扔给了他第二张、第三张、第四张。费季卡冲过去，想顺势接住，一张张钞票纷纷落在烂泥里，费季卡边抓边喊："嘿，嘿！"尼古拉·弗谢沃洛多维奇最后把整个一沓钞票全扔给了他，继续哈哈大笑着进了小胡同，但是这一回已经是他一个人了。那流浪汉留下来跪在烂泥里，爬来爬去地寻找随风飘散和沉到水洼里的钞票，整整一小时都可以听到他在黑暗中断断续续地呼喊："嘿，嘿！"

第三章 决斗

一

第二天下午两点，举行了预定中的决斗。阿尔捷米·帕夫洛维奇·加甘诺夫坚持无论如何要决斗。这一无法遏止的愿望促使这事很快就定了下来。他不理解对手的行为，都气疯了。他整整一个月对对方横加侮辱而没有得到惩罚，但始终没有能够使对方忍无可忍，拍案而起。他必须让尼古拉·弗谢沃洛多维奇本人先提出挑战，因为他自己没有提出挑战的直接借口。不知为什么他不好意思承认他的隐秘的动机，其实这无非是因为四年前他父亲受到斯塔夫罗金的侮辱，于是他对斯塔夫罗金痛心疾首，深恶痛绝。再说他自己也认为再要以此为借口也有点说不过去，尤其因为尼古拉·弗谢沃洛多维奇已经两次向他谦恭地道了歉。他暗自认定这家伙是个毫无羞耻之心的胆小鬼；他简直不明白，沙托夫给了他一记耳光，他居然就忍了；因此才最后拿定主意给对方寄去了那封异常粗暴无礼的信，这封信终于促使尼古拉·弗谢沃洛多维奇本人提出决一雌雄。他在前一天寄出这封信后便一直焦急地等待着挑战，痛苦地计算着对方要求决斗的可能性，一会儿很有希望，一会儿又觉得灰心丧气，但是为了应付万一，还在头天晚上他就给自己准备好了一名决斗证人，即他的朋友，中学同学，他特别敬重的马夫里基·尼古拉耶维奇·德罗兹多夫。这样一来，当基里洛夫在第二天上午九时应尼古拉·弗谢沃洛多维奇之请前去拜会的时候，发现一切都已经完全准备好了。尼古拉·弗谢沃洛多维奇的一再道歉和前所未有的再三让步，刚开口就立刻被异常激烈地拒绝了。马夫里基·尼古拉耶维奇头天晚上刚刚知道这事的来龙去脉，当他刚听到这种前所未闻的建议时惊讶得都张大了嘴，他本想立即出面坚持双方和解算了，但是他发现早料到他会来这一手的阿尔捷米·帕夫洛维奇坐在椅子上气得几乎发抖，只好闭上了嘴，一言不发。要不是他答应了自己的老同学，说不定会立刻告退；他之所以留下来，仅仅因为他希望在事情的了局上多少能够帮上点儿忙。基里洛夫下了要求决斗的挑战书；斯塔夫罗金提出的决斗条件立刻被一字不改地全部接受了，没有提出丝毫异议。只做了一点补充，然而这补充很残酷，即假如双方第一次射击后没有发生任何决定性的结果，那就再来第二次；如果第二次也毫无结果，那就再来第三次。基里洛夫双眉深锁，对第三次射击做了点儿讨价还价，但是没有得到任何结果，只好表示同意，不过有个条件："三次还可以，四次就无论如何不行了。"在这方面，他们做了让步。于是便下午两点在布雷科夫举行了决斗，即在城郊后的一片小树林中，这片小树林位于斯克沃列什尼基与什皮古林工厂之间。昨天那场雨已经全停了，但仍旧湿漉漉的，潮湿而且有风。低低的、色彩浑浊的、被扯乱的乌云在寒冷的天空中迅速地飞掠而过；树冠在发出一阵阵沉闷的喧嚣，树根在轧轧作响；这是一个十分凄凉的正午。

加甘诺夫和马夫里基·尼古拉耶维奇坐着一辆敞篷马车来到了指定地点，驾车的是阿尔捷米·帕夫洛维奇；他俩还随身带了一名仆人。尼古拉·弗谢沃洛多维奇和基里洛夫也几乎同时到达，不过他们没有坐马车，而是骑马来的，也由一名骑马的仆人陪同。基里洛夫从来没有骑过马，他勇敢地骑在马鞍上，身子挺得笔直，用右手抱住他不愿让仆人拿着的装手枪的沉重的匣子，而左手则由于他不会骑马不停地转动和拉扯着缰绳，因而使马不住地晃动脑袋，仿佛想要举起前蹄猛地直立起来似的，然而这丝毫也没有使这位骑手感到害怕。生性多疑、动辄觉得自己深受侮辱的加甘诺夫，认为他们骑马来乃是对他的新的侮辱，因为对手甚至都不认为他们有必要备好马车，以便运走受伤者，由此可见，他们太自负了，满以为胜券在握。他从自己的敞篷马车上下来，面孔气得蜡黄，而且感到他的两手在发抖，他把这点告诉了马夫里基·尼古拉耶维奇。对尼古拉·弗谢沃洛多维奇的鞠躬问候，他转过身去根本不予理睬。两位证人抽了签：结果是用基里洛夫的手枪。量好了彼此的距离，把两个对手分列两边，让马车、马与两名仆人分别后退三百步。武器装上了子弹，交给了两位对手。

遗憾的是，这故事必须讲快点了，没有工夫细加描述；但也不能完全不提。马夫里基·尼古拉耶维奇满面忧愁，忧心忡忡。基里洛夫却镇定自若，满不在乎，他在履行自己职责的一应细节上一丝不苟，但又毫不忙乱，而且对这事不幸的、如此逼近的结局显得几乎毫无兴趣。尼古拉·弗谢沃洛多维奇的脸比平时更苍白了，他穿得相当单薄，身披大衣，头戴一顶白色的长毛绒呢帽。他显得很疲倦，间或皱起眉头，而且丝毫也不认为有必要掩饰自己不愉快的心情。这时阿尔捷米·帕夫洛维奇的神态却特别惹人注目，因此无论如何不能不另辟一节对他单独地说上几句。

二

我们至今都没有提到过此人的外表。这是一个大高个儿，正如老百姓所说，长得又白又胖，几乎十分肥硕，头发是浅黄色的，稀稀落落，年三十二三岁，甚至可以说相貌英俊，一表人才。他退伍的时候已是上校，如果他当上将军，那将军的头衔一定会使他显得更加器宇不凡，他很可能会成为一名优秀的武将。

为了描述此人的性格，还有一点不容疏忽，即促使他呈请退伍的主要缘由，乃是四年前在俱乐部里由尼古拉·弗谢沃洛多维奇加诸他父亲的侮辱之后，长久地、痛苦地使他不能释怀的关于家门遭此羞辱的念头。他于心有愧地认为，继续在军队里服役是可耻的，并且暗自认定这样下去乃是玷污了团队和同僚们的名誉，虽然他们之中任何人都不知道此事。诚然，过去他也曾一度想要退伍，但这是很久以前的事了，还在他父亲受辱之前很久，而且也完全因为别的缘由，但是他在此以前一直摇摆不定。不管这事说起来多么叫人奇怪，但是促使他退伍的最初的缘由，或者不如说最早的导因，居然是二月十九日关于解放农奴的宣言①。阿尔捷米·帕夫洛维奇是敝省最富有的地主，宣言发布后他受到的损失并不大，此外他本人也颇信服这一措施的人道性质，而且也几乎能够明了这一改革在经济上给他带来的好处，可是宣言发布后，他却突然感到自己仿佛受了侮辱。这是一种无意识的东西，类似于某种感情，而且越是无意识就越强烈。然而在他父亲去世之前，他一直没有下定决心采取什么坚决的步骤；但是他还在彼得堡的时候就以自己的思想"高尚"而为许多他热情交往的杰出人士所熟知。这是一个内向的、不苟言笑的人。还有一个特点：他属于那种脾气古怪，但又至今存在于俄国的贵族，他们非常重视自己贵族世系的古老和纯洁，而且对此态度严肃，十分在乎。与此同时，他十分憎恶俄国的历史，而且他认为俄国的整个习俗在某种程度上是卑鄙下流的。还在他小时候，在那个专门为贵族和富家子弟开办的、他有幸在那里开始和结束自己学业的军事学校，他就养成了某种富有诗意的观点：他喜欢城堡、中世纪的生活，它那整个富有戏剧色彩的部分以及骑士精神；当他听到在莫斯科帝国时期沙皇可以对俄国的世袭贵族实行体罚②，便羞得差点

---

① 指1861年2月19日沙皇政府颁布的解放农奴条例。
② 起先（在鞑靼人统治俄国的时期），体罚在俄国适用于一切阶级：在闹市公开鞭打世袭贵族和神职人员。17世纪中叶，还由沙皇法典明确规定了体罚办法。18世纪中叶以前，在俄国还可碰到鞭打显贵的案例。直到叶卡捷琳娜二世在位时才废除了对贵族、名人及一、二等商人的体罚。至亚历山大一世时又废除了对神职人员的体罚。

要哭出来，这种对比使他满脸通红。这个不苟言笑、非常古板的人，精通自己的本职工作，而且工作十分尽职，可是他在自己内心里却是个幻想家。有人断言，他能在大会上发言，而且很有口才；但是他三十三年来始终三缄其口，不肯轻易发表意见。甚至最近在他经常出入的那个显要的彼得堡圈子里，他的举止也非常傲慢。在彼得堡遇见刚从国外回来的尼古拉·弗谢沃洛多维奇，几乎使他丧失了理智。眼下，他站在决斗场上，显得分外焦躁。他总觉得，这场决斗兴许举行不了，小小的拖延便使他浑身战栗。可是基里洛夫非但没有发出战斗的信号，反而蓦地说起话来，他的脸上因此而流露出了痛苦的表情，诚然，基里洛夫说这番话也不过是走走过场而已，关于这点基里洛夫曾大声宣布：

"我不过是走走过场而已；现在手枪已经在你们手里，但等一声号令你们就可以动手了，可是我还是要最后问一声：两位是否愿意言归于好？这是我这个证人应尽的职责。"

马夫里基·尼古拉耶维奇在此以前一直沉默不语，但是从昨天起他就因为自己太随和、太姑息放任而感到内心痛苦，这时却好像故意似的突然接过基里洛夫的话茬，也开口说道：

"我完全赞成基里洛夫先生的话……有人说，到了决斗场就不能再言归于好了，这不过是对法国人才适用的偏见……再说我也想不通这算什么侮辱，随你们便，我早就想说了……因为不是已经提出可以进行各种各样的道歉吗，不是吗？"

他满脸涨得通红。他很少有机会说这么多话，也很少说得这么激动。

"我再次重申我愿意以各种形式道歉。"尼古拉·弗谢沃洛多维奇急忙接茬道。

"难道这可能吗？"加甘诺夫转身对马夫里基·尼古拉耶维奇发狂地吼

道，甚至在狂怒中还跺了一下脚，"既然您是证人，而不是我的仇人，马夫里基·尼古拉耶维奇，那就请您向这个人（他用手枪朝尼古拉·弗谢沃洛多维奇的方向指了指）说清楚，这样的让步只是加深对我的侮辱！他并不认为他有可能受到我的侮辱！……他也并不认为在决斗场离开我是什么耻辱！倘若这样，您把我当什么人了……您还算我的证人哩！您不过是在刺激我，好让我打不准。"他又跺了一下脚，嘴上唾沫四溅。

"谈判结束。请听号令！"基里洛夫用足力气叫道，"一！二！三！"

随着"三"字，决斗双方便向对方迎面走近。加甘诺夫立刻举起手枪，在第五步或者第六步便开了一枪。他站住了，稍停片刻，确信打偏了，便迅速走近划定的界线。走近界线的还有尼古拉·弗谢沃洛多维奇，他也举起手枪，但不知怎么举得很高，几乎根本没有瞄准就打了一枪，接着便掏出手帕，用手帕缠紧右手的小指，直到这时大家才看清阿尔捷米·帕夫洛维奇并没有完全打偏，但是他的子弹只从对方的手指上擦过，擦破了关节上的一点儿皮肉，没有伤到骨头；出现了微不足道的擦伤。基里洛夫立即宣布，如果决斗双方不满意，决斗可以继续进行。

"我宣布，"加甘诺夫又面向马夫里基·尼古拉耶维奇声音嘶哑地说道（他口干舌燥），"这个人（他又指了指斯塔夫罗金）故意……存心……向空中开了一枪。这又是侮辱！他想使决斗成为不可能！"

"只要照规矩办，我有权爱怎么开枪就怎么开枪。"尼古拉·弗谢沃洛多维奇坚定地宣布。

"不，他没有这个权利！跟他说清楚，说清楚！"加甘诺夫叫道。

"我完全赞同尼古拉·弗谢沃洛多维奇的意见。"基里洛夫宣布。

"他凭什么要饶我？"加甘诺夫怒喝道，根本听不进去，"我蔑视他的饶恕……我鄙视……我……"

"我保证，我丝毫没有侮辱您的意思，"尼古拉·弗谢沃洛多维奇不耐烦地说道，"我之所以向上开枪，是因为我不想再杀任何人，无论是您也好，别人也好，与您本人无关。不错，我并不认为自己受了侮辱，我感到遗憾的是这触怒了您。但是我不允许任何人对我的权利横加干涉。"

"如果他这么怕杀人流血，那您问问他，他干吗向我挑战？"加甘诺夫仍旧向马夫里基·尼古拉耶维奇吼道。

"他怎么能不向您挑战呢？"基里洛夫插嘴道，"因为您什么话也听不进去，怎么摆脱您的纠缠呢！"

"我要说的只有一点，"马夫里基·尼古拉耶维奇说道，他使劲地、痛苦地在心里掂量着这件事的是非得失，"如果敌对的一方事先宣布他要朝天开枪，那决斗的确没法继续进行……由于某种微妙的和……明显的原因……"

"我根本就没有申明我每次都要朝天开枪！"斯塔夫罗金叫道，已经完全失去了耐心，"你们根本不知道我脑子里在想什么，不知道现在我将会怎样再次开枪……我没有给决斗设置任何限制。"

"既然这样，那决斗可以继续进行。"马夫里基·尼古拉耶维奇对加甘诺夫说。

"两位，各就各位！"基里洛夫命令道。

两人又彼此走近，加甘诺夫又打偏了，斯塔夫罗金又朝天开了一枪。关于这两次朝天开枪是可以提出争议的：尼古拉·弗谢沃洛多维奇可以直截了当地断言他这两次射击是规规矩矩地进行的，假如他自己不承认是存心打偏的话。他并没有把手枪直接对准天空或者瞄准树木，而是好像确实瞄准了对手，虽然，话又说回来，他瞄准的靶心在他的礼帽上方一俄尺，第二次瞄准的靶心甚至还要低一点儿，还真像那么回事似的；但是已经没法说服加甘诺夫让他不相信了。

"又来了！"他咬牙切齿地说，"我无所谓！既然叫我来决斗，我就要行使我的权利。我还要进行第三次射击……我无论如何要开这第三枪。"

　　"您有充分的权利。"基里洛夫简短而又粗鲁地回答道。马夫里基·尼古拉耶维奇什么话也没有说。又第三次让两个对手各就各位，又第三次叫了口令；这一回加甘诺夫一直走到界线的紧跟前，站在界线上，站在距离对方十二步处，开始瞄准。他的两手抖得太厉害了，无法瞄准。斯塔夫罗金拿着手枪站在那儿，枪口朝下，一动不动地等着对方开枪。

　　"时间太长了，瞄准的时间太长了！"基里洛夫急忙叫道，"开枪！开——枪呀！"枪响了，这一次白色长毛绒呢帽从尼古拉·弗谢沃洛多维奇的头上被打飞了。这一枪打得相当准，帽顶被打穿了，而且弹孔很低；只要再低四分之一俄寸，一切就完蛋了。基里洛夫伸手接住帽子，把帽子还给了尼古拉·弗谢沃洛多维奇。

　　"开枪呀，别让对方等太久了！"马夫里基·尼古拉耶维奇异常激动地叫道，因为他看到斯塔夫罗金好像忘了开枪似的，正跟基里洛夫一起察看那顶呢帽。斯塔夫罗金打了个哆嗦，看了看加甘诺夫，扭过身去，这一回他已经丝毫不故弄玄虚地向旁边的小树林开了一枪。[①]决斗结束了。加甘诺夫垂头丧气地站在那里。马夫里基·尼古拉耶维奇走到他跟前，开始跟他说什么话，可是他好像听不懂似的。基里洛夫临走的时候摘下礼帽，向尼古拉·弗谢沃洛多维奇点了点头；但是斯塔夫罗金已经忘了先前彬彬有礼的态度；他向小树林里打了一枪以后，甚至都没有向分界线转过身去，就把自己的手枪塞给了基里洛夫，然后急匆匆地向坐骑走去。他脸上流露出愠怒的表情，一言不发。基里洛夫也默然无语。他俩跨上坐骑，疾驰而去。

---

① 关于决斗的这段描写在细节上与十二月党人卢宁同奥尔洛夫的决斗颇近似，请参看《俄国档案》1871年第2期所载斯维斯图诺夫的《自白》。

Ф. Достоевский

БЕСЫ

三

"您干吗一言不发？"斯塔夫罗金不耐烦地向基里洛夫喝道，当时已经离家不远了。

"您要干吗？"基里洛夫答道，马霍地两腿直立，他差点没从马背上出溜下来。

斯塔夫罗金平复了情绪。

"我并不想故意气这个……蠢货，可是又把他气得够呛。"他低声道。

"是的，您又气他了，"基里洛夫断然道，"再说，他也不是笨蛋。"

"然而，我已经做到了我能够做到的一切。"

"不。"

"那我应该做什么？"

"不要向他挑战。"

"再挨一记耳光？"

"是的，再挨一记耳光。"

"我开始莫名其妙了！"斯塔夫罗金愤然道，"为什么大家都希望我做什么，可是却不要求别人这么做呢？凭什么我要忍受别人忍受不了的事，还要主动承受任何人都承受不了的重负呢？"

"我认为您在自寻烦恼。"

"我在自寻烦恼？"

"是的。"

"您……看出这个了？"

"是的。"

"这一目了然，看得很清楚？"

"是的。"

两人都默然无语，过了片刻。斯塔夫罗金一副忧心忡忡的样子，几乎精神被压垮了似的。

"我不向他开枪，是因为我不想杀人，此外就再没什么了，我可以向您保证。"他惊慌地、急匆匆地说道，似乎在替自己辩护。

"您不应当存心气他。"

"那应当怎么办呢？"

"应当杀死他。"

"我没有杀死他，您觉得遗憾吗？"

"我什么也不觉得遗憾。我还以为您想当真杀死他呢。您不知道自己在寻找什么。"

"我在自寻烦恼。"斯塔夫罗金笑了。

"既然您不想杀人，干吗又让他杀您呢？"

"如果我不向他挑战，他就会不经过决斗杀死我。"

"这不是您管得了的事。他不杀您也说不定。"

"仅仅揍我一顿？"

"这不是您管得了的事。您去自寻烦恼吧。否则无功可言。"

"有功无功我倒不在乎，我无意向任何人邀功请赏！"

"我偏偏认为您在邀功请赏。"基里洛夫最后异常冷静地说。

两人骑马进了斯塔夫罗金家的院子。

"愿意到舍下坐会儿吗？"尼古拉·弗谢沃洛多维奇提议道。

"不，我回家了，再见。"他翻身下马，拿起自己的手枪盒，夹在腋下。

"起码您没有生我的气吧？"斯塔夫罗金向他伸出手来。

"哪儿的话！"基里洛夫又折回来跟他握了握手,"这点儿烦恼对我算不了什么,因为这是我的天性,也许这烦恼您就受不了,因为您生就这样的性格。大可不必因此羞愧,有不多一点就可以了。"

"我知道我是一个渺小的人,但是我并不想跻身于强人之列。"

"这话也对;您并不是一个强人。有空请到舍下喝茶。"

尼古拉·弗谢沃洛多维奇非常不好意思地走进了自己的家。

四

尼古拉·弗谢沃洛多维奇立刻从阿列克谢·叶戈罗维奇那里获悉,瓦尔瓦拉·彼得罗芙娜对于尼古拉·弗谢沃洛多维奇的外出(病了八天以后的头一次外出),对于他骑马出去兜风感到非常高兴,并吩咐套车,然后就独自出去了,"按照往日的习惯,出去呼吸点儿新鲜空气,因为已经八天了,太太都忘记呼吸新鲜空气是什么意思了"。

"她是一个人出去的呢,还是跟达里娅·帕夫洛芙娜一起出去的?"尼古拉·弗谢沃洛多维奇急忙问道,打断了老仆人的絮叨,当他听说达里娅·帕夫洛芙娜"由于身体不适不肯陪同前往,现在正待在她自己的房间里",不由得深深地皱起了眉头。

"我说老人家,"他好像突然拿定了主意,说道,"今天一整天你要密切注意她,如果发现她到我这里来,请立刻阻止她并转告她,起码若干天内我不能见她……就说这是我亲自请求她的……到时候我自己会去叫她的,听见啦?"

"一定转告,您哪。"阿列克谢·叶戈罗维奇垂下眼睛,声音里透着烦恼,说道。

"不过，最好等你看清楚她确实前来找我的时候，再告诉她我让你转告的话。"

"请放心，错不了。迄今为止，凡有拜访，都通过我；一向都由我通报。"

"我知道。不过还是等你看清楚了她确实前来找我的时候再告诉她。给我端点儿茶来，如果能够快点的话。"

老仆人刚出去，几乎就在同时，那扇门又开了，并在门口出现了达里娅·帕夫洛芙娜。她目光平静，但脸色苍白。

"您从哪儿来？"斯塔夫罗金叫道。

"我就站在门外，等他出去后我就进来了。您吩咐他的话我都听见了，刚才他出去的时候我就躲在右边的墙角，他没有看见我。"

"我早就想跟您断绝来往了，达莎……暂时断绝来往……就这段时间。尽管我看到了您的信，但是今天夜里我不能够见您。我本来想亲自写信告诉您，可是我不知道怎样下笔。"他又懊丧地加了一句，甚至似乎带有一种厌恶。

"我自己也认为应该断绝来往。瓦尔瓦拉·彼得罗芙娜非常怀疑咱俩的关系。"

"让她怀疑好了。"

"不要让她担心。那么，现在就不来往，直到结局？"

"您还一定要等结局？"

"是的，我坚信。"

"世界上任何事都不会有结局。"

"可是这事会有结局的。等您叫我的那时候我再来，现在再见。"

"会有什么结局呢？"尼古拉·弗谢沃洛多维奇冷笑道。

"您没有受伤，也……没有流血？"她问，并没有回答他问的关于结局的话。

"这样做是愚蠢的;我没杀任何人,您放心。不过话又说回来,今天您就会从大家那里听到一切的。我有点不舒服。"

"我走了。关于结婚的事今天不会宣布吧?"她犹犹豫豫地问了一句。

"今天不会了;明天也不会;后天怎么样我就不知道了,也许咱们都死了,这更好。您走吧,离开我吧,好不好?"

"您不会毁了另一个女人……毁了那个失去理智的人吧?"

"我不会毁掉任何失去理智的人,不会毁掉这一个,也不会毁掉那一个,但是一个有理性的聪明女人倒可能被我毁掉:因为我卑鄙透顶,可恶至极,达莎,在您所说的'最后的结局'时,我也许会当真叫您来的,而您,尽管您很聪明,您肯定会来的。您干吗要自己毁掉自己呢?"

"我知道,最后跟您留在一起的可能只有我一个人,而且……我正在等待这一天。"

"假如最后我不叫您,撇下您独自跑掉呢?"

"这不可能,您肯定会叫我的。"

"这是对我的极大蔑视。"

"您也知道,不仅是蔑视。"

"可见,蔑视还是有的?"

"我说的不是这意思。上帝做证,我非常希望您永远不需要我。"

"两句话是一个意思。我也希望我不会毁了您。"

"您永远也毁不了我,您也没法把我给毁了,这点您知道得比任何人都清楚。"达里娅·帕夫洛芙娜急速而又坚决地说道,"我如果不来找您,就去当护士,当陪床的,去伺候病人,或者去当《圣经》推销员卖福音书。这主意我已经拿定了。我不能做任何人的妻子;我也不能住在像这家似的这样的人家。我要的不是这个……您全知道。"

"不，我从来没法知道您到底想要什么；我觉得，您对我感兴趣，就像有些陪床的老护士不知为什么比之对别的病人来，总会对某个病人特别感兴趣，或者不如说，就像有些爱看出殡的虔诚的老太太，她们总认为有些尸体好看些似的。您干吗这么奇怪地看着我？"

"您病得不轻吧？"她同情地问道，有点异样地端详着他，"上帝！而且这人居然认为他没有我也行！"

"我说达莎，现在我常常看见一些幽灵。昨天有一个魔鬼在桥上建议我把列比亚德金和玛丽娅·季莫费耶芙娜给杀了，以便了结我的这场合法婚姻，消灭罪证。他要我预付三卢布定金，但是又让我明白，要把这事干净利索地办妥至少得花一千五百卢布。你瞧这魔鬼的算盘打得多精！真会算账！哈哈！"

"但是你坚信这是幽灵吗？"

"噢不，根本不是幽灵！这不过是苦役犯费季卡罢了，一个从苦役营逃跑的强盗。但是问题不在这儿；您猜这事我是怎么做的？我把我皮夹里的钱全给了他，因此他现在完全相信，这是我给他的定金！"

"您半夜里遇见他，于是他就向您提出了这个建议？难道您就没有看出您已经完全掉进他们编织的罗网里了吗？"

"让他们去。要知道，您有个疑问盘桓着，我从您的眼神看得出来。"他带着一种恶狠狠的、激动的微笑补充道。

达莎吓了一跳。

"根本没有疑问，也根本没有任何怀疑，您还是少说话为好！"她惊慌地叫道，仿佛在挥手赶走这疑问似的。

"那么说您相信我决不会去找费季卡，决不会去干那见不得人的勾当啰？"

"噢上帝！"她举起两手一拍，"凭什么您要这样折磨我呢？"

"好了,请您原谅我这个愚蠢的玩笑,也许,我是从他们那里学来的,学来了这套坏习气。您知道吗,从昨天夜里起我就非常想笑,一个劲地笑,不断地笑,长时间地笑个不停。我好像被笑传染上了……听!母亲回来了;她的马车在台阶旁一停下来,从车轮声我就听得出来。"

达莎抓住他的一只胳臂。

"愿上帝保佑您,不要受到您的魔鬼的诱惑,同时……要叫我,快点叫我!"

"噢,我哪有什么魔鬼呀!这不过是个瘦小的、讨厌的、病恹恹的小鬼,得了感冒,是个失意的冤魂。达莎,您是不是又有什么话想说而又不敢说呢?"

她痛苦而又责备地看了看他,转身向门口走去。

"我说!"他冲她的背影叫道,愤愤然撇了撇嘴,微微一笑,"如果……将来,总而言之,如果……您明白吗,唔,如果,甚至于我当真去干那见不得人的勾当,然后我又去叫您——在我干了这个见不得人的勾当之后,您还会来吗?"

她既不转身也不回答,用两手捂住脸跑了出去。

"即使我干了见不得人的勾当,她也会来的!"他想了想之后悄声道,脸上流露出一种厌恶的轻蔑,"陪床的护士!唔!……不过,话又说回来,也许我要的就是这个。"

第四章 大家都翘首以待

一

决斗这事被迅速传开后，它在敝城整个上流社会产生的印象，特别引人注意的一点是，大家异口同声地急忙宣布自己无条件支持尼古拉·弗谢沃洛多维奇。他过去的仇人中有许多人断然宣称自己是他的朋友。舆论界发生这种出人意料的转变，主要的原因是有个女人至今一直没有表态，这时公开说了几句非常中肯的话，一下子就赋予这事以一种使敝城绝大多数人产生浓厚兴趣的意义。这事是这么发生的：恰好就在决斗这事发生后的第二天，敝省首席贵族夫人过命名日，全城人都上她家道贺。前来参加道贺的，或者说得更确切些，在众人中领导群芳的是跟丽扎韦塔·尼古拉耶芙娜一起来的尤丽娅·米哈伊洛芙娜。这天丽扎韦塔·尼古拉耶芙娜艳若桃李，光彩照人，分外高兴，以致这一回敝城女士中有许多人都立刻觉得这十分可疑。顺便说说：关于她和马夫里基·尼古拉耶维奇订婚的事，已经不可能有任何疑问了。这天晚上有位虽已退伍但十分显赫的将军（关于他的情况，下面再谈）开玩笑地问及此事，丽扎韦塔·尼古拉耶芙娜直截了当地亲口回答他说，她已名花有主。那又怎么样呢？敝城的女士中竟没有一个人肯相信她已订婚。大家继续执拗地揣测在瑞士一定发生过什么风流韵事，一定发生过某种要命的家庭秘密，而且不知道为什么这事肯定有尤丽娅·米哈伊洛芙娜参加。很难说清楚，这些谣言，或者可以说甚至幻想，为什么这么顽固地屡攻不破，而且偏要把尤丽娅·米哈伊洛芙娜也拉扯进去。当她一进来，大家就都用奇怪的目光注视着她，目光里充满期待。应当指出，由于决斗的事刚发生不久，还由于伴随此事而发生的某些情况，大家在晚会上谈到这事时还是比较谨慎的，不敢公开谈论。再说当局将作何处置大家还一无所知。据悉，这两个参加决斗的人尚未被人惊动。比如，大家都知道，阿尔捷米·帕夫洛维奇一大早就动身到杜霍沃自己的庄园去了，并未受到任何阻挠。与此同时，不用说，大家都在急切地盼望有人能够带头公开谈论此事，从而给大家的迫不及待打开一扇发泄之门。大家正是把这希望寄托在上面提到的那位将军身上，他也果然不负众望。

这位将军是敝城俱乐部里最威严的会员之一，虽说他并不是最富有的地主，但是他的思想方式却与众不同，十分特别。他是一个老派的爱向小姐们献媚的主儿，顺便说说，他非常喜欢在大庭广众之中带着一言九鼎的将军气派公开谈论别人还在谨小慎微地窃窃私语的事。可以说吧，这也正是他在敝城社交界扮演的特殊角色。每次遇到这种场合，他就爱特别地拖长声音，说起话来甜兮兮的，这习惯他大概是从那些常在国外旅行的俄国人那里学来的，或者是从那些过去十分富有，可是农奴改革后却彻底破产了的俄国地主那里学来的。有一回斯捷潘·特罗菲莫维奇甚至发现，一个地主破产得越厉害，他就越爱甜言蜜语，拿腔拿调，矫揉造作。不过话又说回来，他自己也爱甜兮兮地拿腔拿调，说起话来矫揉造作，只不过他没有发现自己有这样的毛病罢了。

将军俨然以一个权威人士的口吻开始说话了。此外，他跟阿尔捷米·帕夫洛维奇不知怎么排来排去居然排成了个远亲，虽然他俩吵过架，甚至还打过官司，除此以外，从前他自己也曾跟别人决斗过两次，甚至有一次他还被降为列兵，发配高加索。有人不知怎么提到了瓦尔瓦拉·彼得罗芙娜，说她"病后"第二天已开始出门了，其实说的也不是她，而是说她从自己的斯塔夫罗金养马场挑了四匹非常好的拉轿车用的灰马。将军突然说他今天遇到骑马外出的"小斯塔夫罗金"……大家立刻鸦雀无声。将军咂了咂嘴，用手指转动着上峰赏给他的金质鼻烟盒，突然宣布道：

"我感到很遗憾：几年前我不在这儿……当时我在卡尔斯巴德……唔。这个年轻人使我很感兴趣，当时我听到过许多关于他的流言蜚语。唔。怎么回事，他当真精神失常了？当时有人这么说。现在我突然听说，这里有个大学生当着他表妹的面侮辱了他，而他居然躲开他钻到桌子底下去了；昨天我又听斯捷潘·特罗菲莫维奇告诉我，斯塔夫罗金跟这个……加甘诺夫决斗了，唯一的目的就是彬彬有礼地把自己的脑门送上去给那个发了狂的人打；而这样做仅仅是为了摆脱对方的纠缠。唔。这倒很符合二十年代近卫军的风气。他在这里经常到什么人家里去吗？"

将军说到这里停下来，似乎在等候回答。供公众发泄不耐烦的闸门打开了。

"还有什么比这更简单的呢？"尤丽娅·米哈伊洛芙娜忽然提高了嗓门，她感到很恼火，因为大家似乎听到一声号令似的齐刷刷地全把目光投到了她身上。"斯塔夫罗金同加甘诺夫决斗，却不去理会那个大学生，难道这有什么可大惊小怪的吗？他总不能向一个自己过去的家奴提出挑战，要求决斗吧！"

这话颇耐人寻味！道理既简单又清楚，但是在此以前竟没有一个人想到这道理。这话产生了非凡的后果。一切无事生非的流言蜚语，一切琐屑的奇谈怪论，都一下子引退；出现了另一种解读。出现了一位大家都曾经误解的新人，这人在各方面都严于律己，几乎是个完人。他受到一个大学生的使人无地自容的侮辱（这大学生已经不是农奴了，他受过教育），但是他蔑视这个侮辱，因为侮辱者是他过去的家奴。上流社会掀起了轩然大波，到处是流言蜚语；一些浅薄之徒对这个挨过耳光的人不屑一顾；他蔑视那些管窥蠡测、目光短浅而又不知天高地厚地夸夸其谈的人。

"就是，伊万·亚历山德罗维奇，就是，咱俩还是好好坐下来谈谈什么是识见超卓吧，您哪。"一位俱乐部老人怀着不无自责的高尚的热情对另一位说道。

"是的，您哪，彼得·米哈伊洛维奇，是的，您哪，"另一位欣然附和，"那就请您谈谈年轻人吧。"

"这与年轻人无关，"一个突然出现的第三者插嘴道，"这不是年轻人的问题；他是一颗明星，而不是年轻人中的普通一员；这事应该这样来理解。"

"咱们需要的正是这样的人；可惜现在这样的人太少了。"

这里的主要问题在于，这"新人"除了是一位"无可置疑的贵族"以外，还是敝省最富有的地主，由此可见，他不可能不成为一名有所作为的活动家。不过话又说回来，我以前已经顺便提到过敝省地主们的心情了。

大家甚至都激动起来。

"他不仅没有向那个大学生要求决斗，而且还缩回了手，请您特别注意这点，阁下。"有个人指出。

"也没有把他拉上新法庭①，您哪。"另一位补充道。

"尽管新法庭会因为他身为贵族而受到人身侮辱判给他十五卢布的赔偿金，嘿嘿嘿！"

"不，让我来告诉你们新法庭的秘密，"第三个人愤然说道，"假如有人犯了偷窃罪或者诈骗罪，而且人赃俱获，无可抵赖，那就趁还有时间，赶快回家去把自己的母亲给杀了。因为转眼之间他就会被宣告完全无罪，而且女士

---

① 1864年俄国实行司法改革后，旧的等级制法庭被代之以新的所有等级一律平等的法庭。新法庭实行公开审判，有陪审员和律师参加，并在报刊上预先公布庭审材料。陀思妥耶夫斯基对陪审员制度总的说是肯定的，但是他对有些十分明显的、证据确凿的罪行常常被宣告无罪感到困惑。

们还会从看台上向他挥舞麻纱手帕；这是毋庸置疑的事实。①"

"没错，没错！"

当然也免不了要说一些趣事。大家想起了尼古拉·弗谢沃洛多维奇同 K 伯爵的关系。K 伯爵对于最近实行的种种改革的吹毛求疵的意见是大家都知道的。大家也都知道，他那卓越的活动最近稍许中止了一会儿。可现在大家突然觉得毫无疑问：尼古拉·弗谢沃洛多维奇肯定跟 K 伯爵的一个女儿订了婚，虽然对这样的流言谁也找不出确凿的根据。至于在瑞士发生的奇妙的艳遇以及丽扎韦塔·尼古拉耶芙娜，甚至连女士们也不再提了。顺便说说，德罗兹多夫一家正好利用这段时间把在这以前被他们疏漏的一些拜访都补齐了。至于丽扎韦塔·尼古拉耶芙娜，无疑，大家已经把她看成是一个"炫耀"自己病态神经的最普通的姑娘。对她在尼古拉·弗谢沃洛多维奇回家的那天突然昏厥，现在大家的解释无非是因为她看到那个大学生的岂有此理的行径感到害怕罢了。对于他们过去竭力赋予某种离奇色彩的那件事，现在却竭力把它说得十分平淡无奇；至于某个瘸腿女人，大家早已忘得一干二净；甚至都羞于想起她。"哪怕搞过一百个瘸腿女人，那又怎么样，谁没有年轻过！"大家又极力夸奖尼古拉·弗谢沃洛多维奇孝顺母亲，替他寻找各种美德，又心平气和地谈到他如何在德国上大学，四年间学到了不少学问。至于阿尔捷米·帕夫洛维奇的行为，大家都彻底认定他这样做实在是不知深浅，"有眼无珠，自己人不认识自己人"；至于尤丽娅·米哈伊洛芙娜，大家彻底认定她看问题目光敏锐，一看一个准。

这样一来，当尼古拉·弗谢沃洛多维奇终于大驾光临的时候，大家都以既极其天真又严肃的神情欢迎了他，所有的眼睛齐刷刷地盯着他，流露出一

---

① 这是一个具体案例，是确有其事的：商人格列博夫夫妇合谋杀害了格列博夫的母亲，罪证确凿，而且查证无误，由检察官提起公诉，可后来其妻却被无罪释放。

种最焦急的期待。尼古拉·弗谢沃洛多维奇立刻不苟言笑，保持最严格的沉默，这自然比他滔滔不绝地高谈阔论使大家满意得多。总之，他旗开得胜，成了大红人。在外省的社交界，谁只要露过一次面，就休想躲起来。尼古拉·弗谢沃洛多维奇仍一如既往地严格遵守敝省的一应规矩。大家发现他闷闷不乐："这人饱经风霜，这人不比别人；心事重重。"甚至四年前大家深恶痛绝的他那傲慢和令人厌恶的高不可攀，现在也受到了大家的尊重和欣赏。

最得意的是瓦尔瓦拉·彼得罗芙娜。我不敢说她对丽扎韦塔·尼古拉耶芙娜的幻想破灭是否感到很伤心。当然，这里家族的自豪感帮了她的忙。有一点倒让人觉得奇怪：瓦尔瓦拉·彼得罗芙娜突然非常相信，尼古拉的确"看中了"K伯爵的一位千金，但是，更让人奇怪的是，她的这种深信不疑乃是根据人人都能听到的，随风飘到她耳朵里的流言确定的；至于她自己，她可不敢开门见山地问尼古拉·弗谢沃洛多维奇。然而，有两三次，她忍不住在私下里愉快地责备他，说他对她不够坦率。尼古拉·弗谢沃洛多维奇微微一笑，继续保持着沉默。沉默一般被当作同意的标志。那又怎样呢：尽管如此，她从来也没有忘记过那个瘸腿女人。一想到她，她心头就好像压上了一块石头，就像做了一场噩梦似的，总好像有奇怪的幽灵和猜测在折磨着她，这一切又跟对K伯爵千金的幻想同时并存。但是关于这事且留待下文详谈。不用说，社交界对瓦尔瓦拉·彼得罗芙娜重又非常尊敬，而且恭敬有加，但是她很少利用人们对她的这种礼遇，她极少出门。

然而，她却对省长夫人作了一次郑重其事的拜访。不用说，对于尤丽娅·米哈伊洛芙娜在首席贵族夫人家晚会上说的那番颇具深意的话，谁也不如她听得那样入迷和神往：这番话大大消除了她心头的烦恼，一下子解决了从那个倒霉的星期天起就一直折磨着她的许多问题。"我太不了解这个女人了！"她自言自语道，接着就直截了当地，以她固有的痛快劲儿向尤丽娅·米哈伊洛芙娜宣称她是来向她道谢的。尤丽娅·米哈伊洛芙娜听了很高兴，但表面上却不动声色。当时她已经飘飘然，开始感觉到自己的身价了，甚至说不定还自视甚高，自以为了不起。比如说，她在言谈间宣称，她对斯捷潘·特罗菲莫维奇的业绩和学问毫无所闻，从来也没有听到过什么。

"当然，我会接见那个年轻的韦尔霍文斯基的，并且会对他很好。他很狂妄，但是他还年轻；不过他知识渊博。但是这年轻人毕竟不是一个随便什么退了休的过去的批评家。"

瓦尔瓦拉·彼得罗芙娜立刻急急忙忙地指出，斯捷潘·特罗菲莫维奇从来都没有当过批评家，恰恰相反，他一辈子都是在她家度过的。他初登学术界便崭露头角，闻名遐迩，这是"全世界都有口皆碑，耳熟能详的"，最近则以其关于西班牙史的著述而名扬天下；他还想写一本关于德国大学现状的著作，似乎还想写点儿关于德累斯顿圣母像的文章。总之，瓦尔瓦拉·彼得罗芙娜不愿把斯捷潘·特罗菲莫维奇拱手让给尤丽娅·米哈伊洛芙娜。

"关于德累斯顿圣母像？您是说西斯廷圣母[①]？亲爱的瓦尔瓦拉·彼得罗芙娜，我在这幅油画前坐了两小时，结果是十分扫兴地走开了。我什么也没有看懂，我感到很惊奇。卡尔马津诺夫也说很难看懂。现在大家都认为这幅画不怎么样，俄国人这么看，英国人也这么看。这幅画不过徒有虚名罢了，都是老一辈人嚷嚷出来的。"

"这么说，这是摩登的新思潮？"

"我以为不应该小看我们的年轻人。有人嚷嚷说他们是共产主义者，可是，我看呀，应该爱护年轻人、重视年轻人。现在我什么都看——各种报纸，公

[①] 指文艺复兴时期意大利画家拉斐尔的代表作《西斯廷圣母》，现藏德国德累斯顿绘画馆。据陀思妥耶夫斯基夫人回忆："在所有的绘画中，费奥多尔·米哈伊洛维奇最推崇拉斐尔的作品，认为《西斯廷圣母》是画家的杰作。"

社发布的各种文告,自然科学的各种书籍——各种学问我都研究,因为一个人总应该知道他生活在什么时代,在跟什么人打交道吧。总不能在自己幻想的云端度过整个一生吧。我得出一个结论,并且认为爱护年轻人从而使他们悬崖勒马乃是我的人生准则。瓦尔瓦拉·彼得罗芙娜,请您相信,只有我们这些上流社会的人才能对他们施加良好的影响,尤其是用爱护的办法才能使他们迷途知返,悬崖勒马,而不是像所有那些容不得半点儿不同意见的老家伙那样把他们往无底深渊推。话又说回来,通过您我才知道斯捷潘·特罗菲莫维奇在学术上的建树,对此我还是高兴的。您这一说倒使我产生了一个想法:他也许能为我们的文学讲演会做点儿事。您知道吗,我正在筹办一整天的文娱活动,为救济我省的贫困家庭女教师募捐。她们分布在俄国各地。仅我县一地就有六名家庭女教师;此外,还有两名女电报员,还有两名姑娘正在专科学校学习,其他姑娘也想去,但是没有钱。俄国妇女的命运是可怕的,瓦尔瓦拉·彼得罗芙娜! 现在已有人把这当作大学里研究的问题①,甚至国家枢密院还为此开过会。在咱们这个奇怪的俄国可以做你愿意做的任何事。因此,只有靠爱护,靠整个上流社会的直接的亲切关怀,我们才能使这个伟大的共同事业走上正道。噢上帝,我国不是有许多社会贤达吗! 当然,有,但是他们分散在全国各地。让我们大家联合起来,我们就会更有力量。总之,我想白天先举办文学沙龙,然后设便宴招待,稍事休息后,再在同天晚上举行舞会。我们本来想晚会开始时先演一点活画②,但是似乎开销太大,因此想给广大听众举办一两场卡德里尔舞③,大家戴上面具,并穿上表现某些文学流派的富有典型特色的服装。这个富有情趣的想法是卡尔马津诺夫提出来的;

---

① 妇女解放和妇女平权问题是俄国19世纪50年代末和60年代初的热点问题。
② 活画,一种舞台造型表演,但人物没有台词和动作。
③ 卡德里尔舞,由六个舞式组成,每对舞伴彼此相对的一种假面舞会。

他帮了我许多忙。您知道吗，他将在我们的文学沙龙上朗读他自己的还无人知晓的新作。他将从此搁笔，不再写作；这最后一篇文章是他向广大读者的告别词。这篇美丽异常的作品名之曰《谢谢》。篇名是法文，他认为这样写更富情趣，甚至更含蓄。我也，甚至这就是我给他出的主意。我想，斯捷潘·特罗菲莫维奇也可以讲点儿什么，如果能简短一点儿，而且……学术味道也不太浓的话。似乎，彼得·斯捷潘诺维奇和还有什么别的人也准备讲点儿什么。彼得·斯捷潘诺维奇将会跑去找您，并把节目单通知您；要不，最好还是让我亲自把节目单给您送去吧。"

"也请您允许我在您的捐款簿上签名认捐。您刚才说的话我一定转告斯捷潘·特罗菲莫维奇，我将亲自去求他。"

瓦尔瓦拉·彼得罗芙娜回家的时候像鬼迷心窍似的完全被迷住了；她死心塌地地站到了尤丽娅·米哈伊洛芙娜一边，不知道为什么对斯捷潘·特罗菲莫维奇非常光火；而斯捷潘·特罗菲莫维奇，可怜见的，坐在家里，什么也不知道。

"我爱上她了，我不懂我过去怎么会对这个女人产生这么大的误会。"她对尼古拉·弗谢沃洛多维奇和傍晚时分跑来看她的彼得·斯捷潘诺维奇说。

"您还是应该跟我爸爸言归于好，"彼得·斯捷潘诺维奇说，"他有点垂头丧气。您把他完全打发到厨房里去了。昨天，他迎候您的马车回来，向您鞠了一躬，可您却扭头就走。要知道，我们要把他推到前面去；我对他还有些打算，他对我们可能还有用。"

"噢，要他发表演讲。"

"我不是仅仅指这件事。而且今天我还想亲自去找他。就这样告诉他？"

"如果您愿意的话，请便。不过，我不知道您会怎么安排这事，"她犹豫不决地说道，"我本来打算亲自去跟他解释一下，我想先定一下日子和地点。"

她深深地皱起了眉头。

"我看，定日子倒大可不必。我简简单单地转告他就是了。"

"好吧，您去转告他吧。不过请您加上一句，就说我一定会给他定个见面的日子的。一定加上。"

彼得·斯捷潘诺维奇得意地微笑着走了。总之，就我记忆所及，他在这段时间里脾气似乎特别坏，甚至十分放肆地几乎对所有人都做出一种非常不耐烦的举动。奇怪的是，不知道为什么大家都不跟他计较。总的说，形成了这样一种看法，似乎应当对他另眼相看。我要指出的是，他对尼古拉·弗谢沃洛多维奇的决斗非常气愤。这事太突如其来了，把他搞得很被动；当别人告诉他这件事的时候，他气得甚至面孔发青。这事可能伤害了他的自尊心：他直到第二天才知道这事，这时已经尽人皆知了。

"要知道，您没有权利跟人决斗。"已经是第五天了，他偶然在俱乐部里遇见斯塔夫罗金，对他悄声道。有意思的是，在这五天中，他们竟没有在任何地方见过面，尽管彼得·斯捷潘诺维奇几乎每天都跑去找瓦尔瓦拉·彼得罗芙娜。

尼古拉·弗谢沃洛多维奇摆出一副心不在焉的样子，默默地看了看他，似乎不明白他在说什么，他没有停步，径自走了过去。他穿过俱乐部大厅向酒吧走去。

"您还去找过沙托夫……您还想把玛丽娅·季莫费耶芙娜的事公开。"他跟在他后面跑，仿佛心不在焉似的抓住他的肩膀。

尼古拉·弗谢沃洛多维奇突然抖动了一下肩膀，把他的手甩了下来，并且迅速向他转过头去，皱紧眉头，样子很可怕。彼得·斯捷潘诺维奇看了看他，满脸堆笑，笑容古怪。这一切只持续了一刹那。尼古拉·弗谢沃洛多维奇继续向前走了过去。

二

彼得·斯捷潘诺维奇离开瓦尔瓦拉·彼得罗芙娜以后就立刻跑去找他老爸，他如此来去匆匆，仅仅因为恨，要为一件他先前受到的侮辱报仇雪恨，而对他所受的这窝囊气我至今还一无所知。原来是这样：在他俩最近一次见面的时候，即上星期四，斯捷潘·特罗菲莫维奇竟用棍子把彼得·斯捷潘诺维奇赶了出去，不过他俩的争论是由斯捷潘·特罗菲莫维奇自己挑起的。这事他当时瞒着我；但是现在，当彼得·斯捷潘诺维奇带着他那一向傲慢得近乎天真的嘲笑跑了进来，而且还用他那令人不快的、充满好奇的、东张西望的目光扫视着房间四角的时候，斯捷潘·特罗菲莫维奇立刻向我打了个暗号，让我留在屋里，不要走。这样一来，他们父子俩的真正关系就全部暴露在我面前了，因为这一回我听到了他俩的全部谈话。

斯捷潘·特罗菲莫维奇两腿伸直斜躺在沙发榻上。从上星期四起，他瘦了，脸色也变黄了。彼得·斯捷潘诺维奇以一种随随便便、不拘形迹的姿态坐在他身旁，毫无礼貌地盘腿坐在沙发榻上，而且占了很大一块地方，对父亲显得一点儿也不尊重。斯捷潘·特罗菲莫维奇默然而又尊严地往一边靠了靠。

桌上放着一本打开的书。这是长篇小说《怎么办？》[①]。唉，我应该承认我们这位朋友有一种奇怪的畏首畏尾：他幻想他必须走出离群索居的状态，横刀跃马，进行最后的战斗，而且这种念头在幻想中越来越占上风，但是这仅仅停留在他那受到诱惑的想象中。我明白他弄来这部小说并研究它，唯一的目的就是一旦与那些"声嘶力竭地大喊大叫者"发生无疑的冲突，能够预先知

[①] 陀思妥耶夫斯基本来准备写一篇文章来评论车尔尼雪夫斯基的小说《怎么办？》，并拟将皮谢姆斯基的小说《浑浊的海》(1863)与之对比。但是这想法后来没有实现。

道他们根据他们的"教义问答"①将会采取怎样的手段和论据,这样他就可以做好准备,在她眼前把他们这帮人扬扬得意地统统驳倒。噢,这本书使他感到多么痛苦啊! 他有时候难受地把这本书甩到一边,从座位上跳起来,几乎像发狂似的在屋里走来走去。

"我同意作者的基本思想是对的,"他十分激动地对我说,"但是,要知道,这就更可怕! 跟我们的思想一样,正是我们的思想;我们,正是我们第一个播种了这一思想,并使它生长壮大,成了婆娑大树,再说,在我们之后,他们自己又能说出什么新东西呢! 但是,上帝,这一切他们又是怎么表达的,怎么歪曲的,又是怎么被弄得面目全非了啊!"他用手指敲着书叫道,"难道我们孜孜以求的就是这样的结论吗? 谁又能从这里看出最初的思想呢?"

"开窍了吧?"彼得·斯捷潘诺维奇得意地微微一笑,从桌上拿起书,看了看书名,"早就该这样嘛。如果你愿意的话,我还可以给你带些更精彩的书来。"

斯捷潘·特罗菲莫维奇又高傲地沉默了。我坐在屋角的沙发上。

彼得·斯捷潘诺维奇匆匆说明了他的来意。不用说,斯捷潘·特罗菲莫维奇大吃一惊,他以一种掺杂着异常愤怒的恐惧听他继续讲下去。

"而且这个尤丽娅·米哈伊洛芙娜竟指望我上她那儿去演讲!"

"就是说,他们根本就不十分需要你。相反,这不过是为了给你个面子,并以此拍拍瓦尔瓦拉·彼得罗芙娜的马屁。但是,不消说,你也不敢不去演讲。同时我想,你自己也巴不得去呢,"他冷笑道,"你们这帮老家伙全都自负得要命。不过,你听我说,千万不要讲得太枯燥了。你准备到那里去讲什么呢? 讲西班牙史? 你在两三天前先拿给我看看,要不然,你也许会让大家

---

① 指车尔尼雪夫斯基的小说《怎么办?》。

打瞌睡的。"

这些讽刺挖苦的话说得很粗鲁，急匆匆的，也说得十分露骨，分明早有预谋。他摆出那副样子似乎在说，跟斯捷潘·特罗菲莫维奇也没法用另一种更委婉的语言和办法说话。斯捷潘·特罗菲莫维奇对这侮辱坚决地继续视而不见。但是告诉他的种种事情却对他产生越来越震撼的印象。

"她亲自，亲自让……您把这事告诉我的？"他脸色苍白地问。

"这就是说，你知道吗，她想给你定个日子和地点，让你俩彼此说清楚；这是你俩缠绵悱恻、卿卿我我的余绪。你跟她卿卿我我地闹了二十年了，使她养成了十分可笑的搔首弄姿的习惯。但是你不必担心，现在完全不同了；她自己也常常说，直到现在她才开始'洞察'一切。我曾经直截了当地向她说明，你俩的这整个友谊不过是相互给对方泼脏水，老伙计，她跟我说了许多事；唉，你一直在做奴颜婢膝的仆人勾当。我甚至都替你脸红。"

"我在做奴颜婢膝的仆人勾当？"斯捷潘·特罗菲莫维奇忍不住叫道。

"还不如仆人，你以前是食客，即自愿的奴才。懒于劳动，可是对钱却贪得无厌。对这一切她现在也明白了；起码，她说的关于你的情况简直太可怕了。我说老伙计，看了你给她的信，我忍不住哈哈大笑；既让人羞愧，又让人恶心。但是，要知道，你俩竟会这样堕落，这样堕落！在施舍中总有某种使人永远堕落的东西——你就是一个明显的例子！"

"她把我的信给你看了！"

"所有的信。也就是说，当然，哪能都看呢？嗬，你写信用了多少信纸啊，我看，那儿不下两千多封……你知道吗，老爸，我想，你们也曾经有过一个短暂的时刻，当时她也许想嫁给你？可是你却十分愚蠢地错过了这个机会！我当然是用你的观点说话的，但是这总比像现在这样差点让人说成一门亲事，让你跟'别人的罪孽'成亲，为了钱，把你当小丑来寻开心强。"

"为了钱！她，她居然说为了钱！"斯捷潘·特罗菲莫维奇痛苦地怒吼道。

"要不又怎样呢？你倒是怎么啦，我是保护你为你说话呀。要知道，这是你替自己辩解的唯一办法。她自己也明白，你跟任何人一样需要花钱，从这个观点看，你也许是对的。我像二乘二等于四一样向她证明，你们这样过日子对彼此都有利：她是个大财主，而你则是个在她身边含情脉脉的小丑。话又说回来，你为了钱她倒并不生气，虽然你像挤羊奶似的不断挤她的奶。她恨的只是她相信了你二十年，你却道貌岸然地欺骗了她，让她这么久地替你撒谎，替你吹嘘。至于她在昧着良心撒谎，她是永远不肯承认的，但是你却必须为此受到加倍的惩罚。我不明白，你怎么就看不透这道理呢，总有一天你将不得不为此付出代价。要知道，你毕竟还有点小聪明吧。昨天我曾经劝她把你送进养老院，你放心，是一所很不错的养老院，亏待不了你；她肯定会这样做的。你记得你三周前寄往X省给我的最后一封信吗？"

"难道你给她看了？"斯捷潘·特罗菲莫维奇恐怖地跳起来。

"当然啰，哪能不给她看呢！这是首先要做的事。尤其你在信中告诉我，她在剥削你，嫉妒你的才能，信中还提到什么'别人的罪孽'等等。我说老伙计，顺便提醒你一下，你的自尊心也太强啦！我看罢哈哈大笑。总的说，你的信写得十分枯燥；你行文的笔法非常糟糕。这些信我常常根本不看，有一封至今还撂在我那儿，都没拆开；明天我就寄还给你。但是这一封，你的最后一封信——简直尽善尽美！我看了不禁哈哈大笑，哈哈大笑！"

"恶棍，恶棍！"斯捷潘·特罗菲莫维奇吼道。

"唉，见鬼，跟你简直没法说话。我说，你是不是又跟上星期四一样生气了？"

斯捷潘·特罗菲莫维奇威严地挺直了身子。

"你怎么敢用这样的语言跟我说话？"

"什么敢用这样的语言？你是说我用的语言简单明了？"

"你倒是告诉我，恶棍，你是不是我的儿子？"

"这事你比我清楚。当然，在这种情况下，任何父亲都情愿睁一只眼闭一只眼……"

"闭嘴，你给我闭嘴！"斯捷潘·特罗菲莫维奇气得浑身发抖。

"你瞧，你又跟上星期四那样大叫大嚷，破口大骂了，当时你恨不得举起你的文明棍狠狠地揍我一顿，要知道，当时我可找到了一张凭据。出于好奇，我当时翻箱倒柜地找了整整一个晚上。不错，什么真凭实据也没找到，这你尽可以放心。这不过是一封短信，是我妈写给那个波兰佬的。但是，根据她的脾气可以断定……"

"你再说一句我就赏你个老大耳刮子。"

"您瞧这种人！"彼得·斯捷潘诺维奇忽地转过身来对我说道，"您瞧，从上星期四起咱们这里就一直这德行。我很高兴，起码眼下您在这里，您来评评这理。先说这事吧：他怪我这么说我母亲，但是这不是他挑的头硬逼我这么说的吗？当时在彼得堡，我还是个中学生，不是他吗，一夜之间把我叫醒两次，像个娘们似的，又是拥抱我又是哭，您猜他每天夜里都跟我说什么了？说了我母亲许多见不得人的事。我就是从他那里头一回听说的。"

"噢，我当时说这事的用心是高尚的！噢，你不理解我。你什么，什么都不理解。"

"但是你做的事毕竟比我更卑鄙，你得承认，难道不是更卑鄙吗。要知道，如果你愿意，我完全无所谓。我是以你的观点看问题的。至于我的看法，请放心：我并不怪我母亲；你是你，那个波兰人是那个波兰人，我完全无所谓。你们在柏林做得那么蠢，并不是我的错。再说你们也没法做得更聪明。在这一切发生之后，你俩岂不成了人家的笑柄了吗！我是不是你的儿子，对于你不反正一样吗？老实告诉你吧，"他又转过身来对我说道，"他一辈子没在我身上花过一卢布，直到我十六岁他压根儿不认识我，然后在这里把我洗劫一空，可现在他却嚷嚷，他一辈子为我操碎了心，而且还像个戏子似的在我面前装腔作势。对不起，我可不是瓦尔瓦拉·彼得罗芙娜！"

他说罢站起来，拿起了帽子。

"从今以后我以父亲的名义诅咒你！"斯捷潘·特罗菲莫维奇像死人一样满脸煞白，向他伸出一只手，指着他。

"瞧，一个人竟会浑到这种地步！"彼得·斯捷潘诺维奇甚至很惊讶，"好了，再见啦，老伙计，从今以后我再也不会来看你啦。早点把讲演稿写好捎给我，别忘了，如果办得到的话，尽可能少说废话：要讲事实，事实，事实，主要是写得简短些。再见。"

三

不过，在这里发生影响的还有些其他缘由。彼得·斯捷潘诺维奇的确对父亲有某种企图。依我看，他打算把老头子逼急了，让他在某种程度上大出洋相。他这样做是为了实现他进一步的与此不相干的目的，至于这些目的究竟是什么，下文将另行交代。类似的各种打算和计划还有许许多多，当时都塞满了他的脑瓜——当然，几乎一切都还只是幻想。除了斯捷潘·特罗菲莫维奇以外，他心目中还有另一个他准备攻讦的受难者。总的说来，他心目中想要攻讦的受苦受难者为数不少，而且后来也果真成了他的受难者；但是他对这个人却有着特别的打算，这人就是冯·列姆布克先生。

安德烈·安东诺维奇·冯·列姆布克属于这样一个得天独厚的民族，按照俄国年鉴统计,该民族①在俄国已有数十万之众,也许,他们自己也不知道,作为一个整体,他们已在俄国形成一个彼此抱得很紧的同盟。不言而喻,这同盟并不是什么人蓄意建立的,也不是向壁虚构的,而是在整个民族中自发形成的,没有形诸文字,也没有签署协议作为某种必须遵守的道德规范,这同盟表现在这一民族的全体成员无论何时何地,也无论在何种情况下都互相支持,彼此帮忙。安德烈·安东诺维奇有幸在俄国的一所高等学府里受过教育,这所高等学府满是比较有权势或比较富有的年轻子弟。这所学校的学生学业一结束就被分配到某个国家机关,担任某种相当重要的职务。安德烈·安东诺维奇有一位叔叔是工程兵中校,另一位是开面包店的老板;但是他却挤进了这所高等学府,并在这所学校里遇到了一些与他相当类似的同族人。他是一个很活泼的同学;学业不好,脑筋相当迟钝,但是大家都喜欢他。后来,他已经上高年级了,有许多年轻人,主要是俄国人,学会了谈论当代许多非常高层次的问题,而且摆出一副面孔,似乎只要等他们一毕业,他们就会使一切问题迎刃而解,可是安德烈·安东诺维奇却仍旧十分天真地顽皮和淘气。他给所有的人说笑逗乐,诚然,他出的洋相非常简单,除了有些无耻下流以外,但是他却乐此不疲。一会儿是老师在课堂上给他提了个问题,他就怪模怪样地擤鼻涕,逗得同学和老师都哄堂大笑;一会儿又在学生宿舍里演一幅猥亵下流的活画,赢得大家拍手叫好;一会儿又仅仅用自己的鼻子(做得相当高明)演奏《魔法师》②里的前奏曲。他还有一个与众不同的地方,就是故意把自己弄得邋里邋遢,不知道为什么他认为这样自有一种调皮劲儿。在他上学的最后一年,他开始写起了俄文诗。至于他的本族语,就像这个民族在俄国的许多人一样,他只会说半通不通的德国话。由于喜欢写诗,竟使他交

---

① 指当时的德裔俄国人。
② 《魔法师》,法国作曲家奥伯(1782—1871)写的喜歌剧(1830)。

第二部

上了一位平时阴阳怪气、似乎受了什么窝囊气的朋友,这同学是一位穷将军的儿子,是俄国人,但他在学校里却被认为是未来的伟大文学家。这人待他很好,处处呵护他。但是却出了这样的事:学校毕业后又过了大约三年光景,这位阴阳怪气的同学却为了俄国文学抛弃了自己的官场生涯,因而穷愁潦倒,穿着一双破靴子,冷得牙齿发抖,已经是深秋了,还穿着一件夏天的大衣——他突然在阿尼奇科夫桥头遇到了他过去的被庇护人,也就是过去在学校大家叫"列姆布卡"①的那人。你猜怎么着?乍一看,他都认不出来了,惊讶得停下了脚步。站在他面前的是一位衣着十分讲究的年轻人,蓄着一部络腮胡子,泛出淡淡的红褐色光泽,修剪得十分精致,而且精致得令人惊叹,戴着夹鼻眼镜,足蹬擦得锃亮的皮靴,手戴最鲜亮的手套,身穿沙默时装店的宽松大衣,腋下夹着一只公文包。列姆布克对这位同学十分亲热,告诉了他自己的住址,并请他哪天晚上有空到他寓所去看他。原来他已不是从前的"列姆布卡"了,他成了冯·列姆布克②。然而,这同学前去看他可能纯粹出于不服气。他跨上楼梯,这楼梯相当蹩脚,一点儿也不气派,却铺了一条红地毯,看门人在楼梯上迎接了他,并对他进行了盘问。看门人拉了拉门铃,楼上响起了响亮的铃声。前来拜访的这位同学原以为"列姆布卡"住得很阔气,却发现他住在侧面的一个小房间里,看去又黑又旧,屋里还挂了一块很大的深绿色帷幔,把房间隔成两半,屋里的家具虽然蒙上了深绿色的布面,却十分陈旧,又窄又高的窗子上挂着深绿色的窗帘。冯·列姆布克住在一位非常远的远亲家,这远亲是一位将军,曾经庇护过他。他客客气气地欢迎客人来访,神态既严肃高雅而又彬彬有礼。他俩也谈了文学,但仅限于在得体的范围内。仆人系着白领带,给客人端来了一杯淡兮兮的茶,外加一点儿小小的圆饼干。

① 列姆布卡是德国姓"列姆布克"的俄国化爱称。
② 德国人的姓前加"冯"字表示出身贵族。

这同学好像存心跟他过不去似的向他要一杯塞尔特斯矿泉水①。后来还是给他端来了,但是稍许迟了片刻,不过当他把仆人叫来,让他快点把矿泉水端来的时候,似乎露出了某种忸怩不安的尴尬样。不过他还是主动问客人是不是想吃点儿什么,当客人婉言谢绝并终于起身告辞时,他明显地感到很满意。说到底,这时列姆布克才刚刚开始迈入仕途,不过仍寄人篱下,依傍一位显要的同族将军为生。

当时,他正在追求将军的第五位千金,看来两情相悦,对方也似乎对他有意。可是到时候人家还是把小姐阿马丽娅嫁给了这位老将军的一位旧时同僚——一位年老的德国工厂主。安德烈·安东诺维奇并没有十分伤心,而是用纸糊了一座剧场。大幕徐徐升起,演员们一个个粉墨登场,两手比比画画做着手势;包厢里坐着观众,乐队里的人由机械发动,在小提琴上拉着弓,乐队指挥在挥舞指挥棒,而池座里则是年轻的绅士们和军官们在拍手叫好。这一切都是纸做的,都是冯·列姆布克亲自设计和制作的,他制作这座剧场花了半年时间。将军为此特意举办了一个仅有亲朋好友参加的小型晚会,把这座剧场拿出来公开展览。将军的五位千金,包括新婚的阿马丽娅和她的夫婿——那个工厂主,还有许多太太小姐跟他们的德国男士,都仔仔细细地观看了这座剧场,赞不绝口,然后大家一起跳舞。列姆布克感到很满意,心里也很快释然了。

光阴荏苒,他终于飞黄腾达,功成名就。他一直位居要津,而且上司也一直是他的同族人,终于混到了一个与他的年龄相比非常显要的官衔。他早就想结婚了,而且早就在谨慎地物色佳偶。他曾经瞒着上司悄悄地写了一部中篇小说,寄给一家杂志编辑部,可是这部小说未被刊用。但是他却偷闲糊

---

① 塞尔特斯是德国黑森州的一个地区,那里的陶努斯山脉的水源,久以富含高浓度的碳酸氢钠以及钙、镁、氯、硫酸根、钾离子而闻名,因此,塞尔特斯矿泉水是高品质的天然苏打水。

了整整一列火车，这小玩意儿又搞得非常成功：旅客们提着皮箱和旅行包，领着小孩、牵着小狗，从车站里纷纷出来，又一个个走进车厢。列车员和站上的工作人员在走来走去，摇铃，发信号，于是列车渐渐开动，上了路。他为制作这个精巧的玩意儿足足忙了一年。但是总得结婚呀。他结识的人相当广泛，但多半限于德国人这个圈子；他也经常与俄国人周旋，不消说，这些人都是他的上司。最后，当他年满三十八岁的时候，居然得到了一笔遗产。那个开面包店的叔叔死了，根据遗嘱留给了他一万三千卢布。他的婚事因为没有一个合适的职位而停滞不前。尽管冯·列姆布克的官场环境相当阔气，可是他本人却十分俭朴。只要能谋得一个独当一面的官职，由他来任意处置如何收购公家的木材等等，或者其他这一类有甜头的差使，他也就心满意足了，而且一辈子都会感到其乐融融，别无他求。但是就在这时候，他满心指望的明娜呀或者恩内斯京娜①呀并没有出现，却忽然遇见了尤丽娅·米哈伊洛芙娜。他的官运一下子上了一个台阶，变得更显要了。办事稳重而又周到的列姆布克感到自己可以从此风光风光了。

按照过去的统计，尤丽娅·米哈伊洛芙娜有两百名农奴，此外她还有个大靠山。从另一方面说，冯·列姆布克一表人才，而她已经四十开外了。有意思的是，随着他越来越感到自己是她的未婚夫，他还当真渐渐地爱上了她。在结婚那天上午，他送给了她一首诗。这一切她都很喜欢，甚至也很喜欢他的诗：四十岁可不是闹着玩的。很快，他就得到了某官衔和某勋章，接着他就被委派到敝省履新。

在束装就道前来敝省履新之前，尤丽娅·米哈伊洛芙娜竭力把自己的丈夫调教了一番。按照她的高见，他倒并非没有能力，他既会进入角色、锋芒

---

① 常见的德国女人名字。

毕露，又会老谋深算地洗耳恭听和保持沉默，他掌握了某些非常得体的风度，甚至能够发表演说，甚至还有某些吉光片羽的自己的想法，还浮光掠影地掌握了某些最新潮的不可或缺的自由主义。但是她还是放心不下，因为他不知怎么突然变得非常迟钝，在长久地、没完没了地寻求职务升迁之后，竟断然开始感到需要休息了。她想把自己追求功名利禄之心灌输给他，可是他却忽然开始糊起了新教教堂①：牧师出来布道，前来祈祷的人则虔诚地合十当胸，洗耳恭听，一位太太在掏出手绢擦眼泪，一位老先生在擤鼻涕；最后响起了一只八音盒，这只八音盒是特意从瑞士定做后寄来的，花了很多钱。尤丽娅·米哈伊洛芙娜一听说他在干这事都气坏了，没收了他的整个作品，拿到自己的房间，锁进了抽屉；作为交换，她允许他写小说，但是必须偷偷地写，不许张扬。从那时起她别无指望，只能依靠她自己了。不幸的是她这人十分浮躁，而且不大懂得分寸。命运又让她当了太长时间的老姑娘。她那追求虚荣而又受了若干刺激的脑袋闪现出一个又一个想法。她有她的行动计划，她坚决想要支配全省，幻想立刻成为众星捧月似的人物，并挑选了突破口。冯·列姆布克甚至都有点害怕了，但是凭他的官场经验，他心中很快就有了底，对于履职技巧本身他根本无须害怕。最初两三个月甚至过得非常令人满意。但这时忽然出现了彼得·斯捷潘诺维奇，于是便开始出现某种咄咄怪事。

问题在于，这个小韦尔霍文斯基从一开始就暴露出他对安德烈·安东诺维奇极不尊敬，还摆出一副有权对他吆五喝六的奇怪姿态，而对丈夫的地位一向十分看重的尤丽娅·米哈伊洛芙娜却对此熟视无睹；起码认为这没有什么大不了。这个年轻人成了她的大红人，他吃在他们家，喝在他们家，而且几乎睡觉也在他们家。冯·列姆布克开始自卫了，先是当着众人的面称他"年

---

① 一般的情况是德国人相信基督教新教，俄国人相信东正教，法国人相信天主教。

轻人",呵护般地拍拍他的肩膀,但是他这样做并没有使对方变得知趣些。彼得·斯捷潘诺维奇总是好像在当面嘲笑他,甚至在进行显然很严肃的谈话时也这样,而且当着许多人的面常常会对他说一些出人意料的话。有一天,他回家后发现这个年轻人居然未经邀请就睡在他书房里的长沙发上。彼得·斯捷潘诺维奇解释道,他顺道来访,但是主人不在家,因此就"顺便睡了一觉"。冯·列姆布克很生气,又向妻子抱怨了这年轻人一顿,可是夫人却嘲笑他动辄发怒,还挖苦说是他自己不知自重;起码,"这孩子"还从来不敢对她这样随随便便,不拘小节,不过话又说回来,"他天真而又富有朝气,虽然有点不拘一格"。冯·列姆布克听了这话后只能平生闷气。这一次她让他俩言归于好了。彼得·斯捷潘诺维奇非但没有请求原谅,反而开了一句粗鲁的玩笑搪塞了过去,如果换个时候,这样的玩笑很可能会被看作新的侮辱,但是在当前的情况下人家却认为他认错了。安德烈·安东诺维奇的短处在于他一开始就做了许多件错事,悔不该把自己写小说的事告诉他。他想象彼得·斯捷潘诺维奇是个富有诗意的热血青年,而他早就幻想自己的小说能够有个听众,因此还在他俩刚认识不久,有天晚上,他就把其中的两章念给彼得·斯捷潘诺维奇听。对方听完后毫不掩饰感到很无聊,很不礼貌地打着哈欠,一次也没有夸奖过这小说,可是临走时却索要手稿,想带回去看看,以便闲暇时考虑一下自己的意见。安德烈·安东诺维奇居然把手稿交给了他。从此以后他就再也没有归还这部手稿,尽管他每天都要跑到他们家来一两次,当问到他时,他只笑而不答;直到最后他才宣布,当时他就把这部手稿在街上弄丢了。听到这事后,尤丽娅·米哈伊洛芙娜对自己的丈夫大为恼火。

"你该不会把糊教堂的事也告诉他了吧?"她惊慌失措地、几乎害怕地问道。

冯·列姆布克还正经八百地陷入了沉思,可是挖空心思地想一些问题对他是有害的，也是医生禁止的。除此以外，省里又出了许多麻烦事，关于这些麻烦事也留待下文再讲——这时还出了一件特别窝火的事，不仅触犯了他作为一省之长的尊严，同时也使他心里感到很难受。在结婚之初，安德烈·安东诺维奇怎么也没料到将来会发生家庭龃龉和冲突。他一生中每每幻想明娜和恩内斯京娜的时候从没想到过这些。他感到受不了家庭里的惊雷闪电。尤丽娅·米哈伊洛芙娜终于跟他做了一番坦率的表白。

"对这种事你是不能生气的，"她说，"因为你深明事理，比他聪明两倍，你的社会地位也不知比他高多少。在这孩子身上还残留着许多自由主义习气，我看，这无非是胡闹而已；但是不能急于求成，应当慢慢来。应当爱护我们的年轻人；我是用关心爱护的办法来影响他们，让他们悬崖勒马的。"

"但是鬼才知道他满嘴胡呲什么，"冯·列姆布克反驳道，"我没法耐心地听他满嘴喷粪，他在大庭广众之中并在有我在场的情况下胡说什么政府故意让老百姓喝伏特加，以便把他们变成猪狗不如的东西，以免他们起来造反。你想想，我当着所有人的面听他这么胡喷，我的处境有多尴尬。"

说这话的时候，冯·列姆布克想起了不久前与彼得·斯捷潘诺维奇的一次谈话。他带着一种并无恶意的目的，想用自己的自由主义使对方解除武装：他给对方看了他私人珍藏的各种传单，既有国内的也有国外的，这些传单是他从一八五九年起悉心收集的，倒不是出于他的业余爱好，而不过是出于一种有益的好奇心。彼得·斯捷潘诺维奇猜到了他这样做的目的，竟粗鲁地对他说，在某些传单中一行字的意义就超过某个整个办公厅的意义，"说不定，也包括您那个办公厅"。

列姆布克听到这话后感到很厌恶。

"不过，这在咱们这里还早，太早了。"他指着传单，几乎像请求似的说道。

"不，不早；瞧你怕成这样，可见不早。"

第二部

"不过话又说回来，比如说，号召捣毁教堂。"

"为什么就不能呢？要知道，您是个聪明人，当然，您自己也不相信上帝，可是您又非常清楚宗教信仰对您有用，您可以借此把老百姓变成牛马不如的畜生。真话可要比谎言珍贵的。"

"同意，同意，我完全同意您的意见，但是这在咱们这儿还早，还早……"冯·列姆布克皱起了眉头。

"要是您自己也同意捣毁教堂，也同意拿着棍棒去攻打彼得堡，而全部区别仅仅在于时间问题，您还算什么政府官员呢？"

被人这样粗暴地抓住话柄的列姆布克，被他狠狠地挖苦了一番。

"此言差矣，此言差矣，"他激动地说，越来越感到自己的自尊心受到了伤害，"您弄错了，因为您还年轻，主要是您还不了解我们的目的。要知道，最最亲爱的彼得·斯捷潘诺维奇，您不是把我们叫作由政府委派的官员吗？没错。您不是把我们叫作独当一面的官员吗？没错。但是请问，我们是怎么履行公职的呢？我们是重任在肩，但是归根结底我们跟你们一样，都在为共同事业效劳。我们只是维护被你们弄得摇摇欲坠的东西，维护没有我们就会分崩离析的东西。我们并不是你们的敌人，绝对不是，我们对你们说：一往无前，不断进步，甚至可以破坏，即破坏一切旧的、需要改造的东西；但是我们对你们也要做一定的限制，必要时把你们限制在必要的范围内，我们这样做是为了挽救你们，以免你们自己害了自己，因为没有我们，你们就会把俄国弄得摇摇欲坠，把俄国弄得不像样子，而我们的任务就在于关心俄国有一个体面的外表。你们要看清，我们和你们是彼此离不开的，你们离不开我们，我们也离不开你们。在英国，辉格党和托利党[①]也是彼此离不开的。好吧：我

---

① 辉格党和托利党，分别是自由党和保守党，都是英国18世纪至19世纪的主要政党。

们是托利党，你们是辉格党，我就是这么理解的。"

安德烈·安东诺维奇甚至越说越慷慨激昂。还是从彼得堡上学的时候起，他就爱发表一些高深的自由主义言论，现在主要是没有人偷听。彼得·斯捷潘诺维奇默默地听着他的高谈阔论，并且摆出一副似乎非同一般的严肃神态。这就挑逗得这位爱发表演说的主儿更来劲了。

"您知道吗，我是'一省之长'，"他在书房里走来走去，继续说道，"您知道吗，我要做的事太多了，结果什么事也做不成。可是另一方面，我也可以同样正确地说，我在这里无事可做。全部秘密就在于这里的一切都取决于政府的观点。比如说，出于政治上的考虑，或者说为了平息民愤，即使政府改制共和，而另一方面与此平行，又加强了省长的权力，于是我们这些当省长的就会把共和国一口吞掉；何止是共和国：我们将吞掉一切，想吞掉什么就吞掉什么；我起码感到我将乐此不疲……总之，如果政府来电要我发挥疯狂的积极性，我就会遵命发挥疯狂的积极性，我在这里曾经直言不讳地说：'诸位，要使省里的一切机关保持平衡和兴旺发达，就必须做到一点:加强省长权力。'要知道，必须让所有这些机关（无论是地方自治机关还是司法机关）过一种所谓双重的生活，即一方面让它们存在（我同意这是必须的），嗯，可是另一方面又必须让它们不存在。一切都看政府是什么观点了。一旦心血来潮，这些机关就会突然变得非常必要，而且立刻就会在我这里变得应有尽有。一旦这种必要性过去了，那它们就会销声匿迹，谁也找不着。我就是这样来理解疯狂的积极性的，而且不加强省长权力，就不会有疯狂的积极性。我现在是跟您关起门来说这话的。要知道，我已经向彼得堡打了报告，必须在省长官邸的大门口设立特别岗哨。我正在等候京城批复。"

"您必须有两名岗哨。"彼得·斯捷潘诺维奇说。

"干吗要两名呢？"冯·列姆布克在他面前停住了脚步。

"为了对您肃然起敬,也许一名太少。非得两名不可。"

安德烈·安东诺维奇撇了撇嘴。

"您……天知道您有多么放肆,彼得·斯捷潘诺维奇。您利用我的善良来挖苦我,您在扮演大慈大悲的粗鲁之徒……"

"随您怎么说都可以,"彼得·斯捷潘诺维奇嘀咕道,"你们毕竟在给我们铺路,为我们的成功做准备。"

"请问我们是什么人? 您说的成功又指什么?"冯·列姆布克诧异地注视着他,但是没有得到回答。

尤丽娅·米哈伊洛芙娜听了他关于这次谈话的汇报后很不满意。

"但是我总不能,"冯·列姆布克为自己辩护道,"对你的大红人打官腔吧,而且又是关起门来说话……我可能说漏了嘴……出于好心。"

"你的心也太好了嘛。我不知道你还收藏了传单,劳驾,给我看看。"

"但是……但是他借走了,就看一天。"

"您居然又借给他了!"尤丽娅·米哈伊洛芙娜非常生气,"您也太没脑子了嘛!"

"我马上派人去把它要回来。"

"他不会还给你的。"

"我硬要他还!"冯·列姆布克火了,甚至从座位上跳起来,"他是什么玩意儿,干吗要怕他,我是干什么的,难道就治不了他?"

"您先坐下来消消气,"尤丽娅·米哈伊洛芙娜阻止他道,"我先回答您的第一个问题:他给我的印象很好,很有能力,有时候说话也很有头脑。卡尔马津诺夫告诉我,他几乎到处都有关系,认识不少显贵,对京城里的青年也有非常大的影响。如果我能通过他把这帮年轻人都吸引过来,让他们聚集在我周围,那我就能使他们免于自我毁灭,给他们的功名利禄之心指出一条新路。他对我全心全意，十分忠诚，什么事都听我的。"

"但是要知道，您对他们好，鬼知道他们会……干出什么名堂来。当然，这是一种想法……"冯·列姆布克含糊其词地为自己辩解道，"但是……但是您瞧，我听说，在某县出现了什么传单。"

"要知道，这谣言还在夏天的时候就有了，传单呀，假钞票呀，什么名堂没有，然而直到现在一张也没弄来。谁告诉您的？"

"我是听冯·布卢姆说的。"

"啊呀，您就饶了我吧，别对我提您的布卢姆啦，永远也不许您提他。"

尤丽娅·米哈伊洛芙娜一下子火了，甚至气得大约一分钟说不了话。冯·布卢姆是省长办公厅的一名官员，平时她最恨他了。关于这点，我们下文再谈。

"劳驾，关于韦尔霍文斯基的事，你就放心吧，"她结束谈话道，"如果他参加了什么调皮捣蛋的事，他就不会跟你和跟这里的所有人都这么说话了。爱夸夸其谈的人并不危险，我甚至敢这么说，万一出了什么事，通过他，我头一个就可以打听到一切。他狂热地、狂热地忠实于我。"

在我们还没有讲下面要讲的故事之前，我要指出一点，如果不是尤丽娅·米哈伊洛芙娜的自以为是和贪图虚荣，那么这帮坏小子在我们这里干下的种种坏事也许压根儿就不会发生。这里发生的许多事都应该由她负责！

第五章　游艺会之前

一

尤丽娅·米哈伊洛芙娜为救济敝省家庭女教师发动大家募捐而策划的那个举行游艺会的日子，已经预先确定了好几次，又推迟了好几次。不断在她身边转来转去的有彼得·斯捷潘诺维奇，还有一个用来跑腿的小职员利亚姆申，有一个时期他常拜访斯捷潘·特罗菲莫维奇，后来因为钢琴弹得好突然在省长官邸里受到了青睐；部分参加这项工作的还有利普京，尤丽娅·米哈伊洛芙娜想办一张观点独立的省报，她有意让他担任这家未来省报的编辑；此外，还有几位太太和小姐，最后甚至还有卡尔马津诺夫，他虽然并没有在她身边转悠，但却公开而且扬扬得意地宣称，一旦开始跳这个文学界的卡德里尔舞，他一定会愉快地使所有的人感到惊喜。前来认捐者和乐善好施者非常多，敝城的全体优秀人士都慷慨解囊；但是允许躬逢其盛的还有一些最不优秀的人，只要他们肯花钱。尤丽娅·米哈伊洛芙娜指出，有时甚至应该允许各阶层的人混杂一起，"要不谁来给他们进行启蒙教育呢？"成立了一个不公开的家庭委员会，委员会决定这个游艺活动将是民主的。认捐的人非常多，因此多花点儿钱也不要紧；大家想搞一些妙不可言的东西，因此日子也就被推迟了。还没有最后决定的事情有：晚上的舞会在哪里举行，是在首席贵族夫人为这天特意让出来的巨大的官邸呢，还是在斯克沃列什尼基瓦尔瓦拉·彼得罗芙娜的庄园？到斯克沃列什尼基去似乎远了点儿，但是委员会中有许多人坚持认为在那里可以"随便一点儿"。至于瓦尔瓦拉·彼得罗芙娜本人，她倒非常愿意舞会定在自己那儿。很难说清楚为什么这个骄傲的女人几乎巴结起了尤丽娅·米哈伊洛芙娜。大概她乐于看到那个女人也会反过来对尼古拉·弗谢沃洛多维奇近乎卑躬屈膝地，对他非同一般地大献殷勤。我再说一遍：彼得·斯捷潘诺维奇一直而且经常不断地在省长官邸里窃窃私语，执着地散布一种他过去就曾散布过的说法，说什么尼古拉·弗谢沃洛多维奇是在最神秘的团体里有着最神秘关系的人物，而且他在这里大概另有任务。

当时人们的心态很怪。尤其在女士们中间呈现出了某种浮躁情绪，而且也说不上这是逐渐形成的。有若干非常放肆的观念似乎在随风飘散。出现了一种非常快活而又轻薄，但我又没法说总是愉快的东西。人心浮动，莫衷一是，一时成为时尚。后来，当一切都结束之后，有人责怪尤丽娅·米哈伊洛芙娜，责怪她的那个圈子和她的影响；但是这一切未必都是尤丽娅·米哈伊洛芙娜一手造成的。相反，起先许许多多人都争先恐后地夸奖新来的省长夫人，说她善于把大家都团结在一起，因而大家突然变得快活了。甚至也出过几桩很糟糕的事，这也根本不能怪尤丽娅·米哈伊洛芙娜；当时大家只是哈哈大笑，觉得很开心，谁也没有出面制止。不错，有相当多的一部分人站在一旁，他们对当时发生的事另持己见；但是就连这样一部分人当时也未口出怨言；甚至还颔首微笑。

我记得，当时不知怎么自发地形成了一个范围相当广的小圈子，这小圈子的中心也许当真就在尤丽娅·米哈伊洛芙娜的客厅里。在这个聚集在她周围的亲密的小圈子里，当然是在青年们中间，允许做各种各样调皮捣蛋的事——有时候这类调皮捣蛋的确相当放肆，甚至成为一种例规。这圈子里甚至还有几位非常可爱的女士。青年们常常举行野餐和晚会，有时候还坐马车和骑马在城里结伴出游。他们到处寻找刺激，甚至由他们自己出面故意制造各种各样的奇遇，而他们这样做的唯一目的就是寻欢作乐，制造趣闻。他们鄙视我们这个城市，把它看成某种愚人城①。人们管他们叫游戏人间者或玩世不恭者，因为他们无所不用其极。比如说，曾出现过这样一件事，当地有一名中尉，他的妻子还是个很年轻的黑发女郎，不过因为受到丈夫的虐待，吃得很差，脸色显得有点憔悴。有一天，在晚会上，她莽莽撞撞地坐下来打牌，而且下了很大的赌注，她是想赢点儿钱给自己买件斗篷，可是她非但没有赢钱，反而输了十五卢布。因为怕丈夫责怪，也因为无钱偿还赌债，她鼓起先前的勇气，咬咬牙，决定就在今天晚会上悄悄向敝城市长的大公子借点儿钱。这位市长公子是个恶少，因纵欲无度而显得未老先衰。他不但不肯借钱给她，反而哈哈笑着跑去告诉了她丈夫。这名中尉的确很穷，就靠自己的那点儿薪俸过日子，他把妻子带回家，尽管她一再哭喊，跪在地上求饶，他还是拿她尽情耍笑了一番。这个令人愤懑的故事在全城上下居然只激起了人们的哄堂大笑，虽然这位可怜的中尉夫人并不属于围着尤丽娅·米哈伊洛芙娜转的那个小团体，但是在那些"骑马出游"的女士中有一位太太，她脾气古怪而又能干麻利，她不知怎么会认识这个中尉夫人的，便跑去找她，并且冒冒失失地把她带了回来，请她到自己家做客。这时候，我们那帮淘气包便立刻抓住中尉夫人不放，又是献殷勤，又是送礼物，硬把她留住了三四天，不把她送还给她丈夫。她住在那位能干麻利的太太家，跟太太和那帮纵情游乐的人整天满城游逛，参加各种娱乐活动和舞会。大家一个劲地怂恿她把丈夫拽上法庭，出出他的洋相。他们还向她保证：大家都会支持她，替她出庭做证。丈夫噤若寒蝉，不敢跟他们斗。那个可怜的女人终于明白她掉进了火坑，直到第四天她才吓得半死不活地从她的保护人那里逃了出来，回到自己的中尉身边。

---

① 愚人城是俄国作家萨尔蒂科夫－谢德林的小说《一个城市的历史》(1869) 中的城市名。陀思妥耶夫斯基借用这个城市名并非偶然，在当时的讽刺杂志《火星》上不止一次地称陀思妥耶夫斯基曾经居住过的特维尔城是愚人城。

至于他们夫妻之间到底发生了什么事，无人能知其详；但是中尉租住的那座低矮的木屋的两扇百叶窗，有两星期没有打开。尤丽娅·米哈伊洛芙娜知道这一切以后，对那帮淘气包发了一通脾气，并且对那个能干麻利的太太的行为很是不满，虽然这位太太把中尉太太弄到手的头一天就把她介绍给了尤丽娅·米哈伊洛芙娜。不过关于这事大家也就很快忘了。

另一回，有一位小官吏，是位有家室的看上去令人肃然起敬的人，从另一个县里来了一位年轻人，也是小官吏，经人说合迎娶了他的一位千金，一位十七岁的小姑娘，那可是全城有名的大美人。但是大家突然获悉，在新婚第一夜，那位新郎官竟为自己被玷污的令名对她大肆报复，对这位大美人极其无礼。利亚姆申几乎是这事的目击者，因为他在婚礼上喝得酩酊大醉，只好留在这家过夜，第二天清早，天刚亮，他就跑遍所有认识的人把这件趣闻到处张扬。顷刻之间就聚集了十来个人，所有的人一律骑马，有的人则租用了哥萨克的马，比如，彼得·斯捷潘诺维奇和利普京就是这样，再说这个利普京，尽管当时他已两鬓斑白，他几乎参加了敝城浮浪子弟的所有出乖露丑的孟浪行为。当这对新人坐着轻便的双套马车出现在大街上，准备按我们这儿的习俗在婚后第二天外出拜访时，尽管没有出现什么意外事故，这伙骑马出游的人还是蜂拥上前，嘻嘻哈哈地围住这辆轻便马车，而且整个上午一直簇拥着他们，在城里跑来跑去。诚然，他们并未进屋，而是骑着马守候在大门外；他们虽然克制住了，并没有特别地侮辱新郎和新娘，但还是胡闹了一阵。全城都传开了。自然，大家哈哈大笑。但是冯·列姆布克闻讯却大光其火，并且跟尤丽娅·米哈伊洛芙娜又发生了一场热闹的口角。尤丽娅·米哈伊洛芙娜也非常生气，差点打算把这帮惹是生非的家伙从此拒之门外。但是第二天，由于彼得·斯捷潘诺维奇的规劝和卡尔马津诺夫说的几句话，她也就原谅了他们。卡尔马津诺夫认为这"玩笑"开得相当风趣。

"这倒颇合这里的习俗，"他说，"起码很有特色，也……很大胆；您看，大家都在笑，只有您一个人在发怒。"

但是也有一些胡闹实在叫人不能容忍，带有明显的企图。

城里来了一位出售福音书的《圣经》推销员，这是一位受人尊敬的女人，虽然是小市民出身，出身微贱。关于她光临敝城，大家都传开了，因为在京城的报纸上刚刚出现过一些关于《圣经》推销员的有趣评论。又是那个爱惹是生非的利亚姆申，他在一个正在谋取学校教职的游手好闲的神学校学生的帮助下，装出一副要买她书的样子，趁机把一整包从国外进口的富有诱惑性的淫秽照片塞进了这位《圣经》推销员的布袋。后来才有人获悉，这包淫秽照片乃是一位年高德劭的老人专为干这种恶作剧捐献出来的。这位老人的姓名姑且略过不表，他脖子上挂着一枚显赫的勋章，按照他的说法，他就喜欢"健康的笑和愉快的玩笑"。当这个可怜的女人在敝城劝业场开始往外掏《圣经》的时候，这包照片便散落一地。掀起了一片哄笑声和抱怨声；人群推推搡搡地挤了过来，开始骂街，要不是警察赶来，差点大打出手。那位《圣经》推销员被关进了班房，一直到晚上马夫里基·尼古拉耶维奇才愤怒地得知这件可恶的丑事的隐蔽的细节，经过他的斡旋才把她给放了，并逐出城外。尤丽娅·米哈伊洛芙娜获悉此事后，本来十分坚决地要把利亚姆申撵走，但是就在当晚，敝城那帮人成群结伙地把他领来见她，说他编了一支新的与众不同的钢琴作品，劝她姑妄一听。这作品还真逗乐，名称也很可笑，叫《普法战争》。它一开始就响起了威武的《马赛曲》：

让不洁的血灌溉我们的田地！

接着又响起了音调激越的挑战和对未来胜利的陶醉。但是突然，与这首国歌高亢、变化有致的节拍一起，又从一侧，从下面，从一个很近的角落响起了《我亲爱的奥古斯汀》①的令人生厌的曲调。《马赛曲》对此曲调置之不理，《马赛曲》正处在陶醉于自己雄壮的旋律的顶点；可是《我亲爱的奥古斯汀》的声音不断强化，《我亲爱的奥古斯汀》的声音变得越来越无耻，而且《我亲爱的奥古斯汀》的节拍似乎出人意料地开始与《马赛曲》的节拍渐渐重合起来。《马赛曲》似乎开始生气了；终于对《我亲爱的奥古斯汀》不能置之不理了，它想甩掉它，把它像只纠缠不休而又微不足道的苍蝇似的赶走，但是《我亲爱的奥古斯汀》却死抓住它不放；它愉快而又自信；它快乐而又无耻；而《马赛曲》却不知怎么突然变得奇蠢无比：它已不再掩饰它的怒不可遏和满腔委屈；它已变成愤怒的号哭，它已变成伸开双臂吁求上苍的含泪的盟誓：

决不割让我们的一寸土地，决不舍弃我们堡垒上的一块石头！

但是它已经不能不跟《我亲爱的奥古斯汀》合成一个节拍歌唱了。它的曲调不知怎么奇蠢无比地变成了《我亲爱的奥古斯汀》，它渐渐低头服输了，声音越来越小了。只是间或冒出来，听到一句"让不洁的血……"，但是又立刻

---

① 在原著中是德文。《我亲爱的奥古斯汀》是一首德国小市民的通俗小曲。在这里，《马赛曲》与《我亲爱的奥古斯汀》的特殊竞赛，反映了1870—1871年普法战争的突变，先是法国统治阶级满怀胜利的希望，到后来不得不向普鲁士投降。当时有一位资产阶级共和派的代表人物儒勒·法夫尔（1809—1880），在法兰西第二帝国崩溃后曾任当时所谓"国防政府"的副总理兼外交部长，他在与德国首相俾斯麦的和谈中先是宣布"决不向德国交出一寸土地和堡垒上的一块石头"，结果却割地赔款。这场竞赛以《我亲爱的奥古斯汀》获胜而告终，陀思妥耶夫斯基可能是想借此说明，1789年法国革命的种种理想终于在强敌面前不堪一击，被曲解和庸俗化了。

十分气人地变了调,变成了讨厌的华尔兹①。它彻底屈服了:它成了趴在俾斯麦的胸脯上号啕大哭,把一切,一切……都拱手相让的儒勒·法夫尔。但这时《我亲爱的奥古斯汀》又乐声大作,响起了嘎哑的声音,可以感觉到有人在开怀畅饮,喝了数不清的啤酒,在疯狂地自吹自擂,索要数十亿赔款、精美的雪茄、香槟酒和人质;《我亲爱的奥古斯汀》逐渐变成声嘶力竭的怒号……普法战争结束了。敝城那帮人纷纷鼓掌,尤丽娅·米哈伊洛芙娜微笑着说:"哎,怎么能把他赶走呢?"和约签订了。这个混账东西的确有点歪才。有一回,斯捷潘·特罗菲莫维奇对我说,最富有艺术天才的人也可能是最大的混蛋,彼此并不妨碍。后来听到传言,这个作品是利亚姆申从一个路过此地,被他认识,很有才华而又十分谦虚的年轻人那里剽窃来的,可是那个年轻人却始终默默无闻;不过,这话先略过不提。这坏东西一直围着斯捷潘·特罗菲莫维奇转,转了好几年,每逢举行晚会,他就根据要求表现形形色色的犹太佬,模仿聋女人的忏悔或者女人生孩子,现在他又令人喷饭地模仿各种人,顺便说说,有时候在尤丽娅·米哈伊洛芙娜的官邸,他竟模仿起了斯捷潘·特罗菲莫维奇本人,还冠以标题,名之曰:《四十年代的自由主义者》。大家都笑得前仰后合,因此到后来简直就没法赶他走了:他成了一个非常需要的人。此外,他奴颜婢膝地拼命巴结彼得·斯捷潘诺维奇,而当时彼得·斯捷潘诺维奇对尤丽娅·米哈伊洛芙娜也同样产生了令人奇怪的强大影响……

我本来是不想单独来谈这个混账东西的,他也不配我来专门谈他;但这时发生了一件令人发指的事,有人告诉我他也曾参与其事,而这事在我这部纪事里又绕不过去,不能不提。

有天早晨,发生了一件不成体统的、令人发指的亵渎行为,这消息立刻

---

① 《我亲爱的奥古斯汀》这小曲用的是华尔兹舞曲。

传遍了全城。敝城有一处很大的集市广场，广场入口处有一座古老的圣母圣诞教堂，这是我们这座古城的一处古迹。在院墙的大门旁，很久以前就安放着一帧很大的圣母像，就镶嵌在院墙上，外有护栏。可是这圣像在一夜之间被洗劫了：神龛上的玻璃被打碎了，护栏被拆毁了，从花冠与衣饰上被取走了若干宝石和珍珠，我不知道这些东西是否很珍贵。但问题主要是，除了偷盗外，犯了一件毫无意义的嘲弄圣像的亵渎行为：据说，早晨，在圣像被打碎的玻璃后面，有人找到了一只活老鼠。过了四个月后，现在已经查明，这桩罪行是那个苦役犯费季卡干的，但是不知道为什么却有人对此补充道，利亚姆申也参与了这一恶作剧。当时谁也没有提到他，也根本无人怀疑他，可现在所有的人都肯定，当时那只老鼠就是他放进去的。记得，敝城的所有地方长官都有点不知所措。从一大早起，人们就拥挤在犯罪现场。这里经常站着一群人，虽然这些人不怎么样，但毕竟有上百人。一些人来了，另一些人走了。一些人走上前去画十字，恭恭敬敬地亲吻圣像；有人开始布施，教堂里出现了一只捐献盘，盘子旁站着一名修士，直到快到下午三点的时候长官们才明白过来，可以晓谕百姓，不许成群结队地在这里停留，向圣像祷告了，亲吻了圣像，捐献了财物，就应立即离开。这件不幸的事对冯·列姆布克产生了非常不快的影响。据人家告诉我，尤丽娅·米哈伊洛芙娜后来曾说，自从那个不吉利的早晨起，她就发现她丈夫神情忧郁，样子很怪，直到两个月前他因病离开敝城，他那落落寡欢的神态也没有中止，而且现在这神态也一直伴随着他到了瑞士，他是在敝省短期位居省座后到那儿继续疗养的。

记得，当天中午十二点多的时候，我顺道到集市广场去看了看；来来去去的人都默不作声，神情庄重而忧郁。这时有一名商人，肥头大耳，黄黄的脸皮，坐着轻便马车走到跟前，他走下马车后，跪下来磕了个头，上前去吻了一下圣像，捐了一卢布，又哼哧哼哧地爬上马车走了。紧接着又驶来了一辆敞篷的弹簧马车，车上坐着敝城的两位太太，由敝城的两位浪荡公子陪同。这两位年轻人（其中一位已经不完全年轻了）也走下马车，相当不客气地把人群推开，挤到了圣像跟前。这两人都没有脱帽，有一个人还把夹鼻眼镜推到鼻子上。人群中有人说了几句怪话，当然，声音很低，但很不客气。戴夹鼻眼镜的年轻人从塞满钞票的钱包里掏出一枚一戈比的铜币，扔进了钱盘；然后这两人又大声说笑着回到马车跟前。就在这当口，丽扎韦塔·尼古拉耶芙娜在马夫里基·尼古拉耶维奇的陪同下策马走来。她翻身下马，把缰绳扔给了按照她的命令仍骑在马上的她的同伴，正当那人扔下那枚戈比的时候，她走到了圣像前。一朵愤怒的红晕浮上了她的双颊；她摘下自己的圆边女帽和手套，双膝下跪，直接跪在肮脏的人行道上，然后虔诚地磕了三个头。接着就掏出自己的钱包，但是因为钱包里只剩下了几枚十戈比的银币，于是她又立刻摘下自己的钻石耳环，放进了钱盘。

"可以，可以吗？用来装点圣像上的衣饰？"她十分激动地问修士。

"可以的，"修士回答，"任何布施都是行善。"

人群都不出一声，既没有表示指责，也没有表示赞许；丽扎韦塔·尼古拉耶芙娜穿着弄脏了的衣衫骑到马上，策马而去。

二

在发生刚才描写的那件事以后过了两天，我遇到丽扎韦塔·尼古拉耶芙娜在一大群人的簇拥下，坐着三辆敞篷马车，正朝什么地方驶去，马车四周是一群骑马的人。她招手让我过去，叫马车停下，非要我跟他们结伴同行不可。安排我在马车里坐下以后，她笑着把我介绍给了她的几位女伴——一些衣着华丽的太太小姐。接着她又向我解释，他们是去进行一次非常有趣的出游。她哈哈大笑，似乎高兴得不得了。最近她高兴得差点到了欢蹦乱跳的地步。他们要干的事的确有点离谱：他们大家是到河对岸商人谢沃斯季亚诺夫家去，因为在他家的厢房里住着我们的一位神痴和先知谢苗·雅科夫列维奇[①]。已经差不多十年了，他退隐在家，生活优裕，备受照顾，他不仅在我们这儿很出名，而且在附近各省，甚至在两大京城[②]，也极有名气。所有的人都去拜访他，尤其是从外地来的人，求得他那装疯卖傻的只言片语后，便向他鞠躬磕头，慷慨布施。捐献的财物有时甚为可观，如果谢苗·雅科夫列维奇自己不用，就把这些财物虔诚地送到上帝的殿堂[③]去，主要是送给敝城的圣母修道院；修道院为此目的派了一名修士经常守候在谢苗·雅科夫列维奇的身边。所有的人都希望借此大大地开心一番。这帮人里面还没有一个人见过谢苗·雅科夫列维奇。从前只有利亚姆申一个人到他那里去过，现在他硬说谢苗·雅科夫列维奇曾经让人用扫帚把他赶走，还亲手把两个煮熟了的大土豆朝他身后扔去。在骑马的人中，我还看到有彼得·斯捷潘诺维奇，他仍旧骑在一匹租来的哥萨克马上，骑马的姿势难看极了，我也看到了尼古拉·弗谢沃洛多维奇，他也骑着马。他有时候并不回避集体出游等娱乐活动，在这种情况下，他总是文质彬彬，笑容满面，虽然仍旧说话很少，不大爱开口。当这支出游的队伍走到桥头，走到一家城里的旅店的时候，有人突然宣布，

---

① 据陀思妥耶夫斯基夫人回忆，这是陀思妥耶夫斯基"描写他曾去拜访过的著名的莫斯科神痴伊万·雅科夫列维奇·科列沙（1780—1861）的情形"。普雷若夫是一个"人民惩治会"会员，1871年案的参加者，他在小册子《莫斯科著名先知伊万·雅科夫列维奇传》（1860）中刻画了这个假先知的真面目，说他四十三年来一直被俄国女人和斯摩尔尼女校的学生们尊为先知先觉的圣徒，他向她们预言未来的夫婿，疾病能否痊愈，他还为人治病，预言水旱风暴、霍乱和战争。而且物以类聚，他周围还形成了一个黑社会。又说这个假先知十分淫逸放荡，不少"女崇拜者"被他糟蹋了。

② 指彼得堡和莫斯科。

③ 指教堂。

Ф. Достоевский

БЕСЫ

第二部

在这家旅店的一个房间里刚才发现了一名开枪自杀的旅客，现在正等候警察前来处置。有人立刻冒出了想去看看这名自杀者的念头。这主意大家都表示赞同：我们的太太小姐们还从来没有见过自杀者。记得，其中一名女士立刻大声说道："一切都让人感到无聊透了，有事可以消遣一下，就不必客气，肯定蛮有趣的。"只有不多几个人在门外的台阶旁守候；其余的人都鱼贯而入，走进这家旅店肮脏的走廊，顺便说说，令我感到惊奇的是，我看见了丽扎韦塔·尼古拉耶芙挪。开枪自杀的那人的房间是开着的，不用说，店里的人不敢不让我们进去。这是一个还很年轻的男孩，年约十九岁，无论如何不会比这年龄更大，想必还长得很好看，一头浓密的金发，面孔呈椭圆形，五官端正，天庭饱满光洁。他的尸体已经僵硬，他那白净的小脸蛋仿佛用大理石雕成似的。桌上放着一张他亲笔写的字条，让大家不要将他的死归罪于任何人，他开枪自杀是因为他"大吃大喝挥霍掉了"四百卢布。"大吃大喝挥霍掉了"这句话就这样赫然写在字条上：这张字条一共才四行字，就发现三处语法错误。这时有个人对他的死连声叹息，尤为伤心，看来这人是他的近邻，一个胖胖的地主，住在他隔壁的另一个房间里，他是到这里来办自己的事的。从他的话里得知，这孩子是受家庭（他的寡居的母亲、姐妹和姑妈姨妈们）之托，从乡下进城，为的是在城里的一位女亲戚的指导下采购各种物品，给即将出嫁的姐姐作陪嫁用，然后把采购来的物品运回家去。她们把几十年积攒的四百卢布托付给了他，提心吊胆地连声叹息，临行前还再三叮嘱他，又是祷告，又是给他画十字。这孩子在这以前一直为人稳重，办事可靠。三天前，他来到城里后，并没有去看望那个女亲戚，而是住进了旅店，直接去了俱乐部——他想在后边的某个房间里找到一位外地来的庄家，或者至少是个牌局。但是那天晚上既没有牌局，也没有做庄开赌的庄家。他回到房间时已近半夜，但是他要了香槟酒、哈瓦那雪茄，叫了一桌有六七道菜的晚餐。可是他一喝香槟酒就醉，一抽雪茄就吐，因此拿来的那一桌菜他都没动，几乎人事不省地就倒下睡着了。第二天醒来，他精神焕发，像只新鲜的苹果，立刻出发到河对岸某小镇上的茨冈人宿营地去了；这地方是他昨天在俱乐部里听说的，而且两天没有回旅店。终于，昨天下午五点前，他喝得醉醺醺地回来了，立刻躺下睡觉，一直睡到晚上十点。他醒来后要了一盘肉饼、一瓶法国白葡萄酒、一些葡萄、一张纸、一瓶墨水和账单。谁也没有发现他有任何特别的地方；他镇定、平静、和蔼可亲。他想必在半夜前后就开枪自杀了，虽然很奇怪，居然没有一个人听到枪声，直到今天中午一点才发现异常，怎么敲门也敲不开，只好破门而入。那瓶法国白葡萄酒喝剩下了一半，葡萄也吃得只剩下半盘。子弹是从一支三筒小左轮手枪直接射进心脏的。血流得很少，手枪从手里掉下来，落在地毯上。至于这小伙子本人，则半躺在长沙发的一个犄角上。想必一枪毙命，霎时就死了；脸上看不出任何死亡的痛苦；表情是平静的，几乎是幸福的，好像还活着。敝城的那帮人都十分好奇地打量着他。一般说，在他人的每个不幸中总有一种在旁人看来赏心悦目的东西——甚至不管你们是谁，概莫能外。敝城那帮太太小姐默默地打量着，她们的那帮男伴则一个劲地说风凉话，表现得十分镇静沉着。一个人说，这是最好的结局，这孩子再也想不出比这更聪明的办法了；另一个人则说，虽然只有片刻的欢娱，但毕竟痛痛快快地享受了一番。第三个人突然冒出一句：为什么我国近来常常有人悬梁自尽、开枪自杀呢——就像齐根砍断，就像大家脚下的地板一股脑儿溜走了似的。大家都冷冷地看了看这个爱发议论的人。从来以扮演小丑为荣的利亚姆申从盘中掰下了一串葡萄，紧跟在他之后，第二个人也笑嘻嘻地如法炮制，第三个人则伸手想去拿那瓶法国白葡萄酒。但是已经来到这里的警察局局长阻止了他，甚至请大家"一律回避，退出房间"。大家已经看够了，所以也就立刻毫无争议地走了出去，虽然利亚姆申仍旧缠住警察局局长在谈什么事。在下一半的旅途中，大家都开心极了，笑声、欢快的谈话声几乎比先前热闹了一倍。

我们在中午一点整到达谢苗·雅科夫列维奇家。一座相当大的商人住宅大门洞开，通向厢房的路也畅行无阻。我们立刻获悉，谢苗·雅科夫列维奇正在用餐，不过照样接待来宾。我们这帮人一下子都走了进去。这位神痴接见客人和用餐的房间相当宽敞，装了三扇大窗，但是当中用一道齐腰高的木栅栏隔开，从这面墙到那面墙隔成了面积相等的两部分。普通的来访者一般都停留在栅栏外面，只有那些受到特别青睐的人，才能按照神痴的指示，从栅栏上装的小门走进他的起居室，如果他愿意，就让这些人坐到他的皮圈椅里和长沙发上；他自己则一成不变地坐在一张古老的磨旧了的伏尔泰圈椅里。这人身材高大，有点虚胖，面皮发黄，年约五十五，头发淡黄，秃顶，只有稀稀落落的几根头发，大胡子剃掉了，右面的腮帮子有点鼓起，嘴似乎有点歪，而靠左边的鼻孔旁则长着一颗很大的疣子，眼睛小而窄，面部表情镇静而又庄重，一副睡意蒙眬的样子。他穿着德式服装，外衣是黑色的，但没有穿坎肩，也没有系领带。外衣下面露出一件相当厚但却是白色的衬衫；两腿似乎有病，穿着布鞋。我听说，他从前当过官，而且现在还有官衔①。他刚吃完一碗容易消化的鱼汤，正要动手吃他的第二道食物——蘸盐的带皮土豆。他从来不吃任何其他东西；不过他很爱喝茶，常常喝很多茶。他身边有三名仆人跑来跑去，这三名仆人都是那个商人出钱雇的；其中一名穿着燕尾服，另一名像个搬运夫，第三名像个教堂工友。还有一名十六岁的小厮，动作极其麻利。除了仆人以外，在场的还有一位年高德劭的白发修士，拿着捐款箱，

---

① 据上面提到的普雷若夫谈到科列沙的生平时说，伊万·雅科夫列维奇是斯摩棱斯克的一位神父的儿子（他哥哥叫伊利亚·雅科夫列维奇，担任过军职，官至大尉，退伍后在什么地方任督察），曾在神学院上过学，住在斯摩棱斯克，曾掌管过什么事，后来惹了什么麻烦，遂退隐山林，决定故作癫狂，以先知自居。

人显得太胖了点。在一张桌上放着一个奇大无比的茶炊，茶炊已经烧开了，桌上还放着一只托盘，盘里放的玻璃杯几乎有两打。在对面的另一张桌上放着各种捐献的物品：几大块糖球①和几磅砂糖，两磅茶叶，一双绣了花的布鞋，一方富丽绸头巾，一段呢料，一匹粗麻布，等等。至于捐款，则几乎全部放进了修士的捐款箱。屋子里人很多——仅来访者就有将近一打，其中有两个人坐在木栅栏里面，坐在谢苗·雅科夫列维奇的身旁；一位是白发苍苍的老人，是个朝圣者，来自"平民百姓"，另一位是从外地来的干瘦的小个子修士，他低垂着眼睛，正襟危坐。其他来访者都站在木栅栏外边，依然是平民出身的人居多，除了一个从县城来的胖胖的商人以外（这商人蓄着大胡子，穿着俄式服装，但大家都知道他是一位资产高达十万卢布以上的大商人）；还有一位是上了年纪的贫穷的贵妇人和一位地主。大家都在等候幸福降临到自己头上，不敢先开口说话。有四五个人跪在地上，但是最引人注目的是那个地主，人长得很胖，四十五岁上下，他跪在紧挨木栅栏，离得最近而又最显眼的地方，他虔诚地等待着谢苗·雅科夫列维奇的青睐或者表示好感的话。他已经跪了差不多一小时了，可是谢苗·雅科夫列维奇一直对他视而不见。

敝城那帮太太小姐都挤在木栅栏旁，在快活地、嘻嘻哈哈地窃窃私语。她们把跪在地上的和所有其他来访者都挤到了一边，或者站到前面挡住了他们，只有那位地主例外，他甚至伸手抓住了木栅栏，顽固地硬留在那个显眼的地方。大家都把快乐的、异常好奇的目光投到谢苗·雅科夫列维奇身上，长柄眼镜、夹鼻眼镜，甚至望远镜都齐刷刷地对准了他；至少利亚姆申正在用望远镜仔细观看。谢苗·雅科夫列维奇则用他那双小眼睛镇定自若而又懒洋洋地扫了大家一眼。

"美目盼兮！美目盼兮！"他终于用嘎哑的男低音和轻轻的感叹说道。

---

① 从前俄国的一种球形或圆锥形糖块，食时敲碎。

第二部

　　我们那帮人都笑了:"美目盼兮指什么呀？"谢苗·雅科夫列维奇却陷入沉默之中，继续吃他的土豆。终于，他用餐巾擦了擦嘴，仆人给他端来了茶。

　　他喝茶的时候，通常不喜欢一个人喝，而是给来访者也斟上茶，但远非给所有来访者，通常由他亲自指定来访者中由谁获此殊荣。他的指令永远出人意料，使人不胜惊讶。他常常置富商巨贾、达官贵人于不顾，有时候竟令下人给某个庄稼汉或者某个老态龙钟的老妪上茶；另一回，又置某个一贫如洗的穷教士于不顾，却给某位大腹便便的富商上茶。即使斟茶，也彼此不同，有的加糖，有的让含糖①，有的则根本不给糖。这一回获此殊荣的是那个外来的修士，给了他一杯加糖的茶，还有那个前来朝圣的老人，但是给他的茶根本没有糖。至于那个拿着捐款箱的修道院派来的胖修士，不知道为什么这回竟没有给他茶，虽然迄今为止他每天都能得到一杯茶。

　　"谢苗·雅科夫列维奇，您随便说点儿什么吧，我很早就想来跟您认识认识了。"曾经坐在我们那辆马车上的衣着华丽的太太眯着眼，含着笑，像唱歌一样说道。她方才说，可以消遣一下，那就不必客气，肯定蛮有趣的。谢苗·雅科夫列维奇甚至都没有看她一眼。那位一直跪着的地主大声而又深深地叹了口气，好像有人把一只大风箱②提起来又放下似的。

　　"加糖！"谢苗·雅科夫列维奇指了指那个有十万家财的商人；那商人立刻上前一步，站到那个地主身旁。

　　"再给他加糖！"谢苗·雅科夫列维奇命令道，这时下人已经给他倒了一杯茶；于是又给他加了一份糖，"给他再加，再加！"于是下人又给他加了第三次，以至最后，又给他加了第四次。商人并不推辞，开始喝他那已经成了

----

① 含糖喝茶是穷人喝茶的一种方法。
② 西式风箱为圆形，皮质，中有皱褶，鼓风时上下提拉，与我国长方形的木质风箱前后推拉不同。

糖浆的茶。

"主啊！"人们开始窃窃私语和画十字。那地主大声而又深深地叹了口气。

"神父！谢苗·雅科夫列维奇！"突然传来被我们挤到了墙边的那位穷太太的伤心的声音，但那声音尖得出乎人们意料，"亲人，我等您赐恩足足等了一小时了。请您对我说点儿什么吧，请您对我这孤老婆子说说我的是非祸福吧。"

"你问他。"谢苗·雅科夫列维奇指了指那个模样像教堂工友的仆人。那仆人走到木栅栏旁。

"您有没有完成谢苗·雅科夫列维奇让您做的事呢？"他用低低的、不紧不慢的声音问那寡妇。

"谢苗·雅科夫列维奇神父，我哪完成得了呀，我哪是他们的对手呀！"那寡妇叫道，"都是凶神恶煞，居然上地区法院告了我一状；还威胁说他们要上告枢密院；这可是告他们的亲娘呀……"

"给她！……"谢苗·雅科夫列维奇指着一大块糖球。那小厮立刻跑过去，拿起糖球，送给了寡妇。

"哎呀，神父，你的恩典太大了。我哪要得了这么多呀？"那寡妇差点叫起来。

"再给，再给！"谢苗·雅科夫列维奇赏赐有加。

又给她拿去了一大块糖球。"再给，再给。"那神痴命令，下人又给她拿去了第三块，最后，第四块。这寡妇四面都被糖球包围了，修道院派来的那位修士叹了口气：按照过去的惯例，这一切本来今天就可以收归修道院的。

"我哪要得了这许多呀？"那寡妇逆来顺受地连连叹气，"我一个孤老婆子，还不把我甜死了……这该不是什么神启吧，神父？"

"可不是神启吗。"人群中有人说。

"再给,再给她一磅!"谢苗·雅科夫列维奇还是不肯罢休。

桌上还有整整一大块糖球,但是谢苗·雅科夫列维奇让再给一磅,于是下人又给了那寡妇一磅。

"主啊,主啊!"人们在连连叹息和画十字,"分明是神启啊。"

"先要让您的心充满善和慈悲的喜悦,然后再来告您的亲生儿子,告您的亲生骨肉的状,应该认为,这就是这一象征的含义。"从修道院来的那个胖修士,也就是没给他送茶的那个胖修士,由于触犯了他的自尊心,一怒之下便自告奋勇地解释道。他说话的声音很低,但神态颇得意。

"你说什么呀,神父,"那寡妇突然发怒道,"当韦尔希申家着火的时候,他们用套马索套住了我的脖子,把我往火里拽。他们还把死猫锁进我的箱子,什么胡作非为的事他们都敢干……"

"赶走,赶走!"谢苗·雅科夫列维奇挥动双手。

那个教堂工友状的仆人和那名小厮冲出木栅栏。教堂工友架起寡妇的一只胳膊,于是她只好老老实实地、慢慢地朝门外走去,还不时回过头望着送给她的那些糖球,这时正由那小厮拿着,跟在她后面。

"拿回一块,拿回来!"谢苗·雅科夫列维奇向留在他身边的搬运工模样的仆人吩咐道。那仆人立刻跑去追他们,过了不大一会儿,那三个仆人回来了,把曾经送给那寡妇、现在又强行拿回来的那一大块糖球拿了回来;然而,她还是拿走了三大块。

"谢苗·雅科夫列维奇,"有个声音从后面紧挨房门的地方传来,"我在梦中看见一只鸟,一只寒鸦,从水里飞出来,又飞到火里去了。这梦是什么意思呀?"

"天将大寒。"谢苗·雅科夫列维奇说。

"谢苗·雅科夫列维奇,您怎么什么话也不回答我呢,我老早就对您感兴趣了。"与我们同来的那位太太又开口道。

"问他！"谢苗·雅科夫列维奇根本不理她，突然指了指那位一直跪在地上的地主。

那个接到指示让他去询问的修道院派来的修士，便郑重其事地走到那个地主跟前。

"您造了什么孽？是不是吩咐您去做什么了？"

"吩咐我不要打架，不要随便动手打人。"那地主用嘎哑的声音回答道。

"您做到了吗？"修士问。

"我做不到，身不由己。"

"赶走，赶走！用扫帚把他赶走，用扫帚！"谢苗·雅科夫列维奇开始挥动双手。那地主没等别人来对他施加惩罚，便一骨碌爬起来，急忙跑出了房间。

"他在跪着的地方留下了一枚金币。"修士从地上捡起一枚五卢布的金币，宣布道。

"给这人！"谢苗·雅科夫列维奇用手指了指那个拥有十万家产的富商。那富商不敢拒绝，收下了。

"锦上添花。"修道院派来的那个修士忍不住说道。

"给这人一杯加糖的。"谢苗·雅科夫列维奇突然指了指马夫里基·尼古拉耶维奇。仆人斟了茶，错误地把茶端给了戴夹鼻眼镜的那个花花公子。

"给高个儿，给高个儿。"谢苗·雅科夫列维奇纠正道。

马夫里基·尼古拉耶维奇接过茶杯，微微一鞠躬，行了个军礼，喝了起来。我也不知道为什么所有我们那帮人全都笑得前仰后合。

"马夫里基·尼古拉耶维奇！"丽莎突然对他说，"刚才跪着的那位先生走了，您跪到他那地方去。"

马夫里基·尼古拉耶维奇莫名其妙地望了望她。

"我求您了,您会使我很高兴的。我说马夫里基·尼古拉耶维奇,"她突然固执地、执拗地、热烈地像开机关枪似的说道,"您一定得跪,我一定要看见您跪着的样子。如果您不跪——以后就别见我。我一定要,我一定要嘛……"

我不知道她想用这说明什么;但是她提出这要求时很固执,毫无商量余地,就像犯病似的。下面我们将会看到马夫里基·尼古拉耶维奇把她特别是近来常常发作的任性理解为她对他常常爆发的一种盲目的恨,倒不是出于恼怒——相反,她尊敬他,爱他,敬重他,他自己也知道这个——而是由于一种特别的、无意识的恨,而且这恨有时候她怎么也压不下去。

他默默地把那杯茶交给了站在他后面的一位老太太,推开大栅栏上的小门,未经允许便自动跨进谢苗·雅科夫列维奇轻易不让人进去的内室,在众人眼皮底下,跪倒在房间中央。我想,他那颗温和而又淳朴的心,因丽莎那乖张而又在众目睽睽之下存心给他难堪的行径而受到极大震动。也许,他在想,她看到她坚持让他蒙受的羞辱,她会对自己的行为感到羞愧。当然,除了他以外,谁也不会横下心来用这种既天真而又冒险的办法来纠正一个女人的错误。他跪在那里,脸上带着一种高傲而又不动声色的神态,个子高高的,笨手笨脚,样子很可笑。但是我们那帮人都没有笑;由于这举动太出人意料了,因而产生了痛苦的效果。大家都望着丽莎。

"圣油,圣油!"谢苗·雅科夫列维奇喃喃道。

丽莎陡地脸色发白,一声惊呼冲进了木栅栏。这时发生了一个迅速的、歇斯底里的场面:她使出全身力气开始把马夫里基·尼古拉耶维奇拉起来,伸出两手,抓住他的胳膊肘,使劲拽他。

"起来呀,起来呀!"她好像失魂落魄地叫道,"马上站起来,马上!您怎么敢下跪呢!"

马夫里基·尼古拉耶维奇由跪姿微微起立。她用自己的双手紧紧抓住他的上臂，凝神注视着他的脸。她的目光透出了恐惧。

"美目盼兮，美目盼兮！"谢苗·雅科夫列维奇再一次重复道。

她终于把马夫里基·尼古拉耶维奇拽到木栅栏外面；在我们这帮人中产生了强烈的骚动。原来坐在我们那辆马车里的那位太太，大概想打破刚才产生的印象，第三欢响亮而又尖叫般地问谢苗·雅科夫列维奇，脸上依旧挂着做作的笑容。

"怎么啦，谢苗·雅科夫列维奇，难道您还不肯开开'金口'对我说点儿什么吗？我可一直满心指望着您哪。"

"×你，×你……！"谢苗·雅科夫列维奇突然对她说了一句极其下流的话。这话说得很粗野，而且说得异常清晰。我们那帮太太小姐发出一声尖叫，拼命往外跑，男伴们则哄堂大笑。于是我们这次拜访谢苗·雅科夫列维奇之旅就这样结束了。

不过，这时候，听说，还发生了一件令人非常纳闷的事，不瞒你们说，我之所以这样详细地提到这次旅行，多半是为了这件事。

据说，当大家鱼贯而出，急忙离开这个是非之地的时候，丽莎由马夫里基·尼古拉耶维奇搀扶着，突然在房门口，在拥挤中碰到了尼古拉·弗谢沃洛多维奇。应当说，自从星期天上午她晕倒以后，他们俩虽然不止一次地见过面，但彼此从来没有打过招呼，相互间也没有说过一句话。我看到他俩在房门口碰见的情形：我觉得，他俩停下了脚步，迟疑了片刻，有点异样地彼此看了看。但是也有可能在人群中我没有看清楚。相反，有人却说，而且态度非常严肃，说什么丽莎先是瞧了尼古拉·弗谢沃洛多维奇一眼，接着便迅速举起手来，对准他的脸，倘不是后者躲得快，她肯定会给他一记耳光。也许是她不喜欢他的面部表情或者他的某种讥讽的神态，尤其是现在，发生了马夫里基·尼古拉耶维奇的这段插曲以后。不瞒你们说,我自己什么也没有看见,但是大家都说他们看见了,虽然当时一片混乱,他们根本不可能看到此事,除非有些人眼尖。不过这事我当时是不相信的。不过我记得,尼古拉·弗谢沃洛多维奇在整个归途中神色黯然。

三

几乎就在同时,就在当天,终于实现了斯捷潘·特罗菲莫维奇与瓦尔瓦拉·彼得罗芙娜的会面。这次会面瓦尔瓦拉·彼得罗芙娜酝酿已久,而且早就通知了她的这位故交,但是不知为什么又一再拖延,一直拖到今天。他们是在斯克沃列什尼基见面的。瓦尔瓦拉·彼得罗芙娜来到她城郊的府邸后一直有操不完的心:直到头天晚上才最后决定,即将举行的游艺会将在首席贵族夫人家举行。但是瓦尔瓦拉·彼得罗芙娜的脑子动得快,她立刻明白过来,谁也无法阻拦她在游艺会之后再另外举行一次游艺会,不过地点已经改到斯克沃列什尼基了,她可以把全城人再召集拢来。到时候大家就可以目睹,谁的府邸更漂亮,哪儿招待客人更周到,哪儿举行的舞会更高雅。总之都认不出她来了。她好像换了个人,她过去是高不可攀的"一品夫人"(这是斯捷潘·特罗菲莫维奇奉送她的雅号),现在却变成了一个普通而又喜怒无常的上流社会的女人。然而,这不过看起来这样罢了。

她来到这座空宅以后,便在她忠贞不贰的老仆人阿列克谢·叶戈罗维奇和一个见过世面而且又是装潢专家的名叫福穆什卡的陪同下,巡视了所有的房间。开始商量和考虑:从城里的府邸运些什么家具来;还该有些什么摆设和油画;把它们摆放和悬挂在哪儿;温室和鲜花该怎么安排和布置才最合适;新帷幔该挂在哪儿,酒吧该安排在什么地方,设一个还是设两个,等等,等等。

正在她忙得不可开交的时候，她忽然灵机一动便派马车去把斯捷潘·特罗菲莫维奇接了来。

斯捷潘·特罗菲莫维奇早就接到了通知，做好了准备，而且每天都在等着像今天这样的突然邀请。他坐上马车时画了个十字；他的命运如何就看今天了。他是在大客厅里遇到自己的朋友的，她正坐在壁龛里的一张小沙发上，面前放着一张大理石小桌，手里拿着铅笔和纸：福穆什卡正拿着一把尺在丈量楼座敞廊和窗户的高度，瓦尔瓦拉·彼得罗芙娜则记下尺寸，并在页边上做了记号。她一面不停止工作，一面向斯捷潘·特罗菲莫维奇点了点头，当他含混不清地说了句问候的话以后，她便匆匆地向他伸出手，头也不抬地向他指了指身边的座位。

"我坐在那里，'压住自己的心跳'，等候了五分钟左右，"后来他向我说道，"这时我看到的已不是我认识二十年的那个女人了。我深信一切都完了，这给了我力量，这力量甚至使她感到吃惊。我敢起誓，我在这最后时刻坚定不移的态度使她感到惊讶。"

瓦尔瓦拉·彼得罗芙娜忽然把铅笔放到小桌上，向斯捷潘·特罗菲莫维奇迅速转过头来。

"斯捷潘·特罗菲莫维奇，咱们该谈谈正事了。我相信，您一定准备好了一整套华丽的辞藻和各种说法，但是好不好直截了当，就事论事呢，好不好呢？"

他抽搐了一下。她太急于给这事定调子了，下面还会发生什么事呢？

"且慢，您先别开口，让我把话说完，然后您再说，虽然，我还真不知道您会怎么回答我？"她像开机关枪似的急促地继续说道，"给您每年一千二百卢布养老金，直到您生命终了，我认为这是我的神圣义务；其实，这也不是什么神圣义务，不过是一种合约，这样要实际得多，不是吗？如果您愿意，我们可以把这合约写下来。万一我死了，也特意做了安排。但是，除此以外，现在您还从我这里享有住房、仆役和白吃白喝。咱们再把这些折算成钱，那就是一千五百卢布了，不是吗？再加上三百卢布以应急需，总数就是三千整了。够您一年花销了吧？大概不少了吧？不过，倘遇急需，十万火急，我还可以再加。就这样，您拿上这笔钱，把我的仆人给我退回来，您独立生活，爱住哪儿住哪儿，彼得堡，莫斯科，出国或者留这儿，随您便，不过不要住在我家。听见了吗？"

"不久前，从同样一张嘴里也曾同样坚决、同样快速地向我传达过另外的要求。"斯捷潘·特罗菲莫维奇慢腾腾地，忧郁而又吐字清晰地说道，"当时我认命了，并且……为了讨好您还跳起了哥萨克舞。是的，不妨打个这样的比喻，就像在自己坟头跳舞的顿河的小哥萨克。现在……"

"停，斯捷潘·特罗菲莫维奇。您一开口就滔滔不绝。您不是跳舞，而是系上新领带，穿上新内衣，戴上新手套，头上抹了发蜡，身上喷了香水前来见我。我敢保证，您自己当时就很想结婚；这就写在您脸上，您那表情太不高雅了。如果说我当时没有向您指出，唯一的原因是出于礼貌。但是您想，您想结婚，尽管您私下里关于我和您的未婚妻写了一些不堪入目的话。现在就完全不同了。说什么顿河哥萨克在您的什么坟头上跳舞，这扯哪儿去了？这比喻是什么意思？相反，我不要您死，我要您活；您活得越长越好，我会很高兴的。"

"在养老院？"

"在养老院？人们是不会带着三千卢布年收入进养老院的。哦，我想起来了，"她微微一笑，"可不是吗，有一回，彼得·斯捷潘诺维奇似乎开玩笑似的曾经说到过这个养老院。啊，这的确是一个特别的养老院，值得考虑。这是为最有地位的人办的，那里有不少上校，甚至有一位将军现在也想住进去。如果您带上您所有的钱住进那个养老院的话,您一定可以前呼后拥,仆役成群,颐养天年。您在那里可以研究学问,而且总能凑个牌局,玩玩朴烈费兰斯①什么的……"

"不谈这个了。"

"不谈这个了?"瓦尔瓦拉·彼得罗芙娜哆嗦了一下,"但是,那,我要说的话都说完了;已经通知了您,从今往后咱俩各过各的。"

"说完了?二十年的交情就这么完了?这是咱俩的永诀?"

"您太爱长吁短叹了,斯捷潘·特罗菲莫维奇。如今,这根本不时兴了。现在的年轻人虽然说话粗俗,但干脆利落。您念念不忘咱们这二十年!二十年来,双方的自尊心互不相让,别无其他。您写给我的每封信,不是写给我看的,而是写给您的子孙后代看的。您是一位喜欢咬文嚼字的著作家,而不是朋友,而友谊不过说起来好听而已,其实是互相泼脏水……"

"上帝啊,有多少拾人牙慧的话啊!全是鹦鹉学舌!他们已经把自己的制服穿到您身上了!您居然欢天喜地,您居然如沐春风;亲爱的,亲爱的,您喝了什么红豆汤才把您的自由出卖给他们了呢②!"

"我不是鹦鹉,不会学舌。"瓦尔瓦拉·彼得罗芙娜火了,"您放心,我肚子里装的都是自己的话。在这二十年中,您又为我做了什么呢?您甚至不看我给您的书,这些书本来都是我为您订购的,要不是装订工,说不定这些书至今还没有裁开呢。头几年,我请您给我指导的时候,您又给我看了些什么呢?除了卡普菲格③还是卡普菲格。您甚至嫉妒我的文化修养,而且采取了

---

① 一种纸牌戏。
② 语出《旧约·创世记》第二十五章第三十三至三十四节:以扫为了一点儿饼和红豆汤把自己长子的名分卖给了雅各。
③ 卡普菲格(1802—1872),法国历史学家、文学家,曾编纂过多部内容肤浅,既没有学术价值,又充满保皇思想的历史著作。

措施。其实大家都在笑话您。不瞒您说,我一直认为您不过是个批评家;您是一个文学批评家,除此以外,什么也不是。当我们去彼得堡的途中,我曾经向您宣布,我准备办一个刊物,并打算为它献出我的整个一生,您立刻讽刺地看了看我,忽然变得非常高傲。"

"此言差矣,此言差矣……当时我们害怕遭到迫害……"

"一点儿不错,您在彼得堡是无论如何不会害怕遭到迫害的。您记得吗,后来。到了二月,正当那消息①甚嚣尘上的时候,您突然跑来找我,您吓坏了,要我立刻给您出张证明,写封证明信,说明拟议中的那份杂志与您毫不相干,那些年轻人是来找我的,不是找您的,您不过是家庭教师,您留在我家没走是因为您的薪俸尚未付清,是不是这样呢?这事您还记得吗?您这整整一辈子为人处世还真光彩啊,斯捷潘·特罗菲莫维奇。"

"这不过是一时胆怯罢了,当时不就咱俩在一起吗,"他伤心地叫道,"但是,为了这样一点儿小小的印象,难道就要从此一刀两断吗?难道悠悠岁月,如许年来,咱俩之间就再没留下任何东西吗?"

"您也太会算计了;您总想让我还欠着您的情。当您从国外回来后,您对我一直很傲慢,连话都不让我说,可是后来我自己也出了国,回来后跟您谈起我对圣母像②的观后感,您连我的话都没听完就傲慢地低头望着自己的领带暗自窃笑,倒像我没有资格跟您有相同的感受似的。"

"此言差矣,可能不是那么回事……我忘了。"

"不,丝毫不错,就是那么回事,您在我面前也没有什么可吹嘘的,因为这一切都是扯淡,不过是您一厢情愿罢了。现在没有人,没有人会去欣赏圣母像了,不会为了这个而去浪费时间了,除了那些积习难改的老家伙以外。

---

① 指俄国旨在实行农奴改革的《一八六一年二月十九日法令》。
② 指珍藏于德累斯顿绘画陈列馆的拉斐尔的《西斯廷圣母》。

这是不言自明的道理。"

"已经不言自明了?"

"这个圣母像毫无用处。这只茶缸之所以有用,就因为它能盛水;这支铅笔之所以有用,就因为它能写字,爱写什么就写什么,而那个女人的脸绝对比不上任何真人的脸。您不妨画一只苹果,再把一只真苹果放在它旁边①——您拿哪个呢? 您大概不会拿错吧。现在,当自由研究的第一道光芒刚刚照亮您的所有理论的时候,您的那一套不也就原形毕露了吗。"

"有理,有理。"

"您在冷笑。再比如,关于施舍,您又对我说了些什么呢? 其实,因施舍而产生的乐趣乃是一种高傲的和不道德的乐趣,乃是富人欣赏自己的财富、权力,以及与乞丐的地位相比的自己的地位。施舍只会使授受双方道德败坏,此外它也达不到目的,因为它只会加深贫困。不想干活的懒汉麇集在施舍的人周围,就像一群赌徒想要赢钱麇集在赌桌周围一样,然而扔给他们的那几个可怜的铜子儿,还不够他们所需的百分之一。您这辈子施舍过多少钱呢? 大概不会超过八十戈比吧,您想想吧。您使劲想想,您最后一次施舍是什么时候;大约两年前,说不定有四年了吧。您吵吵嚷嚷的,只会对事业有害。即使在现在这个社会里,施舍也应当为法律所禁止。而在新制度下根本就不会有穷人。"

"噢,拾人牙慧,大放厥词! 居然还谈到了新制度? 不幸的人啊,愿上帝保佑您!"

"是的,就要谈新制度,斯捷潘·特罗菲莫维奇;过去,您一直处心积虑

---

① 这是讽刺性模拟车尔尼雪夫斯基在其学位论文《艺术与现实的审美关系》中表述的论点:"艺术作品低于现实中的美。"在此以前,陀思妥耶夫斯基在《谢德林先生,或虚无主义者的分裂》一文中也有类似的模拟。

地把现在已经尽人皆知的一切新思想瞒着我，您这样做纯粹出于嫉妒，为的是拥有支配我的权力。现在甚至那个尤丽娅也跑到我前面去了，超过我一百俄里。但是现在连我也看透了。斯捷潘·特罗菲莫维奇，我一直在尽力保护您；您简直成了大家口诛笔伐的对象。"

"够了！"他从座位上站了起来，"够了！我还能希望您什么呢？难道让您吃后悔药了吗？"

"再坐一会儿，斯捷潘·特罗菲莫维奇，我还有话要问您。已经有人向您传达了邀请，请您到一个文学讲演会上演讲；这是通过我安排的。请问，您到底想讲什么？"

"我要讲的正是这个女皇中的女皇，这个人类的理想——西斯廷圣母，也就是您说的抵不上一只杯子或者一支铅笔的西斯廷圣母。"

"那么说，您不会讲历史掌故啰？"瓦尔瓦拉·彼得罗芙娜难过而又惊讶地说，"那您的演讲就不会有人听了。您总是念念不忘这个圣母像！哎呀，您让大家听了打瞌睡又何苦呢？请相信，斯捷潘·特罗菲莫维奇，我说这话完全是为您好。如果您从西班牙历史中选一段既短小而又精彩的中世纪宫廷野史或者不如说一件趣事，然后您再插进去一些笑话和令人喷饭的俏皮话，那情形就不同啦。那里有华丽的宫殿，漂亮的太太，还有下毒。卡尔马津诺夫说，如果他不取材西班牙历史讲点儿什么有趣好玩的事，那才怪呢。"

"卡尔马津诺夫这个文思枯竭的蠢货，居然在替我寻找演讲题材！"

"卡尔马津诺夫，这几乎是国家的栋梁之材！您说话也太刻薄了，斯捷潘·特罗菲莫维奇。"

"您的卡尔马津诺夫乃是一个老而无用、文思枯竭、被激怒了的娘儿们！亲爱的，亲爱的，您什么时候被他弄得神魂颠倒了呢，噢，上帝！"

"现在我也受不了他那种自命不凡的样子，可是他才思敏捷，我不能不说句公道话。我再说一遍,我一直在尽可能地竭力保护您。干吗非要把自己弄成一副可笑而又让人看了讨厌的模样呢? 相反,您作为上一世纪的代表人物,完全可以令人肃然起敬而又面带笑容地走上讲台,说上三两段野史趣谈,再加上您所有的机智和幽默,有时候,您是有说故事的才能的。尽管您已经老了,尽管您是旧时代的遗老,最后,尽管比起他们来您落伍了;但是您在开场白中面带笑容地自己承认这点,这样,大家就会看到,您是一个可爱、善良而又诙谐的遗老……总之,是个老派人物,但是思想进步,能够自己对自己至今一直信奉的某些观点的荒唐之处作出应有的评价。唔,请给予我这个快乐吧,我求您了。"

"亲爱的,够了! 不用求我,我办不到。我一定要讲那个圣母像,但是我要掀起一场暴风雨,或者把他们全部打败,或者把我一个人打倒!"

"肯定是您一个人,斯捷潘·特罗菲莫维奇。"

"那我命该如此。我要讲那个卑鄙的奴隶,讲那个臭不可闻和道德败坏的奴才,他将手持剪子,第一个爬上梯子,为了平等、嫉妒和……有益于消化,铰烂这个伟大理想的神圣面容[①]。让我的诅咒像惊雷般响彻天宇,那时候,那时候……"

"那时候就进疯人院?"

"也许吧。但是无论我败也罢,胜也罢,反正我当天晚上就拿起我的拎包,拿起我的讨饭袋,把我的一应用品,把您的全部馈赠,全部养老金,以及您许诺的未来的全部福利统统留下,迈开双腿,拂袖而去,在一个商人家当名家庭教师,了此余生,或者在某处篱墙下冻馁而死。我说到做到。吾意已决[②]!"

[①] 指暴力革命将会毁灭人类的文化和艺术遗产。
[②] 在原著中是拉丁文,下同。原意为"签已抽定"。源出恺撒大帝率大军渡过泸比孔河的故事。

他又微微地站起身来。

"我一直相信，"瓦尔瓦拉·彼得罗芙娜也两眼放光地站了起来，"我相信已经多年了，您之所以活在世上，就是要最终用诽谤来中伤我和我全家！您说什么要到商人家去当家庭教师，或者说什么要客死在他人的篱墙下——您说这话是什么意思？愤恨，诽谤，别无其他！"

"您一贯蔑视我；但是我到死都是一个忠实于我心上人的骑士，因为您的意见对于我永远高于一切。从这一刻起我什么都不接受，我是无私地敬仰您。"

"这有多蠢啊！"

"您对我一贯不尊重。我可能有数不清的弱点。是的，我吃您的喝您的，我一开口就是虚无主义；但是吃人家喝人家的从来都不是我做人的最高原则。这是自然而然发生的，我也不知道这是怎么搞的……我一直以为你我之间总还有某种高于吃喝的东西，而且——我从来，从来也不是个无耻小人！总之，我要走了，以便挽回那业已形成的局面！我走晚了，外面已是深秋，旷野里雾霭弥漫，层层霜冻覆盖着我未来的道路，秋风怒号，表示我的坟墓近了……但是，我要走了，我要走了，走上新的旅程：

> 充满着纯洁的爱情，
> 忠实于甜蜜的幻想……①

噢，别了，我的幻想！二十年啊！吾意已决。"

他突然热泪盈眶，泪流满面；他拿起自己的礼帽。

"拉丁语我什么也听不懂。"瓦尔瓦拉·彼得罗芙娜使劲克制住自己，

---

① 源出普希金的诗《世上有位可怜的骑士》。

说道。

谁知道呢，说不定她自己也想与他同声一哭，但是愤怒和任性再一次占了上风。

"我只知道一点，说到底，这全是胡闹。您永远也实现不了您那唯我独尊的威胁。您哪儿也不会去，也不会去找任何商人，您将会在我身边寿终正寝，拿着我给您的养老金，每星期二跟您那些不入流的朋友举行一次聚会。再见了，斯捷潘·特罗菲莫维奇。"

"吾意已决！"他向她深深一鞠躬，激动得半死不活地回到家里。

第六章　彼得·斯捷潘诺维奇到处奔忙

一

举行游艺会的日子终于最后定了下来，可是冯·列姆布克却变得越来越忧郁，越来越心事重重。他充满一种奇怪和不祥的预感，这使尤丽娅·米哈伊洛芙娜深感不安。诚然，并非一切都顺利。我们那位好脾气的前省长留下了个烂摊子；当前正霍乱肆虐；有些地方牲畜大批倒毙；整个夏天城乡各地火灾猖獗，而老百姓中却越来越厉害地流传着一种愚蠢的抱怨，说有人纵火。抢劫案比过去多了一倍。但是，假如在这种情况下没有其他更有分量的原因打破迄今为止都很快活的安德烈·安东诺维奇的平静的话，那么这一切，不用说，将会比平时更加使他忧心如焚。

使尤丽娅·米哈伊洛芙娜最吃惊的是，他变得一天比一天沉默寡言了，说来也怪，而且一天比一天内向了。真是的，他又有什么可隐瞒的呢？不错，他很少反驳她的意见，大部分是俯首帖耳，言听计从。比如说，由于她的坚持，为了加强省长的权力，采取了三两项非常冒险的、几乎是违法的措施。为了同样的目的，还办了几件凶险的、包庇纵容犯罪的事：比如说，有人理应法办和发配西伯利亚，仅仅由于她的坚持，却被呈请嘉奖。对有些申诉和要求照例是经常不予答复。这一切后来都暴露了出来。列姆布克不仅让他签字他就签字，甚至都没有考虑自己的太太插手他履行公务应有的分寸问题。可是有时候他却突然为一些鸡毛蒜皮的事大发脾气，这就使尤丽娅·米哈伊洛芙娜感到惊奇了。当然，他在言听计从、俯首帖耳的日子里也感到有必要小小地造一点儿反来补偿一下自己。可惜的是，尤丽娅·米哈伊洛芙娜尽管目光锐利，还是解不透这种高尚的性格中的高尚的微妙之处。唉！她哪顾得上这事呀，因此发生了许多误会。

关于有些事我就不说了，而且我也说不好。议论行政事务中的种种失误也不是我应当管的事，因此这整个行政方面的事我也就一概略而不提了。在动手写这部纪事的时候，我就给自己定下了另一些任务。此外，现在已有一个调查组被委派到敝省，有许多事他们自会发现，只须假以时日，少安毋躁而已。然而有些情况还是不能不交代一下。

但是，我还是接着谈尤丽娅·米哈伊洛芙娜吧。这位可怜的太太（我对她深表同情）刚当上省长夫人的时候就立志要在敝省做一些超乎寻常的大动作，其实，她不采取这些动作也能达到她一直为之神往的一切（名誉地位等）。但是不知是由于她富有诗意，还是由于她在少女时代长期郁郁乎不得志，因此一旦时来运转，就突然感到自己负有一种与众不同的特殊使命，几乎就像接受了登基涂油仪式[①]的女皇一样，是一个"被这条火舌燎过额头的人"，但是倒霉也就倒霉在这条火舌上，因为这毕竟不是每个女人头上都能盘的发髻。[②]但是这道理要让一个女人相信，那就难上加难了；相反，谁要是对她唯唯诺诺，谁就能左右逢源，于是人们便争先恐后地拍她的马屁。这个可怜的女人一下子就成了各种截然相对的势力的玩物，与此同时她还自以为是个有独立见解的女人，在她能够左右省政的短时期内，许多精于此道的人竟靠了她而大发横财，利用了她的老实。借口要求妇女独立，当时闹出了多少乱七八糟的事啊！她喜欢大地产，喜欢摆贵族气派，喜欢加强省长权力，喜欢民主思潮，喜欢新的规章制

[①] 一种基督教的宗教仪式，为皇帝登基祝福。
[②] 源出普希金的诗《英雄》（1830）："被这条火舌燎过额头的人／我们都认为神圣至极。……是的，荣誉有一个怪癖，／它像一条火舌到处游荡，／在它选定的人的头上飞旋，／今天离开了这个人的身上，／明天在那个人的身上升起。"（丘琴译）

度，喜欢井井有条、自由思想、浅薄的社会主义思潮，喜欢贵族沙龙的俨乎其然，喜欢围着她转的那些年轻人的几乎不入流的放肆。她幻想造福于人，幻想调和不能调和的东西，说得更正确些，幻想把一切人和事都聚集到一起崇拜她一个人。她也有一些特别宠信的人；比如，彼得·斯捷潘诺维奇就爱非常粗俗地巴结她，因此她也很喜欢他。不过她喜欢他还有其他原因，这些原因怪极了，活画出这个可怜的太太的性格：她一直希望他能向她透露颠覆国家政权的那一整套阴谋！尽管这很难想象，但事实就是如此。不知道为什么她总觉得省里一定秘而不宣地酝酿着一件颠覆国家政权的阴谋。彼得·斯捷潘诺维奇在一种情况下故作沉默，在另一种情况下又含沙射影，凡此种种，都加剧了她的这一古怪想法。她想象他同俄国的一切革命事物都有联系，但同时又对她忠心耿耿，甚至崇拜得五体投地。发现这一阴谋，彼得堡传令嘉奖，日后飞黄腾达，用"怀柔"的办法来影响年轻人，让他们悬崖勒马——这一切都十分自然地同时并存于她那想入非非的脑袋中，要知道，她曾经挽救了，降伏了彼得·斯捷潘诺维奇（对于这一点，她不知道为什么深信不疑），因此她也一定能挽救其他人。他们中没有一个人，没有一个人会毁灭，她要把他们统统挽救过来；她要对他们分类处理；她要把他们的情况呈报上司；她要明镜高悬，秉公办事，甚至于，也许，她的名字将永垂青史，整个俄国的自由派都将对她感恩戴德；可是阴谋还是必须揭发。真是名利双收。好处一齐来。

但是毕竟就要举行游艺会了嘛，应当让安德烈·安东诺维奇心情开朗些。一定要让他开心，让他放心。抱着这一目的，她打发彼得·斯捷潘诺维奇去见他，希望能对他的闷闷不乐有所影响，彼得·斯捷潘诺维奇自有一套使人心安的办法。也许，他还能告诉他一些所谓第一手材料来驱散他的愁闷。她完全把希望寄托在他的伶俐乖巧上了。彼得·斯捷潘诺维奇已经好久没有到冯·列姆布克的书房里去过了。他急匆匆地跑去见他的时候，那位病人正处在特别不快的心情中。

二

发生了一件冯·列姆布克先生无论如何也解决不了的复杂局面。在县里（也就是彼得·斯捷潘诺维奇不久前在那里饮酒作乐的地方），有一名少尉被他的顶头上司严词训斥了一顿。这事是当着全连人的面发生的。这名少尉还很年轻，不久前刚从彼得堡调来，一向沉默寡言，神情忧郁，但自视甚高，同时又是个小胖子，红脸蛋。他受不了对他的训斥，突然怪模怪样地低下脑袋，出人意料地发出一声尖叫，使全连人都吃了一惊，他向长官猛扑过去；他一头撞到长官的肩膀上，并使劲咬了他一口；大家好不容易才把他拉开。毫无疑问，这人疯了，起码发现他近来的行动透着古怪，简直到了岂有此理的地步。比如说，他居然把房东家的两帧圣像从房间里扔了出去，并且将其中一帧用斧头劈碎；他在自己的房间里把福格特、摩莱肖特和毕希纳①的著作分别放在三个架子上，形成三个读经台，而且在每个读经台前点上教堂用的蜡烛。从在他屋里找到的各种书的数量来看，可以肯定他这人读过许多书。如果他有五万法郎，他说不定就会像那个"军官学校的学生"那样漂洋过海，到马克萨斯群岛去，正如赫尔岑先生在他的一部著作里十分愉快而幽默地提到过的那样。②把他抓起来时，

---

① 福格特（1817—1895），德国博物学家。摩莱肖特（1822—1893），荷兰生理学家。毕希纳（1824—1899），德国生理学家。三人都是19世纪庸俗唯物主义的最著名代表。他们的著作对俄国于19世纪60年代流行的无神论和唯物论观点产生过很大影响。恩格斯曾把他们的所谓唯物主义称为"廉价的唯物主义"。

② 赫尔岑在《往事与随想》第七部第三章《年轻的侨民》中曾讲到，有一个"军官学校学生模样的年轻人"曾于1858年到伦敦去看赫尔岑，告诉赫尔岑他有三万法郎，他准备到马克萨斯群岛去，按社会主义原则建立一个移民区。事实上，这是一名萨拉托夫的地主，名叫巴赫梅捷夫，后来他去了新西兰，而不是像《往事与随想》中说的那样去了马克萨斯群岛。可是他一去便杳无音信。

第二部

在他的口袋里和房间里找到了一大沓观点过激的传单。

就传单本身来说，本来是小事一桩，照我看根本不值得费事。我们见到的传单难道还少吗。况且这又不是什么新传单，后来有人说，不久前在X省就曾散发过同样的传单，大约一个半月前，利普京曾到县里和邻省去过，他说，还在那时候他就看见过同样的传单。但是让安德烈·安东诺维奇感到吃惊的主要是，什皮古林工厂的管事，恰好也在这时上交给警察局夜里扔在工厂里的两包或者三包传单，与在少尉那里找到的完全相同。这几包传单还没有打开，这说明还没有一个工人看过其中的任何一张。这事很无聊，但是安德烈·安东诺维奇却因此而心事重重。这件事使他感到很不愉快，也感到很复杂。

当时在这家什皮古林工厂刚刚发生过在我们这儿嚷嚷得很厉害的"什皮古林事件"，这事还以各种不同的说法上了京城的报纸。大约三星期前，那里的一名工人得了亚洲霍乱，并且死了；以后又有几个人病倒了。城里人心惶惶，因为这霍乱不断从邻省蔓延过来。我要指出的是，为了迎候这位不速之客，敝省采取了尽可能令人满意的防疫措施。但是不知道为什么却把什皮古林兄弟（他俩都是百万富翁，而且与当朝权贵有联系）开的那家工厂忽略了。于是突然大家嚷嚷开了，说正是在这家工厂隐藏着疾病的祸根和温床，在这家工厂里，尤其在工人宿舍里，肮脏已经根深蒂固，即使过去没有霍乱，那儿也会自行产生霍乱。不用说，立即采取了措施，安德烈·安东诺维奇雷厉风行地勒令立即将这些措施付诸实施。工厂在大约三周内被清扫干净了，但是不知为什么什皮古林兄弟却关闭了工厂。什皮古林的一个兄弟经常住在彼得堡，另一个兄弟在省府下令清扫工厂之后也去了莫斯科。工厂管事便开始解雇工人，现在查明，这管事还无耻地敲诈克扣和营私舞弊。工人开始牢骚满腹，要求公平合理地算清拖欠的工资，甚至还糊里糊涂地告到警察局，不过并没有大吵大嚷，而且也根本没有发生大的骚动。也就是在这时候，工厂管事给安德烈·安东诺维奇送来了传单。

彼得·斯捷潘诺维奇未经通报就闯进了书房，因为他是主人的好友和自家人，更何况他来是受尤丽娅·米哈伊洛芙娜之托。冯·列姆布克一看见他就双眉深锁，脸色阴沉地在桌旁站住。在此以前他一直在书房里踱来踱去，与自己办公厅的官员布卢姆在单独说着什么问题。这布卢姆是个非常笨拙而又脸色忧郁的德国人，是冯·列姆布克不顾尤丽娅·米哈伊洛芙娜的强烈反对，硬从彼得堡带来的。这官吏在彼得·斯捷潘诺维奇进来后就退到书房门口，但并没有出去。彼得·斯捷潘诺维奇甚至觉得，他跟自己的上峰似乎别有深意地使了个眼色。

"哎呀，总算逮住您了，您这位深居简出的大省长！"彼得·斯捷潘诺维奇笑着嚷嚷道，并用手掌压住放在桌上的传单，"这可增加了您的藏品啰，是不是？"

安德烈·安东诺维奇的脸顿时涨得通红。他脸上似乎有什么肌肉蓦地抽搐了一下。

"您走开，立刻走开！"他气得发抖，叫道，"不许您……先生……"

"您倒是怎么啦？ 您好像生气了？"

"请允许我向您指出，先生，从今以后我根本不想再忍受您的无礼了，请您记住这点……"

"嘿，见鬼，他还当真生气了。"

"马上闭嘴，闭嘴！"冯·列姆布克在地毯上跺起了脚，"不许您放肆……"

天知道这样闹下去会闹成什么样子。唉，除此以外，这里还有一个情况，是彼得·斯捷潘诺维奇根本不知道的，甚至连尤丽娅·米哈伊洛芙娜本人也

第二部

毫无所知，不幸的安德烈·安东诺维奇心绪不佳，以至于在最近这段日子里发展到私下里嫉妒自己的夫人对彼得·斯捷潘诺维奇过于亲热了。只身独处，尤其每逢半夜，他思前想后，很不痛快。

"我还以为，假如一个人连续两天向您单独朗诵自己的小说，而且每天都读到深夜，想听听您的意见，这人起码也该放下一点儿公事公办的架子吧……尤丽娅·米哈伊洛芙娜对我一向很亲切；可这会儿都认不出您来了！"彼得·斯捷潘诺维奇甚至带着某种尊严说道，"正好，给您吧，这是您的小说。"他把卷成一卷，紧裹在一张蓝纸里的一沓又大又重的稿纸放在桌上。

列姆布克的脸红了，神情很尴尬。

"您在哪儿找到的？"他喜不自胜而又小心翼翼地问道，掩饰不住内心的高兴，但又竭力掩饰。

"您想，本来卷成卷儿，后来就滚到五斗柜后面去了。很可能，我进屋后把它随便一扔，扔到五斗柜上。直到前天才由下人找到，当时他在擦地板，不过，您交给了我一个让我勉为其难的任务！"

列姆布克板着脸，垂下了眼睛。

"承蒙阁下厚爱，我连着两夜没有睡觉。还在前天就找到了，可我留着没有马上给您，一直在读，白天没有时间，就连夜读。不过，您哪，我不满意：不符合我的想法。不过，没关系，我从来不是个批评家，但是，老伙计，一读就放不下了，尽管我不满意。第四章和第五章，这……这……这……鬼知道是什么玩意儿！不过您塞进去多少幽默啊，我大笑不止。话又说回来，您多么善于嘲笑啊，自己却不动声色！唔，书里的第九章，第十章，都是写爱情的，我无权置喙；不过，很生动；读伊格列涅夫的信时，我差点与他同声一哭，虽然您把它写得很含蓄……要知道，这信太感人了，可与此同时您又突出这信虚伪的一面，不是吗？我是不是猜着了？唔，可是结尾写得不好，我恨不能揍您一顿。您在宣扬什么呀？要知道，这不过是过去那种神化家庭幸福，多子多孙，孩子就是资本，挣钱发家的观点。[①]您给我得了吧！您会把读者迷住的，因为连我读了都放不下，这只会更糟。读者同过去一样是愚蠢的，聪明人应当去唤醒他们，可您……不过够了，再见。下回您就别生气啦，我此来本来有两句必须说的话告诉您；可您这副模样……"

这时安德烈·安东诺维奇拿起自己的小说，锁进了橡木书橱，并顺便向布卢姆丢了个眼色，让他悄悄退出去。布卢姆拉长了脸，面色忧郁地走了。

"我不是这副模样，我不过是……不愉快的事一桩接着一桩，"他皱着眉头喃喃道，但已经没有了火气，随即坐到桌旁，"请坐，有话您就说吧。我很久没看见您了，彼得·斯捷潘诺维奇，不过请您以后别这么冒冒失失地闯进来……有时在谈公事……"

"我总是很冒失……"

"我知道，您哪，我相信您并无恶意，但是有时候人家忙着呢……请坐。"

彼得·斯捷潘诺维奇大大咧咧地斜靠在长沙发上，霎时盘起了双腿。

三

"您有什么事可操心的呢？难道是这些不值得一提的小事？"他用头指了指传单，"这样的传单要多少有多少，我都可以给您弄来，早在X省我就见过这玩意儿。"

"就是说还在您住那儿的时候？"

"嗯，当然不是我不在那里的时候。传单上还印着花饰，上方画了把斧

[①] 据俄国学者考证，此处系影射屠格涅夫的小说《罗亭》。

头①。让我看看(他拿起传单);唔,对,这里也有一把斧头;就是这种,没错。"

"对,斧头。瞧——斧头。"

"怎么,看见斧头您害怕啦?"

"我不是怕斧头,您哪……我也不怕,但是这事……这样的事,这有背景。"

"什么背景?就因为是从工厂里拿来的吗?嘿嘿。要知道,您这家工厂的工人很快就要自己动手写传单了。"

"这是怎么回事?"冯·列姆布克板着脸,两眼紧盯着他。

"是这么回事。您要看着他们点儿。您这人脾气太好了,安德烈·安东诺维奇;您可以写小说。而处理这事必须用老办法。"

"什么老办法,这叫什么馊主意?工厂已经清扫干净了;我吩咐了,他们就照办了。"

"可是工人中有人闹事。把他们统统抓起来,狠狠地抽,事情不就了结了。"

"闹事?废话;我吩咐了,不就清扫干净了。"

"唉,安德烈·安东诺维奇,您这人脾气太好啦!"

"第一,我根本不是那种好脾气的人;第二……"冯·列姆布克又被刺痛了。他跟这年轻人谈话是勉为其难的,纯粹出于好奇心,看他能不能说出点儿什么新鲜玩意儿来。

"啊——啊,又是一位老相识!"彼得·斯捷潘诺维奇打断道,两眼紧盯着吸墨器下压着的另一张纸,也好像是张传单,显然是在国外印刷的,不过是诗体,"嘿,这我都会背了:《革命志士》!让咱们来瞧瞧;嗯,没错,

---

① 据"涅恰耶夫案"的侦查材料称,"人民惩治会"刻有一枚椭圆形的铜质图章,四周刻着:"人民惩治会,1870年2月19日",并画有一把斧头,他们的表格上也都印有斧头。

就是那份《革命志士》。我跟这位志士仁人早在国外就相识了。哪儿挖出来的呀？"

"您说您在国外就见过？"冯·列姆布克猛地打了个激灵。

"还用说，四个月以前吧，甚至五个月了。"

"哎呀，您在国外见到的东西还真不少啊。"冯·列姆布克机敏地看了看他。彼得·斯捷潘诺维奇装作没有听见，打开那张纸，把那首诗高声朗读了一遍：

革命志士①

他出身微贱，

他来自民间，

遭到贵族忌恨，

受到沙皇迫害，

他甘愿受苦受难，

受酷刑、拷问与鞭打，

走向民间，向人民宣传

自由、平等、博爱。

为发动人民起义，

他逃出沙皇大牢，

逃离了皮鞭、火钳和酷吏，

---

① 这首诗是对奥加廖夫的诗《大学生》的讽刺性模拟。原诗有一句题赠："献给年轻的朋友涅恰耶夫"，印于日内瓦。1870年奥加廖夫与涅恰耶夫决裂。这首诗的俄文名是 Светлая личность，泛指德高望重的志士仁人，社会贤达，总之是身上闪着亮光的人。汉译名根据诗的内容把它具体化为《革命志士》。

第二部

跑到遥远的异乡。

从斯摩棱斯克到塔什干，

人民在摩拳擦掌，

翘首以待这个大学生，

带领他们翻身得解放。

人人都在等他，

带领他们一往无前，

彻底打倒大贵族，

推翻万恶的沙皇。

把庄园充公，

他们要报仇，彻底清算

教会、婚姻和家庭——

旧世界的一切暴行。

"大概是从那个军官那里搜来的吧，是不是？"彼得·斯捷潘诺维奇问。

"您也认识那军官？"

"还用说。我在那里跟他饮酒作乐了两天。他不发疯才怪哩。"

"他也许没有发疯吧。"

"是不是因为他开始咬人了？"

"但是，请问，既然您在国外就见过这首诗，后来又在那军官那里……"

"什么？莫名其妙！我看，安德烈·安东诺维奇，您在考我吧？瞧，您哪，"他突然非常神气地开口道，"关于我在国外的见闻，回来后我就向某人作了汇报，他们对我的汇报感到很满意，否则我就不会侥幸来到本市了。我认为，就这点而言，我的事情已经了结了，我无须向任何人再作交代。之所以了结了，并不是因为我是告密者，而是因为我不这样做不行。那些知道内情的人写信给尤丽娅·米哈伊洛芙娜，说我是个忠实可靠的人……好了，话又说回来，让这一切见鬼去吧，而我到这里来是为了告诉您一件严重的事，好在您把您那个扫烟囱的打发走了。这事对我很重要，安德烈·安东诺维奇，我对您有一个不情之请。"

"不情之请？唔，请说吧，不瞒您说，我很好奇，我准备洗耳恭听。我还得加一句，彼得·斯捷潘诺维奇，您这人让我感到相当奇怪。"

冯·列姆布克有点紧张。彼得·斯捷潘诺维奇跷起了二郎腿。

"在彼得堡的时候，"他开口道，"对许多事情我是开诚布公有一说一的，但是对有些事，或者，比如，对这件事吧（他用手指敲了敲《革命志士》），我却闭口不谈，第一，因为不值得一提；第二，我只回答人家问我的问题。在这个意义上，我不喜欢跑在头里邀功请赏；我认为这就是卑鄙小人与为形势所迫的正人君子的区别所在。嗯，总之，这事先按下不提。我说，您哪……可现在……现在，当这些笨蛋……唔，当这事业已暴露了，而且已经在您的掌握之中，我看，这事是瞒不过您的——因为您也长着眼睛，而且今后您会采取什么措施是没法断定的，然而这些笨蛋却在继续胡闹，我……我……可不吗，总之，我是来求您挽救一个人的，他也是个笨蛋，也许还是个疯子，因为他还年轻，因为他屡遭不幸，也因为您为人一向宽厚……您的宽厚总不能仅仅表现在您自己创作的小说里吧！"他用粗鲁的冷言冷语说道，又不耐烦地突然中断了谈话。

总之，看得出来，这是一个直性快肠的人，但为人不够机灵，办事冒冒失失，充满了人情味，或许，还非常爱面子，主要是，这是个成不了大器的人，正如冯·列姆布克异常精细地对他所作的评价那样，而且他早就认为他是这样的人了，尤其在最近一星期他独自在书房里的时候，尤其在夜间，他在私心深处拼命骂他，因为他居然莫名其妙地赢得了尤丽娅·米哈伊洛芙娜的欢心。

"您是替谁求情呢？这一切您到底要说明什么呢？"他摆出一副大官的派头询问道，竭力掩饰内心的好奇。

"这……这……见鬼……我相信您，要知道，这不是我的错！我认为您是一个最最高尚的人，主要是一个通情达理的人……就是说能够理解……对此我又有什么错呢？见鬼……"

这个可怜的人显然激动得说不出话来了。

"说到底，您要明白，您要明白，"他继续道，"您要明白，我如果向您说出他的姓名，我岂不是向您出卖他吗；岂不是出卖吗，不是吗？不是吗？"

"不过，要是您不肯说，我又怎么猜得出呢？"

"可不就是这道理吗，您总是用您的这个逻辑驳得我无立足之地，见鬼……唉，见鬼……这个'革命志士'，这个'大学生'——就是沙托夫……这就是全部真相！"

"沙托夫？怎么会是沙托夫呢？"

"沙托夫，他就是诗中提到的那个'大学生'。他就住在本市，过去是农奴，嗯，就是打人耳光的那个。"

"知道，知道！"列姆布克眯起眼睛，"但是，请问，他到底何罪之有，最主要的是，您来替他说情到底要我做什么呢？"

"求您挽救他，明白吗！要知道，早在八年前我就认识他了，要知道，说不定，我还曾经是他的朋友。"彼得·斯捷潘诺维奇越说越激动，"唉，我没有必要向您报告我过去的生活，"他挥了一下手，"这一切都微不足道，这一切不过是三个半人而已，加上国外的也凑不满十个，而主要是我寄希望于您的宽厚，寄希望于您的聪明。您会明白的，您会自己处理好这件事的，而不会任意胡来一气，把这看作疯子的胡思乱想……因为他屡遭不幸，请注意，因为他长时间屡遭不幸，而不是鬼知道的闻所未闻的颠覆国家的阴谋……"

他几乎喘不过气来了。

"唔。我看，他有罪是因为他与那些印有斧头的传单有关，"列姆布克几乎威严地断定，"不过对不起，如果他只有一个人，他怎么能既在本市，又在各省，甚至还在X省散发传单呢，而且……而且，说到底，最要紧的是这传单他是打哪弄来的呢？"

"我不是跟您说了吗，显然，他们加在一起，总共才五个人，就算十个人吧，我怎么会知道呢？"

"您不知道？"

"我凭什么知道呢？去他的！"

"但是，您不是早知道沙托夫是同谋者之一吗？"

"哎呀！"彼得·斯捷潘诺维奇挥了一下手，仿佛要躲开提问者明察秋毫、咄咄逼人的问题似的，"好吧，您听着，我就把全部真相告诉您吧：关于传单的事我什么也不知道，也就是说毫无所知，去他的，您明白什么叫什么也不知道吗？……唔，当然，那个少尉，此外还加上什么人，再加上这里的什么什么人……唔，说不定再加上沙托夫，还有什么什么人，充其量也就这些了，一帮下三烂……不过我是来替沙托夫求情的，应该挽救他，因为这首诗是他写的，是他自己的作品，而且在国外也是通过他付印的；这事我知道得很清楚，至于传单，我就一无所知了。"

"既然这诗是他写的，那很可能，传单也是他写的。不过，究竟有什么根据让您怀疑沙托夫先生呢？"

彼得·斯捷潘诺维奇摆出一副彻底失去耐心的样子，从口袋里摸出皮夹子，从里面取出一张字条。

"这就是根据！"他把那张字条甩到桌上叫道。列姆布克打开一看：原来这字条是半年前写的，由这儿带到国外，字条很短，才两句话：

《革命志士》在这里印不了，我无能为力；请于国外付印。

伊·沙托夫

列姆布克目不转睛地盯着彼得·斯捷潘诺维奇。瓦尔瓦拉·彼得罗芙娜说得对，他的目光有点像野山羊的目光，有时像极了。

"就是说，是这么回事，"彼得·斯捷潘诺维奇霍地说道，"这说明，半年前，他在这里先把这首诗写好了，但是在这里的什么秘密印刷所他没法印——因此请人带到国外去印……您大概清楚了吧？"

"是的，清楚了，您哪，但是他请谁去帮他印呢？就这点还不清楚。"列姆布克以一种十分狡黠的讽刺说道。

"就是请基里洛夫；这条子就是写到国外给基里洛夫的……难道您不知道？要知道，这可太让人遗憾了，说不定您只是在我面前装模作样吧，其实关于这首诗您自己早知道了，就这些！要不这诗怎么会出现在您桌上呢？它还真有本事，自己跑来了！既然如此，您为什么还要苦苦地追问我呢？"

他抽风似的掏出手帕擦去了脑门上的汗。

"也许，某些事我是知道的……"列姆布克避而不答，"但这个基里洛夫又是什么人呢？"

"就是外地来的那位工程师呀，曾经做过斯塔夫罗金的决斗证人，一个狂热者，一个疯子。你们那位少尉也许真的得了酒狂症，哼，可是这人完全是个疯子——完完全全是个疯子，这点我敢保证。安德烈·安东诺维奇，如果政府知道这都是些什么人，恐怕也就不忍对他们下手了。这些人一个个都该送到七俄里的地方①去；还在瑞士和开代表大会的时候，我就看到过许多。"

"在那个领导这里运动的地方？"

"可是什么人在领导呢？一共三个半人。要知道，瞧着这些人都让人扫兴。他们又在领导这里的什么运动呢？难道就那几张传单？他们又招募来一些什么人呢，无非是那些得了酒狂症的少尉，再有两三个大学生！您是个聪明人，我向您提个问题：为什么他们不招募一些重要一点儿的人物，为什么净是些大学生和二十二岁的少年呢？②再说人也不多。大概有一百万条警犬在搜捕，一共又找到了几个呢？七个人。跟您说了吧，真让人扫兴。"

列姆布克注意地听着，但脸上的表情似乎在说："寓言是喂不饱夜莺的。③"

"不过，对不起，您刚才断定，这条子是寄往国外的；但信上没有写地址；您怎么知道这条子是寄给基里洛夫先生的，而且还是寄往国外的呢？再说……再说，这张条子果真是沙托夫先生写的吗？"

"您可以立刻核对一下沙托夫的笔迹。在您的办公厅里肯定能找到他的什么签名。至于说是写给基里洛夫的，那是基里洛夫当时亲手拿给我看的。"

"那么说，是您亲眼所见……"

"那当然，是我亲眼所见。在国外他们给我看过很多东西。至于这首诗，好像是已故的赫尔岑写给沙托夫的，当时沙托夫还在国外流浪，似乎是作为

---

① 指疯人院。因为在彼得堡近郊七俄里处的乌杰尔纳亚有一座疯人院。
② 当时有一位律师阿尔谢尼耶夫曾著文说，1869—1871年的三十多名政治犯中，只有两名达到了成熟年龄，其余二十九人的平均年龄为23.5岁，未成年人有三名，许多年轻人只有21岁和22岁。
③ 俄谚，意为空话填不饱肚子。

见面礼留个纪念，是夸奖，也是推荐，唔，见鬼……于是沙托夫就在青年中到处散发。说什么这就是赫尔岑本人对我的评价。"

"哎呀，"列姆布克终于完全明白过来了，"问题就在这里：传单——这是可以理解的，可这诗用来干吗呢？"

"您怎么就不明白呢。鬼知道我为什么对您泄露这个秘密！我说，您把沙托夫交给我吧，至于所有其他人，甚至包括那个基里洛夫在内，就让鬼把他们抓去吧。这个基里洛夫现在住在菲利波夫公寓，杜门不出，沙托夫也躲在那里。他们不喜欢我，因为我回来了……但是请您答应把沙托夫交给我，以后我会把他们统统托在一只盘子里交给您的。我有我的用处，安德烈·安东诺维奇！这可怜的一小撮，我估计，充其量不过九个人到十个人。现在我在亲自监视他们，自发的，您哪。我们已经知道三个人：沙托夫、基里洛夫和那个少尉。其他人我还只是在用心观察……不过，我并不是只顾眼前。这就跟在X省一样；那里连同传单一起抓住了两个大学生，一个中学生，两名二十岁的贵族子弟，一名教员和一名退伍少校，这人六十岁上下，由于成天喝酒都喝傻了，就这么些人，请相信，就这些，甚至都叫人觉得奇怪，才这么些人。但是必须给我六天时间。我已经仔细算过了；六天，不能更少。如果您想得到什么结果——那就再过六天，不要去动他们，我一定把他们包在一个包袱里送给您；过早惊动他们，只会鸡飞蛋打。但是请您把沙托夫交给我。我来抓沙托夫的问题……不过最好把他秘密地、友好地叫来，哪怕把他叫到这里的书房来也成啊，跟他打开天窗说亮话，考考他……他肯定会趴到您的脚下痛哭流涕！这是一个神经质的人，很不幸；他老婆跟斯塔夫罗金有染。只要您对他和气点儿，他就会把一切都向您和盘托出，但是必须给我六天时间……而最要紧，最要紧的是，不要向尤丽娅·米哈伊洛芙娜露出半句口风。要保密。您能保密吗？"

"怎么？"列姆布克瞪大了眼睛，"难道您向尤丽娅·米哈伊洛芙娜什么也没有……公开吗？"

"向她？上帝保佑，这可万万使不得！哎——哎，安德烈·安东诺维奇！听我说，您哪，我非常珍重她的友谊，而且深深地尊敬她……以及其他等等……但是我绝不能一着不慎，满盘皆输。我是绝不会跟她闹别扭的，因为跟她闹别扭是危险的，这您也知道。我也许向她透露过只言片语，因为她喜欢这样，但是，如果让我像现在对您这样把人名或者还有其他什么什么的向她和盘托出，哎——呀，先生！要知道，我现在为什么要来找您？因为您毕竟是个男子汉，是个严肃的人，有老一辈丰富的从政经验。您见过世面。我想，处理这类事情，每走一步，您都是心里有数的，因为有彼得堡的先例可资借鉴。可是，比如说，倘若你把这两个人的名字告诉她，她非敲锣打鼓到处张扬不可……要知道，她想在这里搞出点儿政绩来，让彼得堡大吃一惊。不行，您哪，她头脑太热，就这样，您哪。"

"是的，她身上是有这么一点赋格曲①的味道。"安德烈·安东诺维奇不无得意地喃喃道，与此同时又感到非常遗憾，这个不学无术之徒居然敢这么随便地议论尤丽娅·米哈伊洛芙娜。大概彼得·斯捷潘诺维奇觉得这样做还不够，必须再加把劲，拍拍他的马屁，从而彻底征服这个"列姆布卡"。

"正是有点赋格曲的味道，"他附和道，"尽管她是个女人，也许还是个有才能、文绉绉的女人，但是——她会把麻雀吓跑的。六小时她也受不了，甭说六天了。哎——哎，安德烈·安东诺维奇，您千万别把六天的期限硬加在女人头上！要知道，您是承认我有某些经验的，就是说在这些事情上我是有经验的，我总还知道点儿什么吧，您自己也知道我是知道点儿什么的。我请

---

① 一种极复杂的复调音乐。

您给我六天时间不是为了任意胡来，而是为了办事。"

"我听说……"列姆布克拿不定主意要不要把自己的想法说出来，"我听说，您回国后曾向有关方面表示……仿佛悔过自新什么的？"

"得了吧，那时候说什么的没有。"

"当然，我并不想过问……但是我总觉得，迄今为止您在这里好像完全换了一种说法，比如谈论基督教的信仰呀，谈论社会法规呀，谈论政府呀……"

"我说过的事多了去了。我现在也在说这些事，不过不应该像那帮混蛋那样来实行这些想法罢了，问题就在这里。要不然，咬人家肩膀就能解决问题了？您自己也同意我的看法，不过您说为时尚早。"

"我说的不是那意思，说实在的，我同意，但是我说为时尚早。"

"不过您说的每句话都是掂过分量的，嘿嘿！真是小心谨慎啊！"彼得·斯捷潘诺维奇突然快乐地说道，"我说好朋友，真该跟您交个朋友，因此我才用我惯用的说法说话。不仅跟您一个人，我跟许多人都是这样交上朋友的。也许，我应当把您的性格先摸透才对。"

"您干吗要摸透我的性格呢？"

"我怎么知道要干吗（他又笑了）。听我说，亲爱的，万分尊敬的安德烈·安东诺维奇，您很狡猾，但是事情还没有发展到这个地步。大概也绝不会发展到这个地步，明白吗？也许您已经明白了？我回国后虽然到有关方面作了交代，说真的，我真不懂，为什么抱有一定信念的人不能做有益于自己的真诚信念的事……但是那里还没有人命令我了解您的性格，我也没有从那里接受过任何这一类命令。您自己不妨仔细想想：我本来可以不向您头一个公开那两个人的名字的，而是直接到那里，就是我最先在那时作过交代的地方；如果我想捞到一笔钱或者得到什么好处的话，当然，我这样做失算了，因为他们要表扬的现在是您，而不是我。我只是为了挽救沙托夫，"彼得·斯捷潘诺维奇又高尚地加了一句，"就为了他一个人，看在我俩过去的交情分上……嗯，至于将来，您也许会拿起笔来，给那里打报告，如果您愿意的话，不妨替我美言几句……我是不会反对的，嘿嘿！不过再见，我坐得太久了，也不应该说这么多废话！"他又不无愉快地加了一句，从沙发上站起身来。

"相反，我感到很高兴，因为事情总算有了眉目。"冯·列姆布克也站了起来，态度也很客气，显然是受了最后那句话的影响，"我满怀感激地接受您的效劳，请放心，我将竭尽所能把您的忠诚报告上峰……"

"六天，主要是六天期限，在这六天之内请您不要动他们，我要的就是这个。"

"好，依您。"

"当然，我并不想捆住您的手脚，我也不敢。您不可能不监视他们的行动；不过不要过早惊动他们的巢穴，把他们吓跑了，这，我就只能把希望寄托在您的智慧和经验上了。您想必豢养了相当多的鹰犬以及各种各样的密探吧，嘿嘿！"彼得·斯捷潘诺维奇又快乐而浮躁地（像一个年轻人常有的那样）贸然说道。

"不完全是这样。"列姆布克愉快地回避道，"这是年轻人的偏见，总以为养了很多很多……但是我想顺便问一句：既然这个基里洛夫做过斯塔夫罗金的决斗证人，那么在这种情况下斯塔夫罗金……"

"斯塔夫罗金又怎么啦？"

"既然他俩这么要好？"

"哎，不不不！这就是您的疏忽了，虽然您很狡猾。您甚至让我感到奇怪。我还以为您对他不会一无所知呢……唔，斯塔夫罗金嘛——这是完全相反的，就是说完完全全……告读者①。"

"是吗！这可能吗？"列姆布克不信任地说道，"尤丽娅·米哈伊洛芙娜告诉我，根据她从彼得堡得到的情报，他这人可是带着某种训令来的……"

"我什么也不知道，什么也不知道，我一无所知。再见。告读者！"彼得·斯捷潘诺维奇突然采取了分明回避的态度。

他快步向房门走去。

"请稍等，彼得·斯捷潘诺维奇，请稍等，"列姆布克叫道，"还有件不起眼的小事，不会耽搁您很长时间的。"

他从抽屉里拿出一个信封。

"您瞧，这是一份同样的玩意儿，我要以此向您证明，我对您是高度信任的。给，您哪，足下有何高见！"

信封里装着一封信——这信很怪，是匿名信，信是写给列姆布克的，他昨天才收到。彼得·斯捷潘诺维奇极其懊恼地读到了下面的内容：

大人：

根据官衔我应该这么称呼您。我写此信，旨在禀告：有人企图谋害几位将军，祸国殃民；其结果必然如此。多年来我本人不断地散发传单。那些不信上帝的人也一样。正在酝酿着一场暴动，而传单已有数千份之多，如果当局不及早予以没收，每一份传单就会有上百人争相阅读，因为他们答应给予很多好处，以示奖励，而普通老百姓都很蠢，况且还有伏特加。老百姓对两边的人都骂，认为他们全是罪魁祸首，但是对双方又都害怕，我已悔罪，这事我没有参加，因为我的情况就是这样。如果

---

① 此处意为：我跟您打过招呼了。

您想有人为了拯救祖国,也为了拯救教会和圣像向当局告密,那只有我一个人办得到。但是有一个条件,第三厅①必须立即电告赦我无罪,所有的人中就我一个人获得赦免,至于其他人,让他们自作自受好了。请于每晚七时在看门人的小窗上点上一支蜡烛作为信号。我看到信号后就会相信我已获赦,我就会跑来亲吻那来自京城的仁慈的手,但是有一个条件,必须发给我津贴,要不,我何以为生?您不会后悔的,因为您将得到一枚星形勋章。必须做到神不知鬼不觉,不然的话,他们会要我的命的。

一个效忠于大人的亡命徒。

一个跪倒在您脚下的业已悔悟的自由思想者

匿名不具②

冯·列姆布克解释,这封信是昨天出现在门房里的,当时门房里没有一个人。

"那您对这事是怎么看的呢?"彼得·斯捷潘诺维奇几乎粗声粗气地问道。

"我认为这是一封含血喷人的匿名信,旨在取笑本人。"

"很可能就是这样,但是瞒不过您的眼睛。"

"主要是我觉得这样做太笨了。"

"那您在这里还收到过什么含血喷人的东西吗?"

"收到过两次,都是匿名信。"

---

① 全称是沙皇陛下御前办公厅第三厅,负责在全国范围内监视、搜捕和审讯政治犯。
② 在原著中是拉丁文。

"那当然，他们是不会署名的。写法不一样？笔迹也不一样？"

"写法不一样，笔迹也不一样。"

"跟这封一样，十分可笑？"

"是的，十分可笑，而且您知道……还十分卑劣。"

"唔，既然有过两次，那可以肯定现在也一样。"

"主要是因为做得太笨了。因为那些人是有文化的，肯定不会写得这么笨。"

"可不是。可不是吗。"

"假如真有人确实想要告密，那怎么办呢？"

"不可能。"彼得·斯捷潘诺维奇冷冷地断然道，"什么叫让第三厅来电和领津贴？明明是含血喷人。"

"是的，是的。"列姆布克有点不好意思。

"我说，您把这事交给我办得了。我一定给您找出来。在没有找到那些人之前，先把这家伙找出来。"

"那您把这封信拿去吧。"冯·列姆布克稍许动摇了一下之后，同意道。

"您给什么人看过吗？"

"没有，那怎么成呢，没有给任何人看过。"

"也没给尤丽娅·米哈伊洛芙娜看过？"

"啊，绝对没有，看在上帝分上，您也别给她看！"列姆布克害怕地叫道，"她会受到很大震动……会对我大发脾气的。"

"是的，您会头一个挨骂的，她会说，既然有人给您写这样的信，那是您自找的。我们知道女人的逻辑。好了，再见了。说不定再过两三天我就能把这个写信的人给您押来。主要是别忘了咱俩的约定！"

四

彼得·斯捷潘诺维奇这人也许并不笨，但是那个苦役犯费季卡说得对，他"会自己编造个人出来，然后跟这人打交道"。他离开冯·列姆布克之后充满信心，起码有六天把这个人稳住了，而他极其需要这个期限。但是他的这一想法是错误的，而这一切仅仅是因为他从一开始就一劳永逸地给自己编造了一个安德烈·安东诺维奇，认为他是一个完全缺少心眼的大傻瓜。

就像每个内心痛苦而又多疑的人一样，安德烈·安东诺维奇在每次刚刚摆脱一无所知的状态后总是快乐地过于轻信。事情出现了新的转机，他总往好处想，尽管又出现了一些复杂的麻烦事。至少，老的疑惑逐渐烟消云散。再说，这几天他也实在太累了，他感到自己是如此心力交瘁和孤立无援，他渴望得到心灵的平静。但是，唉，他又得不到平静了。长期客居彼得堡在他的心灵上留下了不可磨灭的痕迹。"新的一代"见诸官方材料的，甚至秘密的来龙去脉，他是相当清楚的——他是一个很好奇的人，常常收集传单——但是传单中最重要的观点他永远也弄不明白。现在他就像在森林中迷了路：他凭自己的全部本能预感到，在彼得·斯捷潘诺维奇说的那番话里包含着某种彻头彻尾的无稽之谈、胡编乱造和自相矛盾的东西，"只有鬼知道这'新的一代'到底发生了什么，只有鬼才知道他们到底在干什么！"他想道，越想越糊涂。

而这时候好像故意给他添乱似的，布卢姆又把头伸了进来。在彼得·斯捷潘诺维奇来访的整个过程中，他一直坐在不远的地方等着。这位布卢姆说来还算安德烈·安东诺维奇的一房远亲，但是他一辈子都对这事小心而又胆怯地隐瞒着。我要请读者见谅，我想在这里给这个微不足道的小人物稍微说上几句话。布卢姆属于"倒霉的"德国人这类奇怪的人中的一员——他"倒

第二部

霉"完全不是因为他极其无能，可就是不知道因为什么。"倒霉的"德国人并不是无稽之谈，而是确实存在的，甚至在俄国也不例外，而且有他们自己的类型。安德烈·安东诺维奇一辈子都对他抱有一种最令人感动的同情心，而且，只要他办得到，随着自己的职务升迁，处处提拔他，让他做他主管部门的幕僚；但是布卢姆到处不走运。不是这位置经过调整划归编外，就是换了上司，要不，有一回差点跟其他人一起被扭送法庭。他办事认真，有条不紊，但是有点过于阴阳怪气，这既无必要，也对他自己有害；红头发，高个儿，驼背，一副晦气脸，甚至多愁善感，尽管他一向逆来顺受，可是却像犍牛似的倔强和执拗，而且倔得永远不合时宜。他和他的妻子儿女（他儿女众多）多年来对安德烈·安东诺维奇一直抱着一种极其恭敬的依恋之情。除了安德烈·安东诺维奇以外，从来没有一个人喜欢过他。尤丽娅·米哈伊洛芙娜一上来就认为他是个废物，但是又拗不过她丈夫的固执。这是他俩头一次夫妻口角，而且这事发生在他俩婚后不久，还在欢度蜜月的头几天，当时布卢姆忽然出现在她面前，还暴露了他跟她有亲戚关系这个气人的秘密，而在此以前一直是小心翼翼地瞒着她不让她知道有这么个人的。安德烈·安东诺维奇合掌当胸地央求她，感人地向她叙述了布卢姆的全部身世以及他俩从小的友谊，但是尤丽娅·米哈伊洛芙娜却认为她受到了奇耻大辱，一辈子也洗不清，甚至还气得昏了过去。冯·列姆布克对她寸步不让，并宣称，不管世界上发生什么事，他是决不会抛弃布卢姆的，也决不会让他离开自己，因此最后她在惊讶之余只好低头服输，允许布卢姆存在。不过两人商定，他们的亲戚关系要比以前更加小心翼翼地隐瞒下去，甚至布卢姆的名字和父称也要更改，因为不知道为什么他也叫安德烈·安东诺维奇。而布卢姆在敝城跟任何人也不套近乎（只除了一个德国药剂师），也不去拜访任何人，而是按照老习惯过着深居简出的节俭生活。他早知道安德烈·安东诺维奇有爱好文学这个小小的毛病。他常常被他召去听他秘密朗诵他的小说，就他俩在一起，而他则经常像根柱子似的坐在那里，而且一坐就是连续六小时；他浑身冒汗，抖擞起精神，竭力不让自己打瞌睡，而且还得佯装微笑；直到回到家以后才能对他那长腿的黄脸婆妻子叹叹苦经，谈到他们的恩人爱好俄国文学的这一不幸的弱点。

安德烈·安东诺维奇痛苦地望了望走进来的布卢姆。

"布卢姆，请您让我安静一会儿吧。"他用惊慌的口吻急促地说，显然不想恢复因彼得·斯捷潘诺维奇的来访而被打断的方才的话题。

"然而，这也可似非常微妙地、完全不事声张地安排好的；反正您拥有全权。"布卢姆毕恭毕敬同时又十分固执地坚持着方才的观点，他拱肩驼背，迈着碎步越来越逼近安德烈·安东诺维奇。

"布卢姆，你对我这么忠心耿耿，这么热心，因此我每次看到你都吓得够呛。"

"您总爱说些挖苦人的话，说过以后您就可以心满意足地安然入睡了，但是这样做对您有害。"

"布卢姆，我刚才深信，这根本不对，根本不对。"

"是不是因为听了您自己都感到怀疑的这个既虚伪又行为不端的年轻人的话呢？他用谄媚的话语夸奖您的文学才能征服了您。"

"布卢姆，你什么也不懂；跟你实说了吧，你的方案是荒唐的。我们什么也找不到，只会惹得大家大呼小叫，接着是取笑，再接着就是尤丽娅·米哈伊洛芙娜……"

"毫无疑问，我们一定能找到我们要找的一切，"布卢姆将右手按住心口，坚定地向他跨近一步，"一大早我们来个突击搜查，对他本人则保持彬彬有礼，并严格遵守法律规定的一切程序。那两个年轻人利亚姆申和捷利亚特尼科夫拍着胸脯保证，我们一定能找到我们希望找到的一切。他俩曾多次到过那里。谁对韦尔霍文斯基先生都没有特别的好感。将军夫人斯塔夫罗金娜也公然表示不再给他恩惠，任何一个正人君子（如果在这个粗鄙的城市里还有正人君子的话）都深信不疑，那里一向隐蔽着一个不信上帝和鼓吹社会主义学说的源头。他们收藏着所有的禁书，收藏着雷列耶夫的《沉思》①和赫尔岑的所有著作……我有一份粗略的目录，以备不时之需……"

"噢，上帝，这些书随便哪家都有。你的头脑多简单呀，我的可怜的布卢姆！"

"还有许多传单。"布卢姆不听他对他的批评，继续说道，"到后来，我们肯定能找到在这里发现的这些传单的踪迹。我感到这个小韦尔霍文斯基极其可疑。"

"但是你却把他们父子两人混为一谈了。他俩不和，儿子公然嘲笑老子。"

"这不过是假面具。"

"布卢姆，你发誓要折磨我是不是！你想想，他毕竟是这里有头有脸的人物。他当过教授，他是个名人，他会大喊大叫的，于是全城立刻就会发出一片嘲笑，我们会因小失大的……你想想，尤丽娅·米哈伊洛芙娜又会怎样！"

布卢姆又往前一步，根本不听。

"他不过是副教授，充其量是副教授而已②，论官衔不过是名退了休的八等文官，"他用手拍了一下胸脯，"也没有得过什么嘉奖，由于被怀疑阴谋反对政府被解职了。他曾受到秘密监视，现在无疑还在受监视。鉴于现在暴露

---

① 雷列耶夫（1795—1826），俄国诗人，十二月党人，组诗《沉思》(1821—1823)是他的代表作。
② 暗指格拉诺夫斯基，赫尔岑在《往事与随想》中曾不止一次地称他是副教授。

出来的风潮，您无疑是责无旁贷的。正好相反，您放着现成的嘉奖不要，却放任纵容真正的罪犯。"

"尤丽娅·米哈伊洛芙娜来了！快走，布卢姆！"冯·列姆布克猛地听到隔壁房间里他太太的说话声，突然叫了起来。

布卢姆哆嗦了一下，但还是不依不饶地说下去。

"让我，让我把话说完。"他又向前一步，更紧地把两手按住心口。

"快走呀！"安德烈·安东诺维奇急得咬牙切齿，"爱咋办咋办，随你便……以后……噢，我的上帝！"

门帘掀开了，出现了尤丽娅·米哈伊洛芙娜。她看到布卢姆便庄严地停住了脚步，高傲而又满肚子气地瞥了他一眼，倒像只要这个人待在这儿就是对她的侮辱似的。布卢姆默默地、毕恭毕敬地对她深深一鞠躬，然后踮起脚尖，出于恭敬而弯腰曲背地向房门走去，两手微微张开。

不知是不是因为他当真认为安德烈·安东诺维奇最后那声歇斯底里的喊叫就是允许他照他所询问的那样去办呢，还是因为他在这种情况下昧着良心为了自己恩人的直接利益，反正他深信：事成功自见——但是，我们在下面就会看到，由于省座与他的幕僚的这次谈话，竟发生了一件完全意想不到的事，使许多人都大笑不止，后来又广为宣扬，惹得尤丽娅·米哈伊洛芙娜勃然大怒，而所有这一切就把安德烈·安东诺维奇彻底弄糊涂了，而且在最紧要的关头使他陷入一种极为凄惨的、不知如何是好的境地。

五

这天可真把彼得·斯捷潘诺维奇忙坏了。他离开冯·列姆布克之后便急忙向上帝显灵街走去，但是他走过公牛街，经过一幢楼房（卡尔马津诺夫就住这儿），便突然停了下来，微微一笑，进了这楼。下人回答："老爷正在恭候大驾，您哪。"这倒使他产生了浓厚兴趣，因为他事先根本没有说过他要来呀。

这位伟大的作家还果真在恭候他光临，甚至昨天和前天就在翘首以待。大前天，彼得·斯捷潘诺维奇把自己的手稿《谢谢》（他想在尤丽娅·米哈伊洛芙娜游艺会的文学讲演会上朗诵的作品）交给了他，让他先睹为快，他这样做是出于对他的青睐。他深信，让作家提前看到这篇伟大作品，一定能愉快地满足他的虚荣心。彼得·斯捷潘诺维奇早就注意到，这个爱好虚荣、被人捧坏了的、神气活现的、根本就不把普通人放在眼里的先生，这个"几乎是国家栋梁"的人，简直在处处巴结他，甚至巴结得过了头。我觉得，这个年轻人后来终于想明白了，这人即使并不认为自己是全俄国整个秘密革命运动的领头人，起码也认为自己十分了解俄国革命的秘密，并且对年轻人有着无可争辩的影响。这个"俄国最聪明的人"的思想情绪使彼得·斯捷潘诺维奇很感兴趣，但是在此以前，由于某种原因，他一直回避说明为什么对他感兴趣。

这位伟大作家住在他姐姐家。他姐姐是一位御前高级侍从的妻子，是个女地主。他们夫妇俩十分景仰这位名人亲戚，但是他这次前来的时候他俩正好在莫斯科，他俩感到非常遗憾，接待贵客的荣耀就只好归一个老太婆所有了。这老太婆是那位御前高级侍从的一门穷亲戚，一房很远的远亲，她住在这幢楼里，早就开始掌管这儿的全部家务。卡尔马津诺夫先生来了之后，全家人就开始踮着脚尖走路。这老太婆几乎每天都要向莫斯科报告他睡得怎样，吃了些什么，有一次还发了份电报，告诉莫斯科他去市长家赴宴归来不得不喝了一汤匙药。她难得壮起胆子走进他的房间，虽然他对她很客气，不过说话干巴巴的，除非有某种需要才跟她说话。彼得·斯捷潘诺维奇进去时，他正在用早餐，吃一块肉饼，喝半玻璃杯红葡萄酒。彼得·斯捷潘诺维奇过去也曾到他这儿来过，每次都碰到他在用早餐、吃肉饼，而且当着他的面吃，但是一次也没有款待过他。吃完肉饼后，下人便给他端来一小杯咖啡。侍候他用餐的仆人身穿燕尾服，脚蹬没有响声的软靴，戴着手套。

"啊——啊！"卡尔马津诺夫从沙发上欠起身来，一面用餐巾擦着嘴，带着一副喜气洋洋的神态凑过脸来同他接吻——这是名气太大了的俄国人的典型习惯。但是彼得·斯捷潘诺维奇根据以往的经验记得，看样子他是凑过来接吻，实际上只是把腮帮子伸过来①，因此这一回他也如法炮制；两个腮帮子碰了碰。卡尔马津诺夫装作没有注意到这点，在沙发上坐下，快乐地向彼得·斯捷潘诺维奇指了指他对面的一张沙发，彼得·斯捷潘诺维奇也就懒洋洋地坐了下来。

"您不……您不想用点儿早餐吗？"主人问。这次他一反常态，但是，当然，脸上却带着这样一种表情，明白地暗示对方应该婉言谢绝。彼得·斯捷潘诺维奇立刻表示他想用点儿早餐。一种气恼而又诧异的阴影立刻使主人的脸色由晴转阴，但是也就是一刹那工夫；他给仆人摇了摇铃，尽管他很有教养，还是厌恶地提高了嗓门，让再端一份早餐来。

"您要什么，肉饼还是咖啡？"他再次问道。

"既要肉饼，也要咖啡，再加杯葡萄酒，我饿坏了。"彼得·斯捷潘诺维奇回答，接着便神色泰然地用心端详起了主人的服装。卡尔马津诺夫先生穿着一件短外衣似的便服，这是一件敞胸的短棉袄，缀有一排珠母扣，不过衣服显得太短了，与他那大腹便便的肚子和他那又圆又结实的臀部很不般配；但是各人的口味不同，审美力也各异。他大腿上盖着一块打开的方格毛毯，

---

① 陀思妥耶夫斯基在给迈科夫的信（1867年8月28日）中谈到屠格涅夫时说："我也讨厌他那种带有贵族气派的丑角般的拥抱，他张开双臂迎上来接吻，可是却把自己的面颊伸给您。"

一直拖到地板上，虽然屋里很暖和。

"难道您有病？"彼得·斯捷潘诺维奇说。

"不，我没病，不过我怕在这种气候下生病，"作家用他又尖又刺耳的嗓音答道，可是他说起话来却轻歌曼吟，抑扬顿挫，发声吐字显出一副老爷派头，听起来颇悦耳，"从昨天起我就在恭候大驾。"

"为什么？我又没有说我要来。"

"是的，不过我的手稿在您那儿。您读了？"

"手稿？什么手稿？"

卡尔马津诺夫大吃一惊。

"我说，您不是把它带走了吗？"他惊慌得甚至突然放下了饭碗，用一种惊慌失色的神态望着彼得·斯捷潘诺维奇。

"啊，您说的是那篇《您好》，是吧……"

"《谢谢》。"

"《谢谢》就《谢谢》吧。我忘得一干二净，也没有读，没有时间。我真不知道搁哪儿了，兜里也没有……想必放在我那书桌上了。您放心，会找到的。"

"不，还不如我现在就派人上您家去拿。它会弄丢的，到头来，还会被偷走。"

"哎呀，谁要呀！再说，您干吗这么害怕呢，要知道尤丽娅·米哈伊洛芙娜说您从来都准备了好几个副本，[①] 一份存在国外的公证人那里，另一份存放在彼得堡，第三份存放在莫斯科，然后还送一份给银行保管。"

"但是，要知道，莫斯科也可能被烧，我的手稿就可能与它同归于尽。不，我还是马上派人去拿好。"

[①] 暗指屠格涅夫对每一部作品都精雕细刻，有时的确准备了不止一个副本。

"等等，这不是！"彼得·斯捷潘诺维奇从裤兜里掏出一沓信纸，"稍许弄皱了点儿。您想，当时从您这里拿走的时候，我就把它插在裤兜里，一直跟我的手帕放在一起；忘了。"

卡尔马津诺夫急切地抓住手稿，爱惜地把它看过来看过去，数了数张数，又恭恭敬敬地把它暂时放在身边的一张特别的小桌上，但是又放得使它须臾都不离开自己的视线。

"看来，您读书不多吧？"他忍不住拿腔拿调地问。

"是的，读得不多。"

"俄国小说——您什么也没有读过？"

"俄国小说？等等，我读过一点儿……《在路上》……或者叫《上路》……或者叫《十字路口》①，到底叫什么我也记不清了。很早以前看的，四五年了。没工夫。"

紧接着沉默了片刻。

"我到这里来以后曾对他们大家说，您是一个非常聪明的人，现在看来，您把大家都迷住了。"

"谢谢。"彼得·斯捷潘诺维奇泰然答道。

下人端来了早点。彼得·斯捷潘诺维奇胃口非常好地大嚼起来，刹那间吃完了肉饼，喝光了酒，又喝干了咖啡。

"这个不学无术之徒，"卡尔马津诺夫一面沉思，一面斜眼打量着他，一面吃着他的最后一小块肉饼，喝着他的最后一小口酒，"这个不学无术之徒大概马上听懂了我挖苦他的话……还有我那手稿，当然，他一定如饥似渴地读完了，不过他出于某种打算，在撒谎。也可能他没有撒谎，而是真的笨透了。

---

① 《上路》是俄国作家博博雷金的长篇小说；《十字路口》疑为俄国作家阿夫谢耶科的《歧途》。

我喜欢带一点儿傻气的天才人物。难道他不真的就是他们当中的一个什么天才吗，不过话又说回来，让鬼把他抓了去。"

他从沙发上站起来，从房间的这一头走到那一头，来回散步，这是他每次吃过早饭后的例行功课。

"您很快要离开这里吗？"彼得·斯捷潘诺维奇抽起了一支烟，坐在沙发上问道。

"我到这里来其实是为了出售一块领地，现在我的行程取决于我的管家。"

"您到这里来好像是因为战后国外可能出现流行病。"

"不——不，不完全是因为这个。"卡尔马津诺夫先生继续说道，他说起话来心平气和，抑扬顿挫，而且从这头到那头每次转身往回走的时候，都要精神抖擞地蹬一下右腿，不过动作轻微。"我的确有意，"他不无歹毒地微微一笑，"在这里尽可能多住一些时候。在各个方面，俄国贵族身上有某种非常快地衰老下去的迹象。但是我想衰老得尽可能晚些，现在我想彻底侨居国外；那里非但气候好，建筑也全是石头的，一切都比较结实。我想，在我这辈子欧洲还不至于垮台。足下高见？"

"我怎么知道呢。"

"唔。如果那里的巴比伦城的确要倾圮，而且将是大的倾塌①（在这方面我完全同意您的意见，虽然我以为在我这辈子它还不至于垮台），那，相比较而言，在我们俄国却没有东西可以坍塌，在我国坍塌的将不是石头建筑，而是一切都被冲进一片污泥浊水。神圣的俄罗斯是世界上最无反抗能力的，它对任何东西都反击不了。普通老百姓还可以靠俄国的上帝勉强度日；但是从

---

① 这里并非指历史上的巴比伦城（幼发拉底河上的迦勒底王国的首都），而是指《圣经·启示录》中所说的巴比伦城："叫万民喝邪淫大怒之酒的巴比伦大城倾倒了，倾倒了。"（《启示录》第十四章第八节。）

最新资料看,俄国的上帝是非常靠不住的,甚至差点挡不住农奴改革①,起码他岌岌可危地摇晃了一下。而这是因为有铁路②,还有你们这一帮人……因此我根本不相信俄国的上帝。"

"那么您信不信欧洲的上帝呢?"

"任何上帝我都不信。有人在俄国青年面前诽谤我。我对每一次俄国青年运动都是同情的。曾有人把这里的一些传单拿给我看。大家对这些传单都莫名其妙,因为这种形式就使大家感到害怕,但是大家又都相信这些传单的威力,虽然尚未意识到这点。所有的人早在向下跌落,而且早知道将一落千丈,什么也抓不住。俄国现在多半在整个世界上是这样的地方,在这里什么事情都可能发生,而不会遇到一丝一毫的反抗,因此我坚信这秘密宣传一定会取得胜利。我太清楚了,为什么有财产的俄国人纷纷出国,而且出国的人数一年比一年多。这无非是一种本能。假如一艘轮船即将沉没,那么头一个逃离轮船的必定是老鼠。神圣的俄罗斯是一个既死板又贫穷的国家,而且……是一个危险的国家,这国家的上层都是些爱虚荣的乞丐,而大多数人却住在鸡腿小屋里。它对任何出路都会感到高兴,只要有人向它指明。只有政府还想抵抗,但是它在黑暗中挥舞大棒,结果打的却是自己人。在这里一切都是命中注定、在劫难逃的。现在的俄国是没有前途的。我已经成了德国人,并引以为荣。③"

"不,您开头谈到了传单:那就把话说完,您对它们是怎么看的?"

"大家都怕传单,可见它们有威力。它们公开揭露骗局,并证明在我国什么也抓不住,什么也靠不住。在万马齐喑的时候,它们大声疾呼。它们能够

---

① 指1861年沙皇政府实行的以废除农奴制为主要内容的改革。
② 指资本主义在俄国的发展。
③ 屠格涅夫在给迈科夫的信(1867年8月28日)中说:"我认为自己是德国人,并为此感到骄傲。"此处影射屠格涅夫。

所向披靡（不用管它们的形式），就因为它们有直面真理的空前勇气。这种直面真理的本领只有俄国这一代人才有。不，在欧洲还没有这么勇敢，那里的统治还很牢固，那里还有可以依傍的东西。依我之见，以及愚见所及，俄国革命思想的整个实质就在于否定人格。它能这样大胆、这样无所畏惧地说出来，我感到很高兴。不，在欧洲还没有人能懂得这点，可是在我国人们却对此十分赞赏。俄国人认为，人格云云，不过是累赘，而且在他们整个历史上始终是一种累赘。① 使俄国人最为神往的是有权公开'不要人格'②。我是老一代的人了，不瞒您说，我还是赞成要人格的，但是这也不过是习惯使然。我还是喜欢老一套，就算因为我胆小吧；不管怎么说，还得凑合着了此余生。"

他说到这里，突然打住。

"话又说回来，老是我说呀说的说个不停，"他想，"可他一直默不作声，在窥测方向。他来看我的目的就是让我提个直截了当的问题。不过，我会提的。"

"尤丽娅·米哈伊洛芙娜让我到您这里来想办法探听，为后天的舞会您到底准备了一件怎样的让她感到惊喜的礼品？"彼得·斯捷潘诺维奇突然问道。

"是啊，这的确是一件会让她感到惊喜的礼品，我一定会使她又惊又喜……"卡尔马津诺夫端起了架子，"不过我不会告诉您这秘密的。"

彼得·斯捷潘诺维奇并没有坚持问下去。

"这里有个人叫沙托夫，"这位伟大作家打听道，"您想想，我还没见过他哩。"

"很好的一个人。有什么事？"

---

① 戏指《人民惩治会》中与此相类同但又另有所指的一句话。
② 俄国刑法规定，侮辱他人人格者必须受到刑事处罚，但被侮辱者也可以息事宁人，不追究刑事责任，仅要求金钱赔偿。

"也没什么,他在那里说一件什么事。不就是他打了斯塔夫罗金一记耳光吗?"

"是他。"

"您认为斯塔夫罗金这人怎么样?"

"不知道。情场老手吧。"

卡尔马津诺夫恨透了斯塔夫罗金,因为斯塔夫罗金习惯于根本不把他放在眼里。

"把这个情场老手,"他嘻嘻笑道,"如果传单上宣传的那一套一旦实现,大概会头一个把他吊死在树杈上。"

"说不定还会更早些。"彼得·斯捷潘诺维奇突然说。

"就该这样。"卡尔马津诺夫已经不笑了,似乎有点过于严肃地附和道。

"有一回您也说过这话,知道吗,我告诉他了。"

"怎么,难道您告诉他了?"卡尔马津诺夫又笑起来。

"他说,如果他该吊死在树杈上,那狠狠地抽您一顿也就够了,不过不是表示敬意,而是要狠狠地抽,抽到您疼,就像抽乡下佬那样。"

彼得·斯捷潘诺维奇拿起礼帽,从座位上站起来。卡尔马津诺夫伸出双手跟他告别。

"我说,如果他们正在密谋的一切……"他突然用一种特别的声调,用一种甜蜜蜜的声音尖声说道,仍旧握住他的手不放,"注定要实现的话,那……到底什么时候会发生呢?"

"我怎么知道。"彼得·斯捷潘诺维奇粗声粗气地回答道。他俩都定睛注视着对方。

"大致呢? 大致呢?"卡尔马津诺夫尖声问道,声音更甜了。

"您来得及出卖领地,也来得及走开。"彼得·斯捷潘诺维奇更加粗声粗气地喃喃道。两人更加目不斜视地注视着对方。

沉默少顷。

"明年五月初起事,到圣母节① 全部结束。"彼得·斯捷潘诺维奇突然说道。

"衷心感谢您。"卡尔马津诺夫用深受感动的声音说道,握了握他的手。

"你这耗子,你来得及搬家,也来得及离开轮船的!"彼得·斯捷潘诺维奇走到街上的时候想,"哼,既然这个'几乎是国家的栋梁'也那么深信不疑地来打听日期和时辰②,而且还那么恭敬有加地对得到的消息表示感谢,既然这样,我们就更不必怀疑我们自己了(他微微一笑)。唔。他这人在他们当中还真不笨……但说到底也不过是只想搬家的耗子而已;这样的耗子是不会去告密的!"

他向上帝显灵街,向菲利波夫公寓跑去。

六

彼得·斯捷潘诺维奇先去找基里洛夫。基里洛夫照例独自在家,这次正站在屋子中央做早操,也就是说,撇开两腿,把两手用一种特别的姿势在头上转来转去。地上放着一只皮球。桌上放着还没收走的早茶,已经冷了。彼得·斯捷潘诺维奇在门口站了约莫一分钟。

"您倒非常关心自己的健康啊,"他走进房间时大声而又快乐地说道,"不过,这皮球还挺棒,嗬,蹦得多高;它也是用来做操的吗?"

---

① 俄历10月1日。
② 借用《圣经》对世界末日的说法:"但那日子,那时辰,没有人知道,连天上的使者也不知道,子也不知道,唯有父知道。"(《马可福音》第十三章第三十二节)

基里洛夫穿上了外衣。

"是的,也是用来锻炼身体的,"他冷冰冰地嘟囔道,"请坐。"

"我来一会儿就走。不过还是坐下说吧。锻炼身体归锻炼身体,但是我这次是来提醒您关于咱俩约定的事。咱们的日期'在某种意义上说'渐渐临近了,您哪。"他别别扭扭地转动了一下身体,说道。

"什么约定?"

"什么什么约定?"彼得·斯捷潘诺维奇蓦地一惊,甚至都害怕起来。

"这不是约定,也不是义务,我没有用任何东西捆住自己的手脚,您错啦。"

"我说,您这是要干吗呢?"彼得·斯捷潘诺维奇噌的一下整个身子跳了起来。

"爱干吗干吗。"

"您爱干吗?"

"一如既往。"

"我说,这话到底应该怎么来理解呢?是不是说,您的想法一如既往?"

"没错。不过没有约定,现在没有,过去没有,什么也没有捆住我的手脚。反正我爱干吗干吗,现在也一样。"

基里洛夫不客气地、厌恶地解释道。

"我同意,同意,您爱干吗干吗,只要您不改变主意就成。"彼得·斯捷潘诺维奇又以一种心满意足的姿态坐了下来,"因为措辞不当您就生气。最近您好像脾气很坏似的,所以我都不敢来看您了。不过我深信:您是不会叛变的。"

"我非常不喜欢您,但是您可以完全放心。虽然我根本不承认叛变不叛变的问题。"

第二部

"不过您听我说,"彼得·斯捷潘诺维奇又忽然警觉起来,"咱俩应当坐下来再好好谈谈,以免弄错。这事要求一是一、二是二,可是您却总是弄得我手足无措,吓个半死。允许我谈谈吗?"

"您说吧。"基里洛夫望着一个角落,不客气地说道。

"您早就决定自杀了……就是说您从前就有这个想法。我说得对吗?没有什么错吧?"

"我现在的想法也一样。"

"好极了。既然这样,请注意,谁也没有强迫您这样做。"

"那还用说,您说得多蠢。"

"就算我蠢,就算我蠢,就算我说得很蠢。毫无疑问,强迫别人做这事的确很蠢;您听我接着说:您曾经是本会① 改组前的老会员,当时您曾向另一名会员坦白交代了这一点。"

"我不是坦白交代,就是简简单单地告诉了他。"

"就算吧。说'坦白交代'也未免太可笑了,这算什么坦白呀?您只是简简单单地告诉了他,这太好了。"

"不,不是太好了,因为您说话太有气无力了。我没有义务向您作任何汇报,我的想法您也不可能懂。我想自杀,是因为我有这样的想法,是因为我不愿意看到对死亡的恐惧,还因为……因为您根本无须懂得这道理……您要干什么?想喝茶?只有冷茶。我另外给您拿只杯子来。"

彼得·斯捷潘诺维奇果真拿起了茶壶,在到处寻找空杯子。基里洛夫走过去把手伸进碗柜,拿出一只干净的玻璃杯。

"我刚才在卡尔马津诺夫那儿用过早点了,"客人说,"后来又听他说话,出了一身汗,跑到这里来又出了一身汗,渴极了。"

---

① 指"人民惩治会"。

"喝吧。冷茶解渴。"

基里洛夫又坐到椅子上，又把眼睛盯住一个角落。

"当时会里出现这样一种想法，"他用同样的声音继续道，"如果我自杀，就会大有用处，当你们在这里干下了什么不光彩的事，当局在到处搜捕罪犯，如果我突然开枪自杀，并且留下一封信，说这一切都是我干的，那么当局一整年就不会怀疑你们了。"

"哪怕就几天呢；一天也很宝贵嘛。"

"好。他们对我说的也是这意思，他们说，如果我愿意，不妨先等一下。我说我可以等，直到会里来人告诉我自杀的日期，因为对于我反正一样。"

"是的，但是，您总记得吧，您曾经答应，您写遗书的时候一定要跟我在一起，您回到俄国后必须……唔，一句话，您必须听我的吩咐，也就是说，当然，就这一件事，至于其他事，当然，您是自由的。"彼得·斯捷潘诺维奇几乎十分客气地又加了一句。

"我没有承担义务，只是同意，因为这对我反正一样。"

"这太好了，太好了，我丝毫无意束缚您的自尊心，但是……"

"这不是自尊心的问题。"

"但是您别忘了，大家曾为您凑齐一百二十泰勒①作为盘缠，可见，您是拿过钱的。"

"根本没拿钱，"基里洛夫脸红了，"拿钱不是为了那事，干这种事是没人拿钱的。"

"有时也拿。"

"您胡说。我在彼得堡就写了一封信公开声明，而且在彼得堡还把这一百二十泰勒还给了您，亲自交到您手中……只要您不是私自扣留，这钱已

---

① 泰勒，德国旧日的三马克银币。

经寄到国外去了。"

"好，好，我不跟您抬杠，钱寄出去了。要紧的是，您的想法不变，跟过去一样。"

"跟过去完全一样。只要您跑来说一声'到时候了'，我就照办不误。怎么，很快了？"

"不要很多天了……但是您要记住，遗书要咱俩一起写，就在当夜。"

"哪怕白天也行啊。您说过要我承担发传单的事？"

"还有别的事。"

"我不能大包大揽啊。"

"什么事您不能承担呢？"彼得·斯捷潘诺维奇又警觉起来。

"我不愿意承担的事，够了。这问题我不想再谈了。"

彼得·斯捷潘诺维奇克制住自己的情绪，改变了话题。

"我谈别的，"他抢先道，"今天晚上您去我们的人那里吗？维尔金斯基过命名日，利用这幌子开个会。"

"我不想去。"

"劳驾，去吧，应该去。应该用咱们的人数和您的脸给他们留下个深刻印象……您那张脸……怎么说呢，总之，您的脸一副苦相。"

"您这么认为？"基里洛夫笑了起来，"好吧，我去，不过不是为了脸。什么时候？"

"噢，早点来嘛，六点半。我说，您可以走进去，坐下，不跟任何人说话，不管那里有多少人。不过，您听我说，不要忘记带纸和笔。"

"这干吗？"

"对您不反正一样吗，这是我的不情之请。您只管坐在那儿，不要跟任何人说话，您就管听，间或记点儿什么做做样子；哪怕随便画点儿什么也成啊。"

第二部

"真扯淡，干吗？"

"对您不反正一样吗，您不是总爱说对您反正都一样。"

"不，您要干吗？"

"因为会里派来了个特派员，坐镇莫斯科，而我在那里曾对某些人宣布过，这个特派员可能来参加我们的会；他们会以为您就是那个特派员，加上您在这里已经待了三星期，他们就更惊奇了。"

"搞什么名堂！你们在莫斯科根本就没有什么特派员。"

"就算没有吧，让鬼把他抓了去，这跟您有什么关系呢，您又有什么可为难的呢？您自己不就是这会的会员吗。"

"您就告诉他们我是特派员吧；我可以坐在那里不说话，但是我不想拿纸和笔。"

"这又为什么呢？"

"我不愿意。"

彼得·斯捷潘诺维奇火了，甚至脸也变得铁青，但是他强压下心头的怒火，站起来，拿起了礼帽。

"那位在您这儿吗？"他突然压低声音问道。

"在我这儿。"

"这就好。我很快就把他带走，不必担心。"

"我不担心。他只是在这儿过夜。老太婆在医院里，儿媳妇死了；两天来我都是一个人。我给他看了围墙上有一块木板能够抽出来的地方；他可以钻进来，谁也看不见。"

"我很快就把他带走。"

"他说，他有许多可以过夜的地方。"

"他胡说，正在搜捕他，这里暂时还没有人发觉……难道您常常跟他聊天？"

"是的，一谈就是一通宵。他狠狠地骂您。夜里我曾经给他念过《启示录》，一起喝茶。他听得很用心；甚至非常用心，一整宿。"

"啊，见鬼，您会让他相信基督教的！"

"他本来就信基督教。您放心，他会去杀人的。您想杀谁呢？"

"不，我不是要他干这个；他另有用处……沙托夫知道费季卡的事吗？"

"我跟沙托夫什么话也没说，也没见他。"

"他在闹别扭，是吗？"

"不，我们没有闹别扭，只是互相不理睬。我们在美国睡在一起太长时间了。"

"我这就去找他。"

"随您便。"

"我和斯塔夫罗金说不定从那里还会来看您，约莫十点左右。"

"来吧。"

"我要跟他谈一件要紧事……我说，把您那皮球送给我吧；您现在要它有什么用？我也想做做操。我会给您钱的。"

"您拿走吧，不要钱。"

彼得·斯捷潘诺维奇把皮球塞进了里面的衣兜。

"我不会帮您任何忙让您去反对斯塔夫罗金的。"基里洛夫送客人走的时候在后面嘟囔道。彼得·斯捷潘诺维奇诧异地看了看他，但是没有说话。

基里洛夫最后那句话使彼得·斯捷潘诺维奇非常不安；他还没来得及细想这话到底是什么意思，但是他上楼去看沙托夫的时候，还在楼梯上就竭力把自己不满的模样改换成一副和蔼可亲的面容。沙托夫在家，身体有点不太舒服。他躺在床上，不过穿着衣服。

"真不凑巧!"彼得·斯捷潘诺维奇还在门口就叫道,"病得很重吗?"他面部和蔼可亲的表情突然不见了;两眼露出了凶光。

"一点儿不重,"沙托夫神经质地坐起来,"我根本没病,头有点……"

他甚至有点张皇失措了;这么一位客人的突然出现简直把他吓了一跳。

"我来找您有件事,干这事偏偏不能生病。"彼得·斯捷潘诺维奇迅速地,而且仿佛很威风地开口道,"请允许我坐下(他坐了下来),您还坐在您的床上,好,就这样。今天我们的人要利用给维尔金斯基过命名日的名义在他那里开个会;但是,其他色彩是根本没有的,已经采取了措施。我会和尼古拉·斯塔夫罗金一起去。当然,我本来是不想拉您去的,因为我知道您现在的思想方式……这就是说,不想让您在那里活受罪,倒不是因为我们怕您告密。但是到头来您还是得去。您在那里将会遇到一些人,我们跟他们一起最后决定,您怎样才可以脱离本会,以及把您手里的东西移交给谁。我们将会做得绝不让人察觉;我会把您带到那里的某个角落;人很多,大家也无须知道。不瞒您说,为了您,我费了不少唇舌;现在,好像,他们也同意了,不过有个条件,您必须交出印刷机和全部纸张。那时候您爱上哪儿上哪儿。"

沙托夫紧锁双眉,愤然听着。不久前他那种神经质的恐惧已完全冰释。

"我不认为我有任何义务向鬼才知道的谁谁谁汇报,"他断然道,"谁也不会让我脱离关系的。"

"不一定。有许多事都信任地交给您办了。您无权公开决裂。再说,您也没有明确地打过报告,因而他们觉得模棱两可,含混不清。"

"我一到这里就写了封信,把意思说清楚了。"

"不,没说清楚,"彼得·斯捷潘诺维奇争辩道,"比如说,我给您寄来了《革命志士》一文,让您在这里把它印出来,然后把印好的东西暂存您处,等人家来取;还有两份传单。您写了一封模棱两可、毫无意义的信,又把这些东西退回来了。"

"我直截了当地拒绝了，我不能印。"

"对，但是并非直截了当。您写的是：'我不能'，但是没有说明原因。'不能'并不意味着'不愿意'。也可以认为物质上的原因使您不能。大家都是这么理解、这么认为的，认为您毕竟还是同意与本会继续保持联系，因此他们还可以继续信任您，让您办点儿事，是您自己毁了自己的名誉。这里的人说，您不过想欺骗大家，以便得到什么重要的情报然后向当局告密。我竭力为您辩护，而且把您仅有两行字的书面答复给大家看了，作为有利于您的物证。但是您自己也应当承认，现在再来读一读，这两行字的意思是不清楚的。是一个骗局。"

"这封信竟这么小心地保存在您手里？"

"它保存在我手里吧，这倒没什么；它现在还在我手里。"

"在您手里就在您手里，见鬼！……"沙托夫愤然叫道，"让您的那些混蛋认为我告密好了，这关我什么事！我倒要看看，你们能拿我怎么样？"

"会把您的名字打上叉，等革命初战告捷，就把您绞死。"

"当你们夺取了最高权力并征服俄国的时候？"

"您别笑。我再说一遍，我一直在帮您说话。不管怎么样，我还是劝您今天去一趟。干吗要为一点儿虚假的自尊心说这些没用的话呢？和和气气地分手不更好吗？不管怎么样，您还是要把印刷机、铅字和旧存的纸张统统交出来，我们要谈的就是这事。"

"去就去。"沙托夫沉思地低下了头，悻悻然说道。彼得·斯捷潘诺维奇从自己的座位上乜斜着眼，仔细打量着沙托夫。

"斯塔夫罗金去吗？"沙托夫抬起头突然问。

"一定去。"

"嘿嘿！"

两人又沉默了约莫一分钟。沙托夫厌恶而又愤怒地连声冷笑。

"那么您那首我不愿意在这里印的卑鄙的《革命志士》，印出来了没有呢？"

"印出来了。"

"为了让中学生相信赫尔岑曾亲自为您的纪念册题诗？"

"赫尔岑曾亲自为我题诗。"

又沉默了大约三分钟。沙托夫终于下了床。

"请您走开，离开我，我不愿意跟您坐在一起。"

"走就走，"彼得·斯捷潘诺维奇立刻起身，甚至有点开心地说道，"不过还有句话：基里洛夫好像是孤身一人，现在住在厢房里，也没有女用人？"

"孤身一人。走开，我没法跟您待在一间屋里。"

"哼，你现在这副模样就好！"彼得·斯捷潘诺维奇走到外面大街上的时候快乐地寻思，"晚上就这副模样好，现在我要的就是你这样，没法更好了，没法更好了！俄国的上帝在亲自帮忙，天助我也！"

七

大概这一天他到处奔走，很是忙了一阵；而且想必事情办得很顺利——这从他晚上六点整去找尼古拉·弗谢沃洛多维奇时扬扬得意的面容上就看得出来。但是下人并没有让他立刻进屋去见主人；因为马夫里基·尼古拉耶维奇跟尼古拉·弗谢沃洛多维奇刚才关在书房里。这情况霎时使他担心起来。他紧挨着书房门坐下，等候客人出来。谈话声倒听得见，但听不清他们在说什么。这次客人来访持续的时间不长；很快就听到了吵闹声，传出了非常响、非常刺耳的声音，紧接着房门就打开了，马夫里基·尼古拉耶维奇走了出来，面孔煞白。他没有发现彼得·斯捷潘诺维奇，从一旁很快走了过去。于是彼得·斯捷潘诺维奇立刻跑进了书房。

我不能不详细交代一下这两位"情敌"非常短促的会晤——在当前的情况下，这会晤从表面上看似乎不可能，但又的确进行了。

这事是这么发生的：当阿列克谢·叶戈罗维奇进来通报有位不速之客前来求见的时候，尼古拉·弗谢沃洛多维奇吃过午饭后正躺在自己书房的沙发上打盹。当他听到通报的姓名后，甚至从沙发榻上一跃而起，简直不敢相信。但是很快他嘴上便闪出一丝微笑——这是一种高傲的、胜利的微笑，同时又隐隐约约流露出某种难以置信的惊愕。马夫里基·尼古拉耶维奇进来后看到这个微笑的表情，似乎很吃惊，起码他突然在房间中央站住了，似乎拿不定主意：继续往前走呢，还是退出去。主人立刻变了表情，摆出一副莫名其妙的神态，迎着客人向前跨了一步。客人没有握向他伸出来的手，而是别别扭扭地拉过一把椅子，一句话也不说，也不等主人让座，就先坐了下来。尼古拉·弗谢沃洛多维奇也在斜对面的沙发上坐下，定睛注视着马夫里基·尼古拉耶维奇，一言不发地等候着。

"如果您办得到，您就娶了丽扎韦塔·尼古拉耶芙娜吧。"马夫里基·尼古拉耶维奇突然慷慨地说道，最有意思的是，从他说话的口气里怎么也听不出这到底是什么意思：请求、介绍、让步，还是命令。

尼古拉·弗谢沃洛多维奇继续保持沉默；但是客人显然已把他的来意全部说出来了，因此两眼紧盯着对方，等候回答。

"如果我没有弄错的话（不过这是千真万确，毫无疑问的），丽扎韦塔·尼古拉耶芙娜已经同您订婚了。"斯塔夫罗金终于开口道。

"她定了亲而且订了婚。"马夫里基·尼古拉耶维奇坚定而又明确地肯定道。

"你们……吵架了？……请原谅我瞎猜，马夫里基·尼古拉耶维奇。"

"没有，她'爱'我而且'敬重'我，这是她的原话。她的话比什么都宝贵。"

"这是没有疑问的。"

"但是，要知道，即使她站在读经台前已经要举行婚礼了，只要您叫她一声，她就会抛弃我和所有的人，立刻跑到您跟前来。"

"不结婚了？"

"结婚了也一样。"

"您不会弄错吧？"

"不会。从她对您不断表现出恨，这恨是真心的恨，恨之入骨的恨，可是每时每刻又从这恨里闪现出爱和……疯狂……最真心的爱和无限的爱，以及——疯狂！相反，她感到的对我的爱虽然也是真心的，但是每时每刻又从其中闪现出恨——最大的恨！从前，对所有这些……变态，我是永远没法想象的。"

"但是我又觉得奇怪，话又说回来，您怎么能贸然前来，自作主张地替丽扎韦塔·尼古拉耶芙娜的婚姻做主呢？您有这权利吗？还是她把自己的婚事全权委托给您了呢？"

马夫里基·尼古拉耶维奇皱起眉头，低下了头，半晌不语。

"要知道，这不过是您说的一些报仇雪恨、满心得意的话罢了。"他突然说道，"但是我深信，我在字里行间要说而没说完的话您是懂得的，难道还要讲什么渺小的虚荣心吗？您还不满足吗？难道非要我唠唠叨叨地把话都挑明了吗？好吧，如果您非要我丢脸的话，那我就把话挑明了吧：我没有权利，也不可能受到她的全权委托；丽扎韦塔·尼古拉耶芙娜什么也不知道，她的未婚夫完全丧失了理智，只配进疯人院，更糟糕的是，他还亲自来找您，向您报告这事。全世界现在只有您一个人能使她幸福，也只有我一个人能使她不幸。您在抢她，您在追她，但是我不知道您为什么不肯娶她。如果这是因为你俩在国外因爱而发生争吵，而为了平息这次争吵要拿我做牺牲的话——那就牺牲我好了。她太不幸了，她这样我受不了。我的这席话既不是许可，也不是命令，因此绝不会伤害您的自尊心。如果您想取代我站到读经台前的位置上，您根本无须征得我的许可就可以这么做，而且，当然，我也根本无须发疯似的来找您。何况，在我采取我现在采取的行动之后，我们也根本不可能再举行什么婚礼了。我总不能既做卑鄙小人又把她领到祭坛前面去吧？我在这里的所作所为，以及我把她出卖给也许是她不共戴天的敌人的您，依我看，这样做是十分卑鄙的，不用说，也是我永远受不了的。"

"如果我俩结婚，您会自杀吗？"

"不，要在晚得多的时候。干吗要用我的鲜血来玷污她的婚纱呢？也许我根本就不会自杀，现在不会，将来也不会。"

"您这样说大概是想安慰我吧？"

"安慰您？多一个人血溅黄沙对您又算得了什么？"

他的脸变得煞白，两眼闪着光。接着沉默了片刻。

"请原谅我向您提了这么些问题，"斯塔夫罗金又开口道，"其中有些是我根本无权问您的，但对其中一个问题，我似乎有充分的权利：请问，您有什么根据断定我钟情于丽扎韦塔·尼古拉耶芙娜呢？我的意思是说，您坚信这感情已深到这样的程度，因而促使您前来找我，并且……冒险向我提出了这样的建议。"

"什么？"马夫里基·尼古拉耶维奇甚至稍许打了个寒噤，"难道您不是在死乞白赖地追她吗？您没有拼命追她，也不想拼命追她？"

"一般说，我对某一个女人抱有怎样的感情，除了独自向这个女人表白以外，我是不会向第三者公开的，不管这人是谁。对不起，我就是这怪脾气。

但是对您是例外，我可以把所有的真相统统告诉您：我结过婚了，我已不可能再结婚或者'死乞白赖地追求'什么人。"

马夫里基·尼古拉耶维奇惊讶得向后一靠，倒在沙发背上，一动不动地盯着斯塔夫罗金的脸，看了半响。

"竟然如此，这是我无论如何想不到的。"他喃喃道，"当时，就在那天上午，您说您没有结过婚……我也就信似为真了，真以为您没有结过婚呢……"

他的脸变得煞白；霍地，他使劲捶了一下桌子。

"如果在您承认了这个之后还缠住丽扎韦塔·尼古拉耶芙娜不放，还要使她不幸，那我就抡起棍子打死您，就像打死围墙下的一条狗一样！"

他跳起来，迅速走出了房间。彼得·斯捷潘诺维奇跑进房间时正好碰到主人处在完全意想不到的心情中。

"啊，是您呀！"斯塔夫罗金哈哈大笑起来；看来，他哈哈大笑仅仅是冲着彼得·斯捷潘诺维奇的面容来的，因为他跑进来时带着一种急切而好奇的神态。

"您在门外偷听了？等等，您来有何贵干？我好像答应过您一件什么事……啊，记起来了！去'我们的人'那儿！走，我很高兴，您现在再也想不出比这更巧的事了。"

他抓起礼帽，于是两人立刻走了出去，离开了公馆。

"您还没见到'我们的人'先就笑了？"彼得·斯捷潘诺维奇快乐地讨好道，一会儿竭力在狭窄的砖头人行道上与自己的同伴紧挨着前进，一会儿又甚至跑到街面的烂泥里，因为他那同伴根本没有注意到他，一个人正走在人行道的正中间，因此他一个人就把整个人行道给占了。

"我根本没有笑呀，"斯塔夫罗金大声而又快乐地回答道，"相反，我相信你们那里都是些极其严肃的人。"

"都是些'阴阳怪气的蠢材'，正如有一回您形容的那样。"

"再没有比看到某个阴阳怪气的蠢材更让人开心的了。"

"啊，您这是说马夫里基·尼古拉耶维奇！我相信，他刚才到这里来一定是把未婚妻拱手让给您了，啊？您想想，这是我间接地撺掇他这么干的。他要是不拱手相让。咱们就亲自动手从他手里抢过来——怎么样？"

彼得·斯捷潘诺维奇当然知道，采取这样的越轨行动很冒险，可是当他自己心痒难抓时，那，与其蒙在鼓里，还不如豁出去铤而走险。尼古拉·弗谢沃洛多维奇只是哈哈大笑。

"那您仍旧打算帮我吗？"他问。

"只要您打声招呼。但是您知道吗，有一个最好的办法。"

"我知道您那办法。"

"嗯，不，这暂时还是秘密。不过要记住，秘密是要花钱的。"

"我知道要花多少钱。"斯塔夫罗金悻悻然自言自语道，但是他忍住了，闭上了嘴。

"多少？您说什么？"彼得·斯捷潘诺维奇陡地警觉起来。

"我说：您和您那秘密都见鬼去吧！您还不如告诉我，你们那里到底都有些什么人？我知道我们是去祝贺命名日的，但是那里到底有些什么人呢？"

"噢，上下三等，应有尽有。甚至基里洛夫也去。"

"都是各小组的成员？"

"活见鬼，您急什么呀！这里连一个小组也没有成立。"

"那么你们怎么能够散发那么多传单呢？"

"我们要去的那地方，小组成员一共才四个。其余的人只是待发展，他们都在争先恐后地互相监视，然后向我报告。这些人都很可靠。这一切不过是应该组织起来的材料，然后赶紧滚蛋。话又说回来，这章程是您自己订的，无须向您解释。"

"怎么样，有困难吗？出岔子了？"

"有困难？没法更轻松了。我想逗您一笑：头一件非常起作用的东西——封官许愿。再没有比封官许愿更厉害的手段了。我特意想出了好多官衔和职务：我想出了书记、秘密观察员、出纳、主席、机要员以及他们的副职——他们很喜欢这些名堂，而且欣然接受。接下去是另一种力量，不用说，那就是悲天悯人。要知道，社会主义在我国的传播主要靠的是悲天悯人。但是这里糟糕的是那些爱咬人的少尉；弄不好就会碰上一个。接着就是纯粹的骗子；唉，这些人也许都是好人，有时候还可以大派用场，不过对这些人得花费很多时间，必须毫不松懈地监视他们，最后就是那个最主要的力量——把一切黏合在一起的水泥——这就是羞于有自己的见解。这是一种强大的力量！究竟是谁想出这主意来的呢？这个绞尽脑汁想出这办法的'可爱的人'究竟是谁呢？居然没让任何人的脑子里留下一点儿自己的思想！他们认为有思想是可耻的。"

"既然这样，您干吗还要忙个不停呢？"

"如果总让他们躺着，张大了嘴看着大家，那人家还不把他们给抢走了！您似乎真的不相信胜利是可能的？唉，信仰倒有，不过还得有愿望。是的，正是依靠这些人才能取得胜利。我跟您说吧，只要我对他们吆喝一声，说他们还不够自由主义，他们就会替我赴汤蹈火。一些傻瓜指责我，说我在这里用中央委员会和'数不清的分支机构'欺骗大家。您自己有一次也这么指责过我，可是这哪是什么欺骗呢：中央委员会就是我和您，分支机构则要多少有多少。"

"难道都是这样的混蛋！"

"是材料。这些人也有用。"

"您仍旧在指望我？"

"您是领导，您是力量；我不过在一旁摇旗呐喊，是您的秘书。要知道，我们将坐上一艘大帆船，船桨是槭木做的，船帆是丝绸做的，船尾坐着一位美丽的姑娘，亲爱的丽扎韦塔·尼古拉耶芙娜……或者，他们在那首歌里怎么唱来着，见鬼……"

"说不下去了！"斯塔夫罗金哈哈大笑，"不，还不如我来给您说段引子吧。您不是在扳着手指头计算这些小组到底应该由什么力量组成吗？所有这些封官许愿和悲天悯人——这一切都是好糨糊，但是还有一招更绝：您可以怂恿小组的四名成员去干掉第五个，借口是他会去告密，这样您就可以用这流出的血当作一个扣，把他们所有的人立刻拴住。他们就会变成您的奴隶，既不敢造反，也不敢要求您做出解释。哈哈哈！"

"不过你呀……不过你必须向我付出代价，并把这话收回去，"彼得·斯捷潘诺维奇暗自寻思，"甚至就在今天晚上。你也太放肆了。"

彼得·斯捷潘诺维奇想必这样或者近乎这样在暗自思忖。不过，这时他俩已经快走到维尔金斯基家了。

"当然，您已经在那里把我描绘了一番，说我是从国外回来的什么什么员，跟国际有联系，是什么特派员，对不对？"斯塔夫罗金突然问道。

"不，不是特派员；特派员不是您；不过您是从国外回来的创始人之一，知道许多非常重要的秘密——这就是您要担任的角色。您当然会发表讲话啰？"

"您凭什么这么说呢？"

"现在您必须讲话。"

斯塔夫罗金很惊奇，甚至在街中心离路灯不远处站住了。彼得·斯捷潘诺维奇放肆而又泰然自若地经受住了他那咄咄逼人的目光。斯塔夫罗金啐了口唾沫，又继续往前走。

"那您准备讲话吗?"他突然问彼得·斯捷潘诺维奇。

"不,我听您讲。"

"他妈的!您倒真给我出了个好主意!"

"什么主意?"彼得·斯捷潘诺维奇跳了起来。

"在那里我说不定会讲点儿什么,不过有个条件,以后我要揍您一顿,而且,狠狠地揍。"

"巧了,不久前我曾对卡尔马津诺夫说到您,似乎您曾经说过要用鞭子狠狠地抽他一顿,而且不仅是出于对他的敬意,而是要像抽一个庄稼汉那样抽他,狠狠地抽。"

"我从来没有说过这话,哈哈!"

"即使不是真的……① 那也没关系。"

"好,谢谢您,真心诚意地谢谢您。"

"您知道卡尔马津诺夫还说什么了吗,他说我们学说的实质就是否定人格,有权公然侮辱别人的人格最容易吸引俄国人跟着自己走。"

"这话说得好极了!真乃金玉良言!"斯塔夫罗金叫道,"一下子就说到了点子上!有权侮辱别人的人格——这会使所有的人都来投奔我们,那里一个人也不会留下!我说韦尔霍文斯基,您该不是从警察总局派来的吧?"

"谁脑子里有这样的问题,他是不会公开说出来的。"

"我懂,我们不是在自己家里吗。"

"不,暂时还不是从警察总局派来的。得了,咱们到了。摆出您那副面孔来,斯塔夫罗金;我每次进去总是装模作样。板着脸,越严肃越好,此外就什么不要了;事情很简单。"

---

① 在原著中是意大利文。

第七章 在我们的人那里

一

维尔金斯基住在蚂蚁街他的私宅里,也就是说,住在他妻子的房子里。这是一座木屋,平房,这里没有不相干的住户。借口给主人过命名日,前来开会的客人大约有十五人。但是这晚会丝毫不像外省的普通的命名日晚会。还在同居之初,维尔金斯基夫妇就相互永远说定,因过命名日而宴请宾客是十分愚蠢的,而且"毫无乐趣可言"。几年来,他俩已经完全与社会隔绝。他虽然是个很有才干的人,而且根本就不"怎么穷",可是不知道为什么大家都觉得他是个喜欢孤独,说起话来还十分"傲慢"的怪人。至于维尔金斯卡娅太太,因为她干的是接生这一行当,单凭这一点就在社会阶梯上站在最下层;尽管她丈夫当过军官,她的地位却比牧师老婆还低,可是她身上一点儿也看不出与她的身份相称的谦卑。自从她极其混账和不可饶恕地同那个骗子列比亚德金大尉公然私通以后,就连敝城那些心地最宽厚的太太也都怀着明显的蔑视扭过头去不理她。但是维尔金斯卡娅太太却对这一切视若无睹,好像她要的就是这个。有意思的是,同样是那些最严厉的太太,在她们即将临盆的时候,却尽可能要找阿林娜·普罗霍罗芙娜(即维尔金斯卡娅太太)来接生,而不去找敝城的另外三名接生婆。甚至县里面也常常派人来请她去给地主太太接生——大家竟如此相信她的知识、她带来的幸运和在紧要关头表现出的精明干练。到后来她就只到最有钱的富贵人家去接生了;她爱钱爱到了贪得无厌的程度。由于她充分感到她拥有的力量,到后来她竟养成一种无所顾忌、想干啥干啥的性格。在最显赫的人家接生时，说不定她甚至存心吓唬那些神经衰弱的产妇，说一些闻所未闻的虚无主义的话，置礼貌于不顾，或者最后竟大肆嘲弄"一切神圣的东西"，而且这事正巧发生在求助于"神圣的东西"最有用的时候：敝城的军医罗赞诺夫也是一名产科医生，曾有根有据地证明，有一回，一名产妇在痛苦中大声喊叫，呼唤无所不能的上帝的名字时，这时正是阿林娜·普罗霍罗芙娜的一句无所顾忌的话突然像"开枪似的"甩了出来，因而使病人吓了一大跳，竟促使她十分迅速地摆脱了负担，把孩子生了下来。尽管阿林娜·普罗霍罗芙娜是个虚无主义者，可是在必要的时候，她非但根本不嫌弃上流社会的习俗，甚至也不厌弃从古代遗留下来的最具迷信色彩的风俗习惯，只要能给她带来好处就行。比如说，她无论如何不肯错过由她接生的婴儿的洗礼仪式，而且每次前去总是穿着一件带曳地长裾的绿色绸裙，把发髻梳成一绺绺大大小小的发卷，可是换了任何别的时候，她却邋邋遢遢，甚至还自我欣赏，颇为得意。虽然在举行圣礼时她总是保持着一副"最放肆的模样"，因而使牧师与其他神职人员感到很狼狈，但是仪式一结束，她一定要亲自去把香槟酒端出来（她就是为了这个才来，才梳妆打扮的），如果您拿起了酒杯而不给她一点儿"小费"的话，那您就尝尝她的厉害吧。

这次到维尔金斯基家来开会的客人（几乎全是男人），都带着一种事出偶然而又万分紧急的模样。既没有冷菜，也没有纸牌。在糊着极其陈旧的天蓝色壁纸的大客厅中央，有两张桌子拼在一起，桌上铺着一块大桌布，不过这桌布并不十分干净，桌上有两只茶炊已经烧开了。桌子的一端放着一只很大的托盘，托盘里放着二十五个玻璃杯，还有一只编筐，盛着普通的法国白面包，面包切成很多小片，就像在贵族男子和女子寄宿学校里给学生们准备的那样。斟茶的是一位三十岁的老姑娘，她是女主人的姐姐，眉毛浅得几乎看不出来，一头浅色头发，平常沉默寡言，心肠狠毒，但是她同意新观点，在平常的家居生活中维尔金斯基非常怕她。屋里的女士一共三位：女主人、女主人的几乎看不出眉毛来的姐姐，以及维尔金斯基的亲妹妹，一位刚从彼得堡赶来的年轻姑娘维尔金斯卡娅[①]。阿林娜·普罗霍罗芙娜是位二十七岁的看上去颇显眼的太太，人长得不难看，但有点邋里邋遢，穿一身透着淡绿色的家常穿的毛料连衣裙，她坐着，目光大胆地来回扫视着客人，似乎想用她那目光急着说明："瞧，我根本不怕，什么也不怕。"至于那位新来的年轻姑娘维尔金斯卡娅，长得也不难看，是个大学生，虚无主义者，胖胖的，很结实，像个小皮球，红彤彤的脸蛋，矮矮的个子。她坐在阿林娜·普罗霍罗芙娜身旁，还基本上穿着旅行装，手里拿着一卷纸，正在用她那迫不及待的、跳动着的眼睛打量着客人。至于维尔金斯基本人，他今天晚上感到有点不舒服，可是他还是出来坐在茶桌旁的圈椅里。所有的客人也都坐着，这样正儿八经地围着桌子坐在椅子上，使人预感到就要开会了。显然，大家都在等候什么，在等候中大家也大声谈话，但是谈的又都好像是些不相干的话。当斯塔夫罗金和韦尔霍文斯基进屋的时候，一切蓦地鸦雀无声。

为了把事情交代清楚，我还要冒昧地多说两句。

我想，这些先生前去开会的时候的确都愉快地希望能够听到某些特别有意思的事，而且他们前来开会都是事前得到通知的。他们都是我们这座古城里红得发紫的自由主义之花，而且都是经维尔金斯基精心挑选来参加这次"会议"的。我还要指出，他们中间的某些人（不过为数不多）从前根本就没有来拜访过他。当然，大多数人并不清楚为什么要提前通知他们前来开会。不错，他们当时都把彼得·斯捷潘诺维奇当成从国外派来的拥有全权的密使；这想

[①] 维尔金斯卡娅的原型是19岁的女政治犯杰缅季耶娃·特卡乔娃。涅恰耶夫的地下印刷厂即由她资助开办。她还写过传单《告社会各界书》，旨在唤起社会各界对学生苦难的同情。这份传单也是在这所地下印刷厂印刷的。

法不知怎么立刻就扎了根,自然也使他们感到很得意。然而,在这些以庆祝命名日为名前来开会的一小撮公民中,已经有某些人接到了一些明确的建议。彼得·韦尔霍文斯基已经在敝城拼凑了一个"五人小组",就像他过去在莫斯科,如今查明又在敝县的军官们中间已经建立起来的那些"五人小组"一样。据说,他在X省也有一个这样的小组。这五个挑选出来的人现在就跟大家坐在一起,而且非常自然地装出最普通不过的平常人模样,因此谁也认不出他们。他们是(因为现在这已经不是秘密了):首先是利普京,然后是维尔金斯基本人,长耳朵的希加廖夫——他是维尔金斯卡娅太太的兄弟,接着是利亚姆申,最后是某个名叫托尔卡琴科的人——这是个很怪的人,年约四十,以对平民百姓很有研究而著名,不过他研究的主要是骗子手和强盗,他经常故意出入各种小酒馆(不过,不仅是为了研究平民百姓),在我们中间炫耀他的破衣服、油毡靴、微微眯起的眼睛、别有城府的怪模样,以及故意渲染的民间俚语。还在过去,曾有一两次,利亚姆申带他到斯捷潘·特罗菲莫维奇那儿去参加晚会,不过他在那里并没有给人留下特别的印象。他时不时到城里来,主要是当他丢了饭碗的时候,他在铁路上工作。这五名活动分子便组成他们的第一个小集团,他们满心欢喜地相信,他们这个小集团不过是遍布俄国像他们这样千千万万个五人小组中的一个,他们全都隶属于一个庞大而又秘密的中央机构,而这中央机构也同样与欧洲的全球革命运动有机地保持着联系。但是,遗憾的是,我必须承认,即使在当时,他们之间也开始暴露出了不和。问题在于,虽然早从春天开始他们就在等候彼得·韦尔霍文斯基光临敝地,先是托尔卡琴科,后来是先期到达的希加廖夫通知了他们;他们虽然等候他会带来非凡的奇迹,虽然他一声号令,他们就丝毫不加批判地立刻加入了小组,但是五人小组刚刚成立,大家又立刻抱怨,之所以如此,我认为,这无非是因为他们觉得自己同意得太快了。不用说,他们之所以参加乃是出于一种宽厚的羞耻感，以免日后有人说他们不敢参加；照道理，彼得·韦尔霍文斯基应该珍惜他们这种高尚的献身行为，起码也应该告诉他们一件最主要的不寻常的事以志嘉奖。但是韦尔霍文斯基根本不想满足他们合理的好奇心，一句多余的话也不肯说；总之，他对他们的态度很严厉，非常严厉，而且漫不经心。这使他们非常恼火，小组成员希加廖夫已经在撺掇其他人"要求他做工作报告"，不过当然不是现在，不是在有这么多局外人的维尔金斯基家。

关于局外人云云，我倒有个想法：这天晚上，上述第一个五人小组的诸成员很可能怀疑，在维尔金斯基的众多客人中可能还有他们所不知道的在城里建立起来的其他小组的成员，他们也同样隶属于这一秘密组织，而且也是由韦尔霍文斯基建立起来的，因而到末了所有在座的人都互相猜疑，相互之间摆出各种姿态，这就赋予这整个集会以一种极其混乱，甚至多少有点浪漫主义的味道。不过这里也有几个人毫无可疑之处。比如有一名现役少校，是维尔金斯基的近亲，是个完全不相干的人，人家根本没有邀请他，他却自动前来祝贺命名日，因而无论如何没办法不接待他。我们这位寿星却泰然处之，因为这位少校是"无论如何不会去告密"的；还因为这少校尽管奇蠢无比，可是他一辈子都爱在有极端自由主义者出没的地方上蹿下跳；他本人并不赞同他们的观点，但非常爱听他们的高谈阔论。加之他的名誉甚至还受到过损害。是这么一回事：他年轻的时候曾有整捆整捆的《钟声》[1]和传单经由他的手发往全国各地，他甚至害怕把这些东西打开，但是拒绝传播他又认为是一件非常卑鄙的事——有些俄国人甚至直到今天还是这样。其余的客人，或者是因为高尚的自尊心受到压抑因而感到恼怒的典型，或者是因为年轻人血气方刚

---

[1] 1857—1867年由赫尔岑和奥加廖夫合办的俄国革命报纸，先后在伦敦和日内瓦发行。

因而产生极其高尚的冲动的典型。这里有两三位教员,其中一位是瘸子,已经有四十五岁光景,是位中学老师,为人很恶毒,而且非常爱虚荣。此外还有两三名军官,其中有一名非常年轻的炮兵军官,日前刚从一所军校来此,这孩子沉默寡言,还没有来得及与人结交,现在却突然出现在维尔金斯基家,手拿铅笔,几乎不参加大家的谈话,却一刻不停地往自己的笔记本里记着什么。① 这,大家都看见了,但是不知道为什么都竭力装作没有看见的样子。还有一个游手好闲的神学校学生,也就是与利亚姆申一起把下流照片塞给《圣经》推销员的那个学生,这是一个行为放肆,同时又疑心病很重的大块头青年,他脸上总是挂着一丝把人看透了的微笑,与此同时又扬扬得意,神态自若,似乎只有他才集尽善尽美于一身。还有个人,我也不知道他来干什么的,这人是敝城市长的儿子。也就是那个因纵欲无度未老先衰,我在讲小个子中尉太太的故事时已经提到过的那名恶少。这家伙整个晚上都一言不发。最后,作为结尾,还有一名中学生,说话非常激烈、头发蓬乱的十八岁上下的男孩,他阴阳怪气地坐在一边,似乎他那年轻人的自尊心受到了损害,看来,他正在为自己才十八岁感到苦恼。使大家感到惊讶的是,后来查明,这小家伙当时已是在某中学高年级建立的一个独立的阴谋家小集团的首领。我没有提到沙托夫:他就坐在这里桌子下首的一个角落,把自己的座椅拉出一点儿,望着地面,板着脸,一言不发,既不喝茶也不吃面包,两手一直拿着他的便帽不放,仿佛想以此来表明他不是客人,他是因为有事才来的,他想什么时候走就可以站起来说走就走。坐在离他不远的地方的是基里洛夫,他也一言不发,沉默寡言,但是他的眼睛并不望着地面,而是恰恰相反,用他那呆滞而

---

① 据当时的一位记者说,在涅恰耶夫分子举行的集会上有一位年轻人,是个半文盲,可是涅恰耶夫却把他说成"国外革命委员会派来的特派员"。他始终保持沉默,不停地记着什么。

又无神的目光凝神注视着每一个发言的人，注意地听着，没有表现出一丝一毫的激动，也没有流露出一丝一毫的惊奇。客人中的有些人过去从没有见过他，这时正沉思地悄悄打量着他。不知道维尔金斯卡娅本人是否知道存在五人小组的事，我认为她什么都知道，而且就是听她丈夫说的。至于那个女大学生，当然她什么也没有参加，但是她自有她自己要操心的事；她只想在这里做客一天或者两天，然后继续往前走，走遍所有拥有大学的城市，以便"与穷苦的大学生们患难与共，并唤醒他们起来抗争"。她随身带着几百份石版印刷的呼吁书，这呼吁书似乎就出自她自己的手笔。有意思的是，那名中学生一见到她就好像有血海深仇似的对她深恶痛绝，虽说他还是生平第一次见到她，而她也一样，从来没有见过他。那名少校是她的亲舅舅，在分别十年之后还是头一次见到她。斯塔夫罗金与韦尔霍文斯基进屋的时候，她的脸蛋红得像红莓苔子一样：她刚刚因为对妇女问题的观点不同而与她舅舅大吵了一场。

二

韦尔霍文斯基几乎没有跟任何人问好，就大大咧咧地坐到桌子上首的一把椅子上。他露出一副厌恶的神态，甚至显得很高傲。斯塔夫罗金则彬彬有礼地向大家鞠躬问好，尽管大家恭候的就是他俩，却似乎在一声号令下全装出一副几乎没有看到他们的样子。斯塔夫罗金刚刚坐好，女主人就板着脸问他：

"斯塔夫罗金，要茶吗？"

"劳驾。"他回答。

"给斯塔夫罗金倒茶。"她向负责倒茶的姐姐下令道，"您要吗？"（这已是问韦尔霍文斯基了。)

"当然，谁会向客人提这样的问题？再来一点儿炼乳，你们家一向用这种令人倒胃口的东西代替茶；即使家里还有人过命名日。"

"怎么，您也承认命名日？"女大学生忽地笑起来，"刚才还在谈这个问题呢。"

"陈词滥调。"那名中学生在桌子另一头悻悻然说。

"什么叫陈词滥调？忘掉偏见，哪怕是最无害的偏见也不能叫陈词滥调，而是相反，至今还很新颖，这是大家的耻辱。"那名女大学生陡地声称，她从椅子上猛地探身向前。"何况根本就没有无害的偏见。"她恶狠狠地又加了一句。

"我只想申明，"那中学生霍地非常激动起来，"各种偏见虽说是陈腐的东西，当然应该消灭，至于过命名日，大家都知道这是干蠢事，可是为谈论这事而浪费宝贵的光阴（本来全世界就已经浪费了不少宝贵的光阴），那就更迂腐了，所以倒不如把自己的聪明才智用来讨论更需要讨论的问题……"

"您唠唠叨叨地说了一大串，一句也听不懂。"女大学生叫道。

"我认为，任何人都跟别人一样有平等的发言权，如果我也跟别人一样想发表自己的见解的话，那……"

"谁也没有剥夺您的发言权，"女主人亲自出面不客气地打断了他的话，"人家只是请您不要慢腾腾地咬文嚼字，因为谁也听不懂。"

"请允许我冒昧地指出：您不尊重我；如果说我未能把自己的想法充分表达出来，那绝不是因为我没有想法，而是因为我的想法太多了……"那中学生几乎绝望地嘟囔道，他彻底地语无伦次了。

"如果您不会说话，那就闭嘴。"女大学生甩出了一句。

那中学生甚至从椅子上跳了起来。

"我只是想说明,"他叫道,羞得满脸通红,又害怕看周围的人,"因为斯塔夫罗金先生来了,所以您情不自禁地跳出来想卖弄您的聪明——就么回事!"

"您的想法是肮脏的,不登大雅之堂,这说明您渺不足道,缺乏修养。请您以后别跟我说话。"女大学生叽叽喳喳地说道。

"斯塔夫罗金,"女主人开口道,"您来之前,这里正在吵吵嚷嚷讨论家庭权利问题——瞧,就是这位军官(她点头指了指那位少校,她的亲戚)。当然,我并不想用这个早就解决了的老掉牙了的废话来打扰您,但是,目前关于家庭的权利和义务就它们现在表现出来的偏见而论,究竟是从哪儿来的呢?就是这问题。愿闻阁下高见?"

"怎么叫从哪儿来的?"斯塔夫罗金反问道。

"就是说,我们知道,比如说吧,关于上帝的偏见是由雷电产生的,"那个女大学生又猛地脱口说道,她两眼盯着斯塔夫罗金,眼珠都快蹦出来了,"太清楚了,原始人因为害怕雷电,感到自己在这个看不见的敌人面前无能为力,于是就把这个敌人神化了。但是关于家庭的偏见又从何而来呢?这家庭又是从哪儿来的呢?"

"这不完全是一回事……"女主人想阻止她讲下去。

"我认为,要对这样的问题做出回答,是不谦虚的。"斯塔夫罗金答道。

"怎么会这样呢?"女大学生猛地探身向前。

在教师那一堆人里发出了嘿嘿的笑声,在桌子另一头的利亚姆申和那个中学生立即与之响应,而在他们之后主人家的亲戚,那位少校,也发出了嘎哑的大笑声。

"您应该写出滑稽戏。"女主人向斯塔夫罗金说。

"这样说并不能给您增光添彩,请问您贵姓。"女大学生非常恼火,不客气地回敬道。

"你别蹦蹦跳跳的!"少校贸然道,"你是小姐,应当举止端庄,可你倒像坐在针尖上似的。"

"请您免开尊口,不许您不礼貌地用您那下流的比喻形容我。我头一次看见您,根本不想知道有您这门亲戚。"

"我可是你舅舅呀;你还是吃奶的孩子的时候,我就抱过你!"

"您爱抱谁抱谁,这跟我有什么关系。我那时候又没有请您抱,不懂礼貌的军官先生,可见当时您自己乐意抱呗。请允许我冒昧指出,以后不许您对我说你呀你的,我们都是平等的公民,我永远不许,我说话算数。"

"她们呀,都这样!"少校捶了一下桌子,向坐在对面的斯塔夫罗金说,"不,您哪,对不起,我喜欢自由主义和当代的新思潮,我也喜欢听聪明的谈话,不过我有言在先——我说的是男人。但是听女人说话,听这些披着斗篷的摩登女郎说话——那就免了吧,您哪,我听了就头疼!你别扭来扭去,好不好!"他对那个又想从椅子上蹦起来的女大学生喝道,"不,我也要求发言,我受了侮辱,您哪。"

"您只会妨碍别人说话,可您自己又什么都不会说。"女主人愤怒地埋怨道。

"不,我就要说。"少校火了,对斯塔夫罗金说道,"斯塔夫罗金先生,您是新来的,我就指望您了,虽说我还没有荣幸认识您。没有男人,她们就会像苍蝇一样完蛋——这就是我的见解。她们的整个所谓妇女问题,乃是男人们一时糊涂替她们想出来的,结果是自寻烦恼——好在我还没有结婚,这得感谢上帝!丝毫不会花样翻新,您哪,她们连简单的花样也想不出来;这花样还得男人替她们想!这不,您哪,我抱过她,她十岁的时候我就跟她跳过马祖卡舞,今天她来了,我自然要跑去拥抱她,她才说两句话就向我宣布没有上帝。哪怕说三句呢。可是她从第二句开始就说这个，也太心急了嘛。好吧，就算聪明人都不信上帝吧，可是要知道人家是因为聪明，而你呢，我说，胖娃娃，你对上帝到底又懂得什么呢？要知道，这不过是一个男大学生教你的罢了，如果他教你在圣像前点灯，你也就去点了。"

"您净胡说，您是一个很坏的坏人，方才我已经有根有据地向您说明您的论据是站不住脚的。"女大学生轻蔑地回答道，仿佛不屑于同这样的人多费唇舌解释来解释去似的，"我方才告诉您的正是我们学的教义问答的话：'如果你孝敬父母，你就会长寿，你就会致富。'这是写在摩西十诫上的。[①] 如果上帝认为必须为爱而给予奖赏的话，那您的上帝就违背了道德准则。方才我就是用这些话向您论证的，而不是从第二句话开始，而是因为您说您也有说话的权利。您脑筋迟钝，至今听不明白，那又能怪谁呢？您心里有气就想借此发作——这就是你们这代人的全部谜底。"

"糊涂虫！"少校说。

"而您是笨蛋！"

"你骂人好了！"

"但是，对不起，卡皮通·马克西莫维奇，您自己也对我说过您不信上帝。"利普京在桌子的另一头尖声道。

"我说过又怎么样，我是另一回事！我信仰上帝也说不定，不过不全信。虽说不全信，但是我毕竟不会说这上帝应当枪毙。还在骠骑兵服役的时候，我就考虑过上帝的问题。在所有的诗里都爱说骠骑兵只会饮酒作乐：没错，我也许爱喝酒，可是，您信不信，我常常半夜一骨碌爬起来，只穿着袜子，就站在圣像前一个劲地画十字，让上帝赐给我信仰，因为还在当时我就感到

---

① 摩西十诫见《旧约圣经·出埃及记》第二十章第一至十七节。原话在第十二节："当孝敬父母，使你的日子在耶和华你神所赐你的地上，得以长久。"

不踏实：到底有没有上帝呢？真是进退两难！早上，当然要消遣作乐，信仰似乎不翼而飞了，总之，我发现，白天，信仰总好像要低落些。"

"你们不想打牌吗？"韦尔霍文斯基张大了嘴，打了个哈欠，问女主人。

"我太，我太赞成您提的这个问题了！"女大学生又猛地跳起来说道，她被少校的话气得满脸通红。

"听愚蠢的谈话无异于浪费宝贵光阴。"女主人不客气地说，责备地看了看丈夫。

女大学生的神态变得严肃起来。

"我本来想对与会者谈谈大学生的苦难和抗争，可是因为时间都浪费在这些不道德的谈话上了……"

"没有任何东西是道德的，也没有任何东西是不道德的！"女大学生一开口，那个中学生又沉不住气了。

"中学生先生，老师还没有教您之前，我就老早知道了。"

"我可以肯定，"中学生怒不可遏，"您这个黄毛丫头从彼得堡来就为了给我们大家上课，不用您教，我们早知道了。关于圣训：'当孝敬父母'（你都背不出来），以及这条圣训是违背道德准则的——早从别林斯基起全俄国就都知道了。"

"这有个完没有？"维尔金斯卡娅夫人对丈夫断然道。作为女主人，她对这无聊的谈话感到脸红，尤其是当她看到在新邀请来的客人中出现了若干会心的微笑甚至困惑以后。

"诸位，"维尔金斯基突然提高了嗓门，"如果有谁希望说点儿什么比较切合正题的话，或有什么事需要宣布，我建议你们抓紧时间。"

"我想冒昧地提个问题，"那位至今一直一声不出、正襟危坐的瘸腿教师委婉地说道，"我想知道，现在，咱们在这里是不是要开什么会，还是咱们不过是些来做客的凡夫俗子们的碰头会？我问这话不过是为了做事有头绪些，免得糊里糊涂。"

这问题问得"很聪明"，也产生了效果；大家都面面相觑，每个人都像在等对方回答似的，蓦地，好像一声令下，大家又都转过头去，把目光投向韦尔霍文斯基和斯塔夫罗金。

"我干脆提议就'我们是否要开会'这一问题进行表决。"维尔金斯卡娅夫人说。

"我完全赞成这一提议，"利普京响应道，"虽然它有点含混不清。"

"我也赞成，我也赞成。"传来了好几个声音。

"我也觉得这样的确更有头绪些。"维尔金斯基附议。

"那么，请表决！"女主人宣布，"利亚姆申，请您坐到钢琴前面去：开始表决的时候，您从那里也可以投票。"

"又来了！"利亚姆申叫道，"我给你们弹钢琴都弹够了。"

"我坚决请求您，您一定要坐下来弹琴。您不愿做一个对事业有利的人吗？"

"我向您保证，阿林娜·普罗霍罗芙娜，没人会偷听的。不过是您的幻想罢了。再说窗子很高，即使有人偷听，又能听懂什么呢！"

"连我们都听不懂到底是怎么回事。"有一个声音悻悻然抱怨道。

"跟你们说了吧，多加一份小心永远没错。我是以防万一，怕有密探，"她向韦尔霍文斯基解释道，"让外面也能听到我们在过命名日，弹钢琴。"

"唉，见鬼！"利亚姆申骂了一句，坐到钢琴旁，开始敲敲打打地弹奏华尔兹，胡乱地瞎敲一通，就差用拳头敲琴键了。

"愿意开会的请举右手。"维尔金斯卡娅夫人提议。

一些人举手，另一些人没举，还有这样一些人，先举起手，后来又缩了回去，缩回去后又举起手。

"呸，见鬼！我什么也不懂。"有位军官嚷了一嗓子。

"我也不懂。"另一个叫道。

"不，我懂。"第三个人叫道，"如果附议，请举手。"

"这附议是什么意思？"

"就是说开会。"

"不，不开会。"

"我赞成开会。"那中学生向维尔金斯卡娅夫人叫道。

"那您干吗不举手呢？"

"我一直望着您，您不举手，我也不举手。"

"多蠢，我不举手是因为我是主持人。诸位，现在我提议重新表决，倒过来：谁希望开会，就坐在那里，不必举手，谁不希望开会，请举右手。"

"谁不希望开会？"那中学生反问道。

"您存心捣乱嘛，是不是？"维尔金斯卡娅夫人气得叫了起来。

"不，您哪，对不起，谁希望或者谁不希望的问题，应当弄得更清楚些，不是吗？"发出两三个人说话的声音。

"谁不希望，不希望。"

"可不是吗，如果不希望，到底应该举手还是不举手呢？"那军官叫道。

"唉，对宪法咱们还没有习惯！"少校说。

"利亚姆申先生，劳您大驾，您这么又敲又打的，谁也听不清。"那个瘸腿教员说道。

"可不是吗，阿林娜·普罗霍罗芙娜，没有人会偷听的。"利亚姆申跳起来，"我本来就不想弹琴嘛！我是到你们家来做客的，而不是来敲钢琴的！"

"诸位，"维尔金斯基提议，"请大家口头回答：我们开会还是不开会？"

第二部

"开会，开会！"从四面八方发出赞同的声音。

"既然这样，那就不用表决了，够了。诸位，你们都满意吧，还需要表决吗？"

"不用了，不用了，明白了！"

"也许，有人不希望开会吧？"

"不，不，大家都希望。"

"那开会又是什么意思呢？"有一个声音叫道。没人理他。

"应当先选一个主席。"四面八方又叫了起来。

"选主人，自然选主人啰！"

"诸位，既然这样，"被选为主席的维尔金斯基开口道，"那我就提一个我方才提过的最初的提议：如果有谁希望说点儿比较切合正题的话，或者有什么事需要宣布，那就抓紧时间说。"

全场沉默。所有人的目光又都转向斯塔夫罗金和韦尔霍文斯基。

"韦尔霍文斯基，您没有任何事情需要宣布吗？"女主人直截了当地问道。

"什么事也没有。"他坐在椅子上，打着哈欠，伸了个懒腰，"不过我倒愿意来杯白兰地。"

"斯塔夫罗金，您不愿意吗？"

"谢谢，我不喝。"

"我是说，您不愿意说点儿什么吗，不是问白兰地。"

"说点儿什么，说点儿什么呢？不，我不想说。"

"一会儿就给您拿白兰地来。"她回答韦尔霍文斯基。

女大学生站了起来。她已经好几次蹿上又坐下。

"我此来是想谈谈不幸的大学生们正在受苦受难，以及应如何到处唤醒他们起来抗争……"

她说了一半又说不下去了；在桌子另一头已经出现了另一个竞争者，于是所有的目光又都转到了他身上。长耳朵的希加廖夫带着一副忧郁的表情慢腾腾地从自己座椅上站了起来，他神色忧郁地把一本厚厚的、写满了非常小的小字的稿纸放到桌子上。他没有坐下，但是一言不发。许多人都忸怩不安地望着他那沓稿纸，但是利普京、维尔金斯基和那个瘸腿教员却似乎对某种情况感到很满意。

"我请求发言。"希加廖夫神态忧郁，但语气坚定地宣布。

"请讲。"维尔金斯基允许道。

这位要求发表演说的人坐了下来，沉默了大约半分钟，然后用俨乎其然的声音说道：

"诸位……"

"白兰地来啦！"负责给大家倒茶的那个女亲戚厌恶而又轻蔑地打断了他的话，她刚才去拿白兰地，现在她把一瓶白兰地连同高脚酒杯一起放在韦尔霍文斯基面前，她既不用托盘，也不用盘子，而是将酒杯夹在手指缝里。

被打断话头的演讲者神态俨然地停顿了片刻。

"没什么，接着讲吧，您讲您的，我不听。"韦尔霍文斯基叫道，一面给自己倒满了酒杯。

"诸位，我要提请大家注意，"希加廖夫重新开口道，"你们往下就会看到，为了在一件头等重要的事情上恳请诸位帮助，我必须先说几句开场白。"

"阿林娜·普罗霍罗芙娜，您没有剪刀吗？"彼得·斯捷潘诺维奇忽然问道。

"您要剪刀干吗？"她瞪大两眼瞧着他。

"忘记剪指甲了，三天了，一直想剪而没有剪。"他说，一面旁若无人地端详着自己那又长又脏的指甲。

第二部

阿林娜·普罗霍罗芙娜蓦地涨红了脸,但那位年轻姑娘维尔金斯卡娅却似乎很喜欢他那股劲儿。

"方才,我好像在这里的窗台上看见一把剪刀。"她从桌旁站起来,走过去找剪刀,而且立刻拿了回来。彼得·斯捷潘诺维奇甚至连正眼也没瞧她,就拿起剪刀,动手剪了起来。阿林娜·普罗霍罗芙娜明白了,这是实际上应该做的事,不禁为自己的气量狭小而感到惭愧。与会者面面相觑,一言不发。那个瘸腿教员愤愤然又心怀嫉妒地观察着韦尔霍文斯基。希加廖夫开始接着发言:

"我悉心钻研代替现行社会制度的未来社会制度这个问题之后,得出结论,社会制度的所有创建者,从远古时代直到当前的一八七×年,都是一些幻想家、讲童话故事的人和蠢货,他们自相矛盾,对自然科学、对那个被称为人的奇怪动物一窍不通。柏拉图、卢梭、傅立叶、铝质圆柱①,这一切只适用于麻雀,而不适用于人类社会。未来的社会形式正是现在就必须预先设计好,现在我们大家终于准备行动了,已经没有时间再犹豫再细加推敲了,因此我现在想提出我自己的世界制度体系。这体系就在这里!"他拍了拍那沓稿纸,"我想对与会者尽可能简要地谈谈我的这本书;但是我看还需要补充许多口头说明,因此全部叙述,就我这本书的章节算,至少需要十个晚上。(发出了笑声。)此外,我还要预先申明,我的体系还没有最后想好。(又听到了笑声。)我被自己的材料弄糊涂了,而且我的结论与我据以立论的初衷直接矛盾。我的初衷是实行无限自由,结论却必须实行无限专制。我还要补充一点,除了我这个解决社会问题的方案以外,不可能有其他方案。"

---

① 希加廖夫在这里讥讽地提到柏拉图、卢梭和傅立叶,把他们视为未来社会乌托邦制度的创建者,其中也包括《怎么办?》的作者车尔尼雪夫斯基。薇拉·帕夫洛芙娜在第四个梦中见到的所谓"水晶宫"里的圆柱就都是铝做的。

笑声越来越大，发笑的多半是年轻人，可以说吧，都是那些不大懂行的客人。在女主人、利普京和瘸腿教员的脸上都流露出某种不胜遗憾的表情。

"如果说您自己都没法拼凑成自己的体系因而悲观失望的话，那我们又能有什么办法呢？"一位军官小心翼翼地指出。

"您说得对，现役军官先生，"希加廖夫向他忽地转过身来，"尤其是您使用了'悲观失望'这个词。是的，我感到悲观失望；然而在我这本书里所说的一切是无法替代的，而且没有其他出路；任何人都想不出任何其他办法。因此我才抓紧时间邀请诸位来花上十个晚上的时间听一听拙作的内容，然后再请诸位讲一讲自己的看法。如果诸位组员不想听我讲，那还不如好说好散，咱们一开始就各走各的路——男人们去当差办事，处理公务，女人们则去下厨房，因为否定我的书以后，他们就找不到其他出路。任——何——出——路也找不到！错过了时机只会对自己有害，因为以后势必还得回到这上面来。"

开始了骚动，传来了七嘴八舌的声音："他怎么啦，难道是疯子？"

"这说明，全部问题就在于希加廖夫的悲观失望，"利亚姆申最后道，"可关键在于他有没有资格悲观失望？"

"希加廖夫近乎悲观失望，这是他的个人问题。"那中学生说。

"我提议表决，希加廖夫的悲观失望与我们的共同事业有多大关系，与此同时，还应该表决的是，他的话值不值得听？"那军官快乐地认定。

"此言差矣，您哪。"那瘸子终于加入了谈话。他说话似乎总带着某种嘲弄的笑容，因而很难分清他是说真话呢，还是开玩笑，"诸位，此言差矣，您哪。希加廖夫先生对自己的任务非常严肃，非常忠实，而且非常谦虚。他的书我看过。他提议，作为问题的最终解决办法——可以把人区分为数目不

Ф. Достоевский

БЕСЫ

等的两部分。十分之一的人拥有个人自由和统治其余十分之九的人的无限权利①。这十分之九的人必须丧失自己的个性，变成一群类似畜生一样的东西，并在无限的服从中，通过一系列蜕变，达到一种原始天堂式的原始纯真，虽然，话又说回来，他们还必须劳动。作者为剥夺十分之九的人类的意志，以及用改造整整几代人的办法把他们变成畜生而提出的各项措施，是极其出色的，它们以自然界的状况为依据，而且十分合乎逻辑。你们尽可以不同意书中的某些结论，但是要怀疑作者的聪明才智和广博学识，那是困难的。可惜的是，要抽出十个晚上的时间，这与当前的情况完全不相容，要不然，我们倒能听到许多真知灼见。"

"难道您这话当真？"维尔金斯卡娅夫人甚至有点惊慌地问瘸子，"要是这人不知道人多了应该怎么办，居然要把十分之九的人都变成奴隶？我早就在怀疑他。"

"就是说，您在说您兄弟？"瘸子问。

"亲属？您是不是在嘲笑我？"

"而且，除此以外，还得给贵族干活，把他们奉若神明，一切听命于他们——这太卑鄙了！"女大学生愤然指出。

"我向大家提出的不是卑鄙，而是天堂，人间的天堂，人世间再不可能有其他天堂了。"希加廖夫威严地总结道。

"我可不会让他们进天堂，"利亚姆申叫道，"如果这十分之九的人无处可去的话，我就把他们抓起来，一声爆炸，让他们灰飞烟灭，而只留下一小部

---

① 陀思妥耶夫斯基强烈反对牺牲十分之九的人的生命和利益为十分之一的人的利益服务。他在《作家日记》（1876年第1期）中说："我永远无法明白有人会有这样的想法：只有十分之一的人应该得到高度发展，而其余十分之九的人只应当充作材料和工具，而且永远处于愚昧之中。我不愿有其他的想法和生活，除非深信我国九千万全体俄国人……有朝一日都能受到教育，都能被人当作人，都能幸福。"

分受过教育的人，让他们安安静静地活下去，做学问。"

"说这话的只有小丑！"女大学生唰地满脸涨得通红。

"他是小丑，但他有用。"维尔金斯卡娅夫人对她悄声道。

"说不定这倒是解决问题的最好办法！"希加廖夫热烈地转向利亚姆申，"乐天派先生，当然，您还不知道您说出了一个多么深刻的思想。但是因为您的想法几乎是不可能实现的，所以现在还只能限于进人间天堂，既然大家都这么叫它。"

"不过简直是胡说八道！"韦尔霍文斯基仿佛脱口而出。不过他说话的口气十分冷淡，眼睛也不抬，继续剪他的指甲。

"为什么是胡说八道呢，您哪？"瘸子立刻接茬道，倒像就等他开口好抓住他不放似的，"为什么就是胡说八道呢？希加廖夫先生起码是个宅心仁厚的狂热者；但是您想想，傅立叶，尤其是卡贝①，甚至还有蒲鲁东②本人，他们都提出过许多最专制、最狂热的解决问题的方案。希加廖夫先生解决问题的办法比起他们来也许要清醒得多。我敢向您保证，看过他的书以后，几乎不可能不同意他的某些观点。他也许比任何人都较少脱离现实，至于他所说的人间天堂，几乎是真正的天堂，也就是人类因失去它而望洋兴叹的那个天堂③，假如这天堂过去确实存在过的话。"

"哼，我早知道我会碰一鼻子灰。"韦尔霍文斯基又嘟囔道。

"对不起，您哪，"那瘸子越来越激动了，"谈论未来的社会制度，几乎是一切正在思考着的当代人的迫切必须。赫尔岑毕生最关心的就是这事。我确切地知道，别林斯基整晚整晚地与自己的朋友们在一起，讨论和先行解决

---

① 卡贝（1788—1856），法国空想共产主义者，在《伊加利亚旅行记》（1840）中宣扬"和平的共产主义"，1847年在美国进行共产主义移民区（伊加利亚公社）试点，终遭失败。

② 蒲鲁东（1809—1865），法国经济学家、社会学家，无政府主义创始人之一。

③ 指上帝的伊甸园。

未来社会制度中的甚至最琐屑，可以说甚至最俗不可耐的种种小事。"

"有些人甚至都想疯了。"少校突然说。

"这毕竟能谈出点儿结果来，总比有些人摆出一副独裁者的架势坐在那里一言不发要好。"利普京压低了声音咕哝道，似乎他终于壮大胆子要发动进攻了。

"我说胡说八道并不是说希加廖夫。"韦尔霍文斯基慢条斯理地说道，"你们瞧，诸位，"他微微抬起眼睛，"我看，所有这些书呀，傅立叶呀，卡贝呀，所有这些'劳动权'呀，希加廖夫理论呀——这一切就像是可以写出的成千上万部小说。这就像是一种消磨时间的美学散步。我明白，你们在这座小城里感到很无聊，因此看到几张写满了字的稿纸，就饥不择食地扑过去，狼吞虎咽。"

"对不起，您哪，"瘸子在椅子上坐不住了，"我们虽然是外省人，当然，单凭这一点我们就值得人们深表惋惜，但是我们也知道世界上暂时还没有出现任何我们因为疏忽没有看到而应当痛哭流涕的事。可是现在却有人利用各种在外国炮制的、偷偷散发的传单建议我们联合起来，建立小组，他们这样做的唯一目的就是破字当头，借口是这世界不管怎样医治反正医治不好了，还不如采取治本的办法，砍掉一亿颗脑袋，以减轻自己的负担，倒可以更有把握地跳过那些沟沟坎坎。这想法无疑好极了，但是它起码不符合现实，就像您刚才那么轻蔑地谈到的'希加廖夫理论'一样。"

"好啦，我也不是来参加讨论的。"韦尔霍文斯基无意中说出了一句重要的话，可是却好像根本没有发觉自己失言似的——他把蜡烛往身边移了移，让光线更亮些。

"可惜呀，您哪，很可惜您不是来参加讨论的，很可惜您现在这么关心自己的仪表。"

"我的仪表关您什么事？"

"砍掉一亿颗脑袋，如同想用宣传来改造世界一样，是同样困难的。甚至，也许，更困难，尤其在俄国。"利普京又冒险说道。

"现在人们寄予希望的正是俄国。"军官说。

"我们也曾听说人们寄希望于俄国。"瘸子接茬道，"我们知道，那个神秘的手指①正指向我们美丽的祖国②，一个最有能力完成伟大任务的国家。不过有这样的情况，您哪：倘若用宣传来逐步解决问题，我个人恐怕还能多少捞到点儿好处，起码可以愉快地神侃一通，而且还可能因为为社会事业做出了贡献而从上司那里谋得一官半职。而第二种用快刀斩乱麻的办法，即砍掉一亿颗脑袋的办法，说实在的，我又能从中得到什么奖赏呢？你一开始宣传，说不定，就会有人割掉你的舌头。"

"肯定会割掉您的舌头。"韦尔霍文斯基说。

"您瞧。因为即使在最顺利的情况下要完成这样的屠杀也非得有五十年，起码要三十年不可，因为那些人不是绵羊，他们不让你杀也说不定，倒不如收拾起自己的盆盆罐罐，漂洋过海，移居到某个平静的群岛，在那儿心平气和地合上自己的双眼，不闻不问，岂不更好？请相信，您哪，"他别有深意地用手指敲了敲桌子，"通过这样的宣传，您只会让人逃亡国外，别无其他！"

他显然自鸣得意地结束了自己的话。他是省里的有识之士。利普京阴险地微笑着。维尔金斯基则略带闷闷不乐地听着，其余的人都全神贯注地注视着这场争论，尤其是女士们和军官们。大家都明白，鼓吹砍掉一亿颗脑袋的那人被逼到了墙角，大家都在等待这场争论如何了局。

---

① 在原著中是拉丁文。
② 据《旧约·但以理书》第五章，在迦勒底王伯沙撒大摆筵席欢宴群臣的时候，"忽有人的指头显出，在王宫与灯台相对的粉墙上写字。""所写的文字是'弥尼，弥尼，提客勒，乌法珥新'"，意为"你的寿数已尽，你的国将分裂"。

第二部

"话又说回来，您说得很好，"韦尔霍文斯基比方才更加冷淡，甚至似乎感到很无聊似的慢条斯理地说道，"逃亡国外——这是个好主意。但是，尽管您预感到许多明显的不利，愿为共同事业奋斗的战士毕竟在与日俱增，越来越多，由此可见，没有您也行。我说哥们儿，这是一个取代旧宗教的新宗教，因此才会出现这么多战士，这是一件大事业。可是您却想逃亡国外！听我说，我建议您去德累斯顿，而不是到那些平静的群岛去。第一，这是一个从来没有出现过传染病的城市，您是一个有文化的人，一定怕死；第二，离俄国近，您可以较快地从亲爱的祖国得到收入；第三，该城拥有众多的所谓艺术宝库，而您是一位很有艺术鉴赏力的人，好像还当过文学教师；最后，在那个区域内有一个它自己的袖珍瑞士——这就有利于激发诗的灵感，因为您肯定常常写诗。总之，这是一个藏在鼻烟壶里的瑰宝！"

发生了一阵骚动；尤其是军官们都活跃起来。再过片刻，说不定所有的人就会同时开口。但是那瘸子却恼怒地上了他的钩：

"不，您哪，也许我们还不想走哩，我们还不想离开共同事业！这您应该明白……"

"怎么，难道您想加入五人小组，倘若我向您建议？"韦尔霍文斯基蓦地脱口道，把剪刀放到桌上。

大家似乎都打了个寒噤。这个谜一般的人太突然地暴露了自己，甚至直截了当地提到了"五人小组"。

"任何人都认为自己是正人君子，绝不会离开共同事业，"瘸子在找台阶下，"但是……"

"不，您哪，这里的问题不是但是。"韦尔霍文斯基威严而又不客气地打断道，"诸位，我宣布，我需要直截了当的回答。我太明白了，我到这里来，又亲自把大家召集到一起，我就有义务向你们说清楚（又是一个出人意料的自我暴露），但是在我还没有弄清楚你们的思想方式以前，我是不会向你们说明任何问题的。先别说空话——因为迄今为止已空谈了三十年，总不能再空谈三十年吧——我请问诸位，你们究竟喜欢哪一种办法：一种是慢慢来，那就是先写社会小说，纸上谈兵，在办公室里规划人类今后数千年的命运，可与此同时，专制政权却会把本来自动飞到你们嘴里的煎饼一口吞掉，可你们却把就在嘴边的东西放了过去，或者你们想采取另一种快的办法，先不管这办法是什么吧，反正这办法最终将给你们松绑，让人类在广阔的天地自行决定自己的社会制度，而这已经不是纸上谈兵，而是身体力行，说到做到了。有人叫嚷'要砍掉一亿颗脑袋'——这也许不过是隐喻，但是他们这样说又有什么可怕呢？倘若采取纸上谈兵的慢办法，专制制度在某个一百年中吃掉的不是一亿颗，而是五亿颗脑袋也说不定。还要请你们注意，一个身患不治之症的人，不管在纸上给他开什么药方，反正是治不好了，而且相反，倘若拖延下去，他就会腐烂发臭，把我们传染上，甚至把我们现在尚可以指望的一切新生力量糟践尽净，我们大家最后只能完蛋。我完全同意，发表一些自由主义的、能言善辩的空谈的确非常开心，可是真要行动起来却难免有点棘手……不过，话又说回来，我这人不会说话；我到这儿来是有事通知你们，因此我恳求可敬的诸位同道，现在不是该表决，而是该直接而又干脆地回答，你们到底喜欢哪一种办法：在沼泽地像乌龟似的爬行呢，还是开足马力飞过沼泽？"

"我举双手赞成开足马力！"那中学生兴高采烈地叫道。

"我也赞成。"利亚姆申响应道。

"如果要选择，自然，毫无疑问。"一位军官嘀咕道，在他之后又有一个人表示赞成，接着还有一些什么人。大家感到吃惊的主要一点是，韦尔霍文斯基居然有事通知，而且还亲口应允立刻宣布。

"诸位，我看，几乎所有的人都同意按传单精神办。"他环视着在座诸公，说道。

"所有的人，所有的人。"传来了多数人的声音。

"不瞒你们说，我还是比较赞成人道的解决办法，"少校说，"但是既然大家同意，我也只好随大流。"

"那么说，您也不反对？"韦尔霍文斯基问瘸子。

"我倒不是赞成……"他稍许有点脸红，"即使我现在同意大家的意见，也仅仅是为了不破坏……"

"你们这帮人呀都这样！为了显示他的自由主义和能言善辩，本来准备用半年时间来争论，可是到要表决的时候却又随大流了！诸位，不过请大家考虑一下，你们是不是全都准备好了？"（什么准备好了？——这问题很不明确，但却极富诱惑力。）

"当然，全准备好了……"大家都表了态，不过又面面相觑，你看我，我看你。

"啊，也许，这么快就表示同意，以后又要反悔了？要知道，你们几乎一向这样。"

大家十分激动，表达不同的意思。瘸子首先向韦尔霍文斯基发难。

"不过，请允许我向您指出，对这类问题的回答是有条件的。即使我们做出了决定，也请您注意，用这种奇怪的方式提出的问题毕竟……"

"什么奇怪的方式？"

"奇怪就奇怪在这类问题不应当这么提。"

"请足下有以教我。要知道，我早就认定首先发难的一定是您。"

"您硬要我们回答。让我们同意立即行动，不过，您又有什么权利这样做呢？您有什么资格提出这样的问题？"

"您早就应该想到问这问题了嘛！那您干吗要回答呢？同意了又发现不妥。"

"我看呀，您提到那个主要问题时表现出的不加掩饰的轻率，让我想到您根本没有资格、没有权利提这样的问题，您不过是自己感到好奇罢了。"

"您说这话是什么意思，什么意思？"韦尔霍文斯基叫道，仿佛开始感到很惊慌。

"我是说入会问题，不管怎么说，至少应当是两人单独进行，而不应当当着二十个不相识的人的面！"瘸子贸然道。他把要说的话全说了出来，但已怒不可遏。韦尔霍文斯基像煞有介事地摆出一副惊慌不安的样子，向大家迅速转过身来。

"诸位，我认为我有责任向大家宣布，这一切都是愚蠢的，我们的谈话也太离谱了。我还不曾吸收过任何人入会，任何人也无权说我在发展新会员，我们不过是想听听大家的意见。不是这样吗？不管是不是这样，您让我感到很不安，"他又向瘸子转过身去，"我怎么也没有想到，在这里，这种几乎极其普通的问题也需要两人单独面谈。您该不是害怕告密吧？难道在我们中间现在有可能潜伏着告密者？"

群情哗然；大家七嘴八舌地说起话来。

"诸位，既然这样，"韦尔霍文斯基继续道，"首当其冲身受其害的应当是我，因此我提议大家都来回答一个问题，当然，如果你们愿意回答的话。悉听尊便。"

"什么问题？什么问题？"大家喧闹起来。

"是这样一个问题，回答了这个问题以后事情也就清楚了：我们一起留下来呢，还是一言不发地拿起我们的帽子各奔东西？"

"问题呢？问题呢？"

第二部

"如果我们每个人都知道正在预谋中的政治谋杀案,都预见到全部后果,是去告密呢,还是留在家里等候事态发展?① 对这事的看法可能各不相同。对这问题的回答就会清楚地说明 —— 我们应该各奔东西呢,还是一起留下来,那就远不是留今天一个晚上了。我首先请问阁下。"他转过身去问瘸子。

"干吗先问我呢?"

"因为您是始作俑者。劳驾,不要顾左右而言他,在这里巧言令色是帮不了您忙的。不过话又说回来,随您便;完全随您的便。"

"对不起,但是,这样的问题甚至有点气人。"

"不,能不能再说明确点儿。"

"我从来没有做过秘密警察的密探,您哪。"瘸子的嘴撇得更厉害了。

"劳驾,说得明确点儿,别耽误时间。"

瘸子气得够呛,甚至闭上了嘴不予回答。他一声不吭,在眼镜底下恶狠狠地瞪大了两眼,看着这个死乞白赖地折磨他的人。

"是或者否? 您会不会去告密?"韦尔霍文斯基喝问。

"当然不会去告密!"瘸子也叫道,声音比他大一倍。

"没有人会去告密的,当然不会去告密。"传来许多人的声音。

"请问,少校先生,您会不会去告密?"韦尔霍文斯基继续道,"请注意,我是故意问您的。"

"不会去告密,您哪。"

"好吧,假如您知道一个人想要杀死和洗劫另一个普通人,您不是会去告密,会去检举吗?"

---

① 1870年底陀思妥耶夫斯基在与《新时报》主编苏沃林的一次谈话中谈到政治犯罪和在冬宫可能发生的爆炸时也曾提出过同样的问题,"我们俩怎么办?"他问苏沃林,"我们到冬宫去把有可能发生爆炸的事告诉他们呢,还是到警察局去找警察,让他去把这些人抓起来? 您会去吗? —— 不,您不会去 …… 我也不会去。"

"那当然，您哪，但是，要知道这是民事问题，而现在谈的是政治告密。我从来没有做过秘密警察的密探，您哪。"

"这里也没有人做过。"又响起了许多人的声音，"这是一个用不着问的问题。大家的回答都一样。这里没有人会去告密！"

"这位先生干吗站起来？"女大学生叫道。

"他叫沙托夫。您干吗站起来，沙托夫？"女主人叫道。

沙托夫真的站了起来；他手里拿着帽子，望着韦尔霍文斯基。似乎他有什么话想对他说，但又犹豫不决。他脸色苍白，恶狠狠的，但是他忍住了，没说一句话，默默地向门外走去。

"沙托夫，要知道，这样对您是不利的！"韦尔霍文斯基冲他的背影令人不解地喝道。

"然而对您有利，你是个密探、无耻小人！"沙托夫在门口向他喝道，彻底走了出去。

又是一片大呼小叫、长吁短叹。

"这就是考验！"有一个人叫道。

"还真管用！"另一个声音叫道。

"管用倒管用，是不是晚了点儿呢？"第三个人说。

"谁请他来的？""谁让他进来的？""他是什么人？""沙托夫是干什么的？""他会不会去告密？"大家纷纷提出问题。

"如果是个告密者，他就会装腔作势，可是他根本不在乎，扭头就走。"有人说。

"瞧，斯塔夫罗金也站起来了，斯塔夫罗金也没有回答问题。"女大学生叫道。

斯塔夫罗金果真站了起来，在桌子另一头跟他一起站起来的还有基里洛夫。

"对不起，斯塔夫罗金先生，"女主人不客气地对他说，"我们全回答了问题，您却一声不吭地想走？"

"我看不出有必要回答这个你们感兴趣的问题。"斯塔夫罗金咕哝道。

"可是我们的名誉受到了牵连，您却没有。"有几个声音一齐叫起来。

"你们受牵连跟我有什么关系？"斯塔夫罗金笑道，他的眼睛闪闪发光。

"怎么没有关系？怎么没有关系？"响起了一片大呼小叫声。许多人都从椅子上跳了起来。

"对不起，诸位，对不起，"瘸子叫道，"韦尔霍文斯基不是也没有回答这个问题吗，他只是提出了问题。"

这提示产生了惊人的效果。大家面面相觑。斯塔夫罗金冲着瘸子的脸放声大笑，接着便走出了房间，跟在他后面走出去的是基里洛夫。韦尔霍文斯基跟在他俩后面追了出去，一直追到外屋。

"您这不是使我难堪吗？"他嗫嚅道，抓住斯塔夫罗金的一只手，用力握了握。斯塔夫罗金默默地抽出了手。

"您立刻到基里洛夫家去，我说话就来……我有要事，必须这样！"

"我没有必要。"斯塔夫罗金断然拒绝。

"斯塔夫罗金会去的，"基里洛夫最后道，"斯塔夫罗金，您有这个必要。回去后我就向您说明一切。"

他俩走了出去。

第八章 伊万王子

他俩走了出去。彼得·斯捷潘诺维奇本来想跑回去"开会",以便消除混乱,但是,他大概想了想,认为不值得为此费心,于是就撇下一切,两分钟后他已经在路上飞跑,追赶那两个离开会场的人。他边跑边想起一条小胡同,可以由此抄近路去菲利波夫公寓;他踏着没膝深的烂泥,深一脚浅一脚地穿过这条胡同,果然,当斯塔夫罗金和基里洛夫走进大门的时候,他也赶到了。

"您来了?"基里洛夫说,"这就好。请进。"

"您怎么说就您一个人住呢?"斯塔夫罗金穿过过道屋时看见那里已经摆好了一只茶炊,水都快开了,问道。

"您马上会看到我跟谁住在一起,"基里洛夫喃喃道,"请进。"

韦尔霍文斯基刚一进屋就立刻从兜里掏出一封刚才从列姆布克那里拿来的匿名信,放在斯塔夫罗金面前。他们仨都坐了下来。斯塔夫罗金默默地看完信。

"怎么?"他问。

"这混蛋会照信上写的那样去做的。"韦尔霍文斯基解释,"因为他听您的吩咐,请阁下指教,我该怎么办。我敢向您保证,说不定他明天就会去找列姆布克。"

"就让他去呗。"

"怎么就让他去呗? 特别是,可以设法不让他去。"

"您错了,他并不听命于我。再说我也无所谓;他对我毫无威胁,他威胁的只是您。"

"还有您。"

"我不这么认为。"

"但是其他人饶不了您,难道您还不明白?听我说,斯塔夫罗金,这不过说说罢了。难道您舍不得花那几个钱?"

"难道还要花钱?"

"非花钱不可,两千,或者至少①一千五。明天或者甚至今天,您就把钱给我,明天傍晚我就给您把他送到彼得堡去,他本来就想去那儿。如果您愿意,让玛丽娅·季莫费耶芙娜也一起去——这请您注意。"

他心里似乎乱糟糟的,说起话也有点顾前不顾后,一些话未经深思熟虑就脱口而出。斯塔夫罗金惊奇地看着他。

"我没必要把玛丽娅·季莫费耶芙娜送走。"

"说不定您其实不愿意送她走吧?"彼得·斯捷潘诺维奇讥讽地微微一笑。

"说不定还真不愿意。"

"总之,给钱还是不给钱?"他不耐烦而又恶狠狠地,似乎颇威严地向斯塔夫罗金喝道。斯塔夫罗金严肃地打量了他一下。

"不给钱。"

"唉,斯塔夫罗金!您知道些什么呢,还是您已经做了些什么呢?您在吃喝玩乐!"

他的脸扭歪了,口角哆嗦了一下,他突然大笑起来,这是根本没来由的笑,与任何事无关的笑。

"要知道,您可是从令尊那里拿到了一笔卖庄园的钱。"尼古拉·弗谢沃洛多维奇镇静地说,"妈妈又替斯捷潘·特罗菲莫维奇给了您六千或者八千。

---

① 在原著中是拉丁文。

那您就从自己的钱里拿出一千五给他吧。我真不愿意再替别人花钱了，我花的钱已经够多了，我感到花这钱冤枉……"他对自己的话哑然失笑。

"啊，您开起玩笑来了……"

斯塔夫罗金从椅子上站起来，韦尔霍文斯基也即刻一跃而起，无意识地站到门口，背靠着门，仿佛挡住他的去路不让他出去似的。尼古拉·弗谢沃洛多维奇已经摆出姿势想把他从门口推开然后出去，但是突然停了下来。

"我不会把沙托夫让给您的。"他说。彼得·斯捷潘诺维奇打了个寒噤；两人四目对视。

"方才我已经对您说过，您干吗要沙托夫的命呢。"斯塔夫罗金两眼闪出了光，"您想用这块软膏把您那帮人捏在一起。刚才您赶走了沙托夫，做得很高明：您太清楚了，他绝不会说'我决不去告密'的，可是在您面前撒谎他又认为卑鄙。但是我，您现在需要我又有什么用呢？几乎还在国外的时候，您就开始缠住我。您至今用来向我解释的话不过是些胡言乱语。您说来说去总想让我给列比亚德金一千五百卢布，让他用这笔钱来买通费季卡把他杀掉。我知道您有个想法，以为我想同时也杀掉我妻子。您想用这罪行把我拴住，让您取得摆布我的权力，是不是这样呢？您要这权力有什么用呢？您要我干什么鬼名堂呢？您现在先把我看仔细了：我是不是听命于您的人，让我安静一下。"

"费季卡亲自找过您？"韦尔霍文斯基呼吸急促地问。

"是的，他来过；他要的价钱也是一千五……可以叫他来对证，他不就站那儿吗……"斯塔夫罗金伸出一只手。

彼得·斯捷潘诺维奇迅速回过头。在门口，从黑暗中，赫然出现了一个新的人影——费季卡，他穿着短皮袄，但是没有戴帽子，就像在家里一样。他站在那里，露出他那整齐雪白的牙齿，呵呵笑着。他那双黑里透黄的眼珠

第二部

在屋子里小心地来回逡巡,观察着两位老爷。他有点莫名其妙,他显然是基里洛夫刚才带来的,因此他那疑问的目光不时转向他;他站在门口,但是并不想跨过门槛。

"你们把他藏这儿,大概想让他听到我们做的这笔买卖,甚至让他看到我们手中的钱,不是这样吗?"斯塔夫罗金问,不等回答就迈步走出了公寓。韦尔霍文斯基在大门口追上了他,几乎像发疯似的。

"站住!不许前进一步!"他抓住他的胳膊肘,喝道。斯塔夫罗金挣扎了一下,但是没有挣脱出来。他勃然大怒,伸出左手一把抓住韦尔霍文斯基的头发,用足力气把他猛地摔到地上,走出了大门。但是他还没走出三十步,韦尔霍文斯基又追上了他。

"咱们和好吧,咱们和好吧。"韦尔霍文斯基用发抖的低语向他悄声道。

尼古拉·弗谢沃洛多维奇耸了耸肩,但是没有停下来,也没有转身。

"我说,我明天就把丽扎韦塔·尼古拉耶芙娜带来,好吗?不好?您干吗不说话呀?请问您到底要我干什么,我一定照办。我说:我把沙托夫交给您,行吗?"

"可见,您决定要杀死他,是真的吗?"尼古拉·弗谢沃洛多维奇叫道。

"您要沙托夫干吗呢?干吗呢?"发狂似的韦尔霍文斯基用急促的、气喘吁吁的声音继续说,他不时跑到前面去,抓住斯塔夫罗金的胳膊肘,他这样做大概自己都没有意识到,"我说:我把他交给您,咱们和好吧。我欠您的太多了,但是……咱们和好吧!"

斯塔夫罗金终于抬起头看了看他,不觉吃了一惊。他的目光变了,他的声音也变了,非但跟往常大不一样,也跟刚才在屋子里的时候判若两人;他看到的几乎是另一张脸。说话的腔调也变了:韦尔霍文斯基在苦苦哀求。这是一个最宝贵的东西正要被人抢走或者已经被人抢走的尚未清醒过来的人。

"您倒是怎么啦?"斯塔夫罗金叫道。韦尔霍文斯基没有回答,而是跟在他后面跑,依旧用方才那种既苦苦哀求又百折不挠的目光盯着他。

"咱们和好吧!"他再次悄声说,"我说,我跟费季卡一样在靴筒里藏着一把刀,但是我要跟您和好。"

"您到底要我干什么呢,见鬼!"斯塔夫罗金怒不可遏、十分惊讶地叫道,"这里有什么秘密吗? 您把我弄来当护身符了?"

"我说,我们要制造混乱,"他几乎像说胡话似的急速地喃喃道,"您不相信我们可以制造混乱吗? 我们可以制造这样的混乱,闹他个天翻地覆。卡尔马津诺夫说得对,他说他们抓不住任何把柄。卡尔马津诺夫很聪明。全俄国只要再有十个这样的小组,我就能来无影去无踪地谁也捉不住了。"

"都是一样的蠢货。"斯塔夫罗金情不自禁地脱口道。

"噢,您还是笨一点儿的好,斯塔夫罗金,您自己还是笨一点儿的好! 要知道,您还根本没有聪明到希望自己变笨一点儿的程度:您害怕,您不信,您怕规模闹得太大了。他们为什么是蠢货? 他们并不是非常蠢的蠢货;现如今任何人的头脑都不是自己的。现如今特殊的头脑非常少。维尔金斯基是一个非常地道的人,比我们这样的人要地道十倍;不过,就让他去地道吧。利普京是个骗子,不过我知道他有一个弱点。没有一个骗子没有自己的弱点。只有利亚姆申没这方面的毛病,可是他掌握在我的手中。再来几个这样的小组,我就能左右逢源、到处有钱花了,哪怕就为这个呢? 哪怕就为这一点呢? 还有不少秘密据点,让他们去找吧。即使拔掉一个小组,可是碰到另一个就栽了。我们要到处鼓动骚乱……难道您不信咱们这两个人就完全足够了吗?"

"您去找希加廖夫吧,离开我,让我安静一下……"

"希加廖夫是个天才人物! 要知道,他是类似傅立叶这样的天才;但是他

第二部

比傅立叶有胆量，比傅立叶有办法；我会抓住他不放的。他想出了'平等'！"

"他在发烧，他在说胡话，他发生了某种很特别的情况。"斯塔夫罗金想，再一次看了看他。两人不停地向前走去。

"他在他的本子上出了个好主意。"韦尔霍文斯基继续道，"他提出要互相监视。在他看来，每个社会成员都要互相监视，互相告密。每个人属于大家，大家也属于每个人。大家都是奴隶，就当奴隶来说，人人平等。只有在极端情况下才采用诽谤和暗杀，而主要是平等。首要的任务是降低教育水平、科学水平和有才能的人的水平。科学和有才能的人的高水平，只有很有才干的人才能达到，我们不需要这些很有才干的人！很有才干的人永远会攫取权力并且成为暴君。很有才干的人也不可能不成为暴君，他们从来只会使人心败坏，而且其劣迹远胜于他们带来的好处；他们不是应该被放逐就是应该被处以极刑。西塞罗①要被割掉舌头，哥白尼②要被挖去眼睛，莎士比亚应该被人用石头砸死——这就是希加廖夫理论！奴隶应当人人平等：没有专制就不会有自由和平等，但是在畜生中却必须有平等，这就是希加廖夫理论！哈哈哈，您觉得奇怪？我赞成希加廖夫理论！"

斯塔夫罗金竭力加快步伐，想赶快回到家。"如果这家伙喝醉了，他在哪儿喝了这么多酒呢？"他不由得想道，"难道喝的是白兰地？"

"我说斯塔夫罗金：把山削平——这是个好主意，但并不可笑。我赞成希加廖夫！不要教育，有这点学问也就够了！没有学问，这点物资也足够用一千年，但是必须做到听话。世界上只缺少一样东西：听话。渴望受教育乃是一种贵族式的渴望。一个人只要成个家或者开始谈情说爱，就会希望拥有财产。我们要扼杀这种愿望：我们要发动酗酒、诽谤和告密；我们要发动闻所

---

① 西塞罗（前106—前43），古罗马政治家、雄辩家和哲学家。
② 哥白尼（1473—1543），波兰天文学家，日心说的创始人。

未闻的腐化堕落；我们要把任何天才都掐死在襁褓中。一切都归于一个公分母，完全平等。'我们学会了一门手艺，而且我们是老实本分的人，我们不需要任何别的东西。'——这就是不久前英国工人的回答。只有必需的东西才是必需的——这就是地球今后的座右铭。但是也需要抽风；这点我们这些统治者自会操心。奴隶必须有统治者。完全听话，完全丧失个性，希加廖夫会每隔三十年发动一场抽风，大家突然开始你吃我我吃你，但是必须到一定限度为止，唯一的目的是不出现无聊。无聊乃是一种贵族感觉；在希加廖夫理论中没有愿望。愿望和痛苦是对我们而言，而对奴隶只有希加廖夫理论。"

"您把自己排除在外了吧？"斯塔夫罗金又脱口问道。

"也把您排除在外。您知道吗，我曾经想把世界交给教皇统治。让他光着脚步行，出来接见贱民，说什么'瞧，把我弄到了这等地步！'于是大家便纷纷跟着他走，甚至军队亦然。教皇在上面，我们陪侍两侧，而在我们下面则是希加廖夫理论。只要让国际与教皇达成协议，就会出现上述情况。那老家伙肯定会立刻同意。再说他也没有别的出路。哈哈哈，愚蠢吗？您说愚蠢不愚蠢？"

"够啦。"斯塔夫罗金恼火地咕哝道。

"够了！听我说，我抛弃了教皇！让希加廖夫理论见鬼去吧！让教皇见鬼去吧！我需要解决眼前的迫切问题，而不是搞什么希加廖夫理论，因为希加廖夫理论乃是一件精巧的首饰。这是理想，是未来的事。希加廖夫就像任何慈善家一样，是个首饰匠，蠢得很。必须干粗活，而希加廖夫却瞧不起干粗活。我说：教皇可以在西方，而在我国，在我国则是您！"

"别跟我来这一套，醉鬼！"斯塔夫罗金咕哝道，加快了脚步。

"斯塔夫罗金，您是个美男子！"彼得·斯捷潘诺维奇几乎陶醉般叫道，"您知道您是个美男子吗！您身上最可贵的东西就是您有时候不知道这点。

噢，我可把您研究透了！我常常从一旁，从角落里细细看您！您身上甚至有一种忠厚老实和天真无邪的东西，您知道这个吗？而且现在还有，还有！您想必很痛苦，真的很痛苦，同样是因为您太忠厚老实了。我喜欢美。我是个虚无主义者，但是我喜欢美。难道虚无主义者就不能喜欢美吗？他只是不喜欢偶像罢了，啊，可是我喜欢偶像！您就是我的偶像！您不侮辱任何人，可是别人却恨您；您平等待人，可是大家都怕您，这就很好嘛。谁也不敢走近前来拍拍您的肩膀。您是一个非常可怕的贵族。一个主张民主的贵族是很有魅力的！牺牲生命，不管是自己的还是别人的，对您来说都不算一回事！您正是我需要的那种人。我，我就需要像您这种人。除了您以外，我不需要任何人。您是首领，您是太阳，我不过是您的小爬虫……"

他突然吻了吻他的手。斯塔夫罗金的后背感到一阵寒战，他害怕地抽出自己的手。他们停了下来。

"疯子！"斯塔夫罗金悄声道。

"也许我在说胡话，也许我在说胡话！"彼得·斯捷潘诺维奇语气急促地接口道，"但是我想出了第一步。希加廖夫永远也想不出这第一步。希加廖夫这样的人多的是！但是俄国只有一个，只有一个人发明了这第一步，并且知道这第一步应该怎么走。这人就是我。您干吗看着我？我需要您，需要您，没有您我等于零。没有您，我就是只苍蝇，就是装在玻璃瓶里的思想，就是没有发现美洲的哥伦布[①]。"

斯塔夫罗金站在那里，仔细地看着他那双疯狂的眼睛。

"我说，咱们先制造混乱。"韦尔霍文斯基急急忙忙地说道，时不时抓住斯塔夫罗金左边的衣袖，"我已经告诉过您：我们一定要深入群众。您知道我们现在就已经非常强大了吗？我们的人不仅是那些只会杀人放火，只知道老

---

① 源出赫尔岑在《往事与随想》中形容巴枯宁的话。

一套地开黑枪或者咬人的人。这样的人只会碍事。没有纪律我就会两眼漆黑。要知道，我是个骗子，而不是社会主义者，哈哈！我说，我已经把他们都算进去了：一个跟孩子们一起嘲笑他们的上帝和他们的摇篮的小学教师，就已经是我们的人了。一个律师为一个受过教育的杀人犯辩护，说犯人的文化修养比受害者高，而犯人为了弄到钱不能不杀人——这样的律师就已经是我们的人了。一群学生为了尝尝杀人是什么滋味杀了一个庄稼汉，他们也是我们的人。一些不断为罪犯洗刷罪名的陪审员，也成了我们的人。一位检察官在法庭上心惊胆战，就怕还不够自由主义，这样的检察官也是我们的，我们的人。行政长官们，文学家们，噢，我们的人太多了，多极了，而他们自己却不知道！另一方面，小学生们和傻瓜们非常听话，已经达到了无以复加的程度；老师们都气坏了；到处都是十足的虚荣心，贪得无厌，闻所未闻的野兽般的贪欲……您知道，您知道吗，我们仅仅利用现成的观念就能捞到多大好处？我出国的时候，利特雷①关于犯罪就是疯狂的论点曾猖獗一时；到我回国的时候，犯罪已经不是疯狂了，而恰恰是一种健全的理性，几乎是一种职责，起码是一种高尚的抗争。②'一个有文化修养的杀人犯怎能不去杀人呢，因为他要钱嘛！'但是这不过是小露峥嵘。俄国的上帝已经在'廉价的白酒'面前甘拜下风了。老百姓喝醉了，母亲们喝醉了，孩子们喝醉了，教堂里空空的，而在法庭上：'两百树条鞭或者拉一桶酒来。'③噢，让年轻一代快点成长起来吧！只可惜我们没有工夫等了，要不，倒不如让他们醉得更厉害点！啊，多可惜，我们没有无产者！但是会有的，会有的，正在朝这方面发

---

① 利特雷(1801—1881)，法国实证主义哲学家。
② 这些话开陀思妥耶夫斯基与"环境决定论"者论战的先河（参见1873年《作者日记》第三章"环境"）。"环境决定论"者认为，社会环境的影响是犯罪的总根源。
③ 俄国1864年司法改革后，法院仍贿赂公行，凭长官意志肆意妄为。据同时代人回忆，拿一桶酒来就可以不去当兵；而追缴欠税，可以随意鞭打农民。

展……"

"同样可惜的是我们变笨了。"斯塔夫罗金咕哝道,依旧顺着原路走去。

"我说,我亲眼见过一个六岁的孩子,他拉着喝醉酒的妈妈回家,可是他妈却用下流话骂他。您以为我看着高兴？要是这混账东西落到咱们手里,咱们说不定能把她治好……要是有必要,咱们就把她轰到一片荒无人迹的地方去流放四十年……但是拥有腐化堕落的一代人或者两代人现在还是必要的;而且这腐化堕落应是闻所未闻、极端卑劣,应当让人变成可恶的、胆小如鼠的、残忍的、极端自私的败类——必须做到这样！还需要一点'殷红的鲜血',让人逐渐习惯起来。您笑什么？我的话并不自相矛盾。我只是在反驳慈善家们和希加廖夫理论,而不是在反驳自己。我是骗子,而不是社会主义者,哈哈哈！只可惜时间太少了。我答应卡尔马津诺夫在五月起事,而到圣母节结束。快吗？哈哈！您知道我要对您说什么吗,斯塔夫罗金：俄国老百姓当中至今还不曾出现犬儒主义,虽然他们骂人的话极其下流。您知道吗,一个农奴也比卡尔马津诺夫更尊重自己？他们挨了毒打,可是却护卫住了自己的神灵,而卡尔马津诺夫就做不到。"

"好了,韦尔霍文斯基,我头一回听您说话,而且感到很惊奇,"尼古拉·弗谢沃洛多维奇说,"由此可见,您还当真不是社会主义者,而是一个政治……野心家？"

"是骗子,骗子。您关心我到底是怎样一个人？我马上告诉您我是怎样一个人,我说了老半天也就是为了说这个。我可不是无缘无故地吻您手的。但是必须做到让老百姓也相信我们知道的东西,以及我们想要干什么,而那些人只会'挥舞大棒打自己人'。唉,要是有时间就好了！糟糕的是没有时间。我们要宣布破字当头……为什么,为什么这想法这么富于魅力呢！但是必须,必须先活动活动筋骨。我们要放火……我们要造谣……这里每个糟糕透顶的'小组'都能派上用场。我可以在这些小组里给您找到这样的志愿者，他们会去开枪，会去暗杀，还会引以为荣，感激涕零。于是，您哪，就会出现动乱！一场世界上从未见过的大动荡就将席卷全国……俄罗斯将变成一片昏暗，大地将会哭泣，怀念古代的神明……好了，您哪，这时我们就要让一个人粉墨登场……让谁呢？"

"谁？"

"伊万王子。"

"谁——谁？"

"伊万王子；您，您！"

斯塔夫罗金沉吟片刻。

"让冒名的王子[①]粉墨登场？"他突然问，不胜惊讶地望着这个政治狂人，"哎！您的计划原来是这样。"

"我们会说，他'隐蔽起来了'。"韦尔霍文斯基像说呢喃情话似的悄声道，还真像喝醉酒了似的，"您知道'他隐蔽起来了'这句话是什么意思吗？他会出现的，会出现的。我们散布的这个神奇故事肯定比阉割派[②]高明。他在，但是谁也没有见过他。噢，可以散布一个多么神奇的故事啊！而主要是要有一股新力量加盟。要的就是这股力量，人们哭泣也就是因为盼望出现这股力量。社会主义又能干什么呢：他们只知道摧毁旧势力，可是却没有新力量加盟。而我们这里却有新力量加盟，而且是怎样的力量啊，从来没有听说过的强大

[①] 伊万王子原是俄罗斯神话中的英雄，为了寻回被魔法变为青蛙的妻子，他历尽千辛万苦，一路行善，终于战胜邪恶。

[②] 阉割派是18世纪末从俄国正教教会分裂出去的一个宗教派别，主张摆脱世俗生活，反对性欲，宣传用阉割的方法来拯救灵魂。他们编了一个神奇故事：他们的创始人将从东方来，从伊尔库茨克山脉进入俄国，驻在莫斯科，神通广大，骑着一匹有灵性的白马，领导各民族的阉割派教徒，并将阉割派教义传播到西方，传遍法国大地。

第二部

力量！只要给我们一根杠杆，我们就能把地球撬起来。一切都会风起云涌，天翻地覆！"

"那么您还真指望我啰？"斯塔夫罗金发出一声狞笑。

"您笑什么，还这么恶狠狠的？别吓唬我了。现在我就跟小孩一样，您这么一笑就能把我吓个半死。我说，我绝不让任何人看见您，绝不让任何人：必须这样。他在，但是谁也没有见过他，他隐蔽起来了。要知道，甚至也可以，比如说，让十万人中有一个人看见您。于是就传遍全球：'看见了，看见了。'于是大家也就看到了万军之主伊万·菲利波维奇①，看到他怎样端坐在彩车里，在众人面前徐徐升天。而且是'亲眼'看见的。可是您并不是伊万·菲利波维奇；您是一个美男子，高傲得像上帝一样，为了自己一无所求，头上有一圈受害者的光环，而且'隐蔽起来了'。主要是要神奇！您会征服他们的，您瞧上一眼就会把他们征服的。传播了新的真理就'隐蔽起来了'。到时候我们再搞三两件所罗门②式的判决。有几个小组，有几个五人小组也就够了——用不着报纸！如果一万件投诉中有一件得到了满足，大家就会纷纷提出投诉。于是每一个乡里的每一个庄稼人都会知道，什么地方有个树洞，任何投诉都可以投进去。于是全球将会响起一片呼号：'现在实行的是新的公正的法律。'大海将会汹涌澎湃，简易的戏台将会倒塌，那时候我们就会考虑兴建一座石头建筑。头一回！我们将要建设，我们，只有我们！"

"一派胡言！"斯塔夫罗金说。

"为什么，为什么您不愿意呢？害怕？要知道，我抓住您不放就因为您什么也不怕。不符合情理？要知道，我暂时还是个没有发现美洲的哥伦布；

---

① 源出东正教鞭笞派传说，应为万军之主达尼尔·菲利波维奇。陀思妥耶夫斯基把他和自称基督的伊万·季莫菲耶维奇·苏斯洛夫弄混了。

② 所罗门，古以色列王，以判案贤明公正著称。

难道没有发现美洲的哥伦布就是符合情理的吗？"

斯塔夫罗金不作声。这时他俩已走近家门，在大门口停了下来。

"我说，"韦尔霍文斯基贴近他的耳朵说道，"我不要您的钱；明天我就把玛丽娅·季莫费耶芙娜给干了……不要钱，而且明天就把丽莎给您带来。您想要丽莎吗，而且就在明天？"

"他怎么啦，当真神经错乱了？"斯塔夫罗金想道，微微一笑。台阶上面的门打开了。

"斯塔夫罗金，您就是我们的美洲？"韦尔霍文斯基最后一次抓住他的胳膊。

"干吗？"尼古拉·弗谢沃洛多维奇板起脸，严肃地说。

"您不乐意，我早知道！"韦尔霍文斯基勃然大怒，叫了起来，"您胡说，您这坏透了的、淫乱的、娇纵坏了的大少爷，我不信，您的胃口像狼一样大……您要明白，我在您身上下的赌注太大了，我决不放弃您！世界上再找不出像您这样的人了！在国外我就想到您了；我看见您就想到了。要不是我在一旁偷偷地观察您，我这脑子是不会异想天开的！……"

斯塔夫罗金没有回答，爬上了楼梯。

"斯塔夫罗金！"韦尔霍文斯基冲他的背影叫道，"给您一天时间……要不就两天……要不就三天；不能超过三天，到时候听您的答复！"

第九章　斯捷潘·特罗菲莫维奇被抄家

就在这时出了一件怪事，使我很惊讶，也使斯捷潘·特罗菲莫维奇很震惊。早晨八点钟，纳斯塔西娅从他那里跑来找我，说老爷"被抄家"了。我起初什么也听不懂：好不容易才弄明白了，前来"抄家"的是几名官员，进来后拿走了一些文件；一名士兵把文件打成捆，"用手推车推走了"。这消息很离奇。我立刻赶去找斯捷潘·特罗菲莫维奇。

我碰到他时他正处在一种令人惊奇的状态：心情不好，十分激动，与此同时又无疑带着扬扬得意的神态。在房间中央的桌子上，有个茶炊已经烧开了，桌上还斟了一杯茶，但是没有动过，显然忘了。斯捷潘·特罗菲莫维奇在桌旁踱来踱去，从这个角落踱到那个角落，自己也不明白他走来走去干什么。他跟往常一样穿着那件红毛衣，但是他一看见我就急忙穿上坎肩和外衣，过去他的亲朋好友中有什么人来访碰到他穿着这件毛衣时，他是从来不这样做的。他立刻过来热烈地抓住我的手。

"您终于来了，朋友！（他深深叹了口气）亲爱的，我就让她去找您一个人，任何人都不知道这事。得吩咐纳斯塔西娅锁上门，不让任何人进来，当然，除了那些人……您明白吗？"

他不安地瞧着我，仿佛在等我回答。不用说，我急忙问他到底发生了什么事，从他那断断续续的，再加上一些不必要的插叙的话中，我好歹弄明白了，今天早上七点钟，"突然"有一名省府官员前来找他。

"对不起，我忘了他的名字。他不是本地人，但是，好像就是列姆布克带来的那位，面部表情中有一种迟钝的、德国人的神气。他叫罗森塔尔。"

"该不是布卢姆吧?"

"是布卢姆。他就叫这名字。您认识他吗? 他的外貌流露出一种迟钝和十分自负的神态,然而样子十分严厉,高不可攀,神气活现。这人是警方派来的,是名下属,这方面我还多少懂一点儿。我还在睡觉,您想想,他请我把我的书和手稿给他'看一下',是的,我记得他用了这个词。他没有拘捕我,只是拿走了书……他与我保持着一定距离,当他向我说明来意的时候,他那神气,倒像我……简而言之,他好像以为,我一定会立刻向他扑过去,狠狠地揍他。所有这帮来自下层的人都这样,当他们同上等人打交道的时候。不用说,我立刻全明白了。已经二十年了,我早就对此做好了准备。我给他打开了所有的抽屉,把钥匙也都交给了他;我自己给他的,全都给了他。我的态度很镇静,保持着人格尊严。书籍中,他拿走了赫尔岑在国外出版的几本书,一本《钟声》的合订本,我的长诗的四个副本,总之,就这些。然后是一些文件和信函,还有我的一些历史著述、文学评论和政论的初稿。这些东西他们都拿走了。纳斯塔西娅说,是一名士兵用一辆手推车推走的,上面还盖了一条围裙;是的,正是这样,盖了一条围裙。"

这简直在说胡话。谁听得懂他到底要说什么? 我又问了他许多问题:是不是布卢姆一个人来的? 谁让他来的? 他有什么权利? 他怎么敢这样? 他有什么理由?

"他一个人,就他一个人。不过,似乎还有个人在外屋,是的,我记起来了,然后……不过,似乎还有个人,好像在过道屋里还站着一名卫兵。这要问纳斯塔西娅;这一切她知道得比我清楚。您瞧,我当时非常激动。他说呀说呀……说了一大堆事;不过,他说得很少,都是我在说……我讲了我的生平,自然,仅仅是从这个观点说的……我当时非常激动,但是,我敢向您保证,我保持了我的人格尊严。不过我怕我似乎哭了。那手推车他们是从隔壁那家铺子借来的。"

"噢,上帝,怎么可能发生这样的事呢!看在上帝分上,您再说准确点儿,斯捷潘·特罗菲莫维奇,您说的这事简直像做梦!"

"亲爱的,我自己也像做梦似的……要知道,他提到了捷利亚特尼科夫的名字,因此我认为这人就躲在过道屋里。对了,想起来了,他建议我去找检察官,似乎还有德米特里·米特里奇……顺便说说,有一次我们玩叶拉拉什牌,他还欠我十五卢布赌债哩。总之,我没有完全弄懂。但是,我要了个滑头,把他们糊弄过去了,德米特里·米特里奇跟我有什么关系。我好像开始求他别对外张扬,我苦苦地求他,甚至担心我太低三下四了,您以为怎样?他终于同意了。是的,我想起来了,是他自己求我的,还是别张扬好,因为他不过是来'看一下',此外就没什么了,此外就没什么了,没有什么了……假如什么也没有找到,那就什么事也没有。因此我们就把一切友好地了结了,我非常满意。"

"哪能呢,要知道,他不是向您提出在这样的情况下必须履行一定的手续和保证吗,而您却自己把它放弃了!"我友好而又愤怒地叫道。

"不,还是这样好,不要保证。干吗要闹得满城风雨呢?还是先友好相处……您知道,在咱们这个城市里,要是我的敌人……知道了……再说这检察官又要他干吗呢,我们这猪一般的检察官两次对我无礼,去年还在迷人而可爱的纳塔丽娅·帕夫洛芙娜家被人狠揍了一顿……当时他躲在她的小客厅里,再说,我的朋友您别跟我抬杠,也别让我垂头丧气,因为当一个人很不幸,可是他的一百个朋友却立刻向他指出他变得多蠢,再没有什么比这更叫人难受的了。不过,您请坐,请喝茶,而且不瞒您说,我很累……我是不是再躺一会儿,是不是头上再敷点儿醋呢,足下高见?"

"一定要这样,"我叫道,"甚至要再敷点儿冰。您的心情很不好。您脸色苍白，两手发抖。您先躺下，好好休息休息，有话过一会儿再说。我先在您身旁坐一会儿，等等再说。"

他又拿不定主意是否躺下，我坚持非让他躺下不可。纳斯塔西娅用茶杯拿了点儿醋来，我用醋浸湿了毛巾，敷在他头上。接着纳斯塔西娅站到椅子上，在墙角的圣像前点上了长明灯。我惊奇地发现了这一点；再说过去从来不曾点过这灯，现在却突然出现了。

"这是方才他们刚走的时候我安排的，"斯捷潘·特罗菲莫维奇狡猾地看了看我，咕哝道，"当你屋里有这样的东西，他们前来逮捕你的时候，就会给他们留下印象，他们就会回去报告，说他们看见了……"

点完油灯后，纳斯塔西娅就站到门口，右手托腮，带着一副悯悯惶惶的表情望着他。

"您随便找个什么借口把她支走，"他从长沙发上向我点头示意，"现在我最受不了这种俄国式的怜悯，再说我也觉得讨厌。"

但是她自己走了。我发现他一直回过头去看房门，倾听外屋里有无动静。

"您瞧，必须做好准备，"他意味深长地看了我一眼，"随时……他们都会来，把人抓走，于是，嘘——这个人就失踪了！"

"主啊！谁会来呢？谁会把您抓走呢？"

"您瞧，我亲爱的，他走的时候，我曾经开门见山地问他：现在他们将怎样处置我呢？"

"您还不如问他们会把您发配到哪儿去！"我像方才一样愤愤然叫道。

"我提这问题的时候就是这意思，但是他什么也没有回答就走了。您瞧：关于内衣、外衣，尤其是御寒的衣服——这就看他们的意思了，让我带上就带上，要不然，就穿上士兵的大衣被发配走。但是我把三十五卢布（他突然压低声音，回头看着纳斯塔西娅出去的房门）偷偷塞进坎肩口袋里的一个破

第二部

洞里，就在这儿，您摸摸……我想，他们总不会让我脱掉坎肩吧，为了做做样子，我在皮夹里留了七卢布，我就说：'我的钱全在这里了。'要知道，这里桌上还放着一些零钱和找回来的铜币，所以他们肯定不会想到我把钱藏了起来，还以为全都在这里了。要知道，只有上帝晓得我今天会在哪里过夜。"

听到他这样疯言疯语，我低下头寻思。显然，既不可能是逮捕，也不可能是搜查（像他所说的那样），当然，是他弄错了。诚然，这一切都发生在现行的新法律尚未正式颁布之前。诚然，人家也曾向他提出（据他自己说）应履行更正式的手续，但是他耍了个滑头，拒绝了……当然，过去，也就是在不久前，省长也可以在紧急情况下……但是现在又能算什么紧急情况呢？这倒把我弄糊涂了。

"这事大概有彼得堡来的电报。"斯捷潘·特罗菲莫维奇突然说。

"电报！关于您的电报？就为了赫尔岑的著作和您的长诗？您疯啦，凭什么要逮捕您？"

我简直气坏了。他做了个鬼脸，分明有气——倒不是因为我冲他嚷嚷，而是因为我认为没有逮捕他的道理。

"如今这世道，谁晓得为什么逮捕？"他神秘地嘀咕道。一个离奇而又十分荒唐的想法倏忽闪过我的脑海。

"斯捷潘·特罗菲莫维奇，请把我作为朋友，作为真正的朋友告诉我，我决不会出卖您：您是不是属于某个秘密团体？"

使我吃惊的是，连这点他也没有把握：他不确定是不是参加了什么秘密团体。

"这就看怎么说了，看怎么说了……"

"什么叫'怎么说'？"

"当一个人全身心追求进步，而且……谁又能保证：你以为你不属于什么，可是到头来你属于什么也说不定。"

"这怎么可能呢，究竟是是还是不是呢？"

"这是在彼得堡开始的，当时我同她想办一个刊物。根子就在这里。后来我们溜走了。他们也就把我们忘了，可是现在又想起来了。亲爱的，亲爱的，难道您不知道！"他痛苦地叫道，"他们会到我们这儿来抓人的，押上马车，发配到西伯利亚，终身流放，或者把我们遗忘在单人牢房里……"

他突然哭了起来，热泪、热泪盈眶。眼泪夺眶而出。他用自己的红绸手帕捂住眼睛，号啕大哭，抽抽噎噎地哭了大约五分钟。哭得我浑身都起了鸡皮疙瘩。这个二十年来一直向我们预言未来的人，我们的传教士、导师、主教、库科利尼克①，一直高高地、庄严地君临我们大家之上，我们对他衷心崇拜并引以为荣的人——现在竟突然痛哭流涕，哭得像个不点儿大的淘气包，因为闯了大祸在等老师去拿树条鞭回来抽他似的。我开始非常可怜他。他显然像相信我就坐在他身旁一样相信那辆来把他押走的"马车"，而且在等它马上驶来，立刻来，而且就在今天上午，而这一切都是因为赫尔岑的著作，还有他自己的一部什么长诗！对现实生活的这种最彻底、最完全的无知，既令人感动，又让人感到有点恶心。

他终于止住了哭，从沙发上站起来，又开始在屋里踱来踱去，继续跟我说话，又时不时地望着窗外，倾听外屋有什么动静。我们的谈话在有一搭没一搭地进行。不管我怎么劝他，不管我怎么安慰他，就像豌豆撞在墙上蹦回来似的。他很少听我说话，但是他又非常需要我安慰他，他一刻不停地说话就是说的这意思。我看出来了，他现在离不开我，他是无论如何不会放我走的。于是我就留了下来，我们一起坐了两个多小时。他在谈话中想起了布卢姆顺手拿走了在他屋里找到的两份传单。

---

① 本书第19页注①。

"怎么会有传单呢！"我都吓糊涂了，"难道您……"

"唉，有人偷偷地给我放了十份，"他懊恼地答道（他跟我说话时不是表现出懊恼和高傲，就是显得非常可怜兮兮、逆来顺受），"但是我已经处理了八份，布卢姆拿走的只有两份……"

他突然愤怒得涨红了脸。

"您把我跟这些小人混为一谈了！难道您认为我会跟这些无耻小人，跟这些栽赃陷害别人的人，跟我那混账儿子彼得·斯捷潘诺维奇，跟这些卑鄙下流的不信教的人在一起鬼混吗！噢，上帝！"

"啊，总不至于阴差阳错地把你们混同起来了吧……不过，这是胡说，这不可能！"我说。

"您知道吗，"他蓦地脱口说道，"我有时候感到，我会在那里大吵大闹的。噢，您别走，别留下我一个人！我的人生道路今天算走完了。我感觉到这一点。要知道，我说不定会在那儿向什么人扑过去，咬他一口，就像那少尉一样……"

他用异样的目光看了看我——受到惊吓的目光，与此同时又似乎想用它来吓唬别人。随着时光的流逝以及那辆"马车"始终没有出现，他却对什么人和什么事当真愈来愈恼怒了；甚至发起了脾气。突然，纳斯塔西娅不知道有什么事从厨房里走到外屋来，碰倒了衣架。斯捷潘·特罗菲莫维奇蓦地发起抖来，在原地面如土色；但是当事情弄清楚了，他差点没有向纳斯塔西娅连声尖叫，跺着脚，把她赶回了厨房。过了一分钟，他绝望地看着我，说道：

"我完了！亲爱的，"他突然坐到我身旁，可怜巴巴地注视着我的眼睛，"亲爱的，我倒不是害怕去西伯利亚，我向您发誓，噢，我向您发誓（他甚至热泪盈眶），我怕的是另外的事……"

我已经从他的神态中看出来，他终于想要告诉我一件非同寻常的，至今一直憋在心里想说而又说不出口的事。

"我怕受到羞辱。"他神秘地悄声道。

"什么羞辱？恰恰相反！请相信我，斯捷潘·特罗菲莫维奇，这一切今天就会弄清楚，而且结果只会对您有利……"

"您有把握他们肯定会饶恕我吗？"

"怎么扯得上'饶恕'不'饶恕'呢！什么话！您到底做了什么呀？我敢向您保证，您什么也没有做！"

"这事您知道什么呀；我的整个一生……亲爱的……他们会统统想起来的……如果他们什么也找不到，只会更糟。"他突然出人意料地又加了一句。

"怎么会更糟呢？"

"更糟。"

"不明白。"

"我的朋友，我的朋友，我情愿去西伯利亚，去阿尔汉格尔斯克①，褫夺公民权——完蛋就完蛋！但是……我怕的是另外的事（又是窃窃私语，又是惊慌失措的神态，又是神秘兮兮的表情）。"

"您到底怕什么，怕什么呢？"

"他们会用鞭子抽我的。"他说，用不知所措的神情望了望我。

"谁会用鞭子抽您？在哪儿？为什么？"我叫道，我真担心他该不是疯了。

"哪儿？唔，那儿……在打人②的地方。"

"在哪儿打人呢？"

"唉，亲爱的，"他又像耳语似的悄声道，"您脚下的地板会突然裂开。您半截身子会掉下去……这是大家都知道的。"

---

① 阿尔汉格尔斯克，在俄罗斯西北方，临近北极圈。
② 关于警察鞭打贵族的事，在赫尔岑主编的《钟声》上时有报道。

"无稽之谈！"我叫道，我知道他要说什么了，"老掉牙了的无稽之谈，难道您到现在还相信？"我纵声大笑。

"无稽之谈！这些无稽之谈总归是有来头的吧；挨了鞭打的人是不会胡说的。我已经在想象中琢磨过一万次啦！"

"打您，干吗要打呢？您不是什么事也没有做吗？"

"只会更糟，如果他们发现我什么事也没有做，肯定会用鞭子抽我。"

"您居然相信，为了那事就会送您去彼得堡！"

"我的朋友，我已经说过，我丝毫不觉得可惜，我的人生道路走完了。从她在斯克沃列什尼基同我分手那一刻起，我就不可惜我的生命了……但是羞辱，羞辱，如果她知道了，她会怎么说呢？"

他绝望地看了我一眼，真可怜，满脸涨得通红。我也垂下了眼睛。

"她什么也不会知道，因为您什么事也不可能发生。我好像生平第一次跟您说话似的。今天早晨您使我感到太奇怪了。"

"我的朋友，要知道，这不是害怕。即使他们饶了我，把我送回来，不做任何处理——即使这样，我也完了。她会怀疑我一辈子的……怀疑我，怀疑我这个诗人，思想家，她崇拜了二十二年的人！"

"她根本就不会有这个想法。"

"她会这么想的。"他坚信不疑地悄声道，"当时我俩都害怕，在临行前的那个大斋期，在彼得堡，我跟她曾好几次谈到过这事……她会怀疑我一辈子的……怎么能打消她的怀疑呢？会出现难以置信的事的。再说，在我们这座小城里谁会相信呢，这十分离奇……再说又是些女人……她会高兴的。她会很难过，非常难过，像真正的朋友那样真正地难过，可私下里——却会很高兴……我会给她一件武器，她将一辈子拿它来对付我。噢，我这辈子算完了。跟她在一起十分幸福地生活，都二十年啦……突然一下子！"

他举起手来捂住了脸。

"斯捷潘·特罗菲莫维奇,您是不是应当把发生的事马上告诉瓦尔瓦拉·彼得罗芙娜呢?"我提议。

"上帝保佑,千万别!"他打了个寒噤,从座位上跳起来,"无论如何不行,永远不行,在斯克沃列什尼基分手时说了那番话之后,永——远——不——行!"

他的两眼闪出了泪花。

我想,我们又坐了一小时或一小时多,一直在等待什么——一旦形成了这个想法就信以为真了。他又躺下来,甚至闭上了眼睛,他躺了大约二十来分钟,一言不发,我甚至以为他睡着了或者昏睡过去了。蓦地,他一骨碌爬起来,扯下头上的毛巾,从沙发上跳起来,跑到镜子前,两手发抖地系上领带,像打雷似的喊了声纳斯塔西娅,命令她把他的大衣、新礼帽和手杖拿来。

"我再也受不了了,"他用断断续续的声音说道,"我受不了,受不了……我要亲自去。"

"去哪儿?"我也跳起来。

"去找列姆布克。亲爱的,我必须,我责无旁贷。这是天职。我是公民,是人,而不是根劈柴,我有权,我要行使我的权利……我二十年都没有要求行使我的权利了,我一辈子都忘了行使我的权利,这是犯罪……但是现在我要求行使我的权利。他必须把一切都告诉我,一切。他收到了电报。不许他折磨我,要不就逮捕,逮捕,逮捕我好了!"

他一面大喊还一面尖叫,跺着脚。

"我赞成您这样做,"我尽可能佯作镇定地说,虽然我替他担心,"真的,这倒比愁眉苦脸干坐着好,但是我不赞成您现在的情绪;您瞧,您现在像什么人了,您怎么能到那里去呢。对列姆布克应当举止端庄,保持镇静。真的,您现在肯定会扑过去咬人的。"

"我要自投罗网。我要把自己直接往狮子嘴里送……"

"那我也跟您去。"

"我也巴不得您陪我去,我接受您的牺牲,真正朋友的牺牲,但是只到他的官邸前,只能到官邸前:您不应该,也没有权利因与我交往而继续损害自己的名誉。噢,请相信我,我会保持镇静的!我意识到自己此刻特别特别神圣崇高……"

"我也许要同您一起进他的官邸。"我打断了他的话,"昨天,通过维索茨基,他们那个什么混账委员会通知我,他们指望我能帮他们做些事,邀请我去参加明天的游艺会,并忝列主持人之列,或者他们听什么来着,加入那六个年轻人,负责照料端茶送酒,侍候女士们,请客人坐,左肩佩戴由红白两色缎带编成的蝴蝶结。我本来想拒绝,但是现在我为什么不能借口要跟尤丽娅·米哈伊洛芙娜亲自说明情况而进入他的官邸呢……这不,咱俩就可以一起进去啦。"

他听着,不住点头,但又似乎什么也没有听懂。我们站在门口。

"亲爱的,"他向墙角的长明灯伸出一只手,"亲爱的,我从来不相信这个,但是……随他去,随他去吧(他画了个十字)!咱们走吧!"

"唔,这样也好,"我跟他一起走上台阶的时候想,"一路上呼吸点儿新鲜空气会对他有益的,我们就会安静下来,打道回府,躺下睡觉……"

但是我估计错了。半途上偏偏发生了一件出人意料的事,使斯捷潘·特罗菲莫维奇受到更大的震动,从而使他横下一条心,一不做二不休……因此,不瞒诸位说,我甚至都没料到我们这位朋友会在今天上午忽然表现出那样的眼明手快。可怜的朋友,善良的朋友!

第十章　海盗。不祥的上午

一

我们在半路上发生的那事，也是令人十分吃惊的。不过这一切必须从头说起。当我和斯捷潘·特罗菲莫维奇上街前一小时，许多人好奇地发现，有一群人在城里走过，他们是什皮古林厂的工人，约莫七十人，也可能更多些。这些人循规蹈矩，几乎一言不发，仿佛早有安排似的井然有序地走着。后来有人断言，这七十人是从全体工人（什皮古林厂的工人将近九百人）中选出来的，他们是去向省长请愿的，由于老板不在，他们想向省长寻求法律公正，约束一下他们的管事，这管事关闭工厂，遣散工人，肆意克扣全厂工人的工资——现在这已经是毫无疑问的事实了。我们这里另一些人至今不承认这些人是选举产生的，他们硬说要选举七十个人出来数目太多了，因此这帮人不过是由受害最深的工人组成，他们前来请愿只是为了他们自己，因此后来轰动一时的所谓全厂总"暴乱"根本是子虚乌有。第三部分人则狂热地硬要大家相信，这七十人绝不是普通的暴乱者，绝对是政治犯，也就是说，这些人是最爱寻衅闹事的暴徒，而且肯定是被暗中散发的传单挑动起来的。总之，这事肯定有人施加影响或者暗中煽动——但究竟如何，至今尚无定论。我个人的看法是：工人根本就没有读过暗中散发的传单，即使读了，他们也根本不懂，仅凭一点，因为写这些传单的人尽管开门见山，直言不讳，可是写得不明不白，行文极其晦涩。工人的处境的确很困难——而他们求助的警察局又不愿

第二部

干预他们所受的委屈——因此他们只好成群结队地向"将军本人"①请愿,如果可以的话,他们甚至准备头顶状纸,循规蹈矩地在官邸的台阶前站好队,只要他一出现就双膝下跪,像见到上帝一样呼天抢地,苦苦哀求——难道还有比他们这样的想法更自然的吗?依照愚见,这事既不需要暴动,甚至也不需要选举什么代表,因为这是一个老办法,古已有之;俄国老百姓自古以来就喜欢向"将军本人"倾诉,其实这仅仅是出于一种满足感,至于结果如何均在所不计。

因此我深信不疑,即使彼得·斯捷潘诺维奇、利普京,也许还有什么人,甚至说不定还有费季卡,就算曾经预先在工人中上蹿下跳(因为对这一情况的确存在相当过硬的证据),跟他们说过话,但是跟他们说过话的人大概也超不过两个,三个,就算五个吧,仅仅是为了试探一下,而且这种谈话也不曾产生任何效果。至于暴动,即使工人们从他们的宣传中听懂了什么,他们也肯定会立刻不再听下去,认为这样做太蠢了,根本不适合。费季卡则是另一回事:他似乎比彼得·斯捷潘诺维奇走运。现在已确切地查明,有两名工人的确跟费季卡一起参加了三天后发生在城里的那起纵火案,后来,过了一个月,又在县里抓住了三名过去的工人,罪名也是纵火和抢劫。即使费季卡把他们引诱了过去,让他们直接参加这次行动,那也仅此五人而已,因为有关其他人的这一类情史什么也没有听说。

不管怎么说吧,反正工人们终于成群结队地来到了省长官邸前的那个小广场上,循规蹈矩、一声不响地排好队。接着就张大了嘴看着省长官邸的台阶,开始等候。有人对我说,他们似乎刚一站好队就立刻摘下了帽子,也就是说,还在一省之长出现前半小时,他们就摘下了帽子,可是这位省长却好

---

① 指旧俄官衔相当于将军的文职高官。

像故意似的,这时偏偏不在家。警察局立刻派员前来,先是三三两两,后来几乎是倾巢出动;不用说,先是威严地命令他们散开。但是工人们硬是顶牛,就像一群走到板墙前的羊似的,还简单明了地回答,他们要见"将军本人";可见他们决心之坚定。不自然的吆喝声停止了;迅速取代这吆喝声的是若有所思、低声发布的秘密指令、严峻的忙忙碌碌和忧心忡忡,以及长官们皱紧的双眉。警察局局长认为还是等冯·列姆布克本人来了之后再说。有人说,局长是坐着三套马车飞也似的跑来的,还在马车上就动手打人了——这全是无稽之谈。他在敝城的确爱乘坐他那辆尾部是黄色的轻便马车横冲直撞,而且随着"那两匹撒欢的拉边套的马"越来越疯狂,也曾博得劝业场商人的齐声喝彩,于是他便在马车上站起来,把身体挺得笔直,抓住特意钉在马车一侧的皮带,就像在纪念雕像上那样向空中伸出右手——他就这样坐着马车巡视全城。但在当前的情况下,他的确没有打人,虽然他在跳下马车时免不了说了句难听的话,但他这样做的唯一目的无非是不失威严。更荒唐的是说调来了上了刺刀的兵,又说还给什么地方拍了电报,报告情况紧急,让他们派炮兵和哥萨克来①:这是发明者本人现在也不相信的信口雌黄。还有人说拉来了消防用的大水桶。想用水来浇老百姓,这也是胡说八道。其实,这无非是因为伊里亚·伊里奇一时冲动叫了声:谁也休想在他这里干着身子走出水面;②大概由此而引申出水桶,水桶云云也就这样被京城报纸的通讯所转载。应该认为,最可靠的说法是首先命令所有在场的警察把这批请愿者团团围住,然后派了一名信使(第一警察分局的分局长)即刻去找列姆布克,于是这名警官便立刻坐上警察局局长的马车飞也似的向斯克沃列什尼基跑去,因为他知道,大约半小时前,冯·列姆布克坐了自己的弹簧马车动身上那里去了……

---

① 指1861年农奴改革后,沙皇政府越来越频繁地派兵镇压骚动。

② 俄谚,意为谁也逃脱不了干系。

第二部

但是，不瞒诸位说，我始终有一个问题没有解决：这么一帮赤手空拳的，这么普普通通的请愿者——诚然，有七十人之多——怎么会一上来，刚迈出第一步，人家就说他们的暴动有颠覆国家基础之虞呢？为什么当列姆布克紧跟着信使于二十分钟之后赶回来的时候，他便迫不及待地接受了这一想法呢？我是这么揣测的（但这不过是我个人的意见）——跟工厂管事有通家之好的伊里亚·伊里奇，向冯·列姆布克把这群人形容得十分可怕，这对他也是有好处的，可以让列姆布克不必动真格来审理此案；而开导他、促使他这样做的竟是列姆布克本人。在最近两天，他们曾有过两次神秘的紧急谈话，话又说回来，这两次谈话内容极其含混，但是伊里亚·伊里奇还是从中看出，省长已固执地认定有人在暗中散发传单，有人在暗中煽动什皮古林工厂工人发动社会暴乱，而且他固执到这样的程度，如果一旦查明煽动云云纯属子虚乌有，他说不定还会感到很遗憾。"他变着法儿地想去彼得堡邀功请赏，"我们这位狡猾的伊里亚·伊里奇离开冯·列姆布克家出来的时候想，"也好，正合我意。"

但是我确信，可怜的安德烈·安东诺维奇即使想为自己邀功请赏，也绝不希望真的发生暴乱。他是一名克尽厥职的官员，直到结婚前一直为官清廉。他放弃了秉公出售公家木材的机会，又放弃了与守身如玉的明亨小姐结婚，而是接受一位四十岁的半老徐娘公爵小姐的抬举，攀了这高枝儿，难道这是他的错吗？我几乎有十分把握地知道，就是从这个不祥的上午起开始出现了那种状态的明显迹象，据说，正是这种精神状态后来使可怜的安德烈·安东诺维奇进了瑞士那家著名的特殊机构[①]，他现在似乎正在那里渐渐康复。但是，假定说，正是从这天上午起，某种情况的明显迹象即已暴露无遗的话，那，

[①] 指精神病院。

按照愚见，也可以认为，在头天晚上，这类事实的某些表现就已经出现了，虽然表现得不很明显。我知道，据最隐秘的传闻（诸位可以猜到，这是尤丽娅·米哈伊洛芙娜亲自告诉我的，她向我透露了这件事的极小部分；她当时已经不那么扬扬得意了，而是几乎有点后悔了——女人是从来不会完全后悔的），我知道，头天晚上，已是深夜，在凌晨两点多钟，列姆布克走到自己夫人的卧室，叫醒了她，要求她听听"他的最后通牒"。他的要求很坚决，她只好从卧榻上坐起来，怒形于色，头上还带着卷发纸，虽然脸上挂着嘲弄的轻蔑，但她在沙发榻坐好后，毕竟还是听了。这时她才第一次明白她的安德烈·安东诺维奇做得实在太过分了，不由得私下里感到一阵害怕。她本来应该终于清醒过来，态度变得温和些，可是她却掩饰了心头的恐惧，而且变得比从前更固执了。她自有一套对付安德烈·安东诺维奇的办法（就像任何一个妻子似乎都有一套对付丈夫的办法似的），这办法已经屡试不爽，而且不止一次把他气得几乎发狂。尤丽娅·米哈伊洛芙娜的办法就是轻蔑地保持沉默，一小时，两小时，一昼夜，有时几乎长达三昼夜——无论他说什么，无论他做什么，哪怕他爬上窗户从三层楼上跳下去，她也始终保持沉默——对于一个多愁善感的人来说，这是无法忍受的！无论尤丽娅·米哈伊洛芙娜是否因为她丈夫近日的失策以及他作为一省之长居然对她的行政才能心怀嫉妒而惩罚他也罢；也无论是因为他批评了她同年轻人和所有我们这伙人的行为有失检点，而不明白她那微妙而又富有远见的政治目标而对他发怒也罢；也无论是因为他居然愚蠢而又毫无意义地吃起了彼得·斯捷潘诺维奇的醋而在生他的气也罢——反正不管因为什么吧，她现在已横下一条心，绝不心软，尽管现在已半夜三点，而且她还从来没有看到过安德烈·安东诺维奇像今天这样激动。他忘乎所以地踏着她的小客厅的地毯忽前忽后、忽左忽右地走来走去，把一切都向她和盘托出，一切，诚然，东一榔头西一棒槌，但却是他郁结于心的一切，因为——"一切都太过分了"，他先从所有的人都在嘲笑他而且"牵着他的鼻子走"讲起。"管他们怎么说呢！"他发现她脸上掠过一丝微笑，于是立刻一声尖叫，"就算'牵着鼻子走'吧，但是，要知道这是实情……不，夫人，到时候了；要知道，现在既顾不上笑，也顾不上女人般地卖弄风情。我俩不是在一个惺惺作态的太太的小客厅里，而是仿佛两个抽象的人相遇在气球里，为的是说出真情。"（当然，他越说越乱，不过他的想法是对的，但却找不到正确的表达方式。）"这是您，夫人，是您改变了我从前的状态，我接受这个职务纯粹是为了您，为了您的虚荣心……您在冷笑？您别高兴得太早了。要知道，夫人，要知道，我本来是可以，本来是能够胜任这个职务的，而且不仅胜任这一个职务，即使是十个这样的职务，我也能胜任，因为我有这方面的才干；可是有了您，夫人，有您在面前——我就胜任不了啦；因为有您在场，我就会变得毫无能耐。不可能存在两个中心，可您却设置了两个中心——一个以我为中心，另一个中心却在您的小客厅里——两个权力中心，夫人，但是我不允许这样，绝不允许！！在公务上，如同在夫妻关系上一样，只能有一个中心，而不可能有两个中心……您拿什么来回报我呢？"他继续叫道，"我们的夫妻关系仅仅表现在您在任何时候、每时每刻都在向我证明我是微不足道的，愚蠢的，甚至是卑鄙的，而我则在任何时候、每时每刻都不得不屈辱地向您证明我不是微不足道的，我这人也根本不笨，而且还常常以自己的高尚人格使大家感到惊讶——这样做就我们双方来说不都有屈辱吗？"他说到这里举起两脚，开始在地毯上急速地连连跺脚，因而尤丽娅·米哈伊洛芙娜只好威严地微微站起身来。他很快安静了下来，但是又悲从中来，开始号啕大哭（是的，号啕大哭），边哭边捶打自己胸脯，几乎足足有五分钟，由于尤丽娅·米哈伊洛芙娜始终一言不发，他变得越来越难以自持了。最后，他终于彻底犯了个错误，说走了嘴，说他因她对彼得·斯捷潘诺维奇格外垂青而吃醋,他终于明白过来,他说这话真是奇蠢无比,就干脆大发雷霆,叫道,他"绝不允许否认上帝";又说他非驱散那个"没有信仰的肆无忌惮的沙龙"不可;他接着又说,一省之长甚至必须信仰上帝,"因此他的妻子也必须信仰上帝";又说他最讨厌年轻人;还说:"出于自尊,夫人,您,您也应当关心关心丈夫嘛,也应当站出来为他的聪明才智说句话嘛,即使他是个庸庸碌碌的人也罢(而我绝不是一个庸碌无能的人),而您是始作俑者,因此这里的人才看不起我,他们都受了您的影响!……"他大叫大嚷,说什么他要消灭妇女问题,他要驱散这股腐烂发臭的气味,至于那个为家庭女教师(鬼把她们抓了去)募捐的荒唐的游艺会,他明天就下令查禁并驱散;明天早晨不管遇到哪个家庭女教师,他就下令"哥萨克"把她押解出境,从省里驱逐出去!"我故意,故意要这样!"他又尖叫道。"您知道吗,您知道吗,"他叫道,"您那帮坏蛋在工厂里煽动工人闹事,而且我已经知道了?您知道他们在故意散发传单吗,故——意,您哪!您知道吗,我已经知道四个坏蛋的名字了吗?我快要发疯了,快要彻底地、彻底地发疯了!!!……"但在这时尤丽娅·米哈伊洛芙娜突然打破了沉默,严厉地宣布,她本人早就知道这个罪恶的企图了,这一切都是愚蠢的,他对这事也未免太认真了,至于那些淘气包,她不仅知道那四个人,所有的人她都知道(她说了个谎);但是她根本没有打算因为这事而发疯,而是相反,更加相信自己的聪明才智,并且希望使一切有个圆满结局:鼓励这些年轻人,开导这些年轻人,然后突然出人意料地向他们证明,他们的行动计划已经尽人皆知了,接着便向他们指出新的奋斗目标,让他们去从事更理智、更光辉的事业。噢,这时安德烈·安东诺维奇的心情多复杂啊!在他得知彼得·斯捷潘诺维奇又骗了他,而且还这么粗暴地尽情取笑了他,韦尔霍文斯基向她公开的东西比向他公开的要多得多,也早得多,说到底,也许彼得·斯捷潘诺维奇本人就是所有这些罪恶企图的主犯和始作俑者——得知这一切后他都气疯了。"我说,你这个糊涂而又居心险恶的女人,"他叫道,一下子挣脱了所有的锁链,"我说,我要立刻逮捕你那个卑劣的情夫,给他戴上镣铐,然后把他押送到三角堡①,要不——要不我就当着你的面立刻从窗口跳下去!"尤丽娅·米哈伊洛芙娜听了他这个长篇大论后,气得脸色铁青,紧接着放声大笑,而且笑声又长又响,笑得抑扬顿挫,婉转悦耳,就像法兰西剧院中一个用十万卢布请来扮演风骚娘儿们的巴黎女演员当面嘲笑丈夫胆敢吃她的醋似的。冯·列姆布克本来想朝窗口冲去,但是又突然站住,一动不动,双手合十,放在胸前,脸色苍白,像死人一样,气势汹汹地望着这个正在嘲笑他的女人。"你知道吗,你知道吗,尤丽娅……"他上气不接下气地用央求的声音说道,"你知道我也有办法来对付他吗?"但是紧接着他最后说的那句话之后,尤丽娅·米哈伊洛芙娜又爆发出一长串更强烈的哈哈大笑。见状,他咬紧牙关,忍无可忍,一声尖叫,突然冲了过去——不是冲向窗口——而是冲向自己的太太,在她头上举起了拳头!不过他没有打下去——不,不不不;而是立刻在原地偃旗息鼓了。他快步跑回自己的书房,和衣趴倒在给他铺好的被褥上,整个人像抽风似的连头蒙在床单里,就这么躺了两小时——睡不着,也一无所思,心头像压了块石头,心里充满了隐隐约约的、凝滞不动的绝望。他间或全身战栗,像发寒热病似的痛苦地不断哆嗦。他不时颠三倒四地想起一些没来由的事:比如说,他一会儿想到他十五年前还在彼得堡时就有的那座旧挂钟,现在分针已经从钟上掉下来了;一会儿又想起那个非常快活的官员米利巴,有一回他俩在亚历山大公园捉麻雀,捉住以后便快活地大笑,笑得全公园都听得见,记得他俩当中有一位当时已是八品文官。我想,他大概是在清晨七点钟不知不

---

① 指要塞中专门关押政治犯的监狱。源出彼得堡彼得保罗要塞中的阿列克谢三角堡。

觉地睡着的，睡得很香，还做了不少美梦，他醒来时已将近十点，他突然古怪地从床上一跃而起，猛地想起了一切，举起手掌狠狠地拍了一下自己的脑门：无论是早点，无论是布卢姆，也无论是警察局局长，甚至有一位官员来提醒他这天上午某某会的成员正在等他去主持会议——他一概都不予理睬，他什么也不听，什么也不想明白，而是像个神志不清的人似的向尤丽娅·米哈伊洛芙娜的那半边住宅跑去。那儿有位贵族出身的老太太，名叫索菲娅·安特罗波芙娜，她在尤丽娅·米哈伊洛芙娜身边已经生活很久了——她向他说明，太太还在十点钟就跟一大帮人坐了三辆马车，到斯克沃列什尼基去拜会瓦尔瓦拉·彼得罗芙娜·斯塔夫罗金娜了，这是三天以前就跟瓦尔瓦拉·彼得罗芙娜约好的，目的是去看看计划在两周后举办的已经是第二次定下的游艺会的地点是否合适。听到这消息后，安德烈·安东诺维奇吃了一惊，他回到书房，急忙下令套车，甚至心急火燎，都有点等不及了。他的心在渴望马上见到尤丽娅·米哈伊洛芙娜——只要能看她一眼，在她身边待上五分钟；说不定她会抬起头来看他一眼，注意到他，像过去一样嫣然一笑，原谅他的——噢——噢！"马车倒是怎么啦？"他无意识地翻开放在桌上的一本厚书（有时候他爱翻书占卜，随便翻开一本书，读右边那一页，自上而下，看前三行）。结果是："在这最美好的世界上一切都会好转。"伏尔泰，《老实人》。他啐了口唾沫，便跑出去上了马车："去斯克沃列什尼基！"后来马车夫说，老爷一路上净催马车快跑，可是刚开始靠近主人家的大宅门时又突然下令回头，再把他拉到城里去："请快点，快点。"还没跑到城墙根，"老爷又命令我停车，他下了车就穿过马路走到田野里；我想，该不是有什么毛病吧。他站住了，开始看花，就这么一直站着。真怪，真是的，我心里直犯嘀咕。"车夫如是说。我想起那天上午的天气：那是一个寒冷而又晴朗、有风的九月天；在走下大路的安德烈·安东诺维奇面前，展开一片早已收割完庄稼的光秃秃的田野的秋风萧瑟的景象：北风呼号，摇曳着残存的几株可怜的、奄奄一息的黄花……他是不是想把自己和自己的命运与枯萎的、被寒秋与严寒打蔫了的野花相比呢？我不认为是这样。甚至有把握说绝非如此，他甚至根本不记得与花有关的任何东西，尽管车夫如是说，正在这时候坐着警察局局长的轻便马车赶来的第一分局分局长，后来也一口咬定他碰到省长的时候的确看见他手里拿着一束黄花。这位分局长是热心公务的行政官员，名叫瓦西里·伊万诺维奇·弗利布斯捷罗夫，他不久前才到敝城履新，但由于他十分热心公务，更由于他在履行公务时不择手段，什么办法都使得出来，再加上他生来就是醉醺醺的，早就成绩斐然，闻名遐迩了。他急忙从马车上跳下来，看见省长在看花也没有产生丝毫疑问，而是发疯般但又坚定不移地一口气报告道："城里出现了骚乱。"

"啊？什么？"安德烈·安东诺维奇板着脸向他回过头来，但是丝毫也不感到惊奇，也丝毫没有想到他乘坐的弹簧马车和车夫，仿佛他正端坐在自家的书斋里似的。

"第一警察分局分局长弗利布斯捷罗夫报告，大人。城里发生了暴乱。"

"海盗①？"安德烈·安东诺维奇若有所思地反问。

"没错，大人。什皮古林厂的工人发生了暴乱。"

"什皮古林厂的工人……"

提到"什皮古林厂的工人"这几个字时，他似乎想起了什么。他甚至打了个哆嗦，举起一个手指碰了碰脑门："什皮古林厂的工人！"他默默地，但依旧若有所思地、不慌不忙地向自己的马车走去，他坐上马车后便下令回城。分局长则坐着轻便马车紧随其后。

---

① 法语中"海盗"与弗利布斯捷罗夫发音接近，故有此问。

我想象，一路上他模模糊糊地想起了许许多多极其有趣的事，题材各异，但是当他坐着马车驶进省长官邸前的广场时未必有什么确切的想法或者有什么固定不移的打算。但是当他一看见那群排好队、坚定地站着的"暴乱者"、团团围住的警察、束手无策（也许是故意摆出一副束手无策的样子）的警察局局长，以及大家都在翘首等待他前来处理此事的神态，满腔热血就涌进了他的心脏。他脸色苍白地下了马车。

"脱帽！"他气喘吁吁地、勉强听得见地低声说，"跪下！"他又出乎意料地尖叫了一声①，连他自己都感到意外，也许随后发生的事情的整个结局，就包含在这出人意料之中。这好比谢肉节在山上滑雪，当雪橇从山上飞落下来时，又怎能在半山腰猝然停止呢？好像故意跟他自己作对似的，安德烈·安东诺维奇毕生都以性格开朗著称，从来没有向任何人嚷嚷过，也从来没有向任何人跺过脚；可是，一旦他们的雪橇不知为什么突然从山上飞落下来——那，同这样的人在一起就比较危险了。他面前的一切都开始旋转。

"海盗！"②他吼道，声音更加尖厉，也更加没头没脑，但又戛然而止。他站住了，他还不知道他应该做什么，但是他知道并且全身心感觉到，他一定要立刻做点儿什么。

"主啊！"人群中有人嘀咕道。有个小伙子开始画十字；有三四个人还果真想要跪下，但是其余的人却黑压压的一大片一齐向前跨出三步，突然一下子嚷嚷开了："大人……雇人是有期限的……管事……你不能说"，等等，等等。简直什么也听不清。

唉！安德烈·安东诺维奇也听不清：那束野花还在他手里。他认为暴乱

---

① 这是对沙皇尼古拉一世原话的讽刺模拟。一说是彼得堡因霍乱引发了暴乱，尼古拉一世于1831年6月22日在彼得堡干草市场当众说过上面的话。一说是1825年12月14日尼古拉一世面对哗变的士兵说过同样的话。

② 列姆布克有病，这是一种病态的联想，由弗利布斯捷罗夫联想到与他谐音的"海盗"。

是显而易见的，就像刚才押解的马车方才对斯捷潘·特罗菲莫维奇是显而易见的一样。在瞪大两眼看着他的那群"暴乱者"中间，他看见彼得·斯捷潘诺维奇在跑来跑去，在给他们"打气"。从昨天起彼得·斯捷潘诺维奇这个就一刻也没有离开过他，时刻在他脑子里打转——他恨透了的彼得·斯捷潘诺维奇……

"鞭子！"他更加出人意料地叫道。

出现了死一般的沉默。

根据最准确的情报和我的揣测来判断，一开头事情就是这么发生的。但是以后的情报就渐渐不这么准确了，我的揣测也一样。不过，还有几件事可作为根据。

第一，树条鞭出现得似乎太匆忙了点；显然是那位先意承旨的警察局局长早就准备好了，放在一旁备用的。但是受到鞭打的总共只有两个人，我甚至不认为有三个人挨了打；我坚持这么认为。说什么所有的人或者起码有半数人都挨了打，纯属信口雌黄。又有人说，似乎有一位虽然贫穷但出身高贵的过路太太被他们抓住了，并且立刻因为什么挨了鞭打，这也是一派胡言。后来我倒亲自读到过发表在彼得堡报纸上的一篇关于这位太太的通讯。我们这里有许多人谈到有一位公墓养老院的老太婆，名叫阿夫多季娅·彼得罗芙娜·塔拉佩金娜，似乎她做客回来，回自己的养老院，路过广场时出于一种天然的好奇心挤到围观的人群中，当她看到发生的事情时叫了一声："多么可耻！"还啐了口唾沫。似乎就因为这事把她抓了起来，还"赏"了她一顿揍。关于这事不仅上了报，甚至敝城各界出于义愤还组织了募捐。我本人也捐了二十戈比。可是怎么样呢？现在查明，我们这里根本就没有什么养老院里的老太婆塔拉佩金娜！我还亲自去公墓到这家养老院调查过：那里根本就没有听说过什么塔拉佩金娜；此外，当我告诉他们到处流传着的这个谣言时，他们还很生气。说实在的，我提起这个并不存在的阿夫多季娅·彼得罗芙娜，乃是因为斯捷潘·特罗菲莫维奇也几乎发生了与她同样的情况（也就是说，如果果真存在过她这样一个人的话）；甚至说不定有关塔拉佩金娜的这个荒唐谣言就是由他而起，也就是说在谣言的进一步传布中竟倏地把他变成了某个塔拉佩金娜了。主要是我也想不明白，我跟他刚刚走进广场，他是怎么离开我突然溜走的。我预感到情况很不妙，本想领着他绕过广场向省长官邸的台阶旁直接走去，但是我自己也产生了好奇心，于是我就停下来，仅仅停了一分钟，想找个人随便问问到底出了什么事，可是突然一看，斯捷潘·特罗菲莫维奇已经不在我身边了。我出于本能立刻跑到最危险的地方去找他；我不知道为什么忽然有一种预感，他的雪橇已开始从山上飞速滑下。果然，我在事件发生的最中心找到了他。我记得，我一把抓住了他的手；可是他却带着无上的权威静静地、高傲地看了看我：

"亲爱的，"他说，声音里似乎有一根绷得很紧的弦在颤动，"如果他们在这里，在广场上，当着我们的面就敢这样肆无忌惮、为所欲为的话，那我们又能希望譬如说这个人能干出什么好事来呢……如果他有机会一意孤行的话。"

他气得发抖，带着一种挑战的非常姿态，举起一根手指，威严地、谴责地指着站在离我们两步远、瞪大两眼看着我们的弗利布斯捷罗夫。

"这个人！"那人眼前发黑，大叫，"这是什么人？你是干什么的？"他握紧拳头，逼近斯捷潘·特罗菲莫维奇。"你是干什么的？"他疯狂地、病态地、肆无忌惮地大吼道（我要指出，他非常熟悉斯捷潘·特罗菲莫维奇的脸）。再过片刻，当然，他就会一把抓住他的后脖领子；但是，幸亏列姆布克听见喊声回了下头。他困惑地，但是注意地看了看斯捷潘·特罗菲莫维奇，仿佛在思索着什么，接着便不耐烦地摆了摆手。弗利布斯捷罗夫卡壳了。我把斯捷潘·特罗菲莫维奇从人群中拉了出来。不过话又说回来，说不定，他自己也想见好就收吧。

"回家，回家，"我坚持道，"如果咱们没有挨打的话，当然，多亏了列姆布克。"

"您走吧，我的朋友，我有罪，我连累了您。您自有您自己的未来和前途，而我——我的时限到了。"

他步履坚定地登上了省长官邸的台阶。门房认识我；我声称我俩是来找尤丽娅·米哈伊洛芙娜的。我们在接见厅里坐了下来，开始等候。我不想撇下我的朋友，但是跟他再说什么我也认为是多余的。他那样子就像是决心为国捐躯，必死无疑的爱国志士。我们没有紧挨着坐，而是各把一方，我靠近进屋的房门，他远远地坐在对面，若有所思地垂下了头，两手微微扶着手杖。他用左手拿着宽边礼帽。我们就这样坐了大约十分钟。

二

列姆布克突然在警察局局长的陪同下快步走了进来，心不在焉地看了看我们，未予理会，便向左边的书房走去，但是斯捷潘·特罗菲莫维奇在他前面站了起来，挡住了他的去路。斯捷潘·特罗菲莫维奇与别人完全不同的高大身躯起了作用；列姆布克站住了。

"这是谁？"他困惑地嘀咕道，仿佛在问警察局局长，可是又丝毫没有向他转过头去，而是一个劲端详斯捷潘·特罗菲莫维奇。

"退职八等文官斯捷潘·特罗菲莫维奇·韦尔霍文斯基，阁下。"斯捷潘·特罗菲莫维奇神气地一低头，回答道。省长大人继续端详着他，可是目光却显得十分呆滞。

"有什么事？"他以一种父母官的简短语气问道，厌恶而又不耐烦地向斯捷潘·特罗菲莫维奇侧过耳朵，简直把他当成了一个普通上访人员，以为他有什么书面请求需要呈递。

"今天舍下来了一名官员，以阁下的名义进行了搜查；因此我想……"

"贵姓？贵姓？"列姆布克仿佛突然有点明白了，不耐烦地问道。斯捷潘·特罗菲莫维奇更加神气地重复了一遍自己的姓名。

"啊——啊——啊！这……这是那个发源地……先生，您已经从这点表明了自己的身份……您是教授？教授？"

"从前有幸给某大学的年轻人讲过几节课。"

"给年——轻——人？"列姆布克似乎打了个哆嗦，虽然我敢打赌他还不大清楚到底出了什么事，甚至于他在跟谁说话，也许也不甚了了。"我的先生，我绝不允许发生这样的事，您哪。"他蓦地怒不可遏，"我绝不允许年轻人胡作非为。这都是因为那传单在作祟。这是对社会的攻击，先生，这是海上攻击，是海盗行为……您有何事上访？"

"相反，尊夫人请我明天在她的游艺会上讲演。我不是来上访，我是来寻求我应有的权利……"

"游艺会？不会有游艺会了。我不许你们搞什么游艺会！讲课？讲课？"他发狂般叫道。

"我非常希望您同我说话要礼貌一些，阁下，不要跺脚，也不要把我当个小孩似的对我嚷嚷。"

"您也许懂得您在跟谁说话吧？"列姆布克涨红了脸。

"我完全明白，阁下。"

"我在挺身保护社会，您却在破坏它。破——坏！您……不过，我倒想起您是个什么人来了：您不是做过将军夫人斯塔夫罗金娜家的家庭教师吗？"

"是的，我做过……家庭教师……在将军夫人斯塔夫罗金娜家。"

"而且在二十年的长时间中，您还是现在积累起来的一切恶果的发源地……一切恶果……好像，我刚才还在广场上看见过您。但是，先生，您要当心，您的思想倾向是有目共睹的。您放心，我注意到了您的活动。先生，您想要讲课，我绝不允许，绝不，您哪。若是提出这样的请求，请您不要来找我。"

他又想走过去。

"我再说一遍，阁下，您弄错了。这是尊夫人请我去讲的——不是讲课，而是在明天的游艺会上做文学讲演。但是我现在自己也不想讲了。我现在有个不情之请，如果可能的话，请您向我解释一下：这到底是怎么回事，凭什么和为什么我今天受到了搜查？他们拿走了我的一些书籍和文件，拿走了我的宝贵的私人信函，而且用手推车招摇过市地推走了……"

"谁搜查的？"列姆布克猛地打了个激灵，完全醒悟了过来。突然满脸通红。他向警察局局长迅速转过身来。就在这当口门口出现了布卢姆那佝偻着腰的又高又笨拙的身影。

"就是这位官员。"斯捷潘·特罗菲莫维奇指了指他。布卢姆自觉有愧地跨前一步，但那神态根本就没有要认错的样子。

"您就会做蠢事。"列姆布克懊丧而又愤愤然向他甩出了这句话，蓦地仿佛整个人都变了，一下子清醒过来。"对不起……"他非常尴尬地咕哝道。满脸涨得通红，"这一切……这一切大概仅仅是失于检点和误会……仅仅是误会。"

"阁下，"斯捷潘·特罗菲莫维奇说，"我年轻时曾目击过一桩很典型的事。有一回在剧院，在走廊上，有个人迅速走到另一个人面前，在大庭广众之中给了那人一记响亮的耳光。但是他立刻看清了，那个挨打的人根本不是他想打一记耳光的那人，完全是另一个人；只是同他想打的那人有点相像罢了，于是他愤愤然，就像一个没工夫浪费宝贵光阴的人那样，急忙说道（与阁下方才的情况一样）：'我弄错了……对不起，这是误会，仅仅是误会。'当那个受害者余怒未消，开始叫嚷的时候，他竟非常懊恼地对他说：'我不是跟您说了吗，这是误会，您还嚷嚷什么！'"

"这……这当然很可笑……"列姆布克苦笑道，"但是……但是难道您看不出来我也很不幸吗？"

他几乎叫出来，而且……似乎还想用手捂住脸。

这声出人意料的痛苦的呼喊，近乎失声痛哭，真叫人受不了。这大概是从昨天以来他第一次充分地、明确地意识到所发生的一切——紧接着就将是屈辱的、无法掩饰的、完全的绝望；谁知道——也许再过片刻，他就会号啕大哭，声震整个大厅。斯捷潘·特罗菲莫维奇先是奇怪地看了看他，然后又突然低下头去，用满怀同情的声音说道：

"阁下，请不要再为我那吵吵闹闹的抱怨使自己不安了，请吩咐他们把我的书籍和信函还给我就成了……"

他的话被打断了。就在这当口，尤丽娅·米哈伊洛芙娜和陪同她的那一伙人吵吵闹闹地回来了。这事我可想描写得尽可能详细些。

三

首先，所有的人从三辆马车上下来以后就成群结队地一下子拥进了接见厅。其实，要进尤丽娅·米哈伊洛芙娜的内室，有一条专门通道，从台阶上进门，直接往左就行；但是这一回所有的人却蜂拥而入，穿过大厅——我认为他们这样做，正因为斯捷潘·特罗菲莫维奇在这儿，他所发生的一切，包括有关什皮古林厂工人的一切，尤丽娅·米哈伊洛芙娜的马车驶进城里时，已经有人向她报告过了。抢先向她报告的是利亚姆申，他因为犯了什么过错被留在家里，没有参加这次郊游，因此对这一切他知道得最早。他幸灾乐祸地雇了一匹哥萨克驽马，带着这些令人快乐的消息，急忙向斯克沃列什尼基飞奔而去，去迎候那帮乘车郊游归来的人。我想，尤丽娅·米哈伊洛芙娜尽管处事十分果断，听到这些惊人的消息后还是多少有点局促不安；不过，大概也只是一刹那工夫而已。比如，这个问题的政治方面是不会使她感到不安的：彼得·斯捷潘诺维奇已经暗示过她三四次，说什么什皮古林厂的那帮暴徒应该统统挨一顿鞭子，而彼得·斯捷潘诺维奇从某个时候起，的确已经成了她特别的权威。"但是……他毕竟要为这事向我付出代价。"她心里大概这么想，这个"他"当然是指她丈夫。我要顺便指出，好像故意安排好了似的，彼得·斯捷潘诺维奇这回也没有参加他们的集体郊游，而且从一大早起谁也没有见过他。我还要顺便提到，瓦尔瓦拉·彼得罗芙娜在自己家里接待过客人以后，也跟他们一起回城了（与尤丽娅·米哈伊洛芙娜同坐一辆马车），为的是参加委员会讨论明天游艺会的最后一次会议。当然，利亚姆申报告的有关斯捷潘·特罗菲莫维奇的消息，也肯定使她很感兴趣，甚至使她感到焦虑也说不定。

立刻开始了对安德烈·安东诺维奇的惩罚。唉，他从看到他那美丽的妻子的第一眼起就感觉到了这点。她面色开朗，带着迷人的微笑，迅速走到斯捷潘·特罗菲莫维奇身边，向他伸出她那戴着美丽手套的纤纤玉手，向他说了一大堆十分动听的表示欢迎的话——倒像她这整个上午关心的就是尽快回来向斯捷潘·特罗菲莫维奇表示亲切似的，因为她终于在自己家里看到了他。对于今天上午的搜查，她连一句含沙射影的话也没有；倒像她对此毫无所知似的。她对丈夫一句话也没有说，也没有向他那面瞟过一眼——倒像这客厅里根本没有他这人似的。此外，她还立刻威严地把斯捷潘·特罗菲莫维奇没收了,把他带进了客厅——倒像他从来没有与列姆布克发生过任何交涉,即使真有什么交涉,也不值得继续下去似的。我要再重复一遍:我觉得,尽管尤丽娅·米哈伊洛芙娜举止高雅,可是在这件事上还是再次犯了个大错误。这回帮了她大忙的是卡尔马津诺夫(应尤丽娅·米哈伊洛芙娜的特邀,他也参加了这次郊游,因此,尽管是间接的,也终于对瓦尔瓦拉·彼得罗芙娜作了一次拜访,因而使她——她一直感到很沮丧——感到非常高兴)。还在房门口(他进门最晚),他一看见斯捷潘·特罗菲莫维奇就叫了起来,张开双臂向他跑了过去,甚至还打断了尤丽娅·米哈伊洛芙娜的话。

"久违久违!终于见到了您……最好的好朋友。"

卡尔马津诺夫开始与他亲吻,不用说,只是伸过了面颊[1]。感到尴尬的斯捷潘·特罗菲莫维奇只好亲了亲它。

"亲爱的,"他对我说,已经是晚上了,他想起了当天发生的一切,"我当时在想:我们中间谁更卑鄙呢?是他(他拥抱我的目的是当场给我难堪),还是我(我蔑视他和他的脸蛋,可是却立刻去亲吻,虽然我本来是可以别转脸的)?……呸!"

"快说说,快说说您的一切。"卡尔马津诺夫慢腾腾地、拿腔拿调地说道,倒像可以一下子把二十五年来的全部经历统统告诉他似的。但是这种愚蠢的轻浮却以"高雅"的风度出现。

"您想,我跟您最后一次见面还是在莫斯科欢迎格拉诺夫斯基的宴会上[2],从那时起已经过了二十四年……"斯捷潘·特罗菲莫维奇非常通情达理

---

[1] 影射屠格涅夫,见本书432页注[1]。
[2] 据俄国学者考证,俄国著名历史学家和社会活动家格拉诺夫斯基(1813—1855)是斯捷潘·特罗菲莫维奇·韦尔霍文斯基的原型,他是莫斯科西欧派的领袖,在一次欢迎他的宴会上,他将对立的西欧派与斯拉夫派联合在一起。他和他的朋友们与斯拉夫派互相拥抱,互相亲吻。

地（因而也是很没有高雅风度地）开口道。

"最最亲爱的,"卡尔马津诺夫显得过分友好地伸出一只手来搂住他的肩膀,吵吵嚷嚷而又亲昵地打断了他的话,"尤丽娅·米哈伊洛芙娜,快带我们到您那儿去,让他坐下来好好说说。"

"然而我跟这个爱发脾气的老娘儿们① 从来就没有彼此接近过。"当天晚上,斯捷潘·特罗菲莫维奇气得发抖地继续向我诉苦,"我们几乎还很年轻的时候,我就开始恨他了……不消说,他也同样恨我……"

尤丽娅·米哈伊洛芙娜的沙龙很快就高朋满座。瓦尔瓦拉·彼得罗芙娜显得特别激动,虽然她竭力装作十分淡漠的样子,但是我抓住她两三次投向卡尔马津诺夫的憎恨的目光,和两三次投向斯捷潘·特罗菲莫维奇的愤怒眼神——她早就对他怒形于色了,这愤怒是出于嫉妒,出于爱:假如这次斯捷潘·特罗菲莫维奇略有疏忽,让卡尔马津诺夫在众人面前把自己比下去了,那,我觉得,她非立刻跳起来狠狠地揍他一顿不可。我忘了交代,丽莎也在这里,我还从来没有见过她这么高兴,这么欢天喜地,这么幸福。自然,马夫里基·尼古拉耶维奇也在这里。接着,在通常组成尤丽娅·米哈伊洛芙娜的扈从的那一群年轻的女士和接近放荡的年轻男士中间(他们把这放荡当成了活泼,而把一钱不值的犬儒主义当成了智慧),我发现了两三个新面孔:一个是外地来的很会溜须拍马的波兰人,一个是德国大夫,他是个很健康的老人,时不时为自己说的俏皮话快乐地大笑,最后是一位来自彼得堡的年轻的公爵少爷,他就像上了发条的机器人,一副国家要人的派头,穿着非常高的衣领。不过看得出来,尤丽娅·米哈伊洛芙娜非常重视这位嘉宾,甚至担心自己的沙龙招待这样的客人不够气派……

---

① 指卡尔马津诺夫。

"亲爱的卡尔马津诺夫先生，"斯捷潘·特罗菲莫维奇装模作样地在长沙发上坐下，突然毫不亚于卡尔马津诺夫似的拿腔拿调地说起话来，"亲爱的卡尔马津诺夫先生，我们过去那个时代抱有某种信念的人，虽然已相隔二十五年之久，他的一生想必显得很单调……"

那位德国大夫大声地、时断时续地大笑起来，听去就像马叫，显然他认为斯捷潘·特罗菲莫维奇说了一句非常可笑的话。斯捷潘·特罗菲莫维奇故作惊讶地看了看他，可是对他并未发生丝毫效果。那位公爵也把他的整个衣领向那位德国大夫转了过来，并戴上夹鼻眼镜看了看他，虽然对他一点儿不感兴趣。

"……想必显得很单调。"斯捷潘·特罗菲莫维奇故意重复了一遍，并且把每个字都拖得尽可能长和不拘礼节，"我在这四分之一世纪中的全部经历也是这样，而且因为你遇到修士的机会永远比遇到有真知灼见的人的机会多，加之因为我完全同意这个观点，所以结果我在这整个四分之一世纪……"

"关于修士的话真是妙极了。"尤丽娅·米哈伊洛芙娜转过身去向坐在她身旁的瓦尔瓦拉·彼得罗芙娜悄声说。

瓦尔瓦拉·彼得罗芙娜高傲地瞥了她一眼作为回答。但是卡尔马津诺夫却受不了这句法国话取得的成功，因而迅速而又刺耳地打断了斯捷潘·特罗菲莫维奇的话。

"至于我，我在这方面倒颇心安理得，我住在卡尔斯鲁厄已经第七年了。去年，市议会决议敷设一条新的排水管道，当时我心里就感到，这条卡尔斯鲁厄的排水管比我亲爱的祖国……在所谓改革的整个时期出现的所有问题还要亲切而且宝贵[①]。"

---

① 暗指屠格涅夫；屠格涅夫曾长期住在德国的卡尔斯鲁厄市。作者在1867年8月28日给迈科夫的信中曾提到屠格涅夫曾对他说："我认为自己是德国人，而不是俄国人，并为此感到骄傲。"又说，"在德国人面前我们应该甘拜下风"，"如果俄国垮台，那么人类既不会有任何损失，也不会因此而感到激动"。

第二部

"我只能表示赞同,虽说是违心的。"斯捷潘·特罗菲莫维奇意味深长地低下了头,叹了口气。

尤丽娅·米哈伊洛芙娜兴高采烈;谈话逐渐变得既深刻而又带有倾向性。

"是排除污水的管道吧?"那大夫大声问。

"排水管,大夫,排水管,当时我还帮助他们做过设计。"

大夫扯开破锣嗓子哈哈大笑起来。他笑,大家也跟着笑,不过这回是笑大夫,而大夫居然没有察觉,还十分得意,因为大家都笑了。

"请允许我不同意您的看法,卡尔马津诺夫。"尤丽娅·米哈伊洛芙娜急忙插嘴道,"卡尔斯鲁厄一如既往,可是您却故弄玄虚地骗人,这一回我们可不会相信您啦。俄国人中,俄国作家中,是谁推出了这么多最具有现代意味的典型,提出了这么多最具有现代意义的问题,指出了构成当代活动家典型的主要特点① 呢? 是您,仅仅是您,而不是任何其他人,而在这以后您却要我们相信您对祖国漠不关心,而对卡尔斯鲁厄的下水道兴趣浓厚! 哈哈!"

"是的,我,当然,"卡尔马津诺夫开始拿腔拿调地说道,"波戈热夫这一典型展示了斯拉夫派的所有缺点,而尼科季莫夫这一典型又展示了西欧派的所有不足②……"

---

① 此处影射屠格涅夫。试比较俄国记者、《新时报》出版人苏沃林(1834—1912)后来写的日记:"在社会中,他是导师。他塑造了许多后来成为样板的男女形象。他创造时新的款式。他的小说就是时装杂志,他既是这杂志的撰稿人,又是这杂志的编辑和出版人。他想出了衣服的式样,又想出了衣服里面的心。许多俄国人就是照这样子来穿衣戴帽的……"

② 这是对屠格涅夫在《关于〈父与子〉》一文(见《文学与生平回忆录》)中说过的话的讽刺性模拟。屠格涅夫说:"我是一个地道的、死不改悔的西欧派,对于这一点,过去和现在我都丝毫无意隐瞒;然而,尽管如此,我仍旧特别高兴地通过潘辛这一人物(见《贵族之家》)展示了西欧派的所有滑稽可笑和庸俗的一面;我让斯拉夫派的拉夫列茨基'在所有方面都击败了他'。既然我认为斯拉夫派的学说是错误的和徒劳无功的,我为什么还要这样做呢? 因为在当前的情况下,据我看,生活就是这样形成的,而我首先要做一个真实的和实事求是的人。"

"不见得是所有吧。"利亚姆申悄声道。

"不过我这样做也只是顺便,无非是借此消磨一下令人腻烦的时间和……满足一下同胞们各种令人腻烦的要求罢了。"

"您大概知道,斯捷潘·特罗菲莫维奇,"尤丽娅·米哈伊洛芙娜兴高采烈地继续说,"明天我们将会非常高兴地听到谢苗·叶戈罗维奇的华章……他最近异常高雅的文学灵感之一,它的名字叫《谢谢》。他将在这篇短篇作品中宣布,他将从此搁笔,无论世界上发生什么,他都不干了,哪怕天使从天而降,或者不如说,整个上流社会都劝他改变这一决定,他也不干。总之,他将终身搁笔,而这首优美的《谢谢》是向广大读者致谢的,因为如许年来广大读者一直热烈地欢迎他经常为正直的俄罗斯思想服务。"

尤丽娅·米哈伊洛芙娜感到幸福极了。

"是的,我要告别文坛;向诸位说声'谢谢'后,我就离开这里,然后在那里……在卡尔斯鲁厄……合上自己的眼睛。"卡尔马津诺夫开始逐渐变得不胜唏嘘。

正如我国的许多伟大作家(我国有许许多多伟大作家)一样,他经不起夸奖,一夸奖他就立刻走下坡路,尽管他很有点小聪明。但是我认为这是可以原谅的。据说,我国的一位莎士比亚在一次私人谈话中竟贸然脱口而出,说什么"我们这些伟人不这样做也是不行的"[①],诸如此类。而且他说过这话还不自觉。

"在那里,在卡尔斯鲁厄,我将合上自己的眼睛。我们这些伟人在做完自己该做的事情以后就应当快点合上自己的眼睛,而不是寻求奖励。我也要这

---

① 暗指屠格涅夫。屠格涅夫在与《现代人》杂志发生分歧之后曾在《北方蜜蜂》报上发表涅克拉索夫写给他的一封私人信,信中写道,"最近以来好几个晚上",涅克拉索夫都"梦见"屠格涅夫。对这件事,萨尔蒂科夫-谢德林曾在一篇匿名短评中指出,"一位文学家"居然在报纸上公开宣称自己"这么伟大,甚至另一位文学家连做梦都常常梦见他"。

样做。"

"请您告诉我地址，我一定到卡尔斯鲁厄去看您，给您上坟。"那位德国大夫前仰后合地哈哈大笑。

"现在铁路上也可以托运死人了。"一个不起眼的年轻人出人意料地说道。

利亚姆申兴高采烈，高兴得尖叫起来。尤丽娅·米哈伊洛芙娜皱起了眉头。这时尼古拉·斯塔夫罗金走了进来。

"有人告诉我，您被抓到分局去了？"他首先向斯捷潘·特罗菲莫维奇大声说。

"不，这不过是偶然事件。"斯捷潘·特罗菲莫维奇说了句双关语①。

"但是我希望这个偶然事件不至于对我的请求发生丝毫影响，"尤丽娅·米哈伊洛芙娜又接口道，"我希望您不至于因为这件倒霉的不愉快的事（这到底是怎么回事，我现在都没有弄清楚）而影响我们对您的殷切期望，不至于剥夺我们在文学讲演会上听到您讲演的快乐。"

"我不知道，我……现在……"

"真的，我真倒霉，瓦尔瓦拉·彼得罗芙娜……您想嘛，正当我渴望尽快亲自结识一下俄国最杰出、最有独立见解的学者之一的时候，斯捷潘·特罗菲莫维奇却突然表示他要离我们而去。"

"您过奖了，因此我当然只能置若罔闻，"斯捷潘·特罗菲莫维奇一字一顿地说道，"但是我就不信像我这样的一介寒士在您明天的游艺会上会那么不可或缺。不过，我……"

"我说，您会把他宠坏的！"彼得·斯捷潘诺维奇快步跑进房间，叫道，"我刚把他攥在手心里，可是突然在一个早晨——又是搜查，又是逮捕，又是警察局局长抓住他的脖领子，可是现在女士们又在省长家的沙龙里宽慰他，

---

① 在俄语中"偶然"（частный）与"警察分局"（часть）发音接近。

哄他！现在他身上的每根骨头都高兴得似乎酥了；他连做梦也没梦见过他会得到这样的殊荣。可不是吗，他现在可要去告密了，告社会主义者的密！"

"不可能，彼得·斯捷潘诺维奇。社会主义是非常伟大的思想，斯捷潘·特罗菲莫维奇不会不认识到这点的。"尤丽娅·米哈伊洛芙娜起劲地为他辩解。

"思想是伟大的，但是信奉这思想的人不见得都伟大，就说到这里为止吧，我亲爱的。"斯捷潘·特罗菲莫维奇想结束这段话，就姿势优美地从座位上微微站起身来，向儿子说道。

但是就在这时候出现了完全出乎人们意料的情况。冯·列姆布克已经在这沙龙里待了好些时候，但是好像谁也没有注意到他似的，虽然大家都看见他进来了。尤丽娅·米哈伊洛芙娜因为想起以前的事，余怒未消，仍旧不理他。他在门旁坐了下来，板着脸，面色阴沉地听着大家谈话。听到有人含沙射影地说到今天上午发生的事，他开始有点不安地扭动着身子，两眼盯着公爵，看来对他那向前撅起、浆得很硬的领子感到很吃惊；后来他听到有人说话，又看到彼得·斯捷潘诺维奇跑了进来，似乎猛地打了个激灵，接着他又听到斯捷潘·特罗菲莫维奇说的那句关于社会主义者的箴言，便倏地向他走了过去，半道上还推了利亚姆申一把，利亚姆申立刻带着做作的姿态和故意表现出来的惊讶闪到一边，一面还揉着肩膀，做出一副被碰得很疼的样子。

"够了！"冯·列姆布克说，使劲抓住被吓了一跳的斯捷潘·特罗菲莫维奇的手，并用足力气抓住他不放，"够了，当代的海盗已不打自招。别废话。已经采取了措施……"

他说话的声音很大，整个屋子都听见了，他最后那句话也说得十分果断。产生的印象是令人痛苦的。大家都感到大事不好。我看见尤丽娅·米哈伊洛芙娜的面色一阵发白。一件愚蠢的偶然事故又突出了这一效果。当列姆布克宣布已经采取了措施之后，便猛地转过身子，匆匆向屋外走去，但是刚走两步便在地毯上绊了一跤，差点没有跌倒。他站住了片刻，看了看他刚才差点绊倒的地方，大声说："换掉。"说罢便出了房门。尤丽娅·米哈伊洛芙娜紧跟在他后面追了出去。她一出去便掀起一片喧哗，简直听不清谁在说什么。有人说他"身体欠佳"，有人说他"受了刺激"。更有人伸出一根手指指了指脑门；利亚姆申则站在角落里在脑门上面竖起两根手指①。大家都在暗示发生了什么家庭龃龉，不用说，全是窃窃私语。谁也没去拿礼帽，大家都在等待，看演的是哪一出。我不知道尤丽娅·米哈伊洛芙娜出去到底干什么去了，但是约莫五分钟后她回来了，竭力装出一副若无其事的样子。她支吾其词地答道，安德烈·安东诺维奇心情有点激动，但是不要紧，他从小就是这样，她知道得"很清楚"，明天的游艺会，当然，肯定会使他快乐起来的。接着她又对斯捷潘·特罗菲莫维奇说了几句恭维话，但是仅仅出于礼貌，然后她就大声邀请委员会的列位委员现在，马上，就开会。直到这时候，没有参加委员会的人才开始准备回家；但是这不祥的一天里令人痛苦的意外还没有就此结束……

还在尼古拉·弗谢沃洛多维奇进来的时候，我就注意到丽莎迅速而又专注地看了看他，后来很长时间她都没有把目光从他身上移开——由于时间太长了，终于引起了大家的注意。我看见，马夫里基·尼古拉耶维奇在她身后向她弯下腰去，似乎有什么事想对她悄悄说，但是他又分明改了主意，迅速挺直了身子，抱歉地环视着大家。尼古拉·弗谢沃洛多维奇也引起了大家的好奇：他的脸色显得比平时更苍白了，目光一反常态，非常心不在焉。他进门时向斯捷潘·特罗菲莫维奇匆匆提了个问题，又似乎立刻把他给忘了，说真的，起码我这么觉得，他也忘了走过去问候女主人。他一次也没有抬起头

---

① 西俗：头上长角的手势，意为戴绿帽子。

来看丽莎——倒不是因为不想看，而是因为（我敢肯定）他根本就没有注意到她。当尤丽娅·米哈伊洛芙娜邀请委员们不要浪费时间立刻开最后一次会后，大家稍许沉默了片刻——突然响起了丽莎响亮的，故意提高了嗓门的声音。她叫了一声尼古拉·弗谢沃洛多维奇。

"尼古拉·弗谢沃洛多维奇，有一名大尉，他自称您的亲戚，是您的大舅子，名叫列比亚德金，他经常给我写一些不成体统的信，他在信中抱怨您，要向我公开您的秘密。如果他真是您的亲戚，那您就应该禁止他欺负我，不要再让我碰到这些不愉快的事。"

在这几句话里可以听到一种可怕的挑战，这大家都听出来了。语含指责，这是明显的，虽然这对她本人或许也很突然。就像一个人闭上眼睛从屋顶上硬往下跳似的。

尼古拉·斯塔夫罗金的回答更加令人惊讶。

首先，他毫不惊奇，非常镇静和注意地听了丽莎的话，这已经够奇怪的了。他脸上既没有流露出尴尬，也没有流露出愤怒。他简单、坚定，甚至带着非常乐意的神态回答了这个要命的问题：

"是的，我不幸是这个人的亲戚。我是他的妹夫，他妹妹的娘家姓列比亚德金，瞧，已经快五年了。请相信，我一定会尽快把您的要求转告他的，我敢保证，他以后不会再打扰您了。"

我永远也忘不了瓦尔瓦拉·彼得罗芙娜脸上表现出的恐怖。她带着疯狂的表情从椅子上微微起立，仿佛自卫似的在自己面前微微举起了右手。尼古拉·弗谢沃洛多维奇看了看她，看了看丽莎和周围的观众，蓦地非常高傲地微微一笑；不慌不忙地走出了房间。大家都看见，尼古拉·弗谢沃洛多维奇刚一转身要走的时候，丽莎也从沙发上跳了起来，而且明显地做了个动作，想要跑出去追他，但是又突然清醒了过来，没有去追。而是慢慢地走了出去，她没有向任何人说一句话,也没有抬起头来看任何人,当然,是在马夫里基·尼古拉耶维奇(他急忙跟在她后面)的陪送下……

我就不说当天晚上城里发生的纷乱和街谈巷议了。瓦尔瓦拉·彼得罗芙娜把自己锁在城里她的府邸里,而尼古拉·弗谢沃洛多维奇,据说,没有跟母亲见面就直接去了斯克沃列什尼基。斯捷潘·特罗菲莫维奇当天晚上派我去找"那位亲爱的朋友",恳请她允许他登门拜见,但是她不肯见我。他感到异常吃惊,都哭了。"这样的婚姻!这样的婚姻!家中出了这样可怕的事。"他时不时重复着这句话。然而他也不时提到卡尔马津诺夫,对他破口大骂。他在积极准备明天的演讲,而且——这也是艺术家的天性使然——还对镜排练,逐一想起他一辈子使用过的俏皮话和双关语(他都单独记在一个小本上了),准备明天演讲时临时加进去。

"我的朋友,我这是为了伟大的思想。"他说,显然在替自己辩护,"亲爱的朋友,我终于从待了二十五年的地方前进了,突然起程了,到哪儿去——我不知道,但是我起程了……"

群 魔

БЕСЫ

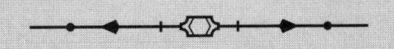

第三部

ЧАСТЬ ТРЕТЬЯ

第三部

第一章　游艺会。第一部分

一

尽管在过去那天因"什皮古林厂工人闹事"发生了许多莫名其妙的事，游艺会还是照常举行了。我想，即使列姆布克当夜一命呜呼，第二天上午的游艺会恐怕还会照样举行——尤丽娅·米哈伊洛芙娜赋予这次游艺会以多么重大的意义啊。唉，直到最后一分钟她都被蒙在鼓里，不明白公众的情绪。直到最后，竟谁也不相信这次盛大的游艺活动会不发生什么重大事故，正如有些人早就搓着双手预言的那样，会顺顺当当地"收场"。诚然，许多人都装出一副痛心疾首、关心政治的模样；总的说来，任何社会动乱都会使俄国人感到无比兴奋。诚然，我国还有一种比仅仅渴望有人闹事严重得多的情况，这就是群情激愤，怨声载道；似乎大家对一切都腻烦透了。到处笼罩着自相矛盾的犬儒主义①，勉强的、仿佛硬装出来的犬儒主义。只有女士们没有晕头转向，但也仅表现为一点：恨透了尤丽娅·米哈伊洛芙娜。所有各派女士在这一点上是完全一致的。可是她却可怜见，居然不曾产生丝毫怀疑；直到最后一小时她还自以为"众星捧月"，人们依旧"狂热地对她忠贞不贰"。

我已经暗示过，敝城出现了各种各样的小人。在社会动荡或者处于过渡时期的乱世，总会有各种各样的小人应运而生，而且随处可见。我不是说那些所谓"先进分子"，这些人总是抢在大家头里（这是他们主要关心的事），

---

① 犬儒主义在俄语中不同于一般说的哲学中的犬儒学派，是指公开蔑视道德、伦理和其他行为规范。

虽然他们经常抱着愚蠢透顶的目的，但这目的毕竟或多或少是明确的。不，我讲的仅仅是一帮败类。在任何过渡时期，这帮败类就会如沉渣泛起，这是每个社会都有的，这帮人浑浑噩噩，已经不仅毫无目的，甚至毫无思想可言，而只是以他们自身的存在竭力表现出一种骚动和焦躁。然而，这帮败类连自己都莫名其妙地几乎永远听命于一小撮抱有明确目的的所谓"先进分子"的驱使，于是这些所谓"先进分子"便随便役使这一大堆社会垃圾，让他们干什么就干什么，只要这帮"先进分子"自身不是十足的白痴的话，不过这情况也屡见不鲜。现在，当一切都已成为过去，我们这里就有人说，彼得·斯捷潘诺维奇是由国际[①]操纵的，而彼得·斯捷潘诺维奇又回过头来支配尤丽娅·米哈伊洛芙娜，尤丽娅·米哈伊洛芙娜根据他的指令来调动形形色色的败类。敝城最有名望的一些有识之士至今都暗自纳闷：当时他们怎么会忽然疏忽了这一点的呢？我们这个乱世到底是怎么回事，我国到底由什么过渡到什么——我不知道，我想，也没有人知道——除非是某些作壁上观的人。那些最不齿于人类的无耻小人突然占了优势，开始大声批判一切神圣的东西，而从前他们都不敢开口，而那些过去一直顺利地执牛耳的首屈一指的人物，现在却突然听起了他们的申斥，自己却噤若寒蝉；而有些人还十分可耻地嘿嘿嘿地随声附和。什么利亚姆申们，捷利亚特尼科夫们，地主坚捷特尼科夫[②]们，没出息的黄口小儿拉吉舍夫们，面带苦笑而又态度倨傲的犹太佬们，爱哈哈大笑的外来游客们，从京城来的有政治倾向的诗人们，既没有倾向又没有才华只好炫耀自己腰部打褶的长外衣和皮靴擦得锃亮的诗人们，嘲笑自己的军衔毫无意义、为了多挣几个钱不惜立刻摘下自己的佩剑、偷偷溜到铁路上去当

[①] 指成立于1864年由马克思领导的第一国际。无政府主义者巴枯宁则是第一国际中的马克思的反对派。

[②] 坚捷特尼科夫，果戈理小说《死魂灵》第二卷中的人物，一个受过教育的年轻地主、自由主义者和自由思想家，后来逐渐变成"懒汉""游手好闲者"。

第三部

一名小录事的少校们和上校们；改行当律师的将军们；颇有点文化的经纪人们，生意越来越红火的商人们，数不清的神学校的学生，认为自己就代表妇女问题的妇女们——凡此种种都在敝城完全占了上风，而他们又凌驾于什么人之上呢？凌驾于俱乐部之上，凌驾于可敬的高官显贵之上，凌驾于装有木腿的将军之上，凌驾于我们那些冷若冰霜、高不可攀的女士之上。如果说出乱子之前，连瓦尔瓦拉·彼得罗芙娜和她的爱子都差点让这帮败类支使来支使去的话，那我们其他的密涅瓦①当时一时犯傻也就多少是可以原谅的了。我已经说过，现在一切都归因于国际。这想法已这样根深蒂固，以致对偶然来此的局外人也作如是说。还在不久前，有一位高级文官库布里科夫，六十二岁，脖子上挂有斯坦尼斯拉夫勋章，未经任何邀请就来了，他不胜唏嘘地宣称，他在来此的整整三个月中，毫无疑问是处在国际的影响下。当时，出于对他的年高德劭和功勋卓著的尊敬，便邀请他来说明一下，让他说得更令人满意些，他虽然提不出任何证据，除了他"全身心都有这样的感觉"外，但是他仍旧坚持自己的看法，因此大家也就不再问他了。

我要再说一遍。敝城仍有一小部分小心谨慎的人，一开始就离群索居，甚至锁上大门把自己关在屋里。但是，什么锁能抵挡得住自然的规律呢？哪怕在最谨言慎行的家庭里，也肯定会有一定要去跳舞的姑娘。于是所有这些人最后也只好为那些家庭女教师认了捐。即将举行的舞会是如此辉煌与无与伦比；大家纷纷传说着各种奇迹；谣诼纷纭，据说将会有一些手持长柄眼镜的公爵到来，舞会上将有十名主持人，舞伴个个年轻，左肩戴着蝴蝶结；又说此事是彼得堡的某些人士策划的；又说卡尔马津诺夫为了增加捐款，已同意穿上敝省家庭女教师的服装朗诵《谢谢》；又说还要举行"文学界的卡德里尔

---

① 密涅瓦，罗马神话中保护手艺、医术、雕塑、音乐和诗歌的女神，与希腊神话中的雅典娜同。

舞",而且也都穿上服装,每种服装将代表一种文学流派。最后,还将有一个"正直的俄罗斯思想"穿上服装翩翩起舞——这事本身就已经是特大新闻了。怎么能不订票不认捐呢?所有的人都订了票。

二

这天的游艺会按照节目单分成两部分:先是文学讲演会,由中午到午后四点,然后是舞会,由九点开始,通宵达旦。这样的安排本身就隐含着引起混乱的苗头。首先,从一开始,公众就深信关于在文学讲演会后立刻举行午宴的传闻,或者,甚至可能就在讲演会中间,特意为举行午宴安排了一段休息时间——午宴自然是免费的,已列入了节目单,有香槟酒。入场券的高价(三卢布)更加深了这则传闻的可信度。"要不的话,我总不能白捐钱吧?游艺会预定为一昼夜,那就要给东西吃。人们会饿坏的。"大家都这样议论纷纷。我应当承认,尤丽娅·米哈伊洛芙娜本人由于她的失于检点也加深了这一有害的传闻。一个月前,当她还陶醉在自己的这一伟大构想中的时候,逢人便絮叨她的这个游艺会,说什么她将跟大家一起举杯祝贺,甚至还给京城的一家报纸发去了消息,当时主要使她神往就是这举杯祝贺:她想亲自宣读祝酒词,而且在等待这天到来时一直在撰写这个祝酒词。这祝酒词必须能够阐明我们打出的这面主要旗帜(什么旗帜?我敢打赌,这位可怜的女士到底还是什么都没写出来),然后以地方通讯的形式寄往京城的各大报纸,从而使最高当局为之动容,为之神往,接着便传遍全国各省,引起人们赞叹,引起人们模仿。但是倘要祝酒就必须有香槟,而香槟总不能空着肚子喝吧,因此顺理成章地也就必须有午宴。后来,由于她的努力成立了一个委员会,大家开始比较认真地讨论了事情的方方面面,有人就立刻向她明确说明,如果想举行酒宴，那用来资助家庭女教师的钱就所剩无几了，即使捐款很多。这样一来，这个问题只有两个解决办法：伯沙撒的盛宴①和举杯祝酒，以及仅剩九十卢布来帮助家庭女教师，或者——利用游艺会筹集巨额捐款，而所谓游艺会不过是走过场。不过委员会只是危言耸听，其实当然已经想出了第三个解决办法，这办法不仅十分圆满，而且还调和了上述的两难处境，即这游艺会在各方面都十分像样，十分气派，就是没有香槟酒，这样一来，剩下的款项就极其可观了，将会大大超过九十卢布。但是尤丽娅·米哈伊洛芙娜不同意；她生就的脾气就是瞧不起那种小市民的折中办法。她立刻决定，如果最初的想法实现不了，那就立刻彻底地采取相反的极端，即筹募巨额捐款，让所有各省都看了眼红。"说到底，公众也应该明白，"她在委员会上结束自己热情洋溢的讲演时说道，"达到全人类的目的比起得到短暂的肉体享受要无比崇高得多，举办这样的游艺会，其实质不过是要宣布伟大的思想，因此应当满足于举行一种最节约的德国式小型舞会，仅仅作为寓教于乐的一种形式，如果根本取消这种令人讨厌的舞会办不到的话！"她突然恨透了舞会。但是最后大家还是请她少安毋躁。比如，当时就有人想出了举办"文学界的卡德里尔舞"，以及其他许多高雅的游戏，以此来弥补肉体享受之不足。当时卡尔马津诺夫也完全同意在会上朗诵《谢谢》（在此以前他只是含糊其词地让人听了干着急），因而甚至彻底打消了我们那些不知自爱的公众头脑里那种想要吃吃喝喝的念头。这样一来，舞会终于又成了最辉煌的庆典，尽管已经不是原来那样搞法。为了不至于太离谱，决定在舞会开头可以供应一点柠檬茶和圆饼干，然后是杏仁酪和柠檬水，最后甚至还有冰淇淋，但也不过秤。为了那些随时随地总感到饿，主要是渴的人——可以在穿廊式房间的尽头单设一个酒吧，

---

① 据《旧约·但以理书》第五章第二百一十四节，迦勒底王伯沙撒大宴群臣，以酒宴豪华著称，大臣们饮酒的器皿都是伯沙撒的父王尼布甲尼撒从耶路撒冷的宫殿中掳掠来的金器。

由普罗霍雷奇（俱乐部的厨师长）负责——不过必须在委员会极严格的监督下——可以供应任何东西，但是必须另行付钱，为此应在大厅门口专门贴张告示，声明酒吧供应各物均在招待范围之外。但是这天早晨又决定根本不设酒吧，免得妨碍讲演和朗诵，尽管酒吧离卡尔马津诺夫同意朗诵《谢谢》的那间贵宾厅还隔着五个房间。有意思的是，委员会里甚至最讲求实际的人也赋予朗诵《谢谢》这事空前巨大的意义。至于那些爱好诗歌的人，比如首席贵族夫人，就曾向卡尔马津诺夫宣称，她在他朗诵之后将立刻吩咐在她的贵宾厅的墙上镶嵌一块大理石，上面将用金字书写：某年某月某日，这里，就在这地方，俄国和欧洲的伟大作家在搁笔之际朗读了《谢谢》，这表明他首次与俄国读者告别是通过敝市各界代表进行的。而且这碑文所有参加舞会的人都会看到，朗诵完《谢谢》之后过五小时人人就会看到这碑文。我知道得很清楚，这主要是卡尔马津诺夫提出的要求，要求那天中午，在他朗诵的时候，不管以何种借口都不要设酒吧，尽管委员会里有人持异议，认为这不完全符合我国习俗。

当城里的人们还在继续相信会举行伯沙撒的盛宴，相信委员会将会免费招待他们开怀畅饮的时候，情形就是这样；而且直到最后一刻都深信不疑。小姐们甚至还幻想会有许许多多糖果、蜜饯以及其他闻所未闻的东西。大家知道，这次募捐收获极丰，全城的人都争先恐后地想来参加这次风雅的集会，各县的人也纷至沓来，票都不够卖了。大家还知道，除了规定的票价以外，还有大量捐赠：比如，瓦尔瓦拉·彼得罗芙娜就花三百卢布买了一张票，还把她家温室里的全部鲜花都贡献出来装饰大厅。首席贵族夫人（委员会委员）提供了府邸和照明，俱乐部提供了乐队和仆役，还让普罗霍雷奇一整日供她们差遣。还有一些其他捐赠，虽然数目不十分大，因此甚至有人想把入场券减价出售，由最初的三卢布减为两卢布，起初委员会也的确曾经担心过，

第三部

每张票三卢布，小姐们可能出不起，因此提议设法出售一种家庭票，即每家只需为一位小姐付钱买票，这个家庭的其他小姐，哪怕有十个，都可以免费入场。但是一切担心纯属多余：恰恰相反，小姐们都来了。甚至最贫穷的官吏也把自己的闺女带了来，非常清楚，要是他们没有闺女，他们自己是无论如何不会想到前来认捐的。有一位最微不足道的小官把自己的所有七个闺女都带了来，当然还不算自己的夫人和侄女，而且这些人每人手里拿的都是三卢布的入场券。可以想象，城里简直就像发生了一场翻天覆地的革命！就拿这个说吧，因为游艺会分成两部分，因此女士们的服装也必须每人准备两套——一套中午用，用来听讲演和朗诵，一套舞服，用来跳舞。后来得知，许多中产阶级的人，为了准备这天到来，把自己的所有东西，甚至把家里的被褥乃至床单，就差没有把床垫都抵押给了敝城的犹太佬，这些犹太佬两年来简直多极了，仿佛故意似的定居本城，而且来的人数越来越多。几乎所有的官员都预支了薪俸，有些地主甚至把必需的牲口都卖了，这一切为的只是把自家的千金们打扮成侯爵小姐一样，绝不让任何人把她们比下去。这一次服装的华丽在敝地是闻所未闻的。还在两星期前，城里就流传着各种家庭笑话，这些笑话立刻被敝城那些爱说笑的人传到了尤丽娅·米哈伊洛芙娜的官邸。还流传着一些家庭漫画。我在尤丽娅·米哈伊洛芙娜的纪念册里就曾亲眼见过几张这样的画，关于这一切，出现这些笑话的地方都十分清楚；我觉得，这就是最近一段时间许多人家都恨透了尤丽娅·米哈伊洛芙娜的缘故。现在大家都在破口大骂，一想起来就恨得咬牙切齿。不过事前就十分清楚，如果到时候委员会在什么事情上不合大家的意，舞会在什么事情上出了纰漏，骇人听闻的愤怒就会陡地爆发。因此任何人都在暗自等待着爆发丑闻；既然人人都在翘首以待，这丑闻又怎能不爆发呢？

十二点整乐队开始发出雷鸣般的响声。由于我忝居主持人之列，即忝居十二名"戴蝴蝶结的年轻人"之列,所以我目睹了这个令人难忘的可耻的一天是怎样开始的。起先是入口处拥挤不堪。这是怎么回事呢?怎么会从一开始,从警察开始,就处处出错呢?我并不责怪真正的与会者:家长们不仅不去拥挤,甚至也不去挤别人,尽管他们大小都是个官,相反,据说,他们还在外面就看到敝城少有的人群拥挤,这些人围住大门向里猛冲,而不是依次入场——一看到这情形他们就感到有失体统。与此同时,马车却不停地驶来,终于把外面的街道全占满了。现在,当我撰写本书的时候,我有确凿的证据可以肯定,敝城有些坏透了的败类,干脆就是由利亚姆申和利普京带来的,他们根本就没有票,也许,还有些人是由像我这样以主持人的身份带进来的。起码来了一些甚至根本不认识的人,他们来自附近各县,还有别的什么地方。这些无票闯入的混混,一走进大厅就异口同声地(倒像有人教唆好了似的)打听酒吧在哪儿,一听说根本没有酒吧,他们就毫不客气地用迄今为止我们这儿还从未见过的放肆态度开始骂街。诚然,他们中的某些人来的时候就喝醉了,有些人一见到首席贵族夫人的豪华大厅,就像野蛮人一样惊呆了,因为他们还从来没有见过这样气派的大厅,所以进屋后安静了片刻,张大了嘴巴不停地东张西望。这座贵宾大厅,虽然建筑陈旧了些,但是的确一派富丽堂皇:面积很大,上下两排长窗,天花板上有描金的古色古香的彩画,大厅上方有敞廊,窗户与窗户之间镶嵌着镜子,窗上还挂着白底红花的帷幔,还有许多大理石雕像(不管什么雕像吧,反正是雕像),大厅里还陈设着拿破仑时代的古色古香、沉重的家具,白底描金,蒙上了红丝绒。在所描写的那会儿,大厅尽头还搭了个高台,给那些有话要讲,有诗要朗诵的文学家使用,而整个大厅像剧院的池座一样摆满了座椅,座椅间则留着很宽的过道,供观众通行。但是在最初几分钟的惊叹之后,他们开始提出最没有道理的问题和声明:"我们也许还不想听朗诵呢……我们是付了钱的……观众上大当了……主人是我们，不是列姆布克两口子……"总之，好像让他们进来就是为了这个。我特别想起发生的一桩冲突，在这场冲突中，昨天那位外来的公爵少爷立了大功，也就是昨天上午去过尤丽娅·米哈伊洛芙娜家，领子支棱着，样子像个木偶似的那主儿。他也因为她的一再请求同意在自己左肩别上个蝴蝶结，成了我们的一名同道即主持人。原来这个装有发条的哑巴蜡像还真有点本事，不是说话的本事，而是在某方面行动的本事。当一名麻脸的、身高马大的退伍大尉（他仰仗有一大帮坏蛋跟在他后面撑腰）缠住他问："上酒吧去怎么走"的时候，他向警察局局长递了个眼色。他的指示被立刻执行了：尽管这个喝醉了的大尉骂骂咧咧，还是被人拖出了大厅。这时"真正的"观众终于开始入场了，他们排成三行长长的队列，沿着座椅间三条通道鱼贯而入。捣乱的苗头开始逐渐平息，但是观众，甚至最"纯粹"的观众，也露出不满和惊讶的神色，有些女士简直吓坏了。

大家终于坐好了；乐队也停止了演奏。观众开始擤鼻涕，开始东张西望。大家都十分郑重其事地等待着——这郑重其事往往本身就不是好兆头。但是"列姆布克两口子"还没有来。绸缎、丝绒、钻石从四面八方熠熠发光；空气中散发着一阵阵香气。男人们佩上了所有的勋章。老人们甚至都穿上了制服。首席贵族夫人终于带着丽莎一起来了。丽莎还从来没有像今天中午这样美得令人眼花缭乱，穿戴得这么华丽。她的头发梳成一绺绺鬈发，眼睛在发光，脸上笑容可掬。她分明产生了引人注目的效果；人们在端详她，在窃窃私语地谈论她。有人说，她在用眼睛寻找斯塔夫罗金，但是无论是斯塔夫罗金，也无论是瓦尔瓦拉·彼得罗芙娜，都没有来。当时我不明白她的面部表情：这张脸上为什么会洋溢着那么多的幸福、快乐、精气神和力量？我想起了昨天的事，就像走进了死胡同，百思不得其解。但是"列姆布克两口子"还没有来。这已经是个错误了。我后来才知道，尤丽娅·米哈伊洛芙娜直到最后一分钟都在等候彼得·斯捷潘诺维奇，离开了他，她最近都觉得寸步难行了，尽管她从来也不肯对自己承认这点。我要顺便指出，昨天，在委员会的最后一次会议上，彼得·斯捷潘诺维奇拒绝佩戴主持人的蝴蝶结，这使她感到很难过，甚至都流出了眼泪。使她感到很奇怪，后来又使她感到异常惊慌的是（我现在先交代清楚），整个白天都不见他的人影，他根本就没有来参加文学讲演会，因此直到傍晚谁都没有遇见他。最后，观众开始表现出了明显的不耐烦。台上也没有出现一个人。就像在剧院里那样，后排的人开始鼓掌。老人们和太太们皱起了眉头："列姆布克两口子"显然也太摆谱了嘛。甚至在最有身份的那一部分观众中也开始了不像样的窃窃私语，说什么这游艺会也许真的不举行了，列姆布克的身体也许当真不舒服，等等，等等，不一而足。但是谢谢上帝，列姆布克贤伉俪终于大驾光临了：他挽着她的胳臂；不瞒诸位说，我自己也非常担心他俩不会来了。但是无聊的猜测因此也就不攻自破了，真相露了出来。观众似乎松了口气。列姆布克本人似乎十分健康，记得，当时所有的人都得出了这样的结论，因此不难想象，有多少双眼睛正在注视着他啊。为了说明情况，我想指出，基本上，敝城的上流社会很少有人认为列姆布克得了什么病；大家都认为他的行为完全正常，甚至还认为他昨天在广场上的做法也值得赞许。"一上来就应当这样嘛，"一些高官显贵说，"要不，一些以慈善家自居的人，到后来还得采取老办法，他们没有注意到，即使为了慈善事业这样做也是必须的。"起码在俱乐部里大家都这么议论。大家对他有意见的仅仅是当时他不应当发火。"处理这种事应当冷静，到底还是新手。"一些行家说。所有的目光也同样满怀希望地注视着尤丽娅·米哈伊洛芙娜。我不过是个说故事的人，谁也无权要求我对这一点提供非常准确的细节：因为这里牵涉到一个秘密，这里牵涉到一个女人；但是我知道的只有一点：昨天晚上她走进了安德烈·安东诺维奇的书房，两人一直谈到后半夜。安德烈·安东诺维奇得到了宽恕，得到了安慰。夫妇俩在所有问题上都取得了一致，一切都被忘却，在相互表白的末了，冯·列姆布克到底还是下了跪，他恐惧地提到前天夜里最后发生的那件主要的事——这时，他夫人的纤纤玉手，接着是她的樱桃小口，阻止了这个骑士般文雅、被感动得浑身发软的人火一般倾吐出来的表示追悔莫及的话语。大家都看到她脸上洋溢着幸福。她面色开朗地穿着华丽的服装走了进来。她似乎正处在予取予求的顶峰；游艺会乃是她政治生涯的目的和最高成就，它终于实现了。列姆布克夫妇缓步走向自己紧靠台前的座位时，频频向大家点头，回应着大家的问候。他俩立刻被大家包围了。首席贵族夫人站起来迎接他们……但是就在这当口发生了一件很糟糕的误会：乐队无缘无故地奏起了迎宾曲——不是什么进行曲，而是一种筵席上的迎宾曲，就像在敝城俱乐部用餐，在正式宴会上为某人的健康干杯时奏的那种曲子。我现在才知道，这是利亚姆申以主持人的身份竭力要这样做的，似乎为了欢迎"列姆布克两口子"光临。当然，他任何时候都可以找到托词为自己辩解，说什么他这样做是因为愚蠢，或者是由于巴结得过了头……呜呼，我当时还不知道，他们已经不关心寻找托词了，他们想在今天就一了百了。但是事情不是到迎宾曲就完了：正当观众感到懊恼而又莫名其妙，会心微笑的时候，突然在大厅尽头和楼上的敞廊里响起了乌拉声，似乎也是为了欢迎列姆布克夫妇。喊的人倒不多，但是，我承认，持续了一段时间。尤丽娅·米哈伊洛芙娜满脸通红，她的两眼开始闪闪发光。列姆布克在自己的座位旁站住了，庄重而又严厉地环视着大厅……大家请他快快坐下。我又恐惧地注意到他脸上那个危险的微笑，昨天上午他站在妻子的客厅里，望着斯捷潘·特罗菲莫维奇，在走过去问好之前，他脸上挂着的就是这种危险的微笑。我觉得，即便现在，他脸上也有凶险的表情，最糟糕的是这表情还有点滑稽可笑——这是一个人仅仅为了讨好自己老婆，为了满足她的极端要求而不惜（还果真如此）牺牲自己时的表情……尤丽娅·米哈伊洛芙娜急忙招手让我过去，悄声嘱咐我快跑去找卡尔马津诺夫，央求他早点开始。不料我刚转过身去，就在这时发生了另一件十分恶劣的事，比头一件恶劣得多。在台上，在空空如也的台上，在此以前，大家的所有视线和所有期待都集中在台上，大家看到的不过是一张不大的桌子，桌子后面放着一把椅子，桌上放着一只银托盘，托盘里放着一杯水——在这空空如也的台上突然闪出了列比亚德金大尉的庞大身影，穿着燕尾服，系着白领带。我大吃一惊，都不敢相信自己的眼睛了。大尉似乎有点不好意思，在舞台的后部站住了。突然观众席上发出了喊叫："列比亚德金！是你呀？"大尉红红的脸一副傻样（他完全醉了），听到有人叫他便咧开大嘴，眉开眼笑，傻呵呵的。他举起一只手，擦了擦脑门，晃了一下他那蓬乱的脑袋，然后仿佛一不做二不休似的，向前迈了两步——突然扑哧一声笑了出来，笑声倒不大，但忽高忽低，笑声拉得很长，笑得很得意，笑得他整个肥大的身躯都在颤动，笑得都眯上了眼睛。看到这情景，几乎一半的观众也都笑了，还有二十个人拍起了巴掌。严肃的观众则板起了脸，面面相觑，不过这一切持续的时间没有超过半分钟。突然，利普京肩上佩戴着主持人的蝴蝶结，带着两名仆人跑到台上；他俩小心翼翼地架着大尉的两只胳膊，利普京还向他小声嘀咕着什么。大尉皱起了眉头，嘟囔道："既然这样，那好吧。"然后挥了挥手，把他那庞大的后背转过来对着观众，跟陪同他的人一起不见了。但是刚过了不大一会儿，利普京又纵身跳上舞台。他嘴上一如既往地堆上了最甜蜜的微笑，这微笑往往使人想起加糖的醋，手上拿着一张信纸。他迈着急促的脚步走到台子前沿。

"诸位，"他对观众说道，"由于照顾不周出可笑的误会，这误会已经消除了；但是我仍满怀希望地接受了我们此地一位诗人的委托，以及他深切的、恭敬有加的请求……这位先生，也就是我想说的这位本地诗人……满怀崇高的人道目的……尽管他相貌粗鲁……然而却满怀把我们大家联合在一起这个崇高目的……即擦干本省那些贫苦的、有知识的姑娘的眼泪……虽说他希望不要公开他的姓名,但是他又很希望在舞会开始之前,也就是我想说,在朗诵开始之前能看到他的诗被朗诵出来。虽说节目单上没有这首诗,我们也不准备把它列入节目单……因为这首诗半小时前才拿来……但是我们(谁是我们？我现在是逐字逐句引用这个断断续续而又颠三倒四的话)觉得,这首诗的感情十分真挚,加上它的基调也十分欢快,因此倒也不妨念念,也就是说,不是作为某种严肃的东西,而是作为某种适合于庆典的东西……总之,与我们的思想很合拍……何况又只有几行……因此我想请求观众格外垂青,予以恩准。"

"念吧！"大厅尽头有人嚷了一嗓子。

"那我念啦,诸位？"

"念吧,念吧！"传来了许多声音。

"既然观众慨允,那我就念啦。"利普京又挤眉弄眼了一番,仍旧带着甜蜜的微笑。他似乎仍旧拿不定主意似的,我甚至觉得他很激动。尽管这些人很放肆很无礼,他们有时候也会忸怩作态。话又说回来,如果换了个神学校学生,他是不会觉得不好意思的,而利普京毕竟属于过去那个社会。

"我要预先申明,就是说,我有幸预先告知诸位,这毕竟不是过去那种为庆典写的颂诗,这几乎,可以说吧,是一首玩笑之作,但是其中蕴含的感情是无可置疑的,再加上某种戏谑和欢快,可以说,充满着十分现实的真情实感。"

"念吧,念吧！"

他打开了信纸。不用说,谁也没有来得及阻止他。况且他还佩戴着干事的蝴蝶结。他用洪亮的声音朗诵道:

"诗人于游艺会致本地的一位祖国家庭女教师。

> 你好，你好啊，家庭女教师！
> 高兴吧，欢腾吧，
> 无论你是落后分子还是乔治·桑①，
> 反正你现在应该欢天喜地！"

"这是列比亚德金的诗！没错，就是列比亚德金的诗！"有几个人回应。发出了笑声，甚至还有鼓掌声，虽然掌声零落。

> "你教拖鼻涕的孩子
> 学习法语识字课本，
> 准备向哪怕是教堂杂役
> 暗送秋波，让他娶你为妻！"

"乌拉！乌拉！"

> "但是在我们这个大改革的时代，
> 连教堂杂役也不会娶你做妻房，
> 除非你有'一大笔钱'，小姐，
> 要不你又只好去教识字课本啦。"

"就是，就是，这就叫现实主义，没有'一大笔钱'就寸步难行！"

---

① 乔治·桑(1804—1876)，法国女小说家，主张妇女解放。此处喻为进步女性。

第三部

"但是现在,大张筵席,
我们募集了资金,
边跳舞,边从这些大厅
给予你丰厚的嫁妆——

无论你是落后分子还是乔治·桑,
反正你现在应该欢天喜地!
你有陪嫁啦,家庭女教师,
你尽可以得意扬扬,唾弃一切!"

不瞒诸位,我简直不敢相信自己的耳朵。这首歪诗的无礼与放肆太明显了,甚至无法用愚蠢来原谅利普京。再说利普京这人也根本不笨。他们的用意是明显的,起码对于我是这样:仿佛急于制造一场混乱。这首白痴般的诗的某些诗句,比如最后一句,是无法归咎于任何愚蠢的。利普京似乎自己也感觉到做得太过分了:他完成了自己的伟业之后,因为自己的放肆都慌了神,甚至都没有立刻下台,而是站在那里,仿佛还有什么话要说似的。原先他大概估计会产生另一种效果;但是,甚至那一小撮在出事时鼓过掌的捣乱分子也似乎慌了手脚,陡地变得鸦雀无声。最混账的是,他们中的许多人居然热情洋溢地欢迎这整个出格的举动,也就是说根本不把它当作一纸谤文,而是以为它当真说出了家庭女教师的真实处境,把它看作一首带有倾向性的诗。但是这诗的内容毕竟太放肆了,终于使他们也吃了一惊。至于全体听众,不仅全大厅的人感到十分难堪,甚至明显地感到有辱斯文。现在我转述我那天的印象时,并没有弄错。后来尤丽娅·米哈伊洛芙娜说,再过一刹那她非晕倒不可。在最最德高望重的老人中有一位搀扶起自己的老伴，两人在观众惊慌不安的目光的护送下走出了大厅。谁知道呢，若不是此刻卡尔马津诺夫身穿燕尾服、系着白领带、手里拿着一沓稿纸亲自登上了舞台，说不定这一先例还会带走一些人。尤丽娅·米哈伊洛芙娜把兴高采烈的目光投向他，仿佛看救星似的……当时我已经在台后；我要找利普京。

"您这是存心捣乱嘛！"我愤怒地抓住他的胳臂说。

"我敢起誓，我怎么也没料到，"他缩成一团，立刻开始撒谎，装出一副不幸而又受愚弄的样子，"这首歪诗刚刚送来，我还以为是一首欢快的玩笑之作……"

"您想的根本不是这个。难道您认为这首平庸的歪诗是欢快的玩笑吗？"

"是的，我是这么认为的，您哪。"

"您简直在撒谎，根本不是刚刚给您送来的。这是您亲自跟列比亚德金一起炮制的，说不定还在昨天，为了捣乱。最后一句诗肯定是您写的，关于教堂杂役云云，也是。为什么他出场的时候穿着燕尾服？这说明，您给他打扮了一下，本来是想让他念的，要不是他喝醉了的话？"

利普京冷冷地、歹毒地看了看我。

"这关您什么事？"他忽地问道，神态出奇地镇定。

"什么叫关我什么事？您也戴着这蝴蝶结……彼得·斯捷潘诺维奇在哪儿？"

"不知道；反正总在这里的什么地方吧；您要干吗？"

"因为我现在看透了。这简直是阴谋，是冲着尤丽娅·米哈伊洛芙娜来的，为的是在今天让她出乖露丑……"

利普京又乜斜着眼看了看我。

"这关您什么事？"他发出一声冷笑，耸了耸肩，走到一边去了。

这好像当头给我浇了一盆冷水。我的所有怀疑都被证实了。我还一直希望我弄错了！我怎么办呢？我本来想找斯捷潘·特罗菲莫维奇商量一下，但他却站在镜子前搔首弄姿，试着各种笑容，不断地查看他写了各种札记的稿纸。卡尔马津诺夫朗诵完毕后，紧接着就应该是他上场，因此他现在根本没法跟我交谈。跑去找尤丽娅·米哈伊洛芙娜吧？但是找她还嫌早了点：只有受到更加严厉得多的教训之后才能治好她自以为她被"众星捧月"，大家都在"狂热地效忠"于她这一毛病。她肯定不会相信我的话，认为我活见鬼了。再说，她又帮得了我什么忙呢？"唉，"我想，"真是的，这关我什么事呢，等一闹事，我摘下蝴蝶结回家不就结了。"我就是这么说的，"等一闹事"，这我记得。

但是必须先去听听卡尔马津诺夫的朗诵呀。我在后台最后一次环视了一下会场四周的情形，我发现这里有相当多的闲杂人员，甚至妇女在钻来钻去，出出进进，这个所谓"后台"是个相当狭窄的空间，用一幅幕布与观众隔开，而且隔得严严实实，后面有一条走廊与其他房间相通。我们的那些准备讲演和朗诵的人就在这里等候逐一出场。但是这时候我特别感到吃惊的是排在斯捷潘·特罗菲莫维奇之后的讲演者。他那模样也像一位教授（直到现在我也弄不清这人到底是谁），他在一次学潮后自动离开了某校，几天前不知道因为什么事才顺道来到敝城。有人也把他介绍给了尤丽娅·米哈伊洛芙娜，于是她就十分恭敬地接待了他。我现在知道，在演讲之前他仅仅在她家参加过一次晚会，而且在那天的整个晚会上一言不发，模棱两可地对围绕在尤丽娅·米哈伊洛芙娜周围的那帮人的谈笑和做派微笑着，他态度傲慢，同时又心胸狭窄、胆小怕事，给所有人都留下了不快的印象。是尤丽娅·米哈伊洛芙娜亲自动员他来讲演的。现在，他正在从这个角落走到那个角落，也像斯捷潘·特罗菲莫维奇那样念念有词，不过两眼看着地面，而不是不停地照镜子。他也没有对镜顾盼，比试着各种微笑，虽然经常色眯眯地微笑着。很清楚，我也没法跟他谈。他是个小个子，看上去四十岁上下，秃头，胡子灰白，穿得相当讲究。最好玩的是，他每次转身都向上举起右拳，在头顶连连挥舞，然后把拳头猛地砸下，仿佛把某个对手砸得粉碎似的。他在不停做着这把戏。我开始感到可怕，便赶紧跑去听卡尔马津诺夫朗诵。

三

大厅里又弥漫着一种不祥的气氛。我要预先申明：我很崇拜伟大的天才；但是我们这些天才先生为什么一到自己辉煌岁月的晚年，有时竟会完全变得像个小小孩一样了呢？他是卡尔马津诺夫又有什么了不起呢？干吗出场的时候要端着一副架子，五个宫廷高级侍从加在一起恐怕也没有他威风呢？难道单凭一篇文章就能让我们这样一批听众留下整整一小时来倾听他的朗诵吗？基本上，我做过这样的观察：哪怕你是超级天才，也休想在轻松的大众文学讲座上不受嫌弃地吸引听众的注意超过二十分钟。诚然，伟大的天才出场时常受到极恭敬的欢迎，甚至最古板的老人也会表示赞许和好奇，至于女士们，甚至会感到某种欢欣与鼓舞。然而，这次掌声却很短暂，有点零零落落，杂乱无章。可是直到卡尔马津诺夫先生开始说话的时候，后排都没有一桩出格的事，即便这时候也几乎没有出过一点特别坏的事，只是似乎发生了一点儿误会。从前我已经提到过，他说话的声音尖得有点刺耳，甚至有点娘娘腔[①]，还有一种真正高贵的贵族式的装腔作势。他刚开口说了几句话，突然有人放肆地大笑起来——大概是一个没有见过任何上流社会世面，又天生爱笑、没

[①] 据俄国法学家、彼得堡科学院院士、彼得堡大学教授科尼（1844—1927）回忆，屠格涅夫"说话的声音很柔和，有点女人腔，声调尖而高，与他阔大的外形不甚相称"。

有经验的小傻瓜。但是没有出现丝毫起哄，相反，大家向这傻瓜发出了嘘声，他也就乖乖地缩了回去。于是这时卡尔马津诺夫先生便装腔作势、拿腔拿调地宣称，他"先是无论如何不同意发表演讲的"（毫无必要这样声明！）。他又说，有些话是内心的吐露①，是不便说出口的，因此这种珍藏于心的东西无论如何也不应该公之于众②（那干吗要公之于众呢？）；但是因为大家硬要他说，所以他也就只好公之于众了，此外，因为他即将永远搁笔，他曾经发誓无论如何再也不写任何东西了，那就说到做到，于是就写了这最后一篇东西；又因为他曾经发誓无论如何永远也不当众发表任何讲演或者朗诵任何东西，那就说到做到，这是他将要当众朗读的最后一篇文章。等等，等等。说来说去都是这一套。

但是，这还没什么，谁不知道作者总要来个开场白呢？不过我还是要指出，由于我们的观众缺乏教养，后排观众又爱起哄，这一切都可能发生影响。倒不如念一篇他过去常写的那一类小故事，或者微型小说——就是说虽然写得很精致，有点装腔作势，但有时倒也蛮有噱头，这岂不更好？如果这样做，一切也就平安无事了。不，您哪，满不是那么回事！开始了空空洞洞的长篇大论！③上帝啊，这里什么没有啊！我可以肯定，甚至京城的听众听了他这篇宏论也会呆若木鸡，何况本城的芸芸众生呢。诸位想想，几乎写了两

---

① 果戈理在他的《致友人书信选》中曾谈到他的"告别小说"："这小说不是我编造出来和向壁虚构的，它是我内心的吐露……"

② 屠格涅夫在写给斯塔修列维奇的信（1878年5月20日）中谈到《够了》时说："我自己也后悔不该发表这个片段……因为其中说的是个人的回忆和感想，其实毫无必要跟读者谈这些。"

③ 构成《谢谢》一文开头与结尾的告别读者，是讽刺性模拟屠格涅夫《关于〈父与子〉》一文中的告读者。就体裁与结构论，《谢谢》颇类似中篇小说《幻影》（屠格涅夫说，"一系列画面，彼此的联系相当肤浅"）和《够了》（以叙述人思考的形式出现）。《谢谢》有两段插曲（主人公冬天渡过伏尔加河和拜访居于洞穴中的苦行修士），与《够了》中两个类似的插曲在内容上颇近似。

印张，全是些极为装腔作势和毫无用处的废话；再加上这位先生朗诵时还摆出高高在上、闷闷不乐的样子，倒像他开恩给了大家天大的面子似的，以致敝城的听众听着听着气就不打一处来。至于主题……谁弄得清它，弄得清这主题呢？这不过是陈述他的某些感想、某些回忆。但是到底是什么感想、什么回忆呢？这要说明什么呢？在朗诵前一半时，敝省那些大人先生不管怎样皱紧眉头，还是一句都没有听懂，因此耐着性子听后一半也仅仅是出于礼貌。不错，他说了许多关于爱情的事，说到我们这位天才爱上了一个女人，但是，不瞒诸位，这听起来总觉得有点别扭。依我看，由一个天才作家来讲自己的初吻，这跟他那又矮又胖的身材似乎有点不太相称……而且这吻接得又似乎与全人类不大相同，这就使人更增添了一份难受。这时，周围一定要长着黄尝木（一定要黄尝木，或者必须到植物志里才能找到的什么什么草）。这时，天上还非得弥漫着一种紫罗兰的色调，这种色调，当然，在一般的凡夫俗子中任何人在任何时候都没有看到过，就是说，即使大家看到了，也不会留意，可是他却似乎在说："瞧，我就看到了，这是普通得不能再普通的东西，因此我才来描写给你们这些傻瓜听。"于是这一对漂亮的情侣便在一棵大树下坐了下来，这树还非得是什么橙黄色的不可。① 他俩坐在德国某地。蓦地，他俩看见了大战前夜的庞培②或卡西乌斯③，两人感到一阵狂喜，不觉打了个寒噤。一条美人鱼在树丛中发出了尖叫。格鲁克④则在芦苇荡里拉小提琴。他演奏的乐曲，书中说了个全称，但是谁也没有听说过，因此必须到音乐辞典里去查找。这时晨雾开始团团升起，不断地冉冉上升，看去就像千千万万只枕头，而不像是雾。蓦地，一切烟消云散，于是伟大的天才在冬天，在一个冰雪融

---

① 这段描写是讽刺性地模拟屠格涅夫在《幻影》和《够了》中的风景描写。
② 庞培（前108—前48），古罗马统帅，曾与恺撒争夺国家最高权力。
③ 卡西乌斯（？—前42），古罗马将军，刺杀恺撒的主谋者之一。
④ 格鲁克（1714—1787），德国歌剧作曲家，歌剧改革家。

化的日子，渡过伏尔加河。光是渡河就写了两页半，但是他还是掉进了冰窟窿。天才掉进水里了——你们以为他淹死了？没有那回事；写这一切都是为了描写当他已经完全掉进水里，被水呛得快憋不过气来的时候，突然在他眼前漂过一小块冰，这冰小极了，只有豌豆那么大，但是纯净透明，"就像一滴冻结的泪珠"，而在这小小的冰上却映出了德国，或者不如说映出了德国的天空，映像上闪耀着彩虹般的霞光，使他想起了"从你眼睛中滚落下来"的一滴泪珠，"你记得吗，当时我们正坐在一棵苍翠的大树下，你快乐地欢呼：'没有犯罪！''是的，'我噙着眼泪说，'但是，倘这样，也就没有高僧大德和正人君子了。'于是我们开始痛哭，从此就永远分手了。"——她去了某地的海滨，他则去拜访某些洞穴；于是他就往里走呀，走呀，在莫斯科的苏哈廖夫塔下一直走了三年，蓦地在地心深处，在一个洞穴里发现了一盏长明灯，而在长明灯旁有一名苦行修士。苦行修士正在祈祷。这天才把耳朵贴近一个有铁栅栏的不点儿大小窗户，蓦地听到一声叹息。你们以为这是苦行修士叹息吗？他才不管您的苦行修士不苦行修士呢！不，您哪，无非是这声叹息"使他想起她的第一声叹息，三十七年前"，"你记得吗，在德国，当我们坐在一棵玛瑙色的大树下，你对我说：'为什么要爱呢？你瞧，倘若周围的暗红色越来越浓，我就爱你，但是当这暗红色不再变浓，我就不再爱你了。'这时夜雾又开始团团升起，出现了霍夫曼[①]，美人鱼用口哨吹了一支肖邦的乐曲[②]，蓦

[①] 霍夫曼（1776—1822），德国作家，他的作品受浪漫派影响，具有神秘怪诞的色彩。
[②] 屠格涅夫在小说《够了》中写道："霍夫曼气质并不可怕，不管他以什么形式出现。"据俄国学者考证，这里提到格鲁克的名字和美人鱼吹口哨，可能是影射屠格涅夫曾热恋法国女歌唱家波利娜·维阿尔多。维阿尔多的浪漫曲中有两首与美人鱼有关：一首是为普希金的《美人鱼》谱曲，另一首是梅里克作词的《芦苇中的美人鱼》。维阿尔多曾将肖邦的几首马祖卡舞曲改编成歌曲，所以这里也提到了肖邦。维阿尔多还多次演唱由格鲁克作曲的《俄耳甫斯与欧律狄刻》中的独唱部分。

地，从浓雾中又现出了头戴桂冠站在罗马房顶上的安库斯·马尔西乌斯①。我们感到一阵狂喜，后背感到一阵发冷，于是我们就永远分手了。"等等，等等。总之，也许我转述得不完全准确，我也不善于转述别人的话，但是这连篇废话的大意不过尔尔。最后，我们的大师们对高雅的双关语有一种糟糕透了的嗜好！伟大的欧洲哲学家、学者、发明家、辛勤劳动者及苦难圣徒——凡劳苦担重担的人②，对于我们俄国的这个伟大天才来说，简直就像他家厨房里的厨师。他是老爷，他们手拿着尖顶帽来到他跟前，听候他吩咐。诚然，他还傲慢地嘲笑俄国，对他来说再没有什么比向欧洲大师们宣布俄国在各方面业已全面破产更开心的了③，至于他自己——不，您哪，他又凌驾于这些欧洲大师之上；他们这些人不过是他用来说双关语的材料而已。他借用别人的思想，又把这一思想的反题硬安到它头上，于是一个双关语便拼凑出来了。有犯罪，没有犯罪；没有真理，没有正人君子④；无神论，达尔文主义，莫斯科的钟声……但是，唉，他已经不相信莫斯科的钟声了；罗马，桂冠……但是他甚至连桂冠也不相信了……这是老一套拜伦式忧郁症的发作，这是海涅式的鬼脸，毕巧林身上的什么东西——于是火车在不停地向前奔驰，响起了汽笛声……"不过话又说回来，诸位可以夸奖我，尽管夸奖我，要知道，我非常喜欢听到夸奖我的话；搁笔云云，我也不过是随便说说而已；诸位等着吧，我还要三百次地惹你们讨厌，让你们读我的书，累死你们……"

---

① 安库斯·马尔西乌斯（约前675—前616），传说中的古罗马七王之一，约前640年登上王位。

② 见《马太福音》第十一章第二十八节："凡劳苦担重担的人，可以到我这里来，我就使你们得安息。"

③ 影射屠格涅夫。试比较陀思妥耶夫斯基给迈科夫的信（1867年8月28日）："……他（指屠格涅夫——注者）自己对我说……：'如果俄国垮台，那么人类既不会有任何损失，也不会因此而感到激动。'"

④ 屠格涅夫在《够了》中写道："莎士比亚还会迫使李尔王口吐那残忍的词句：'世间没有罪犯'，反过来说：'世间没有无辜'……"（戴启篁译）

第三部

不消说，结局并不美妙；但是这不妙是由他开的头。早就开始了蹭鞋底声、擤鼻涕声、咳嗽声，以及不管哪个文学家在文学朗诵会上让观众干坐着超过二十分钟后经常发生的一切。但是我们这位天才作家却丝毫没有察觉到这点。他在继续拿腔拿调、慢条斯理地喋喋不休，根本不知道听众的反应，因此大家开始感到困惑。突然，从后排传来一个孤零零的却十分响亮的声音：

"主啊，胡说些什么呀！"

这话是情不自禁地蹦出来的，我相信他根本无意起哄。无非是因为这人听累了。但是卡尔马津诺夫却停了下来，讥讽地看了看听众，突然摆出一副被刺痛了的宫廷高级侍从的派头，拿腔拿调地说道：

"诸位，我大概让你们听得烦透了吧？"

他竟主动问大家，这就是他的错了；他既然以这种方式让大家回答，也就给了任何一个混蛋说话的可能，可以说吧，甚至是合法说话的可能，如果他忍耐一下，人家擤擤鼻涕，凑合着也就过去了……说不定，他是希望大家用掌声来回答他的提问的；但是并没有响起掌声；相反，大家好像害怕了，缩起了身子，变得鸦雀无声。

"您压根儿就没有见过安库斯·马尔西乌斯，这一切不过是文章的一种写法。"突然传来一个人愤怒的，甚至好像迫不及待的声音。

"就是嘛，"另一个声音立刻接茬道，"现在可没有鬼魂，只有自然科学。您去查查自然科学吧。"

"诸位，我万万没有想到你们会提出这样的反对意见。"卡尔马津诺夫感到非常惊奇。伟大的天才在卡尔斯鲁厄同祖国完全疏远了。

"在我们当代，还在说什么世界驮在三条鱼背上是可耻的，[①]"一个姑娘突然像炒爆豆般嚷嚷道，"卡尔马津诺夫，您不可能下到洞穴里去看望隐修士。

---

① 旧时俄国人迷信，以为整个世界驮在三条鲸鱼背上。

再说，现在还有谁谈隐修士呢？"

"诸位，最使我感到惊讶的是你们居然这么认真。不过……不过你们说得完全对。谁也没有我更尊重实实在在的真理了……"

他虽然嘲讽地微笑着，但却感到十分吃惊。他的脸似乎在说："要知道，我绝不是你们想象中的那种人，我是站在你们一边的，不过请你们夸奖我，多多地夸奖我，多多益善，我非常喜欢你们夸奖……"

"诸位，"他已经完全被刺痛了，终于叫道，"我看，拙作没有找准对象。而且我本人也似乎没有找准对象。"

"瞄准了乌鸦，却打中了奶牛。"一个傻瓜想必喝醉了酒，扯开大嗓门嚷嚷道，对这样的人当然无须理他。不错，响起了一阵不敬的哄笑。

"您说打中了奶牛？"卡尔马津诺夫立刻接口道，他的声音变得越来越刺耳了，"关于乌鸦和奶牛，诸位，我要冒昧地保留自己的看法。对任何听众我都非常尊重，因此我绝不会放肆地做这样的比喻，哪怕是无害的比喻；但是我认为……"

"不过您，先生，还是不要太……"后排有人叫道。

"但是我认为，在我即将搁笔，与读者告别之际，还是会有人把拙作听完的……"

"不，不，我们要听，我们要听。"第一排终于有几个人壮大了胆子说道。

"念吧，念吧！"有几个热情洋溢的女士的声音接口道，终于爆发出一阵掌声，诚然，声音不大，而且稀稀落落。卡尔马津诺夫苦笑了一下，从座位上欠起身来。

"请您相信，卡尔马津诺夫，大家甚至认为这是荣幸……"甚至首席贵族夫人也忍不住说道。

"卡尔马津诺夫先生！"大厅深处突然传来了一声清脆的年轻人的声音。

这是县立中学一个很年轻的教师的声音，一个很英俊的年轻人，文静而潇洒，不久前他才来省城做客。他甚至还从座位上微微站了起来。"卡尔马津诺夫先生，如果我有幸像您给我们描写的那样恋爱的话，说真的，我是不会把我的恋爱经历写进一篇供公开朗读的文章里去的……"

他甚至满脸涨得通红。

"诸位，"卡尔马津诺夫叫道，"我读完了。我现在删去结尾，就此告辞。但是请允许我只把最后六行给大家念念。"

"是的，读者朋友，别了！"他立刻开始根据手稿念道，不再坐在圈椅上，"别了，读者；甚至我也不十分坚持我们非得像朋友那样分手不可：说真的，何必打扰你呢？你甚至可以骂我，噢，爱怎么骂都可以，只要这能给你带来快乐。但是，最好还是我们彼此永远相忘。倘若你们大家，诸位读者，突然如此垂爱，竟双膝下跪，开始噙着眼泪恳求我：'写吧，噢，为了我们，你写吧，卡尔马津诺夫——为了祖国，为了子孙后代，为了桂冠。'即使这样，我也要回答你们，当然，先要谢谢你们，然后十分恭敬地回答：'不，我们彼此打了这么多年交道也就够了，亲爱的同胞们，谢谢！该是我们各奔东西的时候了！谢谢，谢谢。'"

卡尔马津诺夫彬彬有礼地鞠了一躬，就像煮过的大虾一样满脸通红，接着便向后台走去。

"根本没有人会跪下来求他；真是异想天开。"

"瞧他自以为了不起的那股劲儿！"

"这不过是幽默罢了。"一个比较有见识的人纠正道。

"不，您那幽默云云还是给我免了吧。"

"不过，这也太放肆了吧，诸位。"

"起码现在算念完了。"

"瞧，多无聊！"

但是后排（不过不仅是后排）传来的所有这些无知的喊叫声却被另一部分听众的掌声淹没了。他们请卡尔马津诺夫出来谢幕。以尤丽娅·米哈伊洛芙娜和首席夫人为首的几位女士挤到台旁。尤丽娅·米哈伊洛芙娜两手捧着一只精美的桂冠，桂冠放在白色的丝绒垫上，周围饰以用鲜艳的玫瑰编织成的花环。

"桂冠！"卡尔马津诺夫嘴上挂着一种隐隐约约但又略带挖苦的冷笑说道，"我当然很感动，并满怀深情地接受这顶预先准备好的，还没来得及凋谢的桂冠；但是，请诸位相信，女士们，我突然变成了现实主义者，我认为，在当代，由一位厨艺精湛的厨师来得这顶桂冠比让我得到它要合适得多……"

"厨师也更有用。"在维尔金斯基家开过"会"的那名神学校学生叫道。秩序稍微被破坏了一点儿。许多排座椅上都有人跳起身来观看授予桂冠的仪式。

"为了厨师现在我可以再加三卢布。"另一个人大声接口道，声音特别大，又大又坚决。

"我也加三卢布。"

"我也加三卢布。"

"难道这里就没有酒吗？"

"诸位，这简直是骗局……"

话又说回来，应当承认，所有这些任意胡闹的先生还是非常怕敝城那些达官贵人，还有待在大厅里的那位分局长的。花了约莫十分钟时间，大家才勉勉强强重新落座，但是先前的秩序已经无法恢复了。可怜的斯捷潘·特罗菲莫维奇却偏偏赶上了这刚刚开始的混乱……

四

我还是再一次跑到后台去找斯捷潘·特罗菲莫维奇，总算赶上了警告他，我情不自禁地告诉他，按照愚见，一切都吹了，他最好谢绝登场，立刻乘车回家，哪怕推托说上吐下泻，得了亚霍乱，我也可以拿下蝴蝶结跟他一起走。这时他已经朝台上走去，闻言突然停了下来，高傲地把我从头到脚打量了一遍，然后庄严地说：

"先生，您为什么认为我会做这种下三烂的事呢？"

我只得退避三舍。我就像二二得四一样坚信，非闯出祸来他是不会从那里退场的。正当我垂头丧气，不知所措的时候，我眼前又闪过那位外来教授的身影，也就是紧接着斯捷潘·特罗菲莫维奇之后轮到他上台，方才总是向上举起拳头使劲挥动一下又放下的那位教授。他仍旧忽前忽后地走来走去，陷入深思，嘴里念念有词地喃喃自语，脸上挂着挖苦而又得意的笑容。我不知怎么几乎毫无意识地（这时我又鬼迷心窍地多此一举）走到他身边。

"我知道，"我说，"根据许多先例，倘若讲演的人让听众听讲超过二十多分钟，他们就听不下去了。任何人，不管多有名气，也坚持不了半小时……"

他突然停下了脚步，甚至好像气得浑身发起抖来。他脸上流露出无比的高傲。

"不劳费心。"他轻蔑地嘟囔道，径直走了过去。这时大厅里响起了斯捷潘·特罗菲莫维奇的声音。

"唉，让鬼把你们全抓去吧！"我想，接着便向大厅跑去。

斯捷潘·特罗菲莫维奇还在一片混乱的余波中就安坐在圈椅上了。他分明遇到了一些对他不怀好意的目光（近来在俱乐部里不知怎么大家也不再喜欢他了，远不如从前那样尊敬他），不过也没有人嘘他，这就很不错了。从昨天起我就有一个奇怪的想法：我总觉得，只要他一露面，就会有人嘘他。当时，因为还有点乱，大家甚至都没有立刻注意到他。他们对待卡尔马津诺夫尚且如此，他又能指望什么呢？他面色苍白；他已经有十年没有在观众前露面了。

根据他激动的神态以及他身上我十分熟悉的一切，我很清楚，他自己也把他这次上台看作决定自己命运的大事，或者与此相类似。我害怕的也正是这点。这人对我很宝贵。当他张开嘴，当我听到他说的第一句话时，我心里的那种滋味就不用说了！

"诸位！"他突然说道，好像横下一条心豁出去了，同时声音也几乎变了，"诸位！还在今天早晨我面前就放着一张不久前在这里散发的非法传单，而我已是第一百次向自己提出这样的问题：'它的秘密究竟何在？'"

整个大厅顿时鸦雀无声，所有的目光都转向他，有些目光还流露出恐惧。没说的，他有本事一开口就抓住听众。甚至从后台也探出了好几个脑袋；利普京和利亚姆申贪婪地谛听着。尤丽娅·米哈伊洛芙娜又向我连连摇手：

"阻止他，无论如何要阻止他！"她惊慌地悄声道。我只是耸耸肩膀；难道一个拿定了主意的人你阻止得了吗？唉，我太了解斯捷潘·特罗菲莫维奇啦。

"嘿，讲起传单来啦！"听众中有人开始窃窃私语；整个大厅掀起了一阵骚乱。

"诸位，我解开了这整个秘密。它们能产生效果的整个秘密就在于它们愚蠢！"他的眼睛开始发亮，"是的，诸位，如果这是一种蓄意的愚蠢，出于某种打算伴装出来的愚蠢——噢，这甚至算得上是天才之作！但是必须对它们说句完全公道的话：它们什么也没有伴装。这是最露骨、最老实、最直截了当的愚蠢——这是最纯粹的愚蠢，就像某个简单的化学元素一样纯粹。假如这说得哪怕再聪明一丁点儿，那任何人都会立刻看出这种直截了当的愚蠢实在太浅薄了。但是现在所有的人都感到莫名其妙：谁也不相信竟会愚蠢到这么原始的地步。'这里不可能没有任何更深的含义。'任何人都在暗自嘀咕，都在寻找它的秘密，都认为其中另有奥妙，都想在字里行间看出点儿名堂来——于是，效果就达到了！噢，这愚蠢还从来没有得到过这样隆重的奖赏，尽管它理应经常得到这种奖赏……因为，顺便说说，愚蠢就跟最高的天才一样，在人类的命运中是同样有益的……"

"四十年代的俏皮话！"传来一个人的声音，但说得非常温文尔雅，紧接在这人之后，一切犹如脱缰之马；开始了一片喧哗和吵闹。

"诸位，乌拉！我建议为愚蠢干杯！"斯捷潘·特罗菲莫维奇叫道。他已经完全发狂了，竟向全大厅的人叫阵。

我假借给他倒水，跑到他跟前。

"斯捷潘·特罗菲莫维奇，别说了，尤丽娅·米哈伊洛芙娜恳求您……"

"不，别管我，游手好闲的年轻人！"他提高了嗓门冲着我来了。我赶紧逃跑。"诸位！"他继续说，"干吗要激动呢，我听到的这些愤怒的喊叫要干吗呢？我是拿着橄榄枝到这里来的。我带来了最后的话，因为在这件事上我有最后发言权——我们将言归于好。"

"打倒！"一些人叫道。

"安静，让他说嘛，让他把话说完嘛。"另一部分人吼道。尤其激动的是那个教员，他已经大着胆子说过一次话，仿佛开了口就再也停不下来似的。

"先生们，这件事的最后一句话是彼此宽容。我是一个行将就木的老人，我要庄重地宣布，生命的气息一如既往地吹拂着，年青一代的活力也尚未枯竭。当代青年的热情就像我们那个时代的青年一样纯洁而又光辉灿烂。只发生了一件事：目标转移了，一种美被另一种美所代替！全部困惑仅仅在于，何者更美：莎士比亚还是皮靴①，拉斐尔还是煤油②？"

---

① 当时俄国有人对普希金采取实用主义的虚无态度，后来进而发展到否定莎士比亚。比如《俄国言论》月刊的撰稿人扎伊采夫（1842—1882）曾说："没有一个地板打蜡工人，没有一个金银首饰匠，不比莎士比亚有用无数倍。"
② 西欧和俄国的反动报刊称1871年巴黎公社社员是"煤油大王"，因为他们硬说，在1871年5月21日—27日的巴黎巷战期间，巴黎公社社员纵火焚烧了巴黎的土伊勒利宫。

"这是告密?"一部分人悻悻然叫道。

"这是中伤他人名誉的问题!"

"挑拨离间的奸细!"

"而我要宣布,"斯捷潘·特罗菲莫维奇无比狂热地发出尖叫,"而我要宣布:莎士比亚和拉斐尔高于农奴解放,高于民族,高于社会主义①,高于年轻一代,高于化学,高于几乎整个人类,因为他们已经是成果,全人类的真正成果,也许还是人类可能取得的最高成果!美的形式已经达到,如果达不到它,也许我都不想活了……噢上帝!"他举起双手拍了一下,"十年前在彼得堡我也是这样在台上大声疾呼,讲的也是这些话,用的也是这些词,他们也像现在这样什么也听不明白,还笑,还嘘;目光短浅的人们,要让你们听明白,你们究竟还缺少什么呢?要知道,你们要知道,没有英国人人类还能活下去,没有德国也行,没有俄国人更不在话下,没有科学也行,没有面包也行,只有没有美绝对不行,不然在这世界上就根本无事可干了!整个秘密就在这里,整个历史也就在这里!没有美,科学连一分钟也不能存在——现在在笑的人们,你们知道这道理吗——科学将会变成不开化,你们连一颗钉子也发明不出来!……我决不退让!"他怪叫一声作为结束,用拳头使劲捶了一下桌子。

但是,当他没头没脑、颠三倒四地尖声叫嚷的时候,大厅里的秩序也渐渐被破坏了。许多人从座位上跳起来,另一些人则蜂拥向前,挨近舞台。总之,这一切发生得比我描写的要快得多,根本来不及采取措施。说不定也不想采

---

① 这些话是作为美学家的斯捷潘·特罗菲莫维奇与实用主义者的论战。上面提到的扎伊采夫曾于1864年写道:"艺术的当代崇拜者们把艺术和他们自己变成了木乃伊,宣扬为艺术而艺术,不是把艺术当成手段,而是当成目的。他们欣赏米洛斯的维纳斯已经欣赏了两千年,欣赏拉斐尔的圣母像已经欣赏了三百年,但是他们没有发现他们这种狂喜正是宣布了艺术的死刑。"

取措施。

"你们这些养尊处优的人,什么都是现成的,过得可真舒服呀!"还是那个神学校学生紧挨着舞台大声吼道,他开心地龇着牙齿冲斯捷潘·特罗菲莫维奇怪笑。斯捷潘·特罗菲莫维奇发现后,一个箭步冲到台前。

"我不是,我不是刚才向大家声明,年轻一代的热情就像过去一样纯洁而又光辉灿烂吗!我不是说,它之所以遭殃仅仅是因为在美的形式上犯了错误吗!你们还嫌少?试想,宣布这一点的是一个悲恸欲绝、受尽侮辱的父亲,难道——噢,目光短浅的人们啊——在观点的不偏不倚和心平气和上难道还能站得比这更高吗?……忘恩负义的人们……不公正的人们……你们为什么,为什么不愿意言归于好呢!……"

他突然歇斯底里地号啕大哭起来。他用手指抹去流下的眼泪。他的双肩和胸脯因痛哭而剧烈颤动……他忘了世上的一切。

恐惧迅速笼罩了观众,几乎所有的人都从座位上站了起来。尤丽娅·米哈伊洛芙娜迅速跳起来,抓住丈夫的胳膊,把他从座椅上搀扶起来……简直乱得不可开交。

"斯捷潘·特罗菲莫维奇,"那个神学校学生快乐地吼道,"有个苦役犯费季卡,他从苦役营逃出来以后就在这城里和城郊四处游荡。他到处抢劫,而且不久前又犯了一起新的杀人案。请问:假如十五年前您不是为了还赌账,就是说您压根儿不是因为赌牌输了钱把他送去当兵的话,请问,他会去服苦役吗?他会像现在这样为了生存而去杀人吗?美学家先生,阁下对此有何高见?"

我不想描写随后发生的场面了。首先,响起了疯狂的掌声。鼓掌的并不是所有的人,仅占听众的大约五分之一,但是他们拼命鼓掌。其余的观众全都向出口拥去,因而鼓掌的观众只好逐渐往前挤到台前,于是全场大乱。女士们在喊叫，有些姑娘大哭，嚷嚷着要回家。列姆布克站在自己的座位旁，在异样地频频回顾。尤丽娅·米哈伊洛芙娜完全不知所措了——她在敝城登上政坛以来，这还是头一次。至于斯捷潘·特罗菲莫维奇，在最初一刹那，他似乎被神学院学生的话完全压倒了；但是他陡地举起双手，仿佛要把手一直伸到观众头上去似的，号叫道：

"我要跟你们彻底决裂，我诅咒……完了……完了……"

他说罢便转过身子，跑到后台，边跑边威胁地挥动着双手。

"他侮辱了公众！……打倒韦尔霍文斯基！"一些发狂的人开始怒吼。甚至想冲过去追他。要让大家平静下来是不可能的，起码在当时——突然最后的灾难像一颗炸弹似的出现在会场上空，并在会场上爆炸了：第三位讲演者，也就是老在后台挥舞拳头的那个躁狂症患者①，突然大踏步走上了前台。

他那样子完全像个疯子。他喜笑颜开，得意扬扬，充满了无边自信，他环视着秩序开始大乱的大厅，似乎越乱越开心。他不得不在这种混乱的局面中演讲，对此他一点儿也不感到尴尬，相反，分明很高兴。这简直太明显了，因而一下子引起了大家的注意。

"这又是演的哪一出呢？"有人问，"这又是什么人呢？嘘！他想说什么？"

---

① 这人的原型是彼得堡大学俄国史和俄国艺术史教授帕夫洛夫（1823—1895）。他曾为纪念俄罗斯建国一千年发表了一篇引起轰动的演说，受到广大听众的欢呼和政府的迫害。陀思妥耶夫斯基在1862年3月2日的文学晚会上听过这次演说。据一篇官方的政府报告，这演说是为了"挑动不满，反对政府"。帕夫洛夫因此被流放七年。本书不仅讽刺地模拟了帕夫洛夫的演说，而且模拟了讲演者的风格，他那兴高采烈的声音，转而变成喊叫，以及说话的姿势等。据帕夫洛夫的同时代人说，大家认为帕夫洛夫"不完全是正常人"。据奥加廖夫夫人土奇科娃称："这是一个聪明而又才华出众的人，但是，大概受到时代的压迫和摧残……帕夫洛夫的演说十分精彩而又引人入胜；不过在谈话中他却给人产生一种心理上有病的沉重印象。"又有人说，他讲演时之所以喊叫，是因为他的声音小，怕后排听不见所以比平常说话提高了几个音符。

第三部

"诸位!"这个躁狂症患者站在舞台前沿使劲叫,几乎跟卡尔马津诺夫一样,一副尖声尖气的女人腔,不过没有他那种贵族式的拿腔拿调,"诸位!二十年前,我们同半个欧洲打仗之前,俄罗斯是所有高级文官心目中的理想。文学家在书报检察机关供职;① 大学里实行军训;军队变成了芭蕾舞团;② 老百姓交租纳税,在农奴制的皮鞭下噤若寒蝉。爱国主义变成了向活人和死人勒索贿赂。不受贿赂的人被认为离经叛道,因为他们破坏了和谐。③ 白桦树林被砍伐净尽以维护秩序。④ 欧洲在战栗……但是俄罗斯在它糊里糊涂存在的整整一千年中从来没有蒙受这样的耻辱⑤……"

他举起拳头,狂热而又可怕地在头上挥动,然后猛地砸下,仿佛把敌人砸成了齑粉。四面八方都发出狂叫,爆发出震耳欲聋的掌声。大厅里几乎已有半数人在鼓掌;大家都十分天真地感到兴奋:俄罗斯的国格在全民面前被公开败坏了,难道还能不欣喜欲狂、欢呼雀跃吗?

---

① 在沙皇尼古拉时代,在书报检察机关供职的先后有先科夫斯基、阿克萨科夫、维亚泽姆斯基、格林卡、丘特切夫、尼基坚科等。1855年冈察洛夫也参加了彼得堡书报检查委员会,这引起许多同时代人的非议,认为作家不应当成为检察官。参加彼得堡书报检查委员会的还有拉热奇尼科夫。

② 尼古拉一世曾在莫斯科大学实行军管:学生一律穿军服和佩军刀。1848—1850年,由于1848年法国革命引起了俄国骚动,大学里禁止教授哲学,心理学和逻辑学改由神学教授讲课。谢尔宾曾写过一首讽刺短诗《共同的恩人》,讽刺尼古拉一世:"他在奴才中间被认为是贤哲,/因为压制思想是他的最大乐趣;/他是戴着王冠的大兵/和军事检阅的芭蕾舞教练。"

③ 1863年第112期《现代人》杂志发表了温科夫斯基的文章《诉讼程序的新基础》,其中提到:"收买、贿赂……终于成为一种司空见惯的普遍现象……至于官场,它甚至嘲笑任何不收钱的官员。"

④ 要砍光树林,是因为盗贼和罪犯常常隐匿在树林里。

⑤ 帕夫洛夫在演说中反对官方为俄罗斯建国一千年而发表的过分颂扬,他叙述了俄国人民的苦难史,奉劝国人:"不要被这个可悲的时代金玉其外的虚假文明所迷惑:俄罗斯还从来没有像今天这样蒙受令人痛心的状况!"

"这就说对了！这就说到点子上了！乌拉！不，这已经不是美学了！①"

那个躁狂症患者继续狂热地说："从那时起已经过去了二十年。开办了许多大学，而且越办越多。军训变成了海外奇谈；军官离满员尚缺数千名之多。铁路吃掉了所有的资本，像蜘蛛网一样遍布俄国，②因此再过大约十五年，说不定，我们就可以乘火车随便到什么地方去了。桥梁只不过间或失火，而城市失火却很准时，在火灾季节按照规定的次序逐一发生。法庭判决都像所罗门③断案一样英明，而陪审员们收受贿赂只是为生存而斗争，因为他们快要饿死了。农奴们获得了自由，过去是地主用树条鞭抽他们，现在他们是互相抽。被喝掉的伏特加犹如汪洋大海，借以支持国家预算，而在诺夫哥罗德面对古老而又无用的索菲亚大堂，庄严地竖起了一座青铜的巨型圆球，以纪念业已成为过去的混乱与杂乱无章的一千年。④欧洲皱起了眉头，又开始惴惴不安起来……改革十五年了！然而俄罗斯甚至在最不可理喻、最滑稽可笑的时代也从来没有蒙受过……"

在群众的怒吼声中，最后几句话简直无法听清。只看见他又举起了手，又

---

① 陀思妥耶夫斯基在描写听众对美学家斯捷潘·特罗菲莫维奇学说的反应时借用了皮萨辽夫在《现实主义》(1864)一文中的观点。皮萨辽夫在自己的文章中对美学的捍卫者和反对者的争论做了总结，指出："美学与求实论的确处在彼此不可调和的敌对状态中，而求实论必须彻底消灭美学，因为现在美学正毒害着我们科学活动的所有领域，把它们变得毫无意义。"

② 在帕夫洛夫发表演讲的1862年之前，俄国开通了皇村铁路（1838）和尼古拉铁路（1851）。1857年，俄国铁路总会又取得了建造四条铁路，总长四千公里的租让合同。1861年之前，建成了华沙铁路和莫斯科—下诺夫哥罗德铁路。1861年又开通了里加—狄纳堡（在拉脱维亚，现称道加夫皮耳斯）铁路。

③ 所罗门（前1015—前975），以色列王大卫的儿子，大卫死后，他继承王位。据《圣经》传说，他以断案英明著称，此处所说"法庭判决都像所罗门断案一样英明"，系讽刺。

④ 1862年庆祝俄罗斯建国一千年被沙皇政府利用来达到统一俄国所有反动势力的目的。1862年9月20日在诺夫哥罗德，在古老的索菲亚大堂附近又建造了一座俄罗斯千年纪念碑，从而引起许多俄国报刊的激烈批评和反对。

一次所向无敌地砸下去。人们的狂热已达到无以复加的程度：又是号叫，又是拍手，有些女士甚至大叫："够了！您最好什么也别说了！"大家跟喝醉了酒一样。演讲者环视着大家，似乎陶醉在自己的胜利之中。我在仓促中看到，列姆布克在难以形容的激动中向什么人发着什么指令。尤丽娅·米哈伊洛芙娜满脸煞白，也在向跑到她身边来的公爵急匆匆地说着什么……但是就在这时候，一大帮人，约莫有五六个大大小小的官方人士，从后台冲到前台，从两边挟持着这位演讲者，把他向后台拉去。我不明白他怎么可能从他们手里挣脱出来，但是他挣脱出来了，又冲到舞台前沿，又挥舞着拳头，用足力气大叫：

"但是俄国还从来没有蒙受过……"

可是他又被别人拽走了。我看到，大约有十五个人冲到后台去救他，但是他们没有从前台跑过去，而是从一侧，扒开一块薄薄的隔板，以致那隔板终于倒了……后来我又看到，我简直不相信自己的眼睛，那个女大学生（维尔金斯基的亲戚）突然不知从哪里跳到台上，腋下还夹着那同样的一包东西，还穿着那同样的衣服，脸还是同样红红的，同样胖乎乎的，四周围着两三个女人和两三个男人，并且在自己的死敌——那个中学生的陪同下。我甚至还赶上听到她说的话：

"诸位，我到这里来是想谈谈不幸的大学生遭受的苦难，并唤醒他们在各地进行抗争。"

但是我跑了。我把自己肩上戴的蝴蝶结藏进了口袋，从我知道的后面的通道走出了这座府邸，来到了外面。首先当然是去找斯捷潘·特罗菲莫维奇。

第二章　游艺会的结局

一

他不肯见我。他把自己锁在屋里，在写什么东西。我一再敲门和呼叫，他隔着房门回答：

"我的朋友，我把一切都了结了，谁还能要求我做更多的事呢？"

"您什么也没有了结，您只是促使一切都化成了泡影。看在上帝分上，别说俏皮话了，斯捷潘·特罗菲莫维奇；您倒是开开门呀。必须采取措施；还会有人来找您，来侮辱您的……"

我认为我有权对他特别严厉，甚至吹毛求疵。我怕他会采取更疯狂的做法。但是使我惊奇的是，我发现他非常强硬：

"您不要头一个来侮辱我。为了过去种种，我感谢您，但是我要再说一遍，我已经断绝了与人们的一切关系，无论是好人还是坏人。我在给达里娅·帕夫洛芙娜写信，在此以前，我竟不可饶恕地把她给忘了。明天，如果您愿意的话，请把这封信送去，现在则'谢谢'。"

"斯捷潘·特罗菲莫维奇，请您相信，这事可比您想的要严重。您以为您在那里把什么人粉碎了吗？您什么人也没有粉碎，您自己倒像个空玻璃瓶似的摔得粉碎。（噢，我既粗暴又不礼貌；现在想起来都觉得难受！）您根本就没有必要给达里娅·帕夫洛芙娜写信……没有我，您现在能躲到哪里去呢？您对实际生活又懂得什么呢？您大概又在打什么主意吧？如果您还在打什么主意的话，只会再一次失算……"

他站起来走到房门口。

"您跟他们在一起的时间虽然不久，但是您却传染上了他们的语言和口吻，但愿上帝饶恕您，我的朋友，保佑您。但是我始终认为您品行端正，后生可教，说不定您会回心转意的——不用说，渐渐地，就像我们所有的俄国人一样。至于您说的我没有处理实际问题的能力，那我要提醒您我方才的一个想法：在我们俄国有不可胜数的人，成天不干别的，而是像夏天的苍蝇一样，不厌其烦地拼命攻击别人不会处理实际问题，说人家这也不行、那也不行，唯独他们是例外。亲爱的，要想到，我很激动，请您不要再来折磨我。为了一切，我要再次对您说声谢谢，然后彼此分手，就像卡尔马津诺夫同读者告别时那样，也就是说，让我们尽可能宽容地彼此相忘。他是故作姿态，做得过火了，竟恳求他过去的读者忘掉他；至于说我，我的自尊心没有这么强，我把最大的希望寄托在您那颗还不够老练、还很年轻的心上：您哪会长久地记住一个没用的老人呢？'祝您长寿'，我的朋友，就像去年过命名日的时候纳斯塔西娅祝福我那样（这些可怜的人有时倒会说些非常好的、充满哲理的话）。我不想祝愿您幸福无边——太俗气了；我也不希望您遭殃；而是向平民百姓的人生哲学学习，只是简单地重复'祝您长寿'，并努力设法做到不要太烦恼；这个徒然的祝愿是我自己加上去的。好了，再见，真的再见。您也不要再站在我的门口了，我不会开门的。"

他走开了，此外我什么东西也没有得到。他尽管很"激动"，说起话来却十分从容，不慌不忙，很有分量，分明在努力给我留下印象。当然，他对我感到有点遗憾，并且在间接地报复我，唔，也许还为了昨天他说的那些"马车"和"活动地板"。他今天上午当众落泪，尽管取得了某种胜利，毕竟使他处于某种滑稽可笑的境地（他也知道这个），没有一个人会像斯捷潘·特罗菲莫维奇那样，这么关心与朋友交往中那种形式的美与严谨了。噢，我并不想责怪他！他尽管受到很大震动，可是身上却仍旧保持着那种吹毛求疵和冷嘲热讽，当时这使我安下心来：一个我行我素，看来很少改变一贯作风的人，这时候当然是不会去做什么具有悲剧性或者一反常态的事情的。我当时就这么认为，可是我的上帝，我犯了一个多大的错误啊！我忽略了太多的情况……

在叙述随后发生的事情之前，让我先引用几行他给达里娅·帕夫洛芙娜的信的开头。她还果真在第二天收到了这封信。

我的孩子，我的手在发抖，但是我把一切都了结了。当我和人们进行最后一次搏斗的时候，您不在场；您没有来参加这次"讲座"，您做得好。但是人家会讲给您听的，说在我们这个缺少有性格的人的俄国，有一个精力旺盛的人站了出来，尽管从四面八方向他发出了致命的威胁，他还是向这些傻瓜说出了他们的真实情况，即他们都是傻瓜。噢，这是些可怜的、微不足道的人，除此以外别无其他，一帮可怜的微不足道的小傻瓜——正是这样！吾意已决；我将永远离开这座城市，我也不知道去哪儿。我所爱的人都对我掉头不顾。但是您，您是个纯洁而天真的孩子，您是个温顺的姑娘，根据一个任性而专横的人的意志，您的命运差点同我的命运结合在一起，当我在我们未能实现的婚姻的前夕流下我胆怯的眼泪的时候，您也许很看不起我；不管您是怎样的人，您都不可能对我有其他看法，除非把我看成一个滑稽可笑的角色，噢，我最后的心灵呼唤是对您，是对您的，我最后的天职也是对您，对您一个人的！我不能给您永远留下一个想法，认为我是一个忘恩负义的蠢货，粗野的人，自私自利的人，正如一颗忘恩负义、残酷无情的心（唉，我忘不了这颗心）。每天向您评价我的那样……

如此这般，等等，一共写了四大张信纸。

在他说"我不会开门"之后，作为回答，我用拳头在门上连敲三声，紧接着便向他叫道，哪怕他今天派纳斯塔西娅来叫我三次，我也绝不去见他，说完我就撇下他，跑去找尤丽娅·米哈伊洛芙娜了。

二

我在这里目睹了一个令人愤慨的场面：这个可怜的女人被人当面骗了，而我却没有一点儿办法。说真格的，我又能对她说什么呢？我已经略微清醒了一点儿，并得出结论：我不过有某些感觉，某些怀疑和预感罢了，除此以外就什么也没有了。我见到她的时候，她正泪流满面，几乎要发歇斯底里，头上敷了洒有花露水的手帕，面前放着一杯水。她面前站着彼得·斯捷潘诺维奇，在说个没完，还有公爵，一言不发，好像他的嘴上了锁似的。她在哭哭啼啼又叫又嚷地数落彼得·斯捷潘诺维奇，指责他"变节"。我立刻吃了一惊，这天讲演会的失败和蒙受的耻辱，总之一切的一切，她都一股脑儿归罪于彼得·斯捷潘诺维奇今天没有来了。

在彼得·斯捷潘诺维奇身上我发现了一个重大变化：他似乎有什么心事，而且心事重重，几乎板着脸，平常他从来不板脸，总是笑嘻嘻的，甚至发脾气的时候也这样，而他是经常要发脾气的。噢，即使现在他也似乎在发脾气，说话很粗鲁，漫不经心，显得既恼火又不耐烦。他说，他今天一大早偶尔跑去看望加甘诺夫，在他家突然感到头疼，还呕吐。唉，这个可怜的女人很愿意再受一次骗！我发现他俩摆在桌面上讨论的一个主要问题是：舞会要不要举行，即游艺会的下半部分是否照旧？在"方才蒙受的种种侮辱"之后，尤丽娅·米哈伊洛芙娜无论如何也不同意去参加舞会了，换句话说，她非常希望人家能逼她去参加舞会,而且逼她去的人一定要是他——彼得·斯捷潘诺维奇。她把他看成是一位先知,似乎,如果他即刻就走,她非卧病躺倒在床上不可。但是他并不想走:他自己也非常希望今天的舞会能照常举行,而且尤丽娅·米哈伊洛芙娜还一定要在舞会上露面……

"好啦,还哭什么呢!您非得大闹一场找个人出出气不可吗?那就拿我出气好啦,不过要快,因为时不待人,必须赶紧拿定主意。讲演砸了锅,就拿舞会来补救。瞧,公爵也是这意见。可不是吗,您哪,要不是公爵,您这事怎么收场呢?"

起初公爵是反对舞会的(即反对尤丽娅·米哈伊洛芙娜出席舞会,而舞会是无论如何应该举行的),但是别人两三次援引他的意见之后,他也就渐渐含糊其词地表示同意了。

使我感到吃惊的还有彼得·斯捷潘诺维奇太出格的、很没有礼貌的口气。噢,我要愤怒地驳斥卑鄙的流言蜚语(后来就沸沸扬扬地传开了),说什么尤丽娅·米哈伊洛芙娜和彼得·斯捷潘诺维奇似乎有什么不正当的男女关系。根本没有,也根本不可能有这种事。他之所以能够操纵她,仅仅是因为他从一开始就使出浑身解数附和她,支持她妄图影响上流社会和省府内阁的种种幻想,和她一起制订计划,用最拙劣的阿谀奉承影响她,把她骗得团团转,她已经变得像离不开空气那样离不开他了。

她一看见我就眼睛发亮,叫道:

"瞧,您可以问他,他也跟公爵一样一直没有离开过我。请问,这一切难道不分明是阴谋,想方设法跟我和安德烈·安东诺维奇过不去的卑鄙狡猾的阴谋吗?噢,他们是有预谋的!他们有计划。这是一帮人,一大帮人!"

"跟往常一样,您又扯远啦。脑子里总是胡思乱想。不过我很高兴能见到先生您……(他装作忘了我的姓名),他会告诉我们他的高见的。"

"愚见与尤丽娅·米哈伊洛芙娜的意见完全一致。"我急忙说道,"这阴谋太明显了。我把这些缎带给您拿来了,尤丽娅·米哈伊洛芙娜,举办不举办舞会——这事当然与我无关,因为我无权决定;但是我担任主持人这一角色结束了。请原谅我性子急,但是我不能做违背常理和信念的事。"

"您听见了,您听见了!"她举起双手一拍。

"我听见了,您哪,我要对您说的是,"他向我转过身来,"我认为,你们一定吃错了什么东西,所以大家都在说胡话。据我看,什么也没有发生,根本没有发生过本城过去没有、将来也绝不会发生的任何事。哪来的什么阴谋?发生了一件不体面的、愚蠢得可耻的事罢了,但是哪儿来的阴谋呢?这是反对尤丽娅·米哈伊洛芙娜吗?反对宠他们、庇护他们、常常没来由地原谅他们爱胡闹的尤丽娅·米哈伊洛芙娜吗?尤丽娅·米哈伊洛芙娜!整整一个月来,我不停地向您唠叨什么了?我警告您什么了?您跟这帮人瞎混个什么劲呢?干吗要跟这帮小人鬼混呢!干吗呢?何苦呢?想让他们团结起来吗?难道他们能够团结起来吗?您就发发慈悲饶了我吧!"

"您什么时候警告过我?相反,您是赞成的,您甚至要求我这样做。不瞒您说,我感到非常惊讶……您自己常常把一些奇奇怪怪的人带到我这里来。"

"恰恰相反,我还跟您争论过,我根本就没有赞成,至于带人来——这倒不假,但那也是因为他们自己成打成打地先来找过您了,我带他们来仅仅是最近的事,为了跳'文学界的卡德里尔舞',没有这些无赖这舞是绝对跳不成的。不过我敢打赌,今天就有一二十个这样的无赖没有票就被领进来了!"

"那是肯定的。"我证实道。

"您瞧,您同意了。您想想,近来,在这里,也就是在这整个小城里,形成了一种什么风气?要知道,这简直变成了一种卑鄙无耻的无赖行为;要知道，这简直成了人们议论纷纷的丑闻。可是这是谁挑起来的呢？又是谁利用自己的权威把它掩盖起来的呢？又是谁把这帮小人激怒了的呢？要知道，这里所有的家庭秘闻不都记载在您那纪念册里吗？难道不是您常常抚摸着您那些诗人和画家的脑袋吗？难道不是您常常让利亚姆申吻您的手吗？难道那个神学校学生不是当着您的面把一位四等文官臭骂了一顿，还用他那涂了柏油的大皮靴把他女儿的衣服踩坏了吗？公众有反对您的情绪，您有什么可感到奇怪的呢？"

"要知道，这不都是您，不都是您自己干的吗！噢，我的上帝！"

"不，您哪，我预先警告过您，我们还发生了争论，您听见了吗，我们还发生了争论！"

"您简直是当面撒谎。"

"那自然啰，再没有比您这样说更容易的了。您现在需要一个牺牲品，需要找个什么人出出气；我早说过，拿我出气好啦。我还不如对您说，先生……（他还是想不起我的姓名）我们可以扳着指头来算一下：我敢肯定，除了利普京以外，根本没有任何阴谋，根——本——没——有！我会证明给您看的，我们先分析一下利普京。他登台朗诵列比亚德金这混蛋的诗——依您看，这是什么呢，阴谋？但是，要知道，利普京很可能认为这不过是一桩俏皮逗乐的玩意儿罢了！真的，真的，又俏皮又逗乐。他登台朗诵不过想博得大家一笑，让大家开开心，首先是想博得他的庇护人尤丽娅·米哈伊洛芙娜开心一笑，如此而已。您不信？这岂不是跟这里整整一个月来的气氛很合拍吗？如果您愿意的话，我就把话全说出来：真的，如果换一种情况，说不定，大家笑笑也就过去了！一个粗俗的玩笑，当然开得下流了点，但是很可笑，不是很可笑吗？"

"什么！您认为利普京的行为是俏皮和逗乐？"尤丽娅·米哈伊洛芙娜叫

道，她气坏了，"这么混账，这么没前没后，这么卑鄙下流，这是有预谋的，噢，您这是存心气我！由此可见，您自己就跟他们合谋来算计我！"

"没错，我坐在后头，躲在一边，操纵着整个机器！要知道，如果我当真参加了这一阴谋——您要明白这道理——那就不会便宜您，端出一个利普京就草草收场了！可见，照您看来，我跟我爸也商量好了，让他故意出来捣乱？行啦，您哪，让我爸登台演说，这该赖谁呢？谁昨天还阻止过您，还在昨天，昨天？"

"噢，他昨天说话还那么俏皮，我满心指望，再说他又有风度：我想，他和卡尔马津诺夫……结果却闹成这样！"

"是啊，您哪，结果却闹成这样。但是，尽管他说话这么俏皮，我爸还是闯了大祸，我要是早知道他会捅这么大娄子，那，我既然属于反对您那个游艺会的无疑阴谋，不用说，我昨天就不会劝说您不要把这只山羊放进菜园里去了，不是吗，您哪？我昨天可一再劝您——我劝您是因为我预感到了。要预见到一切当然是不可能的：在他放炮前一分钟，大概连他自己也不知道。这些神经质的老家伙，难道像人吗！不过还是可以挽救的：为了使公众满意，您明天就可以用行政手段，派两名大夫毕恭毕敬去问候他的健康，甚至今天就可以派，然后把他直接送进医院，进行冷敷治疗。起码大家都会放声大笑，并发现没有什么可生气的。今天舞会上我就可以当众宣布这事，因为我是他儿子。至于卡尔马津诺夫，那就是另一回事了，他就像个少不更事的小毛驴登上了讲台，拖着他那篇文章，整整拖了一小时——至于这人嘛，无疑跟我早有预谋！他想，让我也来拆个烂污，恶心恶心尤丽娅·米哈伊洛芙娜！"

"噢，卡尔马津诺夫，多丢人啊！我都羞死了，为我们的观众都羞死啦！"

"哎呀，您哪，我可不会羞死，我会把他这个人给烤熟了，给吃了。要知道，观众是对的。让卡尔马津诺夫上台又是谁的错呢？是不是我把他强加给了您呢？是不是我加入了他的崇拜者的行列呢？好啦，让他见鬼去吧，至于那个躁狂症患者，那个政治狂人，又是另一回事啦。在这件事上所有的人都看走了眼，而不仅仅是我的阴谋。"

"啊呀，别说啦，这太可怕，太可怕啦！这事都赖我，都赖我一个人！"

"那当然，您哪，但是在这里我倒想给您开脱一下。唉，谁管得住他们，谁管得住这些口没遮拦的人呢！甚至彼得堡对他们也防不胜防。要知道，他也是人家介绍给您的呀；而且吹得神乎其神！因此您得承认，现在您甚至还非得去参加舞会不可。要知道，这事很重要，因为是您自己把他领上台的。现在您必须当众宣布您跟这人毫无瓜葛，这家伙已被警察抓起来了，您是莫名其妙地上了当。您应当愤怒地宣布，您是这个疯子的牺牲品。因为这家伙肯定是疯子，别无其他。关于这人，向上呈报时也应当这么说。我最讨厌这种到处咬人的家伙了，我说起来也许比他还厉害，但是我不会站到台上去说。现在他们正好在吵吵嚷嚷地谈到一个枢密官。"

"什么枢密官？谁在吵吵嚷嚷？"

"要知道，我自己也莫名其妙。尤丽娅·米哈伊洛芙娜，关于某个枢密官的事您什么也没有听说？"

"枢密官？"

"要知道，他们坚信有位枢密官被委派到这里来了，说什么彼得堡要撤换你们。我听到很多人都这么说。"

"我也听说了。"我证实道。

"谁这么说的？"尤丽娅·米哈伊洛芙娜满脸涨得通红。

"您想问是谁头一个说的？我哪知道呢。反正大家都这么说呗。说的人可多了。昨天说得尤其厉害。大家不知怎的都摆出一副十分严肃的样子，虽然他们大家也弄不清到底是怎么回事。当然，那些比较聪明、比较有权威的人并没有说，可是他们当中也有些人在竖着耳朵听。"

"多么卑鄙！而且……多么混账啊！"

"正因为如此，现在您必须去参加，让那些混蛋瞧瞧。"

"不瞒您说，我自己也感觉到我甚至必须去，但是……如果等着我的是另外的耻辱，那怎么办呢？如果大家都不来，那怎么办呢？要知道，没有人会来的，没有人，没有一个人！"

"哎呀，您又火了！您说他们不会来？那，做好的新衣服，那，姑娘们的服装，那是干吗的呢？听了您这话，我都没法承认您是女人了。您太不了解女人的心理啦！"

"首席贵族夫人不会来，她不会来的！"

"这里到底出了什么事呢！她们为什么不会来？"他终于气得忍无可忍地叫道。

"耻辱，丢人现眼——就出了这事。我也不知道这叫什么，反正出了这种事以后，我没脸进去。"

"为什么？说到底，您究竟有什么错呢？您干吗把错尽往自己身上揽呢？应当说是观众的错，您那些长者的错，您那些家长的错，不是吗？他们应当出面制止那些坏蛋和二流子——要知道，那里全是些坏蛋和二流子，什么正经事也干不了。无论在哪个社会团体，也无论在哪里，单靠警察是对付不了他们的。我们这里的每个人，进去的时候，都得派一名专门的警察保护。他们不明白，一个社会得靠自己保护自己。可我们的这些家长、高官显贵、太太和姑娘，碰到这类情况又能干什么呢？他们只会一声不吭地生闷气。甚至无能到这样的地步，连管束这些捣蛋鬼的社会责任感都没有。"

"啊呀，真是金玉良言！他们只会一声不吭地生闷气，只会……仓皇四顾。"

"既然是金玉良言，您就要把它说出来，就要给他们看看您并没有被打倒。

就要让这些老家伙和母亲看看。噢,当您头脑清楚的时候,您会的,您有这才能。您把他们召集在一起,大声地、公开地告诉他们。然后写篇通讯寄给《呼声报》和《交易所新闻》①。等等,这事由我亲自来办,我会把一切都给您办妥的。不用说,要多加注意,要看好酒吧;得请公爵,得请这位先生多多帮忙……先生,当一切要重新开始的时候,您可不能撇下我们不管。最后,您可以手挽着手跟安德烈·安东诺维奇一起出场。安德烈·安东诺维奇的身体怎么样?"

"噢,每当您提到这个天使般的人的时候,您对他的看法是多么不公道,多么不正确,多么叫人生气啊!"尤丽娅·米哈伊洛芙娜突然带着一种出人意料的冲动,含着眼泪叫道,并掏出手帕擦眼睛。彼得·斯捷潘诺维奇在最初一刹那甚至都愣住了。

"得了吧,我……我又怎么啦……我一向……"

"您从来,从来!您从来没有对他说过一句公道话!"

"女人家的事简直叫人弄不明白!"彼得·斯捷潘诺维奇苦笑着嘟囔道。

"这是个最正直、最和蔼可亲、最具有天使般心肠的人!最好的人!"

"得了吧,关于他是不是好人我又说什么啦……我从来有一说一,说他是好人……"

"您从来没有!但是我们先撇开这话不谈。我总觉得替他抱不平怪别扭似的。方才这个伪君子首席贵族夫人还冷嘲热讽地含沙射影,提到昨天的事。"

"噢,现在她才顾不上含沙射影地说昨天的事哩,她满脑子都是今天的事。她不来参加舞会,您又担心什么呢?她卷进了这样的丑事,当然不会来啰。说不定也不是她的错,毕竟影响了她的名誉;脏了手。"

"这是怎么回事,我不明白:为什么她的手脏了?"尤丽娅·米哈伊洛芙

---

① 19世纪70—80年代俄国发行量最大的报纸之一。

娜莫名其妙地看了看他。

"就是说，我也不敢肯定，但是城里已经在大轰大嚷地说就是她撮合的。"

"怎么回事？谁是她撮合的？"

"唉，难道您还不知道？"他假装惊讶地叫道，装得很像，"斯塔夫罗金和丽扎韦塔·尼古拉耶芙娜！"

"怎么？什么？"我们大家都嚷嚷开了。

"难道连你们也不知道？哎呀！这里可出了一件悲剧式的风流韵事：丽扎韦塔·尼古拉耶芙娜直接从首席贵族夫人的马车上下来，坐上了斯塔夫罗金的马车，在光天化日之下跟'这位后者'溜到斯克沃列什尼基去啦。就在一小时前，连一小时也不到。"

我们听了都呆若木鸡。不用说，向他纷纷提出了各种问题，但是让我们感到惊奇的是，他虽然"无意中"目睹了这件事，可是个中详情却什么也说不出来。这事好像是这样发生的：当首席贵族夫人带丽莎和马夫里基·尼古拉耶维奇从"讲演会"出来，把他俩带到丽莎母亲的家（她一直足疾未愈），这时，离大门不远处，约有二十五步，有一辆不知谁的马车在等候。丽莎在大门口跳下车后，竟直接向这辆马车跑去；车门开了，又砰的一声关上了；丽莎对马夫里基·尼古拉耶维奇叫了一声："请饶恕我！"她说罢，马车便一溜烟地向斯克沃列什尼基疾驰而去。我们急忙问："这是约好了的吗？谁坐在那辆马车里呢？"彼得·斯捷潘诺维奇却回答说他什么也不知道；又说当然是约好了的，不过他并没有看清斯塔夫罗金是否坐在马车里；坐在里面的是老仆人阿列克谢·叶戈雷奇也说不定。我们又问："您怎么会到那里去的呢？您怎么能肯定她是到斯克沃列什尼基去的呢？"他回答说，他在那里是因为正好路过，他看到丽莎后，甚至还跑到马车跟前（可还是没有看清马车里是谁，尽管他很好奇），而马夫里基·尼古拉耶维奇不仅没有拔脚去追，甚至都没有设法阻拦丽莎,当首席贵族夫人大叫"她去找斯塔夫罗金了,她去找斯塔夫罗金了"的时候,他甚至还伸出手来拦住她,不让她叫。这时我忽地再也忍不住了,向彼得·斯捷潘诺维奇疯狂地叫道:"一切都是你这坏蛋安排好了的!你一上午就去干这个了。是你帮助了斯塔夫罗金,是你坐马车去的,是你让她上的车……是你,是你,是你! 尤丽娅·米哈伊洛芙娜,他是您的敌人,他会把您也给毁了的! 您要留神啊!"

接着我就慌慌张张跑出了她家。

我至今都闹不清,我自己也感到奇怪,当时我怎么会向他大叫大嚷。但是我完全猜对了:几乎毫厘不爽,后来终于查明的一切正如我对他说的那样发生。主要是他透露这消息时作假的手法太明显了。他进屋后不是立刻就讲这条头等重要的特别新闻,而是假装似乎他不说我们也早知道了,而在这么短的时间里这是不可能的。即使我们知道了,当他开始谈这件事时,我们也不可能一言不发。再说他也不可能听到城里在"大轰大嚷"地谈论首席贵族夫人,也是因为时间太短。此外,他在说这条新闻时曾有两三次有点无耻地、轻佻地微微一笑,大概认为我们已经完全成了被他欺骗的傻瓜了。但是我已经顾不上管他;主要事实我是相信的,便情不自禁地从尤丽娅·米哈伊洛芙娜家跑了出来。这件意外灾祸刺痛了我的心。我痛苦得几乎落下了眼泪;是的,也许,我还哭了。我简直不知道怎么办才好。我急忙去找斯捷潘·特罗菲莫维奇,可是这个叫人恼火的老家伙又不肯开门。纳斯塔西娅十分恭敬地对我悄声说,他已经安睡,但是我不相信。在丽莎家,我问了她家的用人;他们证实丽莎的确跑了,但是他们自己一无所知。家里一片惊慌;生病的太太几次昏厥;守候在她身旁的是马夫里基·尼古拉耶维奇。我觉得要把马夫里基·尼古拉耶维奇叫出来是不可能的。关于彼得·斯捷潘诺维奇,在我的询问下,下人们证实,最近这几天他一直在他们家到处乱窜,有时一天来两次。仆人们很伤心，在谈到丽莎的时候都带着一种特别的敬意；大家都爱她。她毁了——对此我毫不怀疑，但这事的心理方面我却一点儿不明白，尤其在昨天她与斯塔夫罗金吵了一架以后。跑遍全城，到那些熟悉的、幸灾乐祸的人家去到处打听情况（这消息现在当然家喻户晓），我又感到厌恶，也有失丽莎的体面。但是奇怪，我跑去找达里娅·帕夫洛芙娜，她竟不肯见我（从昨天起斯塔夫罗金家不接见任何人）；即使我见到她，也不知道我能对她说些什么，不知道我跑来找她干吗？从她那里出来后我又去找她哥哥。沙托夫愁眉不展，一言不发地听完了我告诉他的事。我要指出，我去找他时，他正处在一种从来不曾有过的郁闷心情中；他心事重重，若有所思，仿佛勉为其难地听完了我的话。他几乎什么话也没有说，便开始在他那斗室里从这个角落到那个角落走来走去，比平素更响地踏着他那双皮靴，发出橐橐的声音。我下楼的时候，他在背后喊，让我去找利普京："您问他就全知道了。"但是我并没有去找利普京，而是走了很长一段路以后半道上又折了回来，又回过头来找沙托夫，我把门推开一半，没有进去，简短地、不做任何解释地问他："你今天要去看玛丽娅·季莫费耶芙娜吗？"对此沙托夫骂了我一声，于是我就走了。现在我先记下这事，以免忘了：那天晚上他曾特意到城边去看望玛丽娅·季莫费耶芙娜，因为他好久没有看见她了。他发现她身体尚好，情绪也佳，而列比亚德金则烂醉如泥，睡在第一个房间的长沙发上。这时是九时整。第二天我与他在大街上仓促相遇，是他亲口这么告诉我的。已是晚上九点多的时候，我才拿定主意去参加舞会，但已不是以"年轻的主持人"的身份（再说，我那蝴蝶结也留在尤丽娅·米哈伊洛芙娜家了），而是出于一种不可遏制的好奇心，我想去听听（不问长问短）：敝城上下对今天所有这些事总体有何看法？同时我也很想去看看尤丽娅·米哈伊洛芙娜，哪怕远远地看她一眼也成。我方才那样匆忙地跑出她家，颇感内疚。

三

　　我至今还似乎隐隐约约地看到整个这一夜及其发生的种种近乎荒唐的事，以及第二天凌晨荒唐事接二连三的可怕"结局"，简直像做了一场岂有此理的噩梦，而且这构成了（起码对我是这样）我这部纪事中最沉重的部分。[①] 我虽然去舞会时已经晚了，但还是赶上了末尾——它竟会结束得如此之快，真是命中注定。当我到达首席贵族夫人府邸的大门口时，已经十点多了；不久前曾进行讲演和朗诵的那座贵宾厅，尽管时间很短，已经收拾好了，并像原来计划的那样，准备充当供全城人跳舞的主要舞厅。尽管在这天上午我对舞会的状况不敢乐观，我还是未能预料到全部真相：上层圈子里的人居然没有一家前来参加舞会；甚至地位稍高的官员亦付阙如——这一点就非常惹人注目了。至于太太小姐们，彼得·斯捷潘诺维奇方才的估计（现在已经显而易见：十分阴险）竟大错而特错了；来的人非常少；四个男士也不见得能摊上一个女士，而且是怎样的女士啊！部队尉官们的"不入流"的太太，省邮政总局和市府衙门里形形色色小人物的女眷，三名医生太太和她们的女儿，两三名穷光蛋地主太太，我在上面有一回提到过的那名录事的七个女儿和一个侄女，一些商人老婆——尤丽娅·米哈伊洛芙娜想看到的就是这样一些下三烂吗？甚至商人们也有一半没有来。至于男士，尽管敝城的显要全体缺席，仍旧密密麻麻地来了一大片，但却给人留下了一种举止轻浮、形迹可疑的印象。当然，这里也有一些举止极其文静、对人恭敬有加的军官和他们的妻子，还

[①] 据俄国学者研究，关于这次舞会的描写，如舞会的总的气氛以及特点（参加舞会者的成分、普遍的杂乱无章、跳康康舞、警察分局分局长在场等），可能参考了1869年1月13日第1期《呼声报》上描写的一次为"赈济残疾人"而举行的舞会，题目叫"俱乐部一场大打出手的舞会"。

有一些非常听话的家长，比如那个录事，那名有七个女儿的家长。所有这些老老实实、地位卑微的人的光临，正如其中一位先生所说，也可说是"出于无奈"吧。但是，从另一方面看，大批爱凑热闹的人，此外，还有大批我和彼得·斯捷潘诺维奇不久前怀疑没有票混进来的人，较之今天上午似乎也增加了。所有这些人暂时都坐在酒吧里，也有些人一进门就直接进了酒吧，仿佛这里是他们事先早就约好的地点似的。起码我是这么感觉的。酒吧就设在穿廊式房间的尽头，设在一个宽敞的大厅里，普罗霍雷奇就在这里安营扎寨，带着俱乐部厨房里全部令人馋涎欲滴的东西，以及陈列得颇富诱惑力的各种拼盘和佳酿。我发现这里有些人的外衣破破烂烂，穿的服装十分可疑，太不适合参加舞会了，显然，有人花了九牛二虎之力才使他们清醒过来，而且也就短时间清醒，还有天知道从哪儿弄来的一些外地人。当然，我知道，照尤丽娅·米哈伊洛芙娜的设想，她打算举办一个非常民主的舞会，"即使是小市民，只要他们肯花钱买票，也不应拒之门外"。这些话她可以大胆地在自己的委员会里说，因为她深信敝城的小市民都是穷光蛋，他们中的任何人都不会想到去买票。但是我还是怀疑，尽管委员会很有些民主精神，怎么可以放那些阴阳怪气、几乎穿得破破烂烂的人进来呢。到底是谁放他们进来的，放他们进来又抱着什么目的呢？利普京和利亚姆申已经被拿掉了他们作为主持人的蝴蝶结（虽然他们参加了舞会）；但是，我感到惊奇的是，利普京的职位居然由前不久与斯捷潘·特罗菲莫维奇干架因而使白天的讲演会大出其丑的那个神学校学生替代，利亚姆申的职位则由彼得·斯捷潘诺维奇替代；在这种情况下，还能指望出现什么好事呢？我努力想听听大家到底在说什么。有些意见古怪得令人吃惊。比方说，有一小撮人肯定，斯塔夫罗金与丽莎的事完全是尤丽娅·米哈伊洛芙娜精心策划，一手造成的，为此她还得到斯塔夫罗金的一笔酬金。甚至还点明了这笔酬金的数目。又有人断言，她甚至安排这游艺会也是抱着同一目的；城里有半数人知道这是怎么回事，才没有来，而列姆布克则惊愕得"疯疯癫癫"，因此她现在都把他当疯子般到处"领着"——说到这里便引起一阵哄堂大笑，这笑声嘶哑古怪，而且别有所指。大家还批评舞会，说得很难听，还毫不客气地骂尤丽娅·米哈伊洛芙娜。总之，在一片杂乱无章、时断时续、醉话连篇、很不安分的闲谈声中，很难听清楚什么、得出什么结论。这里的酒吧间还盘踞着一些单纯来找乐子的人，甚至还有一些对任何事都不会感到惊奇，任何事也吓唬不了的女士，她们非常可爱，非常快活，大部分是军官太太，跟着丈夫一道来的。她们三五成群地坐在一张张小桌旁，在非常快乐地喝茶。对于半数前来参加舞会的人，酒吧成了他们舒适的栖身地。但是，再过若干时候，这一大帮人就将蜂拥而出，拥向大厅；真是想起来都让人觉得可怕。

这时候在贵宾厅，在公爵的参与下，已形成三组舞伴稀稀落落地跳卡德里尔舞。小姐们在跳舞，她们的父母快乐地看着她们。但是就在这时候，在这些可敬的人物中，已经有许多人在思忖，让姑娘们开心一阵以后他们该如何及时脱身，而不是等到"闹出乱子"来的时候。简直所有的人都确信肯定要出乱子。我很难描写尤丽娅·米哈伊洛芙娜当时的心态。我没有同她说话，虽然我好几次走到她身边，与她离得相当近。我进门时曾向她问好，她没有搭理我，也没有看见我（倒的确没有看见）。她的脸是痛苦的，目光轻蔑而又高傲，迷惘而又惊慌。她分明在很痛苦地克制自己的情绪，这是为了什么，又为了谁呢？她一定得离开这里，最要紧的是必须把丈夫带走，可是她却留了下来！从她的脸色就可以看出，她的眼睛已经"完全看清楚"了，她再没有什么可指望了。她甚至都没有叫彼得·斯捷潘诺维奇过来。（他自己也仿佛在躲着她；我看到他坐在酒吧里，显得非常快乐。）但是她还是留在了舞会上，一刻也没有让安德烈·安东诺维奇离开自己。噢，她直到最后一刻都会以最真诚的愤怒严词驳斥对他的健康状况的任何暗示，甚至今天上午也不例外。但是现在她对这一点想必也看得一清二楚了。至于我，我第一眼就看出安德烈·安东诺维奇的神态比今天上午还糟糕。似乎，他正处在某种神思恍惚中，甚至都不完全明白他现在在哪儿。有时候，他会突然以出乎意料的严厉神态环顾四周，比如说，他就这样回头看了我两次。有一回，他还张开嘴想要说什么，开始的时候声音很清楚，很响，可是说了一半，没有把话说完；这时刚好有一位老实巴交的老官员站在他身旁，他几乎在他身上引起了恐慌。但是就连这另一半老老实实坐在贵宾厅里的观众，也脸色阴沉害怕地躲着尤丽娅·米哈伊洛芙娜，同时又用非常奇怪的目光不断扫视着她丈夫，这类目光，就其专注和直露而言，与这些人的惊恐不安很不和谐。

"正是这一点刺痛了我的心，我突然开始看出点儿苗头来了，安德烈·安东诺维奇可能有病。"尤丽娅·米哈伊洛芙娜后来向我承认。

是的，又得赖她！大概，方才我跑出去以后，她跟彼得·斯捷潘诺维奇决定，舞会照常举行，她也照常去参加舞会——之后，大概她又到安德烈·安东诺维奇的书房去了一趟（安德烈·安东诺维奇在"讲演会"上已经被彻底"压垮"了），又施展出她的全身魅力，硬拉着他跟她一起去。但是现在她想必痛苦极了！尽管如此，她还是没有离开！究竟是自尊心在折磨她呢，还是她简直六神无主了——这，我也说不清。尽管她十分高傲，也只好低三下四地、面带笑容地试着跟某些太太交谈，可是那些太太却立刻慌了手脚，用一些单音节的、不信任的"是，您哪"和"不，您哪"来敷衍塞责，分明躲着她。

在敝城无可争议的大官中，出现在今天舞会上的只有一人——职位最高的退役将军。这位将军我已不止一次地描写过他，在斯塔夫罗金与加甘诺夫决斗之后，他曾在首席贵族夫人家，"为社交界迫不及待的心情打开了闸门"。他神气地在各个大厅里走来走去，东看看，西听听，竭力摆出一副样子：他到这里来主要是为了监督社会风气,而不是来寻找无可置疑的快乐。到后来,他就在尤丽娅·米哈伊洛芙娜的身边坐了下来,一步也不离开她,分明在努力鼓励她和安慰她。毫无疑问,这是一个非常善良的人,地位十分显赫,已经老到甚至可以忍受他的怜悯的程度。但是要她向自己承认,这个唠唠叨叨的老家伙敢可怜她,几乎庇护她,乃是因为他明白他跟她在一起是她应当引以为荣的事——一想到这点,她就十分恼火。可是这将军很不识相,仍旧不停地唠叨。

"据说,一个城市没有七个正人君子就站不住脚……好像是七个,准——确——的数目我不记得了。我不知道,我市这七个……确定的正人君子中有几位……有幸参加了您的舞会,但是,尽管他们参加了,我却开始感到自己并不安全。您会原谅我的,漂亮的太太,不是吗?我这么说是另——有——所——指的,但是我去了一趟酒吧,很高兴安然无恙地回来了……我们的宝贝厨师普罗霍雷奇在那里可不是地方,他那吃食摊到不了天亮准会被人席卷一空。话又说回来,我在说笑话。我只想等着瞧'文——学——界的卡德里尔舞'到底是怎么回事,然后上床睡觉。请原谅我这个年老的痛风病患者,我睡觉一向很早,我也劝您去'睡觉觉',就像人们对孩子们说的那样。要知道,我到这里来是为了观看年轻的美人……因为除了这里,当然,我在哪儿也不会遇到这么多的大美人……都是因为隔着一条河,我又没法上那儿去。有一位军官……好像是轻骑兵军官,他的老婆……长得很不赖,很不赖,而且……她自己也知道这一点。我跟这个坏丫头说过话,很麻利,而且……女孩子们一个个艳若桃李;但也不过如此;除了艳若桃李以外,就没什么了。不过,我看到她们还是很高兴。还有一些含苞待放;就是嘴唇厚了点儿。总之,在俄国女人的美貌中,脸型不够端正,而且……而且有点像烙饼……您会原谅我的,不是吗……不过,她们都有一双漂亮的眼睛……笑眯眯的眼睛。这些含苞待放的花朵,有一两年,因为年轻,十分——迷——人。甚至有三年……以后就发胖了，一胖就不可收拾……并在自己的丈夫身上催生一种可悲的冷——淡，从而大大促进了妇女问题的发展……如果我对这个问题理解得没有错的话……唔。客厅很漂亮；房间也布置得不错。本来可能要差些。音乐本来也可能要差得多……我不是说——必须这样。一个不好的印象是，总的说，女士少了些。至于打扮，我就——不——提——了。不好的是，这个穿灰裤子的人竟放肆地公然跳起了康——康——舞。假如他是一时兴起，我倒可以原谅，因为他是本城的药剂师……但是十点多即使对药剂师也毕竟早了点儿……那里，在酒吧，有两个人在打架，也没有把他们撵出去。十点多，倘若有人打架，还是应当撵出去的，不管大伙儿是怎样的风气……我不是说半夜两点以后，那时候就必须向社会舆论让步——不过要是这舞会能开到半夜两点以后的话。瓦尔瓦拉·彼得罗芙娜说话不算数，没有送花来。唔，她哪顾得上花呀，可怜的母亲！至于可怜的丽莎，听说了吗？据说，这是背着大伙儿干的，而且……而且登台的又是这个斯塔夫罗金……唔。我该回去睡觉了……困得老是打盹——鸡啄米了。这'文——学——界的卡德里尔舞'什么时候开场呢？"

终于开始了"文学界的卡德里尔舞"。[①] 最近以来，城里随便什么地方，只要有人开始谈到即将举行舞会，肯定会有人立刻把话题引到这个"文学界的卡德里尔舞"上，因为谁也想象不出这到底是什么新鲜玩意儿，因此引起

---

① 据俄国学者考证：本书描写的"文学界的卡德里尔舞"可能有两个来源：一是1861年5月7日《圣彼得堡新闻》上的小品文《俄国杂志社的家庭聚会》，描写了"文学界的卡德里尔舞"以彼此吵架和内讧结束，几乎大打出手；二是1869年2月28日在莫斯科贵族俱乐部举办的"文学界的卡德里尔舞"，当时所有参加者穿的服装都暗示当时莫斯科和彼得堡报纸的倾向，并商定在跳卡德里尔舞时可以不由安静的舞蹈转而跳康康舞。后来在跳康康舞时有人从包厢上突然摇铃，破坏秩序，如是者三，舞厅主持人遂将这个破坏秩序者逐出舞厅，以此表示报纸停止活动或被查封。"文学界"（литература）一词在俄语中含义较广，可泛指整个出版物或出版界。

了人们的极大好奇心。要取得成功，再没有什么比这种期待更危险的了，结果是——多么令人扫兴啊！

在那以前一直关着的贵宾厅侧门突然打开了，蓦地出现了几个戴面具的人。观众迫不及待地把他们围住了。整个酒吧的人，直到最后一个，一下子全都拥进了大厅。戴面具的人各自站好位置后准备跳舞。我好不容易挤到最前面，恰好在尤丽娅·米哈伊洛芙娜、冯·列姆布克和将军的身后找到了位置。这时一直不知去向的彼得·斯捷潘诺维奇也跳到了尤丽娅·米哈伊洛芙娜的身旁。

"我一直在酒吧里照应。"他悄声道，样子就像一个犯了错误的小学生，不过他那样子是故意装出来的，目的是存心气她。她气得满脸通红。

"哪怕现在您不来骗我呢，不要脸的东西！"她脱口骂道，声音响得几乎连观众中都有人听到了。彼得·斯捷潘诺维奇急忙退到一边，神态非常得意。

很难想象还有什么讽喻比这个"文学界的卡德里尔舞"更可怜、更庸俗、更平庸、更平淡乏味的了。想不出任何东西能比这更不适合我们公众的胃口了；然而想出这个玩意儿来的据说是卡尔马津诺夫。不错，是利普京跟曾经参加维尔金斯基家晚会的那个瘸腿教员一起商量后排练的。但这毕竟是卡尔马津诺夫出的馊主意，甚至据说他自己还想化装起来扮演一个与众不同的独立角色哩。卡德里尔舞由六对可怜的乔装打扮的人组成——甚至也算不上乔装打扮，因为他们穿的衣服跟大家一样。比如说，有一位上了年纪的先生，高高的个儿，穿着燕尾服——总之，穿的衣服跟大家一样——蓄着一部令人肃然起敬的花白胡子(不过编了起来，这就是他的全部打扮)，[①] 他的所谓跳舞，实际上就是道貌岸然地在一个地方频频踏着碎步，几乎原地不动。他用

---

① 暗指《呼声报》的出版人克拉耶夫斯基。

温和的但是嘎哑的男低音不断发出一些声音，①正是这种嘎哑的声音用来影射一家著名的报纸②。在这个角色对面跳舞的是两个巨人——X与Z，这两个字母分别别在他俩的燕尾服上，至于这X与Z影射什么，却一直未予说明。"正直的俄罗斯思想"由一位中年先生扮演，他戴着眼镜，穿着燕尾服，戴着手套，而且——戴着镣铐（真镣铐），这"思想"的腋下夹着公文包，公文包里有一份什么"案卷"。衣服口袋里露出一封从国外寄来的打开的信，③这封信对于一切心存怀疑的人是一个证明，证明"正直的俄罗斯思想"的确是正直的。这一切均由主持人予以口头说明，因为从口袋里露出的那封信是无法阅读的。"正直的俄罗斯思想"举起的右手中拿着一杯酒，似乎想发表祝酒词。在他的两侧，有两个剪短发的女虚无主义者与他并排，在踏着碎步，面对面跳舞的也是一位上了岁数的先生，穿着燕尾服，手里拿着一根很重的大棒，似乎在扮演一家虽非在彼得堡出版但令人望而生畏的出版物："给你一下——就得见血。"④尽管他手拿大棒，可是他却怎么也受不了那副目不转睛地盯着他的"正直的俄罗斯思想"的眼镜，因此他竭力看着两边，跳双人舞时他不断地弯腰、旋转，简直不知怎么做才好了——大概，他受到良心折磨，一至于此……这些异想天开的愚蠢把戏，我也实在记不住许多；翻来覆去都是那一套，到最后

---

① 暗指《呼声报》含混不清而又极其谨慎的自由主义，但是这种自由主义并不妨碍它在许多情况下为反动报刊帮腔，助纣为虐。
② 指《呼声报》（1863—1883年在彼得堡出版）。
③ 此处系影射1866—1888年在彼得堡出版的激进的民主主义月刊《行动》杂志（"案卷"与"行动"，在俄语中，属一词多义，观众可由甲联想到乙）。"戴着镣铐"，据俄国学者研究有两层意思：一是影射政府对两位最著名的杂志撰稿人舍尔古诺夫和特卡乔夫的残酷迫害；二是影射1865年发布新的《出版物规章》后，《行动》杂志属唯一例外：仍须进行事前检查。"国外来信"影射《行动》与流亡国外的俄国革命者保持着联系。
④ 当时的人一眼就可看出此处系影射由卡特科夫出版的《莫斯科新闻》，该报经常针对当时的进步报刊发表告密性文章。卡特科夫是沙皇政府的文化特务，负责监视报刊在政治上是否"可靠"。

我简直感到既痛苦又羞愧。我那种近乎羞愧的感觉也反映在所有观众的脸上，甚至那些从酒吧来的最阴阳怪气的人也一样。有一段时间，大家都默不作声，莫名其妙而又愤愤然看着。人在羞愧中往往容易生气，容易玩世不恭。慢慢、慢慢地，我们的观众开始瓮声瓮气地发起了牢骚。

"这是什么玩意儿？"一小撮从酒吧出来的人中有一个嘟囔道。

"简直蠢透了。"

"某个出版界。他们在批评《呼声报》。"

"这跟我有什么关系。"

第二帮人中有人说：

"一帮蠢驴！"

"不，他们不是蠢驴，蠢驴是我们。"

"为什么你是蠢驴呢？"

"我可不是蠢驴。"

"既然你不是蠢驴，我更不是啦。"

第三帮人议论道：

"真想教训他们一顿，让他们见鬼去！"

"让整个大厅地动山摇！"

第四帮人议论道：

"列姆布克两口子看着他们出洋相怎么不害臊？"

"他俩干吗要害臊？你不是也不害臊吗？"

"连我都感到害臊，可他是省长呀。"

"而你是猪。"

"我这辈子没见过这样平庸乏味的舞会。"尤丽娅·米哈伊洛芙娜身旁的一位太太挖苦道。显然，她说这话就是为了让大家听到。这位太太四十上下，长得很结实，涂满了胭脂，穿着一身色彩鲜艳的绸裙；城里的人几乎都认识她，但是谁也不肯接待她。她是一位五等文官的遗孀，丈夫死后给她留下了一座木头房子和一笔微薄的抚恤金，可是她却过得很好，还养了几匹马。大约两个月前，她主动去拜访尤丽娅·米哈伊洛芙娜，可是那位没有接见她。

"这是完全可以预见的，您哪。"她又加了一句，放肆地望着尤丽娅·米哈伊洛芙娜的眼睛。

"既然您能够预见到，干吗还要枉驾光临呢？"尤丽娅·米哈伊洛芙娜忍不住了。

"还不是因为太天真了，您哪。"那位麻利的太太立刻回敬道，整个人都激动起来（她非常想大吵一场）；但是将军过来站在了她俩中间。

"亲爱的太太，"他向尤丽娅·米哈伊洛芙娜弯下身去，"真的该走啦。我们只会使他们感到拘束，没有我们他们会玩得更开心。您什么都做到了，给他们举办了舞会，那您就别去打扰他们啦……再说安德烈·安东诺维奇的自我感觉似乎并不完全良——好……可别闹出什么乱子来，是吧？"

但为时已晚。

在跳卡德里尔舞的时候，安德烈·安东诺维奇一直带着某种一触即发的困惑望着那些跳舞的人，当观众开始说三道四的时候，他开始不安地环顾四周。这时他才第一次留意到某些从酒吧来的人；他的目光流露出异常吃惊的表情。这时有人在卡德里尔舞中故意出了个洋相，观众对此陡地爆发出一阵哄堂大笑：那家"令人生畏的非彼得堡出版物"的出版人，即手持大棒跳舞的那主儿，终于彻底感到他再也受不了"正直的俄罗斯思想"盯着他的那副眼镜了，但又不知道怎样才能躲开它，因此，跳到最后一个舞姿的时候，他突然两脚倒立，迎着那副眼镜走去，顺便说说，两脚倒立正好是用来表示那家"令人生畏的非彼得堡出版物"经常颠倒黑白，歪曲事实真相。只有利亚姆申一个人会拿大顶，因此就由他来扮演拿大棒的出版人。尤丽娅·米哈伊洛芙娜压根儿不知道有人要拿大顶。"这事他们一直瞒着我，瞒着我。"后来她悲观失望而又愤怒地一再对我说。观众的哄堂大笑，当然不是为谁也不感兴趣的讽喻叫好，而是有人居然穿着燕尾服拿大顶。列姆布克陡地火冒三丈，开始浑身发抖。

"混账！"他指着利亚姆申叫道，"抓住这混蛋，倒过来……把他的脚……头……倒过来……让他的脑袋冲上……冲上！"

利亚姆申两脚着地，站了起来。大笑声有增无已。

"把所有大笑的混蛋统统撵出去！"列姆布克蓦地下令。人群大哗，发出一阵哄笑。

"这样不行，大人。"

"观众可骂不得啊，您哪。"

"他自己才是混蛋。"不知从哪个角落传来了喊声。

"海盗！"有人从大厅的另一端叫道。

列姆布克迅速朝发出喊声的方向转过头去，整个脸变得煞白。他嘴上现出一丝隐隐约约的笑——似乎他突然想明白了什么事，记起来了。

"诸位，"尤丽娅·米哈伊洛芙娜向渐渐围拢来的人群说道，同时用一只手拉着丈夫，"诸位，请原谅安德烈·安东诺维奇，安德烈·安东诺维奇身体不舒服……对不起……请原谅他，诸位！"

我真的听到她说"请原谅"。场景变换很快。不过我记得非常清楚，一部分观众当时就纷纷拥出大厅，正是在尤丽娅·米哈伊洛芙娜说了上面的话以后，他们似乎感到一阵恐惧。我甚至记得一个女人噙着眼泪歇斯底里地喊叫：

"啊，又跟方才一样啦！"

第三部

就在这已经开始的几乎你挤我、我挤你的情况下,蓦地又引爆了一颗炸弹,真的"又跟方才一样啦":

"起火啦!河对岸整个烧着啦!"

不过我不记得哪儿首先响起了这声可怕的喊叫:在大厅呢,还是似乎有人从前厅从楼梯上跑上来时喊的,但是紧接着这声喊叫后出现了一片惊慌,对此我都不想说了。前来参加舞会的半数以上的人都来自河对岸——不是那里木屋的主人,就是那里木屋的住户。有人冲向窗口,一下拉开窗帷,扯下了窗帘。河对岸已是一片火海。诚然,火灾才刚刚开始,但是烈焰腾空却在三个完全不同的地方——正是这个使大家大惊失色。

"有人放火!什皮古林厂工人!①"人群中有人号叫。

我记住了其中几个极其典型的喊叫:

"我的心早就预感到肯定会有人放火,这些天来一直有这种感觉!"

"什皮古林厂工人,什皮古林厂工人,不可能是别人!"

"让我们到这里来也是故意的,为的是在那边放火!"

这最后一个最最惊人的叫喊是个女人的声音,这是惨遭回禄之灾的科罗博奇卡②无心的、情不自禁的叫喊。所有人都向出口拥去。我就不描写在前厅大家寻找毛皮大衣、头巾、斗篷时你挤我我挤你的情况了,我也不描写吓坏了的女人们的尖叫声和小姐们的啼哭声了。也不见得真会有人偷东西,但是在这种乱作一团的情况下,有人因为找不到自己的衣服,只好不穿棉衣就跑了出去——这也不值得大惊小怪,后来这事在城里讲了很久,胡编乱造,添油加醋,越说越玄乎了。列姆布克和尤丽娅·米哈伊洛芙娜差点被人群挤在

---

① 著名的彼得堡大火发生于1862年5月中旬。当时的警察机关抱着不可告人的目的企图说这事是彼得堡的革命学生干的。为此,当时的学生和进步青年不得不在《时代》杂志上发表两篇文章为自己辩护,驳斥了对学生纵火的无理指责。
② 果戈理小说《死魂灵》中的女地主。这里泛指女地主。

门口动不了窝。

"拦住大家！一个也不许出去！"列姆布克威严地向拥挤的人群伸出一只手，怒吼道，"对所有的人逐个进行最严格的搜查，立即执行！"

大厅里发出一片猛烈的叫骂声。

"安德烈·安东诺维奇！安德烈·安东诺维奇！"尤丽娅·米哈伊洛芙娜彻底绝望地叫道。

"先抓住她！"安德烈·安东诺维奇威严地伸出一个手指，指着她，"先搜她！她举办舞会就是为了放火……"

她大叫一声，昏了过去（噢，这次当然是真的昏过去了）。我、公爵和将军冲过去帮忙；在这艰难的时刻过来帮我们忙的还有其他人，甚至还有女士。我们把这个不幸的女人由这人间地狱扶上了马车；直到快要到家的时候她才清醒过来，她的第一声喊叫又是问安德烈·安东诺维奇的情况。随着她的所有幻想逐渐破灭之后，她面前现在就只剩下一个安德烈·安东诺维奇了。派人去请医生。我在她家等了足足一个小时，公爵也一样；将军突然大发慈悲（虽然他自己也吓得够呛），想要整夜守候在这个"不幸女人的病榻"旁，但是十分钟后，还在等大夫那工夫，他就在客厅的一张沙发上睡着了，我们也只能不管他，让他睡在沙发上。

急于离开舞会前往火灾现场的警察局局长，终于在我们走了之后把安德烈·安东诺维奇弄了出去，局长本想让他与尤丽娅·米哈伊洛芙娜同坐一辆马车回去，并竭力劝大人"安静"。但是我也不懂为什么他没有坚持这样做。当然，安德烈·安东诺维奇对"安静"二字连听也不要听，而是拼命要到火灾现场去；但是这并不是理由。结果警察局局长只好用自己的马车把他送到了火灾现场。后来他说，一路上，列姆布克一直在指手画脚地"喝令干这干那，可这些命令太离谱了，所以没法执行，您哪"。最后只好呈报上司，说省长大

Ф. Достоевский

БЕСЫ

人当时因为受到"突如其来的惊吓"得了酒狂症。

至于舞会是怎样结束的,就无须再说了。有几个游手好闲的人留在了大厅,还有几个女士跟他们一起。没有一名警察。他们不让乐队走,有些乐师想走,结果挨了一顿揍。快天亮的时候,整个"普罗霍雷奇的吃食摊"被席卷一空,喝了个昏天黑地,还跳未经检查的卡马林舞①,所有的房间都被弄得肮脏不堪,直到黎明时分,这帮家伙中喝得烂醉如泥的一部分人,才赶往余火未尽的火灾现场,制造新的混乱去了……另一半人则醉得跟死猪一样,就在各个大厅过夜,有的睡在丝绒沙发上,有的就睡在地板上,弄得周围肮脏不堪,乱七八糟。第二天一大早,一有可能把他们拽起来,人们就拽住他们的大腿,把他们一个个拖到了大街上。为敝省家庭女教师募捐而举行的游艺活动就这样结束了。

四

这场大火之所以使敝城河对岸的居民感到恐慌,因为显然有人纵火。值得注意的是,刚有人喊"我们那儿着火了",就立刻有人喊"是什皮古林厂工人放的火"。现在已经查明,真有三名什皮古林厂工人参加了放火,但是——也就如此而已,至于该厂的所有其他工人,无论是总的舆论还是官方,都认为他们完全是无辜的。除了这三名混蛋以外(其中一人已被抓获,并供认不讳,其余两人至今在逃),参加放火的无疑还有那个苦役犯费季卡。关于那场大火的起因,现在确凿查明的暂时就这些;至于各种猜测,那就完全是另一回事了。

---

① 这里的"未经检查的"有两层意思:一是淫秽的、下流的、胡闹的;二是无法无天的、反农奴制的。"卡马林"既是歌曲名,也是舞蹈名。19世纪60年代,有些讽刺性的卡马林歌舞曲经革命者改编,出现在非官办的俄国报刊上。

这三个混蛋到底要干什么，有没有人背后指使？对这一切甚至现在也很难回答。

由于风势很大，河对岸的房屋又几乎全是木头建筑，最后，又是从三个不同的地方同时纵火，因此火势蔓延迅速，以不可阻挡之势席卷了整个地区。（不过，应当说这次纵火是从两处蔓延开的：第三处几乎在火焰刚刚腾空而起的同时就被截住扑灭了，对此我们下面再说。）但是京城的报刊通讯还是夸大了我们遭受的灾难：比如说，整个河对岸被烧毁的不超过四分之一（也许还要少些）。敝城的消防队，就城市面积和人口而言，虽然还较薄弱，但是他们干得非常认真，富有自我牺牲精神。不过，假如不是天亮前风向变了（拂晓前又忽然停了），即使居民们通力协作，消防队也不可能有大的作为。当我从舞会上跑出来后才过了一小时，我就跑到了河对岸，这时火势正猛。与河平行的整条大街都在熊熊燃烧。火光如同白天一样明亮。我就不描写火灾的详细情形了：谁不知道俄国的火灾呢？在紧挨着熊熊燃烧的街道的各条胡同里，是一片手忙脚乱和拥挤不堪的情况。火势肯定会蔓延到这边来，因此居民们在纷纷抢救财物，但终究还是舍不得离开自己的住所，他们坐在抢救出来的箱子上和羽绒褥子上等待，每个人都坐在自家的窗户下。一部分男性居民在卖力地干活，毫不怜惜地砍掉板墙，整座整座地拆掉靠近火场和处于下风向的破旧小屋。只有被吵醒的小小孩在啼哭、号叫，还有已经把自己的破烂什物搬出来的女人们在数落和哀号。还没来得及搬完东西的人正在默默地、使劲地把东西搬出来。火星与砾石向四处飞落；人们在尽可能地扑灭余烬。从城市四面八方跑来的人拥挤在火灾现场。有些人在帮助救火，有些人在看热闹。夜间的大火常常会产生一种既刺激又欢快的印象；焰火就是根据这个发明出来的；但是放焰火时火的造型优美，有规律，而且十分安全，给人产生轻松好玩的印象，就像喝了一大杯香槟酒似的。真正的火灾又当别论：这时会感到一种恐怖，而且终究还会产生某种似乎个人的危险感，尽管夜间起火会产生某种令人欢快的印象，但这在旁观者（当然不是遭了回禄之灾的居民）身上会产生某种脑震荡，仿佛是在向他自己的破坏本能挑战似的。可叹的是所有人心里都隐藏着这种本能，甚至最老实和拉家带口的九等文官也不例外！……这种阴暗的感觉几乎总是令人陶醉。"说真的，我也不知道能不能够不带有某种快感来观看火灾？"[1] 这是斯捷潘·特罗菲莫维奇对我说过的原话——有天夜里他偶然碰到一次火灾，他从火灾现场回来后对当时的景象记忆犹新。就是这个爱观赏夜间大火的人，后来却亲自冲进火场去救一名被大火围困的小孩或者老太太；不过这已经完全是另一回事了。

我紧跟在爱看热闹的人群后面挤来挤去，没有再三问询就挤到了最主要、最危险的地段，并在那里终于找到了列姆布克，我是受尤丽娅·米哈伊洛芙娜的委托前来找他的。他的状况令人感到既惊诧又异乎寻常。他站在被拆毁的板墙的废墟上；在他左边，约三十步开外，矗立着一座几乎已经完全烧毁的两层木屋的黑黢黢的残骸，在上下两层楼上原来的窗户都变成了一个个黑洞，屋顶已经塌了，但是火苗还在烧焦了的原木上蜿蜒爬动。在院子深处，距离那座烧毁了的房子约二十步开外，有座厢房，也是两层楼的，开始蹿出了火苗，消防队员正在奋力救火，扑灭厢房上的火苗。右边，消防队员和百姓正在大力保护一座相当大的木头建筑，它还没烧着，但已经几次起火，看来它是逃不掉被烧毁的命运了。列姆布克正面对厢房喊叫、指手画脚，下着命令，但是他的命令谁也不执行。我甚至想，人们在这里已经把他抛弃在一边，根本没人理他。起码，围在他周围的密密麻麻的一大群各种各样的人（除了各色人等，还有好几位老爷，甚至还有一位教堂大司祭），他们虽然也在好

---

[1] 影射《俄罗斯人》杂志攻击别林斯基的话，说别林斯基是个危险人物，渴望破坏，"看到火灾就高兴"（参见赫尔岑《往事与随想》第四卷第三十章）。

奇和惊讶地听着他说话,但是他们中间没有一个人搭理他,也没有一个人把他拉走。列姆布克脸色苍白,两眼发光,在不停地说最奇怪的话,除此以外,他还没有戴帽子,他早把帽子弄丢了。

"完全是纵火!这是虚无主义!既然起火了,着了,那就是虚无主义!"我几乎带着恐惧地听到他在说,虽然已经无须大惊小怪了,但是显而易见的现实中总包含有某种惊心动魄的东西。

"大人,"分局长出现在他身边,"您还是回家去安静一下吧,您哪……要不,站在这里甚至对大人您也是挺危险的。"

后来我才知道,这位分局长是警察局局长特意留在安德烈·安东诺维奇身边照看他的,并让他尽最大努力送省长回家,一旦遇到危险,甚至可以强迫他,让他走走——这个任务显然是这位执行者不能胜任的。

"受火灾的人的眼泪可以擦干,可是城市却烧光了。这都是那四个,那四个半混蛋干的。把这混蛋抓起来!这里只有他一个人,而另外四个半却遭到他的诽谤。他骗取了一些家庭的青睐。居然有人利用家庭女教师的名义来烧房子。这卑鄙,卑鄙!啊,他在干什么!"他叫道,突然看见那座着火的厢房屋顶上有一名消防队员,他脚下的屋顶已经起火了,周围正在不断蹿出火苗,"把他拽下来,拽下来,他会掉下来的,他会烧着的,快把他身上的火扑灭……他在那里干什么?"

"他在救火,大人。"

"不可能。火灾在人的脑子里,而不是在房子的屋顶上。把他拽下来,抛开一切!最好抛开,最好抛开!让它自生自灭!啊呀,什么人还在哭?一位老太太!老太太在叫,为什么就忘了老太太呢?"

果然,在起火厢房的底层有一位被遗忘的八十岁老太太在叫,她是烧着的那座房子的主人,一名商人的亲戚。但她并不是给忘了,而是她在还能进去的时候又自己回到那所着火的房子，抱着疯狂的目的，想从在拐角的一间还烧着的小房间里把她的羽绒褥子给拽出来，她被烟呛得喘不过气来了，热得大叫，因为那小房间也着火了，但是她还是用她那衰老的手把自己的羽绒褥子从打破了玻璃的窗框里用足力气往外塞。列姆布克急忙跑过去帮忙。大家都看到他跑近窗户，抓住羽绒褥子的一角，拼命从窗户里往外拽。好像故意跟他作对似的，就在这时，一块断裂的木板从屋顶上飞落下来，打着了这个不幸的人。这木板倒没有把他砸死，仅在飞落下来的时候，木板头碰到了他的脖子，但是安德烈·安东诺维奇的官宦生涯却从此结束了，起码在敝省；这一击竟把他打翻在地，他不省人事地摔倒了。

阴沉沉、灰蒙蒙的黎明终于来临了。火势已经减弱；风停后突然变得一片平静，然后又淅淅沥沥地下起了小雨，雨就像用筛子筛下来似的。我已经在河对岸的另一地区，离列姆布克摔倒的地方很远，就在那儿的人群中听到了一些非常奇怪的议论。发现了一件非常奇怪的事。就在这街区的尽边上，在菜园后面的一块空地上，离其他建筑不下五十来步，矗立着一座刚刚落成的不大的木屋，可是这座孤零零的房子却几乎头一个起火，还在火灾发生之初。即使它烧光了，由于距离太远，也不可能延烧到城里的任何一座建筑，反之亦然——即使整个河对岸统统烧光了，唯独这座房子还能安然无恙，甚至不管当时的风势有多大。由此可见，它是单独地自行起火的，如此说来，它的起火就不会是无缘无故的。但是主要的问题在于它并未烧光，天快拂晓，这房子里发现了一些令人惊奇的事。这座新房子的主人是个小市民，就住在最近的一座小镇上，他一看见自己的新房起火了，就急忙跑去救火，在邻居们的帮助下，把码放在一边墙根旁的烧着了的劈柴扒开，终于保住了这座房子。但是这房子里住着房客——城里人都认识的那个大尉和他的妹妹，还有一个是侍候他们的上了年纪的女用人，这天夜里，这三个房客：大尉，他的妹妹和女用人，三个人统统被杀死了，而且，显然还遭到了抢劫。(当列姆布克抢救羽绒褥子的时候，警察局局长离开火灾现场就是到这儿来的。)清晨，这消息就传开了，一大群各色各样的人，甚至河对岸遭到火灾的人，都蜂拥而来，到这块空地上来看这座新房子。人群拥挤得甚至很难挤过去。有人立刻告诉我，找到大尉的时候，发现他的喉咙已经被人割断，他和衣躺在长凳上，杀他的时候，大概他已醉得跟死人一样，因此他根本没有听见，他"像只公牛似的"血流满地；他妹妹玛丽娅·季莫费耶芙娜浑身被刀"捅满了窟窿"，倒卧在门口的地板上，可见她当时是清醒的，大概她曾拼命挣扎，与凶手搏斗。那个女用人当时大概也醒了，脑袋已被完全打穿。据房东说，还在头天上午，大尉喝得醉醺醺地顺道来找他，还吹牛，给他看很多钱，大概有两百卢布。大尉那个用得又破又旧的绿色皮夹，在地板上被找到了，里面空空如也；但是玛丽娅·季莫费耶芙娜的箱子却没人动过，圣像上的银质衣饰也没有动；大尉的衣服也完好无损。看得出来，这贼干得很匆忙，是个知道大尉底细的人，他就是冲这钱来的，而且知道这钱放在哪儿。倘若那时不是房东跑来，那，已经烧着了的劈柴肯定会把这房子烧光，"根据烧焦了的尸体是很难了解事情真相的"。

口耳相传的这事的经过就是这样。人们还补充了一个情况：这住所是斯塔夫罗金先生，即尼古拉·弗谢沃洛多维奇，将军夫人斯塔夫罗金娜的爱子，给大尉和他妹妹租下的，他还亲自前来租赁，很费了一番口舌，因为房东不想出租，他想用这房子开酒馆，但是尼古拉·弗谢沃洛多维奇对租金并不计较，还预付了半年房租。

"不会是无缘无故烧起来的。"人群中可以听到这样的议论。

但是大多数人保持沉默。大家都板着脸，但是大的、明显的愤怒我也没有看见。周围仍在继续议论尼古拉·弗谢沃洛多维奇的故事，说被杀的那个女的是他的妻子，昨天他还"用欺骗的手法"从本城首屈一指的德罗兹多娃将军夫人家勾引了她的千金，一个黄花闺女，又说他们要到彼得堡去告他，至于妻子被杀，看来是为了娶德罗兹多娃家的千金。斯克沃列什尼基就在离那里不超过两俄里半的地方，记得，我不由得想道：要不要到那里去报个信呢？不过我发现，并没有什么人在特意煽动群众，我也不想造这个孽，虽然我眼前曾倏忽闪过两三个从"酒吧"里出来的人的脸，他们在天亮前出现在火灾现场，而且我一眼就认出了他们。但是我特别记住了一个小伙子，瘦高个儿，小市民出身，很憔悴，鬈发，浑身像抹了层烟炱似的，后来我才知道他是个小炉匠。他没有喝醉，但是与那些板着脸站着的人群相反，样子似乎很激动。他老是回过头跟别人说话，虽然我不记得他究竟说什么了。他所说的语意连贯的话，最长的不过是："弟兄们，这到底是怎么回事？难道能听之任之吗？"边说边挥舞胳臂。

第三章　头号绯闻

一

从斯克沃列什尼基那座大厅（即瓦尔瓦拉·彼得罗芙娜与斯捷潘·特罗菲莫维奇最后一次见面的那座大厅）看出去，火灾了如指掌。破晓时分，大约早晨五点多钟，在右首最边上的一扇窗子旁站着丽莎，她正在凝神注视着渐渐熄灭的火光。她独自一人站在房间里。她身上的衣服还是昨天穿的节日盛装，她就是穿着这身衣服去出席讲演会的——这是一件浅绿色的华丽的连衣裙，四周绲着花边，但现在已经揉皱了，是匆匆忙忙、马马虎虎穿上的。她突然发现胸前的纽扣没有扣紧，脸上一阵发烧，急忙把衣服整理好，顺手抓起她昨天进屋时扔在沙发上的一条红方巾，围在了脖子上。她一头松软的秀发变成一绺绺发卷从方巾下露出来，披散在右肩上。她面带倦容，心事重重，但在皱起的眉毛下的一双眼睛却像火一般燃烧。她再次走近窗口，把发烫的前额紧贴在冰冷的玻璃上。这时门开了，尼古拉·弗谢沃洛多维奇走了进来。

"我派信差骑马去了，"他说，"再过十分钟我们就全知道了，暂时只听说，河对岸邻近滨河街在大桥右边的那一部分烧掉了。还在十一点钟的时候就起火了，现在正逐渐熄灭。"

他没有走近窗口，而是停在她身后三步远的地方；但是，她没有向他回过头来。

"照历书上说，还在一小时前就应当天亮了，可现在几乎跟黑夜一样。"

她懊恼地说。

"历书上全是胡说八道①，"他带着亲切的微笑说道，但是有点不好意思，便急忙补充道，"照历书过日子就太乏味了，丽莎。"

他对自己又说了句庸俗的话感到很恼火，便彻底闭上了嘴；丽莎苦笑了一下。

"您的情绪是这样忧伤，甚至跟我说话都找不出词来了。但是请放心，您说得很恰当——我一直是照历书生活的，我走的每一步都是照历书上算过的。您感到奇怪？"

她迅速从窗口转过身来，坐到沙发上。

"您也坐吧。我们在一起的时间不会很长，我想说说我想说的一切……为什么您就不能说说您想说的一切呢？"

尼古拉·弗谢沃洛多维奇在她身边坐了下来，轻轻地、几乎胆怯地抓住她的一只手。

"这算什么话，丽莎？您怎么会突然说出这种话来呢？什么叫'我们在一起的时间不会很长'？自从您醒来后，半小时内这已经是您说的第二句叫人摸不着头脑的话了。"

"您现在开始计算我说过的叫您摸不着头脑的话了？"她笑道，"您记得昨天我进屋的时候您曾经说我像个死人吗？您认为应当忘掉这话。忘掉或者置若罔闻。"

"我不记得了，丽莎。干吗像个死人呢？应当活下去嘛……"

"又说不下去了？您的口才全没了。我在这世上算活到头了，够啦。您记得赫里斯托福尔·伊万诺维奇吗？"

"不，不记得了。"他皱起眉头。

---

① 源出格里鲍耶多夫《智慧的痛苦》（第三幕第二十一场）。

"赫里斯托福尔·伊万诺维奇,在洛桑①的时候? 他让您讨厌极了。他推开房门后总是说'我就坐一会儿',结果一坐一整天。我不愿意同赫里斯托福尔·伊万诺维奇一样,干坐一整天。"

他脸上流露出痛苦的表情。

"丽莎,我为你这种消沉的语言感到痛苦。这样愁眉苦脸您自己也要花很大代价的。这又何必呢? 干吗呢?"

他的两眼闪出了光。

"丽莎,"他叫道,"我发誓,现在,我比昨天你来找我的时候更爱你了!"

"多么奇怪的自白! 说什么昨天和今天,两种衡量标准,干吗呢?"

"你别离开我,"他几乎绝望地继续道,"我们一起走,今天就走,好不好? 好不好?"

"哎呀,您别把我的手握得这么疼呀! 今天咱俩一起能到哪儿去呢? 随便到什么地方去,再一次'获得新生'? 不,试验了这么多次,够啦……再说我也嫌慢;再说我也办不到;对我来说太高了。要走就干脆到莫斯科去,我可以在那里访亲问友,自己也可以接待宾客——您知道,这才是我的理想;还在瑞士的时候,我就不曾隐瞒过您我是怎样一个人。因为您已经结婚,所以我们就不能到莫斯科去访亲问友了,因此也就没有必要谈它了。"

"丽莎! 昨天究竟发生了什么事?"

"发生了发生的事。"

"这不可能! 这太残忍了!"

"残忍又怎么样呢,即使残忍也得忍着。"

"您是为了昨天的异想天开报复我……"他狞笑了一下,嗫嚅道。丽莎的脸唰地红了。

---

① 洛桑,瑞士西南部靠近日内瓦湖的一座城市。

第三部

"多卑鄙的想法！"

"那您干吗要赐给我……'这么多幸福'呢？我有权知道吗？"

"不，您最好还是不要提有权没有权的问题；您的揣测已经够卑鄙了，不要在卑鄙之外再加上愚蠢。您这样做今天没有成功。顺便问问，难道您就不怕上流社会的舆论，您就不怕因为'这么多幸福'而遭到舆论的谴责吗？噢，既然这样，看在上帝分上，您就别庸人自扰了。这事与您根本没有关系，不是您出的主意，您也无须对任何人负责。昨天我推开您的房门的时候，您甚至都不知道进来的是谁。正如您刚才所说，这仅仅是我的异想天开，别无其他。您可以勇敢地、胜利地面对所有的人。"

"你的话和你的笑，已经整整一小时了，让我听了毛骨悚然。你现在那么狂暴地谈到的这'幸福'，对于我就抵得上……一切。难道我现在能失去你吗？我发誓，昨天我爱你远不如今天强烈。为什么今天你要剥夺我的这一切呢？你知道这个新希望让我花了多大代价吗？我为它付出了生命的代价。"

"自己的生命还是别人的生命？"

他迅速抬起了身子。

"你这话是什么意思？"他说，一动不动地望着她。

"你付出了自己的生命呢，还是付出了我的生命，这就是我要问你的问题。难道您现在完全听不懂我的话了？"丽莎又涨红了脸，"您干吗突然跳起来？您干吗用这副模样瞧着我？您在吓唬我。您干吗总是害怕？我早就发现您在害怕，就现在，就眼下……主啊，您的脸色多苍白啊！"

"如果你知道什么事情的话，丽莎，那，我敢起誓，我不知道……我刚才说我付出了生命的代价，讲的根本不是那事……"

"我对您简直莫名其妙。"她胆怯地、磕磕巴巴地说。

终于，他嘴上慢慢地露出一丝若有所思的苦笑。他慢慢地坐了下来，两肘支在膝盖上，用手捂住脸。

"一场噩梦，胡言乱语 …… 我们说的是两件不同的事。"

"我根本不知道您刚才说什么 …… 难道您昨天不知道我今天要离开您吗，知不知道呢？别撒谎，知不知道？"

"知道 ……"他低声说。

"那您还要怎么样：明明知道，还要给自己留下这'一瞬间'①。您到底有什么打算？"

"请您把全部真相告诉我，"他怀着深深的痛苦叫道，"当你昨天推开我的房门的时候，你自己知道你把这门仅仅推开一小时吗？"

她憎恨地看了看他。

"没错，最严肃的人常常会提出最让人惊讶的问题。您担心什么呢？难道是出于自尊心，因为是女人头一个抛弃您，而不是您头一个抛弃她吗？要知道，尼古拉·弗谢沃洛多维奇，在您这儿，我暂时确信，顺便说说，您对我太宽宏大量了，而我最受不了的也是您这种宽宏大量。"

他从座位上站起来，在屋里走了几步。

"好吧，这样结束也好 …… 但是怎么会出现这一切的呢？"

"又关心起这个问题来了！主要是您自己对这了如指掌，您比世界上任何人都清楚，您自己也巴不得这样。我是一个小姐，我的心是在歌剧中受的教育，事情就是从这里开始的，这就是全部谜底。"

"不。"

"这里没有任何东西会损害您的自尊心，而且一切都是完全真实的。从我无法忍受的那美妙的一瞬开始。前天，当我在大庭广众之中'侮辱'您以后，

---

① 源出歌德《浮士德》第十部第五幕："那时，我才可以对正在逝去的瞬间说：'逗留一下吧，你是那么美！'"当时大家熟知这句名言。

您却以那样的骑士风度回答我，我回到家后就立刻猜到了，您躲着我是因为您结婚了，而完全不是因为您蔑视我，我是一个上流社会的小姐，我最怕的就是这个。我明白了，您躲着我是为了爱护我这个冒冒失失的、轻举妄动的人。您瞧，我多么珍视您的宽宏大量啊。这时，彼得·斯捷潘诺维奇突然跑了来，立刻向我说明了一切。他向我透露了，现在正有一个伟大的想法使您踌躇不决，而在这个伟大想法面前我跟他根本一钱不值，但是我毕竟挡了您的道。他也把自己归入了这一类；他坚持要我们仨在一起，还讲了一些非常离奇古怪的话，讲到某支俄国民歌中提到的什么大船啦，槭木船桨啦，等等。我夸奖了他，说他是诗人，于是他就把这当成一枚永远花不完的钢镚儿了。因为，即使他不告诉我，我也早知道，我这人只有五分钟热度，所以我就立刻拿定了主意。这就是全部情况，够了，劳您驾，别再解释什么了。说不定我们会吵起来的。您什么人也不用怕。一切都由我承担。我坏，我任性，我被歌剧里的大船迷住了，我是小姐……要知道，我还一直以为您非常爱我。请不要瞧不起我这个傻姑娘，不要笑话我刚才落下的眼泪。我非常爱哭，'自叹命苦'。好啦，够啦，够啦。我无能为力，您也无能为力；我们双方都很难堪，咱们就借此聊以自慰吧。起码，自尊心不会因此而感到痛苦。"

"一场噩梦，胡言乱语！"尼古拉·弗谢沃洛多维奇叫道，一面拧着手，一面在屋里走来走去，"丽莎，可怜的丽莎，你对自己做了什么呀？"

"我用蜡烛烫伤了自己，别无其他。您该不是在哭吧？要顾全体面，要无情……"

"那你干吗，干吗来找我呢？"

"您难道还不明白，您提出这样一些问题，在上流社会的舆论面前，您使自己处于多么滑稽可笑的境地啊？"

"你干吗要毁掉自己呢，而且毁得这么丑陋、这么愚蠢，现在该怎么办呢？"

"难道这就是斯塔夫罗金，'嗜血成性的斯塔夫罗金'，正如这里一位钟情于您的女士称呼您那样！听我说，我不是已经对您说过了吗：我已经把我的生命仅仅算成一个小时，所以我心安理得。您也可以把自己的……算成……不过，您根本不需要；您还会有许许多多各种各样的'一小时'和'一瞬间'。"

"我有多少你也有多少；我向您郑重保证，我跟你一样，不会多一个小时！"

他一直走来走去，没有看见她那迅速的、锐利的目光，这目光仿佛突然被一线希望照亮，但是这一线光芒霎时就熄灭了。

"你不知道我现在难以言表的满腔真情花了我多大代价，丽莎，要是我能向你一吐为快，那多好啊……"

"一吐为快？您有什么要向我一吐为快吗？但愿上帝保佑我，不要让我听到您的一吐为快！"她几乎恐惧地打断了他的话。

他停住了脚步，不安地等待着。

"我应当向您承认，还在瑞士的时候，我就牢牢地确定了一个想法：您心里一定有一种可怕的、肮脏的、血腥的东西，而且……而且与此同时，又有一种使您显得非常可笑的东西。如果是真心话，您可要小心，不要随便向我倾吐：我会笑话您的。我会哈哈大笑，笑话您一辈子的……哎呀，您的脸色怎么又苍白了？不了，我不说了，我立刻就走。"她用一种厌恶而又蔑视的动作从椅子上跳起来。

"折磨我，惩罚我，你心里有气就冲我发好了。"他绝望地叫道，"你有充分的权利！我知道我不爱你，而且毁了你。是的，'我给自己留下了这一瞬间'；我曾经抱有希望……早就有了……这最后的希望……当你昨天亲自进来找我，一个人，主动来找我的时候，我无法抵拒照亮了我的心的这道光。

我突然信了……也许，直到现在我还信。"

"为了您这种高尚的坦率，我也将以同样的坦率回报您：我不想做您的大慈大悲的护士。假如我今天碰巧死不了的话，说不定我还当真会去当一名陪床的护士；即使这样，我也不会去看护您，哪怕您病得不轻，抵得上任何一个缺胳膊少腿的病人。我总觉得，您会把我带到某个地方，那里有一只像人那么大的毒蜘蛛，我们将在那里一辈子看着它，一面看一面害怕。我们相互间的爱就将在这种恐惧中烟消云散。您去找达申卡[①]吧；她一定会跟着您到您愿意去的任何地方去的。"

"即使在这里您也不能不想起她吗？"

"一只可怜的小母狗！请替我向她问好。她知道您早在瑞士的时候就已确定让她在您老年的时候伺候您吧？多么关切！多么有预见！啊，这是谁？"

在大厅深处，门打开了一条缝；不知是谁探头进来，又匆匆忙忙地缩了回去。

"是你吗，阿列克谢·叶戈雷奇？"斯塔夫罗金问。

"不，就我一个人。"彼得·斯捷潘诺维奇又伸出了半截身子，"您好，丽扎韦塔·尼古拉耶芙娜，不管怎样，祝您早安。我早料到在这间大厅里准能找到你俩。我就耽误您一会儿工夫，尼古拉·弗谢沃洛多维奇——我无论如何急着要告诉您两句话……非常必要的两句话……总共只有两句话！"

斯塔夫罗金向他走去，但是刚走三步又回到丽莎身边。

"如果你现在听到什么，丽莎，那，要知道：都是我的错。"

她打了个哆嗦，胆怯地望了望他；他匆匆走了出去。

---

① 达申卡，达里娅的爱称。

二

彼得·斯捷潘诺维奇从里面向外窥视的那个房间，是一个椭圆形的大过厅。在他来之前坐在这里的是阿列克谢·叶戈雷奇，但是被他打发走了。尼古拉·弗谢沃洛多维奇随手关上通往过厅的房门后便停下来等他说话。彼得·斯捷潘诺维奇迅速而又探究地把他上上下下打量了一番。

"什么事？"

"如果您已经知道了，"彼得·斯捷潘诺维奇急忙道，仿佛一双眼睛想钻进他的灵魂里去似的，"那，不消说，我俩谁也没有错，首先是您，因为这纯属巧合……机缘凑巧……总之，法律上不会牵连到您，所以我赶快跑来告诉您。"

"烧了？杀了？"

"杀了，可是没有烧掉，糟就糟在这里，但是我敢向您保证，这不是我的错，不管您怎么怀疑我，因为您在怀疑我也说不定，是不是？您想知道全部真相吗：您瞧，我倒的确闪过这念头，这念头是您自己暗示我的，不过不是严肃地暗示，而是好像故意逗我玩似的（因为您也不可能严肃地暗示），但是我拿不定主意，无论有什么好处，哪怕给我一百卢布，我也决不会这样干——再说干这事没有任何好处，我是说对我，我没有好处……（他说话很急，跟开机关枪似的。）但是情况偏就这么凑巧：我拿自己的钱（听见没有，我拿自己的钱，没用您一卢布，主要是，这您自己也知道）给了那个喝醉酒的混蛋列比亚德金二百三十卢布，就在前天晚上——您听见没有，我说的是前天，而不是昨天的'讲演会'之后，您要注意这点，这是一个极其重要的巧合，因为那时候我对丽扎韦塔·尼古拉耶芙娜会不会来找您没有一点儿把握；我之所以要把自己的钱给他，仅仅因为前天您标新立异，想对大家公开您的秘密。好了，我无意干涉……这是您的事……您的骑士风度……但是，不瞒您说，我吃了一惊，就像当头挨了一棒。但是因为我对这些悲剧厌烦至极——请注意，我说这话是严肃的，虽然我使用了斯拉夫语的说法①，因为这一切说到底会妨碍我的计划，因此我下决心一定要把列比亚德金兄妹打发到彼得堡去，而且不让您知道，再说他自己也急着想到那里去。有一个错误：我悔不该用您的名义给他钱；这是不是错误呢？不是错误也说不定，是不是？现在您听我说，听我说这一切怎么会阴错阳差弄成这样的……"他越说越来劲，一步步逼近斯塔夫罗金，竟抓住他外衣的翻领（上帝做证，说不定是故意的）。斯塔夫罗金使劲打了一下他的手。

"您倒是怎么啦……得啦，这样会把我的手打断的……这里最要紧的是怎么会阴错阳差弄成这样的。"他又像炒爆豆似的说了起来，甚至对他挨了那一下一点儿都不惊奇，"我晚上把钱给了他，为的是让他和妹妹第二天一早动身，我把这事托付给了那个混蛋利普京，让他亲自把他们送上火车，打发他们走。可是这个恶棍利普京却耍起了孩子脾气，跟观众恶作剧——也许，您听说了？在'讲演会'上？您听我说，听我说嘛：两人喝了酒，一起作诗，这诗有一半是利普京写的；他让列比亚德金穿上燕尾服，当时还向我保证，他一早就把他俩送走了，其实呢，他把他藏到后面的一间小屋里了，以便把他推上台去。但是那主儿很快就出人意料地喝醉了。接着就发生了那件大家都知道的丑事，接着又把他半死不活地弄回了家，而利普京就趁机从他兜里悄悄掏走了两百卢布，只留下个零头。不过，不幸的是，这天上午这家伙把这两百卢布也从兜里掏出来过，而且到处吹嘘，在不该拿出来的地方到处拿

---

① 这里"厌烦至极"中的"极"字（вельми）属教会斯拉夫语，使用该词一般具有玩笑或讥诮之意。

出来给人看。因为费季卡要的就是这个,而他在基里洛夫那里已经有所耳闻,记得吗,您的暗示?因此就拿定主意利用了这机会。这就是全部真相。我高兴的是起码费季卡没有找到钱,要知道,这混账东西估计有一千!他干得很匆忙,他自己似乎也让火灾给吓坏了……请相信,这场火灾也仿佛给了我当头一闷棍。不,只有鬼知道这是怎么回事!这简直是胡来……您瞧,我一直对您寄予厚望,因此我对您绝不隐瞒:唔,是的,我早就酝酿着放火这一想法,因为这想法具有民族性,并且十分普遍,流行;但是,要知道;我要把它保留到紧要关头才用,到我们全体奋起和……那个宝贵时刻才用。可是他们却自行其是,不等命令,突然想到来这一手,而且就在我们必须韬光养晦的时候!不,这简直是为所欲为……总之,我还一无所知,这里有人说到两名什皮古林厂的工人……但是,假如这里也有我们的人呢,他们当中哪怕有一个人在这件事上发了不义之财呢——这人就倒霉了!您瞧,只要稍微放松一点儿,会闹出多大的乱子!不,这伙闹民主的混账王八蛋跟他们的五人小组——靠不住的;这里需要的只有一样:英明的、盲目崇拜的专断意志,它不依靠偶然性,它依靠的是某种外来的因素……只有到那时这些五人小组才会乖乖地夹起尾巴,一旦需要才会俯首听命地派上用场。但是,不管怎么说,尽管那里现在正大轰大嗡地嚷嚷,说什么斯塔夫罗金需要把他老婆烧死,因此这座城市就烧掉了,但是……"

"已经在大轰大嗡地嚷嚷了?"

"就是说,还根本没有,而且,不瞒您说,我还毫无耳闻,但是,要知道,对这帮老百姓有什么办法呢,尤其是那些遭了回禄之灾的人:人民的声音就是神的声音。①最混账的谣言不也会很快传得沸沸扬扬吗?……但是,说到底,其实您什么也不用怕。在法律上您完全正确,良心亦然——要知道,您

---

① 在原著中是拉丁文。源出古希腊诗人赫西奥德的长诗《工作与时日》,现已成为名言。

也不愿意呀,不是吗? 是不是不愿意? 没有任何罪证,完全是巧合 …… 难道这个费季卡会记得您当时在基里洛夫家说的那句不谨慎的话吗(您当时干吗要说这话呢?),但是这话什么也证明不了,而费季卡,我们会制止他的。我今天就去制止他,不让他乱说 ……"

"尸体根本没有烧掉吗?"

"一点儿没有;这流氓什么事也做不好,办不妥帖。但是我很高兴,起码您处之泰然 …… 因为您虽然毫无过错,甚至思想上也毫无过错,但是,要知道,毕竟 …… 此外,您也得同意,这一切办得太好了,竟使您的情况完全改观:您突然成了一个自由的鳏夫,可以立刻跟一个又富有又漂亮的姑娘结婚,再说这姑娘已经在您的手掌之中。您看,一件普通而又鲁莽的情况巧合竟会玉成这样一件好事 —— 啊?"

"混账东西,您在威胁我吗?"

"哎呀,得了,得了,居然立刻又变成了混账东西,这是什么腔调? 应当高兴才是,可您 …… 我特意赶了来,为的就是快点告诉您这事 …… 再说我拿什么来威胁您呢? 威胁您,我又能把您怎样呢? 我才不干威胁您这种傻事呢! 我需要的是您自觉自愿,而不是出于害怕。您是光,您是太阳 …… 应当是我非常怕您,而不是您怕我! 要知道,我可不是马夫里基·尼古拉耶维奇 …… 您想,我是坐了一辆赛马用的跑车赶到这里来的,而马夫里基·尼古拉耶维奇却坐在这里,坐在你们家花园的篱笆旁,坐在花园后面的一个角落里 …… 穿着军大衣,浑身都湿透了,他大概在那里站了一夜! 真是咄咄怪事! 一个人要发疯竟会疯到这个地步!"

"马夫里基·尼古拉耶维奇? 当真?"

"那还有假。他坐在花园的篱笆旁,离这里 —— 我想,离这里大概有三百步吧。我急忙从他身边跑了过去,但是他看见了我。您不知道? 这般说来，我很高兴，我没有忘记告诉您。这种人身边如果有一支手枪，那才是最危险的，再说，漆黑的夜，到处是泥泞，他又天生爱生气，因为他的情况没有比这更糟了，哈哈！他为什么要坐在那里呢，足下高见？"

"自然是等丽扎韦塔·尼古拉耶芙娜啰。"

"对——了！她凭什么要出去找他呢？而且……又下这么大雨……真是傻瓜蛋！"

"她马上就会出去找他的。"

"嘿！这倒是桩新闻！可见……但是我说，她的情况现在完全变了：现在她还要马夫里基·尼古拉耶维奇干吗？要知道，您已经是一个自由的鳏夫了，您明天就可以娶她，不是吗？她还不知道——把这事交给我，我立刻可以给您把一切办好。她在哪儿？也应当让她高兴高兴嘛。"

"让她高兴？"

"还用说，走。"

"您以为她就猜不到这些尸体究竟是怎么回事吗？"斯塔夫罗金有点异样地眯起眼睛。

"当然猜不到，"彼得·斯捷潘诺维奇像个大傻瓜似的接口道，"因为，要知道，在法律上……唉，您呀！即使猜到了又怎么样！这一切在女人手里都会大事化小，小事化了的，您还不懂得女人！此外，嫁给您现在对她非常有利，因为毕竟是她自己在出乖露丑，此外，我还对她说了不少关于'大船'的事：正因为我看到用'大船'可以影响她，由此可见她是什么样的姑娘。您放心，她肯定会若无其事地跨过这些尸体的，真是好极了——何况您完全，完全没有错，不是吗？她只会把这些尸体储存在自己的脑海里，以便将来在婚后第二年拿来呲儿您。任何一个女人在去举行婚礼时都会从丈夫的陈年旧事中找一点儿诸如此类的事留一手，但是那时候……谁知道一年后又会发生什么呢？哈哈哈！"

"如果您是坐赛马用的跑车来的，那就请您立刻把她送到马夫里基·尼古拉耶维奇那儿去。她刚才说，她讨厌我，要离开我，当然，她是不会坐我的马车的。"

"是——吗！难道她当真要离开您？怎么会闹出这种事来呢？"彼得·斯捷潘诺维奇傻不棱登地望了望他。

"这一夜，她多少明白了我根本不爱她……当然，关于这点，她也一向知道。"

"难道您不爱她？"彼得·斯捷潘诺维奇带着一种无限惊讶的模样接口道，"既然您不爱她，那昨天她进来后，您干吗把她留在您身边呢？您是一个高尚的人，干吗不直截了当地告诉她您不爱她呢？您这样做也太卑鄙了嘛，何况您这样做让我在她面前不也显得太卑鄙了吗？"

斯塔夫罗金忽地大笑起来。

"我是在笑我那装腔作势的猢狲。"他立刻解释道。

"啊！您猜到我在装腔作势，"彼得·斯捷潘诺维奇也十分快活地大笑起来，"我是为了逗您一乐！试想，您刚出来见我，我就立刻从您脸上看出您遭到了'不幸'。甚至，说不定，遭到了完全的失败，是不是？哼，我敢打赌，"他开心得似乎上气不接下气地叫道，"你们一定肩挨肩地并排坐在椅子上，坐了一通宵，在争论什么极其高尚的情操，把宝贵的光阴统统浪费掉了……啊呀，对不起，对不起；我想说：直到昨天我才弄清楚，你们定将以愚蠢告终。我把她给您送来，唯一的目的就是让您开开心，同时也为了证明，跟我在一起是不会感到无聊的；诸如此类的事我还可以派上点儿用场的，我可以为您效劳三百次；我一向喜欢做让人喜欢的人。既然您现在不需要她了，这也在我的意料之中，我到这里来的目的也就为此，那……"

"那么说,您送她来,就为了让我开心啰?"

"要不然送她来干吗?"

"该不是为了让我杀死自己的老婆吧?"

"您又来了,难道是您把她杀了? 真是个悲剧人物!"

"反正一样,是您杀的。"

"难道是我杀的? 老实对您说吧,这与我没一点儿关系。不过您倒使我担心起来了……"

"说下去,您刚才说,'既然您现在不需要她了,那……'"

"那就交给我来办,还用说吗! 我会把她很好地嫁给马夫里基·尼古拉耶维奇的,顺便说说,根本不是我要他坐在花园里的,您不要又把这点装到脑子里去。要知道,我现在怕他。您刚才说:坐的是赛马用的跑车,可我从他身边冲了过去……真的,要是他身上带着手枪呢?……幸好,我也带了手枪。瞧,这不是(他从口袋里掏出手枪,给斯塔夫罗金看了看,又立刻藏了起来)——我带上它是因为路远,路上恐遭不测……不过,这事我立马就能给您办好:她那颗芳心,现在正在痛苦地思念马夫里基·尼古拉耶维奇……起码应当在痛苦地思念……您知道吗——真的,我甚至有点可怜她了! 我一旦让她跟马夫里基·尼古拉耶维奇言归于好,她又会立刻想念您——对他夸奖您,而且还会当面骂他——女人的心哪! 瞧,您又笑啦? 您这么开心,我感到非常高兴。怎么样,咱们走吧。我干脆先从马夫里基·尼古拉耶维奇着手,至于那些……至于那几个被杀的人……要知道,现在还不如不提他们好? 反正她以后会知道的。"

"会知道什么? 谁被杀了? 关于马夫里基·尼古拉耶维奇你们刚才说什么了?"丽莎突然推开门。

"啊! 您在偷听?"

"你们刚才说马夫里基·尼古拉耶维奇什么啦？他被杀了？"

"啊！那么说您没有听清！放心吧，马夫里基·尼古拉耶维奇平安无事，对此，您马上就可以得到证实，因为他就在路边，在花园的篱笆旁……而且，好像，在那里坐了一整夜；全身都湿透了，穿着军大衣……我来的时候，他看见我了。"

"这不是真的，你们刚才说'被杀了'……谁被杀了？"她带着一种不信任痛苦地坚持问道。

"被杀的只是我的妻子、她的哥哥列比亚德金和他们的女用人。"斯塔夫罗金坚定地说。

丽莎打了个哆嗦，脸色变得煞白。

"一件凶残而又奇怪的事，丽扎韦塔·尼古拉耶芙娜，一件混账透顶的抢劫，"彼得·斯捷潘诺维奇立刻像开机关枪似的讲道，"纯粹是趁火打劫；这都是那个强盗——苦役犯费季卡干的，也怪列比亚德金傻，他拿出自己的钱给所有的人看……我就为这事赶来的……就像脑门上挨了一块石头。当我告诉斯塔夫罗金的时候，他都差点站不稳了。我们正在这里商量，要不要立刻告诉您？"

"尼古拉·弗谢沃洛多维奇，他说的是真的？"丽莎好不容易才问道。

"不，不是真的。"

"怎么不是真的！"彼得·斯捷潘诺维奇打了个哆嗦，"这又是怎么回事！"

"主啊，我要疯啦！"丽莎叫道。

"您至少要明白他现在是疯子！"彼得·斯捷潘诺维奇拼命叫道，"要知道，他的妻子毕竟被杀了。您瞧，他的脸色多苍白……要知道，他一整夜都跟您在一起，一分钟也没有离开您，怎么能怀疑他呢？"

"尼古拉·弗谢沃洛多维奇，请您面对上帝告诉我，您有没有罪，我可以发誓，您说什么我就信什么，就像相信上帝的话一样；我可以跟着您到天涯海角，噢，我可以跟着您到天涯海角！像只小狗似的跟着您……"

"您干吗要折磨她呢，您这人也太离谱了嘛！"彼得·斯捷潘诺维奇大怒，"丽扎韦塔·尼古拉耶芙娜，真的，您可以把我在石臼里捣个稀巴烂，他是无辜的，相反，他自己伤心欲绝，都说胡话了，您全看见了。他无论从哪方面说，无论从哪方面说都是无辜的，甚至思想上也是清白的！……这都是那些强盗干的，再过一星期，肯定会把他们搜捕出来，用鞭子狠狠地揍他们……这事肯定是那个苦役犯费季卡和什皮古林厂的工人干的，这事全城人都像开了锅似的在议论纷纷，我也就听说了。"

"是这样吗？是这样吗？"丽莎全身发抖地在等着对自己的最后判决。

"我没有杀人，也反对这样做，但是我知道他们会被杀而没有去制止杀人凶手。请您离开我吧，丽莎。"斯塔夫罗金说罢便向大厅走去。

丽莎用手捂住脸，从这座房子里走了出去。彼得·斯捷潘诺维奇本来想冲出去追她，但又立刻回到大厅。

"您怎么能这样？您怎么能这样？难道您一点儿也不怕？"他完全跟疯了似的向斯塔夫罗金叫道，絮絮叨叨，语无伦次，词不达意，口吐白沫。

斯塔夫罗金站在大厅中央，一句话也不说。他用左手轻轻抓住自己的一撮头发，神情惘然地微笑着。彼得·斯捷潘诺维奇用力拽了一下他的衣袖。

"您想破碗破摔了，是不是？因此您才这么干？您要去告密，出卖大家，然后自己去进修道院或者去见鬼……但是，要知道，我反正要把您干掉的，尽管您不怕我！"

"啊，这是您在叨叨？"斯塔夫罗金终于看清楚是他，"快跑，"他突然清醒过来，"快去追她，让他们套车，不要离开她……快追，快追呀！把她一直送到家，别让任何人知道，也别让她到那儿……看尸体……看尸体……强迫她坐上马车……阿列克谢·叶戈雷奇！阿列克谢·叶戈雷奇！"

"且慢，别叫啦！现在她正被马夫里基搂在怀里呢……马夫里基是不会坐您的马车的……您别叫！这比马车更重要！"

他又拔出手枪；斯塔夫罗金严肃地看了看他。

"好吧，您打死我吧。"他几乎和解地低声道。

"哎呀，见鬼，一个人竟会假戏真做到这般地步！"彼得·斯捷潘诺维奇气得浑身发抖，"真想打死您！她还真应该蔑视您……您算什么'大船'，一只只配拆了当柴烧的破驳船……哎呀，哪怕出于气愤，哪怕出于气愤，现在您也该清醒清醒啦！哎呀！要知道，您自己也想挨枪子儿，对您反正无所谓，是不是？"

斯塔夫罗金异样地发出一声冷笑。

"假如您不是这么一个小丑，也许，我现在会对您说：是的……假如您能稍许聪明点儿的话……"

"就算我是小丑吧，但是您是我主要的一半，我可不愿意您也是小丑！您明白我的意思吗？"

斯塔夫罗金明白，也许只有他一个人明白。当斯塔夫罗金对沙托夫说，彼得·斯捷潘诺维奇身上有股热情的时候，沙托夫居然感到惊奇。

"现在离开我见您的鬼去吧，明天我一定能从自己心里挤出点儿什么东西来。您明天来吧。"

"是吗？是吗？"

"我怎么知道！……见鬼，见您的鬼去吧！"

他说罢便离开了大厅。

"这样更好也说不定。"彼得·斯捷潘诺维奇藏起手枪，自言自语地嘟囔道。

三

彼得·斯捷潘诺维奇急忙跑去找丽扎韦塔·尼古拉耶芙娜。她走得还不远,离宅院总共才几步路。她被阿列克谢·叶戈雷奇挡驾了,现在他还跟在她后面,相距一步,穿着燕尾服,毕恭毕敬地弯着腰,没戴礼帽。他苦苦恳求她等马车来了再走;这老头都吓坏了,差点没哭出来。

"你走吧,主人要喝茶,没人伺候。"彼得·斯捷潘诺维奇把他推开后直接挽起了丽扎韦塔·尼古拉耶芙娜的胳臂。

她没有把胳臂抽出来,看来,她有点神思恍惚,还没清醒过来。

"首先,您走的路不对,"彼得·斯捷潘诺维奇嘟嘟囔囔地说,"咱们应当走这儿,而不是从花园旁边穿过去;其次,要步行回去是无论如何不行的,到府上有三俄里地,您又没有合适的衣服。您稍等一会儿就成。要知道,我是坐赛马用的跑车到这里来的,马车就在院子里,我立马就可以把它赶过来,让您坐上马车后,我送您回家,这样谁也看不见。"

"您真好……"丽莎亲切地说。

"不,在这种情况下,任何一个人道的人处在我的地位都会……"

丽莎看了看他,感到很诧异。

"啊呀,我的上帝,我以为还是那老头呢!"

"听我说,您能这么以为我非常高兴,因为这一切都是十分可怕的成见,既然要这样做,还不如我干脆吩咐那老头把马车立刻准备好,总共只要十分钟,我们先回去在台阶旁等着好吗?"

"我想先……那些被杀的人在哪儿?"

"啊,您又想入非非了!我怕的就是这个……不,咱们还不如先撇开这些乱七八糟的事；再说您也不必去看。"

"我知道他们在哪儿，我认识这房子。"

"您认识又怎么样？得啦吧，又下雨，又有雾（不过话又说回来，也是我多事，揽了这么个神圣的义务！）……我说丽扎韦塔·尼古拉耶芙娜，二者必居其一：要么您跟我一起坐车走，那就稍候，一步也别往前走，因为再往前走大概二十步，马夫里基·尼古拉耶维奇一定会发现您的。"

"马夫里基·尼古拉耶维奇！在哪儿？在哪儿？"

"嗯，如果您想跟他在一起，那我就再带您往前走几步，就可以指给您看他坐哪儿了，但是在下恕难从命；我现在不想到他那儿去。"

"他在等我，上帝！"她突然停下来，满脸绯红。

"但是得了吧，假如他是个不抱成见的人！我说丽扎韦塔·尼古拉耶芙娜，这事与我完全无关，我完全是局外人，这，您自己也知道；但是我毕竟还是希望您好……假如咱们这艘'大船'出了问题，假如咱们发现这不过是一艘只配拆了当柴烧的、朽坏了的旧舢板……"

"啊，太妙啦！"丽莎叫道。

"太妙了，可您自己却在流泪。现在需要的是勇气。应当在各方面都不比男子汉差。在我们这时代，当一个女人……哎呀，见鬼（彼得·斯捷潘诺维奇差点啐口唾沫）！主要是没有什么可惋惜的：也许这样倒好。马夫里基·尼古拉耶维奇是这样一个人……总之，是个很重感情的人，虽然他不爱说话，不过这也好，当然有个条件，如果他不抱成见的话……"

"太妙啦，太妙啦！"丽莎歇斯底里地大笑。

"啊，哼，见鬼……丽扎韦塔·尼古拉耶芙娜，"彼得·斯捷潘诺维奇突然挖苦道，"要知道，我完全是为了您……我完全无所谓……我昨天帮了您的忙，因为是您自己要这样的，而今天……好了，这里就可以看见马夫里基·尼古拉耶维奇了,他就在那儿坐着,看不见我们。我说,丽扎韦塔·尼古拉耶芙娜,您读过《波琳卡·萨克思》吗?"

"什么?"

"有这么一部小说,叫《波琳卡·萨克思》。我还在上大学的时候就读过……说的是,有一个官员,叫萨克思,十分富有,由于妻子不忠,他在别墅里逮住了她①……啊,唉,见鬼,管他呢!您会看到,您还没有到家,马夫里基·尼古拉耶维奇就会向您求婚的。他还看不见咱们。"

"啊呀,就让他看不见好啦!"丽莎像疯子似的突然叫道,"咱们快走,咱们快走!钻到树林里去,钻到地里去。"

她说罢便往回跑。

"丽扎韦塔·尼古拉耶芙娜,您怎么这样畏畏缩缩呢!"彼得·斯捷潘诺维奇跟在她后面追她,"您干吗不想让他看见您呢?相反,您应当骄傲地直接看着他的眼睛……如果说您有什么关于那个……处女贞操什么的……要知道,这全是偏见,太落后啦……您上哪儿呀,您到底要上哪儿呀?哎呀,净跑!咱们还不如回到斯塔夫罗金那里去好,可以坐我的马车……您到底要上哪儿呀?那儿是庄稼地……哎呀,摔倒了!"

他站住了。丽莎像小鸟一样向前飞去,也不知道要飞到哪儿去,彼得·斯捷潘诺维奇已经落在她后面约莫五十步了。她绊在一个小草丘上摔倒了。就在这时候,从后面,在另一侧,传来了一声可怕的喊叫,这是马夫里基·尼古拉耶维奇在喊,他看见她在跑,跑着跑着又摔倒了,于是他穿过田野向她

---

① 《波琳卡·萨克思》(1847),是俄国作家德鲁日宁(1824—1864)在乔治·桑的影响下写的一部中篇小说。该书的中心思想是妇女解放:丈夫萨克思十分开明,当他得知妻子另有新欢,而且比他年轻后,他给了妻子自由,并帮助她和她所爱的人结合。彼得·斯捷潘诺维奇在安慰丽莎时提到这部小说,显然,旨在强调马夫里基·尼古拉耶维奇与这个理想化的人物萨克思有几分相像。

奔去。彼得·斯捷潘诺维奇霎时便溜进了斯塔夫罗金家的大门，为的是赶快坐上自己的马车逃走。

马夫里基·尼古拉耶维奇站在爬起来的丽莎身旁，已经吓得半死，向她弯下身子，伸出双手，抓住她的一只胳臂。这次相遇的整个不可思议的情况，使他的神志受到了极大震动，他泪流满面。他看到他如此热爱的姑娘在田野上狂奔，在这样的时刻，在这样的天气，就穿着一件连衣裙，就穿着她昨天穿的那件华丽的连衣裙，但是裙子现在已经揉皱了，摔脏了……他一句话也说不出来，他脱下自己的军大衣，用发抖的手披在她肩上。他突然叫了一声，感到她的嘴唇亲吻了一下他的手。

"丽莎！"他叫道，"我太无能了，但是求您不要赶我走！"

"噢，对了，咱们赶快离开这里，不要撇下我，不管我！"她说罢便主动抓住他的一只手，拉着他，让他跟自己走。"马夫里基·尼古拉耶维奇，"她突然害怕地压低了声音，"我在那里一直装得很勇敢的样子，可在这里我怕死。我会死的，我会很快死的，但是我怕，我怕死……"她紧紧握着他的手，悄声道。

"噢，哪怕这里有个人呢！"他绝望地仓皇四顾，"哪怕有个过路的人呢！您会把脚弄湿的，您……会失去理智的！"

"不要紧，不要紧，"她鼓励他，"就这样，有您在身边我就不太怕了，您抓住我的手，领着我走……咱们现在上哪儿呢，回家？不，我想先看看那些被杀的人。听说，他们杀了他的妻子，可他说是他自己杀的；要知道，这不是真的，不是真的，是吗？我要亲眼看到这些被杀的人……为了我……因为他们，他今天夜里不爱我了……我看到他们以后就全明白了。快，快走。我认识这房子……那里发生了火灾……马夫里基·尼古拉耶维奇，我的朋友，不要原谅我这个伤风败俗的女人！干吗要原谅我呢？您为什么哭呀？

给我一记耳光，就在这旷野打死我，像打死一条狗一样！"

"现在谁也不配对您说三道四，"马夫里基·尼古拉耶维奇坚决地说道，"愿上帝饶恕您，而我更不配对您说三道四！"

要描写他们的谈话听起来就显得古怪了。这时，他俩手拉着手走着，走得很快，很匆忙，就像两个疯子。他们径直向火灾现场走去。马夫里基·尼古拉耶维奇始终没有失去希望，他希望能遇到一辆马车，哪怕随便什么大车，但是一路上竟没碰到一个人。毛毛雨在下个不停，周围一片迷蒙，吞没着每一道反光、每一种色调，把一切都变成烟雾蒙蒙的、铅灰色的和了无区别的一大片。早已经是白天了，可是看上去好像还没有天亮似的。突然在这一片烟雾蒙蒙、冰冷的昏暗中冒出了一个人影，这人影既奇怪又荒诞，在向他们迎面走来。我想，即使现在来想象，我也不敢相信自己的眼睛，哪怕处在丽扎韦塔·尼古拉耶芙娜的位置；然而她却高兴地叫了起来，一眼就认出了这个走过来的人。这人是斯捷潘·特罗菲莫维奇。他是怎么跑出来的，他那疯狂的脑子里想出来的关于逃跑的想法，是如何得以实现的——对此留待下文再说。我只想提到一点，这天早晨他已经在忽冷忽热地发烧，但是生病也阻止不了他：他坚定地迈步在潮湿的泥地上；看得出来，尽管他一向坐在书斋里，没有经验，可是他却一个人尽可能周密地考虑了他所要做的事。他穿着"行装"，即穿上了长袖的军大衣，腰束带扣的宽皮带，此外还穿了一双高筒的新皮靴，把裤腿塞在靴筒里。大概他早就在想象一个出行的人应当如何，至于腰带和像骠骑兵般靴筒锃亮的高筒皮靴，那是他在几天前就准备好了的，而且他穿上这双皮靴后都不会走路了。他戴着一顶宽边儿礼帽，围着一条粗毛线织的围巾，紧紧地裹着脖子，右手拄着拐杖，左手提着一只非常小的，但却塞得鼓鼓囊囊的旅行袋，这就是他的全套行装。此外，他的右手里还撑着一把雨伞。这三样东西——伞、拐杖和旅行袋——在走头一俄里的时候拿起来就很别扭，而从第二俄里起就感到很重了。

"难道这当真是您吗？"丽莎叫道，她先是情不自禁地感到高兴，但在这阵高兴过后便十分悲伤而又惊奇地打量着他。

"丽莎！"斯捷潘·特罗菲莫维奇也叫了起来，也几乎在一阵浑浑噩噩的状态中向她跑去，"亲爱的，亲爱的，难道您也……在这样的大雾里？您瞧：火光冲天！您很不幸，不是吗？我看得出来，看得出来，您别告诉我，但是也别问我。我们都很不幸，但是应当原谅他们大家。我们要原谅，丽莎，我们从今以后就永远自由了。为了摆脱这世界，成为一个完全自由的人——就必须原谅，原谅，原谅！"

"但是您干吗要跪下来呢？"

"为了告别这世界，我想通过您也与我过去的一切告别！"他哭了，并把她的两只手贴在自己热泪盈眶的眼睛上，"我在向我一生中所有美好的东西下跪，我在亲吻它，感谢它！现在我把自己分成了两半：那里是一个幻想飞上天的疯子，二十二年啦！而这里是一个伤心欲绝、被冻僵了的老人，一个家庭教师……在这个商人家，如果他果真存在的话，这商人……但是您全湿透啦，丽莎！"他叫道，他感到他的膝盖跪在潮湿的泥地上也湿透了，便跳起来，"您穿着这样的衣服怎么行呢？……而且是步行，在这样的野外……您在哭吗？您很不幸吧？哦，我也听说过一些……但是现在您从哪儿来呢？"他带着畏惧的样子加快了提问的速度，又十分疑惑地看了看马夫里基·尼古拉耶维奇，"但是您知道现在是几点钟吗？"

"斯捷潘·特罗菲莫维奇，您在那里听说过有人被杀死的事吗……这是真的吗？真的吗？"

"这些人啊！我一整夜都看见他们放火后出现的一片火光。他们不可能用其他办法来收场……（他的眼睛又开始发光。）我从浑浑噩噩中跑出来，从发烧的睡梦中跑出来,我跑出来寻找俄国,它存在吗,俄国?哦,是您呀,亲爱的大尉!我从来不曾怀疑过我会在什么地方遇见您正在建立丰功伟绩……但是,您把我的雨伞拿去吧,而且——为什么一定要步行呢?看在上帝分上,您哪怕把雨伞拿去呢,我反正在什么地方要雇辆马车的。要知道我之所以步行,乃是因为如果斯塔霞(即纳斯塔西娅)知道我要走,一定会大喊大叫,嚷嚷得全街都听得见;因此我尽可能不事声张地①溜了出来。我不知道,听说在《呼声报》上常有遍地盗贼的报道,②我想总不至于我一出来就立刻碰上强盗吧?亲爱的丽莎,您刚才好像说到什么人把什么人杀了?噢,我的上帝,您不舒服吧!"

"咱们走吧,走吧!"丽莎又拉着马夫里基·尼古拉耶维奇,仿佛发作歇斯底里似的叫道,"等等,斯捷潘·特罗菲莫维奇,"她又突然回到他身边,"等等,可怜的人,让我给您画个十字吧。也许最好把您捆起来,可是我还是给您画个十字好。请您也为'可怜的'丽莎③祷告——顺便,稍微祷告一下就行,不要太费事。马夫里基·尼古拉耶维奇,把雨伞还给这孩子,一定要还给他。这就对了……咱们走吧!走吧!"

他们来到那座倒霉的房子跟前的时候,正当拥挤在那座房子前面的密密麻麻的人群已经听到了许多有关斯塔夫罗金的议论,说什么杀死妻子对他多么有利。但是,我还要重复一遍。绝大多数人不过是默不作声地、一动不动地听着。在情绪激动地大叫大嚷的只是一些酒鬼,还有那些"冒冒失失的人",诸如那个不断挥舞着双臂的小市民。大家都认为他是个甚至很文静的人,但

---

① 在原著中是拉丁文。
② 自从俄国实行司法公开以后,俄国的一些大报,如《呼声报》《圣彼得堡新闻》等,开始登载各地出现的杀人案和抢劫案,不仅出现在彼得堡,而且出现在整个俄国。可是当局却欺骗群众,说这种杀人越货的事过去也常有,不过没有登报罢了。
③ 暗指卡拉姆津的小说《可怜的丽莎》中的同名女主人公。

是他却突然似乎冒失了起来，只要有什么事或多或少地使他感到吃惊，他就飞也似的跑去看热闹。我没有看到丽莎和马夫里基·尼古拉耶维奇是怎么来的。我先是看见丽莎，与我离得远远的，站在人群里，我都惊呆了，而马夫里基·尼古拉耶维奇，起先我甚至都没有看清。似乎，有这么一刹那，可能由于拥挤，也可能是人家把他挤到一边去了，他落在她后面大约两步远。丽莎则在人群里拼命往前挤，看不见周围的一切，仿佛她刚从医院里逃出来，不用说，她很快就引起了人们的注意：有人开始大声地说三道四，又突然吼叫起来。这时有个人叫道："这就是斯塔夫罗金的相好！"另一边又有人喊："杀了人还不够，还要来看热闹！"我忽然看到，在她身后，头顶上，有个人举起手，给了她一拳；丽莎摔倒了。马夫里基·尼古拉耶维奇发出一声可怕的喊叫，拼命挤过去帮忙，有个人站在他面前，挡住了丽莎，他就使出浑身力气狠狠地揍了那人一下。但是就在这一刹那，那个小市民在他背后伸出了两只胳臂抱住了他。于是开始了一场混战，在混战中有段时间简直什么也看不清。好像，丽莎站了起来，但是又有人给了她一拳，她又倒了下去。突然人群分开了，在摔倒的丽莎周围形成了一个不大的空圆圈，而浑身血迹、疯了似的马夫里基·尼古拉耶维奇则站在她身旁，又哭又叫，绞着双手。以后发生的事，我就记得不完全准确了；只记得丽莎蓦地被人抬走了。我跑去追她；她还活着，或许还有知觉。从人群里抓走了那个小市民，此外还抓走了三个人。这三个人至今极口否认他们参加了这次暴行，坚持说把他们抓起来抓错了；或许，他们说得也对。那个小市民虽然罪证确凿，但这人是个糊涂虫，至今也说不清这事发生的详细经过。我是目击者，虽然站得很远，但也必须在侦查中提供证词：我声称，发生这一切纯属偶然，这都是那些醉鬼干的，虽然，也许，他们有抵触情绪，但是神志已不大清楚，已经喝糊涂了。直到现在我还这么看。

第四章　最后的决定

一

这天早晨，许多人都看见了彼得·斯捷潘诺维奇；见过他的人都记得他处在一种非常亢奋的状态。下午两点，他跑去找加甘诺夫；加甘诺夫头天才从乡下回到城里，这时他家聚集了满满一屋子客人，正在议论纷纷，热烈地谈论刚才发生的种种事件。彼得·斯捷潘诺维奇的话比谁都多，迫使大家只好听他一个人说话。在敝城，大家一向认为他是一个"脑袋里缺根弦的爱唠叨的大学生"，但是现在他在讲尤丽娅·米哈伊洛芙娜，在乱糟糟的一片议论声中这话题却很能吸引人。他以她不久前最贴心的心腹身份讲了她许多全新的、出人意料的身边琐事；无意中（当然，很不谨慎）说了一些她个人对敝城众所周知的大人物的看法，这就立刻触痛了某些人的自尊心。他说得含含糊糊，东一榔头西一棒槌，就像一个缺心眼的人，但又为人正直，痛感必须把一大堆莫名其妙的事一下子解释清楚，但他又老实巴交，不善机变，自己也不知道从何说起、在什么地方打住。他还相当不谨慎地透露了尤丽娅·米哈伊洛芙娜知道斯塔夫罗金的所有秘密，而且正是她一手策划了这次桃色事件。说什么她还让他彼得·斯捷潘诺维奇上了个大当，因为他自己也倾心于这个不幸的丽莎，可是他却"鬼使神差"地差点用马车把她送给了斯塔夫罗金。"是的，是的，诸位，你们笑得好，都怨我不知情，都怨我不知道这事竟会这样了结！"他最后说。当许多人焦虑不安地询问关于斯塔夫罗金的情况时，他直截了当地宣称，列比亚德金之所以遇难，按照他的看法，纯属偶然，这一切全怪列比亚德金自己，他不该把钱拿出来给别人看。这一点他解释得特别清楚，听众中有个人不知怎的对他说道，他不该"装模作样"；他在尤丽娅·米哈伊洛芙娜家又吃又喝，差点没在她家睡觉，而现在他却第一个出来说她的坏话，这就根本不像他认为的那样体面了。但是彼得·斯捷潘诺维奇却立刻替自己辩护："我吃她的、喝她的，并不是因为我没有钱，她请我去，能赖我吗？！请允许我自己来说句公道话，我还是十分感谢她的知遇之恩的。"

总之，大家对他的印象还是好的："就算这小子很荒唐，当然，也很无聊，但是尤丽娅·米哈伊洛芙娜干的这些混账事怎能怪他呢？相反，他还一再阻止她……"

两点左右，突然传来一个消息，人们议论纷纷的那个斯塔夫罗金，突然乘今天中午的火车离开此地到彼得堡去了。这使大家产生了很大兴趣：许多人皱起了眉头。有人说，彼得·斯捷潘诺维奇竟然大惊失色，奇怪地叫道："谁会把他放走呢？"他立刻离开了加甘诺夫家。不过还是有人在两三家人家见到过他。

在暮色降临前后，他终于找了个机会钻进尤丽娅·米哈伊洛芙娜家，虽说费了很大力气，因为尤丽娅·米哈伊洛芙娜坚决不肯见他。三星期后，在尤丽娅·米哈伊洛芙娜动身到彼得堡去以前，我才从她本人嘴里听说这一情况。细节她没有说，但是她浑身发抖地指出，他"当时使她惊愕得无以复加"。我认为他不过是吓唬她，威胁她，如果她胆敢"说出去"，他就告她是同谋。他之所以必须吓唬她，跟他当时的一些行动计划有密切关系，不用说，这计划她并不知道，直到后来，过了五天，她才明白过来他为什么这么怀疑她是否能保持沉默，这么害怕她又会大发雷霆……

晚上七时许，天已经全黑了，在城边的福马胡同，在一所歪歪斜斜的小木屋里，在准尉埃尔克利家，我们的人，共五名成员，全体集合。这次全体会议是彼得·斯捷潘诺维奇亲自指定在这里召开的；但是他却不可饶恕地迟到了，小组成员已经等了他一小时。这个埃尔克利准尉就是外地来的那个小军官，也就是在维尔金斯基家的晚会上老是手拿铅笔、面前放着笔记本的那主儿。他不久前才来到敝城，他远离人群，在一个偏僻的小胡同里向两位小市民太太（她们是姐妹俩）租了一间房，而且很快要走；在他这儿开会最隐蔽，也最不容易察觉。这个奇怪的男孩有一个特点：异乎寻常地不爱说话；他可以在吵吵嚷嚷的人群中接连坐上十个晚上，哪怕在最不寻常的谈话中也一言不发，与此相反，他睁着那双孩子般的眼睛非常注意地盯着说话的人，全神贯注地倾听。他的脸长得非常秀气，甚至也似乎很聪明。他不属于五人小组；我们的人估计他可能有来头，负有什么纯属执行性质的特别任务。现在查明，他根本没有任何任务。而且他自己也未必明白他自己的地位。他只是很崇拜彼得·斯捷潘诺维奇，而且不久前才遇见他。假如他遇到一个过早腐化堕落的畸形儿，这人又利用某种浪漫的社会主义作幌子，唆使他去建立一个匪帮，并且为了考验他命令他去杀死并抢劫他遇到的任何一个庄稼汉，他也一定会铤而走险，遵命照办。① 他在某地有一位有病的母亲，他常常把自己微薄的薪俸的一半寄给母亲——她大概会热烈地亲吻这颗可怜的、长着淡黄头发的小脑袋，为这颗脑袋害怕得发抖，并为这颗脑袋热烈地祈祷！我之所以大加发挥地说了他这么多话，因为我十分可怜他。

我们的人十分激动。昨夜发生的事使他们感到很吃惊，他们似乎被吓破了胆。他们至今热心参加的这件十分普通，然而却有计划的肮脏勾当，竟完全出乎他们意料地结束了。夜间大火，列比亚德金兄妹被杀，人群对丽莎的

---

① 1872年5月，在哈尔科夫发生了一件凶杀案，一名马车夫遇害，凶手是两名16岁的少年。其中一名叫波洛佐夫，他曾说明他的杀人动机是"考验自己"，他想弄清楚"他对将要献身的事业能有多大作为"。

暴行——这一切是如此出人意料，是他们在自己的计划中未曾料到的。他们热烈地谴责那只在阴暗中操纵他们的专横的黑手。总之，他们在等候彼得·斯捷潘诺维奇的时候你一言我一语，彼此影响，终于再次决定要求他彻底交代，如果他再跟过去那样支吾其词，那就干脆解散五人小组得了，但是在解散的同时必须在平等和民主的原则上，自行建立一个新的"宣传思想"的秘密团体，以代替那个五人小组。利普京、希加廖夫和那个平民通尤其支持这个主张；利亚姆申没有发表意见，虽然他那神态是赞成的。维尔金斯基犹疑不定，想先听听彼得·斯捷潘诺维奇的意见。最后大家决定先听听彼得·斯捷潘诺维奇的交代再说；但是这主儿还不来；这样随随便便、大大咧咧的态度更使大家的气不打一处来。埃尔克利一言不发，只忙着给大家端茶，他亲自向两位女房东要来茶，斟在玻璃杯里，用托盘端进来，但是他没有端茶炊进来，也不让女仆进来。

彼得·斯捷潘诺维奇直到八点半才来。他快步走到长沙发前面的一张圆桌旁，因为大家全围在圆桌周围；他手里拿着帽子，给他茶他也不喝。他的样子很凶，严厉而又傲慢，想必他从大家的脸色一下子就看出来：他们想"造反"。

"在我开口之前，你们先说说你们的情况，不知道为什么你们变得这么严肃。"他说，露出一丝狞笑，扫视着大家的脸。

利普京先"代表大家"发言，他用气得发抖的声音宣称："如果再这样下去，非碰得头破血流不可，您哪。"噢，他们倒不是怕头破血流，甚至随时准备抛头颅洒热血，但仅仅是为了共同事业（全场骚动，一致赞同），因此有事就要向他们公开，让他们心里有底，"要不，这算唱的哪一出呢？"（又是全场骚动，发出了几声哼哼哈哈的声音。）这样行动下去既卑鄙又危险……我们根本不是因为害怕，如果一个人单独行动，其他人不过是他任意摆布的走卒，那这个人一旦出错，大家就会跟着倒霉。（发出一片感叹声：对，对！全体支持。）

"活见鬼，你们到底要干什么？"

"斯塔夫罗金先生的偷鸡摸狗跟我们的共同事业有什么关系？"利普京火了，"就算他是属于中央的，如果确实存在着这个虚构的中央的话，而且与它保持着某种神秘的联系，这，我们管不着，您哪。可是发生了凶杀案，惊动了警察；他们会顺藤摸瓜的。"

"您跟斯塔夫罗金完蛋，我们也会跟着完蛋。"平民通补充道。

"而且对共同事业毫无益处。"维尔金斯基最后沮丧地说。

"胡扯什么呀！凶杀案——事出偶然，是费季卡谋财害命。"

"唔。话又说回来，这可是奇怪的巧合，您哪。"利普京龇牙咧嘴地说。

"你们要是愿意听的话，这都是你们种下的祸根。"

"怎么是我们种下的祸根呢？"

"首先是您利普京亲自参加了这一阴谋，其次，也是最主要的，我曾经命令您把列比亚德金打发走，还给了您钱，可是您干什么了呢？要是把他打发走了，那就什么事也没有了。"

"不是您出了个馊主意，说还是让他上台朗诵诗好吗？"

"主意并不等于命令。命令是把他打发走。"

"命令。多么奇怪的词……相反，正是您下令停止把他送走的。"

"您弄错了，因此您才表现出愚蠢和任意胡来。而那件凶杀案——是费季卡干的，而且是他一个人干的，因谋财而害命。您听到别人在大轰大嗡，您就信了。您就害怕了。斯塔夫罗金还不至于蠢到这个地步，证据就是他在会见了副省长之后，于十二点乘火车到彼得堡去了；如果真有什么事的话，是不会在光天化日之下让他到彼得堡去的。"

第三部

"要知道，我们根本就没有认定是斯塔夫罗金先生亲自杀害的呀，"利普京恶狠狠而又毫无顾忌地接口道，"甚至他都可能不知道，您哪，就跟我一样；而您自己非常清楚我根本不知情，您哪，虽然我立刻就跟一只羊似的下了锅。①"

"您能怪谁呢？"彼得·斯捷潘诺维奇阴沉着脸看了看他。

"怪那些要烧掉一座座城市的人，您哪。"

"最糟的是您想找借口脱身。话又说回来，您愿不愿意先看看这个，然后再给大家看一下；这不过是让你们心里有个底。"

他从口袋里掏出列比亚德金写给列姆布克的匿名信，递给了利普京。利普京看过后分明感到很惊奇，若有所思地递给了他身边的人；这信很快转了一圈。

"这确凿是列比亚德金的笔迹吗？"希加廖夫问。

"他的笔迹。"利普京和托尔卡琴科（即平民通）说。

"我不过是让你们心里有个底，因为我知道你们都为列比亚德金的被杀而不胜唏嘘，"彼得·斯捷潘诺维奇收回信时又重复了一遍，"诸位，这样一来，一个叫费季卡的人便完全偶然地使我们摆脱了一个危险人物。这就叫无巧不成书！这不是很有教育意义吗？"

五人小组成员面面相觑，迅速地对看了一眼。

"诸位，现在该轮到我来问你们了，"彼得·斯捷潘诺维奇端起了架子，"请问，你们未经允许凭什么放火烧城？"

"什么！我们，我们放火烧城？您这不是嫁祸于人吗！"发出一片惊呼。

"我明白，你们闹得也太过分了，"彼得·斯捷潘诺维奇顽固地接着说下去，"要知道，这不是跟尤丽娅·米哈伊洛芙娜小小地捣一下乱。诸位，我请

---

① 指代人受过，任人宰割。

你们来开会，就是想对你们解释一下这样做有多危险，这危险是你们愚蠢地自找的，除了你们以外，它还对许多事构成了威胁。"

"对不起，恰恰相反，我们正打算正告您，您也太霸道、太不平等了，您居然越过小组成员，采取了如此严重又如此奇怪的做法。"至今一直保持沉默的维尔金斯基几乎愤怒地说道。

"那么说，你们否认啰？但是我敢肯定，放火的是你们，就是你们，而不是任何别的人。诸位，你们别抵赖，我有准确的情报。你们的胡作非为甚至使共同事业遭到了危险。你们不过是由无数网扣结成的大网上的一个网扣，你们必须盲目地听从中央的号令。然而你们中间就有三个人，在没有丝毫指示的情况下，擅自行动，怂恿什皮古林厂的工人去放火，结果发生了火灾。"

"那三个人是谁？我们中间谁是那三个人？"

"前天半夜三点多，您，托尔卡琴科，在'毋忘我'饭店曾怂恿福姆卡·扎维亚洛夫去放火。"

"得了吧，"托尔卡琴科跳了起来，"我不过说了一句话，而且也是无心的，不过随便这么一说，因为那天早晨他挨了揍，而且说过也忘了，我看到——他醉了，喝得太多了。要不是您提醒，我压根儿就想不起来。一句话也不可能造成火灾呀。"

"我好有一比，您就像一个人，他看到一粒小小的火星居然使一座火药厂整个飞上了天，竟感到十分惊讶。"

"我不过是在角落里冲他的耳朵说了一句悄悄话，您怎么会知道？"托尔卡琴科蓦地想到。

"我就蹲在那里的桌子底下。诸位，你们放心，你们的一举一动我都知道。利普京先生，您在冷笑？比如说吧，我就知道，大前天半夜，您在您的卧室里，在准备睡觉的时候，把您老婆拧得遍体鳞伤。"

利普京张大了嘴，脸色变得煞白。

（后来获悉，关于利普京的"丰功伟绩"，他是从利普京的女仆阿加菲娅那里打听来的，从一开始他就花钱雇她当密探，这事后来才搞清楚。）

"我可不可以确认一个事实？"希加廖夫突然站了起来。

"有话您就说吧。"

希加廖夫坐了下来，抖擞起精神：

"根据我的理解，再说也不可能不理解，您自己一开始（后来还重复了一次）就口若悬河地——虽然太理论化了一点儿——描写过覆盖着一张无限大的、环环相扣的大网的俄国的图画。每个行动小组也在不断吸收新成员，无限地发展分支机构，与此同时，又承担着这样的任务，即经常进行揭露性宣传，从而不断降低地方当局的威信，在乡村制造混乱，散布玩世不恭的言论，到处捣乱，无论如何要使老百姓完全没有宗教信仰，只想吃好的穿好的，最后甚至可以采取老百姓的主要手段——到处纵火，从而在预定的时刻，如果有此必要的话，甚至使国家陷入绝境。我竭力一字不差地回想起来的这些话，是不是您亲口说的？这是不是您告诉我们的行动纲领？而您是以中央委员会特派员的身份告诉我们的，可是对这个中央委员会我们至今一无所知，对于我们，这个中央委员会几乎是个荒诞不经的东西。"

"不错，不过您说的话太拖泥带水了。"

"任何人都有说话的权利。您还让我们心中有数，覆盖着俄国的这张大网的一个个网扣，现在已有数百个之多，您又接着假设，如果每一个网扣都能成功地做好自己的工作，到那预定的时期，只要一声令下，整个俄国……"

"啊呀，见鬼，您不来掺和事情就够多的了！"彼得·斯捷潘诺维奇在圈椅上扭转身去。

"好，我就长话短说，最后我只提个问题：我们已经看见了不少乱子，看见了居民的不满，目睹并且参加了这里行政当局的垮台，最后还亲眼见到了这场大火。您还有什么不满意的呢？这不就是您要实行的纲领吗？您对我们有什么可以指责的呢？"

"我要指责你们的是自作主张、任意胡来！"彼得·斯捷潘诺维奇怒喝道，"我在这里你们还不敢不经我的允许擅自行动。够了。已有人准备去告密，就在明天或者今天夜里，说不定你们就会被一网打尽。你们瞧吧。这消息是可靠的。"

这时所有的人都张口结舌，目瞪口呆了。

"把你们统统抓起来，不仅因为你们是纵火的教唆犯，而且也因为你们是五人小组。这个告密者知道这张网的全部秘密。瞧，你们闹出了多大乱子！"

"肯定是斯塔夫罗金！"利普京叫道。

"什么……为什么是斯塔夫罗金？"彼得·斯捷潘诺维奇仿佛突然语塞，"啊呀，见鬼，"他立刻明白过来，"这是沙托夫！现在你们大家想必已经知道，从前沙托夫曾是我们事业的一分子。不瞒你们说，我曾经通过一些他不怀疑的人监视他，我惊奇地获悉，这张网的布局，而且……总而言之，一切，对他已经不是秘密了。为了救自己，以免别人指控他过去参加过我们的组织，他肯定会去告发我们大家。在此以前他还一直摇摆不定，因此我也就饶了他。现在你们这么一放火倒给他松了绑：他很震惊，已经不再动摇了。我们明天就会作为纵火犯和政治犯被捕。"

"是吗？沙托夫怎么会知道呢？"

大家的激动难以言表。

"一切都千真万确。我无权向你们公布我采取的手段以及我怎么发现的，但是眼下我可以为你们做一件事：我可以通过一个人对沙托夫施加影响，让

第三部

他丝毫也不怀疑地暂时不去举报，但是不会超过一昼夜。超过一昼夜我就无能为力了。这样，到后天早晨，你们可保无虞。"

大家都一言不发。

"我说，干脆送他去见鬼得了！"托尔卡琴科第一个嚷嚷道。

"早就该这么做了！"利亚姆申用拳头捶了一下桌子，恶狠狠地插嘴道。

"但是怎么做呢？"利普京喃喃道。

彼得·斯捷潘诺维奇立刻接过这一问题，阐述了自己的计划。这计划是在明天天刚擦黑时把沙托夫找来，把他叫到那个埋藏印刷机的僻静地方，逼他交出由他保管的那台秘密印刷机，然后——"就在那里把他给处理了"。他还谈到许多必须注意的细节，现在我们且略过不表，他还详细说明了沙托夫现在跟中央机关的暧昧关系，关于这一点读者已经知道了。

"这倒没什么，"利普京犹犹疑疑地说道，"但是因为又是……一件新的同样性质的非常事件……一定会弄得人心惶惶。"

"没错，"彼得·斯捷潘诺维奇肯定道，"但对这点也已经预先考虑好了防范措施。有办法完全消除外界的怀疑。"

他像过去那样确定不移地讲到了基里洛夫。说他想要开枪自杀，又说他答应等候信号，并允诺临死前留下一封短信，他愿意承担一切，让他写什么他就写什么。（总之，这一切读者已经知道了。）

"他要自杀的坚定意向是出于哲学上的考虑，但我看是一种疯狂的意向——上边也知道了（彼得·斯捷潘诺维奇继续解释）。对上边毫发无损，一切都对共同事业有利。因为预见到他这样做是有利的，并深信他的这一意向是完全严肃的，因此就向他提供了回俄国的经费（不知道他干吗一定要死在俄国），给了他一个他必须完成的任务（他完成了），此外还要求他承诺只有让他自杀的时候他才能自杀，这事我已经告诉大家了。他全答应了。请注意,他参加我们的事业是基于某种特殊的考虑,他希望成为一名对事业有利的人,此外我就无可奉告了。明天,干掉沙托夫之后,我会让他写一封绝命信,申明沙托夫是他杀死的。这是非常可能的:他俩曾经是朋友,一起去过美国,在那里发生了争吵,这一切都将在这封绝命书上写明……而且……而且根据情况,我甚至还会让基里洛夫写点儿其他事情,比如说,关于传单,说不定还可以多少谈谈火灾。不过关于这点我还要想想。你们放心,他不抱成见,他会统统照办的。"

大家纷纷表示怀疑。这故事也太离谱了。不过,关于基里洛夫的情况大家倒多少听说过一些,利普京知道得最多。

"万一他突然改变主意不肯呢,"希加廖夫说,"不管怎么说,他毕竟是个疯子——可见,靠不住。"

"请放心,诸位,他肯定愿意。"彼得·斯捷潘诺维奇断然道,"根据约定,我必须在头一天也就是今天通知他。我邀请利普京马上跟我一同去找他,并证实无误,如果需要,他今天就可以回来告诉诸位我跟你们讲的是不是真的。不过话又说回来,"他突然非常恼火地把话打住,好像他突然感到这样苦口婆心地说服这些小人物,未免太抬举他们了,"不过话又说回来,悉听尊便。如果你们拿不定主意,咱们就散伙——不过这仅仅是因为你们不听我的话和背叛。要是这样的话,咱们就从现在起分道扬镳。但是要知道,如果这样的话,你们除了将遇到沙托夫的告密带来的不愉快及其后果以外,你们还将遇到咱们合伙时曾坚定地宣布过的另一个小小的不愉快。至于我,诸位,我并不很怕你们……别以为我已经紧紧地跟你们拴在了一起……不过,这也无所谓。"

"不,我们正在商量嘛。"利亚姆申说。

"没有别的出路,"托尔卡琴科喃喃道,"只要利普京能肯定基里洛夫的情

Ф. Достоевский

БЕСЫ

况是真的，那……"

"我反对，我以为不可，我坚决反对这种血腥的解决办法！"维尔金斯基从座位上站了起来。

"但是？"彼得·斯捷潘诺维奇问。

"什么但是？"

"您说但是……我等着听下文呀。"

"我好像没有说但是呀……我只是想说，如果大家商量，那……"

"那什么呢？"

维尔金斯基不言语了。

"我认为，可以置自己的生命安危于不顾，"埃尔克利突然开口了，"但是，如果共同事业会遭到损害，那么，我认为，就不许置自己的生命安危于不顾……"

他说乱了，脸红了。虽然大家都在想自己的心事，但是大家还是惊讶地抬起头来看了看他：他也会开口说话，这太出乎意料了。

"我支持共同事业。"维尔金斯基突然说。

大家都从座位上站起来。决定明天中午再通报一下情况，虽然不必再开会了，然后最后商定解决的办法。宣布了印刷机埋藏的地点并分配了各人担当的角色和任务。接着利普京和彼得·斯捷潘诺维奇便立刻一同去找基里洛夫。

二

对于沙托夫肯定会去告密，我们的人全都深信不疑；至于彼得·斯捷潘诺维奇正在像耍小卒子一样耍他们——大家也都深信不疑。他们也都知道，明天他们肯定要全体到场，而且沙托夫的命运已经决定了。他们觉得他们像苍蝇似的落进了一只大蜘蛛织的蜘蛛网;尽管很恼火,但又害怕得发抖。

彼得·斯捷潘诺维奇无疑对不起他们:只要他能费心把实际情况哪怕稍许粉饰一下,一切就会融洽得多、好办得多。他不是采用罗马公民法①或者诸如此类的东西来提出这一事实,只是简单地让大家感到恐惧、担心危及自己的生命,这就有点不像样了。当然,一切都是"适者生存",而别的原则是没有的,这道理大家都知道,但是,这毕竟……

但是彼得·斯捷潘诺维奇没有工夫去惊动罗马人;他自己都乱了套。斯塔夫罗金的逃跑使他惊慌失措并感到沮丧。他撒了一个谎,诡称斯塔夫罗金见过副省长;问题就在于他没有见过任何人,甚至也没有见过他母亲就跑了——真正让人纳闷的是,甚至没有人惊动他(后来省府不得不对此作出专门交代)。彼得·斯捷潘诺维奇到处打听,打听了一整天,仍旧一无所获,他从来没有这样焦虑过。再说他哪能这样,哪能这样一下子就放弃斯塔夫罗金呢?正因为如此,他才没法跟我们的人太客气了。再说他们又拴住了他的手脚:他本来决定快马加鞭立刻去追斯塔夫罗金,可是沙托夫的事又拖住了他的后腿,他必须紧紧抓住五人小组,以防出现不测。"不能白白地抛弃它,说不定会有用的。"我认为他就是这么想的。

至于沙托夫,他坚信此人肯定会去告密。他对我们的人说的沙托夫写告密信的事全是他胡编的:他从来没有看到过这封信,也从来没有听说过,但是他就像二二得四一样坚信有这样一封信。他正是觉得,沙托夫绝对受不了当前这一时刻——丽莎的死和玛丽娅·季莫费耶芙娜的死——正是现在,他会最后下定决心。谁知道呢,也许他这么认为真有什么根据也说不定。大家也知道,他恨透了沙托夫这个人;他俩从前曾经争吵过,而彼得·斯捷潘诺维奇这人是最记仇的。我甚至坚信这才是最主要的原因。

---

① 即罗马法。此处指党纪国法。

第三部

敝城的人行道很窄，是砖铺的，要不就是用木板铺的。彼得·斯捷潘诺维奇走在人行道中间，把人行道全占了，一点儿也不理会利普京，没给他在身旁留下一点儿空地，因此利普京只好紧跟在他身后，要不就落后一步，要想赶上去跟他并排说话，就只好跑到街上的烂泥里去。彼得·斯捷潘诺维奇突然想起，还在不久前，斯塔夫罗金也像他现在这样走在中间，把人行道全占了，他为了紧跟斯塔夫罗金，也只好在烂泥里迈着碎步紧紧跟上。他陡地想起了这情景，气便不打一处来。

利普京也是满肚子气。就算彼得·斯捷潘诺维奇可以随便对待我们的人吧，但是也能这样随随便便地对待他吗？要知道，他知道的事情比谁都多，跟事业站得比谁都近，跟事业的关系也比谁都密切，而且迄今为止他虽然是间接地，但却是不间断地参加了这一事业。噢，他知道，在万不得已的情况下，甚至现在，彼得·斯捷潘诺维奇也会把他给毁了。但是，他早就恨透了彼得·斯捷潘诺维奇，不是因为危险，而是因为他太盛气凌人了。现在，当必须对这样的事做出决定的时候，他比我们的人统统加在一起还恼火。唉，他也知道，他明天肯定会"像个奴才似的"头一个到达现场，而且还会把其余的人统统带了去，要是现在，在明天之前，他能设法把彼得·斯捷潘诺维奇给杀了，当然，只要不危及他本人，他肯定非把他杀了不可。

他沉浸在自己的感觉中，默默地迈着碎步跟在这个折磨他的人后面。彼得·斯捷潘诺维奇似乎把他给忘了；只偶或漫不经心地、无礼地用胳膊肘把他推开。蓦地，彼得·斯捷潘诺维奇在敝城一条最著名的大街上站住了，走进一家饭馆。

"这是上哪儿呀？"利普京火了，"这不是饭馆吗？"

"我想吃块煎牛排。"

"得了吧，这里的人永远挤得满满的。"

"挤就挤呗。"

"但是……我们到那儿就晚啦。已经十点啦。"

"上那儿是不会嫌晚的。"

"那我回去就晚啦!他们在等我回去哩。"

"让他们等好啦;不过您真要回到他们那儿去就太蠢啦。就因为操心你们的事,我才没有吃饭。至于去找基里洛夫,越晚越有把握。"

彼得·斯捷潘诺维奇要了一个单间。利普京愤愤然带着一肚子气地坐在一边的圈椅上,看着他吃。过去了半个多小时。彼得·斯捷潘诺维奇不慌不忙地、津津有味地吃着,又摇铃要换一种芥末,然后又要啤酒,不过始终没有说一句话。他陷入深深的沉思。他能同时做两件事——既吃得津津有味,又陷入深思。利普京终于恨透了他,恨得两眼死死地盯着他的一举一动。这就像神经病发作似的。他计算着彼得·斯捷潘诺维奇塞到嘴里的每一块牛排,恨他张大了嘴吃牛排然后大嚼的模样,恨他有滋有味地舔着、咂吮着那块较肥硕的牛排的吃相,他甚至恨牛排本身。最后他的眼睛模糊起来;脑袋也有点晕了;他背上感到一阵发冷一阵发热。

"您没有事做,看看这个吧。"彼得·斯捷潘诺维奇把一张纸甩给他。利普京凑近了蜡烛。这纸上写满了字,笔迹粗劣,而且每一行都有涂改。他好不容易读完之后,彼得·斯捷潘诺维奇已经付完账准备走了。在人行道上,利普京把那张纸还给了他。

"留在您那儿,以后再告诉您。不过,您有何高见?"

利普京浑身打了个哆嗦。

"我看呀……这类传单……既荒唐又可笑,别无其他。"

愤怒陡地爆发;他感到像腾云驾雾似的。

"如果我们决定散发这类传单,"他浑身像筛糠似的发抖,"因为我们的愚蠢和对事情一窍不通，只会让别人看不起我们，您哪。"

"唔。我的想法倒不一样。"彼得·斯捷潘诺维奇步履坚定地走着。

"我也不一样；难道是您亲自起草的？"

"这不关您的事。"

"我还认为，那首叫《革命志士》的歪诗是一首糟糕透了的诗，不能更糟了。赫尔岑从来不可能写出这样的歪诗来。"

"您胡说；这诗挺好嘛。"

"比如说，我对这一点感到很惊讶，"利普京一直在上气不接下气地奔跑，"有人居然建议我们要把一切都打个落花流水。希望把一切都打个落花流水，这在欧洲是自然的，因为那里有无产阶级，而我们在这里充其量不过是些票友，我看，我们只会弄得乌烟瘴气，您哪。"

"我看您是个傅立叶主义者。"

"傅立叶的主张可不一样，完全不一样，您哪。"

"我知道那是胡扯。"

"不，傅立叶不是胡扯……请恕我直言，我怎么也没法相信五月会起义。"

利普京甚至解开了扣子，他感到太热了。

"行了行了，而现在，免得忘了，"彼得·斯捷潘诺维奇非常冷静地转移了话题，"这份传单您必须亲手排版和付印。我们一定要把沙托夫的印刷机挖出来，您明天就把它接过来。您要尽可能快地把它排好，并尽可能多印几份，然后利用整个冬天散发出去。会提供经费的。应当尽可能多印几份，因为其他地方会向您要的。"

"不，您哪，请恕我直言，我不能承担这种……我不干。"

"不过，您会接受的。我是按中央委员会的指示办事的，您必须服从。"

"可我认为，我们在国外的中央忘记了俄国的现实，而且破坏了任何联系，因此只会白日说梦……我甚至认为，俄国根本就没有几百个五人小组，只有我们这一个，而且根本就没有任何网。"利普京说到后来终于喘不过气来了。

"对于您，尤其可鄙的是您不相信我们的事业，可是又跟着它跑……现在又像条癞皮狗似的跟着我跑。"

"不，我不跟您跑。我们完全有权甩掉您，成立一个新团体。"

"混——蛋！"彼得·斯捷潘诺维奇突然两眼发出凶光，厉声喝道。

两人对峙了片刻。彼得·斯捷潘诺维奇猛地转过身去，顺着原路自信地朝前走去。

这时利普京的脑海里像闪电般闪过一个想法："转过身去，往回走：如果现在不转身，我就永远回不去了。"他这样想了足有十步路，但是在第十一步的时候，他的脑海里猛地生出一个新的一不做二不休的想法：他没有转过身去，也没有往回走。

他们走到了菲利波夫公寓门口，但是在还没有走到以前，他们穿过一条小巷，或者不如说穿过一条挨近板墙的不起眼的小道，因此有一段时间他们不得不爬过一面沟边的陡坡，这里根本站不住脚，必须抓住板墙。在这个歪歪斜斜的板墙的一个最黑的角落，彼得·斯捷潘诺维奇抽出了一块木板；出现了一个洞口，他立刻钻了进去。利普京很惊讶，但也跟着钻了进去；接着又把那块木板插回原处。这就是费季卡钻进基里洛夫家的秘密通道。

"不能让沙托夫知道我们在这里。"彼得·斯捷潘诺维奇对利普京厉声低语。

三

基里洛夫就像一向在这个时候那样，坐在自己的沙发上喝茶。他没有欠起身来迎接客人,但是不知怎的浑身一怔,惊慌地看了看进来的人。

"您没有搞错,"彼得·斯捷潘诺维奇说,"我就是为那件事来的。"

"今天?"

"不,不,明天……大概就在这时候。"

他在桌旁匆匆坐下,略显不安地端详着惊慌失措的基里洛夫。然而,基里洛夫已经平静下来,恢复了常态。

"可是这些人总是不信。我把利普京带了来,您不会见怪吧?"

"今天不会见怪,可是明天我想独自一人。"

"不过不要在我来之前,就可以当着我的面。"

"我不想当着您的面。"

"您记得吧,您曾经答应过:我说什么您就写什么,而且署上您的大名。"

"我都无所谓。现在您要待多长时间?"

"我需要见一个人,要在这里停留半小时,因此随您便,反正这半小时我是坐定了。"

基里洛夫没有作声。这时利普京坐在一边,坐在一幅主教的肖像下。不久前产生的那种一不做二不休的想法越来越抓住了他的心。基里洛夫几乎没有注意他。利普京过去就知道基里洛夫的理论,常常取笑他;但是现在他一声不响,阴郁地看着自己四周。

"我倒不反对喝点儿茶,"彼得·斯捷潘诺维奇挪近了点儿,"刚吃了煎牛排,早想在您这里喝点儿茶了。"

"行啊,喝吧。"

"过去都是您亲自款待客人的。"彼得·斯捷潘诺维奇酸溜溜地说道。

"这都无所谓。让利普京也喝点儿。"

"不,您哪,我……不能。"

"不想还是不能？"彼得·斯捷潘诺维奇很快向他扭过头去。

"我在他们这儿不想喝，您哪。"利普京俨然拒绝。彼得·斯捷潘诺维奇皱起了眉头。

"有点儿神秘主义的味道。鬼才知道你们是怎么回事，鬼才知道你们都是些什么人！"

谁也没有回答他；沉默了足有一分钟。

"但是我知道一点，"他突然厉声补充道，"任何先入之见都不能阻止我们中间的任何人去完成自己应尽的义务。"

"斯塔夫罗金走了？"基里洛夫问。

"走了。"

"他做得好。"

彼得·斯捷潘诺维奇的两眼露出了凶光，但是他忍住了。

"您怎么想的我都无所谓，只要每个人说到做到就成。"

"我说话算数。"

"话又说回来，您是一个独立的、思想进步的人，我始终相信您一定会履行您的义务。"

"可是您很可笑。"

"可笑就可笑，我很乐意让您哈哈大笑。只要能让您满意，我永远乐此不疲。"

"您很希望我开枪自杀，同时您又害怕我突然变卦，是吧？"

"就是说，要知道，是您自己把您的计划与我们的行动联系在一起的。考虑到您的这一计划，我们已经采取了某些措施，因此您无论如何不能中途变卦，因为这样做您就使我们为难了。"

"您没有任何权利。"

"我懂,我懂,完全随您便,我们是微不足道的,不过我希望这个完全由您做出的决定能够付诸实现。"

"难道你们所做的所有卑鄙下流的勾当也都应当由我来承担责任吗?"

"您听我说嘛,基里洛夫,您是不是发怵了? 如果想反悔,立刻就说嘛。"

"我才不发怵呢。"

"我这样说,是因为您问得太多了。"

"您很快就走吗?"

"又问了?"

基里洛夫轻蔑地从上到下地打量了他一眼。

"我说,"彼得·斯捷潘诺维奇继续道,越来越有气,也越来越心神不定,不知道应当用什么口吻跟他说话,"您希望我走,好让您一个人静下来好好想想;但是这一切对于您都是危险的征兆,首先是对您。您要多想想。我看,还是不想的好,就这么定了。真的,您让我很不放心。"

"我只有一点感到恶心,就是那时候有一个像您这样的恶棍在我身边。"

"嗯,这倒也无所谓。那时候我会走出去也说不定,在外面的台阶上站一会儿。您都要死了还这么斤斤计较,那……这一切就很危险了。我可以站到台阶上去,您可以假定我什么也不懂,而且我是一个比起您来低得不能再低的人。"

"不,您不是一个低得不能再低的人;您很有才干,但是许多道理您不懂,因为您是个卑鄙小人。"

"很高兴,很高兴。我已经说过,我很高兴……能在这样的时刻……给您带来一种消遣。"

"您什么也不懂。"

"不过,我……不管怎么说吧,我在洗耳恭听。"

"您什么也不会；甚至现在您都不会把您心上的那点儿小小的歹毒隐藏起来，虽然表露出来对您不利。您会激怒我的，我万一想再等半年呢。"

彼得·斯捷潘诺维奇抬头看了看钟。

"我对您的理论从来就一窍不通，但是我知道，您这理论不是为了我们才想出来的，可见，没有我们，您也会照办不误。我也知道，不是您吃下了这思想，而是这思想吃下了您，可见您是不会拖延的。"

"什么？我被这思想吃了？"

"对。"

"而不是我吃下了这思想？这话说得好。您还有点儿小聪明。不过您在用激将法，我感到自豪。"

"那就太好啦，太好啦。正应当这样，您就应该感到自豪嘛。"

"够啦，您喝完了该走啦。"

"见鬼，是该走了。"彼得·斯捷潘诺维奇欠起身子，"不过总还嫌早了点儿。我说基里洛夫，在米亚斯尼奇哈①那里我会碰到那个人吗？您明白我的意思吧？要不连她也骗我？"

"碰不到的，因为他在这里，不在那里。"

"怎么会在这里呢，见鬼，在哪儿？"

"坐在厨房里，吃饭，喝酒。"

"他怎么胆敢到这里来？"彼得·斯捷潘诺维奇愤怒地涨红了脸，"他必须等着……真扯淡！他既没有护照，也没有钱！"

"不知道。他是来告别的；穿好了衣服，做好了准备。他走了就不回来了。他说您是卑鄙小人，他不想等您的钱了。"

---

① 米亚斯尼奇哈疑为费季卡情妇。

"啊——啊！他怕我……哼，我现在也可以把他，如果……他在哪儿，在厨房？"

基里洛夫打开侧门，这门通向一间黑黢黢的小屋；从这屋出去，再下三级台阶就可以走进厨房，直接走进一间用板壁隔开的小屋，厨娘睡的床通常放这里。就在这屋的一个角落里，在圣像下面，现在正坐着费季卡，他面前放着一张没铺桌布的木板桌。他面前的桌上放着一瓶半俄升的酒，盘子里放着面包，一只陶碗里放着一块冷牛肉和土豆。他无精打采地吃着，已经半醉，但是他坐在那里，穿着皮袄，显然完全做好了远行的准备。隔壁，有一只茶炊快要烧开了，不过这茶炊不是为费季卡准备的，而是费季卡本人每天夜里必定要为阿列克谢·尼雷奇生上火，并且把它烧好，他这样做已经差不多有一个来星期了，"因为阿列克谢·尼雷奇已经习惯了，每天夜里一定要喝茶，您哪。"我坚信，因为没有厨娘，这牛肉炸土豆，一定是基里洛夫从早上起就亲自为费季卡做好了的。

"你又想出了什么鬼主意？"彼得·斯捷潘诺维奇一个箭步蹿到下面，"为什么不在吩咐你等着的地方等着？"

说罢他挥拳使劲捶了一下桌子。

费季卡摆出一副俨然的架势。

"且慢，彼得·斯捷潘诺维奇，你慢着，"他威风地一字一顿地说道，"你在这里首先必须放明白，现在你是在拜访阿列克谢·尼雷奇·基里洛夫先生，而你永远只配给他擦皮靴，因为他在你面前是一个有教养、有头脑的人，而你充其量——呸！"

他说罢向一旁神气地啐了口唾沫。看得出来，他态度傲慢，决心已定，想在第一次爆发以前故作镇定地发一通议论，而这是极其危险的。但是彼得·斯捷潘诺维奇已经没有工夫注意这危险了，再说这也不符合他对事情的一贯看法。这天发生的种种事情和到处碰壁的情况，已经使他气昏了头……利普京站在那三级台阶上面，从那黑黢黢的小屋里好奇地向下张望。

"你愿不愿意有一张可靠的护照和一大笔钱，让你到指定的地方去？愿不愿意？"

"要知道，彼得·斯捷潘诺维奇，你一开始就骗我，所以你在我面前成了个真正的卑鄙小人。反正像人身上的一只可恶的虱子——我认为你就是这样一种可恶透顶的东西。你答应给我一大笔钱作为杀害无辜者的代价，你还发誓说这是为斯塔夫罗金先生干的，尽管到头来只能说明你无礼地骗人。我连一星半点儿也没捞着，更不用说一千五百卢布了，而斯塔夫罗金先生不久前抽了你一个大嘴巴，这连我们也知道。现在你又来威胁我，答应给我钱，但是要我去干啥呢——你又不说。可我心里怀疑，你是想利用我的轻信，打发我到彼得堡去，不管用什么办法向斯塔夫罗金先生，向尼古拉·弗谢沃洛多维奇报仇，因为你恨他。真要这样的话，你就是头号凶手。因为你堕落了，不再相信上帝了，不再相信真正的创世主了，你知道，单凭这一点你就该受到什么惩罚吗？你等于是个崇拜偶像的人，你就跟鞑靼人和莫尔多瓦人一模一样。阿列克谢·尼雷奇是哲学家，他多次向你解释真正的上帝是什么，创造世界的救世主是什么，还向你说明世界是怎么创造出来的，以及《启示录》上说的一切有生命的东西，一切野兽的未来的命运是什么，它们将发生什么变化，等等。可是你却像个糊涂透顶的大笨蛋，既聋又哑，硬不开窍。还把埃尔捷列夫[①]准尉弄得像个诱惑人去犯罪的大坏蛋，像个所谓的无神论者……"

"啊呀，你这醉鬼！你自己抠下了圣像上的衣饰[②]，还宣扬上帝呢！"

---

① 费季卡对埃尔克利的误称。
② 俄国旧时的圣像常装饰有用金、银、珠宝缀成的衣饰和光环。

"我说彼得·斯捷潘诺维奇,我跟你实说了吧,我是抠过;但是我只是把珍珠抠下来,你怎么知道的? 说不定到那个时刻[1]我的眼泪在至高无上的上帝的洪炉前也会变成珍珠,为了我所受的某种屈辱,因为我是个地地道道的孤儿,上无片瓦,下无立锥之地。你看过这书吗,书上说:从前呀,在古时候,有个商人,也跟我一模一样地含着眼泪,一面叹气一面祷告,从大慈大悲的圣母像的光环上偷了几颗珍珠,后来又当着大伙儿的面跪倒在圣母脚下把钱如数还给了她,于是大慈大悲的圣母就当着所有人的面把一块布盖在他身上,这样的事甚至在当时也被认为是奇迹,所以长官们就下令把这事原原本本地写进国家出的书里。可是你却放进去一只耗子,这是你公然亵渎上帝的旨意。要不是你天生是我的主人,我半大不大的时候喜欢过你、照顾过你,我恨不得现在就把你干了,甚至都不用动窝。"

彼得·斯捷潘诺维奇闻言大怒。

"你说,今天你跟斯塔夫罗金见过面吗?"

"永远不许你大模大样地审问我。斯塔夫罗金先生对你的所作所为都感到吃惊,他根本不想插手这件事,更不用说下令或者给我钱了。我鬼迷心窍,上了你的当。"

"你会拿到钱的,也会拿到那两千卢布的,在彼得堡,现付,一次付清,此外还可以再拿到一笔钱。"

"最最亲爱的大少爷,你胡说,瞧着你都让我觉得可笑,你那脑袋瓜子也太轻信了嘛。斯塔夫罗金先生站在你面前就像站在楼梯上,而你就像条愚蠢的小狗似的在下面冲他汪汪叫,他从上面向你啐口唾沫,还是给了你大面子。"

"你可知道,"彼得·斯捷潘诺维奇勃然大怒,"我决不让你这混蛋离开这

---

[1] 指基督教宣扬的末日审判。

里一步，我要把你直接送进警察局。"

费季卡纵身站起，两眼露出了凶光。彼得·斯捷潘诺维奇陡地拔出手枪。这时迅速出现了一幕令他下不了台的丑剧：彼得·斯捷潘诺维奇还没来得及瞄准，费季卡就陡地一闪身，用足力气打了他一个大嘴巴。在这一刹那又响起了另一记可怕的耳光声，接着是第三下，第四下，全打在嘴巴上。彼得·斯捷潘诺维奇都傻了，瞪大了两眼，嘴里嘟嘟囔囔地说着什么，突然砰的一声一个倒栽葱摔倒在地。

"给您点儿厉害瞧瞧，活该！"费季卡以胜利者的姿态大喝一声；霎时抓起便帽，提起长凳下的包袱，扬长而去。彼得·斯捷潘诺维奇失去了知觉，喉咙里发出嘎哑的声音。利普京甚至以为发生了凶杀案。基里洛夫慌不迭地跑进厨房。

"往他头上浇水！"他叫道，随即拿起铁勺，在桶里舀了一勺水，浇在他头上。彼得·斯捷潘诺维奇动弹了一下，微微抬起头，坐了起来，神态茫然地望着前面。

"嗯，怎么样？"基里洛夫问。

彼得·斯捷潘诺维奇目不转睛地看着他，依旧认不出人来；但是，看见从厨房里探出头来的利普京，他微微一笑，笑得叫人恶心，接着便一骨碌爬了起来，随手从地上拾起了手枪。

"要是您明天也像那个无耻的斯塔夫罗金那样一走了之的话，"他怒气冲冲地向基里洛夫嚷道，满脸煞白，说话结结巴巴，吐字也不清楚，"哪怕您跑到天边，我也要把您……像只苍蝇似的吊死……踩死……明白吗！"

说罢，他把手枪瞄准了基里洛夫的脑袋；但是差不多同时，他终于完全清醒了过来，放下了手，把手枪塞进了口袋，接着一句话也不说，抬腿跑出了公寓。利普京跟在他后面。他俩从原来的洞口爬了出去，又抓住板墙走过了那个陡坡。彼得·斯捷潘诺维奇在那条胡同里大踏步地走着,以致利普京勉强才赶得上。在第一个十字路口,他蓦地停住了。

"怎么样?"他挑衅似的向利普京转过身来。

利普京记得他身边有枪,一想起刚才那场面还在浑身发抖;但是他的答复不知怎么突然自动地、控制不住地脱口而出:

"我想……我想,'从斯摩棱斯克到塔什干,人们根本就没有焦急地等待那个大学生。'①"

"您看见费季卡在厨房里喝什么了吗?"

"喝什么? 喝伏特加呗。"

"那您就放明白点,这是他这辈子最后一次喝伏特加。我劝您以后考虑问题的时候要记住这点。现在您去见鬼吧,一直到明天我用不着您……但是您给我小心了:别犯傻!"

利普京没命似的拔腿就往家跑。

四

他早就准备好了一份冒名顶替的护照。甚至想起来都让人觉得离奇,这个克尽厥职的小人物,这个家庭里的小暴君,大小也是个官(虽说是个傅立叶主义者),而且首先是个资本家和高利贷者——居然早就私下里产生了一个稀奇古怪的想法,准备好了这份护照,以防不测,以便利用它溜到国外去,假如……他认为这个假如是有可能的! 虽说,当然,他自己也始终弄不清这个假如到底可能意味着什么……

---

① 参看本书第二部第六章第三节提到的《革命志士》一诗。

但是现在它突然自动明朗化了,而且以完全出人意料的方式出现。当他在人行道上听到彼得·斯捷潘诺维奇骂他是"混蛋"后,他走进基里洛夫家时所产生的那个一不做二不休的想法是这样的:明天一大早干脆撇下一切,逃亡国外!谁若不信这种稀奇古怪的事甚至现在还常常出现在我国日常的现实生活中,那就让他去查一查所有逃亡国外的俄国真正流亡者的经历。没有一个人逃亡国外是出于比较聪明和比较现实的考虑。都是因为怪影迭现,异想天开,不得不出此下策。

他跑回家后,先锁上门,拿出背囊,七手八脚地开始归置东西。他最关心的是钱以及到底能抢救回来多少钱。正是要抢救,因为照他看来,他已经一小时也耽误不得了,天一亮他就必须在大道上。他也不知道他将怎么坐火车;他模模糊糊地拿定了主意,在离城第二个或第三个大站上车,至于怎么到那儿去,哪怕步行也行。各种各样的想法就像旋风似的在他脑子里打转,他就这样本能地、无意识地归置着背囊,可是——他又突然停了下来,放下手中的一切,发出一声长叹,挺直了身子,倒在沙发上。

他清楚地感到,并且突然意识到,跑,他看来是会跑的,但是,他到底应该在沙托夫死前还是死后跑呢?——要解决这个问题他现在已经完全无能为力了;他现在不过是一具粗笨的、没有感觉的躯体,一堆随遇而安的行尸走肉,但是他却被一种外来的、可怕的力量所驱动,虽然他身边有出国护照,虽然他完全可以一走了之,置沙托夫的事于不顾(要不然,他何必这样匆忙),但是他要逃跑也不应当在沙托夫死前逃跑,不应当甩手不管沙托夫的事,而是必须在沙托夫死后再逃跑——这已经是决定了的,无可更改的和板上钉钉的。他锁在房间里,躺在沙发上,感到难以忍受的苦恼,每分钟都在瑟瑟发抖,对自己都感到奇怪,忽而呻吟,忽而胆战心惊,好不容易才挨到第二天上午十一点钟,这时忽然出现了一件意料之中的事,推动他,使他立刻下定了决心。十一点，他刚打开房门走出去，家里人就告诉他，那个强盗，那个使所有人都闻风丧胆的、越狱逃跑的苦役犯费季卡，那个抢劫教堂、不久前又杀人放火并受到警方密切监视、可是一直也没能抓住的费季卡，今天黎明时分找到了，他是被人杀死的，出事地点就在离城七俄里处，在从大路拐向扎哈林诺村的三岔口，他们还告诉他，全城已经在议论纷纷。他立刻从家里拼命跑出去，到处打听这事的细节，终于获悉，第一，费季卡被发现时脑袋已被打穿，从所有的迹象看，他身上的钱已被洗劫一空，第二，警方已产生严重怀疑，甚至拥有某些过硬的证据，足以肯定杀害他的凶手就是什皮古林厂的福姆卡，也就是费季卡无疑曾跟他一起在列比亚德金兄妹家杀人放火的那主儿，后来他俩在半道上发生了争吵，因为费季卡似乎把从列比亚德金那里抢来的一大笔钱私吞了……利普京又跑到彼得·斯捷潘诺维奇的住处，终于在暗中悄悄地打听到，昨天，虽然彼得·斯捷潘诺维奇回家已是半夜一点左右，但却整夜安安稳稳地睡在自己家里，一直睡到早晨八点。不用说，不可能有任何疑问，强盗费季卡的死没有任何非同一般的地方，干这行当的人最常见的也就是到头来落得这样的下场，但是那句预示着凶险的话"这是他这辈子最后一次喝伏特加"，同这个预言的立刻得到证实这一巧合，却是那么意味深长，以至利普京突然不再动摇了。这个推动力就像一块大石头陡地落到他身上，把他永远压在了底下。他回到家后，默默地把自己的背囊用脚踢到了床底下，而晚上，在规定的时刻，他头一个来到了约定与沙托夫见面的地点，诚然，他兜里仍揣着自己的护照……

第五章　女旅客

一

丽莎遭到的惨祸以及玛丽娅·季莫费耶芙娜的死,使沙托夫产生了一种压抑感。我已经提到,那天早晨我曾匆匆地见过他一面,我发现他似乎有点精神失常。他顺便说到,头天晚上九点钟(即起火前大约三小时),他曾去看过玛丽娅·季莫费耶芙娜。第二天清早他又去看了尸体,但是,据我所知,那天早晨他并没有到任何地方去提供过任何证词。然而在那天行将终了的时候,他心中掀起了一场暴风雨,而且……似乎,我敢肯定,薄暮时分曾出现这样的一瞬间:他想站起身来,去——告发一切。这一切究竟是什么——这,连他自己也不知道。不用说,他什么目的也达不到,只会引火烧身,暴露自己。他没有任何证据足以揭露刚刚发生的暴行,而且他自己对此也只有一些模糊的揣测,而这揣测只有对他一个人来说才是完全确凿无疑的。但是他宁可毁了他自己,只要能够"粉碎这些坏蛋的阴谋"就成——这是他的原话。彼得·斯捷潘诺维奇多少猜到了他的这一冲动,也知道把他这个新的可怕的行动计划推迟到明天执行冒了很大风险。从他那方面来说,这是因为他一贯十分自信,还因为他一向不把这些"小人物"放在眼里,尤其是沙托夫。早在国外的时候他就形容沙托夫是个"悲天悯人的白痴",一向瞧不起沙托夫,他坚信,要对付这样一个胸无城府的人易如反掌,即在整个这一天密切监视他的行动,一有危险就立刻把他的路切断。但是却出现了一个完全意料不到的、他们根本没有预见到的情况,竟救了这帮"坏蛋",使他们得以苟延残喘。

晚上七时许（即正当我们的人在埃尔克利家集合并愤恨又焦急地等候彼得·斯捷潘诺维奇的时候），沙托夫因为头疼和身上发冷正直挺挺地躺在床上，周围黑黢黢的，没有点蜡烛；他因疑窦丛生而困惑莫解，因而感到痛苦，感到恼火，想当机立断却又怎么也无法彻底下定决心，他一面诅咒自己，一面预感到这一切终究不会有什么好下场。渐渐、渐渐地，他打起了盹，一时间似睡非睡，做了一个类似噩梦的梦；他梦见他被人用绳子捆在自己的床上，浑身被五花大绑，动弹不得，同时整座公寓响起了可怕的捶击声：敲板墙，敲大门，敲他的房门，也在敲基里洛夫厢房的门，以致整座公寓都在颤动，还有一个遥远的、熟悉的，但却让他听来痛苦的声音在如泣如诉地叫他的名字。他蓦地醒了过来，在床上欠起了身子。奇怪的是敲大门的声音仍在继续，虽然声音很远，并不像他在梦中听到的那么强烈，但却敲个不停，坚持不懈地敲，至于那个奇怪的、听来令他"痛苦"的呼叫声，虽然根本不是什么如泣如诉，而是相反，不耐烦的、怒气冲冲的，从楼下的大门口仍不断传来，其中还夹杂着另一个人比较克制的、平常的说话声。他一骨碌爬了起来，打开气窗，探出了头。

"谁呀？"他叫道，简直吓呆了。

"如果您是沙托夫的话，"楼下有个人不客气地、生硬地回答他道，"那就劳您大驾，直截了当、老老实实地告诉我，您到底是否同意让我进来？"

果然是她；他听出了她的声音！

"玛丽娅……是你呀？"

"是我，是我，玛丽娅·沙托娃，老实告诉您吧，我实在没法让马车夫再多等一分钟了。"

"马上就来……让我点上蜡烛……"沙托夫有气无力地叫道，接着就急忙寻找火柴。在这种情况下要找火柴通常是找不到的。他把蜡烛台连同蜡烛一起碰翻在地，紧接着楼下又传来了那个不耐烦的声音，他只好撇下一切，拼命从那个陡峭的楼梯上飞奔而下，打开小门。

"劳您大驾拿一下这提兜，让我先把这混账东西打发走。"玛丽娅·沙托娃太太在楼下大门外见到他时说道，说罢便把一个相当轻而又不值钱的手提袋塞到他手里，这是德累斯顿制造的钉有铜钉的帆布提袋。她自己则怒气冲冲地向马车夫嚷道：

"我敢肯定您要价太高了。您在这遍地泥泞的街道上把我多拉了足足一小时，这只能怪您，因为，可见，您自己也不知道这条混账的街道和这座混账的房子在哪儿。请您把您该得的三十戈比收下，您就死心吧，多一个子儿也不给。"

"哎呀，太太，是您自己指着要去耶稣升天巷的呀，而这是上帝显灵街：耶稣升天巷离这儿远着呢，哪跟哪呀。倒把我这骟马累出汗了。"

"耶稣升天巷和上帝显灵街——对所有这些混账地名您应当比我清楚，因为您是本地人，再说您自己说话不算数：我一开始就跟您说我要去菲利波夫公寓，您自己还很有把握地说您知道。不管怎么说吧，您明天可以到民事法庭去告我，现在就请您让我安静一会儿吧。"

"给，再给您五戈比！"沙托夫急忙从兜里掏出一枚五戈比的硬币递给马车夫。

"劳您驾，不许您这样！"沙托娃太太一下子火了，可是马车夫已经赶着那"骟马"走了，沙托夫抓住她的一只手，把她拉进了大门。

"快，玛丽娅，快点……这都是小事，而且——你身上都湿透了！你慢点，这儿要上楼了——多遗憾，没点火——楼梯陡，抓紧点儿，抓紧点儿，这就是我住的小屋。对不起，我没点火……马上！"

他拾起蜡烛台，但是花了很长时间还是没有找到火柴。沙托娃太太默默地、一动不动地站在房间中央等着。

"谢谢上帝，终于找到了！"他快乐地叫起来，照亮了小屋。玛丽娅·沙托娃匆匆瞥了一眼他的住所。

"我听说你生活得很糟，但毕竟跟我想的不完全一样。"她厌恶地说，说罢便向床旁走去。

"哎呀，累啦！"她像瘫了似的坐到硬邦邦的木床上，"请您把提兜放好，然后在椅子上坐下。不过随您便，您总在我眼前杵着。我在您这儿是暂时的，找到工作就走，因为在这里我什么都不知道，又没有钱。但是如果我来了您感到不方便的话，劳您驾，请立刻直言相告，如果您是一个正人君子，就应当这样。我毕竟还有点东西明天可以拿去变卖，可以付旅馆的房钱，可是真要去旅馆的话，要劳驾您亲自送我去……哎呀，不过我太累啦！"

沙托夫猛地浑身发起抖来。

"不要，玛丽娅，不要到旅馆去！什么旅馆不旅馆的？干吗呢，何必呢？"

他双手合十，恳求她。

"好吧，虽说可以不去旅馆，但事情总要讲清楚的。您想，沙托夫，我跟您在日内瓦结了婚，在一起同居了两个多星期，后来我们分手了，到现在已经一别三载，不过并没有发生什么特别的争吵。但是您别以为我回来找您是为了跟您破镜重圆，恢复过去曾经做过的傻事。我是回来找工作的，至于直接跑到这座城市来，那是因为上哪儿我都无所谓。我不是来认错的。劳驾，请不要以为我会干这种傻事。"

"噢，玛丽娅！这话是多余的，根本不必要！"沙托夫含混不清地喃喃道。

"既然这样，既然您这样开通，居然连这也能理解，那我就要冒昧地补充一句，我之所以直接来找您，并且直接来到您的寓所，多少也是因为我一向认为您远不是一个卑鄙小人,也许比别的……坏蛋要好得多……"

她的两眼放出了光。她想必吃过某些"坏蛋"很多苦头。

"请您相信,我刚才说您心地善良对您毫无取笑之意。我说话爱直来直去,不会巧言令色,再说我也讨厌这样。然而这一切都是废话。我一向希望您能放聪明点儿,不要让我心烦……哎呀,够啦,我累啦!"

接着她就用痛苦而又疲惫的长长的目光望了望他。沙托夫站在她面前,站在五步开外,站在房间的另一头,怯怯地,仿佛获得新生似的,脸上带着一种过去从来不曾有过的神采飞扬,听着她说话。这个经常毛发向上支棱着的、强壮而又似乎浑身是刺的人,似乎全身都突然软化了,容光焕发,神情开朗。他心中产生了一种异样的、完全出乎意料的感情。三年的离别,三年破裂的婚姻,并没有从他心中排挤掉任何东西。也许这三年中的每一天,他都在魂牵梦萦地想念她,想这个从前曾对他说过"我爱你"的亲爱的人。因为我知道沙托夫的为人,我敢说,沙托夫从来也不允许自己哪怕间或梦想会有一个什么女人对他说"我爱你"。他生性纯洁、腼腆,甚至于到了古怪的程度。他认为自己是个奇丑无比的丑八怪,他恨自己的脸,恨自己的性格,他把自己比作畸形的丑八怪,这种人只配拉到集市上去向人展览。由于这一切,他把光明正直看得高于一切,他全心全意地忠于自己的信念,以至达到狂热的程度,平素则阴沉、高傲、爱动怒、不爱说话。但是这个唯一爱过他两星期(他永远,永远相信这一点)的人,这个他永远认为比他高得多的人,尽管他也十分清醒地懂得她的种种迷误;对这人的一切,所有所有的一切,他都可以原谅(这是根本不成问题的,甚至恰好相反,在他看来,他自己在一切方面都对不起她)——这个女人,这个玛丽娅·沙托娃突然又出现在他家里,又出现在他面前……这几乎不可思议!他感到非常震惊,对他来说,这件事包含了那么多可怕的东西,与此同时又包含了那么多幸福,因此他当然不能，也许是他不愿意，他害怕清醒过来。他怕这是个梦。但是当她用这种疲惫的目光看了看他，他突然明白了，这个他深爱的人在痛苦，也许在责怪他。他的心停止了跳动。他痛心地端详着她的脸庞：少女的娇艳早已从这张疲倦的脸上消失。不错，她仍旧长得很好看——在他眼里，她跟过去一样是个大美人。(其实这是个约莫二十五岁的女人，体格相当健壮，个子中等偏高，比沙托夫高，长着一头深褐色的秀发，脸色苍白，脸呈椭圆形，一双深色的大眼睛，现在正在闪闪发光，好像得了寒热病似的。)但是，他从前那么熟悉的她，过去那种爱轻举妄动的、天真而又朴直的充沛精力现在却变成了一副忧郁的愤激和绝望，似乎有点愤世嫉俗，但是她对此还没有习惯，并且她为此也深感苦恼。但最要紧的是她有病，他清楚地看到了这一点。尽管他很怕她，可他却走过去，抓住了她的两只手：

"玛丽娅……要知道……也许你太累了，看在上帝分上，别发火……如果你同意的话，比方说，喝点儿茶好吗？茶能提神，很有效，好不好？要是你同意的话！……"

"有什么同意不同意的，当然同意，您还跟过去一样完全是个孩子。要是能给点儿茶喝，您就拿来吧。您这儿多挤啊！您这儿多冷啊！"

"噢，我马上去拿劈柴，去拿劈柴来，劈柴我有！"沙托夫立刻手忙脚乱起来，"劈柴……就是说，但是……不过，茶也马上。"他挥了一下手，似乎横下一条心，抓起了制帽。

"您上哪儿呀？这么说，家里没茶？"

"会有的，会有的，会有的，一切马上会有的……我……"他从书架上拿起了手枪。

"我马上把这手枪卖掉……或者给当了……"

"真蠢，这要花多长时间呀！拿去，这是我的钱，既然您什么也没有，这里好像是八十戈比；全在这里了。您这儿简直像座疯人院。"

"不要，不要你的钱，我马上，说话就回来，我不卖手枪也……"

于是他急急忙忙地径直向基里洛夫家跑去。这大概还在彼得·斯捷潘诺维奇和利普京拜访基里洛夫之前大约两小时。沙托夫和基里洛夫住同院，彼此几乎不见面，即便碰上了，彼此既不问好，也不说话：他俩在美国"躺"在一起的时间实在太长了。

"基里洛夫，您这儿常常有茶；您有茶叶和糖吗？"

基里洛夫正在屋里踱来踱去（他有一个习惯，通宵都在屋里踱来踱去，从这个角落走到那个角落），突然停了下来，凝神注视着跑进来的沙托夫，不过并没有显得特别惊奇。

"茶叶有，糖有，茶炊也有。不过用不着生茶炊了，有热茶。请坐，您随意喝吧。"

"基里洛夫，咱俩在美国的时候睡同屋……我妻子来找我了……我……给我点儿茶叶……茶炊也要。"

"既然您夫人来了，当然要生茶炊。不过茶炊可以以后再说。我有两个。现在您可以先把桌上的茶壶拿去。热的，滚烫的。全拿去；糖也拿去；全拿去。面包……面包很多；也全拿去。还有小牛肉。钱有一卢布。"

"给我，朋友，我明天一定还！噢，基里洛夫！"

"就是在瑞士的那位夫人吗？这很好。您这么跑了来也很好。"

"基里洛夫！"沙托夫叫道，他用胳膊夹住茶壶，两手拿起糖和面包，"基里洛夫！要是……要是您能够放弃您那些可怕的幻想，抛弃您那个无神论的梦呓……噢，您是一个多好的人呀，基里洛夫！"

"看得出来，您离开瑞士后还爱着您的夫人。离开瑞士后还能这样，这就很好。什么时候要茶叶，再来拿。整夜您都可以来，我根本不睡觉。会有茶炊的。拿走这一卢布，给。回到您夫人那儿去吧，我留在这里，我会想您和您夫人的。"

玛丽娅·沙托娃显然很满意丈夫回来得这么快，几乎迫不及待地端起了茶杯喝茶，已经不需要再跑去拿茶炊了：她只喝了半杯茶，面包也只吃了很小的一块。至于小牛肉，她厌恶而又恼怒地拒绝了。

"你有病，玛丽娅，你身上的这一切都说明你有病……"沙托夫怯怯地说。

"当然有病，请坐。先前没有茶叶，您从哪儿弄来的？"

沙托夫三言两语地谈了谈基里洛夫。她也听说过他的一些情况。

"我知道他是疯子；行了，别提他了；世上的傻瓜难道还少吗？那么说，您去过美国？我听说了，您信上写过。"

"是的，我……是写到巴黎去的。"

"行了，请说点儿别的吧。就信仰说，您是斯拉夫派？"

"我……我倒不是……因为成不了俄国人，所以就成了个斯拉夫派。"他苦笑了一下，就像一个人好不容易说了句俏皮话，又说得不恰当，因而显得很尴尬似的。

"您不是俄国人！"

"是的，不是俄国人。"

"这全是傻话。您坐下吧，求您了。您干吗老来来回回地走呢？您以为我在说胡话？也许我会说胡话的。您说，这公寓里就你俩？"

"就我俩……楼下……"

"而且都这样聪明。什么楼下？您说楼下？"

"不，没什么。"

"什么叫没什么。我很想知道。"

"我只是想说，现在院子里就我俩，过去在楼下住着列比亚德金兄妹……"

"就是昨夜被杀的那个女人吗？"她蓦地跳起来，"听说了。我一到这里就听说了。你们这儿着火了？"

"是的，玛丽娅，是的，也许我现在正在做一件十分可耻的事，我原谅了这帮无耻之徒……"他蓦地站起来，像发狂似的举起双手，又开始在屋里走来走去。

但是玛丽娅并没有完全听懂他的话。她心不在焉地听着他的回答；她在问，而不是在听。

"你们这里干的这好事。啊，这一切多卑鄙呀！这是些多么卑鄙的坏蛋呀！您倒是坐下来好不好，求您了，噢，您总惹我生气！"她说罢便筋疲力尽地把头放倒在枕头上。

"玛丽娅，我不会……你说不定还是躺一会儿好，玛丽娅？"

她没有回答，无力地闭上了眼睛。她那苍白的脸变得像死人一样。她几乎刹那间就睡着了。沙托夫看了看四周，剪了烛花，不安地看了看她的脸色，在胸前握紧了双手，蹑手蹑脚地从屋里走出来，到了外屋。在楼梯顶端，他将脸紧贴墙角，无言而又一动不动地站了大约十分钟。他站的时间本来还可能更久些，但是突然楼下传来一个人的轻轻的、小心翼翼的脚步声。有人在上楼。沙托夫想起了，他没有把小门插上。

"谁？"他悄声问。

这个不认识的客人仍旧不慌不忙，也不回答地继续上楼。他爬到楼上后停了下来，要在黑暗中看清他是谁是不可能的。突然听到他小心翼翼地问道：

"伊万·沙托夫？"

沙托夫报了自己的姓名，但是又立刻伸出手来拦住他；但是那人却主动抓住他的手——沙托夫打了个寒噤，好像碰到一条可怕的毒蛇似的。

"您站这儿,"他急促地悄声道,"别进去,我现在不能接待您。我妻子回来了。我去拿蜡烛。"

他拿蜡烛回来后,看到面前站的是一个年轻军官。他虽然不知道他的姓名,但是仿佛在什么地方见过他。

"埃尔克利。"来人自我介绍道,"您在维尔金斯基家见过我。"

"记得。您坐在那里不停地写。您听着,"沙托夫突然火了,发狂般向他逼近,但说话仍旧压低了声音,"您抓我手的时候做了个手势。但是,要知道,我可以根本不理会所有这些暗号! 我不承认……我不愿意……我可以马上把您推下楼,您明白吗?"

"不,我一点儿不明白,我根本不明白您为什么要发这么大火,"客人宽厚地,几乎老老实实地回答,"我只是有件事要转告您,我也是为这事来的,主要是我不希望浪费时间。您有一台不属于您的印刷机,您总得对它有个交代吧,这,您自己也知道。我奉命要求您明天下午七点整把它交给利普京。此外,我还奉命通知您,以后再也不会要求您做任何事情了。"

"任何事情?"

"完全正确。您的报告被批准了,您已被永远除名。我奉命正式通知您。"

"谁命令您通知我的?"

"告诉我暗号的人。"

"您从国外回来?"

"这……这,我认为这跟您无关。"

"唉,见鬼! 既然您奉命行事,为什么不早来呢?"

"我遵从某些指示,而且我不是一个人。"

"我明白,我明白您不是一个人。唉……见鬼! 为什么利普京不亲自来呢?"

"那么，我明晚六时整来接您，咱俩步行到那儿去。除了咱们仨，没有任何人。"

"韦尔霍文斯基去吗？"

"不，他不去。韦尔霍文斯基明天上午十一点要离开本城。"

"果然不出我之所料，"沙托夫狂怒地悄声道，用拳头捶了一下自己的大腿，"跑了，这混蛋！"

他激动地陷入沉思。埃尔克利定睛注视着他，默不作声地等着。

"你们怎么弄走呢？要知道，这可不是拿在手里一下子就能搬走的。"

"根本无须搬走。您只要指出埋藏的地点，我们只要查明属实，的确埋在那里就成。我们只知道这地方在哪儿，但具体地点不知道。难道您把这地点也告诉别人了？"

沙托夫看了看他。

"您，您，这么个毛孩子——这么傻的一个毛孩子——您也像只羊似的一头钻进去了？唉，他们需要的正是您这样年富力强的人！好，您走吧！唉——唉！这个卑鄙小人欺骗了你们所有的人之后自己跑了。"

埃尔克利清楚而又平静地看着他，但似乎没有听懂他的话。

"韦尔霍文斯基跑了，韦尔霍文斯基！"沙托夫恨得咬牙切齿。

"他不是还在这儿吗，没走呀。他要到明天才走，"埃尔克利温和而又振振有词地说道，"我还特地邀请他来做个见证；对我的整个指示本来都是写给他的（他作为一个年轻而又没有经验的孩子一样坦白）。但是遗憾的是他借口要走，不同意；不过他也的确有要紧事必须去办。"

沙托夫又不胜惋惜地瞥了一眼这个缺心眼的老实人，但是又突然挥了一下手，似乎在想："值得可怜他吗！"

"好吧，我一定来。"他突然粗暴地打断他的话，"现在您快滚吧，走开！"

第三部

"那么我六点整来接您。"埃尔克利毕恭毕敬地鞠了一躬,不慌不忙地开始下楼。

"小傻瓜!"沙托夫忍不住从楼梯上向他的背影嚷了一嗓子。

"什么,您哪?"埃尔克利问道,他已经下了楼。

"没什么,您走吧。"

"我觉得您好像说了什么。"

二

埃尔克利是一个头脑里没有主心骨,脑子里没有主见的"小傻瓜";但是次要的小聪明还是有的,而且鬼点子多得很,甚至很狡猾。他狂热而又幼稚地忠于"共同事业",而实际上是忠于彼得·斯捷潘诺维奇,他是按照他的指示办事的。指示是我们的人开会定的,会上商量好第二天的分工。彼得·斯捷潘诺维奇在委派他担任信使的时候,曾把他拉到一边谈过话,说了约莫十分钟。执行任务是这个浅薄而又不动脑子、永远渴望服从别人意志的人的一种需要——噢,当然,无他,必须是为了"共同的"或者"伟大的"事业。不过这也无关紧要,因为像埃尔克利这类狂热的小人物,所谓为某个主义奋斗,除非把这个主义与按照他们的理解体现了这主义的某个人融合在一起,否则他们怎么也弄不明白他们为这个主义怎样奋斗法,在啸聚一起准备谋杀沙托夫的凶手中,多愁善感、和蔼可亲、心地善良的埃尔克利,也许是个最最无情的人,他对沙托夫没有个人恩怨,可是他在参与杀害沙托夫的时候竟会连眼睛都不眨。比方说,他在执行自己的任务时,曾奉命顺便好好察看一下沙托夫的情况,可是当沙托夫在楼梯上碰到他,因为发烧说漏了嘴(很可能他自己都没有发觉),说他妻子回来找他了——埃尔克利却立刻出于本能,狡猾地没有露出一丝一毫进一步的好奇,尽管他脑海里倏忽一闪,明白妻子回来这事对他们此举的成败得失将具有重大意义……

实际上还果真如此:就是因为这事,竟救了这帮"坏蛋",使沙托夫打消了去告发他们的念头,而且还帮助他们"除掉"了他……首先,这事使沙托夫很激动,使他脱离了常规,使他失去了通常的洞察力和小心谨慎。现在他脑子里想的完全是另一件事,根本不可能去想任何个人安危的问题。相反,他还一厢情愿地相信了彼得·韦尔霍文斯基明天会逃走:这恰好符合了他的怀疑! 他回到房间后又坐到角落里,把两肘支在膝盖上,用手捂住脸。苦涩的万千思绪折磨着他……

过了一会儿,他又抬起头来,踮起脚尖,走过去看她:"主啊! 明天一早她就会发热病,说不定现在就开始了! 当然是因为着了凉。她不习惯这里可怕的气候,又坐火车,坐的又是三等车,四周又是旋风又是雨,她穿的又是这么单薄的斗篷,根本没有任何衣服……怎么能撇下她,撂下她,没人照顾她呢! 再说这提袋,多小的一个包啊,又轻又皱皱巴巴的,也就十俄磅①重! 真可怜,她多么疲惫不堪,受了多大罪啊! 她自尊心很强,所以并不诉苦。但是心里烦躁,烦躁极了! 这是病:即使是天使,生了病也会变得烦躁。脑门上干干的,想必在发烧,眼圈又多么黑啊……然而,这脸蛋多美,这头秀发又多么美,多么……"

于是他赶快移开眼睛,赶快走开,似乎害怕他会产生这样一种想法:不把她看成需要帮助的不幸的、受尽折磨的人,而把她看成别的什么——"怎么能抱有这样的希望呢! 人是多么卑劣,多么无耻啊!"接着他又走回自己的角落,坐了下来,用手捂住脸,又开始浮想联翩,又开始回想……又模模糊糊地浮现出种种希望。

---

① 1俄磅约合409.51克。

第三部

"哎呀，我累啦，哎呀，我累啦！"他想到她的喟叹，想到她那虚弱的、筋疲力尽的声音，"主啊！现在怎么能对她撒手不管呢，她身边只有八十戈比啊；她递过自己的钱包，又旧又小！她是来找工作的——唉，她找工作懂什么呀？懂什么俄国呀？要知道，这都是些十分任性的孩子，满脑子都是自己制造出来的幻想；她还生气，可怜的人，为什么俄国不像她们在国外幻想的那样呢！噢，不幸的人啊，噢，天真的人啊！……不过，这儿还真冷……"

他想起了她的抱怨，想起他曾经答应生炉子。"这里有劈柴，可以拿进来，只要不吵醒她就成。这可以做到。小牛肉的问题怎么解决呢？她起床后也许想吃点儿什么东西……唔，这以后再说；基里洛夫整夜不睡。拿什么东西给她盖上呢，她睡得那么香，但是她肯定感到冷，啊，多冷呀！"

于是他又一次走过去看了看她；她的裙子略微卷起了点儿，右腿的一半直至膝盖都露了出来。他陡地扭过头，几乎感到一阵恐惧，他从身上脱下棉大衣，自己就穿一件破旧的外衣，竭力不看她，给她盖上了裸露的地方。

点火生劈柴，蹑手蹑脚地走来走去，观察熟睡的妻子，在角落里想东想西，然后又站起来观察熟睡的妻子，占去了他许多时间。过去了两三小时。就在这段时间里，韦尔霍文斯基和利普京去了基里洛夫家。最后，他在角落里打起了瞌睡。传出了她的呻吟声；她醒了，她在叫他；他像罪犯似的跳了起来。

"玛丽娅！我差点睡着了……啊呀，我多浑呀，玛丽娅！"

她欠起身子，惊奇地环顾左右，仿佛不明白自己在哪里似的，突然她又气又急又不安地发作道：

"我占用了您的床，我累得不知不觉睡着了；您怎么敢不叫醒我呢？您怎么胆敢认为我打算来麻烦您，成为您的累赘呢？"

"我怎么能叫醒你呢，玛丽娅？"

"就能，就应该把我叫醒！您这里没有别的床，可我却占用了您的床。

您不应当使我处于尴尬的境地。难道您认为我是来享受您的恩赐的吗？请您马上上您的床睡觉，我可以把椅子拼起来，躺在角落里……"

"玛丽娅，没有这么多椅子呀，再说也没有铺床的东西。"

"那就干脆睡在地板上。您不是也只好睡地板吗，说干就干！"

她下了床，刚想迈步，但是，突然一阵非常强烈的痉挛与疼痛一下使她失去了全部力量和全部决心，她大声地发出一声呻吟，又摔倒在床上。沙托夫急忙跑过去，但是玛丽娅把脸埋在枕头里，抓住他的一只手，用足力气又抓又拧。这样继续了大约一分钟。

"玛丽娅，宝贝，如果需要的话，这里有位大夫弗连采利，是我很熟悉的一位朋友……我可以跑去找他。"

"废话！"

"怎么是废话呢？告诉我，玛丽娅，你哪儿疼？要不也可以热敷……比如，在肚子上……这，没有大夫我也做得了……要不用芥末膏也成。"

"这是怎么回事？"她抬起头，害怕地看着他，奇怪地问。

"你到底指什么呀，玛丽娅？"沙托夫不明白，"你问的是什么事呀？噢，上帝，我简直不知道怎么办才好了，玛丽娅，对不起，我什么也不明白。"

"啊呀，您别啰唆了行不行，不用您明白。再说也太可笑了……"她苦笑了一声，"随便给我说点儿什么。在屋子里一面走一面说。不要站在我面前，也不要看我，关于这点我第五百次地求您了！"

沙托夫开始在屋里走来走去，两眼看着地面，竭力不抬头看她。

"这里——你别生气，玛丽娅，求你了——这里有小牛肉，不远，还有茶……方才你吃得太少了……"

她厌恶而又恶狠狠地挥了挥手。沙托夫只好咬住舌头，死了这条心。

"我说，我想在这里办一家装订厂，这厂建立在互相联合的合理原则的基础上。① 因为您住在这里，您认为这厂能够办成吗？"

"唉，玛丽娅。我们这里没人读书，也根本没有书。他怎么会要装订书呢？"

"他是谁？"

"这里的读者以及这里的普通居民呀，玛丽娅。"

"那就该说清楚，要不：他，谁是他——不知道。语法都不懂。"

"这是符合语言发展方向的，玛丽娅。"沙托夫嘀咕道。

"啊呀，去您的，什么方向不方向，讨厌。为什么这里的读者或者居民不会要装订书呢？"

"因为读书和装订书，这是发展的两大阶段，相距甚远。他先要一点儿一点儿养成读书的习惯，不用说，这就需要几世纪，但是把书仍旧看作随随便便的东西，揉来揉去，随便乱扔。装订书已经意味着尊敬书，意味着他不仅喜欢读书，而且还承认读书是件好事。整个俄国还没有达到这一阶段，欧洲却早在装订书了。"

"这话虽然有点书呆子气，但是起码说得还有点道理，它使我想起了三年前；要知道，三年前，有时候，您思想还相当敏锐。"

她说这话时也跟先前说的那些任性的话一样，口气很厌恶。

"玛丽娅，玛丽娅，"沙托夫十分感动地对她说道，"噢，玛丽娅！你不知道这三年来沧海桑田，发生了多大变化啊！后来我听说，因为我背叛了信仰，你似乎曾经鄙视过我。什么人被我抛弃了呢？现实生活的敌人；害怕独立思考的、过了时的自由主义者；思想的奴才，个性和自由的敌人，鼓吹死气沉沉、腐烂发臭的老顽固！他们有什么呢：食古不化，中庸之道，最庸俗最卑鄙的

---

① 暗指车尔尼雪夫斯基在《怎么办？》(1863) 中描写的建立在社会主义原则基础上的生产联合体。自从《怎么办？》出版后，俄国曾出现过许多这类生产联合体。

平庸，充满嫉妒的平等，没有人格尊严的平等，就像奴才和九三年①法国人所理解的那种平等……主要是到处是恶棍、恶棍和恶棍！"

"是啊，恶棍很多。"她声音急促而又痛苦地说道。她躺着，伸直了身体，一动不动，好像害怕动弹似的，头仰在枕头上，稍稍侧向一边，目光疲惫而又火热地望着天花板。面色苍白，嘴唇干裂。

"你会意识到的，玛丽娅，你会意识到的！"沙托夫叫道。她想摇摇头，做否定状，可突然她又出现了方才那种痉挛。她又把头埋到枕头里，沙托夫见状急忙跑到她身边，都吓疯了，她又拼命抓住他的一只手，足有一分钟，把他的手都握疼了。

"玛丽娅，玛丽娅！但是，要知道，这病也许很严重，玛丽娅！"

"闭嘴……我不愿意，不愿意，"她几乎狂怒地叫道，又仰面朝天，"不许您用您那种怜悯的神气看着我！在屋子里一边走一边随便说点儿什么，说呀……"

沙托夫惊慌失措地又开始絮絮叨叨地说着什么。

"您在这里做什么呢？"她厌恶而又不耐烦地打断了他的话，问道。

"在一个商人的账房里打工。玛丽娅，要是我很想赚钱的话，我在这里也能赚到大钱。"

"这对您不是更好吗……"

"啊呀，你别瞎想了，玛丽娅，我不过随便说说……"

"此外还做什么呢？您在鼓吹什么呢？要知道，您是不会不鼓吹什么的；您就是这性格！"

"我在宣传上帝，玛丽娅。"

---

① 指1789—1794年法国大革命最高潮时期。

"宣传您自己都不相信的上帝。这想法我永远无法理解。"

"咱们不说这个了,玛丽娅,以后再谈吧。"

"这里的这个玛丽娅·季莫费耶芙娜到底是何许人呢?"

"这事咱们也以后说,玛丽娅。"

"不许您对我说这样的话!这女人的死,可以说是这些人……犯下的暴行,此话当真?"

"肯定是这样。"沙托夫咬牙切齿地说。

玛丽娅突然抬起头,痛苦地叫道:

"不许您再跟我谈这件事,永远不许,永远不许!"

她又倒卧在床上,那同样的痉挛引起的疼痛又发作了;这已经是第三次,这一次她呻吟得更厉害了,变成了号叫。

"噢,这人真讨厌!噢,这人真叫我受不了!"她疼得打滚,疼得已经熬不住了,一面推开站在她身旁的沙托夫。

"玛丽娅,你要我做什么我就做什么……我可以一面走一面说话……"

"难道您就看不出已经开始了吗?"

"什么开始了,玛丽娅?"

"我怎么知道?难道这事我知道什么吗……噢,真该死!噢,这一切早该受到诅咒!"

"玛丽娅,假如你能告诉我什么开始了就好了……要不我……要是这样,我怎么会明白呢?"

"您是一个远离现实的没用的人,就会耍贫嘴。噢,世上的一切都该死,都该受到诅咒!"

"玛丽娅!玛丽娅!"

他当真以为她疯了。

"难道您还看不出我正在经受分娩的阵痛吗。"她欠起身子,用一种可怕而又痛苦的、把她的整个脸都扭曲了的恼怒看着他,"让这孩子还没生下来就受到诅咒吧!"

"玛丽娅。"沙托夫终于明白了到底是怎么回事,叫道,"玛丽娅……但是,你为什么不早说呢?"他蓦地明白过来,十分果断地抓起自己的帽子。

"我刚进屋的时候怎么会知道——难道我还会来找您吗?人家告诉我还要过十天!您上哪儿,不许您出去!"

"去请接生婆呀!我先去把手枪卖掉,现在最要紧的是钱!"

"不许您做任何事情,不许您去请接生婆,叫个女人来,叫个老太婆来,我钱包里还有八十戈比……乡下女人生孩子根本用不着接生婆……死了拉倒……"

"女人会有的,老太婆也会有的。不过我怎么能撇下你一个人呢,玛丽娅!"

但是他考虑到与其以后留下她没人接生,还不如现在不顾她如何发怒先把她一个人留下,于是不管她如何呻吟,不管她如何愤怒地叫骂,他把希望寄托在自己的两条腿上,他拔起腿拼命地跑下了楼梯。

三

他先去找基里洛夫。已是半夜一点左右。基里洛夫站在房间中央。

"基里洛夫,我妻子要生了!"

"什么?"

"要生了,要生孩子了!"

"您……没有弄错吧?"

"噢,没错,没错,她正在一阵阵疼呢……要请个女人。随便什么老太婆,一定要快……现在能找到吗?您不是认识很多老太婆吗……"

"很遗憾,我不会生孩子,"基里洛夫若有所思地回答,"就是说不是我不会生孩子,而是我不会做让人家生孩子的事……或者……不,这事我也说不清。"

"您想说您不会接生;但是我说的不是这事;我想请个老太婆,老太婆,请个女人,请个陪床的护士,女用人!"

"老太婆会有的,不过,也许,不能马上找到。如果您愿意,我可以……"

"噢,不行;我现在去找维尔金斯卡娅,找接生婆。"

"她是个坏蛋!"

"噢,对,基里洛夫,对,但是她最合适不过了!噢,是的,遇到这样的大秘密,一个新人就要出世了,这一切就不会有虔敬,不会有欢乐,只有厌恶、谩骂和亵渎神明!……噢,她现在已经在诅咒他了!……"

"如果您愿意,我……"

"不,不,可是当我跑去找人的时候(噢,我一定要把维尔金斯卡娅拽来!),有时候您可以跑到我家的楼梯旁悄悄地听听,但是不许进去,您会把她吓坏的,无论如何不能进去,只能听……以免万一出现什么可怕的事。嗯,如果出现什么非常情况,那时您就进去。"

"明白。还有一卢布钱。给。我本来想明天买只母鸡,现在不买了。跑吧,拼命跑。茶炊整夜备用。"

基里洛夫对于有人要对沙托夫下毒手一无所知,即使过去他也从来不知道有多大危险在威胁着沙托夫。他只知道沙托夫跟"那些人"有些宿怨未了,虽然国外曾给他下过一些指示(不过这些指示纯属表面文章,因为他从来没有亲自参与过任何事),也多少与这事有点瓜葛,但是他近来已抛弃一切,抛开所有的任务，把自己完全排除在任何事情，首先是"共同事业"之外，一心过着静观内省的生活。彼得·斯捷潘诺维奇在开会时虽说曾叫利普京跟他一起去找基里洛夫，以便确认基里洛夫到时一定会主动承担"沙托夫一案"的罪责，但是他在跟基里洛夫说明情况时却一个字也没有提到沙托夫，甚至没有一点儿暗示——大概他认为这样做不策略，甚至认为基里洛夫也不可靠，倒不如留待明天当一切都办妥以后再说，这样基里洛夫也就"无所谓"了；起码当时彼得·斯捷潘诺维奇对基里洛夫是这么考虑的。利普京也清楚地发现，尽管基里洛夫答应了，却只字未提沙托夫，但是利普京当时心里正七上八下，所以也没有提出抗议。

沙托夫像一阵旋风似的跑到蚂蚁街，一路上诅咒着这段距离，简直跟看不到头似的。

不得不敲了很长时间维尔金斯基家的门：大家早已经睡了。但是沙托夫拼命地、毫不客气地敲起了护窗板。院子里有一条用链子拴着的狗，它不断扑过来，发出狂吠。整条街的狗也此呼彼应，掀起了一片狗叫声。

"您敲什么，您有何贵干？"终于从窗口发出了维尔金斯基本人那温和的、毫无"侮辱"之意的声音。护窗板微微打开了一点儿，气窗也打开了。

"谁呀，哪个混蛋？"一个女人的声音恶狠狠地尖叫道，完全带着一种侮辱人的口吻，这是维尔金斯基的亲戚，那个老处女的声音。

"我是沙托夫，我妻子回来了，现在，马上要生了……"

"要生就生呗，滚！"

"我是来请阿林娜·普罗霍罗芙娜的，请不到阿林娜·普罗霍罗芙娜我就不走！"

"她不是随便哪家都去接生的。夜间接生是特殊业务……滚，去找马克舍耶娃，不许吵吵嚷嚷的！"那个女人的声音大光其火，像炒爆豆似的嚷嚷道。可以听见维尔金斯基在劝阻她；但是那老处女把他推开，不肯让步。

"我不走！"沙托夫又叫道。

"等等，请稍等！"维尔金斯基制服了老处女，终于叫道，"沙托夫，请您稍等五分钟，我去叫醒阿林娜·普罗霍罗芙娜，劳驾，请您不要敲，也不要喊……啊呀，这一切太可怕了！"

过了长得没完没了的五分钟以后，阿林娜·普罗霍罗芙娜出来了。

"您妻子回来了？"听到她从气窗里说话的声音，使沙托夫惊奇的是，这声音根本不是凶巴巴的，只是照例带点儿命令的口吻，阿林娜·普罗霍罗芙娜就不会用别的腔调说话。

"是的，我妻子要生了。"

"是玛丽娅·伊格纳季耶芙娜吗？"

"是的，是玛丽娅·伊格纳季耶芙娜。当然是玛丽娅·伊格纳季耶芙娜！"

接着是沉默。沙托夫等着。屋里在窃窃私语。

"她什么时候回来的？"维尔金斯卡娅夫人又问。

"今天晚上八点。劳驾您快一点儿。"

又窃窃私语了一阵，又好像在商量。

"我说，您没有弄错吧？她自己派您来请我的吗？"

"不，她并没有让我来请您，她只想找个女人，普普通通的女人，她怕加重我的花销，但是您放心，我会付钱的。"

"好吧，我这就来，付不付钱没关系。我一向看重玛丽娅·伊格纳季耶芙娜独立不羁的感情，尽管她不记得我了也说不定。一切最必要的东西您都有吗？"

"什么都没有，但是一切都会有的，会有的，会有的……"

"这些人也有舍己为人的一面！"沙托夫在动身去找利亚姆申的路上想

道,"信念与人——这似乎是在许多方面都彼此有别的两种东西。我也许很对不起他们!……大家都有错,大家都有错……如果人人能深信这一点就好了!……"

敲利亚姆申家的门时间倒不长,令人惊奇的是,他霎时间就打开了气窗,光着脚,只穿一件内衣,冒着伤风的危险就跳下了床,而他这人是很多疑的,老惦记着自己的健康。他这样警醒和匆忙另有原因:在我们的人那儿开了那个会以后,整个晚上利亚姆申一直在心惊肉跳,因为心里七上八下,直到现在都睡不着;他一直有一种幻觉,生怕他根本不欢迎的某些不速之客深夜造访。他最担心的是关于沙托夫会告密那消息……可是突然,好像存心跟他过不去似的,有人开始那么可怕地大声敲窗。

他一看见沙托夫就吓得砰的一声关上了气窗,逃到床上。沙托夫发狂般又敲又喊。

"您怎么敢深更半夜这么敲窗?"利亚姆申厉声喝道,但是他自己也吓坏了,起码过了两三分钟他才咬咬牙又打开了气窗,终于确信沙托夫是一个人来的。

"给您手枪;您拿回去,给我十五卢布。"

"您怎么啦,喝醉酒了? 这是抢劫;不过我会感冒的。等等,我马上去披条毛毯。"

"马上给我十五卢布。您不给,我就敲到天亮,喊到天亮;我要把您家的窗户框都敲下来。"

"那我就叫巡警抓您去坐牢。"

"难道我是哑巴? 我就不会叫巡警? 谁怕巡警,您还是我?"

"您居然会有这种卑鄙的念头……我知道您暗示什么……等等,等等,看在上帝分上,别敲了! 得啦,半夜里谁会有钱呢? 唔,如果您不是喝醉了,您要钱干吗？"

"我妻子回来了。我让了您十卢布，我一次也没有射击过；把手枪拿去，马上拿去。"

利亚姆申从气窗里机械地伸出了手，接过了手枪；稍等片刻，他突然从气窗里迅速探出头来，背上感到一阵发冷，仿佛忘乎所以地嗫嚅道：

"您胡说，您妻子根本就没回来。这……这……您无非想逃跑。"

"您真浑，我能跑哪儿去？是你们那位彼得·韦尔霍文斯基想逃跑，而不是我。我刚才去请接生婆维尔金斯卡娅，她立刻同意上我家去。您可以去问嘛。我妻子正在阵痛，疼得要命；需要钱；快给钱呀！"

在利亚姆申机灵的脑瓜里猛地掠过一长串五花八门的想法。一切都变了样，但是恐惧仍不让他明辨是非，当机立断。

"怎么搞的……您不是没跟您妻子住一起吗？"

"提这种混账问题，当心我敲碎您的脑壳。"

"啊呀，我的上帝，对不起，我懂，我只是吓昏了……但是我懂，我懂。但是……但是——难道阿林娜·普罗霍罗芙娜肯定会去吗？您刚才说她去了？要知道，这不是真的。您瞧，您瞧，您瞧，您无论什么时候都不说真话。"

"现在她恐怕已经坐在我妻子身旁了，别耽搁了，您既笨又蠢，这可怪不得我。"

"不对，我才不笨呢。对不起，爱莫能助……"

他已经完全不知所措了，他又开始第三次关上气窗，但是沙托夫大吼一声，霎时，他又探出了脑袋。

"但是，这完全是蓄意侵犯人权，不是吗！您到底要我干什么，干什么，干什么，您说清楚呀。不过注意，请您注意，现在是深更半夜！"

"我要十五卢布，您这死不开窍的羊脑瓜！"

"说不定我根本就不想收回这把手枪呢。您没有权利非让我收回不可。您买下了——一切就了了,您没有权利。这么一大笔钱,半夜三更,我是无论如何弄不来的。我上哪儿弄这么一大笔钱?"

"您手头永远有钱;我已经让了你十卢布,你是个出名的守财奴。"

"您后天来吧——听见没有,后天中午十二点整,我如数给您,统统给您,行不行?"

沙托夫第三次发狂般敲起了窗户框:

"你先给十卢布,明天一大早再给五个。"

"不,后天中午再给那五卢布,明天真的没有。不过最好别来。"

"给十卢布;啊呀,真是个混蛋!"

"您凭什么骂人?您等等,总得照个亮吧;您把玻璃都敲碎了……有谁深更半夜这么骂街的?给!"他从窗户里递过一张钞票。

沙托夫抓过来一看——一张五卢布的钞票。

"真的,我爱莫能助,哪怕杀了我,我也拿不出来,后天我如数给您,可现在我实在爱莫能助。"

"不给我就不走!"沙托夫又吼起来。

"好,再给您点,再给您点,您瞧,又给了您一张,再多我就拿不出来了。哪怕您喊破嗓子,我也拿不出来,说什么也拿不出来了;拿不出来了,拿不出来了!"

他气得发疯,走投无路,满头大汗。他又给的两张钞票都是一卢布的。沙托夫一共才拿到七卢布。

"你给我见鬼去吧,我明天再来。利亚姆申,如果你不准备好八卢布,看我不揍扁你。"

"可我根本就不在家,傻瓜!"利亚姆申迅速寻思道。

"等等，等等！"他向已经抬腿要跑的沙托夫的背影狂叫，"等等，您回来。请问，您刚才说，您妻子回来了，是真的吗？"

"混蛋！"沙托夫啐了口唾沫，便撒开两腿往家里跑去。

四

我要指出，阿林娜·普罗霍罗芙娜对于昨天会上通过的决定谋杀沙托夫一事毫无所知。维尔金斯基回家后，震惊得人都瘫了，不敢把通过的决定告诉她，但是终究忍不住，向她透露了点儿口风——也就是韦尔霍文斯基告诉他们的关于沙托夫一定会去告密的全部消息；但是他又立刻申明他根本不相信这消息。阿林娜·普罗霍罗芙娜听后非常害怕。这就是为什么当沙托夫跑来请她的时候，尽管她昨夜为了替一个产妇接生忙了一通宵，已经很累了，还是立刻决定前去的原因。她一向坚信，"像沙托夫这样的坏蛋，什么有损人格的卑鄙下流的事都干得出来"；但是玛丽娅·伊格纳季耶芙娜来了却使她对这事换了一个看法。沙托夫惊慌的模样，他一再请求时走投无路的口吻，他恳求她前去帮忙时的神态，都表明这个叛徒在感情上有了转变：一个仅仅为了害别人而不惜卖身投靠的人——似乎应该具有同现在的实际表现不同的另一种神态和腔调。总之，阿林娜·普罗霍罗芙娜决定亲自前去用自己的眼睛把一切看个仔细。维尔金斯基对她这么当机立断感到很满意——好像从身上卸下了五普特①的重担！他甚至产生了一种希望：他觉得沙托夫的神态根本就不符合韦尔霍文斯基的推断……

沙托夫没有猜错；他回家后发现阿林娜·普罗霍罗芙娜已经在玛丽娅的身

---

① 1普特约合16.38千克。

边了。她一来就轻蔑地把站在楼梯下面的基里洛夫赶走；向玛丽娅匆匆地做了自我介绍，可是玛丽娅却不承认过去认识她；玛丽娅·伊格纳季耶芙娜发现她"情绪十分恶劣"，即满腔怨恨、心灰意懒、"十分沮丧和万念俱灰"——可是不到五分钟她就断然压倒了自己的所有反对意见。

"您怎么老说您不愿意要价钱高的助产士呢？"她说道，刚好这时沙托夫走进来，"完全是废话，由于您的状况不正常，所以才会产生这种错误的想法。让一个什么老太婆，普通的乡下娘儿们来帮您忙，您有百分之五十的可能不会有好结果；这时候引起的麻烦和花销就比请个价钱高的助产士要高了！您怎么知道我是个价钱高的助产士呢？您可以以后再付钱嘛，我绝不会多要您的，可是我能保证您顺产；有我您就死不了，比您糟的我都见过，多了去了。再说生下来的孩子我明天就可以把他送进孤儿院，以后再送到乡下去抚养，这不一了百了了。到时候您恢复了健康，找个力所能及的工作，在很短的时间内，您就可以偿还沙托夫的房钱和一应花销，根本就要不了许多……"

"我不是这意思……我无权增加他的负担……"

"这是一种合情合理的公民感，但是，请相信，要是沙托夫从一位异想天开的先生变成一个哪怕有一点点像是有正确思想的人，那就几乎根本不用花钱。只要他不干傻事，不是又打鼓又吹号、伸长了舌头满城乱跑就行。不抓住他的两只手，天亮前他说不定会把我们这里所有的大夫都叫起来；他把我那条街上所有的狗都弄得汪汪叫。根本用不着请大夫，我已经说过我敢打保票，至于老太婆，说不定倒可以雇一个来伺候您，这花不了几个钱。不过，他本人也可以派点儿用场，而不仅仅是做蠢事。他有手有脚，可以让他跑跑药房，让他做好事是不会对您的感情有任何损害的。见鬼，这算什么做好事！难道不是他把您弄到这地步的吗？难道不是他出于想娶您的自私目的，使您跟您当家庭教师的那家人吵翻了吗？要知道，我们也听说了……不过，他本人刚才像个疯子似的跑了来，大叫大嚷，嚷嚷得整条街都听见了。我从来不死乞白赖地缠住人家，我到这里来纯粹是为了您，我这样做是出于我们必须团结一致这一原则；我还没有走出家门就向他申明了这一点。如果您觉得我是多余的，那就再见；只要不出乱子就行，其实这点乱子是很容易消除的。"

她说罢甚至从椅子上站了起来。

玛丽娅是那样束手无策，是那样痛苦，应当说实话，她是那样害怕即将发生的事，因此不敢放她走。但是这女人却使她突然感到可恨：她说的根本不对，玛丽娅心中想的根本不是这些！但是有可能死在没有经验的接生婆手里这一预言战胜了憎恶。可是从这时起她却对沙托夫更苛求，更无情。以至事情发展到后来，她不仅不许他看自己，甚至也不许他面对她站着。她的痛苦越来越厉害了。诅咒，甚至漫骂，也变得越来越狂暴了。

"唉，那我们就撵他走，"阿林娜·普罗霍罗芙娜断然道，"他吓得面如土色，只会让您看了害怕；面孔白得像死人一样！您要干吗？真是的，可笑的怪人！真滑稽！"

沙托夫没有回答；他拿定主意什么也不回答。

"我在这种情况下见过许多笨头笨脑的父亲，也跟快要疯了似的。但是，要知道，那些人起码……"

"别说话啦，要不就扔下我，让我死了拉倒！一句话也不要说啦！我不要，不要！"玛丽娅大叫。

"一句话不说，那可办不到，如果您不是自己失去了理智的话；您处在这种状态下，我就是这么看的。起码得问问有关的事：请问，您准备了什么没有？沙托夫，您来回答，她顾不上。"

"请问，究竟需要什么？"

"这就是说,您什么也没有准备。"

她列举了一切最必需的东西,应当替她说句公道话,她仅限于列举那些最必不可少的东西,让人听了都觉得寒碜。有些东西在沙托夫的房间里找到了。玛丽娅掏出钥匙递给了他,让他在她的手提包里找找。因为他的手抖得很厉害,所以他在开这把他不熟悉的锁时,磨蹭的时间比平常开锁略长了些。玛丽娅马上就火了,但是当阿林娜·普罗霍罗芙娜冲过去想把他手里的钥匙夺过来时,她又无论如何不让她看自己提袋里的东西,她任性地又哭又闹,坚持要沙托夫一个人开。

有些东西就只好跑去找基里洛夫要了。沙托夫转身要走的时候,她又立刻发狂般叫他回来。沙托夫从楼梯上急忙回来向她说明,他就离开她一会儿,去拿最必需的东西,而且立刻就回来之后,她才安静下来,不闹了。

"哎呀,太太,要让您满意可不容易呀,"阿林娜·普罗霍罗芙娜笑道,"一会儿叫他面朝墙壁,不许看您,一会儿又不许他离开,甚至离开一小会儿也不行,不然就要哭。要知道,这样闹下去,说不定他会有什么想法的。好了,好了,别闹啦,别愁眉苦脸啦,我不过说说笑笑罢了。"

"他不敢有什么想法。"

"啧啧啧,要不是他像只绵羊似的钟情于您,他就不会伸长了舌头满街跑了,就不会把全城的狗都弄得汪汪叫了。他把我家的窗户框都敲下来啦。"

五

沙托夫去找基里洛夫的时候,发现他仍在屋里走来走去,从这个角落走到那个角落,一副心不在焉的样子,甚至都忘了沙托夫的妻子来了,他听着沙托夫的话,半天听不明白。

"啊，对了，"他突然想了起来，似乎费了好大劲才在片刻间摆脱他在专心致志地想着的什么事，"对了……老太婆……是老婆还是老太婆呢？等等：又是老婆，又是老太婆，对吗？我记得；我心里也急；老太婆会来的，不过马上来不了。先把这靠垫拿去。还要什么？对了……等等，沙托夫，您是不是常有这样的时刻：内心达到永恒的和谐？"

"我说基里洛夫，您再不能夜里不睡觉啦。"

基里洛夫回过神来，开始说话，奇怪的是，比他一向说得都有条理；显然，他早已心中有数，或许，他记录过：

"有这样的几秒钟，每次总共也就五六秒钟而已，您会突然感觉到完全达到了一种永恒的和谐。这不是一种人间的感觉；我倒不是说这是天国之感，而是说这不是肉体凡胎所能体会的。必须脱胎换骨，或者干脆去死。这种感觉十分清晰，无可争议。您似乎突然感觉到整个造化并突然说道：是的，就这样。当上帝创造世界的时候，他在创造万物的每天末了都说：'是的，就这样，这是好的。'[①] 这……这不是深受感动，这只是一种恬淡和欢悦。您无须宽恕任何东西，因为已经没有任何东西需要宽恕了。您也不是在爱，噢——这比爱更高！最可怕的是，这非常清晰而又十分欢悦。要是超过了五秒钟——那这心就会受不住，就必定会消失。在这五秒钟内我经历了一生，为了这几秒钟我愿意献出我整个生命，因为这值得。如果要经受十秒钟，就必须脱胎换骨。我认为人应当停止生育。既然目的已经达到，何必生儿育女，何必还要繁衍后代呢？福音书上说，人复活后就不再生育，而是像上帝的使者那样。[②]这是暗示。您夫人要生了？"

[①] 参看《旧约·创世记》第一章第二至三十节。
[②] 参看《新约·马太福音》第二十二章第三十节："当复活的时候，人也不娶也不嫁，乃像天上的使者一样。"这里指天堂生活。

"基里洛夫,这样的境界常来吗?"

"有时三天一次,有时一周一次。"

"您没有癫痫吗?"

"没有。"

"这说明您会得癫痫。要当心,基里洛夫,我听说,癫痫开始发病时常有这样的症状。一位癫痫病患者曾向我详细描写过这病发作前的预感,跟您说的一模一样;五秒钟,他就是这样说的,还说超过五秒钟人就受不了。请回想一下穆罕默德的水罐,当他骑上自己的神驹遨游天堂之后,他水罐里的水还没来得及流出来。① 这水罐就是那五秒钟;它太像您内心的和谐了。穆罕默德就曾是癫痫病患者。要当心,基里洛夫,这是癫痫! ②"

"来不及发癫痫啦。"基里洛夫微微一笑。

六

夜在一点儿一点儿过去。沙托夫一再被打发出去,一再挨骂,又一再被叫回来。玛丽娅为自己的生命感到害怕极了。她大叫大嚷,说她想活,"一定,一定"要活! 她怕死。"不要,不要!"她一再大叫。要不是阿林娜·普罗霍罗芙娜,情况一定会很糟。慢慢、慢慢地,她完全控制住了产妇。产妇开始像小孩似的听从她的每一句话、每一声吆喝。阿林娜·普罗霍罗芙娜以声色俱厉,而不是以和颜悦色取胜,她手脚麻利,干得非常出色。天开始亮了。

---

① 据伊斯兰教传说,有天夜里,穆罕默德被大天使加百列叫醒,而加百列的翅膀不慎碰倒了一个水罐。穆罕默德醒来后便跨上一匹神驹"布拉克",先去了耶路撒冷,后来又飞到天上,与上帝、天使和先知谈了话,还去看了火焰地狱——这一切都在瞬间完成,回来后还来得及扶起正在倾倒的水罐。

② 关于癫痫病发作之前那种豁然开朗的欢悦状态,请参看《白痴》第二部第五章。

阿林娜·普罗霍罗芙娜蓦地想到刚才沙托夫跑到楼梯上去祈祷上帝，不由得笑了起来。玛丽娅也恶狠狠地、挖苦地笑了起来，倒像这笑能使她心里好受点儿似的。终于把沙托夫彻底赶了出去。一个潮湿而寒冷的早晨降临了。他站在一个角落里，脸贴着墙，恰如头天晚上埃尔克利来的时候那样。他像树叶那样在发抖，他不敢想，但是他的脑子却死死地抓住出现在他脑海里的一切，就像做梦一样。各种幻想不断吸引着他，又不断像朽坏了的线一样时时断裂。终于从房间里传来了已经不是呻吟，而是一声声可怕的、纯粹动物般的号叫，让人受不了，让人听不下去。他想用手塞住耳朵，但又办不到，于是他双膝下跪，无意识地一再念叨："玛丽娅，玛丽娅！"到最后终于传出了一声啼哭，新的啼哭，沙托夫闻声吓了一跳，急忙爬起来，这是婴儿的啼哭，声音微弱而且发颤。他画了个十字，急忙冲进房间。阿林娜·普罗霍罗芙娜手中抱着一个又红又皱的小东西，在呱呱啼哭，在蹬动着小手和小脚，孤立无助到了可怕的地步，就像一粒灰尘，经不住风轻轻一吹，同时又大喊大叫，声明自己是人，仿佛他也有最完全的生命权……玛丽娅躺着，好像失去了知觉，但是过不多久她就睁开了眼睛，奇怪而又异样地看了看沙托夫：这目光似乎完全变了样，到底是怎样的目光，他还无法理解，但是他过去从来不知道，也不记得她出现过这样的目光。

"男孩？男孩？"她用病恹恹的声音问阿林娜·普罗霍罗芙娜。

"是个小小子！"阿林娜·普罗霍罗芙娜一面包裹着孩子，一面大声回答。

当她把孩子包裹好，准备把他横放在床上，放在两个枕头中间时，先把孩子递给沙托夫，让他抱一会儿。玛丽娅仿佛害怕阿林娜·普罗霍罗芙娜似的，有点鬼鬼祟祟地向他点了点头。沙托夫立刻明白了，赶紧把婴儿抱过去给她看。

"多么……漂亮……"她面含微笑，虚弱地悄声道。

"嘿，瞧他那小模样！"得意扬扬的阿林娜·普罗霍罗芙娜瞧了一眼沙托夫的脸，快乐地大笑，"多俊的小脸蛋！"

"欢乐吧，阿林娜·普罗霍罗芙娜……这是件大喜事……"沙托夫带着傻呵呵的幸福表情咕哝道，他听见玛丽娅称赞这孩子的话后，高兴得满脸放光。

"您刚才说的大喜事指什么呀？"阿林娜·普罗霍罗芙娜开心极了，她正在像苦役犯似的忙活着，归置着和收拾着。

"新人的出生是神秘的，太神秘了，无法解释，阿林娜·普罗霍罗芙娜，这道理您不懂，太可惜了！"

沙托夫语无伦次、云遮雾罩兴高采烈地嘟囔道。他脑子里似乎有什么想法在活动，竟不管他愿意与否就自动地从他心坎里流淌出来。

"本来是两个人，突然出现了第三个人，出现了一个新的灵魂，一个完整的、尽善尽美的灵魂，这是人的双手制造不出来的；新的思想，新的爱，甚至让人觉得可怕……世上再没有任何东西比这崇高的了！"

"瞧他胡扯些什么呀！这不过是人体的繁衍，这一点儿也不稀奇，毫不神秘。"阿林娜·普罗霍罗芙娜真心地、快乐地哈哈大笑，"这么说来，随便什么苍蝇也神秘了。不过话又说回来：多余的人就不应该出生。先把一切都改造好了，不要让他们成为多余的，然后再把他们生下来。要不然后天就得把他送进孤儿院……不过也只好这样。"

"他永远不会离开我到孤儿院去的！"沙托夫眼睛盯着地板，坚定地说。

"您想收养他做儿子？"

"他本来就是我儿子。"

"当然，他姓沙托夫，按照法律应当姓沙托夫。您不必冒充是人类的恩人。有人不说漂亮话就没法活。得了，得了，好啦，不过是这样，二位，"她终于拾掇完了,"我该走了。我明天一早还来,如果需要的话,晚上也来,而现在,因为一切都十分顺利,我还要到别人家去,他们早就在等我了。沙托夫,您大概已经请来了什么老太婆在什么地方坐着吧;老太婆归老太婆,不过您是丈夫,不能撇下她不管;在旁边坐着,有什么用也说不定;看来,玛丽娅·伊格纳季耶芙娜不会赶您走了……好了,好了,我开玩笑……"

沙托夫送她出去,走到大门口时她对他一个人补充道:

"您真逗,我一辈子都觉得可笑;我不会要您的钱的;做梦我都会哈哈大笑。我还没见过比您今天这一夜更可笑的了。"

她十分满意地走了。从沙托夫的神态和谈话中看得出来,真是明如白昼,这人"想做父亲,然而却是个最没出息的窝囊废"。她特意跑回家去把这点告诉维尔金斯基,虽然到另一个产妇家去根本不用绕道路也近些。

"玛丽娅,她叮嘱你等会儿再小睡一会儿,虽然我看这非常困难……"沙托夫怯怯地开口道,"我就坐在这里的窗户旁守着你,好吗?"

他说罢便坐到沙发后面的窗户旁,这样她怎么也看不见他。但是还没过一分钟,她就叫他过去,烦躁地请他把枕头整理一下。他动手整理。她气咻咻地望着墙壁。

"不对,啊呀,不对……这手真笨!"

沙托夫又整理了一下。

"向我弯下腰来。"她突然古里古怪地说道,眼睛尽可能不看他。

"再弯下点儿……不对……近点儿,"蓦地,她伸出左手,快速搂住他的脖子,于是他在自己的脑门上感觉到她给他的一个热烈的、湿润的吻。

"玛丽娅!"

她的嘴唇在发抖,她克制着自己,但是她突然欠起身子,两眼放光地说:

"尼古拉·斯塔夫罗金是个混蛋!"

她说罢便无力地、像被刀齐根砍断似的颓然倒下,把脸埋进枕头,歇斯底里地放声大哭,同时把沙托夫的手紧紧攥在自己手里。

从这一分钟起,她就再也不让他离开自己了,她一定要他坐在她的床头。她还不能够说很多话,但一直看着他,像个傻子似的一直向他微笑。她仿佛突然变成了一个傻丫头。一切都仿佛变了样。沙托夫一会儿像个小男孩似的哭个不停,一会儿又天知道在说什么,古里古怪,迷迷瞪瞪,神采飞扬;他不停地吻她的手;她则陶醉地听着,说不定她也没有听懂他在说什么,但是却伸出一只虚弱的手捋着他的头发,抚平它,欣赏着它。他说到基里洛夫,说到他俩又可以开始"重新"生活了,并且"永不分离",他还谈到上帝的存在,谈到所有的人都那么好⋯⋯在兴高采烈中,他们又抱出孩子来看。

"玛丽娅,"他抱着孩子叫道,"过去的梦呓、过去的耻辱、过去的死气沉沉,都结束啦!让我们埋头苦干,三个人一起走上一条新的路,是的,是的!⋯⋯啊,对了:咱们给他取个什么名字呢,玛丽娅?"

"给他?取名?"她惊奇地反问,她脸上突然呈现出一种可怕的悲痛。

她举起两手一拍,责备地看了看沙托夫,又脸朝下地扑进枕头。

"玛丽娅,你怎么啦?"他既悲伤又恐惧地叫道。

"您居然能,居然能⋯⋯噢,忘恩负义的人啊!"

"玛丽娅,原谅我,玛丽娅⋯⋯我不过问问管他叫什么。我不知道⋯⋯"

"叫伊万,叫伊万[①],"她抬起涨得通红的和泪水涟涟的脸,"难道您还能设想叫他什么别的可怕的名字吗?"

"玛丽娅,你别急,噢,你的心情多不好呀!"

"又说这种没道理的话了;您怎么能把这归于心情不好呢?我敢打赌,如

[①] 玛丽娅坚持让孩子叫沙托夫的名字伊万,而不是叫斯塔夫罗金的名字尼古拉。

果我说管他叫……那个可怕的名字,你一定会马上同意,甚至都没有发觉!噢,所有的男人,所有的男人都忘恩负义,都卑鄙下流!"

不用说,过了不多一会儿,他们又和好了。沙托夫劝她睡一会儿。她睡着了,但是仍旧攥住他的手不肯松开,她常常惊醒,睁开眼看看他,仿佛生怕他走开似的,接着又睡着了。

基里洛夫打发一个老太婆来"道喜",此外还让她送来了热茶、刚煎好的肉饼、鸡汤与白面包让玛丽娅·伊格纳季耶夫娜补补身子。产妇狼吞虎咽地喝光了鸡汤,老太婆用襁褓把孩子重新包好,玛丽娅逼着沙托夫也吃了点儿肉饼。

时间在一点一点过去。沙托夫筋疲力尽地坐在椅子上也睡着了,把头枕在玛丽娅的枕头上。遵守诺言的阿林娜·普罗霍罗芙娜进来的时候恰好看到他俩这副模样,她开心地把他俩叫醒了,跟玛丽娅说了几句应当说的话,检查了一下孩子,又叮嘱沙托夫不要走开。然后带着几分轻蔑和高傲的神采对"小两口"说了句俏皮话,又像上次那样十分满意地走了。

当沙托夫醒来时,天已经全黑了。他赶快点亮了蜡烛,便跑去请那老太婆;可是他刚下楼,便有一人迎着他上楼来了,他那轻轻的、不慌不忙的脚步声把他吓了一跳。来人是埃尔克利。

"别进去!"沙托夫小声道,并急忙抓住他的一只手,把他往后拉,拉到大门口,"在这儿等着,我这就出来,我把您完完全全给忘了!噢,幸亏您来,提醒了我!"

他手忙脚乱,甚至都没跑去告诉基里洛夫一声,只是把老太婆叫了出来,玛丽娅感到绝望而又气愤,因为他"竟敢把她一个人撂下"。

"但是,"他兴高采烈地叫道,"这已经是最后一步了!以后咱们就可以走上新路,永远,永远不会再去回想可怕的过去了!"

他好说歹说才劝住了她,答应九点整一定回来;热烈地吻了吻她,又吻了吻孩子,才急匆匆地跑下楼去找埃尔克利。

两人一同出发去斯克沃列什尼基的斯塔夫罗金花园,大约一年半前,在这花园的最边上,靠近松林的一处僻静的地方,他埋了上级托付给他的一台印刷机。这地方十分偏僻;根本没人注意,离斯克沃列什尼基的大宅院还相当远。从菲利波夫公寓出发,必须走大约三俄里半路,甚至四俄里也说不定。

"难道一直步行? 我去雇辆车吧。"

"我求您了,别雇,"埃尔克利反对,"他们坚持说千万不能这样。车夫也是见证。"

"好吧……见鬼! 我无所谓,能一了百了就好!"

他们走得很快。

"埃尔克利,您还是个毛孩子!"沙托夫叫道,"您曾经幸福过吗?"

"您现在好像很幸福。"埃尔克利好奇地说。

第六章　费尽心机的一夜

一

维尔金斯基在这天花了大约两小时把我们的人全都跑遍了，想要告诉他们，沙托夫肯定不会去告密，因为他老婆回来了，还生了个儿子，所以只要"懂得人的心理"，就不会认为这时候他是危险的。可是令他不安的是，除了埃尔克利和利亚姆申外，他几乎没有碰到任何人，他们都不在家。埃尔克利听到这话后一言不发，只是睁大两眼看着他的眼睛；维尔金斯基直截了当地问他："他六点钟会不会去呢？"他才笑容可掬地回答道："当然会去。"

利亚姆申用被子蒙住头，看来病得不轻，病情非常严重。他看见维尔金斯基进来，吓了一跳，可是维尔金斯基刚一开口，他就突然从被子底下伸出手来，连连摇手，求他让他安静一会儿。然而关于沙托夫的情况他却全听进去了；而关于谁也不在家这一消息，不知道为什么却使他大吃一惊。原来他已经知道（是利普京告诉他的）费季卡被人弄死了，而且他还亲自把这事匆匆地、语无伦次地告诉了维尔金斯基，这又反过来使维尔金斯基吃了一惊。于是维尔金斯基便直截了当地问他："咱们该不该去呢？"他又突然连连挥手，开始求他，说他是个"局外人，什么也不知道"，让他安静一会儿吧。

维尔金斯基十分苦恼而又非常惊慌不安地回到家中；他感到难过的是他还必须把这事瞒着家里；他已经习惯了把一切都告诉妻子，要不是现在在他那思绪起伏的脑瓜里又燃起一个新想法，一个新的采取下一步行动的折中方案，恐怕他就会像利亚姆申那样卧病不起了。但是这个新想法支撑着他，使他没有倒下，非但如此，他甚至还迫不及待地开始等候约定时间的到来，甚至比应当动身的时间还早，提前启程，前往集合的地点。

在斯塔夫罗金家大花园尽头有一处十分幽暗的地方。后来我还特地跑去看过；在那个秋风萧索的傍晚，那儿想必是阴森森的。那儿紧挨着一片古老的禁伐的森林；枝叶婆娑的参天古松在黑暗中显得斑斑驳驳，一片昏暗和模糊。四周黑得两步开外几乎看不清对方，但是彼得·斯捷潘诺维奇、利普京，后来还有埃尔克利，都随身带着灯笼。在很早很早以前，也不知道有什么用和到底在什么时候，有人在这里用未经加工的乱石堆了一个相当可笑的山洞。山洞里的桌子和长凳早已朽坏，散了架。右边大约两百步开外是第三个池塘的尽头。这三个池塘，从大宅院开始，一个挨一个，绵延一俄里多，直到这座大花园的尽头。很难设想，有什么吵闹声、叫喊声，或者甚至是枪声，能传到居住在主人已经离开的斯塔夫罗金府第里的人们的耳朵。自从昨天尼古拉·弗谢沃洛多维奇出走和阿列克谢·叶戈雷奇离开之后，整座宅子就只剩下不超过五个或者六个人，他们住在这里，可以说，等于是残废。即使这些离群索居的居民中万一有人听到了惨叫声或者呼救声，几乎可以有十分把握地肯定，那也只会引起他们的恐惧，而绝不会有人肯动动窝，离开温暖的火炉和热炕赶去营救。

六点二十分，除了被派去接沙托夫的埃尔克利以外，几乎所有的人都到齐了。彼得·斯捷潘诺维奇这一回没有迟到；他是跟托尔卡琴科一起来的。托尔卡琴科愁眉苦脸、心事重重；他那虚张声势、无礼放肆而又不可一世的果断派头，已经完全消失。他几乎与彼得·斯捷潘诺维奇寸步不离，仿佛突然对彼得·斯捷潘诺维奇变得无限忠心；他经常忙忙叨叨地凑过去跟彼得·斯捷潘诺维奇耳语，但是彼得·斯捷潘诺维奇几乎不理他，或者烦躁地嘟囔着什么，让他别再烦他了。

第三部

希加廖夫和维尔金斯基甚至比彼得·斯捷潘诺维奇到得还稍早些,看见他来了,他们就立刻走到一边,离他稍远,一言不发,显然这是他俩预先约好了的。彼得·斯捷潘诺维奇举起灯笼毫无礼貌和带有侮辱性地仔细端详着他们。"他们有话要说。"这想法在他脑子里倏忽一闪。

"利亚姆申没来?"他问维尔金斯基,"谁说他病了?"

"我在这儿。"利亚姆申突然从一棵树的背后钻出来,应声道。他穿着棉大衣,身上紧紧裹着一条格纹毯,所以甚至打着灯笼也很难看清他的脸。

"那么说,就利普京没来?"

这时利普京一声不响地从山洞里钻了出来。彼得·斯捷潘诺维奇又举起了灯笼。

"您干吗钻到里面去,为什么不出来?"

"我认为,我们大家都保持着我们行动的……自由权。"利普京嘟囔道,不过他大概自己也不完全清楚他想说什么。

"诸位,"彼得·斯捷潘诺维奇提高了嗓门,第一次打破了小声低语的状态,这产生了效果,"我想,大家都清楚,现在我们不必再啰唆了。昨天,要说的话都已经翻过来倒过去地全说了,直截了当而且清清楚楚。但是,我从大家的脸上看得出来,也许还有人有什么话要说;既然如此,那就请你们快点。去他的,时间不多,说不定埃尔克利马上就会带他来……"

"他肯定会带他来的。"托尔卡琴科不知为什么插嘴道。

"如果我没有弄错,先得移交印刷机?"利普京问道,他似乎也不明白为什么提这个问题。

"那还用说,不能把东西丢了。"彼得·斯捷潘诺维奇又举起灯笼照了照他的脸,"但是昨天大家已经说定,不必当真接收下来。只让他向我们指明他埋藏机器的具体地点;以后我们自己把它挖出来。我知道,就在离这山洞某一角落十步远的某个地方……但是活见鬼,利普京,您怎么把这事给忘了呢?我们说定,由您一个人先见他,我们再出来……奇怪的是您居然还问,要不就是故意这样?"

利普京板着脸不作声。大家也一言不发。风撼动着松树的树冠。

"不过我希望,诸位,每人都要尽到自己的职责。"彼得·斯捷潘诺维奇不耐烦地打破了沉默。

"我知道,沙托夫的老婆回来了,生了个孩子。"维尔金斯基忽然说,他说得很激动、很匆忙,好不容易才把话说出来,还用手比画着,"如果知道人的心理……你们就会相信他现在绝不会去告密……因为他感到很幸福……所以我方才去找了所有的人,可是谁也没有碰到……所以,说不定,现在根本不需要采取任何措施了……"

他说到这里停了下来:他喘不过气来了。

"维尔金斯基先生,如果您突然得到了幸福,"彼得·斯捷潘诺维奇向他迈近一步,"您会放弃吗——我说的不是告密,说的不是这个,而是说某项冒险的利国利民的义举,这是在您得到幸福之前就已计划好了的,您也认为这样做是自己的天职和义务,尽管要冒很大风险,甚至失去自己的幸福,请问,您会放弃吗?"

"不,我不会放弃!无论如何不会放弃!"维尔金斯基全身探向前面,用一种十分荒谬的热烈口吻说道。

"您宁可重新陷入不幸,也不愿做个卑鄙下流的人,是不是?"

"是的,是的……我甚至根本相反……想做个十足的卑鄙小人,不,我说错了……虽然根本不是卑鄙小人,而是相反,我宁愿做个十足不幸的人,也不愿做个卑鄙小人。"

"那您就该明白,沙托夫认为这告密乃是他的一项利国利民的义举,他的

第三部

最高信念，而证据就是他本人在政府面前也多少是冒险，虽然由于告密有功，当然，他可以将功折罪，得到从宽处理。这样的人是无论如何不会死心的。什么幸福也战胜不了他的内心冲动；一天后他就会幡然醒悟，责备自己，就会去履行他应尽的义务。再说，我看不出这有什么幸福可言，不就是分手三年后老婆回到他身边生了个斯塔夫罗金的孩子嘛。"

"可是谁也没有见到沙托夫去告密呀。"希加廖夫突然坚定地说道。

"他去告密我见过，"彼得·斯捷潘诺维奇叫道，"确有其事，这一切都混账透了，诸位！"

"可我，"维尔金斯基忽地火了，"我抗议……我坚决抗议……我要……我要这样：我希望等他来之后，我们都走出来，大家都问他：如果真有此事，就要他认错，如果他保证没有这事，就放了他。不管怎么说吧——先审问他；依审问的结果行事。而不是大家先躲起来，然后乘其不备猝然下手。"

"用共同事业来冒险，轻信他的保证——真是愚不可及！去他的，诸位，现在这多么愚蠢啊！在这危险的时刻，你们到底想扮演什么角色呢？"

"我抗议，我抗议。"维尔金斯基一迭连声地喊道。

"至少请您别吼，信号都听不见了。沙托夫，诸位……（去他的，现在这多么愚蠢啊！）我已经告诉过你们，沙托夫是斯拉夫派，也就是说，他是一个最混账的东西……不过，见鬼，这都无所谓，这都没有关系！你们把我都弄糊涂了！……诸位，沙托夫是个凶狠的人，因为他毕竟曾经是我们这个团体的一员，因此不管他愿意不愿意，直到最后一分钟我都希望能够利用他来为共同事业服务，把他作为一个凶狠的人来使用他。我一直爱护他，体谅他，虽然上级已有十分明确的指示……我体谅他的程度超过他应得的一百倍！可是到头来他却去告密；哼，活见鬼，也没什么了不起！……现在谁想溜，你们试试看！你们谁也无权抛弃事业，半途而废！如果你们愿意，只管去跟他亲嘴好了，但是你们无权轻信他的保证，出卖我们的共同事业！只有猪和被政府收买的人才会这样做！"

"这里有谁被收买了？"利普京又不紧不慢地问。

"说不定就是您。您还是给我闭嘴的好，利普京，您这么说只是由于习惯。诸位，被政府收买的人就是那些在危急时刻贪生怕死、临阵脱逃的人。因为害怕，在最后关头总有这样的混蛋临阵脱逃，还大叫：'哎呀呀，饶了我吧，我可以出卖所有的人！'但是，诸位，要知道，现在怎么告密也没有用了，他们不会饶恕你们的。即使判刑时给你们罪减二等，你们每个人还是免不了要去西伯利亚，此外，你们也逃不了另一把剑。这另一把剑比政府的剑更锋利。"

彼得·斯捷潘诺维奇在疯狂中说了许多多余的话。希加廖夫坚定地向他迈近三步。

"从昨天晚上起，我就把这事仔仔细细地考虑过了，"他像往常一样自信而又有条不紊地开口道（我觉得，即使他脚下山崩地裂，他这时也不会加强语气，也不会改变他说话有条不紊的一丝一毫），"经过仔细考虑，我坚决认为，预谋中的暗杀，不仅浪费本来可以更实事求是、非常直接地利用的宝贵时间，此外这也有害地背离了正常的道路，这种背离对我们的事业一向极其有害，并且使我们的事业屈从于一些思想肤浅的人的影响（这些人主要是政客，而不是纯粹的社会主义者），因而使事业的胜利推迟几十年。我到这里来的目的仅仅是抗议，抗议预谋中的这一举动，使大家引以为戒，然后把自己排除在外，绝不参与你们当前的这一行动，我不知道你们为什么把当前这一时刻称为你们的危急时刻。我要离开这里——并不是出于害怕这一危险，也不是出于对沙托夫的同情（我根本不想跟他亲嘴），而仅仅是因为这整个事，从开始到末了，都与我奉行的纲领直接抵触。至于告密以及政府收买云云，就我来说，你们完全可以放心：我绝不会去告密。"

说罢他便转身走了。

"去他的，他肯定会碰到他们，他肯定会给沙托夫通风报信的！"彼得·斯捷潘诺维奇叫道，说罢便拔出手枪。传出了喀嚓一下扳起机头的声音。

"您可以放心，"希加廖夫又回过头来，"我在路上遇到沙托夫的话，我也许会向他鞠躬问好，但是我绝不会向他通风报信。"

"您知道吗，您这样做可是要付出代价的，傅立叶先生？"

"我要请您注意，我不是傅立叶。您把我跟这个甜言蜜语、脱离实际、优柔寡断的人混为一谈，只能证明我的手稿虽然在您手中，可是您对其中的内容却一无所知。至于您想报仇，那我可以告诉您，您扳起机头是没用的；当前这时候，这对您非常不利。如果您威胁我明天或者后天要把我干掉，那么，除了招来多余的麻烦以外，您也捞不到任何好处：您可以杀死我，但是早晚你们还得采取我的这一套办法。再见。"

就在这一刹那，在两百步开外，从大花园里，从池塘方向传来了一声口哨。利普京按照昨晚的约定也立刻吹了一声哨子作为回答（他不敢指望自己那没几颗牙的嘴真能吹出什么声音，为此上午到市场上花一戈比买了一个孩子们吹着玩的用黏土烧制的哨子）。埃尔克利在半道上就预先告诉了沙托夫，他们将用哨声作为暗号，所以沙托夫没有产生任何怀疑。

"您放心，我会从一边插过去，躲开他们的，他们根本就看不见我。"希加廖夫用给人印象深刻的低语预先声明，然后也不加快脚步，不慌不忙地穿过黑黢黢的花园，径直向回家的方向走去。

现在，这桩可怕的事件是怎么发生的，直到最微末的细节，均已真相大白。先是利普京在紧挨山洞的地方迎接埃尔克利和沙托夫；沙托夫没有向他鞠躬问好，也没有向他伸出手去，但却立刻急匆匆地大声道：

第三部

"喂，您的铁锹在哪儿，还有没有别的灯笼？不用怕，这里一个人也没有。至于斯克沃列什尼基，即使现在从这里开炮，那里也听不见。瞧，就这儿，就在这里，就在这地方……"

于是他跺了跺脚，他跺脚的地方，真的就在离山洞后犄角十步远的地方，在靠近森林那一边。就在这时候，托尔卡琴科从树背后一个箭步蹿了出来，从后面朝他扑去，埃尔克利从后面抓住了他的两只胳膊肘，利普京从前面扑来。三个人一起把他摔倒，并且把他按在地上。这时，彼得·斯捷潘诺维奇拿着手枪蹿了出来。据说，沙托夫还来得及向他扭过头去，还能看清他、认出他。三个灯笼照亮着这一场面。沙托夫突然发出一声短促而又不顾一切的喊叫；但是他们不让他喊：彼得·斯捷潘诺维奇镇定自若而又坚定果断地把手枪直接对准他的脑门，紧紧顶在上面，接着就扣响了扳机。枪声似乎并不很响，起码在斯克沃列什尼基什么也没有听见。不用说，希加廖夫听见了，他还没走出三百步——既听到了喊叫，也听到了枪声，但是，据他自己后来提供的证词，他既没有回头，甚至也没有停步。几乎是一枪毙命。只有彼得·斯捷潘诺维奇一人仍旧保持着有条不紊的办事能力，但是我不认为他还保持着沉着和冷静。他蹲下来，用坚定的手匆匆搜查了一下死者的口袋。没有钱（钱包留在玛丽娅·伊格纳季耶芙娜的枕头下面了）。只找到两三张废纸：一张是办公室的便条，另一张写着某本书的书名，还有一张是国外某饭馆的旧账单，天知道时隔两年为什么还完好地保留在他的口袋里。彼得·斯捷潘诺维奇把这几张纸塞进自己的口袋，突然发现大家都围在一起，看着尸首，什么事也不做，他见状气不打一处来，开始不客气地破口大骂，连连催促大家赶快动手。直到这时，托尔卡琴科和埃尔克利才醒悟过来，急忙跑进山洞，霎时就从山洞里搬出两大块他们一早就藏在里面的石头，每块各重约二十俄磅，已经准备好了，就是说用绳子紧紧地、结结实实地捆好了。因为预先说定把尸体扔进最近的那个（即第三个）池塘，并把他沉入塘里，所以他们就开始把这两块石头分别绑在他的两腿和脖子上。彼得·斯捷潘诺维奇负责绑绳子，托尔卡琴科和埃尔克利只是搬起石头轮流递给他。埃尔克利递上了第一块石头，于是彼得·斯捷潘诺维奇便骂骂咧咧地开始用绳子捆住尸体的两腿，并把这石头绑在他腿上——在这相当长的一段时间内，托尔卡琴科一直两手垂直地抱着另一块石头，全身前倾，剧烈地而又似乎毕恭毕敬地弯着腰，以便第一时间就把石头递过去，居然一次也没有想到可以把这负荷暂时放在地上。当这两块石头终于绑好，彼得·斯捷潘诺维奇从地上站起来，注视着在场诸人的面容时，突然发生了一件完全出乎意料、几乎使大家都感到吃惊的咄咄怪事。

我们在上面已经说过，除了托尔卡琴科和埃尔克利以外，几乎所有人都站着，什么事也不做。维尔金斯基看见大家都向沙托夫扑过去的时候，虽说他也扑了过去，但是他没有上前抓住沙托夫，也没有帮助他们按住沙托夫。利亚姆申则在听见枪响以后才出现在大伙儿中间。接着在忙着折腾尸体的、也许长达十分钟的时间内，他们大家似乎都部分地失去了知觉。他们围在周围，在尚未感到任何不安和惊慌之前，似乎只感到惊奇。利普京站在前面，紧挨着尸体。维尔金斯基站在他身后，带着一种特别的、似乎与己无关的好奇心从他的肩膀上向里张望，甚至为了看得清楚点还踮起了脚尖。利亚姆申则躲在维尔金斯基后面，只是间或提心吊胆地从他身后向里张望，然后又立刻躲起来。当石头已经绑好，彼得·斯捷潘诺维奇也已经站起来之后，维尔金斯基突然全身微微战栗，发起抖来，他举起两手一拍，扯开嗓门凄惨地大叫：

"这不对，不对！不，这完全不对！"

在他这个已经为时太晚的惊呼之后，他也许还有什么话要补充，可是利亚姆申不让他把话说完：他突然用足浑身力气抱住了他，从他身后把他抱得紧紧的，接着便发出一声令人难以置信的尖叫。常有这样的时刻，比如说，有人吓得魂飞魄散，突然声音大变，发出一声惊叫，而从前根本无法想象他会发出这样的声音，有时候这甚至会使人感到非常可怕。利亚姆申用一种非人的声音，而且是用一种野兽般的吼叫喊了起来。他从后面用两手使劲抱住维尔金斯基，而且像一阵阵抽风似的越抱越紧，不停地发出连续不断的尖叫，瞪大了两眼，望着大家，而且嘴巴张得老大，还用两只脚跺着地面，仿佛打着细碎的鼓点似的。维尔金斯基吓了一跳，以致他自己也像疯子般叫了起来，他连声吼叫，简直难以想象维尔金斯基也会如此狂暴、如此凶狠，他开始从利亚姆申的胳膊里挣脱出来，用尽力气把手伸到背后，对他又抓又打。埃尔克利终于帮助他拉开了利亚姆申。但是，当维尔金斯基在惊惧中跳到一旁，离他十步开外之后，利亚姆申看见了彼得·斯捷潘诺维奇，又突然大吼一声，向他扑了过去。他扑过去时在尸体上绊了一下，竟越过尸体摔倒在彼得·斯捷潘诺维奇身上，于是他就乘势把他紧紧地一把抱住，用头紧顶着他的胸脯，以致非但彼得·斯捷潘诺维奇，甚至连托尔卡琴科和利普京，开头也几乎拿他毫无办法。彼得·斯捷潘诺维奇又叫又骂，用拳头捶他的脑袋，最后他好歹总算挣脱了出来，拔出手枪，径直对准还在继续吼叫的利亚姆申的张开的嘴，而利亚姆申已经被托尔卡琴科、埃尔克利和利普京紧紧抓住了两手；但是利亚姆申竟置手枪于不顾，继续尖叫。最后，埃尔克利把自己的绸手帕随手揉成一团，麻利地塞进他的嘴巴，这样一来叫声才停止了。托尔卡琴科趁机用留下来的一根绳头把他的两手绑了起来。

"这很奇怪。"彼得·斯捷潘诺维奇说，惊慌而又诧异地打量着这疯子。

他分明感到很吃惊。

"我还以为他根本不是这样的。"他若有所思地加了一句。

只好暂时把埃尔克利留下来看着他。必须赶快把这死人处理掉：刚才又是叫又是嚷的，给什么地方听见了也说不定。托尔卡琴科和彼得·斯捷潘诺维奇举起灯笼，抬起了死人的脑袋；利普京和维尔金斯基则抓住两腿，把尸体抬走了。因为绑了两块石头，这负荷就重了，而距离有两百来步。他们几个人中最有力气的是托尔卡琴科。他提议大家步调一致，走齐了，可是谁也不理他，仍旧深一脚浅一脚地走着。彼得·斯捷潘诺维奇走在右边，弯腰曲背，把死人的脑袋扛在自己的肩膀上，他左手则从下面托住石头。托尔卡琴科整整有一半路程都没有想到要帮他托住石头，以致彼得·斯捷潘诺维奇终于对他破口大骂。这叫骂声是忽然爆发的，孤零零的；大家都默默地抬着尸体继续往前走着，直到已经快到池塘边时，被抬着的尸体压得弯腰曲背、好像累坏了的维尔金斯基，突然又用同样洪亮的哭声叫了起来。

"这不对，不，不，这根本不对！"

斯克沃列什尼基的这第三个池塘相当大，他们把那个被枪打死的人抬到这池塘的尽头，这是花园中最荒凉、最人迹罕至的地方，尤其在这样的深秋季节更显得满眼凄凉。池塘的尽头处，岸边长满了野草。他们放下灯笼后，把尸体晃悠了两下，抛进了水里。发出一声长久的闷响。彼得·斯捷潘诺维奇举起手电，大家也在他身后探出头来，好奇地向外张望着这死人是怎样沉下水的；但是已经什么也看不见了：绑了两块石头的尸体立刻沉没了。在水面激起的巨大的波纹很快就静止不动了。事情办完了。

"诸位，"彼得·斯捷潘诺维奇对大家说道，"现在我们就可以各奔东西了。毫无疑问，我们完成了自由的天职，必将随之而感到一种自由的骄傲，如果你们现在由于惊慌失措尚未感觉到类似的感情的话（十分遗憾），那么你们明天肯定会感觉到的，如果明天还没有感觉到，那就可耻了。对利亚姆申的过于无耻的心慌意乱，我同意把它看成是一种梦呓，何况据说他从一大早起还当真病了。至于您，维尔金斯基，只要一瞬间的自由思考，它就会向您说明，为了我们的共同事业，绝不应该轻信他的保证，而应当像我们已经做的那样当机立断。这事的后果会向您表明他的确告过密。我可以忘掉您的大呼小叫。至于危险嘛，绝不会有任何危险。谁也不会想到怀疑我们当中的任何人，尤其是假如你们能够不动声色，好自为之的话；所以主要的问题还在你们自己和你们坚定的信念，对于这点，我希望你们明天就能站稳立场。顺便说说，你们之所以要团结起来，成立一个志同道合者自由结合的单独组织，就是为了当前在共同事业中能够同心协力，如有必要，还要互相监督，互相砥砺。你们每个人都肩负着崇高的职责。你们的使命是振兴因停滞而发臭的衰老的事业；你们要时刻想到这个，并以此来鼓舞自己。你们目前要做的一切就是破字当头：让国家及其道德全部土崩瓦解。将来留下来的只有我们，我们未来的任务就是夺取政权：让聪明人参加我们的行列，而让那些蠢货做牛做马。对此我们用不着不好意思。我们要改造下一代，要使他们成为无愧于自由的接班人。我们前面还有千千万万个沙托夫。我们要组织起来控制舆论导向；对于那些逍遥派和观望派，我们应当伸手把他们拉过来，否则我们就太无能了。现在我就去找基里洛夫，天亮前就能拿到那份凭据，他临死前将在这份凭据（作为对政府的交代）上承担全部责任。没有任何东西能比这一招更绝的了。首先，他历来跟沙托夫有仇；他俩在美国曾住在一起，这样一来，就难免吵架。大家知道，沙托夫改变了信仰；这说明，他俩的敌对是出于信仰不同和害怕告密——也就是说誓不两立。这一切都将写上。最后还要提到，在他那儿，在菲利波夫公寓，曾借住过那个费季卡。这样一来，这一切就会使你们完全排除任何怀疑，因此这一切定将使那些羊脑瓜晕头转向，摸不着头脑。诸位，咱们明天就不见面了；我要离开这里到县里去待一个极短的日期。但是后天你们就会得到我的消息。我要奉劝诸位，明天尤其要待在家里。现

第三部

在我们就两个人两个人地分头离开这里。托尔卡琴科，我请您照顾一下利亚姆申，带他回去。您可以对他施加点儿影响，主要是跟他讲清楚，他的临阵胆怯只会头一个对他不利，而且不利到什么程度。维尔金斯基先生，对令亲希加廖夫，就像对您一样，我不愿意怀疑：他绝不会去告密。只是对他的所作所为我感到遗憾；但是话又说回来，他还没有声明要退出我们的团体，因此埋葬他还嫌过早。好了——快走吧，诸位，那些人虽然奇蠢无比，不过还是小心为好……"

维尔金斯基是同埃尔克利一道走的。埃尔克利在把利亚姆申交给托尔卡琴科以前，先把他带去见彼得·斯捷潘诺维奇，声称他已经觉悟了，认错了，请求原谅，他甚至不记得他究竟发生了什么事。彼得·斯捷潘诺维奇是一个人走的，他绕到池塘的另一边，再沿着大花园走了出去。这条路最长。使他惊讶的是，他刚走了一半，利普京就追上了他。

"彼得·斯捷潘诺维奇，要知道，利亚姆申会去告密的！"

"不，他会觉悟的，会明白过来的，如果他去告密，他就会头一个去西伯利亚。现在谁也不会去告密啦。您也不会去告密。"

"那您呢？"

"毫无疑问，只要你们稍有动静，出现一点儿变节的念头，我就会把你们大家都送到西伯利亚去。但是您不会变节。您跑了两俄里赶来找我，难道就为了上西伯利亚？"

"彼得·斯捷潘诺维奇，彼得·斯捷潘诺维奇，要知道，也许我俩永远不会见面了！"

"这话怎讲？"

"您只告诉我一点。"

"什么事？不过我倒希望您快滚蛋。"

"您就回答一个问题，不过得讲实话：世界上就我们一个五人小组呢，还是真有好几百个五人小组？我是深思熟虑之后才问您这问题的，彼得·斯捷潘诺维奇。"

"从您这发狂的样子我就看出来了。您知道您比利亚姆申还危险吗，利普京？"

"我知道，知道，但是——回答，您回答呀！"

"您真是个大笨蛋！要知道，现在似乎对您反正一样——一个五人小组还是一千个五人小组。"

"那么说就一个！我早料到啦！"利普京叫道，"我一直认为就一个，直到眼下……"

于是，他没有等对方做出另外的回答，就转身迅速消失在黑暗中。

彼得·斯捷潘诺维奇沉思了片刻。

"不，谁也不会去告密的，"他毅然说道，"但是——小组就应当是小组，必须听话，要不我就把他们……这些人呀真是些废物，真是的！"

二

彼得·斯捷潘诺维奇先回到自己的住处，有条不紊、不慌不忙地收拾好皮箱。早上六点钟有一列特快列车从这里始发。这列特快早车一星期才发一次，而且是前不久才定下的，暂时还只是试运营。彼得·斯捷潘诺维奇虽然预先给我们的人打过招呼，似乎他只是暂时离开，到县里去一趟很快就回来，但是后来发现他根本另有企图。把皮箱收拾好以后，他与事先打过招呼的女房东结了账，雇了一辆马车，乘车去找住在离火车站很近的埃尔克利。接着，在快半夜一点的时候才去找基里洛夫，他又从费季卡的那个秘密通道钻进去。

第三部

彼得·斯捷潘诺维奇当时的情绪很坏。除了其他对他来说非常重要的不愉快之外（关于斯塔夫罗金，他依旧什么情况也没有打听到），我觉得（因为我无法肯定），他可能在这天收到了一份从什么地方（很可能从彼得堡）寄来的秘密通知，告诉他短期内很可能会遇到某种危险。当然，关于这段时期的情况，现在敝城有许多传说；但是，如果有什么传闻是确凿的话，那知道的人也仅限于圈内应当知道这些情况的人。照我个人看来，我仅仅认为，彼得·斯捷潘诺维奇除了在我们这个城市以外，可能在别的什么地方也犯了事，所以他的确可能收到秘密通知。不管利普京如何看破一切并大失所望地表示怀疑，我甚至确信，除了我们这个五人小组以外，他的确还可能有三两个五人小组，比如说在两大京城①；即便不是五人小组，起码也有联系和往来，而且说不定这些关系还十分离奇可笑。他走后还没过三天，敝城就接到由京城下达的立刻逮捕他的命令——到底为了什么事，为了我们这里的事，还是其他地方的事——这，我就不知道了。这道命令的下达，当时正好进一步加剧了那种近乎神秘的、令人毛骨悚然的恐怖——自从发现大学生沙托夫神秘而又意义重大地遭到暗杀（这起凶杀案跃居我们这里发生的一连串荒唐事件之最），以及伴随着这一事件出现的异乎寻常的扑朔迷离的情况之后，这种恐怖感便突然笼罩了敝省的地方官，以及迄今为止一直顽固地采取不闻不问态度的上流社会。不过这命令来迟了：彼得·斯捷潘诺维奇当时已经用化名蛰居彼得堡，他的鼻子很灵，一嗅到这是怎么回事后，转眼间便逃亡国外……然而我扯得太远了，这是后话。

他走进基里洛夫家，一副恶狠狠地想寻衅闹事的模样。除了办那件最要紧的事情以外，他似乎还有什么事想找基里洛夫发泄一下，拿他出出气。基

---

① 指当时的俄国京城圣彼得堡和故都莫斯科。

里洛夫对他的到来似乎很高兴；看得出来，他等他来已经等得太久了，已经很焦急、很不耐烦了。他的面色比平时还要苍白，一双黑眼睛的目光沉重而又凝视不动。

"我还以为您不来了呢。"他坐在长沙发的一角心情沉重地说道，不过身体并没有动弹一下以示欢迎。彼得·斯捷潘诺维奇站在他面前，没有开口，先注意地端详了一下他的脸。

"说明一切正常，无须改变我们的决定，好样的！"他微微一笑，一副可气的庇护人模样。"那么好，"他又带着可憎的玩笑态度加了一句，"就算来晚了吧，您也不用见怪：我已经赠送给您三个小时了。"

"我不需要您赠予我多余的几个小时，你也没有资格赠送给我……混蛋！"

"什么？"彼得·斯捷潘诺维奇打了个哆嗦，但是转眼间控制住了自己，"脾气还不小呀！唉，咱们的气还不打一处来，是吗？"他仍旧用那种气人的居高临下的态度一字一顿地说道，"在这样的时刻还是心平气和一些好。最好现在您把自己看成哥伦布，而把我看成一只老鼠，犯不上为我生气。这办法昨天我就向您推荐过。"

"我不愿意把您看成老鼠。"

"这怎么说呢，恭维？话又说回来，茶也是冷的——这说明，一切都底朝天了。不，这里发生了某种靠不住的事。啊！那边窗台上，在盘子里，我好像发现了什么（他走到窗口）。哦，原来是米粥炖老母鸡……但是为什么到现在还没动呢？这说明咱们的情绪不好，甚至连老母鸡都……"

"我吃过了，您管不着；闭嘴！"

"噢，当然，再说这也无所谓。不过现在对于我这就不是无所谓啦：您想，我几乎压根儿还没吃饭，因此我想，假如这只鸡现在您已经不吃的话……怎么样？"

"吃吧，只要吃得下。"

"那就谢谢了，吃完还要喝点儿茶。"

他霎时便坐到桌旁，坐在沙发的另一头，扑向食物，狼吞虎咽地大嚼起来；但与此同时他又无时无刻不在观察自己的牺牲品。基里洛夫又生气又厌恶地、一动不动地盯着他，好像眼睛离不开他似的。

"不过，"彼得·斯捷潘诺维奇猛地抬起头来，一面还在继续吃着，"不过，是不是该谈正事了呢？咱们绝不会打退堂鼓吧，啊？那张字据呢？"

"今天夜里我已经认定，这对我反正一样。我可以写。关于传单的事？"

"是的，关于传单的事也写。不过，我念您写。要知道，对您反正一样。难道这种时候写什么内容会使您感到不安吗？"

"你管不着。"

"当然，我是管不着。不过，总共也就几行字，就说您跟沙托夫散发了传单，顺便提一提是在费季卡的帮助下，当时他躲藏在您的住处。这最后一点，即费季卡和您住处的事非常重要，甚至可以说最重要。您瞧，我跟您是完全开诚布公的。"

"沙托夫？干吗要写沙托夫？我无论如何不写沙托夫。"

"您又来了，对您有什么关系呢？您已经不可能对他有任何危害了。"

"他的妻子回来了。她醒来后派人来问过我：他在哪儿？"

"她派人来打听他在哪儿了？唔，这可不妙。说不定还会派人来；我在这里绝不能让任何人知道……"

彼得·斯捷潘诺维奇担心起来。

"她不会知道的，又睡着了；她找了个接生婆，阿林娜·维尔金斯卡娅。"

"这就好，而且……我想，她听不见吧？我说，不如把台阶上的门插上。"

"她什么也不会听见的。要是沙托夫来,我就把您藏到另一个房间去。"

"沙托夫来不了啦;您就写,因为他叛变和告密……今天晚上……你们吵架了……这就是他的死因。"

"他死了!"基里洛夫叫道,从沙发上跳起来。

"今晚七时许,或者不如说昨晚七时许,因为现在已经过十二点了。"

"是你杀死他的!……这,昨天我就料到啦!"

"还能不料到吗? 就是用这把手枪。(他掏出手枪,大概是想给他看看,但是没有把它再藏起来,而是用右手继续拿着,似乎备而不用。)不过,基里洛夫,您这人也真怪,您自己也知道,这个混账东西是一定会得到这样的下场的。这有什么料到不料到的呢? 我已经跟您翻来覆去说过多少遍了。沙托夫准备去告密:我一直在监视他,绝不能听任他为非作歹。再说也给了您监视他的指示;约莫三星期前您不是亲自告诉过我吗……"

"闭嘴! 你杀他是因为他在日内瓦啐过你的脸!"

"既因为这事也因为别的事。因为许多别的事;不过并没有任何个人恩怨。您干吗老跳起来? 干吗净装腔作势? 哎呀! 咱们还真不赖……"

他一跃而起,向他举起了手枪。问题在于基里洛夫忽然从窗台上一把抓起他还在早上就准备好的顶上了子弹的手枪。彼得·斯捷潘诺维奇站好姿势,把自己的武器瞄准了基里洛夫。基里洛夫恶狠狠地放声大笑。

"你坦白,你这混蛋,你带上手枪是怕我开枪打死你……但是我不会对你开枪的……虽然……虽然……"

他说罢又把自己的手枪瞄准了彼得·斯捷潘诺维奇,似乎在跃跃欲试,似乎一想到怎样开枪打死他就感到快乐无比,以致都无法抵拒这种乐趣了。彼得·斯捷潘诺维奇一直严阵以待,一直等到最后一刹那都没有开枪,他这样做是很冒险的,很可能他脑门上会先吃一颗子弹:一个"头脑发热的人"是

第三部

做得出来的。但是这个"头脑发热的人"终于放下了胳膊，气喘吁吁，浑身发抖，甚至话都说不出来了。

"别闹啦，够啦！"彼得·斯捷潘诺维奇也放下了武器，"我早料到您是闹着玩的；不过您也太冒险了；我会开枪的。"

于是他又相当镇静地坐到沙发上，给自己倒了一杯茶，不过手有点发抖。基里洛夫把手枪放到桌上，开始在屋里踱来踱去。

"我绝不写我杀了沙托夫，而且……我现在什么也不会写了。你休想拿到字据！"

"拿不到？"

"拿不到。"

"多么卑鄙，多么愚蠢啊！"彼得·斯捷潘诺维奇气得脸上青一阵白一阵，"不过这事我早有预感。要知道，您并没有把我打个措手不及。随您便，真是的。如果我能够强迫您，我非强迫您不可。不过，您是混蛋。"彼得·斯捷潘诺维奇越说越咽不下这口气，"当时，您向我们要钱，千答应万答应，好话说了三大筐……不过我绝不会毫无结果就离开这里的，起码我要看到您自己让自己的脑袋开花。"

"我要你立刻离开这里。"基里洛夫面对他坚定地停下了脚步。

"不，这无论如何不行，您哪，"彼得·斯捷潘诺维奇又端起了手枪，"说不定现在你出于恶意和怕死，想要放弃一切，明天去告密，好再拿一笔钱，要知道，为这事他们会给您钱的。让鬼把您抓了去，像您这样一些势利小人是什么都干得出来的！但是您放心，我什么都料到了：如果我不像对待那个混蛋沙托夫一样用这支手枪让您脑袋开花的话，我是绝不会走的，如果您自己怕死，放弃您的打算，那就让鬼把您抓了去！"

"你非得看见我死于非命不可吗？"

"我不是出于个人恩怨,您要明白;我完全无所谓。我是为了对得起我们的事业。人是靠不住的,这,您自己也看到了。我什么也不明白,您当时决定自杀的那幻想到底是怎么回事。我可不是越俎代庖,还在告诉我之前,您就向别人申明了这一点,而且最初也不是告诉我,而是告诉国外的盟[①]员。请注意,他们中间谁也没有逼您非说出来不可,他们当中谁也不认识您,根本不认识,是您自己自作多情地跑来向大家坦白的。这又有什么办法呢,既然当时是在您的同意和建议下(请注意:这是您自己提议的),才据此制订了在这里的某个行动计划,这计划现在已经无论如何没法改变了。您现在已经进退两难,因为您知道的东西太多了。要是您出去乱说,明天去告密,这也许对我们很不利,您对此有何高见? 不,您哪,您责无旁贷,因为您保证过,您拿了钱。这是您无论如何否定不了的……"

彼得·斯捷潘诺维奇说得非常慷慨激昂,但是基里洛夫早就不在听他说话了。他又若有所思地在室内踱来踱去。

"我为沙托夫感到惋惜。"他说,又在彼得·斯捷潘诺维奇面前停下了脚步。

"我不也感到惋惜吗,也许,难道……"

"闭嘴,卑鄙无耻的东西!"基里洛夫吼道,做了一个可怕的、明确无误的动作,"我打死你!"

"好啦,好啦,好啦,我胡扯,我同意我毫无惋惜之意,啊呀,够啦,够啦!"彼得·斯捷潘诺维奇担心地微微跳起来,猛地伸出一只手,做抵御状。

基里洛夫突然平静下来,又开始踱来踱去。

"我不会拖延的;正是现在我想自杀:都是些混账东西!"

[①] 可能暗指巴枯宁在国外创建的世界革命同盟。

"这倒是个好主意；当然，都是些混账东西，既然一个正派人活在这世上感到厌恶，那……"

"混蛋，我也跟你，跟大家一样，是个混账东西，不是一个正派人。任何地方都没有正派人。"

"终于明白过来了。基里洛夫，难道您这么聪明，直到现在都不明白，大家都一样，既没有人好点儿，也没有人坏点儿，而只是有的人聪明点儿，有的人笨点儿，既然大家都是混蛋（不过，这是废话），由此可见，就不应该有不是混蛋的人，不是吗？"

"啊！你当真不是在开玩笑？"基里洛夫有点诧异地看了看他，"你措辞激烈，而且简单明了……难道像你这样的人也抱有这样的看法？"

"基里洛夫，我始终弄不明白您为什么要自杀。我只知道这是出于一种信念……坚定的信念。但是，倘若您觉得有必要（可以说）一吐为快的话，我当洗耳恭听……不过要注意时间……"

"几点了？"

"啊呀，两点整了。"彼得·斯捷潘诺维奇看了看钟，点上了一支烟。

"看来，还可以说得通。"他暗自寻思。

"我没有什么可对你说的。"基里洛夫喃喃道。

"我记得，这似乎是关于神什么的……有一次您曾经向我解释过；甚至有两次。要是您开枪自杀，您就会成为神，好像是这样，对吗？"

"是的，我将成为神。"

彼得·斯捷潘诺维奇甚至没有笑，他等着；基里洛夫敏感地看了看他。

"您[①]是个政治骗子和政治阴谋家，您想让我大发议论，兴奋起来，实行

[①] 在这以前和以后，基里洛夫一直对彼得·斯捷潘诺维奇轻蔑地称"你"。

和解，以便驱散愤怒，当我跟您言归于好之后，就向我索取绝命书：说我杀死了沙托夫。"

彼得·斯捷潘诺维奇几乎十分自然而又老老实实地回答道：

"好吧，就算我是这样一个混账东西吧，不过在您即将自杀的最后关头，这对您不是反正一样吗，基里洛夫？我们干吗要争吵呢，真是的：您是这样的人，我也是这样的人，这又有什么要紧呢？再说咱俩都是……"

"都是混账东西。"

"是的，看来都是混账东西。要知道，您也明白这不过是说说罢了。"

"我一辈子都不希望这仅仅是说说而已。我从前活着就是因为不希望说空话。现在我每天也都希望这不是说说而已。"

"可不吗，人往高处走。鱼……就是说，每个人都想过得舒服些；说到底就是这么回事。非常早以前大家就懂得这道理。"

"你说都想过得舒服些？"

"好了，不值得为几个字争论。"

"不，你说得很好；就算想过得舒服些吧。上帝是必需的，因此应该存在上帝。"

"嗯，说得太好了。"

"但是我知道没有上帝，也不可能有。"

"这更正确。"

"难道你不明白，有这种双重想法的人没法活在这世上吗？"

"所以非开枪自杀不可吗？"

"难道你不明白仅仅因为这个就可以开枪自杀吗？你不明白有可能存在这样的人，在你们那几十亿人中就可能存在这样一个人，他不愿意，也受不了这样活下去吗？"

"我只明白您似乎在犹疑不定……这就十分糟糕啦。"

"斯塔夫罗金也被一种思想给吃了。"基里洛夫脸色阴沉地在室内踱来踱去，没注意他刚才说的话。

"什么？"彼得·斯捷潘诺维奇竖起耳朵，"什么思想？他亲自对您说过什么吗？"

"没有，我自己猜出来的：斯塔夫罗金如果信仰上帝，他又不相信他信仰上帝。如果他不信仰上帝，他又不相信他不信仰上帝。"

"嗯，斯塔夫罗金还有另一种比这高明的想法……"彼得·斯捷潘诺维奇故意找碴似的嘀咕道，一边不安地关注着话题的转移以及脸色苍白的基里洛夫。

"去他的，他不会开枪自杀了，"他想，"我一直有这种预感；脑子里净是些奇谈怪论，没别的，这种人真是废物！"

"你是跟我待在一起的最后一个人：我本来就不想跟你不欢而散。"基里洛夫突然恩赐般说道。

彼得·斯捷潘诺维奇没有立刻回答。"去他的，这又是什么新花样？"他又想道。

"基里洛夫，请相信我，我对您没有任何私人恩怨，而且一向……"

"你是个卑鄙小人，你是个搞歪门邪道的人。但是我跟你一样，因此我决定自杀，而你可以继续活下去。"

"您的意思是说，我卑鄙到了极点，因此我还想活下去。"

他还拿不准，这种时候继续这样的谈话对他是不是有利，因此他决定"见机行事"。但是基里洛夫一向看不起他，而且毫不掩饰对他有一种优越感——他说话的口吻一向使他很恼火，而现在不知为什么较之过去更使他怒不可遏。也许是因为基里洛夫再过这么一小时就要死了（彼得·斯捷潘诺维奇仍旧没有死心），在他看来，基里洛夫已经成了半个死人，或者庶几近之，因此他无论如何不允许他神气活现地摆谱。

"您说要开枪自杀，大概是对我吹牛吧？"

"我一向感到奇怪，怎么大家仍旧活着？"基里洛夫没有听见他的话。

"嗯，就算这也是一种想法吧，但是……"

"你这猴崽子，你随声附和是想让我听你摆布。闭嘴，你什么也不懂。既然没有上帝，我就是神。"

"您说的这道理我永远搞不懂：为什么您是神呢？"

"如果有上帝，那么他要怎样就怎样，我无法违背他的意志。如果没有上帝，那么我要怎样就怎样，我就可以为所欲为。"

"为所欲为？为什么您可以这样呢？"

"因为我愿意怎样就怎样。难道整个地球上就没有一个人在摒弃上帝和深信能够随心所欲之后，就不敢完全彻底地为所欲为吗？这就像一个穷人得了一笔遗产，却害怕起来，不敢走近钱袋，认为自己无力拥有它。我想为所欲为。哪怕就我一个人，我也一定要这样做。"

"那您做呀。"

"我必须开枪自杀，因为我能完全彻底地为所欲为的顶点就是自杀。"

"要知道，不是您一个人自杀呀；自杀的人可多了。"

"他们自杀都是有原因的。但是只有我，没有任何原因，仅仅为了为所欲为。"

"他不会开枪自杀了。"彼得·斯捷潘诺维奇脑子里又倏忽一闪。

"我说，是这么回事，"他生气地指出，"要是我处在您的地位，为了表示我能够为所欲为，我就把别人给杀了，而不是自杀。这样您就会成为一个有用的人。如果您不害怕，我就告诉您该杀谁。这样一来，说不定今天您就不用自杀了。这,咱们可以商量嘛。"

"杀死别人乃是我能够为所欲为的最低表现,而你就是彻头彻尾的这样的人。我不是你:我要达到为所欲为的顶点,我要自杀。"

"这就是他独立思考的结果。"彼得·斯捷潘诺维奇悻悻然想道。

"我必须表明我不信上帝。"基里洛夫在屋子里踱着方步,"对我来说,没有比没有上帝更高的思想了。整个人类史都可以为我做证。人为了能够活下去而不自杀,想来想去想出了个上帝,这就是迄今为止的整个世界史。在世界史上,只有我一个人头一次不愿想出个上帝来。我要让人们永远知道这点。"

"不会开枪自杀了。"彼得·斯捷潘诺维奇焦灼地想道。

"您要让谁知道呢?"他煽动道,"这里只有我和您;您要让利普京知道吗?"

"我要让大家知道;大家都会知道这点的。没有任何秘密不会最终暴露出来。这是他说的。"

于是他带着一种狂热指了指前面点着长明灯的救世主像。彼得·斯捷潘诺维奇气坏了。

"可见您还是信仰他的,还点了长明灯;这该不是'以防万一'吧?"

基里洛夫不言语。

"我说,是这么回事,依我看,您的信仰可能比牧师还虔诚。"

"信仰谁?信仰他?听我说,"基里洛夫停住了脚步,两眼一动不动地、狂乱地望着前面,"听我告诉您一个大道理:世上曾有这么一天,在尘世的中央竖起了三座十字架。十字架上有个人十分信仰上帝,他对另一个人说:'今日你要同我在乐园里了。'[①] 这天结束了,两人都死了,去找乐园,可是既没

[①] 参见《新约·路加福音》第二十三章。

有找到乐园，也没有找到复活。那人说的话没有应验。听我说：这人是全世界最崇高的人，他创造了这世界所以存在的东西。没有这个人，整个地球以及地球上的一切，就将是一片疯狂。无论是过去，也无论是今后，甚至到出现奇迹，始终都没有这样的人。这奇迹就在于过去没有，将来也永远不会有这样的人。如果是这样，如果自然法则连这样的人也不怜惜，甚至连自己的奇迹也不怜惜，而是迫使他也生活在谎言中，并为这谎言而死，那么，这样一来，整个地球也就成了一派谎言，建立在谎言和愚蠢地嘲弄人的基础上了。由此可见，地球的法则本身也无非是一派谎言和魔鬼演出的滑稽剧。如果你是人的话，请回答我，活着又为了什么呢？"

"这是另一回事。我觉得，您在这里把两个不同的原因混在一起了；而这是非常靠不住的。但是，我倒想请问，如果您是神，又将怎样呢？如果谎言被揭穿了，您也明白了全部谎言都是因为过去那个上帝而起的话？"

"你终于明白了！"基里洛夫兴高采烈地叫道，"由此可见，甚至像你这样的人都明白了，那这道理还是可以明白的！现在你明白，拯救大家的全部希望就在于向大家证明这一道理。谁来证明呢？我！我不明白，迄今为止一个无神论者既然知道没有上帝，为什么还不立即自杀？认识到没有上帝，而又不同时认识到他自己已经成了神——这是荒唐的，否则就一定会自杀。如果你认识到你就是沙皇，你就不会自杀了，而是位居九五至尊，享尽荣华富贵。可是第一个认识这道理的人就一定要自杀，要不然，谁来开这个头并证明这道理呢？因此为了开这个头并证明这道理，我就非自杀不可。我还只是个身不由己地当了神的人，我很不幸，因为我必须表现出我能够为所欲为。所有的人之所以不幸，就因为他大家都害怕为所欲为。人之所以迄今为止是不幸的、可怜的，就因为害怕在最主要的问题上为所欲为，而只是像个小学生那样搞点儿擦边球。我非常不幸，因为我非常害怕。恐惧乃是人发出的一种诅咒……但是我一定要为所欲为，我必须确信我不信上帝。由我开头并由我结束，我一定要把门打开。我要拯救芸芸众生。只有这样才能拯救所有的人，并使下一代脱胎换骨，超凡脱俗；因为照我的看法，人在现在这样的肉体凡胎的情况下，没有过去那个上帝，是无论如何活不下去的。我花了三年时间来寻找我的神性的标志，而且找到了：我的神性的标志就是我能够为所欲为！这就是我可以在主要问题上用来表现我的桀骜不驯和我的新的可怕的自由的一切。因为这自由的确很可怕。我要自杀，就是为了要表明我的桀骜不驯和我的新的可怕的自由。"

他的脸色显出一种不自然的苍白，目光沉重，让人感到受不了。他仿佛在害热病。彼得·斯捷潘诺维奇以为他立刻就会摔倒。

"把笔拿来！"基里洛夫突然精神抖擞地，完全出人意料地喝道，"你说我写，一切我都可以签字。说沙托夫是我杀的我也可以签字。趁我现在觉得可笑，你快说。我不怕那些自命不凡的奴才的阴暗心理。你自己会看到的，一切秘密都会昭然若揭！而你将被压得粉碎……我信，我信！"

彼得·斯捷潘诺维奇从座位上猛地站起，霎时就递过了墨水瓶和纸，他抓紧时间开始口授，为成功高兴得发抖。

"我，阿列克谢·基里洛夫，现在声明……"

"等等！那不行！我向谁声明？"

基里洛夫像发寒热病似的浑身发抖。这个声明以及关于这声明某种突如其来的特别想法，似乎把他整个人都突然吞没了，似乎这也是一条出路，他那备受折磨的神经便急速奔向这一目标，哪怕时间短暂地稍许松弛一会儿也好：

"我向谁声明？我要知道向谁？"

"不向谁，向大家，向第一个读到这份东西的人。干吗非明确说明不可呢？向全世界！"

"向全世界？好极了！不要忏悔。我不愿意忏悔；我也不愿意向地方官员发表声明。"

"当然不，当然不要，让那些地方官见鬼去吧！如果您是认真的，那就写吧……"彼得·斯捷潘诺维奇歇斯底里地喝道。

"等等！我要先在上面画个吐着舌头的鬼脸。"

"哎呀，别胡扯了！"彼得·斯捷潘诺维奇火了，"不画画，单凭声明的口吻也能把这一切表达出来。"

"用口吻？也好。对，用口吻，口吻！你就用这口吻口授吧。"

"我，阿列克谢·基里洛夫，"彼得·斯捷潘诺维奇坚定而又命令式地口授道，他在基里洛夫的肩膀上面弯下腰来，注视他用激动得发抖的手书写的每个字母，"我基里洛夫声明如下：今天，十月某日晚七时许，我在大花园枪杀了大学生沙托夫，我杀他是因为他叛变，因为他告发印发传单和费季卡的事。费季卡曾在我们两人这里，在菲利波夫公寓秘密借住十天，并在此过夜。今天我要用手枪自杀，并不是因为我要表示忏悔，也不是因为我怕你们，而是因为结束自己生命这一打算我在国外就有了。"

"就这些？"基里洛夫诧异而又愤怒地叫道。

"多一个字也没有了！"彼得·斯捷潘诺维奇挥了一下手，老想把这字据从他手里夺过来。

"等等！"基里洛夫用手掌把那张纸紧紧摁住，"等等，扯淡！我想写上我跟什么人一起杀死他的。干吗写费季卡？还有火灾呢？我要把一切都写上，还要痛骂他们一顿，用藐视的口吻！"

"够啦，基里洛夫，我向您保证，这就够啦！"彼得·斯捷潘诺维奇几乎在恳求他，打着哆嗦，生怕他把这张纸撕了，"为了让别人相信，必须尽可能

Ф. Достоевский

БЕСЫ

说得暧昧些，这样就可以了，点到为止。只要把事实真相向他们透露点儿边边角角就行，只要把他们逗急了就成。把话留给他们去说，他们会信口开河，胡说一气的，这比咱们说强，不用说，他们总是相信自己胜于相信我们，要知道，这就太好了，这就再好不过了！给我吧；这样就已经非常好了；给我，给我吧！"

他总想把那张纸夺过来。基里洛夫瞪大两眼听着，似乎竭力要弄明白他究竟想说什么，但是看来他已经听不懂别人说话了。

"哎，见鬼！"彼得·斯捷潘诺维奇蓦地火了，"他还没签字呢！您干吗瞪大了两眼，快签字！"

"我要把他们臭骂一顿……"基里洛夫喃喃道，可是他却拿起笔，签上了自己的名字，"我要把他们臭骂一顿……"

"再在下面写上：共和国万岁，这就够了。"

"太棒了！"基里洛夫高兴得几乎吼叫起来，"民主的、社会主义的全世界共和国万岁或者死亡！……不，不，不是这样——自由、平等、博爱或者死亡！瞧，这更好。"他心满意足地在自己的签名下面写了这行字。

"够了，够了。"彼得·斯捷潘诺维奇一再重复。

"等等，还有不多一点儿……要知道，我要用法文再签一次名：'基里洛夫，俄国贵族和世界公民。'哈哈哈！"他大笑不止，"不，不，不，等等，我找到了最好的头衔，可绝啦：俄国贵族、神学校毕业生和文明世界的公民！瞧，这比任何头衔都妙……"他从沙发上跳起来，突然身手敏捷地从窗台上抓起手枪，拿着枪跑进了另一间屋子，随手关上了门，关得紧紧的。彼得·斯捷潘诺维奇盯着那房门，若有所思地站了片刻。

"如果他立刻动手，说不定会开枪，如果又开始想——那就没戏了。"

他暂时拿起那张纸，坐了下来，又把它看了一遍。这声明的措辞再次使他感到高兴。

"眼下需要干什么呢？必须暂时把他们彻底弄糊涂，从而转移他们的视线。大花园？城里没有大花园，于是他们想来想去就会想到斯克沃列什尼基。不过当他们想到这点的时候，时间已经过去了，再找——又需要时间，而一旦找到尸体——说明写的情况属实；这就说明一切都是真的，关于费季卡的事也是真的。那么费季卡又说明什么呢？费季卡——这就是火灾的起因，这就是列比亚德金兄妹遇害；这说明，一切都由此而起，一切都发端于这个菲利波夫公寓，可是他们却什么也没有看见，凡此种种，他们都疏忽了——这非使他们彻底晕头转向不可！他们根本就不会想到我们的人；他们只会想到沙托夫和基里洛夫，还有费季卡，还有列比亚德金；那么他们干吗要自相残杀呢——这对他们又成了个问题。哎呀，见鬼，还没听到枪声……"

他虽然在阅读和欣赏那篇声明的措辞，但是他每分钟都在痛苦而又不安地倾听——他突然又火了。他焦急地看了看表；已经很晚了；他进去已经差不多十分钟了……他拿起蜡烛，向基里洛夫把自己关在里头的那间屋子的房门走去。在接近房门的时候，他又猛地想到，这蜡烛也快点完了，再过大约二十分钟就会完全点完，而且再没有别的蜡烛了。他抓住门把手，小心翼翼地倾听，听不见一点儿声音；他突然拉开门，稍稍举起点蜡烛：什么东西大吼一声，向他猛扑过来。他使劲把门砰的一声关上，又使劲顶住了门，但是已经鸦雀无声了——又是死一般的寂静。

他拿着蜡烛犹豫不决地站在那里，站了很长时间。当他拉开门的那一刹那，他没有看得很清楚，但是，基里洛夫的脸却在他眼前一晃而过，基里洛夫站在房间深处的窗户旁，他还看到他向自己猛扑过来时的野兽般的狂怒。彼得·斯捷潘诺维奇打了个哆嗦，赶紧把蜡烛放到桌上，准备好手枪，跷起脚尖，急速退到对面的一个角落，因此，如果基里洛夫推开门，拿着手枪向桌子这边冲过来的话，他还来得及瞄准，并先于基里洛夫扣下扳机。

现在彼得·斯捷潘诺维奇已经完全不相信他会自杀了！"他站在房间中央，在想。"这想法像旋风般掠过彼得·斯捷潘诺维奇的脑海，"再说那房间又这么黑，这么可怕……他大吼一声，向我扑来——这里有两种可能：要不是我正当他要扣扳机的时候妨碍了他，要不……要不就是他正在那里考虑怎样把我打死。对，肯定是这样，他在考虑……他知道，我不杀死他是不会走的，要是他自己怕死——那就意味着他必须在我没有杀死他之前先把我杀死……听，那里又是，又是一片寂静！甚至让人觉得可怕：他会猛地打开门的……糟就糟在他相信上帝比牧师还虔诚……他无论如何不会开枪自杀了！……这些'独立思考得出自己结论的人'，现在已经随处可见。混账透了！呸，见鬼，蜡烛，蜡烛！再过一刻钟肯定会点完的……必须赶快结束……好吧，现在就可以打死他……有这张字据，无论如何不会想到是我杀死的。可以把他这样放在地板上，手里拿着子弹已经射出的手枪，人家肯定会想，是他自己……啊呀，见鬼，怎么杀死他呢？我要是拉开门，他肯定会扑过来比我先开枪。唉，见鬼，当然打不中！"

他感到十分苦恼，他为他的计划必须执行而又拿不定主意而心惊肉跳。最后，他拿起蜡烛又走到房门口，并举起手枪，做好准备；拿蜡烛的那只左手按住了门把手。但却出现了很尴尬的局面：那把手喀嚓一下发出了响声。"他会干脆开枪的！"彼得·斯捷潘诺维奇倏忽闪过这一想法。他用脚使劲踹了一下，蹬开了门，他举起蜡烛，向前举着手枪；但是既没有枪声也没有喊叫……屋子里没有一个人。

他打了个哆嗦。这房间无法穿行，没有出口，无处跳跑。他把蜡烛举得更高一些，仔仔细细地看了看：阒无一人。他低声喊了一声基里洛夫，然后又喊第二声，声音大了些；仍旧没人答应。

"难道跳窗逃跑了？"

果然，一个窗户上的气窗打开了。"荒唐，他不可能从气窗逃跑呀。"彼得·斯捷潘诺维奇穿过整个房间径直走到窗户跟前，"怎么也跳不出去呀。"他猛地回过身来，一件非同寻常的事使他大吃一惊。

在房门右面，在窗户对面的那堵墙旁边立着一个柜子。在这柜子的右面，由墙和柜子形成的一个犄角里，站着基里洛夫，而且他站的样子非常古怪——一动不动，身子挺得笔直，两手紧贴裤缝，头微微抬起，后脑勺紧贴墙壁，似乎想站在这角落里面把整个人隐匿起来，躲藏起来。根据所有的迹象判断，他是在躲藏，但是又有点令人难以置信。彼得·斯捷潘诺维奇站的位置稍偏，斜对着那个角落，因此只能看到他的身子露出来的那部分。他始终不敢向左挪动一下，以便看清楚基里洛夫全身，解开这个谜。他的心脏开始剧烈跳动……突然他感到一阵狂怒：他猛地离开原地，一声怒吼，跺着脚，怒不可遏地扑向那个可怕的地方。

但是他跑到跟前又一动不动地站住了，他更加惊恐万状。使他感到吃惊的主要是，尽管他又喊又叫，疯狂地猛扑过去，那身影居然纹丝不动，甚至没有一个肢体稍稍动弹一下——倒像他变成了石头或者像一尊蜡像似的。他的脸色苍白，很不自然，两颗黑眼珠一动不动，望着前面的某个点。彼得·斯捷潘诺维奇用蜡烛从上到下又从下到上地瞧了一遍，从不同的角度照过来照过去，仔细观看着这张脸。他突然发现，基里洛夫虽然望着他前面的某个地方，但他的眼角仍旧看得见他，甚至可能在观察他。这时他忽然灵机一动，干脆把火凑到"这个死人"的脸上去，烧他，看他有什么反应。他蓦地似乎看到基里洛夫的下巴颏动了一下，一丝嘲弄的微笑似乎掠过他的嘴唇——倒像他猜到了他的心思似的。他发起抖来，忘乎所以地一把抓住基里洛夫的肩膀。

接着便发生了一件不可思议、迅雷不及掩耳的事，以致后来彼得·斯捷

第三部

潘诺维奇怎么也没法把自己的回忆理出个头绪来。他刚一碰到基里洛夫，后者很快就把脑袋一低，用脑袋打落了他手中的蜡烛；烛台咣当一声飞落到地板上，蜡烛灭了。就在这一刹那他蓦地觉得自己左手的小指一阵剧痛。他大叫起来，他记得当基里洛夫向他俯下身来咬了他手指的那会儿，他忘乎所以地使出全身力气用手枪猛击基里洛夫的脑袋，接连打了三下。最后他终于把手指挣脱了出来，玩命似的拔脚飞跑，向公寓外跑去，一路上摸黑前进，寻觅着道路。这时，在他身后，从屋子里飞出一迭连声的可怕的喊叫。

"立刻，立刻，立刻，立刻……"

喊了大约十来声。但是他只顾飞跑，已经跑到过道屋了，蓦地听到一声很响的枪声。这时他才在黑黢黢的过道屋里停下来，寻思了大约五分钟；最后他又回到屋里。但是必须找到蜡烛呀。只要在柜子右边的地板上找到那个从他手中打落的蜡烛台就行了；但是用什么来点亮蜡烛头呢？他脑海里蓦地一闪，模模糊糊地想到：昨天他跑进厨房准备猛地扑向费季卡时，在屋角的一块搁板上，他似乎捎带着看到一只大的红火柴盒。他摸索着向左，向厨房门走去，摸了半天，摸到了房门，然后穿过一个小小的过道，下了台阶。就在他刚才想起来的那地方的一块搁板上，他在黑暗中摸到了一大盒满满的、还没用过的火柴。他没有划亮火柴就匆匆回到上面，直到走到柜子旁，走到他用手枪狠击咬了他一口的基里洛夫的地方，他才猛地想起自己那个被咬伤的手指，并且刹那间感到这手指疼得几乎无法忍受。他咬紧牙关，好不容易把蜡烛头点亮了，又把它插回到蜡烛台上，接着环视了一下四周：在气窗开着的那扇窗户旁，两脚伸向右墙角，躺着基里洛夫的尸体。是对准右侧太阳穴开的枪，子弹射穿头颅后，从左上方出来。可以看到鲜血和脑浆溅了一地。那把手枪仍握在这个自杀者耷拉在地板上的手中。想必是一枪毙命，立即死亡。彼得·斯捷潘诺维奇把一切仔仔细细地察看了一遍后，站了起来，踮起脚尖，走了出去，拉上了房门，把蜡烛放在第一个房间的桌子上，然后想了想，决定不吹灭它，心想它不会引起火灾的。他又瞧了一眼放在桌上的字据，无意识地笑了笑，接着便（也不知道为什么）踮起脚尖，走出了公寓。他又从费季卡经常出入的那个通道爬了出去，又仔仔细细地把这通道随手堵上了。

三

正好六点差十分的时候，彼得·斯捷潘诺维奇和埃尔克利漫步在火车站的一长列车厢旁。彼得·斯捷潘诺维奇要走了，埃尔克利来给他送行。行李已经托运，提袋也被拿进了二等车厢他选好的位置上。头遍铃已经响过，他们正在等第二遍铃。彼得·斯捷潘诺维奇神情坦然地东张西望，观望着一个个上车的旅客。但是并没有遇到比较熟悉的朋友；仅仅有两次他不得不向人家颔首致意——一位是与他有点头之交的商人，然后是另一位年轻的乡村神父，他是到相隔两站的自己的教区去的。埃尔克利大概有什么要紧事，想利用这最后几分钟跟他谈谈——虽然他自己也不知道究竟要谈什么；但是他始终不敢开口。他总觉得彼得·斯捷潘诺维奇似乎把他当累赘，因此迫不及待地等待着其他两遍铃声。

"您那么坦然自若地看着大家。"他有点胆怯地说道，似乎想提醒他。

"为什么不呢？我还不能躲躲藏藏。还早。您放心。我只怕鬼使神差地碰到利普京，他一闻到气味就会跑来的。"

"彼得·斯捷潘诺维奇，他们靠不住。"埃尔克利坚决地说。

"您说利普京？"

"所有的人，彼得·斯捷潘诺维奇。"

第三部

"胡说,现在他们全都被昨天的事捆住了手脚。谁也不敢叛变。除非失去理智才会去找死。"

"彼得·斯捷潘诺维奇,要知道,他们会失去理智的。"

彼得·斯捷潘诺维奇大概早就这么想过,所以埃尔克利的这个看法就使他更生气了。

"您是不是怕死呀,埃尔克利?较之对他们大家,我对您寄予更大的希望。现在我才看清你们每个人有多大价值。今天您就去向他们口头传达我的指示,我把他们直接托付给您了。从今天早晨起您就去跑一趟,分头告诉他们,明天或者后天,当他们已经能够听得进别人话的时候,你们就开个会,宣读我的书面指示……但是,请相信,到明天,他们就听得进去了,因为他们一定吓得要命,于是他们就会像蜡一样软绵绵地听话了……最要紧的是您不要垂头丧气。"

"啊呀,彼得·斯捷潘诺维奇,您要是不走就好啦!"

"要知道,我不过去几天,说话就回来。"

"彼得·斯捷潘诺维奇,"埃尔克利小心翼翼但又坚定地说道,"哪怕您到彼得堡去也没关系。难道我不明白您是为共同事业去做必须做的事吗。"

"我早知道您绝不会辜负我的期望,埃尔克利。如果您猜到我要到彼得堡去,那您就该明白,在昨天,在那时候,我没法告诉他们我要到这么远的地方去,可别把他们给吓着了。他们是怎样的人,您自己也看见了。但是您一定懂得,我是为了事业,为了最主要的和最重要的事业,为了我们的共同事业,而不是像什么利普京之流认为的那样,为了溜之大吉。"

"彼得·斯捷潘诺维奇,哪怕要出国也没关系,我懂,您哪;我懂,您必须保护好自己,因为您就是一切,而我们——什么也不是。我懂,彼得·斯捷潘诺维奇。"

这可怜的孩子连说话的声音都发抖了。

"谢谢您，埃尔克利……啊呀，您碰着了我受伤的手指（埃尔克利笨拙地握了握他的手；那只受伤的手指用黑绸美观地包扎了起来）。但是我要再一次对您肯定地说，我只是到彼得堡去探听一下风声，甚至总共只待一昼夜立刻回来也说不定。回来后，为了做做样子，我可能会住在乡下，住在加甘诺夫家。如果他们认为有什么危险，我会头一个挺身而出，带头与他们共患难。如果我在彼得堡有事耽搁了，我也会立即通知您……用老办法，您再转告他们。"

响起了第二遍铃声。

"啊，这么说，离开车只有五分钟了。要知道，我不希望这里的小组作鸟兽散。我倒不怕，不用为我担心；组成总网的这些网扣，我手头多的是，我无须特别重视这一个，但是多一个网扣也没任何妨碍。话又说回来，我对您还是放心的，虽然我几乎把您一个人留了下来，让您跟这些下三烂在一起：不用担心，他们不会告密的，他们不敢……啊——啊，您也今天走？"他突然用一种完全不同的、愉快的声音向一个走过来向他问好的年轻人叫道，"我不知道您也乘这趟特快。上哪儿，看望令堂？"

年轻人的母亲是邻省的一位非常富有的地主，而这个年轻人是尤丽娅·米哈伊洛芙娜的远亲，在敝城做客大约有两周了。

"不，还远，我到 P 市去……大约要坐七八个小时火车。您上彼得堡？"年轻人笑道。

"您为什么认为我肯定去彼得堡呢？"彼得·斯捷潘诺维奇更加爽朗地笑道。

年轻人用戴着手套的手指威胁地指了指他。

"是的，您猜对了，"彼得·斯捷潘诺维奇向他神秘地悄声道，"我还带去

第三部

了尤丽娅·米哈伊洛芙娜的几封信,到那里还得到处奔走,拜会三四个人,您知道是什么人吗,跟您说句掏心窝的话,我恨不得让鬼弄死他们。真是件鬼差事!"

"您说,她干吗这么害怕呢?"年轻人也悄声道,"昨天,她甚至连我也不见;依我看,她根本无须为丈夫担心;相反,他那么漂亮地摔倒在火灾现场,甚至可以说不惜牺牲生命。"

"得了吧,"彼得·斯捷潘诺维奇大笑,"要知道,她怕的是有几位先生……已经从这里写信去告发了她……总之,这里主要是那个斯塔夫罗金;就是说,K 公爵……唉,这事说来话长;行啊,等上了火车,我再告诉您一些事——不过仅限于哥们义气允许的范围之内……这是敝亲埃尔克利准尉,从县里来。"

一直斜着眼睛看埃尔克利的那个年轻人碰了碰礼帽,以示问候;埃尔克利鞠了个躬。

"您知道吗,韦尔霍文斯基,坐八小时火车实在太可怕了。这次跟我们一起同行,坐在头等车里的还有位别列斯托夫,他是位非常可笑的上校,是我的邻居,就挨着我家的庄园;他娶了加林娜(娘家姓加林)为妻,要知道,他出身高贵。甚至是个很有主见的人。他在这里一共才待了两昼夜。非常喜欢打牌;一块儿玩玩怎么样?第四个人我已经看中了——普里普赫洛夫,敝省 T 市的大胡子商人,百万富翁,告诉您吧,是个真正的百万富翁……我给您引荐引荐,是个非常有趣的钱口袋,他会让咱俩哈哈大笑的。"

"我也非常爱打牌,尤其喜欢在火车上打牌,但是我在二等车呀。"

"哎,得啦,那怎么行!跟我们坐一起。我马上让人帮您搬到头等车来。列车长听我的。您有什么行李,提包?毛毯?"

"好极了,我们走吧!"

彼得·斯捷潘诺维奇拿起自己的提包、毛毯和书，立刻非常乐意地搬到了头等车。埃尔克利帮他拿了点东西。第三遍铃响了。

"好，埃尔克利，"彼得·斯捷潘诺维奇摆出一副大忙人的样子，匆匆地，已是从车厢里最后一次伸出手来，"我这就跟他们坐在一起玩牌啦。"

"又何必跟我解释呢，彼得·斯捷潘诺维奇，要知道，我懂，我全懂，彼得·斯捷潘诺维奇！"

"好，那就再见啦，咱们会非常愉快地再见的。"这时，那年轻人喊了他一声，让他过去跟另外两位牌友认识认识，于是他就连声答应着突然回过头去。从此埃尔克利就再也不曾见到他的这位彼得·斯捷潘诺维奇了。

他非常忧郁地回到家中，倒不是因为彼得·斯捷潘诺维奇弃他们而去，让他感到害怕，但是……但是，当那个年轻的花花公子叫他过去的时候，他那么快地就掉转头去，不再理自己，而且……要知道，他满可以再说点儿什么别的嘛，而不是仅仅说一句"再见，咱们会非常愉快地再见的"，或者……或者，哪怕更紧地握握他的手呢。

最后一点是主要的。一种异样的感觉刺痛着他那颗可怜的心，到底是什么感觉他自己也说不清，反正跟昨晚有关。

第三部

第七章　斯捷潘·特罗菲莫维奇的最后漂泊

一

我坚信，斯捷潘·特罗菲莫维奇感到他要做的那件疯狂举动的日期日益临近，因而十分害怕。我坚信，他因为害怕而十分痛苦。尤其在动身前夜，在那个可怕的夜。纳斯塔西娅后来提到，那天他上床睡觉已经很晚了，而且睡着了。但是这说明不了任何问题；据说，一些死囚在行刑的头天夜里也睡得很香。虽然他出门的时候已经是大白天了，要知道一个神经质的人在大白天总是显得比较精神（而少校，即维尔金斯基的那个亲戚，只要黑夜刚一过去，甚至连上帝都不信了），但是我坚信，过去，每当他想到他将独自一人走在大路上，而且处在这样的境况下，肯定会不寒而栗。当然，他思想中的某种豁出去了、不顾一切的因素，起初可能暂时削弱了他那种突如其来的可怕的孤独感，因为他刚一离开纳斯塔西娅和他生活了二十年的温暖舒适的地方就忽地痛感他处在一种可怕的孤独中。但是反正一样：即使他非常清楚地意识到那等待着他的全部恐怖，他也会义无反顾地离家出走，走上大路，并且一直走下去！不管怎么说吧，这里有某种有关他个人尊严和使他神往的东西。噢，他本来是可以接受瓦尔瓦拉·彼得罗芙娜的优厚条件，并"作为一名普通食客"在她的恩赐下留下来的！但是他没有接受她的恩赐，也没有留下来。他终于主动离开了她，高举"伟大思想的旗帜"，并为这面旗帜去慷慨赴死，死在大路上！对此他肯定是这样感觉的；对离家出走这一举动他也肯定是这么想的。

我还不止一次地想过这样的问题：为什么他偏要出走，即迈开双腿（真的是用两条腿）出走，而不是干脆坐上马车扬长而去呢？我起先是用他五十年来一贯脱离实际，再加上在强烈感情的影响下思想上产生一种荒诞的偏颇来解释这点的。我觉得，他大概认为弄一张路条①和雇一辆马车（哪怕是挂着铃铛），太平淡无奇，太没有诗意了；相反，徒步出走，哪怕还打着雨伞，就显得美得多，也具有强烈得多的为失恋而报仇雪恨的情调。但是现在，当一切都已结束，我认为，当时发生的这一切要简单得多：第一，他怕雇马车，因为瓦尔瓦拉·彼得罗芙娜可能会有所耳闻，强迫他留下，而且她肯定说到做到，而他肯定会屈服，于是那时候就只好跟伟大的思想永别了；第二，为了弄到路条，起码应当知道上哪儿去。但是正是这点成了他当时最主要的痛苦：他根本说不出他到底要上哪儿。因为他一决定要上某个城市，霎时间，他要干的那事在他自己心目中就会变得既荒唐而又岂有此理；他对此早有预感。比如说，他为什么偏偏要到这个城市去，在那里究竟要干什么，为什么不在别的城市办呢？去找那个商人吗？但是找哪个商人呢？这第二个问题，也是最可怕的问题，这时又会倏地跳出来。其实对他来说再没有什么比那个商人更可怕的了，他竟突然想去找他，其实，不用说，他也最怕真的找到他。不，还不如干脆走上大路，一条道走到黑，什么也不想，只要能不想就成。大路——就是长长的看不到头的路——就像漫长的人生，就像没完没了的人的幻想。大路体现着思想；可是路条又能体现什么思想呢？路条就是思想走到头了……大路万岁，至于以后的事就听从上帝安排吧。

我已经描写过他突然而又出乎意外地见到了丽莎，之后，他就更加忘情地继续朝前走去。这条大路离斯克沃列什尼基半俄里，而且——说来也怪——起先他甚至都没注意到自己是怎么走上这条大路的。用脑子好好想想

---

① 即驿马使用证，旧时在俄国驿道上，根据官衔大小，可以免费在驿站上换乘驿马的证件。

或者哪怕是清晰地感知，当时对他都是不可忍受的。蒙蒙细雨一会儿停一会儿又下起来；但是他压根儿就没注意到在下雨。他甚至也没发觉他怎么把提包背到肩上，因此走起路来就轻松些了。大概他就这样走了一俄里或者一俄里半，之后，他忽然停了下来，看了看四周。这条古老的、黑黑的、布满车辙的大路，两侧种着白柳，像看不到头的线一样在他面前蜿蜒而去；右边是一片早已收割过的光秃秃的田野；左边是一片灌木丛，灌木丛后面则是一片小树林。而在远处——远处有一条依稀可辨的斜方向穿过去的铁路线，铁路上是一列火车冒出的袅袅轻烟；但是火车的声音已经听不见了。斯捷潘·特罗菲莫维奇有点胆怯，但是也只有短短的一刹那，转瞬即逝。他没来由地叹了口气，把提包放在白柳树旁，然后坐下来稍事休息。他在坐下时动了一下，感到身上一阵发冷，于是他便拿出毛毯裹在身上；这时他才发现在下雨，于是打开了雨伞。他这样坐了相当长的时间，间或嚅动着嘴唇，喃喃自语，紧紧握着伞柄。各种人物形象像走马灯似的在他脑海里迅速变换着，在他眼前闪过。"丽莎，丽莎，"他想，"跟她一起还有这个马夫里基……都是些怪人……但是这场奇怪的大火到底是怎么回事呢？他们议论纷纷地到底在说什么呢？又是什么人被杀害了呢？……我想，纳斯塔西娅大概还蒙在鼓里，还在等我喝咖啡哩……玩牌？难道我玩牌把自己的仆人给输了？唔……在我们俄国，在所谓农奴制时代……啊呀，我的上帝，那费季卡呢？"

他害怕得浑身打了个激灵，仓皇四顾："如果这里，在灌木丛后面的什么地方，蹲着那个费季卡，那怎么办？听说，他在这里的什么地方有一大帮强盗，专门在大路上拦路抢劫？噢，上帝，那时候我就实话实说，说我错了……就说我为他而痛苦了十年，比他当兵还痛苦，于是……于是我就把钱包给他。唔，我一共才有四十卢布；他把钱拿走后，还是会把我杀死的。"

由于害怕，他不知为什么收起了雨伞，把它放在自己身边。远处，从城里来的路上出现了一辆大车；他不安地开始注视：

"感谢上帝，这是一辆大车，而且——一步步走得很慢；这不可能存在危险。这是那种累得快要散架的本地瘦马……我素来提倡良种……不过良种问题是彼得·伊里奇在俱乐部说的，当时在打牌，我曾让他输了钱，后来，但是，那后面是什么呢，而且……似乎，大车里坐着个农妇。农妇和农夫——这我就放心了。农妇在后，农夫在前——这就很放心了。他们那辆大车后面还拴着头奶牛，绳子系在犄角上，这就叫人一百个放心了。"

大车驶到他跟前，这是一辆相当结实、相当好的农民大车。那农妇坐在一只装得满满的麻袋上，农夫坐在赶车人的位置上，两腿耷拉在一边，冲着斯捷潘·特罗菲莫维奇。后面果然有一头棕红色奶牛被拴住犄角，在慢腾腾地走着。农夫和农妇瞪大两眼瞅着斯捷潘·特罗菲莫维奇，斯捷潘·特罗菲莫维奇也同样瞪大了两眼瞅着他们，但是当他们已经从他身边走过去二十来步的时候，他忽地急匆匆地上前追赶他们。有大车在身旁，他自然感到踏实了些，但是追上大车以后，他又立刻把一切都忘了，又沉浸在他那支离破碎的思绪中。他跟着车一步一步走着，当然，他也毫不怀疑，在农夫和农妇看来，此刻他也就成了他们在大路上所能遇到的最让人捉摸不透也最有意思的人。

"如果不嫌失礼，我倒想请问，您究竟是干什么的？"当斯捷潘·特罗菲莫维奇突然心不在焉地看了看那个麻利的小媳妇，那小媳妇终于忍不住问道。那小媳妇二十七八岁，身体很结实，黑眉毛，红红的脸蛋，红红的嘴唇上挂着亲切的微笑，嘴唇后面则闪烁着洁白、整齐的牙齿。

"您……您问我？"斯捷潘·特罗菲莫维奇悲伤而又惊奇地嘟囔道。

"肯定是做买卖的。"那农夫很自信地说。这是个身材魁梧的大汉，四十上下，四方脸，长相很不笨，蓄着一部棕红色的大胡子，又宽又密。

"我不是做买卖的，我……我……我完全是另一种人。"斯捷潘·特罗菲莫维奇凑合着反驳道，为了以防万一，他稍许落后半步，跟在大车后面，因而再向前走时已与那头奶牛并行了。

"肯定是老爷。"那农夫听到他讲外国话便认定道，接着拽了一下瘦马。

"难怪我们瞧着您像是出来散心似的，是吧？"那个麻利的小媳妇又好奇地问。

"这……您这是问我？"

"外来的老外常常坐火车到这里来，您脚上那双靴子也不像本地货……"

"是军靴。"那农夫自鸣得意而又另有所指地插嘴道。

"不，我不是军人，我……"

"这麻利的小媳妇太好奇了，"斯捷潘·特罗菲莫维奇暗自生着闷气，"瞧他们打量我时那副模样……真是的……总之，也真奇怪，倒像我做了什么对不起他们的事情似的，其实我并没有做任何对不起他们的事情呀。"

那麻利的小媳妇跟那农夫窃窃私语了一阵。

"要是您不见怪，我们说不定可以给您捎个脚，只要您乐意。"

斯捷潘·特罗菲莫维奇蓦地醒悟。

"是的，是的，我的朋友，我非常乐意，因为我很累了，不过我怎么爬上去呢？"

"真乃咄咄怪事，"他暗自想道，"我挨着这头奶牛走了这么长时间，竟没想到搭他们的车……这'现实生活'具有某种非常典型的意味……"

但是那农夫仍旧没有让马停下。

"您要上哪儿？"他有点不信任地打听道。

斯捷潘·特罗菲莫维奇一下子没听明白。

"准是上哈托沃吧？"

"哈托夫？不，不是去找哈托夫……我跟他不十分熟；虽然听说过。"

"哈托沃村，一个村庄①，离这里九俄里。"

"村庄？这太好了，难怪我好像听说过呢……"

斯捷潘·特罗菲莫维奇一直在走路，他们也一直没让他上车。一个天才的猜测闪过他的脑海：

"你们大概以为我是……我有护照，而且我是教授，也就是老师，如果你们想知道的话……不过比小学老师大。我是大老师。是的，也可以这样翻译。我很想搭你们的车，而且我可以给您买……我可以为此给您买瓶酒。"

"想跟您要半卢布，先生，路不好走。"

"要不然的话，我们就吃亏吃大了。"那个麻利的小媳妇插嘴道。

"半卢布？那好吧，半卢布就半卢布。这就更好啦，我总共有四十卢布，但是……"

那农夫让大车停了下来，他们俩一齐使劲把斯捷潘·特罗菲莫维奇拽上了大车，让他挨着那农妇坐在麻袋上。思绪跟旋风似的没有离开过他。有时他也觉得自己似乎非常心不在焉，想的东西根本不是应该想的，他自己也感到奇怪。意识到自己脑子有病而且思维力衰退，使他有时感到十分沉重，甚至委屈。

"这……让牛跟在后头，是怎么回事？"他突然主动问那个麻利的小媳妇。

"您怎么啦，老爷，好像没见过似的。"那农妇笑道。

"在城里买的，"农夫插嘴道，"我们那牲口，怪不怪，打春天就死了；得

---

① "哈托沃"与"哈托夫"仅一字之差，前者指村庄，后者指人。因为俄语名词变格，所以有此误解。

了牛瘟。我们周围的牲口全死了,统统死了,一半也没剩下,真想大哭一场。"

他又抽了一下陷进车辙里的瘦马。

"是的,在我们俄国常常发生这样的事……而且一般说我们俄国人……嗯,是的,常常发生。"斯捷潘·特罗菲莫维奇没有把话说完。

"既然您是当老师的,那您到哈托沃去干吗呢?该不是还要到远处去吧?"

"我……我倒不是要到更远的地方去……就是说,我要去找一个商人。"

"大概到斯帕索夫去吧?"

"对,对,正是要到斯帕索夫去。不过,这也无所谓。"

"既然您要到斯帕索夫去,而且是走着去,那,穿着您这双靴子,够您走一星期的了。"那位麻利的小媳妇笑道。

"是的,是的,这也无所谓,我的朋友,无所谓。"斯捷潘·特罗菲莫维奇不耐烦地打断她的话道。

"这些人的好奇心也太强了嘛;不过,这小娘儿们倒比他会说话,而且我注意到,从二月十九日[①]以来,他们说话时用的词也有了稍许改变,而且……而且去不去斯帕索夫又有什么关系呢?不过,我会付给他们钱的,那他们干吗还要唠唠叨叨地问个没完呢。"

"既然去斯帕索夫,那就得坐船。"那农夫还唠叨个没完。

"倒也是,"那小媳妇来了兴致,又插嘴道,"因为坐马车去得沿湖绕个大弯,多走三十俄里地。"

"四十。"

"明儿个两点,您在乌斯季耶沃正好可以赶上轮船。"小媳妇接茬道。但是斯捷潘·特罗菲莫维奇固执地闭口不答。于是那两个爱问东问西的农人也

[①] 沙皇政府颁布《一八六一年二月十九日法令》的日期。

只好闭上了嘴。农夫不时拽拽那匹瘦马的缰绳;那农妇间或简短地跟他交谈几句。斯捷潘·特罗菲莫维奇打起盹来。当农妇把他推醒,他看见自己已经到了一座相当大的村庄,正停在一座有三个窗户的木屋门口时,不觉非常吃惊。

"打盹啦,老爷?"

"这是怎么回事?我在哪儿?啊,好吧!嗯……无所谓。"斯捷潘·特罗菲莫维奇叹了口气,下了大车。

他闷闷不乐地打量了一下四周;周围是一片农村的景象,他感到很奇怪,不知怎么感到怪别扭似的。

"还有半卢布,我都忘啦!"他带着一种异常匆忙的姿态向那农夫说道。看来他已经害怕跟他们分手了。

"进屋再算吧,请进。"那农夫邀他进屋。

"这里舒服。"那小媳妇鼓励道。

斯捷潘·特罗菲莫维奇踏上了摇摇晃晃的台阶。

"这怎么行呢。"他非常莫名其妙而又胆怯地低语道,不过他还是跨进了木屋,"她要这样。"好像有什么东西刺痛了他的心,可是他忽然又忘了一切,甚至忘了他已跨进木屋。

这是一座敞亮而又相当清洁的农民木屋,有三扇窗和两个房间;这不是大的可供住宿的车店,而是一间供打尖歇脚的木屋,熟悉的过往旅客根据老习惯常在这里打尖。斯捷潘·特罗菲莫维奇大大咧咧地走进正厅,也忘了向主人问好,就坐了下来,陷入沉思。与此同时,经过三小时在潮湿空气里的跋涉后,现在,一种异常愉快的温暖突然传遍了他全身。甚至连在他背上短促掠过的一阵阵冷战(那些特别神经质的人在发寒热病时,从寒冷处来到温暖的房间常常会出现这种现象),也使他感到一种异样的快感。他抬起头来,看见女主人正在炉子旁忙着煎薄饼，热气腾腾的薄饼的香味，使他的嗅觉顿时愉快地痒痒起来。他像孩子似的微笑着，凑到女主人身旁，忽然嘟囔道：

"这是什么呀？这是薄饼呀？但是……这太妙了。"

"要不要尝尝，老爷？"女主人立刻客气地劝客道。

"要，正是要尝尝，而且……我还想请您给我来杯茶。"斯捷潘·特罗菲莫维奇活跃地说道。

"要生茶炊吗？我们非常乐意。"

一只绘有很大的蓝色花纹的大盘盛着薄饼端了上来——这是那种大家都知道的农家薄饼，摊得薄薄的，半是小麦粉半是其他杂粮，上面还浇了一层新鲜的热奶油，香甜无比，好吃极了。斯捷潘·特罗菲莫维奇津津有味地尝了两口。

"又酥又香！如果还能来点儿酒就好啦。"

"您是不是想来点儿伏特加，老爷？"

"就是就是，就要一点儿，就要一丁点儿。"

"那么说，要五戈比的。"

"五戈比——五戈比——五戈比——五戈比，就要一丁点儿。"斯捷潘·特罗菲莫维奇笑容可掬地连连称是。

如果您请求普通老百姓为您做什么事，只要他做得到、愿意做，他一定会殷勤地竭力效劳；但是倘使您请他去买点儿伏特加来——那一般的、平常的殷勤好客就蓦地变成一种急匆匆的、快乐的巴结，几乎像亲人似的对您关怀备至。他替您去买酒，虽然喝酒的是您，而不是他，而且这是他事先知道的，他也会感到他分享到了您即将享受到的那份满足……过了不到三四分钟（小酒馆离他们不到两步远），斯捷潘·特罗菲莫维奇面前就出现了半瓶酒和一只淡绿色的大酒杯。

"这统统是给我的！"他非常惊奇，"我一向喝伏特加，但是我怎么也没料到五戈比能买这么多酒。"

他倒了一杯酒，站起来，带着几分庄重的神态穿过房间，走到另一边，那里坐着曾经跟他同坐一只麻袋的旅伴，那个黑眉毛的小媳妇，也就是一路上向他问个没完、让他感到讨厌的那小娘儿们。这小媳妇不好意思起来，先是推辞，但是说了例行的客套话以后，终于站起来，就跟女人通常喝酒那样，彬彬有礼地分三口把杯里的酒喝完了，接着脸上摆出一副非常痛苦的表情，把酒杯还给了斯捷潘·特罗菲莫维奇，并向他鞠了一躬。他俨乎其然地还了礼，接着便回到桌旁，甚至露出一副颇为自豪的神态。

他这番表现完全是灵机一动：还在一秒钟之前，他自己都没料到他会走过去请那小媳妇喝酒。

"我很在行，非常善于跟老百姓打交道，我一向都对他们这么说。"他自鸣得意地想道，一面把瓶中剩下的酒给自己倒上，虽然这酒已不足一杯，但是使他神清气爽，身上感到很暖和，甚至酒都有点上头了。

"我完全病了，不过做个病人也没什么不好。"

"您不想买一本吗？"他身旁传来一个低低的女人的声音。

他抬头一看，惊奇地看到在他面前站着一位太太——她正是一副太太的模样，年三十开外，举止十分端庄，一副城里人打扮，穿着一件深色的连衣裙，肩披灰色的大披巾。她脸上的表情十分和蔼可亲，这立刻博得了斯捷潘·特罗菲莫维奇的好感。她刚刚回到木屋，因为她的行李寄放在屋里的长凳上，就挨着斯捷潘·特罗菲莫维奇坐的那地方——顺便说说，他记得，他进屋的时候曾好奇地看了看其中的一个皮包，还有一个很大的漆布口袋。她就从这口袋里掏出两本封面烫有十字架、装帧精美的书，她把书递给斯捷潘·特罗菲莫维奇。

第三部

"啊呀……这好像是本福音书嘛;我非常乐意……啊,现在我明白了……您就是那个所谓《圣经》推销员;我不止一次地读到过……半卢布?"

"每本三十五戈比。"那《圣经》推销员答道。

"我非常乐意,我丝毫也不反对福音书,而且……我早就想重新拜读……"

这时他忽然想到,他起码有三十年没读福音书了,除了七年前他在阅读雷南的《耶稣传》①时才想起其中的只言片语。因为他没有零钱,所以他把四张十卢布的钞票(这是他拥有的全部财产)都掏了出来。女主人把票子兑开,这时他仔细一看,才发现木屋里已经聚集了许多人,大家早就在观察他,似乎还在议论他。人们也在纷纷议论城里的那场大火,说得最多的是那个大车后面拴着一条奶牛的车老板,因为他刚从城里回来。他们也谈到纵火的事和什皮古林厂的工人。

"他让我搭他的便车的时候,一句也没提到大火的事,而是东拉西扯地闲扯。"斯捷潘·特罗菲莫维奇不由得想道。

"老爷,斯捷潘·特罗菲莫维奇,难道我见到的是您吗,老爷?这倒是我压根儿没想到的……难道您不认识我了?"一个上了年纪的男人叫道,看样子像个旧时的家奴,大胡子剃掉了,穿着一件大翻领的军大衣。斯捷潘·特罗菲莫维奇听到自己的名字后吓了一跳。

"对不起,"他喃喃道,"我不太记得您是谁了……"

"忘了!我是阿尼西姆呀,阿尼西姆·伊万诺夫。我曾经在已故的加甘诺夫老爷家当过差,在已故的阿夫多季娅·谢尔盖耶芙娜家好多次见过您和

---

① 雷南(1823—1892),法国宗教史家,唯心主义哲学家。雷南认为耶稣在历史上真有其人,但他是一个普通的凡人,并无任何神性。陀思妥耶夫斯基认为这本书是反基督的,因此斯捷潘·特罗菲莫维奇读过这本书也就不足为怪了。该书也的确于发生涅恰耶夫案(1869)的七年前(1863)问世。

瓦尔瓦拉·彼得罗芙娜，老爷。我还常常替她给您送书，还有两次，她让我给您送过彼得堡的糖果……"

"啊，对了，我记得你，阿尼西姆。"斯捷潘·特罗菲莫维奇微笑道，"你就住这儿？"

"就挨斯帕索夫不远，在Б修道院，在一座镇上，在阿夫多季娅·谢尔盖耶芙娜的妹妹马尔法·谢尔盖耶芙娜家当差，说不定您还记得，就是去参加舞会时从马车上摔下来，摔断了一条腿的那位。现在她挨着修道院住，我就在她家当差，您哪；而现在，瞧，您都看见了，我准备上省里去探亲……"

"是啊，是啊。"

"看到您，我真高兴，您对我一向很仁厚，您哪。"阿尼西姆兴高采烈地微笑道，"您这上哪儿，老爷，好像就您孤身一人似的……好像您从来没有单独出过门呀，您哪？"

斯捷潘·特罗菲莫维奇害怕地望了望他。

"该不是上我们斯帕索夫去吧，您哪？"

"是的，我要上斯帕索夫。似乎大家都到斯帕索夫去……"

"您该不是去找费奥多尔·马特维耶维奇吧？他看见您一定会很高兴。他过去不就很尊敬您吗；甚至现在，他还不止一次地念叨您……"

"是的，是的，我也要去看看费奥多尔·马特维耶维奇。"

"应当去看看，您哪。难怪这里的老百姓都觉得奇怪，老爷，他们遇见您好像在大路上走。这帮人哪，真笨。"

"我……我这个……要知道，阿尼西姆，我像英国人那样打了个赌，我步行准能走到，于是我……"

他的脑门和太阳穴上都渗出了汗珠。

"准能走到，准能走到，您哪……"阿尼西姆用一种无情的好奇心倾听着。

但是斯捷潘·特罗菲莫维奇再也受不了了。他羞愧得无地自容,恨不能马上站起来,离开这座木屋。但是端来了茶炊,不知上哪儿跑了一趟的那个《圣经》推销员又回来了。他像找到了救星似的转向她,请她喝茶。阿尼西姆只好告退。

果然,这些庄稼汉感到迷惑不解。

"他是什么人呢?他们发现他在大路上走,他说他是老师,可穿戴像个外国人,脑子又像个小小孩,说起话来怪里怪气,倒像从什么人家逃出来似的,还有钱!"他们想该不该去报告长官——"因为,再说,城里也不十分太平。"但是阿尼西姆把这一切立刻解决了。他出来,走进过道屋,告诉一切愿意听的人说,斯捷潘·特罗菲莫维奇并不是一个普通老师,而是一位"大学问家,正在研究大学问,而且他本人也是这里的地主,住在地地道道的将军夫人斯塔夫罗金娜家已经二十二年了。她家对他敬若上宾,全城上下都非常尊敬他。在贵族俱乐部一晚上就撂下百八十卢布不当回事,论官衔是高级文官,相当于军队里的中校,只比十十足足的上校低一级。至于说有钱,因为他有地地道道的将军夫人斯塔夫罗金娜做靠山,钱多得就没个数"等等,等等。

"这是一位太太,而且彬彬有礼。"斯捷潘·特罗菲莫维奇摆脱了阿尼西姆的进攻,在休息,他带着一种愉快的好奇心观察着坐在自己身旁的那位《圣经》推销员。她在用一只小碟子喝茶,嘴里还含着一块糖。①"这一小块糖——这没什么……她身上有一种高尚的、独立不羁的气质,同时又很文静。非常纯净,然而气质稍异。"

他很快从她那里打听到,她叫索菲娅·马特维耶芙娜·乌利季娜,家住

---

① 俄俗:俄国人喝茶是要加糖的,有人为了节约就把糖块含在嘴里,这样既有甜味,又节省糖。用茶碟喝茶也是俄国老派人的做法。

K地，她在那里有一位孀居的姐姐，小市民出身；她自己也已居孀，她丈夫因任职多年已由上士晋升为少尉，可惜后来在塞瓦斯托波尔阵亡了。

"但是您还很年轻，您还不到三十岁。"

"三十四啦，您哪。"索菲娅·马特维耶芙娜嫣然一笑。

"怎么，您还懂法语？"

"懂得不多，您哪；从那以后，我曾在一位贵族家里待过四年，在那里跟孩子们学了点儿。"

她说，丈夫死时她才十八岁，后来在塞瓦斯托波尔当过一个时期"护士"，再后来就四处漂泊，现在到处兜售福音书。

"我的上帝，您是不是在敝城发生过一件奇怪的，甚至非常奇怪的事情呢？"

她脸红了；原来是她。

"这帮无赖，这帮卑鄙小人！……"他用气得发抖的声音开口道；他心中痛苦地激起了一阵痛心而又可恨的回忆。片刻间，他似乎陷入沉思。

"啊呀，她又走了，"他醒悟过来，一看，她已经不在身边，又走了，"她常常出去，好像在忙什么事；我发现她甚至心神不定……噢，我成了个利己主义者啦……"

他抬起眼睛，又见到了阿尼西姆，但是这一回他已经处在乌云压城的环境中。木屋都挤满了农民，显然，这伙人都是阿尼西姆拽来的。这里既有木屋的主人，又有那个买奶牛的农夫，还有两个说不上干什么的农民（原来是马车夫），还有个已经喝得半醉的小个子，一身农民打扮，不过胡子剃得光光的，像是喝光了家当的小市民，而且数他说话多。他们都在议论纷纷地谈论他，谈论斯捷潘·特罗菲莫维奇。买奶牛的农夫坚持说，若要绕湖走，得多绕四十俄里大弯，因此非得坐轮船不可。那个喝得半醉的小市民和木屋的主人则激烈反对。

"因为，我的小老弟，这位大人倘若坐轮船过湖，当然要近些；这话没错；不过照眼下的情况看，这轮船也许根本就来不了。"

"肯定来，肯定来，还要来一星期呢。"阿尼西姆显得比谁都急。

"话倒是这么说！不过来得不准时，因为节气晚啦，有时人们在乌斯季耶沃一等就是三天。"

"明天准来，明天下午两点准到。老爷，到不了晚上，您就可以准时到达斯帕索夫了。"阿尼西姆按捺不住地说。

"但是，这人到底要干什么呀。"斯捷潘·特罗菲莫维奇在发抖，害怕地等待命运的摆布。

那两名马车夫走上前来开始讲价钱；去乌斯季耶沃要价三卢布。其他人吵吵嚷嚷地说，这不亏，就是这价钱，从这儿拉客到乌斯季耶沃整个夏天要的一直是这价。

"但是……这里也很好嘛……我不想走。"斯捷潘·特罗菲莫维奇含混不清地嘟囔道。

"是很好，老爷，您说得有理，在我们斯帕索夫这儿现如今要好得多，而且费奥多尔·马特维耶维奇看见您一定很高兴。"

"我的上帝，我的朋友们，这一切太出乎我的意料啦。"

索菲娅·马特维耶芙娜终于回来了。但是她非常伤心，愁容满面地坐到长凳上。

"我去不了斯帕索夫啦！"她对女主人说。

"怎么，您也要到斯帕索夫去？"斯捷潘·特罗菲莫维奇猛地打了个激灵。

原来，女地主娜杰日达·叶戈罗芙娜·斯韦特利岑娜还在昨天就让她在哈托沃等她，并答应把她捎到斯帕索夫去，可是直到现在她还没来。

"现在我怎么办呢？"索菲娅·马特维耶芙娜反复说。

"但是，我亲爱的新朋友，我不也可以像那位女地主那样把您捎到那个，它叫什么来着，捎到那座村子里去的呀，我已经雇了上那儿的车，那就明天——嗯，那就明天咱俩一起到斯帕索夫去吧。"

"难道您也要到斯帕索夫去？"

"有什么办法呢，再说我也很高兴！能够捎您去我感到非常高兴；瞧，他们也愿意去，我已经雇了车……你们两人当中我雇谁的车呢？"斯捷潘·特罗菲莫维奇突然变得非常想去斯帕索夫。

一刻钟后，他俩已经坐上了带篷的轻便马车：他变得十分活跃而且非常满意，她则带着自己的漆布口袋和感激的微笑坐在他身旁。是阿尼西姆扶他们上车的。

"一路平安，老爷。"他在马车旁巴结地忙活着，"能看到您真太高兴啦！"

"再见，再见，我的朋友，再见。"

"老爷，您会见到费奥多尔·马特维伊奇① 的……"

"是的，我的朋友，是的……会见到费奥多尔·彼特罗维奇② 的……不过，再见了。"

二

"要知道，我的朋友，您会允许我把自己当作您的朋友，不是吗？"斯捷潘·特罗菲莫维奇等马车一上路就急匆匆地开口道，"要知道，我……我喜欢老百姓，也必须这样，但是我觉得我从来没有接近过老百姓。纳斯塔西娅……不用说，她也出身老百姓……但是真正的老百姓，就是说农村大路

---

① 马特维伊奇是马特维耶维奇的俗称。
② 此处为斯捷潘·特罗菲莫维奇口误。

上碰到的真正的老百姓，我觉得，他关心的只是我究竟到哪里去……但是咱们别说气话了。我好像说得有点过头了，但是这似乎因为心急。"

"您好像不太舒服，您哪。"索菲娅·马特维耶芙娜目光敏锐，但又毕恭毕敬地端详着他的面容。

"不，不，只要裹上毛毯就行了，再说这风很清新，甚至非常清新，但是我们先忘掉这事，主要是我并不想说这事。亲爱的、无与伦比的朋友。我觉得，我几乎感到很幸福，而所以如此是因为您。幸福对我是不利的，因为我会立刻想去原谅我的所有敌人……"

"这有什么，这不是很好吗，您哪。"

"并非永远如此，亲爱的老实人。福音书……要知道，从今以后我们要一起宣传它了，我将很乐意帮助您推销您的装帧精美的书。是的，我感到这也许是个好主意，这倒是一种完全新的想法。老百姓是信仰上帝的，这是事实，但是他们还看不懂福音书。我要给他们讲解福音书……在口头宣讲中可以纠正这本杰出的书的错误，不用说，我将会满怀敬意地对待这本书。甚至在农村大路上我也要做个有益的人。我一向是个有益的人，我对他们一向都这么说，也对那个我所挚爱的忘恩负义的女人说过……噢，我们要宽恕，我们要宽恕，首先要宽恕所有的人，并且永远宽恕……我们要抱有希望：人们也会宽恕我们的。是的，所有的人（无一例外），在别人面前都是有罪的。大家都有罪……"

"您这话，我看，说得太好啦，您哪。"

"是的，是的……我也觉得我说得很好。我也要很好地向他们讲这个道理，但是我要跟他们主要讲什么呢？我一说就乱，不记得了……您能允许我不离开您吗？我感到，您的目光和……我甚至对您的举止也感到惊奇；您作风朴实，对我说话还老加个'您哪，您哪'的，而且把茶杯扣在茶碟上……还有那不像话的糖块；您身上有一种美，我从您的脸型就看出来了……噢，不要脸红，也不要因为我是男人而怕我。亲爱的、无与伦比的，对于我，女人就是一切。身边没有女人我就活不下去，但也就是让她在我身边而已……我又说乱了，乱极了……我怎么也想不起来我究竟要说什么。噢，上帝永远让他身边有个女人的人有福了，而且……而且我甚至觉得我处在某种狂喜状态。甚至在乡村大路上也有崇高的思想！瞧——这就是我想说的——我要谈思想，现在总算想起来了，要不我老说不到点子上。他们干吗要把我们往远处送呢？那里也很好嘛，可这里——变得太冷啦。顺便说说，我手头一共有四十卢布，瞧，就是这钱，您拿去吧，拿去吧，我不善于，我会弄丢的，会被人家拿走的，而且……我觉得我困了；我脑袋里有什么东西在旋转。就这样，转呀，转呀，转呀。噢，您真好，您把什么东西盖在我身上了？"

"您大概得了不折不扣的寒热病了，我给您盖的是我的毯子，不过关于钱的事，您哪，我可……"

"噢，看在上帝分上，咱们不要再说这事啦，因为这会使我难过的，噢，您真好！"

他不知怎么很快就停止了说话，而且非常快就睡着了，睡梦中还忽冷忽热。他们所走的这十七俄里村路崎岖不平，马车颠簸得很厉害。斯捷潘·特罗菲莫维奇常常惊醒，醒来后便从索菲娅·马特维耶芙娜塞在他头底下的小枕头上抬起身来，抓住她的一只手，问道："您在这儿吗？"倒像担心她会从他身边走开似的。他还告诉她，他在梦中看见一个龇牙咧嘴的人，他感到非常厌恶。索菲娅·马特维耶芙娜非常担忧他。

马车夫径直把他们拉到一座有四扇窗的大木屋跟前，院子里还有几座住人的厢房。①斯捷潘·特罗菲莫维奇醒来后就急忙进屋去，直接跑到这所木

---

① 据陀思妥耶夫斯基夫人回忆，这是描写伊明湖畔的乌斯特里卡村。陀思妥耶夫斯基从旧鲁萨返回彼得堡的途中，常常全家在这里等候轮船，有时一等就是两天。

屋的第二间最宽敞也是最好的房间。他那睡眼惺忪的脸上流露出一副忙忙叨叨的神情。他立刻向女主人（女主人是个高大结实的农妇，四十上下，头发乌黑，几乎还长着小胡子）解释道，整个房间他都要，"还得把房门关上，不要让任何人进来，因为我们需要谈谈"。

"是的，我有许多话要告诉您，亲爱的朋友。我会付钱，我会付钱给您的！"他向女主人挥手道。

他的话虽然说得很急，但不知怎么舌头转动不灵。女主人板着脸听完了他的话，但是一言不发，似乎以沉默表示同意，不过在这同意中却可以预感到似有某种威胁。可是他丝毫没有发觉这个，接着便急匆匆地（他表现得非常着急）要求她走开，并要求她马上送饭来，越快越好，"不许有半点儿耽搁"。

这时那长着小胡子的农妇忍不住了。

"这里可不是给您开的客栈，老爷，对过往旅客我们概不管饭。煮点虾或者生只茶炊，那还凑合，除此以外，我们什么也没有。鲜鱼只有明天才有。"

但是斯捷潘·特罗菲莫维奇向她连连挥手，愤怒而又不耐烦地重复道："我会付钱的，不过要快，要快。"他们决定来碗鱼汤，来只炸鸡；女主人宣称，跑遍全村也找不到一只鸡；不过她同意去找，但是那模样倒像她给予他非凡的恩惠似的。

等她一出去，斯捷潘·特罗菲莫维奇立马坐到沙发上，让索菲娅·马特维耶芙娜坐在他身边。室内有一张长沙发和两张单人沙发，但样子做得难看极了。总的说，整个房间相当宽敞（一头还用隔板隔开，里面放着床），糊着黄色的壁纸，但壁纸已经陈旧残破，墙上挂着一张很蹩脚的表现神话的石印画，在前面敞亮的角落则挂着一长排圣像，摆着一帧铜制的折叠式圣像，室内还放着一套稀奇古怪、七拼八凑的家具，是一大堆掺杂着城市风味和农民传统的大杂烩，显得很难看。但是他对这一切甚至都没瞅上一眼，甚至也没有抬头看看窗外离木屋仅十俄丈远的一面很大的湖。

"我们终于单独在一起了,而且我们不让任何人进来!我想把一切都告诉您,一切都从头说起。"

索菲娅·马特维耶芙娜简直非常担心地阻止了他。

"您知道吗,斯捷潘·特罗菲莫维奇……"

"怎么,您已经知道我的名字了?"他高兴地微微一笑。

"您跟阿尼西姆·伊万诺维奇说话的时候,我从他那里听来的。就我而言,我只想斗胆告诉您……"

她回头看了看关着的房门,生怕有人偷听,然后开始对他迅速地悄声道:"这里,这村里很糟,您哪。"接着又说,这里的农民虽然都是渔民,但是他们的谋生之道却是每年夏天向前来借住的人任意敲诈。这村子并不是交通要道,而且很偏僻,人们要到这里来,是因为轮船在这里停靠,一旦轮船不来(因为只要碰上稍许不好的天气,轮船肯定不来),这里就人满为患,而且一住就是好几天,于是这里全村的所有农舍都住满了人,房主人巴不得这样;因为每样东西他们都以三倍的价钱收费,而这家房主人更是神气活现,不可一世,因为他已经是本地的大财主了;单是他家的渔网就值一千卢布。

斯捷潘·特罗菲莫维奇几乎带着责备的神情望着索菲娅·马特维耶芙娜异常激动的脸,几次做手势想阻止她讲下去。但是她坚持说,非把话说完不可。据她说,今年夏天,她跟一位"很有地位的贵族太太"从城里已经到这里来过一趟,为了等轮船,甚至还在这里住了整整两天,您哪,受的那份罪呀,就甭提了,想想都叫人害怕。"斯捷潘·特罗菲莫维奇,因为您一个人包下了这房间……我说这话,不过是给您提个醒……那边那个房间已经住进了客人,一个上了点儿年纪的人和一个年轻人,还有一位带着孩子的太太,而到明天下午两点前这木屋就会挤满人,因为轮船已经两天不来了,明天准来。因为您单独要了这房间,还因为您向他们要吃的,再加上因为您得罪了所有的客人,他们肯定会漫天要价,甚至在两大京城里都没听说过的价,您哪……"

他痛苦,真的痛苦:

"够了,我的孩子,我求您了;我们有钱,而以后,以后上帝会帮助我们的。我甚至奇怪,您为人高尚,善解人意……够了,够了,您在折磨我,"他歇斯底里地叫道,"我们前途无量,可您……您却吓唬我,要我为未来担心……"

接着他就立刻开始讲自己的生平,他说得很急,起先甚至都听不大懂他到底在说什么。这生平说了很长时间。端来了鱼汤,端来了炸鸡,最后又端来了茶炊,而他仍旧在讲,讲个不停……他说得有点古怪,略显病态,不过他本来就有病在身。使脑力蓦地处于这种紧张状态,到后来当然难免会(在他叙述的整个过程中,索菲娅·马特维耶芙娜已经忧心忡忡地预见到了这点)影响到他那本来就已经衰弱的身体,使他立刻感到筋疲力尽。他几乎从童年时代讲起,那时他"心胸开阔,朝气蓬勃,在田野里奔跑";讲了一小时才讲到他两次结婚以及在柏林的生活。不过,说到这里,我不敢哑然失笑。这里有某种对他来说崇高的东西,用最时新的语言说,几乎是为生存而斗争。他的面前出现他为自己选定的未来伴侣,并急于献身给她。她当然知道他是个天才……也许,他太高看索菲娅·马特维耶芙娜了,但是他已经选定了她。他不能没有女人。他在她的脸上也清楚地看到,她几乎对他毫不了解,甚至对他最根本的东西也一无所知。

"这没有关系,我们可以等待,暂时她可以凭预感来理解……"他寻思道。

"我的朋友,我需要的只是您的心!"他中断了自己的讲述,向她感慨系之地说,"还有您现在看着我的这可爱的、迷人的目光。噢,不要脸红! 我已经告诉过您了……"

他对自己生平的叙述几乎变成了一整篇学位论文,说什么任何人在任何时候也不能够理解他,斯捷潘·特罗菲莫维奇啦,又说什么"在我们俄国埋没了多少人才"啦,等等,对于那个可怜的、已经被他抓住的索菲娅·马特维耶芙娜来说,简直是一头雾水,莫名其妙,后来她沮丧地告诉别人,当时他说了许多"很有学问的话,您哪"。她微微瞪大了眼睛听着,听得分明很痛苦。后来,当斯捷潘·特罗菲莫维奇忽然想幽默一下,对我国的"进步分子和当权派"冷嘲热讽,竭尽挖苦之能事的时候,她只好愁苦地强作笑脸,甚至试着微笑了两次,来附和他的大笑,但是她的笑比哭还难看,到最后斯捷潘·特罗菲莫维奇自己也觉得不好意思了,于是就更激烈、更恶狠狠地鞭挞起虚无主义者和"新人"[①]来。他说到这里简直把她吓坏了,当他终于说到自己的罗曼史时,她才稍许松了口气,不过虽说松了口气,还是极其靠不住的。女人永远是女人,哪怕她是修女。她摇着头,莞尔,立刻又满脸通红,垂下了眼睛,这就使得斯捷潘·特罗菲莫维奇欣喜若狂,甚至灵感勃发,不惜信口开河,胡编一气。瓦尔瓦拉·彼得罗芙娜在他嘴里变成了一个美艳绝伦的黑发女郎("倾倒了彼得堡和欧洲各国的许多京城"),至于她丈夫"在塞瓦斯托波尔饮弹"身亡,完全是因为他感到自己不配得到她的爱,只好让位给他的情敌,即那个斯捷潘·特罗菲莫维奇了……"不要不好意思,我的文文静静的女基督徒!"他向索菲娅·马特维耶芙娜叫道,几乎对自己所说的一切信以为真了,"这是某种崇高的感情,某种非常微妙的感情,以至于我俩一辈子甚至一次也没有互相表白过。"在他接下来的叙述中发现,造成这种情况的原因,原来是一位金发女郎(如果他说的不是达里娅·帕夫洛芙娜,那我就

[①] 参看车尔尼雪夫斯基的小说《怎么办?》中的"新人"(即革命民主主义者)。

不知道斯捷潘·特罗菲莫维奇究竟在说谁了)。这位金发女郎在各方面都幸亏那位黑发女郎,她是作为一门远亲在她家长大的,黑发女郎终于发现金发女郎爱上了斯捷潘·特罗菲莫维奇,于是就主动地深藏不露。而那位金发女郎也发现黑发女郎爱着斯捷潘·特罗菲莫维奇,也主动地深藏不露。于是他们仨全都因为互相谦让而心力交瘁,就这样深藏不露地沉默了二十年。"噢,这是多么强烈的感情啊!"他感叹道,并在最真挚的狂喜中泣不成声,"我看到过她(黑发女郎)美貌如花的岁月,每天都看到她'怀着心灵的创伤'从我身边走过,仿佛对自己的美貌感到害羞似的。"(有一次他说:"她对自己的丰满感到害羞。")最后,他抛开这整个仿佛热病缠身的二十年的梦幻出走了——二十年啊!瞧,他现在就流落在乡间的大路上……接着,他就在某种似乎脑炎发作的状态下开始向索菲娅·马特维耶芙娜说明,今天"他俩不期而遇是命中注定的,他俩将永不分离",这次相遇肯定会有重大意义。索菲娅·马特维耶芙娜终于从沙发上非常不好意思地站了起来;他甚至企图在她面前跪下,因此她都哭了。暮色渐浓;他俩在插上门的房间里已经待了好几个小时……

"不,最好让我住到那一间屋去。"她嗫嚅道,"不然的话,说不定人家会有什么想法的,您哪。"

她终于挣脱出来;他放她走的时候向她保证,他一定立刻躺下睡觉。他俩分手时,他说他的头很疼。索菲娅·马特维耶芙娜还在刚进来的时候就把自己的背袋和行李留在了第一个房间里,夜里她打算跟房东夫妇住在一起;但是她没有能够休息成。

半夜斯捷潘·特罗菲莫维奇的亚霍乱又发作了,这病,我和他的所有的朋友都很熟悉——这通常由于他神经过度紧张和精神上受到大的刺激。可怜的索菲娅·马特维耶芙娜一夜未睡。因为要侍候病人,她不得不在木屋里出出进进地经常经过主人的房间，因此睡在这里的其他旅客和女主人常常悻悻然发牢骚，最后甚至骂开了，因为天还没亮她就想生茶炊。在疾病发作期间，斯捷潘·特罗菲莫维奇一直处于昏迷状态；有时候他模模糊糊地似乎看到有人在生茶炊，有人在喂他喝什么饮料（马林果汁），有人用什么东西在焐他的肚子和胸部。他几乎每分钟都感到她就在他身边，她不断地出出进进，把他从床上扶起来，又让他躺下。直到半夜三点他才好起来；他坐起身来，从床上放下了两腿，不假思索地就跪倒在她面前的地板上。这跟刚才的下跪不一样；简直是趴倒在她脚下，亲吻她的裙边……

"别价，您哪，我完全不值得您这样，您哪。"她嗫嚅道，竭力把他扶到床上。

"我的救命恩人，"他向她毕恭毕敬地双手合十，"您像侯爵夫人一样高贵！我——我是坏蛋！噢，我一辈子都不诚实……"

"快安静下来。"索菲娅·马特维耶芙娜恳求道。

"我方才全是信口开河——为了虚荣，为了往自己脸上贴金，由于闲得发慌——全是吹牛，直到最后一个词都是吹牛，噢，坏蛋，坏蛋！"

亚霍乱就这样转成了另一种病，变成了歇斯底里的自我谴责。我在谈到他写给瓦尔瓦拉·彼得罗芙娜的信的时候，已经提到过他经常发作这类歇斯底里。他忽然想到丽莎，想到昨天早晨遇到丽莎的情形："这太可怕了，而且——当时肯定发生了什么不幸，可是我倒好，既不问，也不打听！我只考虑自己！噢，她出了什么事呢，您知道吗，她到底出了什么事呢？"他恳求索菲娅·马特维耶芙娜告诉他。

后来他又发誓"决不变心"，他一定要回到她（即瓦尔瓦拉·彼得罗芙娜）身边去。"每天，当她坐上马车出去兜风的时候，我们（就是始终跟索菲娅·马特维耶芙娜在一起）都要到她门口去，偷偷地看她……噢，我愿意她打我的另一边的脸;我满怀喜悦地愿意! 我要像您的书①里说的那样把我的另一边的脸也伸过去给她打!② 现在,直到现在我才明白,什么叫把另一边的……'脸'伸过去。过去我从来不明白!"

对索菲娅·马特维耶芙娜来说,她一生中可怕的两天来临了;甚至她现在想到这两天也不由得哆嗦。斯捷潘·特罗菲莫维奇病得很重,他不能乘轮船走了——这一回,轮船倒来得很准时,下午两点准点到达;她不忍心把他一个人撂下,所以她也只好不去斯帕索夫了。据她后来说,他听说轮船走了甚至很高兴。

"真是太好了,真是妙极了,"他躺在床上嘟囔道,"要不然我总担心我们要走。这里是这么好,这里好极了……您不会撇下我不管吧?噢,您没有撇下我!"

然而"这里"一点儿也不好。他根本不想知道她在这里有多困难;充满他脑子的只有幻想。他认为自己的病很快就会好,是小事,根本就不去想它,他想的只是他俩将到处兜售"这些书"。他请她给他念念福音书。

"我很久没有读它了……我是说原文。要不有人问我,我会弄错的;毕竟应当做点儿准备嘛。"

她坐到他身旁,打开了书。

"您念得非常好。"她刚开始念,他就打断了她,"我看到,我看到我没有弄错!"他含混不清,但是兴高采烈地加了一句。总之,他始终处在一种异常兴奋的状态中。她读了登山宝训③。

"够了,够了,我的孩子,够了……难道您认为这还不够吗?"

---

① 指福音书。
② 据《马太福音》第五章第三十九节:"有人打你的右脸,连左脸也转过来由他打。"
③ 登山宝训,包含了耶稣基督的基本圣训,见《马太福音》第五至七章及《路加福音》第六章。

他说罢就无力地闭上了眼睛。他的身体很虚,但是还没有失去知觉。索菲娅·马特维耶芙娜以为他要睡了,便站了起来,但是他阻止了她。

"我的朋友,我一辈子都在说谎。甚至讲到史实的时候我也是信口开河。我说话从来不是为了求真,而仅仅是为了我自己,这情形我以前就知道,但是直到现在我才看清……噢,我有生以来以我的友谊玷污过的那些朋友现在在哪里? 还有一切,还有一切! 您知道吗,也许现在我也在撒谎;肯定现在也在撒谎。主要是我在说谎的时候还自以为是。人生在世最困难的就是不说谎话……而且……而且也不相信自己说的谎话,是的,是的,就是这样! 但是,请少安毋躁,这一切,以后……我们在一起,一起!"他又热烈地加了一句。

"斯捷潘·特罗菲莫维奇,"索菲娅·马特维耶芙娜胆怯地请求道,"要不要到'省里'去请大夫呢?"

他感到十分吃惊。

"干吗? 难道我病得真这么重吗? 没什么大不了嘛。咱们干吗要去请不相干的人呢? 他们知道了——会闹出什么事来呢? 不,不,不相干的人我们一个也不要,就我俩在一起,一起!"

"我说,"他沉默片刻后说道,"再给我念点儿什么吧,随便什么,由您挑,看到什么念什么。"

索菲娅·马特维耶芙娜翻开书读了起来。

"翻到哪儿,偶然翻到哪里了?"他重复着问。

"'你要写信给老底嘉教会的使者说……'①"

"这是什么? 什么? 这是哪儿的?"

"这是《启示录》里的话。"

---

① 见《新约·启示录》第三章第十四至十七节。

第三部

"噢，我想起这话来了，是的，《启示录》。念吧，念吧。我曾根据这书占卜我们的未来，我想知道结果怎样；就从这使者读起吧，从使者……"

"你要写信给老底嘉教会的使者说，那为阿门的，为诚信真实见证的，在神创造万物之上为元首的，说：我知道你的行为；你也不冷也不热，我巴不得你或冷或热。你既如温水，也不冷也不热，所以我必从我口中把你吐出去。你说：我是富足，已经发了财，一样都不缺；却不知道你是那困苦、可怜、贫穷、瞎眼、赤身的。"①

"这……您那本书里居然也有这话！"他感叹道，两眼发光，从枕头上微微抬起身子，"我从来不知道这书里还有这么一段伟大的论述！您听见了没有：宁可要冷的，冷的，也不要温水般的，也不要那种仅仅是温水般的人。噢，我要证明这一点，不过您别撇下，别撇下我一个人！我们要证明这一点，证明这一点！"

"我不会撇下您一个人的，斯捷潘·特罗菲莫维奇，我永远不会撇下您不管的，您哪！"她抓住他的两只手，紧紧握住，贴到自己心上，两眼噙着泪花，看着他（"当时我感到非常可怜他。"她后来说）。他的嘴唇痉挛般抖动起来。

"不过，斯捷潘·特罗菲莫维奇，那咱们到底应该怎么办呢？要不要通知一下您的朋友或者亲人呢？"

但是他听到这话却害怕了，因此她对他再次提到这点感到很后悔。他战战兢兢，浑身发抖地恳求她不要去叫任何人，也不要采取任何措施；要她保证，并一再说服她："不要去找任何人，不要去找任何人！就我俩，仅仅我俩，我们一起走。"

---

① 这段引自《新约·启示录》中的话，原来是《在吉洪的修道室》一章中由吉洪背诵的（见本书附录）。根据陀思妥耶夫斯基构思，"冷的"指无神论者基里洛夫，"热的"指虔信上帝的列比亚德金娜，"温水似的"指斯塔夫罗金。陀思妥耶夫斯基认为这段话对揭示《群魔》思想内容有重要意义，所以他在被迫删去《在吉洪的修道室》时，把这段引文移至此处。

最糟糕的是房东也担心起来了，唠唠叨叨地数落个没完，一再来纠缠索菲娅·马特维耶芙娜。她把钱如数付给了他们，并竭力让他们看到他们有钱；这暂时缓和了一下；但是房东要看斯捷潘·特罗菲莫维奇的"身份证"。病人带着一种高傲的微笑指了指自己的小提袋；索菲娅·马特维耶芙娜在里面找到了他的辞职证或者他凭此生活了一辈子的这一类证件。房东还是不罢休，坚持说："无论如何必须把他送到什么地方去，因为我们这儿不是医院，万一他死了，说不定会惹出麻烦的；那就要吃不了兜着走了。"索菲娅·马特维耶芙娜本来想跟他谈谈请大夫的事，但是她发现，派人到"省里"去可能要花很大一笔钱，因此只能抛开请大夫的任何想法。她十分苦恼地回到她的病人身边。斯捷潘·特罗菲莫维奇的身体变得越来越弱了。

"现在请您再给我念一段……关于猪的事。"他突然道。

"什么，您哪？"索菲娅·马特维耶芙娜吓了一大跳。

"关于猪……也在这书里……这些猪……我记得，群魔走进这群猪里，统统淹死了。请您一定给我念念这一段；以后我再告诉您为什么。我想一字不差地记住。我要一字不差。"

索菲娅·马特维耶芙娜对福音书很熟，立刻找到了《路加福音》中他所说的那一段。我把那一段作为这部纪事的题词，在这里再引用一下：

"那里有一大群猪，在山上吃食。鬼央求耶稣，准他们进入猪里去。耶稣准了他们。鬼就从那人身出来，进入猪里去。于是那群猪闯下山崖，投在湖里淹死了。放猪的看见这事就逃跑了，去告诉城里和乡下的人。众人出来要看是什么事。到了耶稣那里，看见鬼所离开的那人，坐在耶稣脚前，穿着衣服，心里明白过来，他们就害怕。看见这事的，便将被鬼附着的人怎么得救，告诉他。"

"我的朋友，"斯捷潘·特罗菲莫维奇十分激动地说，"您可知道，这段神奇的……非凡的故事是我一生的拦路石……在这本书里……因此我从小就记住了这一段。现在我倒有一个想法；一个比喻。现在我思绪万千，产生了很多很多想法：您知道吗，这情形就跟我们俄国一样。这些从病人身上出来、进入猪里的群魔——就是积累在我们这个伟大而又可爱的病人体内，世世代代积累在我们俄国肌体内的一切溃疡，一切乌烟瘴气，一切污泥浊水，一切大大小小的魑魅魍魉、牛鬼蛇神！是的，这个我永远热爱的俄国。但是，伟大的思想和伟大的意志将会从天上保佑它，就像保佑那个精神失常的鬼魂附体的人那样，所有这些魔鬼，所有这些污泥浊水，所有这些沉渣泛起、浮到表面上来的、开始腐烂发臭的卑鄙龌龊一定会走出来……主动要求进入猪里去。而且已经进去了也说不定！这就是我们，我们和他们，还有彼得鲁沙……以及和他在一起的其他人，而且我也许还是头一个，是始作俑者，于是我们这些精神失常和发狂的人，就会从山崖跳入大海，统统淹死，这就是我们的下场，因为我们的结局也只能是这样。但是病人将会痊愈，'坐到耶稣的脚前'……于是大家都会稀奇地看着……亲爱的，您以后会明白的，而现在这使我感到很激动……您以后会明白的……咱们会一起明白的。"

他开始说胡话，终于失去了知觉。第二天，这症状又继续了一整天。索菲娅·马特维耶芙娜坐在他身边哭，三天来她几乎一刻也不曾合眼，并且躲着房东，不让他们看到她，她预感到房东已经开始采取什么措施了。直到第三天他才脱离危险。一早，斯捷潘·特罗菲莫维奇清醒了过来，认出了她，向她伸出了手。她满怀希望地在身上画了个十字。他想看看窗外："看，有面湖，"他说，"啊，我的上帝，我还没见过这湖呢……"就在这时木屋门口响起了什么人的马车声，屋里顿时掀起一片异乎寻常的忙乱。

三

　　这是瓦尔瓦拉·彼得罗芙娜亲自光临，她坐了一辆四匹马拉的四座轿式马车，带着两名听差和达里娅·帕夫洛芙娜。出现这样的奇迹其实很简单：好奇得要命的阿尼西姆来到城里，第二天就登门拜访了瓦尔瓦拉·彼得罗芙娜的公馆，他在与仆人们闲聊中泄露了他曾遇见斯捷潘·特罗菲莫维奇一个人在乡下的事，他说有两个农民看见他一个人在乡间的大路上，而且是步行，他要到斯帕索夫去，可是上乌斯季耶沃去的时候，他已经是跟索菲娅·马特维耶芙娜两个人在一起了。瓦尔瓦拉·彼得罗芙娜当时已经十分惊慌，正在竭尽所能地四处寻找她那逃跑的朋友，因此下人们便立刻向她禀报了关于阿尼西姆的事。听了阿尼西姆的叙述以后，特别是听到斯捷潘·特罗菲莫维奇离开那里上乌斯季耶沃去的时候居然跟一个名叫索菲娅·马特维耶芙娜的女人同行，而且与她同坐一辆马车——听到这一细节后，她就立刻收拾行装，坐上马车追踪而去，亲往乌斯季耶沃。关于他生病的事她还一无所知。

　　传来她那声色俱厉的、命令式的声音；连房东夫妇听了都胆战心惊。她停车是为了询问和打听一下情况，因为她深信斯捷潘·特罗菲莫维奇早已经在斯帕索夫了；当她获悉他还在这里而且卧病在床之后，便激动地跨进了木屋。

　　"喂，他在这里哪儿呀？啊，是你呀！"就在这时候，索菲娅·马特维耶芙娜出现在第二个房间的门口，瓦尔瓦拉·彼得罗芙娜看到她后便大声喝道，"我根据你那无耻的面孔就猜出来了：肯定是你。滚，混账东西！给我立刻滚出这木屋！把她轰出去，要不然呀，我的太太，我就把你关进大牢，让你坐一辈子牢房。先把她送到另一个房间去看起来。在城里她就坐过一次牢，看来还得坐牢。房东，我在这儿的时候，请你不要让任何人进来。我是斯塔夫罗金娜将军夫人，我要占用整座房子。至于你，宝贝，回头你得一五一十给我交代清楚。"

听到这熟悉的声音，斯捷潘·特罗菲莫维奇吓了一跳。他发起抖来。但是她已经跨进里间。她两眼放光，用脚把椅子踢到跟前，往靠背上一仰，向达莎嚷道：

"你先出去，在房东那边待会儿。有什么好奇的？随手把房门带上，关紧点儿。"

她一言不发，用她那凶猛的目光仔细端详着他那惊恐的脸，端详了若干时间。

"我说斯捷潘·特罗菲莫维奇，您近来好吗？出来游逛得怎么样？"她突然脱口而出，狠狠地挖苦道。

"亲爱的，"斯捷潘·特罗菲莫维奇情不自禁地喃喃道，"我懂得了俄国的现实生活……而且我要去宣讲福音书……"

"噢，你这无耻的、忘恩负义的人啊！"她举起两手一拍，突然吼道，"您丢我的脸还嫌不够吗，居然还勾搭上了……噢，您这不知羞耻的老色鬼呀！"

"亲爱的……"

他说不出话来了，他什么话也说不出来了，只是恐怖得瞪大了两眼，望着她。

"她是谁？"

"这是一位天使……对我来说，更胜于天使，她整夜……噢，您别嚷嚷，您别吓着了她，亲爱的，亲爱的……"

瓦尔瓦拉·彼得罗芙娜突然发出一片声响，从椅子上跳了起来；传来她惊恐的喊叫："水，水！"他虽然清醒了过来，但是她仍在吓得发抖，面孔煞白地望着他那变了样子的脸；直到这时她才头一次明白他病得多重。

"达里娅,"她突然对达里娅·帕夫洛芙娜悄声道,"立刻去请大夫,去请扎利茨菲什;让叶戈雷奇马上去;让他在这里先雇辆车,而从城里回来的时候再另雇一辆。叫他务必在天黑前赶到。"

达莎立刻跑去执行命令。斯捷潘·特罗菲莫维奇依旧像刚才那样瞪大了两眼,用惊恐的目光看着她;他的嘴唇煞白,在发抖。

"等等,斯捷潘·特罗菲莫维奇,等等,宝贝!"她像哄小孩似的哄他,"你等等嘛,稍等片刻,达里娅就回来了……啊呀,我的上帝,女房东,女房东,哪怕你来一下呢,亲爱的!"

她等不及了,便亲自跑去找女房东。

"马上,立刻把那女人叫回来。让她回来,回来!"

幸亏索菲娅·马特维耶芙娜还没有来得及离开这房子,她刚提着口袋和包袱走到大门口,有人把她叫了回来。她都吓坏了,吓得连手脚都在发抖。瓦尔瓦拉·彼得罗芙娜像老鹰抓小鸡似的抓住她的一只胳膊,把她急匆匆地拽到斯捷潘·特罗菲莫维奇身边。

"瞧,她不是来看您了。我又没吃了她。您以为我会把她干脆给吃了。"

斯捷潘·特罗菲莫维奇抓住瓦尔瓦拉·彼得罗芙娜的一只手,把它贴到自己的眼睛上,突然泪如雨下,抽抽噎噎地哭了起来,痛苦地哽咽着。

"好啦,别哭啦,别哭啦,好啦,我的宝贝,好啦,亲爱的!哎呀,我的上帝,您就别哭了嘛,好不好!"她发狂般叫道,"噢,真是冤家,冤家,真是我一辈子的冤家。"

"亲爱的,"斯捷潘·特罗菲莫维奇终于对索菲娅·马特维耶芙娜含混不清地喃喃道,"亲爱的,请您到那边去待一会儿,我这会儿有几句话要说……"

索菲娅·马特维耶芙娜立刻急匆匆地走了出去。

"亲爱的,亲爱的……"他喘着气说道。

第三部

"您等等再说,斯捷潘·特罗菲莫维奇,稍等片刻,先休息一会儿。给您水。您等一等嘛!"

她又在椅子上坐下。斯捷潘·特罗菲莫维奇紧紧地抓住她的一只手。很长时间她都不许他说话。他把她的手贴到嘴唇上,开始吻它,她咬紧牙齿,望着旁边的一个角落。

"我曾经爱过您!"他终于脱口说道。她从来没听他用这样的口气说过这样的话。

"唔。"她唔了一声作为回答。

"我爱了您一辈子……爱了您二十年!"

她一直沉默不语——有两三分钟。

"可当您准备去找达莎的时候,还洒了香水……"她突然用可怕的低语说道。斯捷潘·特罗菲莫维奇都惊呆了。

"还系上了新领带……"

又是两三分钟沉默。

"您记得您抽雪茄烟的事吗?"

"我的朋友。"他恐怖得支支吾吾道。

"傍晚,窗口,抽着雪茄……皓月当空……在凉亭谈话之后……在斯克沃列什尼基?你记得吗,记得吗?"她从座位上跳起来,抓住他的枕头的两只角,与他的脑袋一起拼命摇晃,"记得吗,你这个就会说空话,就会说空话,丢人现眼,意志薄弱,一辈子,一辈子空话连篇的人!"她用恶狠狠的低语一再数落道,竭力压低声音不致喊叫出来。最后她把他一摔,跌坐到椅子上,两手捂住了脸。"够了!"她直起身子断然道,"二十年过去了,这二十年是回不来了;是我犯傻。"

"我曾经爱过您。"他又合十当胸。

"你怎么净跟我爱啊爱的！够了！"她又跳起身来，"您要是现在不马上睡觉，那我……您需要安静；睡觉，马上睡觉，闭上眼睛。啊呀，我的上帝，说不定他想吃早点吧！您吃什么？他平时吃什么？啊呀，我的上帝，那女人呢？她在哪儿？"

又开始了一阵忙乱。但是斯捷潘·特罗菲莫维奇用衰弱的声音含混不清地喃喃道，他的确想睡个把钟头，然后再喝点儿鸡汤、茶……最后，他感到很幸福。他躺了下来，果然好像睡着了（大概是装睡）。瓦尔瓦拉·彼得罗芙娜稍等片刻后就踮起脚尖走出了里间。

她在房东的屋子里坐下，把房东赶了出去，命令达莎把那个女人带来见她。开始了严肃的审问。

"太太，现在你讲讲详细经过；坐到我旁边来，就这样。听见了没有？"

"我遇见了斯捷潘·特罗菲莫维奇……"

"等等，你先停一下。我警告你，如果你胡编一气，或者把什么事情瞒着不告诉我，就是你钻到地底下，我也要把你挖出来。听见没有？"

"我刚进哈托沃村就遇见了斯捷潘·特罗菲莫维奇……"索菲娅·马特维耶芙娜几乎上气不接下气地说。

"等等，你先停一停，等一下；你干吗咚咚咚跟打鼓似的？首先，你本人是只什么鸟儿？"

她凑合着三言两语地说了说自己的情况，从塞瓦斯托波尔讲起。瓦尔瓦拉·彼得罗芙娜默默地听着，在椅子上挺直了身子，严厉而又咄咄逼人地直视着索菲娅·马特维耶芙娜的眼睛。

"你干吗这么心惊胆战的？你干吗老盯着地面——我喜欢那种昂首挺胸，直视前方，敢于跟我争论的人。接着说吧。"

她谈到他们的相遇，她怎样兜售福音书，以及斯捷潘·特罗菲莫维奇怎样请一名农妇喝伏特加……

"好，好，别忘了最微小的细节。"瓦尔瓦拉·彼得罗芙娜鼓励她道。最后又讲到他们怎样动身，以及斯捷潘·特罗菲莫维奇怎样一直说呀说的说个没完，当时他"已经完全病了，您哪"，而到这里以后他又讲了甚至好几个小时，讲自己的一生，从最初的时候讲起。

"你就说说他的生平吧。"

索菲娅·马特维耶芙娜突然张口结舌，似乎完全不知说什么好了。

"这，我可一点也不会说，您哪，"她几乎带着哭声说道，"再说我几乎什么也没听懂，您哪。"

"胡说——你不可能完完全全什么也没有听懂。"

"他说到一位黑头发的贵妇人，说了很长时间，您哪。"不过，索菲娅·马特维耶芙娜发现瓦尔瓦拉·彼得罗芙娜的头发是金黄色的，而且完全不像他所说的那位"黑发女郎"，不由得满脸涨得通红。

"黑头发的女人？——他究竟说了什么？你说呀！"

"他说，这位贵妇人爱上了他，而且爱得很深，爱了他一辈子，爱了整整二十年，可是她一直不向他表白，在他面前自惭形秽，因为她太丰满了，您哪……"

"混账！"瓦尔瓦拉·彼得罗芙娜若有所思而又断然地说道。

索菲娅·马特维耶芙娜已经完完全全在哭了。

"我现在什么也不会说，什么也说不好，因为我当时很害怕，替他老人家担心，再说我也听不懂，因为他是个很有学问的人……"

"他是不是有学问，不是像你这样的乌鸦能够评论的。他向你求婚了？"

索菲娅·马特维耶芙娜发起抖来。

"爱上你了？——说呀！向你求婚了？"瓦尔瓦拉·彼得罗芙娜喝问道。

第三部

"好像是那么回事,您哪。"她呜咽道,"不过我把这一切根本没当回事,因为他有病。"她又抬起眼睛坚定地加了一句。

"你叫什么:名字和父称?"

"索菲娅·马特维耶芙娜,您哪。"

"那么你要明白,索菲娅·马特维耶芙娜,他是一个最恶劣、最无聊的小人……主啊,主啊!你肯定认为我是个坏蛋吧?"

索菲娅·马特维耶芙娜瞪大了眼睛。

"是个坏蛋,是个暴君?是我毁了他的一生?"

"这怎么可能呢?您自己不也在哭吗,您哪。"

瓦尔瓦拉·彼得罗芙娜的眼睛的确噙满了眼泪。

"你坐下吧,坐下吧,别怕。你再抬起头来看看我的眼睛,要直视;干吗要脸红呢?达莎,你过来,看看她:你怎么看,她是不是有一颗纯洁的心……"

使索菲娅·马特维耶芙娜感到很吃惊,也许还感到十分害怕的是,她竟突然拍了拍她的脸蛋。

"只可惜太傻,傻得与年龄不相称。好吧,亲爱的,你的事我全包了。看得出来,这一切全是扯淡,你暂时先在附近住下来,给你租个房间,吃饭什么的都由我付钱……直到我叫你过来。"

索菲娅·马特维耶芙娜惊恐地嗫嚅道,她必须赶紧走。

"你不必急着到任何地方去。你的书我全包了,你先在这里待着。别说了,别推托了。要知道,假如我不来,你不是也不会撇下他不管吗?"

"我无论如何不会撇下他不管的,您哪。"索菲娅·马特维耶芙娜一面抹着眼泪,一面低声而又坚定地回答道。

把扎利茨菲什大夫接来时已经是深夜了。这是一位非常可敬的老人,而且拥有丰富的临床经验。不久前，因为触犯了他的自尊，他跟自己的上司发生了争吵，因而丢掉了在敝市的职务。瓦尔瓦拉·彼得罗芙娜当即全力以赴地开始"呵护"他。他给病人做了仔细检查，详细地问了一些问题，然后小心翼翼地向瓦尔瓦拉·彼得罗芙娜宣布，由于产生了并发症，"患者"的病情殊堪忧虑，应当做好"甚至最坏"的准备。二十年来瓦尔瓦拉·彼得罗芙娜已经不习惯甚至想到斯捷潘·特罗菲莫维奇本人还会发生任何严重的紧急情况，因而这次深感震惊，甚至脸都吓白了：

"难道没有任何希望了？"

"怎么可以说绝对没有任何希望呢，不过……"

她一夜未睡，好容易才等到天亮。病人刚一睁开眼睛和清醒过来（他虽然越来越虚弱，但暂时还一直是清醒的），她就以十分坚决的神态向他提出：

"斯捷潘·特罗菲莫维奇，应当预见到一切。我已经派人去请神父了。您必须履行天职①……"

她知道他的信仰，所以非常害怕遭到拒绝。他诧异地看了看她。

"扯淡，扯淡！"她吼道，以为他已经拒绝了，"现在可不是闹着玩的。别冒傻气了。"

"但是……难道我已经病得这么重吗？"

他若有所思地同意了。总之，我后来十分诧异地从瓦尔瓦拉·彼得罗芙娜那儿得知，他一点儿也不怕死。也许他根本就不相信他会死，依旧认为他的病无关痛痒。

他非常乐意地作了忏悔和领了圣餐。所有的人，包括索菲娅·马特维耶芙娜，甚至仆人，他们跑来恭喜他接受了圣礼。所有的人，无一例外，看着他塌陷和筋疲力尽的脸，以及变得煞白的不住颤抖的嘴唇，都不觉潸然泪下。

---

① 指病人临死前应向神父忏悔和领圣餐。

"是的，我的朋友们，你们这样……忙碌，我都觉得奇怪。说不定我明天就可以下床，我们就可以……动身了……这整个仪式……我自然给予它应有的评价……它……"

"神父，我请求您一定留下来陪伴这个病人。"神父已经脱下了法衣，瓦尔瓦拉·彼得罗芙娜迅速阻止道，"给大家送茶的时候，请您立刻讲一点儿神学，以支持他的信仰。"

神父开讲了；所有的人都或坐或站地围在病人的病榻旁。

"在我们这个罪恶的时代，"神父手里拿着一杯茶，从容不迫地开口道，"对至高的神的信仰，乃是人类在人生的所有苦难与考验中，以及在期望得到神许诺给虔诚的义人的永恒幸福中的唯一依靠。"

斯捷潘·特罗菲莫维奇好像整个人都复活了；一丝微笑掠过他的嘴唇。

"神父，我感谢您，您很好，但是……"

"完全不要但是，根本不用但是！"瓦尔瓦拉·彼得罗芙娜从椅子上跳起来叫道，"神父，"她向神父说道，"他，他这人就这样，他这人就这样……过一小时，必须听他再忏悔一次！瞧，他就是这样的人！"

斯捷潘·特罗菲莫维奇克制地微微一笑。

"我的朋友们，"他说，"上帝之所以于我是必需的，因为他是唯一可以让大家永远爱的人……"

他果真皈依了上帝，或者是举行圣礼的庄严仪式使他受到了震动，从而唤起了他富于艺术感受的天性，不得而知。但是，据说，他坚定地、十分动情地说的某些话，与他早先信念中的许多观点直接相悖。

"我的灵魂必须不死，因为上帝不愿做不公正的事，也不愿意完全扑灭在我心中一度燃起的对他的爱。还能有什么比爱更宝贵呢？爱高于存在，爱是存在之母，而存在又怎能不向爱倾斜呢？假如我曾经爱过他，并对我的这种爱感到欢喜——那他怎能把我和我心中的欢喜一齐扑灭,并把我们变成零呢? 如果有上帝,我的灵魂就是不死的! 这就是我的信条。"

"上帝是有的,斯捷潘·特罗菲莫维奇,请相信我,上帝是有的,"瓦尔瓦拉·彼得罗芙娜恳求道,"摈弃您的观点,抛弃您的所有这些愚蠢的想法,哪怕一生就这一次呢!"(她好像没有完全听懂他的信条。)

"我的朋友,"他越来越精神振奋,虽然他的声音常常中断,"我的朋友,当我明白了……这个送上去让人打的半边脸的时候,我……我又立刻明白了另外的道理……我一辈子都在撒谎,一辈子,一辈子! 不过我倒希望……明天……明天我们大家能离开这里。"

瓦尔瓦拉·彼得罗芙娜哭了。他用眼睛在寻找什么人。

"这不是她吗,她就在这里!"她抓住索菲娅·马特维耶芙娜的一只手,把她拉到他的身边。他感动地微微一笑。

"噢,我很想再活下去!"他精力非常充沛地叫道,"生活在世上的每一分钟、每一刹那,都应当是人的无上幸福……都应当,都必定是这样! 这是人本身的义务,必须这样来安排;这是人生在世的法则——虽然看不见,但却是一定存在的法则……噢,我真想看到彼得鲁沙……以及他们大家……还有沙托夫!"

我要指出,关于沙托夫遇害一事,他们还一无所知,无论是达里娅·帕夫洛芙娜和瓦尔瓦拉·彼得罗芙娜,也无论是最后一个出城到这里来的扎利茨菲什。

斯捷潘·特罗菲莫维奇越说越激动,这是一种病态的激动,非他的体力所能支持。

"我一向认为,存在着某种与我不能比的非常公正和非常幸福的神,单是这一想法就使我整个人充满无比的感动和——荣耀——噢,不管我是怎样一个人，也不管我做了什么！一个人必须知道自己的幸福所在，并且应该时时刻刻相信在某处存在着一种对一切人和物都一视同仁的完美的、平静的幸福……人存在的整个法则仅仅在于人要永远拜倒在无比伟大的神面前。如果使人们失去这个无比伟大的神，那他们就会活不下去，他们就会在绝望中死去。这个无比伟大和无始无终的神，就像人离不开他所居住的这个小小的星球一样，是必不可少的……我的朋友们，所有的人，所有的人：这个伟大的思想万岁！这个永恒的、无比伟大的思想万岁！任何一个人，不管他是谁，都必须拜倒在体现这一伟大思想的神面前。甚至最愚蠢的人也离不开某种伟大的东西。彼得鲁沙……噢，我多么想再见到他们大家啊！他们不知道，不知道即使在他们心中也蕴含着那同样永恒的伟大思想！"

扎利茨菲什大夫没有参加领圣餐的仪式。他忽然闯了进来，感到非常吃惊，把所有的人都轰走了，他坚持说病人不能激动。

三天后斯捷潘·特罗菲莫维奇去世了，但已经完全失去知觉。他就像一支燃尽的蜡烛不知怎么悄悄地熄灭了。瓦尔瓦拉·彼得罗芙娜就在当地给他做了安魂祈祷，然后把自己这位可怜的朋友的遗体运回了斯克沃列什尼基。他的坟茔设在教堂的院墙内，[①]已经盖上了大理石板。墓碑和铁栅栏将留待开春以后再补。

瓦尔瓦拉·彼得罗芙娜离城外出一共花了七八天时间。跟她一起并排坐在马车上回来的还有索菲娅·马特维耶芙娜，看来要永远住在她家了。我要指出的是，当斯捷潘·特罗菲莫维奇刚一失去知觉（就在同一天早晨），瓦尔瓦拉·彼得罗芙娜就立刻把索菲娅·马特维耶芙娜打发走了，让她彻底离开那座木屋，一直亲自侍候病人，并且一个人坚持到最后；直到他咽了气，才

[①] 人死后葬在教堂院子里，是很大的礼遇，只有有身份和有钱的人才能做到。

把她立刻叫回来。索菲娅·马特维耶芙娜对瓦尔瓦拉·彼得罗芙娜让她永远居住在斯克沃列什尼基的建议（其实是命令）怕极了，可是瓦尔瓦拉·彼得罗芙娜对她的任何不同意见连听也不要听。

"全是废话！我要亲自跟你去兜售福音书。现在我在这世界上已经没有任何亲人了！"

"不过，您不是有儿子吗？"扎利茨菲什吞吞吐吐地说。

"我没有儿子！"瓦尔瓦拉·彼得罗芙娜断然道 —— 似乎预言了未来。

第八章 结 尾

　　一切胡作非为和犯下的罪行非常快就被发现了，而且比彼得·斯捷潘诺维奇估计的要快得多。先是这样开始的：不幸的玛丽娅·伊格纳季耶芙娜在丈夫被杀害当夜的黎明前醒来，没有看到他在自己身边，便四处寻找，非常激动，激动得难以形容。当时阿林娜·普罗霍罗芙娜雇了一名女用人来陪夜。这名女佣怎么也没法让她平静下来，因此天刚亮，她便跑去找阿林娜·普罗霍罗芙娜，临走前她向产妇保证，阿林娜·普罗霍罗芙娜准知道她丈夫在哪儿、什么时候回来。当时阿林娜·普罗霍罗芙娜也有点放心不下：她已经从她丈夫那里知道他们夜里在斯克沃列什尼基干的好事。他回到家中已是夜里十时许，神情非常可怕；他绞着双手，脸朝下扑倒在床上，像抽风似的号啕大哭，浑身发抖，颠来倒去地说："这不对，不对；这根本不对！"不用说，到后来他还是向走到他身边的阿林娜·普罗霍罗芙娜承认了一切——不过全家他就告诉了她一个人。她让他躺到被窝里，并严厉警告他，如果他想哭，那就把头埋在枕头里使劲哭好了，不要让别人听见，要是他明天露出什么马脚，那就是大傻瓜。她想了想还是不放心，于是便立刻开始清理东西以防万一：多余的字纸、书籍，说不定甚至还有传单，她都一一藏了起来，或者付之一炬，烧成灰烬。干完这一切之后，她认为她本人，她姐姐，她姑妈，那个女大学生，也许还有那个傻乎乎的兄弟根本就不用十分害怕。因此一大早那个陪床的女用人跑来找她时，她就毫不犹豫地到玛丽娅·伊格纳季耶芙娜那儿去了。不过她非常想快点弄清楚，昨天她丈夫像说胡话似的惊恐万状地、疯狂地低声告诉她的那件事是否属实，即彼得·斯捷潘诺维奇为了共同利益打算让基里洛夫自杀。

但是她到玛丽娅·伊格纳季耶芙娜家时已经晚了：玛丽娅·伊格纳季耶芙娜把那个女用人打发走以后，剩下她一个人，她忍不住就下了床，胡乱披上了一件十分单薄和与季节不符的衣服，就亲自到厢房里去找基里洛夫，她想，说不定他的消息比任何人都可靠，他准能告诉她自己丈夫的情况。可以想象得出，在那里看到的情况对这位产妇产生了多大影响。精彩的是，她根本就没有看到基里洛夫的绝命书，其实它就放在桌上很显眼的地方，当然，在害怕中她完全忽略了它。她转身跑进自己那间明亮的小屋，抱起婴儿，带着他离开了公寓，上了大街。早晨很潮湿，有雾。这条街道十分偏僻，因此没有遇到行人。她一直在寒冷的、没脚的泥泞中气喘吁吁地奔跑，最后就开始敲人家的门；一家没给她开门，另一家也很长时间没有给她开门，她来不及了，就撇开这户人家去敲第三家的门。这是敝市商人季托夫的家。她在这里引起了一片混乱，她号叫着，语无伦次地硬让别人相信她的丈夫被杀害了。季托夫家对沙托夫及其经历略有耳闻，多少知道一些。他们看到她这副狼狈相都吃了一惊，因为据她说她分娩才一昼夜，竟穿着这么单薄的衣服在这样的大冷天沿街奔跑，手里还抱着一个几乎没遮没盖的婴儿。他们起先认为她在说胡话，再说他们怎么也弄不清到底谁被杀害了：基里洛夫还是她丈夫？她终于领悟到他们不相信她的话，就拔起脚来想继续往前跑，可是他们使劲拉住了她，据说，她还大叫大嚷，拼命挣扎。于是他们就前往菲利波夫公寓，两小时后，基里洛夫自杀身亡以及他的绝命书全城都知道了。警察开始审讯这位产妇，当时她还有知觉；这时大家才发现，她没有看到基里洛夫的绝命书，那么她凭什么断定她丈夫被杀害了呢——问了她半天根本问不出所以然来。她只是大叫："既然那人被杀害了，她丈夫也一定被杀害了；他俩是在一起的呀！"快到中午的时候，她失去了知觉，从此再没有醒过来，大约三天后她就去世了。那个着了凉的婴儿比她死得更早。阿林娜·普罗霍罗芙娜在原来的地方没有找到玛丽娅·伊格纳季耶芙娜和婴儿，一下子就明白：糟了，她想跑回家去，但在大门口停了下来，让那个陪床的女用人到厢房去问问那位先生，玛丽娅·伊格纳季耶芙娜是不是在他那儿，他是不是知道关于她的什么情况？被派去的那个女用人回来时发狂似的、满街都听得见地又喊又叫。她说服了女用人，叫她别嚷嚷，也别向任何人声张，论据很充分："会吃官司的。"说罢她便从院子里溜走了。

不用说，因为她给产妇接过生，当天上午就有人来惊动她；但是收获不大：她很有道理而且十分沉着地讲了她在沙托夫家耳闻目睹的一切，但是关于所发生的事，她的回答是一无所知、莫名其妙。

可以想象得出，立刻掀起了满城风雨。又"出事"了，又杀人了！但是这事却说明了另一点：大家渐渐明白了，有一个，的确有一个由杀人犯、纵火犯、革命派和造反派组成的秘密团体。丽莎可怕的死，斯塔夫罗金妻子的被害，斯塔夫罗金本人，纵火，为家庭女教师募捐举行的舞会，尤丽娅·米哈伊洛芙娜周围那伙人的肆无忌惮……甚至有人断定斯捷潘·特罗菲莫维奇的失踪也是个谜。大家交头接耳，议论纷纷地谈到尼古拉·弗谢沃洛多维奇。直到这天傍晚才有人得知，彼得·斯捷潘诺维奇已经不在本市了，奇怪的是，关于他却谈论得最少。那天谈论得最多的却是那个"枢密官"。在菲利波夫公寓，几乎整个上午都挤满了人。果然，长官们被基里洛夫的那份绝命书眯住了眼。他们相信沙托夫是基里洛夫杀害的，后来这个"杀人凶手"又自杀了。话又说回来，长官们虽然迷失了方向，但是并没有完全上当。基里洛夫绝命书中十分含糊地提到"大花园"一词，并没有像彼得·斯捷潘诺维奇所指望的那样把任何人弄糊涂。警察立刻赶到斯克沃列什尼基，倒并不仅仅是因为那里有座大花园而在敝城的其他地方都没有，而是根据某种甚至是本能，因为近几天来发生的一切惨案都直接或者间接地与斯克沃列什尼基有关。起码我现在是这么揣度的。(我要指出,瓦尔瓦拉·彼得罗芙娜为了把斯捷潘·特罗菲莫维奇捉回来,一大早就出门了,她什么都不知道。)当天傍晚,根据某些蛛丝马迹,他们在池塘里找到了尸体;在杀人现场还找到了沙托夫的一顶被凶手们十分粗心地遗忘在那儿的便帽①。对尸体的直观检查和法医鉴定,以及根据某些猜测,一开始就引起了怀疑:基里洛夫不可能没有同伙。后查明,存在着一个与散发传单有关的沙托夫-基里洛夫秘密团体。这些同伙又究竟是谁呢?当天还根本没有人想到我们的人中的任何人。他们获悉,基里洛夫闭门独居,从不与人交往,所以,诚如绝命书中所说,被到处搜捕的费季卡才能跟他一起住了那么多天……使所有的人焦虑的主要之点是,在这一团乱麻中竟理不出个头绪来。要不是第二天利亚姆申主动交代才使一切突然真相大白,那么很难想象,我们那些吓得惊慌失措的上流人士会得出怎样的结论,他们的想法又会乱到什么程度。

  利亚姆申受不了了。他发生了连彼得·斯捷潘诺维奇最后也开始预感到的情况。他先是交由托尔卡琴科看管,后来又交由埃尔克利看管,因此整个第二天他都躺在被窝里,表面上老老实实,面对墙壁,一句话也不说,即使别人跟他说话,他也几乎不理不睬。因此,这一整天他对城里发生的事一无所知。但是托尔卡琴科对城里发生的事一清二楚,因此到傍晚时分他灵机一动,决定撇下彼得·斯捷潘诺维奇让他担当的看守利亚姆申的角色,离开这座城市到县里去,也就是说,干脆逃跑:他们大家果然像埃尔克利不幸言中的那样失去了理智。我要顺便指出,当天,还在中午以前,利普京就从城里不翼而飞了。事情是这样的:直到第二天傍晚长官们才发觉他失踪,他们之所以发觉,因为他们直接去盘问他的家属,当时他的家属因他的失踪而吓坏

---

① 在"涅恰耶夫案"中,涅恰耶夫在行凶后匆忙间错拿了伊万诺夫的帽子。后来在行凶现场发现了他的"羊皮帽"。

了，因为害怕又不敢向当局禀报。我还是接着说利亚姆申吧。当只剩下他一个人的时候（因为埃尔克利想，既然有托尔卡琴科看着他，谅也无碍，所以还在这以前就回家了），他就立刻从家里跑出去了，不用说，他很快就知道了当时的形势。他甚至都没有回家看看，拔起脚来就逃跑了，并无目标，跑哪儿算哪儿。但是夜是那么黑，逃跑又是那么可怕，困难重重，因此还没跑过两三条街，他又回到家里，把自己锁了起来，一夜都闭门不出。似乎，快天亮时，他曾经企图自杀；但是自杀未遂。然而他仍旧重门深锁，待在家里，几乎一直待到中午，然后——突然跑去找长官。据说他是双膝跪着爬进去的，又是号啕大哭，又是尖声喊叫，吻着地板，叫道，他甚至不配吻站在他面前的父母官们的皮靴。他们让他安静下来，甚至对他很客气，让他有话慢慢说。据说，审讯持续了大约三小时。他交代了一切，一切，讲了全部内情，讲了他所知道的一切，甚至全部细节；他急于坦白交代，甚至人家没问他的事他也抢在前面说了，说了许多不需要说的事。原来他知道的事还相当多，而且相当清楚地说明了本案的性质：沙托夫和基里洛夫的悲剧，城里的大火，列比亚德金兄妹的死，等等，都不过是次要问题。首要问题是彼得·斯捷潘诺维奇、秘密团体、组织和那张网。他们问他：那干吗要制造这么多凶杀案，到处捣乱，干下这么多肮脏的勾当呢？他亢奋地急忙回答道，这是"为了接连不断地动摇基础，接连不断地瓦解社会和一切原则；为了使大家丧失信心，把一切都搅成一锅粥，这样一来，这社会就会摇摇欲坠，病入膏肓，萎靡不振，玩世不恭，失去信仰，但是这社会又无限渴望能有一种思想来指导他们，力求自保——于是就高举造反的义旗，依靠由许多五人小组组成的一个完整的大网，突然把这社会抓到自己手中，与此同时，五人小组积极活动，招兵买马，切实地寻找一切手段和能够抓住的一切弱点"。他最后说，在这儿，在我们这个城市连续不断地制造混乱，对于彼得·斯捷潘诺维奇来说不过是小试锋芒,所有五人小组的所谓下一步行动纲领就是这么说的——这不过是他本人(利亚姆申)的想法,是他自己的猜测。他是想让他们务必记住,让他们对这一切心中有数,他是多么坦白、多么老实地说明了案情,因此,今后他也会大有用处,也会竭尽全力为长官们效劳。他们又让他确切地回答:到底有多少五人小组——他答道,多得数不清,遍布整个俄国,虽然他并没有提供证据,但是我想他的回答是完全真诚的。他只提供了一份在国外印刷的组织纲领,以及一份虽然写得潦草,但却是彼得·斯捷潘诺维奇亲笔书写的开展进一步行动的计划草案。原来,所谓"动摇基础"云云是利亚姆申一字不差地根据这份文件引用来的,甚至连标点符号也一仍其旧,虽然他还一再担保这仅仅是他个人的想法。关于尤丽娅·米哈伊洛芙娜,他形容得非常可笑,甚至人家还没问他他就抢先说,"她是无罪的,她不过是被人家耍了。"但是值得注意的是,他把尼古拉·斯塔夫罗金完全排除在这个秘密团体之外,认为他从未参加过这一秘密团体,跟彼得·斯捷潘诺维奇也没有任何勾搭。(关于彼得·斯捷潘诺维奇对斯塔夫罗金寄予的那种不足为外人道而又极其可笑的希望,利亚姆申毫不知情。)按照他的说法,列比亚德金兄妹的死,完全是彼得·斯捷潘诺维奇一手策划的,跟尼古拉·弗谢沃洛多维奇毫不相干,是彼得·斯捷潘诺维奇心怀鬼胎,旨在把他卷到这一罪行中,从而听命于他;彼得·斯捷潘诺维奇满心指望和轻率地以为"高贵"的尼古拉·弗谢沃洛多维奇一定会感谢他,谁知却使他感到十分愤怒,甚至懊恼绝望。他说完关于斯塔夫罗金的证词后,又不经讯问地抢先指出,显然是故意暗示,他说斯塔夫罗金说不定是一只非常重要的鸟儿,不过这里肯定有什么秘密;他生活在我们中间,可以说是微服私访[1],他有任务,而且很可能,他会从彼得堡(利亚姆申坚信斯塔夫罗金在彼得堡)再次光临本市,不过他将摇身一变,完全以另

---

[1] 在原著中是拉丁文。

一种姿态出现在另一种情况下,而且前呼后拥,至于这些扈从到底是谁,我们这里也许会很快听到的,最后他说,这一切他都是从"尼古拉·弗谢沃洛多维奇的秘密敌人"彼得·斯捷潘诺维奇那里听来的。

我要提醒大家注意。两个月后,利亚姆申承认,当时他是故意替斯塔夫罗金开脱的,因为他寄希望于斯塔夫罗金的庇护,寄希望于斯塔夫罗金能在彼得堡为他谋求到一个罪减二等、从轻发落的判决,即便流放,也能提供他一些金钱和给他写一些介绍信。从他的这一坦白交代中可以看出,他的确对尼古拉·弗谢沃洛多维奇的作用过分夸大了。

不用说,当天就逮捕了维尔金斯基,而且在气头上还逮捕了他全家。(阿林娜·普罗霍罗芙娜,她的姐姐,姑妈,甚至那个女大学生,现在她早已获释;甚至有人说,连希加廖夫似乎肯定也会很快释放,因为把他归入哪一类被告都不合适;不过这一切现在还只是说说而已。)维尔金斯基很快就供认了所犯的一切罪行:他被捕的时候正卧病在床,而且发着烧。他几乎很高兴:"心上的一块石头落了地。"似乎,他还这样说过。关于他的情况还听说,他现在正在坦白交代一切,但是仍带着某种人格尊严,并不放弃自己的任何一个"光辉希望",同时又诅咒无意中轻率地被"旋风般交织在一起的态势"卷进去的那条政治道路(与社会主义道路对应)。对于他在行凶杀人时的所作所为他也是轻描淡写,似乎他也可以指望对他的命运从轻发落。起码我们都这么认为。

但是埃尔克利却未必能得到从轻发落。他从被捕那一刻起就一直保持沉默,要不就尽可能歪曲事实真相。他们至今也未能逼他说出一句表示悔过的话。然而,他甚至在最严厉的法官心中都激起了对他的某种同情 —— 他非但年轻而且毫无自卫能力,有明显的证据表明,他不过是政治教唆犯的一个狂热的牺牲品;最能引起同情的是他们发现他对母亲十分孝顺,他总是把他微薄的薪水的几乎一半寄给母亲。他母亲现在就住在我市;她是一位体弱多病的妇人，未老先衰，像个老太婆；她替儿子求情时不住啼哭，跪在地上，苦苦哀求。也许会有什么效果也说不定，不过我们许多人都很可怜埃尔克利。

逮捕利普京时，他已经在彼得堡，他在那里住了整整两星期。当时他发生了一件几乎令人难以置信的事，甚至很难解释他当时的所作所为。据说，他有一份冒名顶替的护照，完全可以潜逃国外，而且他身边还有一笔巨款，可是他却留在彼得堡，哪儿也没去。有一段时间他在到处寻找斯塔夫罗金和彼得·斯捷潘诺维奇，后来就突然喝起酒来，开始荒淫无度，像个完全失去理智和忘了自己处境的人。他就是在彼得堡某处的一家妓院里被捕的，当时他已喝得烂醉。风传，他现在毫不沮丧，在坦白交代自己的罪行时胡说一气，并抱着某种扬扬得意之态和希望（？），准备对付即将到来的开庭审讯。他甚至打算在法庭上申辩。托尔卡琴科是在逃跑大约十天后在县里某地被捕的。他的表现要规矩得多，既不胡说八道，也不支吾搪塞，凡是他知道的事都一一交代，并不为自己开脱，他老老实实地认罪服罪，但他喜欢夸夸其谈；说得很多，也很乐意说，可是一谈到他对平民和平民中的革命（？）分子的了解时，他甚至还端起架子，摆好姿势，渴望有人喝彩。听说，他也打算在法庭上发表演说。总之，他和利普京并不十分害怕，这甚至叫人纳闷。

我再重复一遍，此事尚未结案。现在已经过去了三个月，敝城的上流社会已经休息过来了，恢复了元气，也玩够了，有了自己的看法，有些人甚至差点把彼得·斯捷潘诺维奇看成是天才，起码"具有天才般的本领"。"有个组织，您哪！"俱乐部里的人竖起大拇指说。不过这一切也并无大碍，再说，说这话的人也不多。相反，另一些人虽然并不否认他才思敏捷，办事干练，但又说他根本不了解现实，可怕地脱离实际，冥顽不灵，有点变态，只及一点，不计其余，思想偏激，由此而产生了异与寻常的轻举妄动。关于他的道德品质，大家的意见倒完全一致；这方面任何人都没有争议。

第三部

说真的，我不知道还应当提到谁，才不至于把谁谁谁给忘了。马夫里基·尼古拉耶维奇已不翼而飞，永远不回来了。老太婆德罗兹多娃越活越像个娃娃……不过还得讲一个阴森森的故事。我只讲事实。

瓦尔瓦拉·彼得罗芙娜回来后就留住在她城中的府邸。所有积累下来的消息向她一下子蜂拥而来，使她感到十分震惊。她把自己独自锁在家里。当时已是晚上，大家都累了，早上床睡觉了。

第二天一早，一名侍女神秘兮兮地递给达里娅·帕夫洛芙娜一封信。按照她的说法，这封信昨天就来了，但是来得很晚，大家已经安歇了，因此她没敢叫醒她。这封信不是邮寄的，而是通过一个不知道姓甚名谁的人带到斯克沃列什尼基交给阿列克谢·叶戈雷奇的。阿列克谢·叶戈雷奇则于昨晚立刻亲自送达，交到她手中，又立刻返回斯克沃列什尼基去了。

达里娅·帕夫洛芙娜的那颗芳心怦怦跳着，久久地看着这封信，不敢拆开。她知道这封信是谁写的：是尼古拉·斯塔夫罗金写来的。她看见信封上写着："送交阿列克谢·叶戈雷奇，请转达里娅·帕夫洛芙娜，机密。"

以下就是这封信的原文，这位俄国少爷尽管在欧洲受过很好的教育，可是却没有学好俄文，因而在遣词造句上出了不少差错，以下一仍其旧，概未修改。

亲爱的达里娅·帕夫洛芙娜：

曾几何时，您曾想要到我这里来，做我的"陪床护士"，并让我答应，一旦需要便派人去请您。再过两天我就要走了，而且再不回来了。您愿意同我一起走吗？

去年，我像赫尔岑一样成了乌里州的公民，[①]而这事谁也不知道。我

[①] 乌里是瑞士联邦的一个州。1851年沙皇政府剥夺了赫尔岑的公民权，赫尔岑失去了返回俄国的权利，遂加入瑞士国籍，成为弗赖堡州（而不是乌里州）的公民。

第三部

在那里已经买了一幢小房子。我还有一万两千卢布；我们一起去，并在那里永久定居。我永远不想离开那里到任何地方去了。

那地方很寂寞，是个很深的山沟；群山环抱，对人的视线和思想都是个束缚。十分阴暗。我在那儿是因为有一座小房子要卖。如果您不喜欢，我可以把它卖掉，再在别的地方另买一座。

我身体不好，常产生幻觉，我希望能用那里的空气把这病治好。这是指生理上；而精神上您全都知道；不过是不是全知道呢？

我给您讲了我生平中的许多事。但并不是全部。甚至对您也没讲全部！顺便说说，我重申，对妻子的死我良心上是有罪的。在那件事以后，我俩没有见过面，因此我要再说一遍。对于丽扎韦塔·尼古拉耶芙娜我也是有罪的；但这事您知道；这事您几乎全部预言到了。

您最好不要来。我叫您来是非常卑鄙的。再说您又何必把您的一生跟我一起埋葬呢？我感到您可近可亲，我在烦恼中，有您在我的身旁，就会觉得好过些；只有当着您一个人的面，我才敢公开谈论我自己。但这并不能说明任何问题。您主动要当我的"陪床护士"——这是您的原话；做这么大的牺牲又何苦呢？您也应当懂得，虽然我叫您来，但我并不可怜您，虽然我等您来，但我并不尊重您。然而我却偏要叫您来，硬要等您。不管怎么说吧，我需要听到您的回答，因为我很快就要走了。如果这样，我就只能一个人走。

我对乌里并不抱任何希望；我只是到那里去而已。我并不是故意要挑一个阴森可怖的地方。我在俄国了无牵挂——我在俄国就像在任何地方一样，一切都感到陌生。不错，较之别的地方，我更不喜欢住在俄国；但是甚至在俄国，也没有任何东西能让我憎恨！

我曾经到处尝试过我的力量。这是您劝我的，"以便了解自己"。在这类为了我自己，也为了显示我自己而做的尝试中，就像过去我在我的一生中所做过的同类尝试一样，我的力量是无限的。我曾当着您的面挨了令兄的一记耳光，我忍了；我还曾公开承认我结过婚。但是运用这力量又何苦呢——过去我从来没有看到这样做有什么好处，现在也看不出，虽然您在瑞士的时候曾对此予以鼓励，我也相信了您的鼓励。我依然像素来那样：可以希望做好事，并由此感到高兴；与此同时，我也可以希望做坏事，也照样感到高兴。但是这两种感情像过去一样永远浅薄得很，从来不十分强烈。我的愿望太不足道了；它不足以支配我的行动。抱住一根原木可以泅渡过河，可是抓住一根劈柴却过不了河。我说这话是为了让您明白，我到乌里去并不抱任何希望。

像过去一样，我并不责怪任何人。我曾经尝试过荒淫无度，纵情酒色，并在其中耗尽了力量；但是我不喜欢，也不愿意纵情酒色。最近一段时间，您一直在注视我的行动。您可知道，我甚至一直愤愤然看待我国的那些否定派，是因为我嫉妒他们寄希望于未来？但是您不必害怕：我绝不会成为他们的同伙，因为我根本不同意他们的观点。至于为了打哈哈，存心气气他们，我也办不到，倒不是因为我害怕成为别人的笑柄——我是不会害怕成为笑柄的——而是因为我毕竟还有点上等人的习惯，这样做我感到厌恶。但是假如我对他们的愤恨更强烈一些，对他们的嫉妒更深一些，说不定我倒会跟他们走到一起的。您想，对我来说这多么轻而易举啊，我折腾过多少回啊！

亲爱的朋友，我一眼就看出您是个温柔的、舍己为人的姑娘！也许，您在幻想给予我许许多多的爱，并从您那美好的心里把许许多多美好的感情倾注到我身上，您希望用您的这片苦心能为我终于树立一个奋斗的目标，是不是？不，您还是对我小心点儿好：我的爱是浅薄的，就像我

第三部

这个人一样，而您就会不幸。令兄曾对我说，一个与自己的故土失去了联系的人，也就失去了自己的上帝，也就失去了自己的所有目标，对于一切都可以无休止地争论下去，可是从我心中流出的只有否定，谈不到任何舍己为人，也谈不到任何力量。甚至连否定也流不出来。一切永远是浅薄和萎靡不振。舍己为人的基里洛夫受不了那个主义，于是——开枪自杀了；但是我看到，他之所以舍己为人，无非是因为他的理智不健全。我就永远不会丧失理智，永远不会像他那样相信一种主义相信到那种程度。我甚至不可能对一种主义感兴趣到那种程度。我永远，永远不会开枪自杀！

我知道我应该自杀，把自己像个等而下之的虫豸一样从地球上消灭掉；但是我害怕自杀，因为我害怕表现出舍己为人。我知道这又是一个骗局——是无尽无休的骗局中的最后一个骗局。仅仅为了表现舍己为人而自欺欺人，这有什么好处？我身上永远不会出现愤怒之情和羞耻之心；因此，我也不会绝望。

请原谅我写了这么多。我清醒了，而这是出乎意料的。这样写下去，写一百页嫌少，写十行就够了。叫您来当"陪床护士"，十行也就够了。

自从我出走以来，我一直住在第六站的站长家。我是五年前在彼得堡纵酒狂饮时与他相识的。我住在他那儿，谁也不知道。来信请写他的名字。地址附后。

尼古拉·斯塔夫罗金

达里娅·帕夫洛芙娜立刻跑去把这封信拿给瓦尔瓦拉·彼得罗芙娜看，她看后请达莎出去，让她一个人再看一遍；但不知怎么她很快又把达莎叫了回去。

"你去吗？"她有点胆怯地问。

"去。"达莎回答。

"准备一下！一起走！"

达莎疑惑地看了看她。

"现在我待在这里做什么呢？还不是反正一样？我也去当乌里州的公民，住在峡谷里得了……你放心，我不会妨碍你们的。"

她俩开始迅速收拾行装，以便赶上中午那趟火车。但是还没过半小时，阿列克谢·叶戈雷奇就从斯克沃列什尼基赶来了。他禀报说，尼古拉·弗谢沃洛多维奇清早"突然"乘早班车回来了，现在就在斯克沃列什尼基，但是"神情古怪，问他什么，一概不理，他走遍了所有的房间，最后把自己锁在他的那半边房子里……"

"我没有理会少爷的吩咐就自作主张跑来向太太禀告了。"阿列克谢·叶戈雷奇带着十分关切的神情加了一句。

瓦尔瓦拉·彼得罗芙娜目光锐利地看了看他，没往下盘问。下人霎时间把马车赶了过来。她和达莎一起乘上马车。据说，一路上她频频画十字。

在"他的那半边房子里"，所有的房门都打开着，可是哪儿也找不到尼古拉·弗谢沃洛多维奇。

"会不会在阁楼上呢，您哪？"福穆什卡小心翼翼地问。

值得注意的是，有几名仆人竟跟着瓦尔瓦拉·彼得罗芙娜走进了"他的那半边房子"；其他仆人则统统在客厅里等候。从前，他们是永远不敢这么放肆这么失礼的。瓦尔瓦拉·彼得罗芙娜看在眼里，但是没有言语。

他们爬上了阁楼。那里有三个房间；但是哪一间里也找不到人。

"该不会上那里去了吧，您哪？"有人指了指那间明亮的小屋。果然，这小屋的房门是一向关着的,现在却门户洞开。那间小屋几乎就在屋顶下面,他们只好顺着一座又长又窄而且非常陡的木头楼梯爬了上去。那里也有一个小房间。

"我就不上去了。他凭什么爬到那儿去呢?"瓦尔瓦拉·彼得罗芙娜环视着周围的仆人,面孔变得煞白。仆人们望着她,没有言语。达莎在发抖。

瓦尔瓦拉·彼得罗芙娜急忙爬上了楼梯;达莎跟在她后面;但是刚一迈进那间明亮的小屋就发出一声惊叫,摔了下来,失去了知觉。

乌里州的公民就吊死在这里的门背后。小桌上放着一张纸,纸上用铅笔写了几个字:"不要怪罪任何人,我自己。"就在这张小桌上还放着一把锤子、一块肥皂和一颗显然是备用的大钉子。尼古拉·弗谢沃洛多维奇吊死在一根结实的丝带上,这丝带显然是早就准备好并且经过挑选的,上面还涂了一层厚厚的肥皂。一切都表明早有预谋,而且直到最后一刻他的神志都很清醒。

敝城的几位医生,经过尸体解剖,彻底而又坚决地排除了精神错乱。

群 魔

БЕСЫ

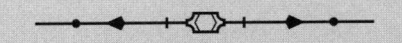

附录

ПРИЛОЖЕНИЕ

附 录

第九章　在吉洪的修道室①

一

这天夜里，尼古拉·弗谢沃洛多维奇一直没睡，整整一宿都坐在沙发上，目光呆滞地凝视着五斗柜旁的一个点。他屋里的那盏灯整宿都亮着。直到清晨七点钟左右，他才坐在那里睡着了，当阿列克谢·叶戈罗维奇按照过去定的老习惯于九点半整端着一杯早咖啡，走进他的房间，用自己的出现把他吵醒之后，他才睁开眼睛，似乎觉得很惊奇，同时又觉得很不愉快：他居然会睡这么久，而且已经这么晚了。他匆匆喝了咖啡，匆匆穿好衣服，又匆匆走了出去，离开了家。当阿列克谢·叶戈罗维奇小心翼翼地问他："您没有什么吩咐吗？"——他什么也没有回答。他走在街上，望着地面，陷入深深的沉思，只间或于刹那间抬起头来，会忽然流露出某种莫名其妙的而又强烈的不安。在离他家还不太远的一个十字路口，有一群男子走过，五十个人，或者更多挡住了他的去路；他们规规矩矩地走着，几乎一言不发，而且列队整齐，仿佛有意为之似的。在一家小铺旁（他不得不在这家店铺旁稍事等候），有人说，这是"什皮古林厂的工人"。他不经意地看了他们一眼。最后，大概在十点半左右，他走到敝城坐落在城边一条河旁的叶菲米救主圣母修道院的大门口。直到这时他才似乎突然想起一件什么事，急匆匆而又惊慌不安地摸了摸放在

---

① 本章原为本书的第二部第九章，应置于现在的第二部第九章《斯捷潘·特罗菲莫维奇被抄家》之前。但《斯塔夫罗金的自白》中有强奸幼女的描写，《俄国导报》主编卡特科夫拒绝刊登。陀思妥耶夫斯基不得不改变原书的整个结构，删去这章，并对以后几章做了相应的修改。后来《群魔》出版单行本，亦未把这章补收进去。

一侧口袋里的什么东西,然后微微一笑。他走进院墙,问了一下他遇到的第一个修道院仆役:怎么才能找到住在修道院里、业已退隐的主教吉洪。这名仆役向他连连鞠躬,并立刻给他引路。在一个小台阶旁,在一座长长的修道院二层楼的尽头,他们碰到一位头发斑白的胖修士,这位修士十分威严而又急匆匆地把他从那仆役手里抢了过去,带他走过一条又长又窄的走廊,他也向他连连鞠躬(虽然他因为胖没法把腰弯得很低,只能跟抽风似的频频点头),一个劲地请他往前走,斯塔夫罗金本来就跟在他后面。这名修士一迭连声地向他提出一些问题,谈着修士大司祭神父;因为斯塔夫罗金不理他,他反倒变得越来越恭敬了。斯塔夫罗金发现,这里的人都认识他,虽然,就他记忆所及,他仅小时候来过这里。他们走到走廊尽头的一扇房门前,那位修士似乎很威严地伸手推开了房门,然后很亲昵地询问迎上前来的一名侍者:可以进去吗?他甚至没等他做出回答,就把门使劲一推,让门完全敞开,然后鞠了一躬,请这位"贵"客进去:听到道谢后,他就很快像逃跑似的告退了。尼古拉·弗谢沃洛多维奇走进一个不大的房间,几乎就在同时,隔壁房门口出现了一位又高又瘦的人,五十五岁上下,穿着普普通通的家常的修士服,看去似乎身染微恙,他似笑非笑,神态古怪,似乎有点腼腆。这就是尼古拉·弗谢沃洛多维奇头一次听沙托夫谈起的那位吉洪,从那时起他已多少收集到一些有关他的消息。

这些消息各不相同,甚至彼此对立,但也有某些共同点,即喜欢吉洪的人和不喜欢吉洪的人(这样的人也是有的)对他都似乎三缄其口:不喜欢的人大概是出于蔑视,而他的信徒,甚至是热烈的信徒,则出于某种谦逊,似乎关于他有什么事瞒着大家,隐瞒着他的某个弱点,也许是神痴[①]。尼古拉·弗谢沃洛多维奇获悉,他住在修道院已经六年左右了,前来找他的既有最普通

[①] 指表面上疯疯癫癫,但却与神相通、能预言未来的人。

的老百姓，又有地位很高的达官贵人；甚至在遥远的彼得堡也有他的热烈崇拜者，主要是女士。不过他也听到敝城"俱乐部里的"一位很威严的老人，而且是一位很虔诚的老人说过，"这个吉洪似乎是个疯子，起码是个十分平庸的人，无疑，还爱喝酒"。我要赶快补充一句，最后一点简直是无稽之谈，病倒是有的，而且是老毛病了，两腿患有风湿病，有时还会出现某种神经性的抽风。尼古拉·弗谢沃洛多维奇还获悉，这位业已退隐的主教，由于性格上的弱点，或者由于他那不可饶恕的、以他的地位不应有的心不在焉，未能在这座修道院唤起对他的特别尊敬。据说，有位修士大司祭神父，为人严厉，在履行院长职责时十分严格，而且以学识渊博著称，甚至对他怀有某种敌意，指责他（不是当面，而是间接地）生活散漫，差点说他是异端。修道院里的教士们也似乎对这位有病的圣者，倒也不是说十分随便，而是有点所谓太熟不拘礼了。构成吉洪修道室的两个房间的陈设也有点怪。粗笨的古老家具皮子都磨光了，还陈设着三四件十分雅致的东西：一张十分豪华的安乐椅，一张制作精良的大型写字台，一架雅致的雕花书橱，几张小桌子，几架格子柜——都是别人赠送的。铺着名贵的布哈拉[①]地毯，挨着地毯却铺着几张草席。挂着几幅版画，既有"世俗"内容的，又有描写神话时代的，就在一旁，在墙角还高悬着一个很大的神龛，里面挂着闪耀着金银光泽的圣像，其中有一帧圣像还是远古时代的珍品，神龛里还供着圣骨[②]。他的藏书，据说，也是五花八门，观点对立：与基督教的大圣徒和大苦修者的著作一起陈列着戏剧作品，"说不定还有更不堪入目的"。

在相互问好之后（不知道为什么说这些客套话的时候双方都觉得很别扭），吉洪把客人领进了自己的书斋，请他坐在书桌旁的一张长沙发上，

[①] 乌兹别克斯坦的一个州，以产地毯著称。
[②] 指被教会奉为圣徒的人的干尸或遗骨。

而他自己则坐在一旁的藤椅上。尼古拉·弗谢沃洛多维奇内心升起一股使他感到压抑的激动，因此依旧处在一种十分心不在焉的状态。就像他下定决心要去做一件非常重要而又无可争议的事，而与此同时在他看来又觉得几乎是办不到的。他四顾书斋，大约有一分钟，对他观察的东西分明视而不见；他在想，当然，神父也不知道他在想什么。周围的寂静唤醒了他，他突然觉得，吉洪似乎不好意思地垂下了眼睛，脸上似乎还挂着一丝不必要的、令人感到可笑的笑容。这模样霎时激起了他的憎恶；他想站起来走开，再说，照他看来，吉洪无疑喝醉了。但是吉洪却突然抬起眼睛，用他那十分坚定的、充溢着思想的目光望了望他，同时脸上还流露出一种出人意料的、神秘的表情，这使他差点不寒而栗。不知根据什么，他觉得吉洪已经知道他的来意，已经未卜先知（虽然全世界没有一个人会知道他到这里来的原因），吉洪没有主动说出来，无非是因为顾全他的脸面，怕他感到屈辱罢了。

"您认识我？"他突然急促地问，"我进来的时候向您做自我介绍没有？我是这样心不在焉了……"

"您没有自我介绍，但是有一天我有幸见过您，还在大约四年前，就在这里的修道院……不期而遇。"

吉洪说话的声音不慌不忙，十分从容，声音软软的，吐字清楚而又清晰。

"四年前我没有到过这里的修道院，"尼古拉·弗谢沃洛多维奇甚至有点粗鲁地反驳道，"我还是小时候到这里来过，那时候您根本不在这里。"

"说不定您忘了？"吉洪小心翼翼地说，并不坚持。

"不，我没有忘；说我不记得岂不可笑，"斯塔夫罗金不客气地坚持道，"也许您只是听说过我，于是就形成了一种观念，因此把自己弄糊涂了，以为见过我。"

附　录

他默不作声。这时尼古拉·弗谢沃洛多维奇发现，他脸上有时掠过一阵神经质的抽搐，大概很早以前就患神经衰弱的症状。

"我看到您今天不舒服，"他说，"看来，我还是走的好。"

他甚至从座位上微微站了起来。

"是的，今天和昨天我觉得两腿疼得厉害，夜里又睡得少……"

吉洪打住了。他的客人又突然陷入方才那种莫名其妙的沉思中。沉默持续了很长时间，约莫两分钟。

"您在观察我？"他突然惊慌而又疑惑地问道。

"我看着您的模样，想起了令堂的面容。尽管外表不像，但是内心深处，在精神上却有许多相似之处。"

"一点儿不像，尤其是精神上。甚至一——点——儿——也不像！"尼古拉·弗谢沃洛多维奇又惊惶起来，他自己也不知道为什么毫无必要而又过分地固执己见，"您这样说……是出于同情我的处境，真是扯淡。"他忽地贸然说道，"啊！难道家母常到您这儿来？"

"常来。"

"我倒不知道。从来没听她说过。常来？"

"几乎每个月，有时更勤。"

"从来，从来没听说过。没听说过。您当然听她说过我是疯子啰。"他又突然加了一句。

"不，她倒没有说您是疯子。不过，这想法倒也听说过，不过是听别人说的。"

"既然连这些小事都记得起来，可见您记性很好。那么关于打耳光的事您也听说了？"

"略有耳闻。"

"就是说，全知道了。您的空余时间也太多了嘛。那么关于决斗呢？"

"决斗的事也听说了。"

"您在这里听说的事不少啊。瞧，连报纸都不要。沙托夫没告诉过您我要来吗？啊？"

"没有。不过，我认识沙托夫先生，但是已经好久没有见他了。"

"唔……您那里挂的是什么地图？啊，最近这次战争[①]图！您看这干吗？"

"对照书本查看一下地图。描写得非常生动。"

"给我看看；对，这书写得不错。不过，您看这书有点怪。"

他把书移到跟前，匆匆瞥了一眼。这是一部叙述最近这次战况的很有才华的大部头书，不过，与其说它是军事著作，不如说是纯文学的书。他把这本书随便翻了翻，蓦地不耐烦地把它推到一旁。

"我根本不知道我干吗要到这里来。"他厌恶地说道，两眼直视吉洪，仿佛在等候他的回答。

"您也像不大舒服似的？"

"是的，我感到不舒服。"

于是他突然讲到，不过是用最简短、最急促的语言，因而有些话很难听懂，他讲到他常常（尤其在夜间）会出现某种幻觉，有时他常常看到或感觉到他身边有一个凶恶的怪物，对他冷嘲热讽，但又"很合乎情理"，"他以不同的面貌和不同的性格出现，但又是同一个人，因此我常常气不打一处来……"

这些推心置腹的话显得十分古怪而又自相矛盾，真像是疯子说出来的话。但是尼古拉·弗谢沃洛多维奇在说这些话的时候，又带着他过去从来不曾有过的奇怪的坦率，而且显得十分忠厚老实，这完全不符合他的个性，倒

[①] 可能指克里米亚战争(1853—1856)。

像他换了个人，过去的他在不经意中完全不见了似的。他讲到他见到这个幽灵时充满恐惧，可他在暴露这种恐惧时又丝毫不以为耻。这一切转瞬即逝，蓦地出现，又蓦地消失。

"这全是扯淡。"他醒悟过来后又不好意思地、懊恼地迅速说道，"我要去看大夫。"

"一定得去。"吉洪肯定道。

"您说得这么肯定……您见过像我这样常有幻影出现的人吗？"

"见过，但是很少。我记得我一生中只见过一个这样的人，是个军官，在他丧偶之后，而他夫人是他不可替代的终身伴侣。至于另一个人，只是听说。这两人都在国外治好了……您出现这种情况很久了吗？"

"将近一年了，但全是扯淡。我要去看大夫。这全是扯淡，荒唐之至。这是我自己的不同变形，别无其他。由于我刚才加上了这……这句话，您大概以为我依旧在怀疑，依旧不相信这是我，并不真的是魔鬼吗？"

吉洪疑惑地望了望他。

"我说……您当真看见他了？"他问，就是说，他不再怀疑这是一种假象，是一种病态的幻觉，"您当真看见什么人形的东西了？"

"真奇怪，您会坚持问这问题，我不是告诉您我看见了吗，"斯塔夫罗金又开始发火，而且越说火气越大，"当然看见了，就像我现在看见您一样……可有时候我虽然看见了，却没有把握说我看见了，其实看见了……有时候我没有把握说我看见了，我也不知道什么是真的：我还是他……这全是扯淡。难道您就没法肯定，无论如何没法肯定这的确是魔鬼吗？"他又笑着加了一句，猛地转为一种嘲弄口吻，"这岂不更合乎您干的这行当吗？"

"很可能这是一种病，虽然……"

"虽然什么？"

"虽然魔鬼无疑是存在的,但是对他们的理解却可能极不相同。"

"所以您就马上重新低下了眼睛,"斯塔夫罗金带着一种恼怒的嘲讽接口道,"我相信魔鬼,可是又假装不相信魔鬼,还向您狡猾地提出问题:他是否当真存在?您为我感到羞耻,是不是?"

吉洪模棱两可地微微一笑。

"要知道,垂下眼睛对您根本不合适:不自然,可笑,装模作样,为了满足您的无礼举动,我要放肆而又严肃地告诉您:我相信魔鬼,根据教义信,相信真有魔鬼,而不是魔鬼所包含的寓意,我不需要向任何人探听任何情况,这就是我要向您说明的一切。您肯定高兴极了……"

他神经质地、不自然地笑了起来。吉洪用和善的、仿佛有点胆怯的目光好奇地望着他。

"您信仰上帝吗?"斯塔夫罗金忽地贸然问道。

"信。"

"不是《圣经》上说,只要你信,命令这座山移开,它就会移开① 吗……不过,这全是扯淡。我就是好奇地想问一下:您能不能移动山?"

"上帝吩咐,我就能移开。"吉洪低声而又克制地说,又开始低下了眼睛。

"嗯,这不等于上帝自己在移开吗。不,我是说您,您,因信仰上帝而赏赐您?"

"也许我不能移开。"

"'也许'?这倒不坏。为什么您要疑惑呢?"

"因为我不完全信。"

"什么?您不完全信?不彻底信?"

---

① 参见《马可福音》第十一章第二十三节:"无论何人对这座山说:'你移开此地,投入海里!'他若心里不疑惑,只信他所说的必成,就必给他成了。"

附 录

"是的……也许，我尚未修炼圆满。"

"好吧！起码您还信，即使在上帝的帮助下，您总还是能够移山填海的，要知道，这就不错了。这毕竟比也是大主教的那个人说的根本不多要多，诚然，他是在马刀的威逼下。① 您当然也是基督徒啰？"

"主啊，我绝不会因为你的十字架而感到羞耻的。"吉洪几乎用一种低语悄声道，说时又更低地垂下了脑袋。他的嘴角突然神经质地迅速抖动起来。

"既然不完全信仰上帝，那可不可以信仰魔鬼呢？"斯塔夫罗金笑了起来。

"噢，太可以了，而且常常如此。"吉洪抬起眼睛，也微微一笑。

"我相信，您认为这样的信仰毕竟比完全不信要强……噢，您这牧师啊！"斯塔夫罗金哈哈大笑。吉洪又向他微笑了一下。

"相反，完全的无神论比世俗的淡漠要强。"他愉快而又朴实地加了一句。

"啊，原来您是这样。"

"完全彻底的无神论者与达到完全彻底的信仰仅一步之差（就看他能不能跨越这一步了），而一个淡漠的人则什么信仰也没有，除了恶劣的恐惧。"

"然而您……您读过《启示录》吗？"

"读过。"

"您记得'你要写信给老底嘉教会的使者……'吗？"

"记得。那里的话说得妙极了。"

"妙极了？主教会说这样的话，真叫人纳闷，总之，您是个怪人……您

---

① 此处指第一次法国革命之初发生的一件事，陀思妥耶夫斯基于1873年这样描写过："巴黎大主教穿着法衣，手拿十字架，在众多神职人员的陪同下走到广场，大声向人民宣告，在此以前他和他的随从遵循的是有害的偏见；现在理智降临了，他们认为必须当众交出自己的权力和一切权力的标志。他说罢，他们果然脱下法衣了，交出了十字架、酒杯、福音书等。这时一个手拿拔出的马刀的工人向大主教喝问道：'你信上帝吗？''非常少。'大主教喃喃道，希望他这样的回答能够多少缓和一下群众的情绪。'可见你是个卑鄙小人，从前一直在骗我们！'那工人叫道，说罢手起刀落，劈开了那个大主教的脑袋。"

的书呢？"斯塔夫罗金用眼睛在桌上寻找福音书，有点古怪地显得心急和惊惶不安，"我想给您念一念……有俄译本吗？"

"我知道，知道这一段，我记得很清楚。"吉洪说。

"会背吗？那，您背吧……"

他迅速垂下眼睛，用两只手掌支着膝盖，迫不及待地做好听的准备。吉洪一字不差地背诵道："你要写信给老底嘉教会的使者说，那为阿门的，为诚信真实见证的，在神创造万物之上为元首的，说：我知道你的行为；你也不冷也不热，我巴不得你或冷或热。你既如温水，也不冷也不热，所以我必从我口中把你吐出去。你说：我是富足，已经发了财，一样都不缺，却不知道你是那困苦、可怜、贫穷、瞎眼、赤身……"①

"够了，"斯塔夫罗金打断道，"这是说给恪守中庸之道的人听的，这是说给那些淡漠的人听的，是不是？要知道，我很喜欢您。"

"我也很喜欢您。"吉洪低声道。

斯塔夫罗金沉默不语，又突然陷入方才那种若有所思的状态。发生这种情况已经是第三次了，好像老毛病又发作了似的。而且他向吉洪说"喜欢"时，也几乎像发病似的，起码他自己都没有料到他会说这样的话。又过了一分多钟。

"您别生气。"吉洪悄声道，用手指轻轻碰了碰他的胳膊肘，仿佛他自己也有点胆怯似的，斯塔夫罗金打了个哆嗦，愤怒地皱起了眉头。

"您怎么知道我生气了。"他很快说道。吉洪刚想开口说什么，可是斯塔夫罗金突然打断了他的话，表现出莫名其妙的惊慌：

"为什么您认为我一定会大发脾气呢？是，您说得对，我很生气，生气的原因正是因为我对您说了'喜欢'。您说得对，但您是个粗俗的玩世不恭之徒，关于人的天性您想得太卑鄙了。如果换了别人，而不是我，也就不会生

---

① 《新约·启示录》第三章第十四至十七节。

气了……不过，现在不是说别人，而是说我。说到底，您是个怪人，故意装疯卖傻……"

他的火气越来越大，而且，奇怪的是口没遮拦，说话很不客气：

"我说，我不喜欢密探和心理学家，起码，我不喜欢那些想钻进我的灵魂的人。我没有叫任何人钻进我的灵魂，我不需要任何人帮忙，我自己就能对付。您以为我怕您吗？"他提高了嗓门，挑衅般微微扬起了脸，"您坚信我来是为了向您公开一个'可怕'的秘密，因此您带着一个出家人所能有的全部好奇心在等待着听这秘密，是不是？哼，那我告诉您，我什么也不会向您公开，我绝不会向您公开任何秘密，因为我根本就不需要您帮忙。"

吉洪坚定地看了看他。

"您感到很吃惊，因为神的羔羊①宁可喜欢冷的，也不喜欢只是温水般的人，"他说，"您不愿意只是做个温水般的人。我预感到您正在被一个非同寻常的，也许是可怕的意图所折磨。如果是这样，那我恳求您不要折磨自己了，把您的来意统统说出来吧。"

"您有把握我来是有用意的吗？"

"我……从您脸上看得出来了。"吉洪垂下眼睛低声道。

尼古拉·弗谢沃洛多维奇的脸色有点苍白，他的两手也在微微发抖。有几秒钟，他一动不动和一言不发地看着吉洪，仿佛在最后下定决心似的。最后他终于从他上衣一侧的口袋里掏出几张印好的东西，放在桌上。

"这是几张准备散发的材料。"他用有点断断续续的声音说道，"哪怕只有一个人看过，那，您知道，我就不必把它们藏着掖着了，而是谁都可以看。就这么定了。我根本不需要您帮忙，因为我已经决定了一切。但是，您读一

---

① 指耶稣基督。请参见《旧约·以赛亚书》第五十三章第七节，《新约·约翰福音》第一章第二十九至三十六节。

读吧……不过您读的时候什么话也别说,等您读完之后再告诉我一切……"

"要读吗?"吉洪犹疑不决地问。

"读吧。我早就平静了。"

"不行,没有眼镜看不清,字体太小,是国外印的。"

"给您眼镜。"斯塔夫罗金把桌上的眼镜递给他,把身子一仰,斜靠在沙发上。吉洪埋头阅读。

二

这份东西的确是在国外印的——一共三张,用普通的小张信纸印刷而成,而且装订在一起。想必是在国外的某个俄文印刷厂秘密印刷的,乍一看,这份东西很像传单。标题是"斯塔夫罗金的自白"。

现在我把这份文件一字不差地写进我的这本纪事。大概,这纪事现在有许多人知道了。我只改正了一些拼写上的错误,这类错误相当多,有些错误甚至使我惊讶,因为作者毕竟是个受过教育的人,甚至可以说读过许多书(当然,相对而言)。在遣词造句上我未做任何改动,尽管措辞不当,甚至含义不清。[①] 至少显而易见,作者首先不是文学家。

斯塔夫罗金的自白

我叫尼古拉·弗谢沃洛多维奇,是一名退伍军官,一八六一年住在彼得堡,纵情酒色而又并不从中感到愉快。当时,在一段时间内,我有

[①] 这些毛病在下文《斯塔夫罗金的自白》中是明显的,但译成汉语就难了,读者也会感到莫名其妙,不如尽可能保持语句通顺、含义清晰。

附 录

三处住房。其中一处我自己住,住的是公寓,房东兼管包饭和家务照料,那时玛丽娅·列比亚德金娜(她现在是我的合法妻子)也住那儿。另有两处住房是按月租赁的,为了拈花惹草:其中一处供我和一位爱我的太太偷情,而另一处则供我和她的侍女干那苟且之事,有一个时期,我很想把她们两人凑到一起,让这位太太和侍女当着我朋友的面和她的丈夫的面不期而遇。我知道她俩的性格,我期待着能够从这个混账的玩笑中得到大的乐趣。

我一步一步准备着主仆两人的这次邂逅相遇,因此我必须经常到其中的一处别宅去,它就在豌豆街的一栋大楼里,因为那侍女常到那里去跟我幽会。我在那里只有一个房间,在四层楼上,是向一家俄国小市民租来的。他们自己就住在我旁边的另一个房间里,较拥挤,以至将我们隔开的那扇门常常开着,而这正是我需要的。丈夫在某人开的一间事务所工作,一早出去,半夜才回来。妻子是个四十上下的娘儿们,做些东拼西剪、以旧改新的活儿,也不时要出去送她做好的东西。我就和他俩的女儿独自留下,我想,这女儿大概有十四岁,看上去还完全是个孩子。她叫马特廖莎。母亲是爱她的,但常常打她,而且按照他们的习惯像个乡下娘儿们似的对她大声叫骂。这女孩管照料我的生活起居,打扫屏风后面的我的房间。我要声明,我忘了这楼的门牌了。现在,经查询,我才知道老楼已经拆除,转卖给别人了,在原来两三栋老楼的房基地上建起了一座很大的新楼。我也忘了那两个小市民姓甚名谁了(也许当时就不知道)。我只记得那女的叫斯捷潘尼达,父称好像叫米哈伊洛芙娜。男的叫什么我就不记得了。过去他们是谁家的农奴①,从哪儿来,现在又上哪儿去了——我一无所知。我想,如果硬要找他们,想办法到彼得堡

---

① 指"农民改革"前他们是谁家的农奴。

警察局去查询一下，肯定能找到他们的踪迹。我那房间坐落在院子的一个犄角上。一切都发生在六月。这楼是天蓝色的。

有一回，我放在桌上的一把削笔刀丢了，其实它对我毫无用处，就这样随便撂着。我告诉了女房东，怎么也没有想到她会用树条抽女儿。但是她刚骂过孩子（我平时很随便，他们跟我也很不客气），说什么一件破衣服丢了，怀疑是她偷的，甚至还揪她的头发。当这衣服在桌布底下找到后，那女孩竟连一句埋怨的话也不愿说，只是默默地看着。我注意到了这点，也就在这时候我才头一次看清这孩子的脸，而在这以前它只是倏忽闪过。她长着一头浅色的头发，脸上有几颗雀斑，脸长得很普通，但含有许多稚气和文静，文静极了。母亲不高兴了，因为她女儿并不因为白白挨打而埋怨，她向她挥起了拳头，但是并没有打下去，因为这时恰好赶上我丢了那把小刀。说真的，除了我们仨以外，谁也没来过，而能绕过屏风到我屋里去的只有这女孩。那娘儿们怒不可遏，因为她还是头一次打女儿打得没有道理，她扑向扫把，从扫把上拔出几根树条，当着我的面就抽那孩子，把她抽得浑身是伤，马特廖莎并不因挨了打而哭喊，但是每打她一下就有点异样地抽泣。后来又大声啜泣，抽抽搭搭地哭了整整一小时。

但是在这以前发生了这样一件事：正当女房东扑向扫把抽树条的时候，我在我床上找到了那把小刀，它不知怎么从桌上掉到床上去了。我立刻想先别声张，好让她妈先抽她一顿。我决定这样做是刹那间的事；在这样的时刻我总是屏住呼吸，上气不接下气。但是我打算丁是丁卯是卯地把一切说清楚，不致有任何事情留下来没有说。

我一生中曾经多次处在非常耻辱、异常丢脸、卑鄙，主要是异常可笑的境地，任何这类状况除了激起我的极大愤怒外，它还常常在我心中

附 录

唤起一种令人难以置信的快感。就如犯罪和遭到生命危险时的情形一样。如果我偷东西,我在偷东西时就会感到狂喜,因为我意识到我这人竟会卑鄙下流到这种地步。我喜欢的不是卑鄙下流(我此时的理智还是完全健康的),但是我喜欢因痛苦地意识到我卑鄙而出现的狂喜。就如任何一次,当我站在决斗线上等候对方开枪时,我就会感到一种极其无耻的、如痴如醉的感觉,而且有一次这感觉还非常强烈。我承认,我自己也常常寻找这种感觉,因为对于我来说这感觉比任何这类感觉更强烈。当我挨人家耳光的时候(我一生中挨过两次耳光),我也有这感觉,尽管我非常愤怒。但是这时如果能克制住愤怒,那得到的快感就会超过你所能想象的一切。我从来没有把这想法告诉任何人,甚至都没有暗示过,我一直把这看成耻辱,讳莫如深。但是有一回,在彼得堡的小酒店里,有人狠狠地揍我,揪我的头发,我就不曾有过这个感觉,我只感到无比愤怒,当时我没有喝醉酒,只是跟人打架。但是,换了在国外,如果一个法国子爵揪住我的头发,把我摁倒在地,打我一记耳光,而我为此一枪打掉他的下巴颏,我就会感到狂喜,也许我就不会感到愤怒了。当时我就是这么认为的。

我说这一切是为了让所有人知道,这种感觉从来没有完全征服过我,我永远保持着清醒的意识,最完全的意识(因为一切都是建立在意识之上的)。虽然有时候这种感觉攫住我,使我失去理智,但我永远没有达到忘我的地步。有时候我会勃然大怒,怒火中烧,但与此同时我又能把它完全压下去,甚至达到最高点,怒不可遏时我也能蓦地止怒;不过我自己从来不愿意止怒。我坚信我可以像个修士般度过一生,尽管我像野兽一样贪淫好色,因为我天性好色,而且永远乐此不疲。我一直到十六岁都纵情声色,荒淫无度,就像让·雅克·卢梭曾经忏悔过的那样,可是过了十六岁，我一乐意就停止了。只要我乐意，我永远是自己的主人。总之，大家要明白，我不用环境呀，疾病呀等等来为自己的罪行开脱。

　　体罚完毕后，我就把那把小刀塞进坎肩的口袋里，走出去，离这家公寓远远的，扔到大街上，就这样，让任何人永远不会知道。后来我又等了两天。那小女孩哭过后变得更加寡言少语了；我相信，她并不恨我。不过可能有点难为情，因为她妈当着我的面打她，而且打得这么凶，她没有哭叫，只是在打她的时候嘤嘤啜泣，当然是因为我站在一旁，而且什么都看见了。但是，她还是个孩子，虽然觉得丢人，大概也只会怨她自己。在此以前，她也许只是怕我，但不是怕我这个人，而是因为我是房客，是外人，她好像很胆小。

　　当时，也就在这两天，有一回，我向自己提出一个问题，我能不能够抛弃和丢下我预谋的意图，我立刻感到我能，什么时候都能，立刻就能。在那前后，我曾经想自杀，因为我患了冷漠症；话又说回来，我也不知道因为什么。在这两三天中（因为一定要等那女孩把什么都忘了），我大概想使自己分心，不要老想着这件事，或者只是为了取笑，我在公寓里进行了一次偷窃。这是我有生以来唯一的一次偷窃。

　　这公寓住着好多人，其中有一位小官吏，拉家带口，住在两个带家具出租的小房间里；四十岁上下，人并不太笨，而且一表人才，就是穷点儿。我跟他并无私交，同时他对我周围的那伙人也感到害怕。他刚拿了薪俸，一共三十五卢布。推动我去干这事的主要原因，是当时我的确需要钱用（虽然四天后我就收到一笔汇款），因此我偷钱好像是出于需要，而不是因为开玩笑。这事做得很无耻，也很明显：我简简单单地走进他的房间，这时他的老婆、孩子和他正在另一间小屋里吃饭。当时，在靠房门的一把椅子上放着他的一件叠好的制服。还在楼道里我就忽然

附 录

闪出这个想法。我把手伸进口袋，掏出了钱包。那小官吏听见了响动，从小屋里向外张望了一下。他好像，甚至起码看见了什么，但是因为没有看真切，因此，当然，也就不敢相信自己的眼睛。我说，我从楼道里走过，想顺便进来看看他家的挂钟几点了。"停了。"他回答，于是我就出去了。

当时我喝酒喝得很多，在这公寓里有许多狐朋狗友，其中也包括那个列比亚德金。那钱包以及其中的一些零钱我扔了，只把几张钞票留了下来。一共三十二卢布，三张红票子，两张黄票子。我立刻把红票子破开了，派人去买了香槟酒；后来又拿出一张红票子，接着又拿出第三张。约莫过了四小时，已经是傍晚时分，小官吏在楼道里等我出来。

"尼古拉·弗谢沃洛多维奇，您今天到我屋里去有没有无意中把椅子上的制服碰到地上……就放在房门旁边？"

"不，不记得了。您屋里放着制服？"

"是的，放着，您哪。"

"在地板上？"

"先放在椅子上，后来撂在地板上。"

"那怎么呢，您把它拾起来了？"

"拾起来了。"

"嗯，那您还要什么呢？"

"既然如此，那就没事了，您哪……"

他不敢把话说完，而且在公寓里他也不敢告诉任何人——这些人竟胆小到这般地步。话又说回来，公寓里的人都非常怕我，而且对我很恭敬。后来我很喜欢在楼道里遇见他，瞅他一眼，有两三次。很快我就腻烦了。

附 录

　　这三天一过去,我就回到了豌豆街。那位母亲拿着包袱正准备到什么地方去;那小市民自然不在家。就剩下我和马特廖莎。窗户开着。这公寓里住的全是手艺人,一整天各层楼上只听见锤子的敲打声或者唱小曲的声音。我们过了大约一小时。马特廖莎坐在自己小屋里的一张小板凳上,背对着我,在用针线缝什么东西。最后她突然唱起歌来,声音很低;她有时候常常这样。我掏出怀表,看看几点了,两点。我的心开始跳起来,但这时我又问自己:我能不能罢手,不干这事? 我立刻回答自己:能。我站起身来,开始蹑手蹑脚地向她走去。他们家的窗台上放着许多洋绣球,阳光充足,非常明亮。我轻轻地坐到她身旁的地板上。她打了个哆嗦,非常害怕,跳了起来。我抓住她的一只手,轻轻地吻了吻,又把她摁到小板凳上,开始望着她的眼睛。我刚才吻了她的手这事,突然把她逗笑了,毕竟是孩子嘛,但是她只笑了一秒钟,因为她忽地再一次跳起来,而且显得害怕极了,怕得脸上都掠过一阵痉挛。她两眼一动不动地紧盯着我,感到可怕极了,嘴唇也开始抽动起来,想哭,但是毕竟没有叫出声来。我又开始亲吻她的两只手,把她抱过来,让她坐在我的大腿上,我亲吻她的脸和大腿。当我吻她的大腿时,她全身猛地退缩了一下,仿佛害羞似的微微一笑,但是这笑有点像假笑。她的整个脸都羞得通红。我一直悄悄地向她说着什么。最后突然出现了这样的怪事,这事我永远忘不了,使我感到很吃惊:小女孩突然伸出两手,搂住我的脖子,突然主动地拼命吻我。她的脸现出一种狂喜。我差点没站起来走开——这么一个不点儿大的小女孩居然会这样,我感到不快——出于惋惜。但是我克服了我突然升起的这种害怕,留了下来。

　　当一切完事之后,她有点不好意思。我没有安慰她,劝她,我已经不跟她软语温存了,她望着我,胆怯地微笑着。我突然觉得她的脸变得

附 录

很蠢。随着一分钟一分钟过去,她变得越来越不好意思了。她用两手捂着脸,站到一个角落里,脸朝墙,一动不动。我怕她又像方才那样惊恐不安,所以就默默地走出了公寓。

我想,发生的这一切,她一定觉得奇丑无比,可怕极了。尽管她在襁褓里想必就听到过许多俄国的骂人话和各种各样奇奇怪怪的谈话,但是我完全相信,她还什么都不懂。最后她肯定会觉得她犯了弥天大罪,她罪不可赦——"我杀了上帝。"

就在这天夜里,我在小酒店里跟人大打出手,这事我在前面已经捎带提过。但是第二天早晨我却在自己的公寓里醒了过来,是列比亚德金把我送回来的。我醒后首先想到的就是她有没有说出去;这时我真的很害怕,虽然并不太害怕。这天上午我很开心,对谁都特别好,我那帮狐朋狗友也都对我很满意。但是我还是撇下他们大家,去了豌豆街。我在楼下的门厅里遇到了她。她刚从小铺回来,被派去买菊苣根。她一看见我就非常害怕地飞也似的跑上了楼。当我进屋时,她母亲已经抽了她两个嘴巴,因为她"不要命"似的跑进了屋,这倒把她害怕的真正原因掩盖过去了。总之,一切暂时还平安无事。她不知钻到哪里去了,反正我在那里的时候,她一直没进来。我待了将近一小时就走了。

傍晚,我又感到了恐惧,但这恐惧已经比早上强烈得多。当然,我可以抵赖,但是她们可以揭发我。我似乎看到了苦役营。我从来没有感到过害怕,除了我一生中发生的这件事情以外,无论是过去还是后来,我从来就没有怕过任何东西。尤其不怕去西伯利亚,虽然我曾不止一次可能被流放。但是这一次我却害怕了,当真感到了恐惧,不知道为什么,这还是生平第一回,这感觉很强烈、很痛苦。此外,晚上,在公寓里,我恨透了她,恨不得杀死她。我最恨的是想起她的笑。我心中产生了一种蔑视，掺杂着无比憎恶，就因为她跟我干完那事以后，竟敢跑进墙角，用手捂着脸，我陡地感到一种莫名其妙的狂怒，然后就感到浑身发冷；快天亮的时候开始周身发烧，我又感到一阵恐惧，但这恐惧已经如此强烈，我不知道还有什么比这更厉害的痛苦了。但是我已经不再恨这小姑娘了；起码不再跟昨晚那样一阵阵发作了。我发现，强烈的恐惧能把憎恨和报复心驱除净尽。

我醒来时已将近中午，精神饱满，身体健康，对昨天发生的某些感觉甚至都感到惊奇。然而我当时的心绪很不好，而且又不得不到豌豆街去，尽管我感到十分厌恶。我记得当时我非常想跟人吵架，不过要大吵大闹。但是，我到豌豆街之后，突然发现尼娜·萨韦利耶芙娜，就是那侍女，在我的房间里，她已经等了我差不多一小时了。我根本就不喜欢这姑娘，因此她到这里来自己就有点害怕，因为她不请自来，怕我生气。但是我看见她却忽然非常高兴。她长得不难看，但是举止稳重，并带有一种小市民喜欢的风格，因此我那女房东早就向我对她赞不绝口。我进门的时候她俩正在喝咖啡，房东太太由于能找到一个人聊天，又谈得这么开心，感到非常快乐。我在他们家那间小屋的角落里发现了马特廖莎。她正一动不动地站那儿看着母亲和那位女客。我进去的时候，她并没像上回那样躲起来，也没有跑掉。我只觉得她瘦了好多，似乎在发烧。我跟尼娜亲热了一番，关上了通往女房东家的门，我很久不曾这样做了，因此尼娜走的时候非常高兴。是我自己让她走的，此后，我两天没有回豌豆街。我已经玩腻了。

我拿定主意一了百了，先把房间退了，并且离开彼得堡。但是我回去退房的时候，却遇到女房东很惊慌、很伤心：马特廖莎病了，已经病了三天，每天夜里都发烧，半夜还说胡话。我自然问她，马特廖莎说胡话时说了些什么（我们是在我的房间里悄悄地说的）。她悄悄地告诉我，她说的胡话"可怕得不得了"，她说："我杀了上帝。"我建议请位大夫来，由我出钱，但是她不肯："上帝保佑，不看也会好的，她也不是老躺着，白天还能出去，刚才还上铺子去买东西呢。"我决定过会儿等马特廖莎一个人在家的时候再去看她，因为女房东说漏了嘴，说她五点前还得上彼得堡区①跑一趟，所以我决定晚上再来。

我在饭馆里吃了饭。五点一刻整我又回到了豌豆街。我从来是带着钥匙自己开门进屋的。除了马特廖莎以外没有一个人。她躺在小屋里用屏风挡着的母亲的床上，我看见她向外张望了一下；但是我佯装没看见。所有的窗子都开着。空气很暖和，甚至很热。我在屋里走来走去，然后坐到沙发上。直到最后一分钟，一切我都记得。我决定不先跟马特廖莎说话，我觉得这样做别有一番情趣。我等着，坐了整整一小时，突然她自己从屏风后面跳了出来。我听见她从床上跳下来，两只脚在地板上发出咚的一声，接着就听到相当快的脚步声，她站在我的房门口。她默默地望着我。在这四天或五天中（从那时起我一次也没有很近地见过她），她的确瘦了许多。她的面容憔悴了，脑袋大概还在发烧。眼睛变得大大的，一动不动地盯着我，似乎带着一种隐隐约约的好奇心（我起先这么觉得）。我坐在长沙发的一角看着她，没有动弹。这时我又忽然感到一种憎恨。我很快发现她根本不怕我，说不定还处在一种谵妄状态。但是她并没有处在谵妄状态。她突然冲我频频点头，就像人们恨透了某人，向他不住点头一样，她站在原地，突然向我举起小拳头，威胁我。在开头一刹那，我觉得这动作很可笑，但是紧接着我就受不了了。我站起来，向她挪近了点儿。她脸上充满在小孩子的脸上不可能看到的那种绝望。

---

① 指彼得堡涅瓦河北的彼得堡岛。

附 录

　　她一直威胁地挥舞着她那小拳头，谴责地向我频频点头。我走近她，开始小心翼翼地劝她，但是我看到她听不懂，因为她忽然跟上回那样伸出两只手捂住了脸，走开了，站到窗口，背对着我。我撇下她，回到自己房间，也在窗口坐了下来。我怎么也弄不明白为什么当时我不走开，而是仿佛等着什么似的留了下来。隔不多久，我又听见她急促的脚步声，她走出门外，走到外面的木头回廊。回廊上有楼梯可以下楼，我立刻跑到我的房门跟前，微微推开了门，还来得及窥见马特廖莎钻进紧挨着另一个地方的一个鸡窝似的非常小的储藏室。我脑子里倏忽闪过一个奇怪的想法。我关上门，回到窗户旁。不用说，倏忽间闪过的想法不能信以为真；"但是，然而"……（一切我都记得。）

　　过了片刻，我看了看表，注意了时间。傍晚渐渐降临。我头上有一只苍蝇在嗡嗡叫，老停在我脸上。我捉住它，捏在两只手指里，放出了窗外。楼下院子里声音很大地驶进一辆大车。在院子一角的一扇窗户里还有一位裁缝师傅在大声唱着小曲（已经唱很久了）。他坐在窗口干活，我可以看到他的身影。我想到，既然我走进大门爬上楼梯时谁也没有遇见我，那么我现在下楼，当然也不应当让任何人遇见，于是我把椅子从窗边挪开。接着拿起一本书，但是又把书撂下，开始望着洋绣球叶子上一只很小的红蜘蛛，望出了神。直到最后一刹那，一切我都记得。

　　我突然掏出怀表。她已经出去了二十分钟。我的猜测似乎不无可能，但是我拿定主意再等一刻钟左右。我也想过，她会不会已经回来了？我听漏了也说不定？但这是不可能的：周围死一般寂静，连每只小苍蝇的嗡嗡叫声我都听得见。突然我的心开始怦怦地跳起来。我又掏出怀表：还差三分钟；我硬是坐过了这三分钟，虽然我的心跳得发疼。这时我站了起来，戴上了礼帽，扣上了大衣，环顾了一下房间：是不是一切仍旧在原来的位置上，有没有留下什么我曾经来过的痕迹？我又把椅子搬到它原来放的离窗户稍近一些的地方。最后，我轻轻开了门，用我的钥匙把门锁上，然后向小储藏室走去。储藏室的门虚掩着，但是没有闩上；我知道它也闩不上，但是我不想把它打开，而是踮起脚尖，开始向门缝里张望。就在我踮起脚尖的那一刹那，我想起了，当我坐在窗口看红蜘蛛看得出神的时候，我就想过，一会儿我将怎么踮起脚尖、眯起一只眼窥视这门缝。我之所以在这里添上这细节，为的是我一定要证明，我当时的理智有多么清楚，多么沉着。我向门缝里张望了很久，可是里面黑黢黢的，但也不是黑得完全看不清。最后我终于看清了我想要看的东西……我要得到完全的证实。

我终于决定我可以走了，接着就下了楼。我没有碰见任何人。大约过了三小时，我们那帮人已经脱了外衣，坐在公寓里喝茶，在打一副旧牌，列比亚德金还朗诵了诗。大家谈天说地，好像凑趣似的，一切都妙趣横生，十分可笑，而不是像往常那样傻喝傻玩。那天基里洛夫也来了。谁也没有喝酒，虽然桌上放着一瓶罗姆酒，但是只有列比亚德金一个人稍微喝了点儿。普罗霍尔·马洛夫说："只要尼古拉·弗谢沃洛多维奇心满意足，不闷闷不乐，我们这帮人就肯定很开心，话也说得聪明有味。"这话我当时就记住了。

但是已经十一点钟光景了，住在豌豆街的那女房东派了一名扫院子家的小女孩跑了来，她来给我报信：马特廖莎上吊了。我跟这小女孩去了，看见了女房东，她自己也不知道她派人来找我要干吗。她要死要活地又哭又号，乱成了一团，有许多人，还有警察。我在门厅里站了一会儿就走了。

几乎没人来打扰我，只问了一些该问的问题。但是，除了这孩子有病，最近几天常常说胡话，因此我曾建议去请个医生来，由我出钱，此外我就什么情况也提供不出来了。警方还问过我小刀的事；我说，女房东用树条抽了她，但这也没什么。至于我晚上来过这事，谁也不知道。关于法医检查后有何结果，我什么也没听说。

将近一周，我没有到那里去。下葬很久以后，我才去退房子。女房东仍旧哭哭啼啼，不过已经在忙活自己那些碎布头，跟过去一样在缝缝补补了。"我是因为您丢了那把小刀才打她的。"她对我说，但是并没有大的责备。我跟她结了账，借口是我现在没法在这样的房间里住下去，也不便在这里接待尼娜·萨韦利耶芙娜。我俩分手时，她又把尼娜·萨韦利耶芙娜夸奖了一通。临走时，我在应付的房租外又多给了她五卢布。

总之。那时我的日子过得很无聊，无聊得近乎百无聊赖。豌豆街上发生的事，在危险过去之后，我几乎全忘了，就像忘了那时的一切一样，有个时期我曾恼怒地想起，只觉得当时也太胆小怕事了。我把自己的恼怒常常发泄到我所能发泄的人身上。也就在这时候，我忽然无缘无故地异想天开，想用什么办法来摧残自己的生命，不过要尽可能让人感到恶心。大约一年前我就想开枪自杀；结果出现了更好的办法。有一回，我看着瘸腿的玛丽娅·季莫费耶芙娜·列比亚德金娜，那时她在贫民窟里给人缝缝补补、洗洗涮涮，当时她还没疯，但是简直像个成天价欢天喜地的白痴，而且在私底下发狂般爱上了我（这是我们的人跟踪打探出来的），我突然拿定主意要跟她结婚。斯塔夫罗金想跟这样一个下三烂的女人结婚，这想法使我感到很刺激。无法想象还有什么比这更不成体统的了。我下这个决心，是不是因为马特廖莎的事情发生后我无意识地（自然是无意识地！），对自己卑鄙的怯懦感到愤怒，先不去说它。说真的，我不认为是这样；但是不管怎样，我同她结婚不仅因为"醉后打赌"。我的证婚人是基里洛夫和当时恰好在彼得堡的彼得·斯捷潘诺维奇，最后，还有列比亚德金和普罗霍尔·马洛夫（现在死了）。此外就没有任何人知道了，而上述这些人保证三缄其口。这沉默我一向觉得似乎很卑鄙，但是迄今为止它没有被打破，虽然我也有意公之于众；现在我就趁机把这点也公开了。

结婚后，当时我就去外省看望我的母亲。我此去是为了解闷，因为我感到受不了。我在我们那座城市里给人留下一个想法，似乎我精神错乱了——这想法甚至到现在还没有去掉，而这想法无疑对我有害，为什么有害，我将在下面说明。后来我就出国了，而且一去就是四年。

我去过东方，在圣山[①]曾坚持做过连续八小时的彻夜祈祷，我还去过埃及，住过瑞士，甚至还去过冰岛，在哥廷根大学听过整整一年课。最后一年，我在巴黎与一个俄国贵族之家过从甚密，还在瑞士结识了两位俄国姑娘。大约两年前，我在法兰克福路过一家纸店，我在许多出售的照片中发现一名女孩的照片，这女孩穿着一套很雅致的儿童服装，长得很像马特廖莎。我立刻买下了这张照片，回到旅馆，放到壁炉上。这张照片放在那里差不多一星期，没人碰它，我连一次也没有看它，后来我离开法兰克福的时候也忘了把它带走。

我把这事记下来是为了证明，我对自己的回忆有多大的自制力，我能对这些回忆无动于衷。我能一下子拒它们于千里之外，让它们与众多的往事混合在一起，而每一次，只要我愿意，这许多往事就会乖乖地消失不见。我一向不愿意回忆往事，觉得很无聊，我也从来不会像几乎所有人那样津津有味地谈论往事。至于马特廖莎，我甚至把她的照片都忘在壁炉上了。

[①] 一译亚陀斯山，位于希腊卡启弟吉半岛的最东端，山上有数百座修道院，是东正教的圣地。

附 录

  大约一年前,春天,我取道德国到什么地方去,由于心不在焉坐过了车站,本来我应当在这站倒车,转乘我要去的路线,结果却跑到了另一条支线。我只好在下一站下了车;那时正当下午两点多,天气晴朗。这是一座很小的德国小镇。有人向我指点了旅馆。必须等待:下一趟火车要到半夜十一点才来。对这件意外事我甚至感到高兴,因为我并不急于到什么地方去。这家旅馆又糟又小,但是整座旅馆坐落在一片绿荫中,周围还布满花坛。给了我一间窄小的房间。我美美地吃了顿饭,因为坐了一夜火车,所以饭后,在下午四点钟,就美美地睡着了。

  我做了一个完全出乎意料的梦,因为我从未做过这类梦。在德累斯顿,在美术馆,有一幅克劳德·洛兰的画,根据该馆收藏目录,似乎叫《阿齐斯和哈拉德娅》,我反正一向把这画叫作"黄金时代"[①],我也不知道为什么。我过去就见过这画,而现在,大约三天前,我又一次不经意看到了它。而我梦见的正是这幅画,不过不是作为一幅画,而是好像一件真实的往事。

  这是希腊列岛的一角;碧波荡漾,岛屿星罗棋布,悬崖耸立,海滨繁花似锦,远处是一幅神奇的大海全景,夕阳西下,美丽而迷人——简直非言语所能表达。欧洲人认为这里是他们的摇篮,许多神话故事都发源于此,这里是他们的人间乐园……这里生活过许多优秀的人!他们日出而作,日落而息,过着幸福的、无忧无虑的生活;绿荫下充满了他们快乐的歌声,他们把异常充沛的、无穷无尽的精力都投入到爱和纯朴的欢乐中。太阳把明媚的阳光洒遍岛屿和大海,为自己的优秀儿女感到

[①] 克劳德·洛兰(1600—1682),法国风景画家,他的《阿齐斯和哈拉德娅》藏于德累斯顿美术馆。据陀思妥耶夫斯基夫人回忆录,陀思妥耶夫斯基很喜欢这画,并把它与其他他喜欢的风景画一起叫作"黄金时代"。

附　录

高兴。奇妙的梦，崇高的幻想！幻想，所有存在过的幻想中令人最难以置信的幻想，整个人类把自己的毕生精力都献给了它，为了它，牺牲了一切，为了它，先知们壮烈地牺牲在十字架上，没有它人们活着也觉得没有意思，甚至死了也毫无价值。这一切感觉，我仿佛在梦中都体会到了；我不知道我到底梦见了什么，但是那悬崖峭壁，那大海，那夕阳西下时的夕照——这一切，当我醒来，睁开眼睛（我还是生平第一次热泪盈眶），似乎还能看到。这种我过去不曾体验过的幸福感，穿过我的心房，甚至让我感到疼痛。已经完完全全是傍晚了；夕阳西下，把它那束明亮的斜辉穿过窗台上的盆花的绿荫，照进我那小屋的窗户，洒遍我的全身。我急忙重新闭上眼睛，似乎渴望重续旧梦，但是忽然在那明亮耀眼的光束中，我似乎看到一个很小很小的点。它渐渐变成一个形体，蓦地，我清楚地看到一只很小的红蜘蛛。我马上想起它就在洋绣球的叶子上，那时候也是夕阳西下，一束斜辉照进了窗户。好像有什么东西刺进了我的胸膛，我欠起身子，在床上坐了起来……（这就是当时发生的一切！）

我眼前出现了（噢，不是真正看到了！如果这是真的幽灵就好啦），我看到了马特廖莎，消瘦、憔悴，两眼像发热病似的充满血丝，就像那天她站在我房门口，向我频频点头，向我举起她那小拳头时一样。从来没有任何东西能使我感到如此痛苦！一个可怜的、绝望的、孤立无援的十来岁的小女孩，还不很懂事，向我威胁着（用什么威胁呢？她又能对我怎么样呢），但是，她怪罪的当然只是她自己！我还从来没有出现过这情形。我一直坐到天黑，一动不动，忘记了时间。这是否可以叫良心谴责或者悔不当初呢？我不知道，一直到今天我也说不清。也许，直到今天，每当回忆起这一行为时我都没有深恶痛绝。也许，这回忆甚至直到现在对我好色的本性来说都是愉快的。不——只要想到这一形象，我就受不了,她站在我的房门口,向我举起小拳头,威胁我,只要一想到她那时的样子,只要一想到当时那一分钟,只要想到这频频点头。这正是我最受不了的,因为从那时起它几乎每天都出现在我眼前。不是它主动出现的,是我自己叫它出现的,我不能不叫它出现,虽然一看到这个我就没法活。噢,如果有朝一日我真能看见她就好了,哪怕在幻觉中!

我有其他许多旧的回忆,也许比这要好。我对一个女人不好,她因此死了。我还在决斗时使两个无辜的人死在我面前。有一次我蒙受了奇耻大辱,但是我没有向对手报复。我还毒死过一个人——故意的,而且得逞了,可是谁也不知道。(如果有必要,我可以把一切说出来。)

但是为什么这些回忆没有一样能激起我类似的感觉呢?除非是恨,而且这也是我现在的处境引起的,过去我常常冷漠地把这置诸脑后,不予理睬。

这以后我就四处漂泊,漂泊了几乎整整这一年,竭力不去想它。我知道,只要我愿意,哪怕现在我都能把这小姑娘甩开,不去想她。我像过去一样完全能够掌握我的意志。但是全部问题偏偏是这样,我从来不愿意这样做,自己不愿意,将来也不愿意;这,我是清楚的。这情况肯定会继续下去,一直到我疯狂。

过了两个月,我在瑞士竟会爱上了一个姑娘,或者不如说,我感到一种汹涌澎湃的激情,掺杂着一种只有在我早年才感受过的那种疯狂的冲动。我感到一种可怕的诱惑,唆使我去犯新的罪行,即重婚(因为我已经结过婚了);但是我接受另一个姑娘的劝告逃走了——我向这姑娘坦白了一切。再说,新的罪行丝毫也未能使我忘掉马特廖莎。

就这样,我打定了主意把这份东西付印,并将印好的三百份运回俄国。等时间一到,我就分送警察署和地方当局;同时分别寄给所有的报纸编辑部，请他们公开发表，同时也分寄在彼得堡和在俄国许许多多认识我的人。同样，这份东西也将译成外文在国外发表。我知道，我在法律上也许不会有麻烦，起码不会有大的麻烦；我是主动自首的，没有原告；此外，也没有任何证据，即使有，也非常少。最后，还有关于我理智失常的根深蒂固的想法，我的亲人肯定会利用这一想法竭力奔走，这一切就可能消除对我有危险的任何法律追究。我申明这一点是为了顺便证明我的脑子十分健全，而且我明白我的处境。但是对我来说，还将留下知道我全部底细的人，他们将看着我，我也将看着他们。这样的人越多越好。这是否会减轻我的罪名呢——我不知道。我只能采取这最后的办法了。

再说一遍：如果到彼得堡警察署仔细查找一下的话，说不定是能够找出点儿线索来的。那几个小市民也许现在还住在彼得堡。他们当然会记起那幢楼房。房子是天蓝色的。我哪儿也不去，若干时间内（一两年），我将一直在斯克沃列什尼基，在家母的庄园。假如当局传唤，我随叫随到。

尼古拉·斯塔夫罗金

三

阅读持续了一小时。吉洪读得很慢，说不定有些地方还读了两遍。在所有这段时间内斯塔夫罗金一直默默地、一动不动地坐着。说来也怪，这天整个上午他脸上微微显露出来的那种不耐烦、心不在焉、仿佛说胡话的样子，几乎都消失不见了，代之出现的是沉着、镇定，以及仿佛某种程度的真诚，这就使他拥有一种近乎尊严的仪表。吉洪摘下眼镜，以某种谨慎的口吻首先开口道：

"能不能在这个文件上做某些改动呢？"

"干吗？我写的全是实话。"斯塔夫罗金答道。

"最好在措辞上略微改动一下。"

"我忘了预先告诉您，您说什么都没有用；我绝不会放弃我的意图；您不用费心劝我了。"

"您方才，还在我阅读之前，并没有忘了告诉我。"

"反正一样，我再说一遍：不管您的反驳多么有力，我是绝不会放弃我的意图的。请注意，这句话不管说得是否恰当——爱怎么想随您便——我根本无意强求您，让您赶快反驳我，让您赶快来劝我。"他又加了一句，仿佛忍不住霎时间又突然陷入方才说话的那种腔调，但是又立刻悲伤地对自己刚才说的话微微一笑。

"我无法反驳您，尤其无法劝您放弃您的意图。这想法是伟大的想法，基督教的思想也无法表达得比这更完全了。一个人若要忏悔，也无法比您想要做的这件非常的功德做得更好了，只要……"

"只要什么？"

"只要这是真的忏悔，是真的基督教思想的话。"

"我觉得这话很精深而又微妙；反正还不是一样？我写的全是实话。"

"您好像故意要把自己形容得比您心里想的还坏些……"吉洪越说越大胆了。显然，这"文件"对他产生了强烈的印象。

"'形容'——我对您再说一遍，我不是'形容自己'，尤其不是'故作姿态'。"

吉洪迅速垂下了眼睛。

附 录

"这文件直接出自一颗受到重创的心的需要——我理解得对吗?"他固执地又异常热烈地继续说下去,"是的,这是忏悔和忏悔的自然需要,这需要战胜了您,您走上了一条伟大的路,前所未闻的路。但是您似乎先就恨起了所有那些将会读到这里所描写的事情的人,并向他们发出挑战。您既然不耻于承认自己的罪行,干吗要耻于忏悔呢? 您说,让他们看着我好了;嗯,您自己,您将会怎样看他们呢? 在您的叙述中,有些地方被您的措辞强化了;您似乎在欣赏您的心理,而且抓住每个枝节不放,您只想用您心中原本没有的冷酷无情来使读者惊叹。这岂不是一个罪人向法官提出的傲慢挑战吗?"

"哪里是挑战呀? 我排除了我个人的任何议论。"

吉洪闭口不答。他苍白的脸上甚至泛出了红晕。

"咱们先不谈这个。"斯塔夫罗金生硬地终止道,"请允许我也向您提个问题:我们在这之后(他摆头指了指那份东西)已经谈了五分钟,可是我看不出您有任何憎恶或者感到羞耻的表情……好像您并不感到厌恶似的……"

他没有把话说完,冷笑了一声。

"就是说您倒愿意看到我对您表露出一种蔑视。"吉洪硬是把话说完了,"我对您毫不隐瞒:巨大的恶的力量,居然存心用来干这种卑鄙龌龊的事,真使我不寒而栗。

"至于这罪行本身,许多人也在同样造孽,但是他们却心安理得、处之泰然,甚至认为这是一个人年轻时难以避免的过错。有些作过同样孽的老人,甚至还轻薄地自鸣得意。所有这些令人发指的事充满全世界,而您却能对此深恶痛绝,这就十分难得了。"

"看了这份东西后,您该不是对我肃然起敬吧?"斯塔夫罗金斜着眼冷笑说。

"我不想直接回答这个问题。但是没有,也不可能有比您同这小姑娘发生的事更大、更可怕的罪行了。"

"咱们先别谈论孰短孰长。我感到有点奇怪的是您对其他人和对这类罪行似乎司空见惯的说法。我也许根本不像我在这里写的那样痛心疾首,也许,我还果真给自己加了许多莫须有的罪名。"他又出人意料地补充道。

吉洪再一次闭口不语。斯塔夫罗金甚至没有想到要走,相反,又开始不时陷入一种深沉的思考。

"那么,那姑娘,"吉洪又十分胆怯地开口道,"也就是您在瑞士跟她分手的那姑娘,我想冒昧地请问,她现在……在哪儿?"

"在这里。"

又是沉默。

"我也许给自己加了许多莫须有的罪名。"斯塔夫罗金固执地再次重复道,"话又说回来,既然您发现我在挑战,那,就算我用自己这份粗鄙的自白在向他们挑战吧,那又怎么样呢?我要促使他们更加恨我,如此而已。要知道,我倒觉得这样心里要好受些。"

"您的意思是说,他们的恨将唤起您的恨,他们恨您,您心里就会觉得比接受他们的怜悯好受些,是吗?"

"您说得对;要知道,"他突然笑起来,"说不定他们会管我叫伪善者、虔诚的伪君子,哈哈哈?不是这样吗?"

"当然,也可能会有这样的反应。那您希望什么时候执行这个意图呢?"

"今天,明天,后天,我怎么知道呢?不过会很快。您说得对:我认为非这样做不可,我要选一个适合报复、我最恨他们的时刻突如其来地公之于众。"

"请回答一个问题,但是要说实话,回答我一个人,就回答我:假如有人宽恕了您干的这事(吉洪指了指那份东西),而这人并不是您一向尊敬或者害怕的,而是一个素不相识的人,一个您永远也不会知道的人,他默默地、私底下读了您这份可怕的自白,当您想到这人的时候,您心里会感到好受些呢,还是无所谓?"

"会好受些。"斯塔夫罗金垂下眼睛,低声答道,"如果您能宽恕我,我心里一定会好受得多。"他出乎意料地又小声加了一句。

"不过有个条件,您也得宽恕我。"吉洪用满怀深情的声音说道。

"宽恕您什么?您对我怎么了?噢,对了,这是修道院的套话?"

"宽恕我有意的和无意的罪行。每个人犯了罪后,已经是对所有的人犯了罪,而且每个人在别人的罪孽中也或多或少是有罪的。纯粹属于个人的罪孽是没有的。我就是一个大罪人,也许比您更甚。"

"我跟您说句掏心窝的话吧:我希望您能宽恕我,与您一起,接着是第二个,第三个,但是所有的人——还是让所有的人恨我好。我希望自己能逆来顺受……"

"而对您的普遍怜惜您就不能同样逆来顺受吗?"

"也许,我不能。您的回答精深而又微妙。但是……您干吗要这样做呢?"

"因为我感到您很真诚,当然,很惭愧,我不善于跟人谈心。我一向认为这是我的一大缺点。"吉洪直视着斯塔夫罗金的眼睛,真诚而又十分诚挚地说道,"我说这番话是因为我替您感到害怕,"他又加了一句,"您面前几乎是无法跨越的深渊。"

"您以为我会受不了吗?您以为我不会逆来顺受他们的憎恨?"

"不仅是憎恨。"

"还有什么呢?"

"还有他们的讪笑。"吉洪仿佛用了很大的劲才脱口而出,声音很小。

斯塔夫罗金窘住了;他脸上流露出惶遽与不安。

"这，我早有预感，"他说，"可见在您读了我这份'文件'后，尽管这是一个大悲剧，我在您的心目中不过是个滑稽可笑的人物罢了，不是吗？您放心，不必不好意思……要知道，我自己就有这预感。"

"可怕的事到处都有，当然，多半是假可怕，不是真可怕。只有直接威胁到他们的个人利益时，他们才诚惶诚恐。我不是讲那些心地纯洁的人：他们会胆战心惊，会引咎自责，但是他们将不为人察觉。可是讪笑却是普遍的。"

"您不妨加上某个思想家的说法：我们在别人的不幸中永远会感到某种愉快。①"

"这想法很有道理。"

"可是您呢……您自己呢……我感到奇怪，您把人想得太坏了，太卑鄙了。"斯塔夫罗金有点愤愤然地说道。

"请相信，我多半是说我自己，而不是说别人！"吉洪感慨系之地叫道。

"真的？难道您心里真有什么想法，在我的不幸中到底有什么东西使您感到开心？"

"谁知道，也许有吧。噢，真有也说不定！"

"够啦。那您说说看，我在这手稿中到底有什么可笑的地方？我知道可笑的地方是有的，但我要您亲手指出来。说得尽管下流些，但是必须说真话，尽您所能做到的全部真诚说话。我要对您再重复一遍，您是一个非常怪的怪人。"

"甚至在这个最伟大的忏悔的形式中就已经含着某种可笑的成分。噢，您不要相信您不能取胜！"他几乎兴高采烈地突然叫道，"甚至这形式就能战胜一切（他指了指那份东西），只要您能真诚地接受别人的侮辱与唾骂。常有这样的情形，到后来最耻辱的十字架也会变成巨大的荣耀和巨大的力量，只要

---

① 这里说的思想家可能指赫尔岑，请参看《往事与随想》第四部第三十节。

您能真诚地逆来顺受，真诚地献身。甚至，也许，今生就能得到回报！……"

"总之，您仅仅在形式中，在措辞上才发现可笑的东西吗？"斯塔夫罗金固执地问。

"也在实质上。丑陋扼杀了一切。"吉洪垂下眼睛，低声道。

"什么？丑陋？什么丑陋？"

"罪行的丑陋。有些罪行真是奇丑无比。在罪行中，不管是什么罪行，流的血越多，越恐怖，这罪行就越耸人听闻，可以说吧，也越引人入胜；但是也有些罪行是可耻的、丢人的，并无任何恐怖，可以说，甚至太不登大雅之堂了……"

吉洪没有把话说完。

"就是说，"斯塔夫罗金激动地接口道，"当我亲吻这肮脏的小姑娘的大腿时，您认为我这人太可笑了……还有我提到感情冲动时所说的一切，以及……还有其他等等……我懂。我对您太了解了。而您之所以对我感到无望，就因为丑陋、可憎，不，不是可憎，而是可耻，可笑，于是您以为，我最受不了的就是这个？"

吉洪不作声。

"是的，您是了解人的，也就是说您了解我，正是我，肯定会受不了……我懂，那您为什么问瑞士那个姑娘现在是不是在这里呢？"

"因为您还没有准备好，还不够老练。"吉洪垂下眼睛，胆怯地低声道。

"我说吉洪神父：我想自己宽恕自己，这才是我的主要目的，这才是我的全部目的！"斯塔夫罗金两眼闪出掺杂着阴郁的狂喜，突然说道，"我知道，只有到那时候幽灵才会消失。因此我才到处寻找极大的痛苦，主动去寻找它。请您不要吓唬我。"

"假如您相信您能够自己宽恕自己，而且您在现世界就能得到这种宽恕，那您也就在相信一切了!"吉洪兴高采烈地叫道,"您怎么说您不信仰上帝呢?"

斯塔夫罗金不答。

"上帝会宽恕您不信他的,因为您能不知道圣灵而崇敬圣灵。"

"顺便说说,基督不就不会宽恕我吗,"斯塔夫罗金问,在这问话的口吻中可以听出轻微的嘲讽,"经书上不就说过:'凡使这信我的一个小子跌倒的'①——您记得吗?根据福音书,没有,也不可能有更大的罪行了。就在这本书里!"

他指了指福音书。

"为此我要告诉您一个可喜的消息,"吉洪异常感动地说道,"只要您能做到自己宽恕自己,那基督也会宽恕您的……噢,不,不,别信我的,我说了亵渎的话,应该是:即使您没有做到自我和解和自我宽恕,他也会因为您想要这样做和因为您受了大的痛苦而宽恕您的……因为在人类语言中还没有这样的词和思想足以表达羔羊②的所有道路和动机,'直到他的路向我们明明白白地敞开为止'。谁能拥抱辽阔无垠的他,谁就能懂得无穷无尽的一切!"

他的嘴角又像方才那样抽动起来,勉强看得出的一阵痉挛又掠过他的面部。他坚持了一小会儿,因为受不住,又迅速低下了眼睛。

斯塔夫罗金从沙发上拿起自己的礼帽。

"我以后还会来的,"他说,样子十分疲乏,"咱们俩……谈得很愉快,

---

① 典出福音书,原文是:"凡使这信我的一个小子跌倒的,倒不如把大磨石拴在这人的颈项上,沉在深海里。"(《马太福音》第十八章第六节,并参见《路加福音》第十七章第二节)。这是耶稣论"天国里谁为大"时说的话。耶稣认为,天国里应是孩子为大;谁若引诱孩子犯罪,这人就有祸了。

② 指耶稣基督。参见《约翰福音》第一章第三十六节:"他见耶稣行走,就说:'看哪,这是神的羔羊。'"

Ф. Достоевский

БЕСЫ

哪怕是模糊的想法，都不会白费。但是我建议您采取另一种办法来取代这一献身行为，这比那样做还伟大，一件无疑的伟大的义举……"

尼古拉·弗谢沃洛多维奇不作声。

"您非常想受苦受难和牺牲自己；您要征服您的这一愿望，先把您的这份东西和您的这个打算放在一边——那时您就能战胜一切。先叱退您的全部骄傲和您心中的魔鬼！最后您就会成为胜利者，您就会得到自由……"

他的眼睛开始熠熠发光；他恳求地合十当胸。

"您无非十分不愿意闹出丑闻，因此您为我设下了陷阱，好心的吉洪神父。"斯塔夫罗金陡地站起身来漫不经心地和懊恼地、慢条斯理地说道，"简单点说，您想劝我放稳重些，看来，还想让我结婚，成为这里俱乐部的成员，每逢节日就来光顾你们的修道院，从而了此余生。哼，宗教惩罚①！不过话又说回来，您是一个深知人心的人，也许，您还会预感到这事无疑一定会这样，全部问题在于现在要好好地求得我的同意，让我保持体面，因为我自己就巴不得这样，不是吗？"

他怪声怪气地大笑起来。

"不，不是那样的宗教惩罚，我准备的是另一种！"吉洪热烈地继续道，丝毫不理会斯塔夫罗金的大笑和看法，"我认识一位长老，他不在这里，但是离这里也不远，是个隐修士和苦行者，而且他具有一个基督徒的不是你我所能理解的超常智慧。他会听从我的请求的。我会把您的一切情况都告诉他。您可以到他那里当名见习修士，在他的指导下过上这么五年，七年，多长时间全看您自己以后的需要而定。您先对自己发下宏誓，并以这样的大牺牲来救赎您渴望得到甚至您都没有想要得到的一切，因为您现在不懂您究竟会得到什么！"

---

① 指忏悔者履行神父指定的表示虔诚忏悔的事，如长时间的祈祷、严格持斋、朝圣等。

我非常珍惜，也非常珍惜受到的礼遇……以及您的情意。请相信，我现在明白为什么有些人那么爱您了。请您向您如此热爱的他祈祷……"

"您这就走了？"吉洪迅速地欠起身子，仿佛根本没有料到这么快就要分手似的，"可我……"他仿佛不知所措似的，"我本来想要对您提出一个请求，但是……我不知道怎么……现在又害怕。"

"啊，那就劳您驾。"斯塔夫罗金立刻坐了下来，手里拿着礼帽。吉洪望了望这礼帽，又望了望这姿势，这人忽然又变成上流社会的公子哥了，神情很激动，半疯半癫，只给他五分钟把要说的话说完。吉洪看到这模样更慌乱了。

"我的整个请求不过是，您……您不是已经承认了吗，尼古拉·弗谢沃洛多维奇（您的名字和父称好像是这样吧？），倘若您把这份东西公之于众，会有损您的命运……我的意思是说会断送您的前程的，比如说，而且……会断送您的其他一切。"

"前程？"尼古拉·弗谢沃洛多维奇不快地皱了皱眉头。

"干吗要断送呢？这样认死理，似乎，这又何苦呢？"吉洪几乎恳求道，明显意识到自己这样说似乎很不好意思。尼古拉·弗谢沃洛多维奇听了这话后脸上流露出痛苦的表情。

"我已经请求过您，现在再请求您一次：您的话统统是多余的……而且，总的说，我们的整个谈话开始变得叫人受不了了。"

他在安乐椅上意味深长地扭过了身子。

"您没听懂我的话，您先听我说，别发火。我的意见您是知道的：您的献身行为，如果是出于逆来顺受，只要您经受住考验，那将是非常伟大的基督徒的献身行为。即使您没有经受住考验，反正主也会考虑到您所做的最初的牺牲的。一切都会被考虑到的：没有一句话，没有一个内心活动，没有一个斯塔夫罗金注意地听了，甚至十分认真地听了他最后的建议。

"您无非是建议我到那所修道院去当修士，不是吗？不管我多么敬重您，这完全在我的意料之中。好吧，甚至不瞒您说，在我意志薄弱的时候，我心中已经闪现过这个想法：一旦把这份东西公之于众后，不如离开人群，先到修道院去暂时躲一躲。但是我立刻对这样的卑劣做法感到脸红。但是，落发当修士[①]——甚至在我最害怕、意志最薄弱的时候，我也不曾有过这样的念头。"

"您并不需要进修道院，并不需要落发，您只需做个秘密的见习修士，不公开，甚至可以这样，完全照旧，过您的世俗生活……"

"别价，吉洪神父。"斯塔夫罗金厌恶地打断他的话道，从椅子上站了起来。吉洪也随之起立。

"您怎么啦？"他突然叫道，几乎恐惧地注视着吉洪的脸。吉洪合十当胸，站在他面前，一阵仿佛由于巨大的恐惧而引起的痛苦的痉挛，刹那间掠过他的面部。

"您怎么啦？您怎么啦？"斯塔夫罗金反复道，一边冲过去想搀扶他。他似乎觉得吉洪就要摔倒。

"我看到……我仿佛真切地看到，"吉洪用一种洞察灵魂的声音，并带着一种强烈的悲怆的面容感叹道，"您这个可怜的、堕落的青年，从来没有像眼下这一刻那样，站得离可怕的犯罪这么近！"

"您先别急！"为神父感到惊恐不安的斯塔夫罗金断然地一再说，"我也许会放弃这个念头的……您说得对，我也许会受不了的，我在愤恨中还会再犯罪……这话全对……您说得对，我放弃。"

"不，不是在这份东西公布之后，而是在公布之前，也许在迈出这伟大的

[①] 正教徒落发不同于我国佛教徒的剃度，只剪去一圈头发。

一步的前一天，前一小时，您会急忙去再犯罪①，认为这才是出路，只有这样才能避免将这份东西公之于众！"

斯塔夫罗金由于愤怒，几乎由于恐惧，甚至发起抖来。

"这该死的心理学家！"他突然疯狂地打断了神父的话，头也不回地走出了修道室。

---

① 按基督教教义：自杀被视为犯罪。